路翎全集

第二卷

中短篇小说 1944—1948

在铁链中
平原

复旦大学出版社

本集获复旦大学"985工程"三期整体推进人文社会科学研究项目和上海文化发展基金会资助出版,为国家社科基金项目(22BZW134)中期成果

1947年的路翎

青年路翎1947年在南京

1947年在南京栖霞山,前排左起路翎、冀汸、阿垅,后排左起化铁、黄若海、赵灵佳

《在铁链中》初版书影

《平原》初版书影

目 录

在铁链中 ·· 001
  罗大斗底一生 ································ 003
  王兴发夫妇 ···································· 042
  王炳全底道路 ································ 059
  两个流浪汉 ···································· 093
  破灭 ·· 129
  程登富和线铺姑娘底恋爱 ·············· 174
  在铁链中 ·· 201
  后记 ·· 214

平原 ·· 217
  平原 ·· 219
  易学富和他底牛 ······························ 228
  泥土 ·· 235
  歌唱 ·· 247
  送草的乡人 ···································· 256
  重逢 ·· 274
  饥渴的兵士 ···································· 285
  屈辱 ·· 294

码头上	304
在一个冬天的早晨	314
学徒刘景顺	320
小兄弟	332
路边的谈话	338
凤仙花	344
预言	349
初恋	355
蠢猪	364
人性	373
高利贷	380
爱好音乐的人们	387
女孩子和男孩子	397
客人	402
张刘氏敬香记	407
闲荡的小学生	416
这个家伙	421
契约	428
天堂地狱之间	438
爱民大会	455
后记	471

在铁链中

《在铁链中》,上海海燕书店1949年8月初版,上海新文艺出版社1954年7月再版。据初版排校,对再版修改情况加注说明。

罗大斗底一生

> 他是一个卑劣的奴才
> 鞭挞他呀！请你鞭挞他！
>
> ——拜　伦

1

　　罗仁厚，大家叫他做罗大斗，是在父亲底娇纵，和母亲底恶毒的鞭笞、咒骂下面长大的。全黄鱼场都赞成他母亲底这种鞭笞和咒骂，因此罗大斗底心里充满了有毒的恐怖。他底一生底目的，便是在于求得黄鱼场，也就是那些有势力的大爷和光棍们底好感。

　　他底家庭，原来是相当富有的，有过一栋屋子，一些田地，甚至有过一些奢侈品。但在他父亲底这一代，便完全败落了。最后就只剩下了黄鱼场后面的山边上的一栋破烂的茅屋。在这座茅屋里，他父亲抽鸦片到四十岁，最后吞鸦片而死。他母亲喂猪，打草鞋，编草帽，维持着全家底生活。

　　在这种情况底下，他底颓废的父亲嫉恨人世，对他底母亲怀着恶毒的愤怒：他认为，败坏了一切的，是这个愚蠢的女人。女人害怕丈夫，并且崇拜他，永远向他低声下气。于是脆弱的罗大斗便成了她底发泄愤怒的对象。

　　尤其在最后的几年，他父亲是无比的娇纵着他，他母亲对他则是无比的恶毒：恶毒的刑罚，总是秘密地，突如其来地进行的。他父亲轻视周围的一切，向往往昔的书香世家，在他底脆弱的身上寄托了一大堆的梦想。鸦片鬼在烟榻上教他认字，每当他认识了一个字,便快乐地哈哈大笑一场,幼年的罗大斗学会了谎骗、卖乖、带着强烈的虚荣心,不停地谄媚着他底父亲。

常常地,在夏季的黄昏里,落日底光华下面,他父亲牵着他慢吞吞地走了出来,不理任何人,向着坡下的丰饶的田野,宛如旧式的地主……

他父亲死去的时候,他底妹妹已经两岁,他已经十七岁了。母亲,好像把一切希望都寄托在女儿身上了似地,怀着奇异的妒嫉,不停地毒打着他。但这时候,爱着他的,还有一个年老的伯父。老伯父住在那个叫做十二道沟的山边上,有着一间破茅屋。老伯父没有儿女,并且没有丝毫的财产,因为这个世界是有着某种人情的缘故,他才能生活到今天的。仁慈的绅粮刘名高因了他底三十年的忠诚的服役的缘故,给他茅屋住,并且每年给他一点东西。此外,他在黄鱼场底任何公共场所都能够得到一份食物。现在他是七十岁,不能做什么了,但精神仍然很活泼。他欢喜修理各种破烂的东西,他不停地修理着他底茅屋,因为它老是被风雨毁坏。

罗大斗从母亲底控制下逃到他那里去,听着他不停地乱说,看着他徒然地做着事情,得到了一种安静,此外他还在他身上得到了一种美丽的理想:被黄鱼场同情地养活着,真是一件好事。但母亲时常冲了来,揪住了他就是一顿毒打;并且用最恶毒的话咒骂老人。经常地,老人总是装聋作哑,乘机还要向阴惨的侄儿做鬼脸。

有一次,老人颤抖地站了起来,愤怒得好久都说不出话来,指着罗大斗底母亲。

"你,……你这个婆娘家……你把你底儿用……用箩兜背起么!你,你背起么!……冤屈!冤屈!冤屈啊!"老人说,哭了起来。

就在这以后的第三天,老人爬到梯子上去拾漏,跌下来,死去了。

于是罗大斗就感到了非常的凄凉,他底父亲,尤其是他底老伯父,对于他,是神圣的。他是怎样地仇恨他底母亲啊!没有多久,他就走进了黄鱼场底光棍们底圈子,开始了他底狂热的,追求荣誉的生涯。

2

他有过一度的发奋。事情是这样的:他替一个穿西装的年青的先生担行李到场后的一所庄院里去,说好了是十块钱。到了地点,这个先生只给了他一半的数目。于是他就非常可怜地恳求加一点,他说:这个钱,是拿去吃药的。他底萎缩的样子一定使这个青年的上流人物觉得讨厌,他很有理由相信罗仁厚是在骂他吃药,于是给了罗仁厚一个耳光。接着又是一个耳光。

罗仁厚颓衰地回到场上来了,一见到熟人,他底眼泪就涌出来了。

"他打我啊!他们打我啊!"他哭着,说。

"哪个打你?"或者"为啥子打你?"于是男人、女人、小孩站成了一个圈子,把罗仁厚围在中央。

"我担得出血,那个鬼儿,他打我啊!"罗仁厚哭着,说。

"打了哪里?"一个女人,问。

"这里,你看,这里。"罗仁厚指着左腮,说,而且张开嘴,用舌头在里面舐着。

"是打出血来了哩。"另一个女人,惊异地说,注意地看着。

罗仁厚,觉得悲伤,嘤嘤地哭了两声。

"罗大斗,你咋个不还手啾?"那个惊异着的女人,问,把怀里的小孩拖上一点,以熟练的动作,把奶头塞到他底嘴里去。

"你有棰子用!"一个缺牙的男人鄙夷地说,然后拖着鞋子走了开去。

罗大斗觉得自己受了侮辱,他不平地看着那个走开去的男人。

"站着,你哥子!你哥子听我说……"他用打颤的手揩去了眼泪,环顾大家,说:"要不是我生病,我罗大斗打得起他……我连他底西装都扒下来……我罗大斗在本码头,不是说么,还承大家看得起,你哥子不要以为……"罗大斗激昂地说,——但顿住了。

那个缺牙的男人,站在圈子外面,凶恶地看着他。

"你还说么!"缺牙的男人,说。——"有种你还开腔么!"

"天啊,我又不是说你!……你哥子未必还多这个心!"罗大斗说,然后可怜地向大家笑着,——"我这样像一个男子汉么!"同时他想。这句话,表现了他底最高的理想——"不是说么,我罗大斗家里还是见识过一些,比起那些人来么,不是吹的话,的确是要高点儿!"他向一个女人说,露出那种高傲的样子来。

"老子揍你!"缺牙的男人,掳起袖子来,咆哮着。

"你,你来么!"罗大斗,痛苦得战栗,幌动着身体,叫。

"你是什么东西!"罗大斗拚命地叫,同时他挨了一拳。大家拖开了他们,——罗大斗,高声地叫嚷着,被别人推了开去。

罗大斗底萎缩的样子,他底层出不穷的牛皮,是常常要触犯黄鱼场底主人们底威严的;他底这一切,是常常要唤起那些豪壮的人们底嫌恶来。同时,他底混乱的激情,他底诡谲的品行,招致了所有的正直的人们底嫌恶。大家都不同情他,大家都觉得,欺凌他,是正当的。正直的人们,是明白罗大斗底作风的:没有隔上几个钟点,罗大斗便出现在茶馆里,向缺牙的光棍提起了刚才的误会,陪了礼,倾诉着自己底好心肠,感动得不停地流着泪了。

罗大斗底最高的理想,便是成为一个真正的男子,就是说,成为一个光棍,有一天能够站在街上,如缺牙的光棍欺凌他似的,欺凌别人。

"来,罗大斗,上去!"光棍们喊,于是罗大斗就上去了,像一头忠心的狗。

3

他底母亲,听到了邻人们底议论和建议,考虑了很久之后,准备替罗大斗娶亲了。

她渐渐地明白,对于他们母子,娶亲是一条正当的路。但她是孤独的,她觉得她底周围全是敌人。她惧怕邻人们底议论,因此她仇恨他们。同时,受她底鸦片鬼的丈夫底感染,她觉得自己底一切都比邻人们高超。她底自尊心常常使她讨好于她底邻人们,但跟着来的总是更大的破裂。她底儿子成了她底弱点,她底混乱的热情使她生活得更为艰难。

因为在这个世界上,是存在着一种漂亮的贵族制度的缘故,人们就纷纷地互相践踏,渴望爬高。经验丰富的人们就能明白,在高处的那个宫殿里,除了金钱以外,别无神秘。金钱,是现实的力量;缺乏这种力量的人们,就给自己臆造了一种精神的力量。他们用各种东西使自己和高处联接起来,这中间就产生了大的嫉妒,特殊的想像和癖好,以及某种神秘的情怀。罗大斗底母亲,虽然同样地轻蔑着那些富有的人们,却虔敬地供奉着他们底偶像。黄鱼场上,因为附近开设了一所工厂,一所中学,并且建立了一些阔人们底别墅的缘故,是繁华了起来;经常有漂亮的人们经过,店铺里也陈列着各种华丽的东西。罗大斗底母亲,从各处捡了一些香水瓶之类的东西回来,把它们擦得极干净,摆设在房间里,以此骄傲于她底邻人们,感到无上的满足。

然而她底儿子是她底弱点。首先,他底存在破坏了她底梦幻,其次,他有一种力量,能够使他清楚地看见周围的一切;他并不怎么轻蔑他底邻人们,反之,他轻蔑他底母亲,和她底那些香水瓶。

狂热的,混乱非常的罗大斗,却有着一种清醒的能力,能够观察他周围的一切在它们各自底位置上。这是因为,他底软弱的心是容易感动,非常的敏锐。这更因为,对于黄鱼场,他是有着一种亲切的,甜蜜的感情。

母亲和儿子互相猛烈地扑击,他们底心肠都很冷酷。

现在的这件婚姻,是由女家提起的。女家住在十二道沟后面的山边上,靠近离黄鱼场二十里路的云门场。很多人都知道,女家的这个姑娘,周家大妹,是在七年前就被卖了出去的:她父亲为了一百块钱的债,把她给了云门场底一个绅粮家当丫头。七年来,这个姑娘顽强地向着她底父母,她逃跑过多次。这一次,十天以前,她遍体伤痕地逃了回来,他底父母把她藏匿了,希望秘密地嫁了她。但这些知道这件事的人,都不愿意告诉罗大斗底母亲。这首先因为,坏了女家底事是缺德的,其次,罗大斗底母亲是过于不讲理,大家都有些幸灾乐祸。

罗大斗底母亲,孤独地办着这件事,总觉得有些不妥。她竭力使自己相信,并告诉别人说,这件事情是办得怎样好,女家对她是怎样好,等等,但总不大敢相信自己底话,另一面,罗大斗整天在场上混——从那次挨打以后,他是什么事情也不做了——对这件事情显得非常的冷淡。

罗大斗总是被各样的幻想和色彩蛊惑。他渴望一切美丽的妇女。他时常跟着光棍们和女人们胡闹,渐渐地变得大胆,于是色情更炽烈。他当然不能满意他母亲给他找来的女人——无论这是怎样的女人。他显得冷淡,一面又看清了现实的一切,心里觉得很凄凉。

他不向他母亲说一句话,连饭也不回来吃了。他母亲把他找了回来,一面咒骂他,一面又恳求他同意。

"没得那个话!"他说,"是你娶媳妇,可不是我娶堂客!"

"没得话了吗?"他母亲问。

"说完了。"他说。

于是他母亲给了他一个耳光。他把他母亲推到地上去,跑出去了。

4

这个冲突之后,罗大斗底母亲走了出来,向邻家底老太婆诉苦。这是一个耳聋的老太婆,她正抱着烘篮,坐在小凳子上晒太阳。

"王家老太婆,你晒太阳是哈!"罗大斗底母亲大声地说,坐了下来。"老太婆,早上你看到我打我那个儿是哈!你想想那样的儿呵!我昨儿跟他说:'跟你娶媳妇,看了人,生得不错,女家又和气!'我说:'卖了一口猪,后天交钱,你自己安排安排!'哈,你猜他朗个?他哼都不哼!好,今天不回来吃饭,找回来问他,好,他说:'是你娶媳妇,娶来服侍你,又不是我娶堂客!'他还骂我不要脸,难道媳妇就不该服侍我!我说,好!……老太婆,凭你底心说哈,你可看他行过孝没有?"

她兴奋地说着。聋子老太婆毫无表情地看着她。

"唉,你那个儿啊!"聋子老太婆慢慢地大声说,提着烘篮,喘哮着。

"又好吃,又偷懒!……"罗大斗底母亲说,沉默了一下,显得不能忍耐了。"喂,凭你底心说,你可看他行过孝没有?"她问。

"哪里说孝?你那个儿么,真是叫人……"老太婆大声说,闭上眼睛摇摇头。……

"该是这样说的哈,王家老太婆是么,儿不孝,"罗大斗底母亲兴奋地说,心里有了强烈的敌意,"我这个儿么,就是受别人骗坏了!本来么,心地又好,人又老实!"

"哈,你那个儿!"老太婆说,轻蔑地摇摇头。

"王家老太婆,你听好是哈!我这个儿是不好!不过我们这些人家么,不是说那个,总比这些人家要高倒点儿!老太婆!你说说看,你家底儿对你又朗个么!骂起你来啊,那才是!老太婆,我还是说知心话的哈!"她张望了一下,小声说,以为聋子不一定听得见,"你说你苦不苦哈!你才苦,你底儿拖死你!你家孙媳妇还是偷刘保长的!"

"卖麻屄!"老太婆叫,愤怒地颤抖着,站起来了。

"你骂我哈!你这个聋子倒还听得见,看我停下告诉我底儿……"

老太婆疯狂地叫喊了起来。她底孙媳妇,其实不知道这究竟是怎样的事,从里面冲了出来,叫喊着,向罗大斗底母亲扑去。邻人们都跑出来了,从坡下也有人跑来,一瞬间显得非常的热闹。罗大斗底母亲和老太婆底孙媳妇一同滚到地上去,扭成了一团。

5

事情进行下去,罗大斗也就不再反抗了,虽然还是沉默着。第三天下午,天气很温暖,罗大斗底母亲,在房里扫地的时候,有了较为快乐的心情。她脸上有着烦恼的表情,有什么思想,她就大声地说了出来。

她想着她底媳妇怎样地走进房来,怎样地听她底话,做一切事情,并且把儿子劝进了正当的道路。她想着,她怎样地和年轻而柔顺的媳妇坐在门前的阳光下,安静地纺着线,周围有嘹亮的鸡啼和愉快的笑声。她想到了美丽的孙儿和她底幸福的老年。

"是啊,是这样!"她大声地说,"人老了,牙齿脱头发白,不行了哈!我不做,媳妇他们做!"她说。她听到有声音说:"多好的福气啊!"她快乐地笑了起来。

她带着一种迷茫的表情,靠着桌子出神。

这是一间非常阴暗的屋子。在桌子上,陈列着香水瓶之类的东西。有的已经完全空了,有的则还剩着一点点香水,或一点点生发油。黑人牙膏底空了的锡瓶子,被弄得非常之舒帖,放在陈旧发黄的饼干盒上。一双破了的白色的高跟皮鞋,从床下的坛子罐子之类的堆积物中奇突地显露了出来,闪耀着光辉。

正面的墙壁上,贴着两张明星画片,另一面,则贴着一张一个驼背的道士放宝剑的画像。这一切东西,都使罗大斗底母亲感到巨大的满足——但罗大斗却对它们怀着无比的嫌恶。

"要是我哈,早就把她打死了!"罗大斗底母亲说:她想到了邻家底媳妇。"我跟她说,凡百物都懂人性,一个人刮毒么,连雀雀子都要避开!张家老太婆说:'他家么,刮毒呢,连麦子种种都要煮起!'煮起,吓吓!"她笑着。

这时门开了,透进一道美丽的阳光,她底八岁的女儿走了进来。女孩穿着肮脏的绿棉袍,在衣襟上插着早开的腊梅花。她在跑动的时候,细致地用手按着花。她站下,压制着兴奋,带着一种贵妇人的风度垂下眼睛来,并且深深地叹息了一声。

"么妹,过来!"母亲说,抚着了她底头。"不许跟那些人家底娃儿玩——你这花哪里来的?"

"马尾巴送跟我的。"这个小妇人说,卖弄着风情,希望被赞美。

"么妹,我跟你说!"母亲说,带着一种激动。

小妇人,露出一种细致的感情来,走了过去,抬起头来看着她底母亲。

"么妹,你再跟那些娃儿玩,我捶你!"母亲说。

么妹严肃地沉默着。她底母亲愤恨地抓着了她的手,向她低声地说述了起来。

"么妹,你听好:那些人家,哪里叫人家啊!"母亲愤恨地说,"隔壁么媳妇偷刘保长!我亲目看到刘保长调戏么媳妇,晚上么媳妇就偷偷地上他那里去!你该是晓得哈!"她停顿了一下;"跟你说,长大了不要学这些人!"

女孩一知半解地,严肃地思索着这件高深的事情,望着愤激的母亲。

"么妹,我们是啥子样的人家,哪能跟他们比。"母亲热情地说:"你听好,我听说新媳妇儿有点儿好吃懒做,等她来了,你不许作声,有我收拾她!新媳妇是周家大妹,她们都说她卖跟人家做过丫头,前天我去了,周家太婆亲口跟我说,'亲家,哪里有这事呀!'那些嚼舌头的不得好死!周家大妹,我亲眼看见,人又顶灵醒,又白净,又漂亮。"母亲热情地说。"你说还是哈?"

女孩怀疑地看着母亲。她和母亲之间的突然的平等,使她有些迷惘。

"要是她有哪些不合我底意呢,我会收拾她!我要叫那些人家看见!"母亲愤激地说。"你听到没得!"母亲严肃地问。

"你朗个像木头!"母亲,在出神了好久之后,说:"周家太婆亲手端了一碗放白糖的鸡蛋跟我,说:'亲家,吃呀!'我亲眼看见——人又灵醒,手脚又干净!"她做梦似地说,把刚刚说过的话完全忘记了。

显然的,这个孤独的女人,只有在女儿面前,才能任性地谈话;她是痛苦地挣扎着,企图升到那个高高的位置上去。然而,那个装模作样的,八岁的小妇人,是一点都不能理解她的。

她又出神起来。热情掘发了她心里的一切,现在就到了严肃的反省。

她沉默着,然后拿起香水瓶来,打开,嗅了一嗅。

"妈妈,我擦丁点儿!"女孩利用着和母亲之间的突然的平等,羡慕地说。

"放屁!只有这点儿,留倒娶新姑娘的!你要偷,我戳死你!"

女孩撇了一下嘴,低下头去,狠狠地撕着衣服。母亲刚刚走出去,她就爬到椅子上去,动手偷起来了。她把香水倒在手心里,被浓烈的香气刺激得惊慌而狂喜,用舌头在手心里舐了一下。她又倒出了几滴生发油,把两样搀和在一起,迅速地涂在脸上,头上,手腕上。

她抓起破镜子来。

"好漂亮,罗家么妹好漂亮呀!"女孩,带着那种出神的,游戏的,幸福的表情,模仿着她所想像的声音,说。当她注意地凝视镜子的时候,她就被她自己底眼睛里的一种力量吸住了。她底巨大的,美丽的眼睛,在她底肮脏的,涂着生发油的脸上闪耀着。她霎了一下,又霎了一下,希望明白它们究竟是什么东西。

罗大斗猛然地推门进来,骇得她打抖。

"滚出去!"罗大斗愤怒得战栗,说,走到床边坐下了。

6

罗大斗,以为自己已经走进了光棍们底核心,觉得非常光荣,但在今天的赌场上,光棍们中间发生了某一件重要的事情,大家在商量,却把他赶了出来,他愤恨而沮丧,咒骂着他们,走了回来。

第一件惹起他底愤怒的,是他底被他母亲疼爱着的妹妹。

他在床边上坐了一下,走进了后房,也就是他底未来的新房。他抱着头痛苦地躺在床上,望着墙上的美丽的明星画片和两张三潭印月之类的风景片,后者是别人当做他结婚的礼物送来的。

"混账王八旦,不要脸的东西!"他骂,跳了起来,动手撕着墙上的印花纸和明星照片。他因过于兴奋而颤抖着,简直好像要疯狂,把桌上的一个新买来的土磁花瓶碰到地下去了。这是怎样的沉没,这是怎样的一种琐碎,混乱,而又狂热的状态!这时他母亲奔进来了。

"不要脸!没得出息!我们家里哪一些比别人了不起!不要脸!没得出息!"他用尖锐的声音叫着,痛苦地捶胸顿足。他底母亲向他扑来,他就沉默了。他突然地对他母亲感到非常的恐怖,好像幼年的时候一样。在恶毒的捶打之下,他捧着脸大哭起来了。

接着,他奔了出来,向江边跑去,以为这样会使他底母亲陷于绝望。他绕了一个圈子,心里变得安静而迷糊了,向十二道沟走来。六年以前,每当挨打而啼哭的时候,他总是向这里跑的。

在他底老伯父住过的那间茅屋里,现在是住着刘名高家底长工刘长寿夫妇两口子。刘长寿是单纯而懒惰的年青人,但在赚钱上面却又狡猾而勤快,他底主人想尽了方法,都不能阻止他在外面去赚钱。他底老婆,则是一个非常机灵的小女人。罗大斗走近来的时候,刘长寿正坐在门口编箪笠,显得非常安静。在周围的田野上,斜照着美丽的阳光。

"你哥子,……我来看看我那个伯伯底房子啊!"罗大斗说,萎缩地张望着,走了上来。

"看么!……坐么!"刘长寿说,单纯地笑着,他总是如此的。

"坐到要得,你哥子有酒喝没得么?"罗大斗用细弱的,怯弱的声音说,仍然在偷偷地张望着。

"酒是没得,开水倒有!"刘长寿说,高兴着自己底这种坦白的应付,用含笑的眼睛看着罗大斗。

他预备喊他底女人倒茶了,罗大斗急忙地抓住了他底手臂。

"你哥子不必!"罗大斗活泼地说,但在这活泼里,又带着一种黏腻的东西。"二天么!我兄弟请你吃杯酒!"他说,摇头,咂嘴,俨然是真正的光棍。"唉!我是来看我那个伯伯底房子!"他坐下来,拍了一下大腿说。"人死了,心里么还留着这么个丁点儿纪念!"

刘长寿无话可说,向他笑着,意思是赞同他。

"那些年多太平啊,吓!现在,没得话说!"罗大斗说,那种支配着他底整个的生活的狂热,在他底心里鼓动着了。

刘长寿编着竽笠,又向他笑着,仍然无话可说。在罗大斗身上,是有着黄鱼场底公共场所底全部的风度和激情的,而显然的,刘长寿,对于这些,是不大习惯的。在菜馆,烟馆,赌场,酒店里,是起伏着那种浓浊的波涛,它底那种力量,是造成了一些英雄,又造成了一些伏在英雄们底脚下的、卑微的奴才,它底那种力量,是击中了追求荣誉的脆弱的青年们底弱点,使他们在狂热和恐惧底不息的交替里毁灭了一生。

罗大斗,在他底那些英雄们里面,是决无出头的可能。他底快乐,是当着一些安份守己的老实人,表现他底英雄的激情和风度。对着刘长寿的现在,他刚才还挨了母亲底打的事,是被忘记了。

他用力地拍了一下大腿。

"你哥子,我兄弟今天来,要和你谈几句话!"他说,做着手势。于是他用他底细弱的、小孩般的、灼热的声音开始说话。他底小眼睛闪着光芒,搜索地、不怀好意地看着对方。"在黄鱼场,我兄弟活了这么多年,多少事情么,都还知道个点儿!"他说,绞扭了一下身体。

"我兄弟要谈的是,在本码头,常常有一些事,大家不谅解我兄弟!"他说,摇幌着身体。他搜索地看着刘长寿,希望明白,刘长寿是否已经被他感动。"大家都认为我兄弟有点儿那个!哎,没得说!你哥子心里亮嗷!"他拍着大腿,叫了起来。

然而刘长寿没有感动,没有崇拜他,只是疲乏地向他笑着。

"哎,我问你!我兄弟有件事情,你肯不肯帮忙么?"他问,侧着头,亲热地笑着。

"啥子事情么?"刘长寿问。

"哎,不必说!你哥子!"他说,幌了一下脑袋。"你哥子先说肯不肯出力么?"

刘长寿嬉嬉地笑着,表示很为难。

"你哥子心里明白嗷!"罗大斗拍大腿,大声地喊叫了起来。沉静了一下。"哎,这么一件事,你哥子听倒:张海云那批混蛋霸占小老汉底茶馆,小老汉跟我叩头,哭着求我!哎,我心里下不去啊!你哥子帮不帮点儿忙么?"他说。

"小老汉……小老汉是哪一个,我都不晓得哩!"刘长寿说,觉得这一切很有趣,笑了起来。

"哎!你哥子!"罗大斗说,突然地沉静了下来,眼光呆板坐在那里,好像僵化了似的。刘长寿低下头去,安静地编着他底竿笠。

罗大斗心里突然冷淡了,想到了他和他母亲底冲突。

"有点儿话要跟你哥子谈谈,"他用软化的、可怜的声音说。"兄弟这种人,凭你底心说,够不够上做朋友?"他说,眼泪流了出来。这是从痛苦而忧伤的内心发出来的诚实声音。刘长寿感到难于了解了,疑问地看着他。

"兄弟是……难得有路走啊!"罗大斗说,大滴的眼泪流到地上去了。在这种安慰的感情里,他便又感到了一种热情,于是重新地兴奋了起来。

刘长寿是再也不能理解这个人了,而且他,刘长寿,也的确并没有这样的愿望。

"你哥子听到,兄弟平生最痛恨那种检别人的渣渣的人!兄弟是,宁可让自己底堂客没得衣服穿,也决不检别人底羊皮袍!

男子汉大丈夫,堂客又算得什么!吓!"他说,掳起了衣袖。在这里,他是说到了他底痛苦,他母亲底香水瓶,明星画片,以及他底未来的女人。

"你是要娶堂客了吧?"刘长寿,从竿笠上抬起头来,问。

"堂客!堂客算得个屁!我兄弟平生最痛恨!……"罗大斗狂热地说,但这时从里面传来了刘长寿女人底愤怒的声音,刘长寿站起来,走进去了。

年轻的,机灵女人在里面高声地叫骂了起来,骂她丈夫耽搁了时间。刘长寿走了进去,女人就快乐地笑了起来,而且做了一个鬼脸。接着她就更凶地叫骂了起来。刘长寿看着她,快乐地笑着。

罗大斗愤怒了,他站了起来。但他看见了门槛上面的剪刀。他犹豫了一下,不知是发怒好,还是拿剪刀好,终于他选择了剪刀。情形是这样:真正的光棍,是敢于一面偷剪刀,一面捶桌子大骂的。

罗大斗偷了剪刀,恐怖得发抖。

"……兄弟走了!"他用破碎的声音叫;"后天兄弟娶堂客,请来吃杯酒!"

他走下了土坡。没有多久,他便听到了后面的脚步声。脚步声近来,他就站住,转过身来。

刘长寿面孔灰白,眼里有可怕的光芒,看着他。

"兄弟娶堂客,请来……吃杯酒!"罗大斗用细弱的声音说,颤抖着。

"罗大斗,我底剪刀你拿了。"

"兄弟……娶堂客……吃杯酒!"

"你拿的剪刀!"

罗大斗变得死白,战栗着。

"龟儿拿了你的剪刀!"他疯狂地叫,跳了起来。而后他静止了,他底死白的脸孔痛苦地颤抖着。

刘长寿看着他,有些激动,显得很犹豫,显然地,这个他所不能了解的人令他痛苦。

"要得!"他轻蔑地说,盼顾了一下,转去了。

罗大斗转身就走,但心里很不安。这不安是因为他觉得他底否认暴露了他底弱点,使得刘长寿确信他是偷了剪刀。他觉得这种行为太不像一个光棍了。走了一下之后,他在山边上站下,对着一棵枯树练习了起来。

"剪刀!"他说——他想像这是刘长寿说的。

他走开两步,转过身来,向着这个刘长寿。

"龟儿拿了你底剪刀,你他妈的那个臭婆娘!"他凶恶地,威风凛凛地叫。

他向那个想像的刘长寿轻蔑地看了一眼,大摇大摆地走开去了。

7

罗大斗,是只要得到一点点,就能够满足的,但在这个世界上,是存在着如此之多的迷人的东西,他不得不拿它们来和自己底比较。显然的,这个世界折磨着他。

结婚的早晨,他心里很迷糊,差不多完全混乱了。这使得他随着他母亲底播弄,显得很驯顺。时间还很早,就来了四五个喜欢热闹的女人,她们打打敲敲地到处跑,发出活泼的笑声来,在某一个机会里,一致地和罗大斗开着玩笑,使得罗大斗感到了一种甜蜜的情绪,隐隐地在那里爱着他底周家大妹了。在这几个快乐的女人里面,有两个是罗大斗底母亲底姨表妹和外甥女。在平常她们是很少来往的,因为她们都很穷苦。罗大斗想到,她们之所以如此活泼,是因为她们心里很不好意思;她们没有送礼。但罗大斗仍然因她们而快乐,这种单纯的快乐他几乎从来没有经历过。

客人一来多,空气就沉重了起来,因为,罗大斗底母亲显得很傲慢,她以为这样就能够掩饰她底吝啬和穷酸。她大声地向一个女客说,她们底家庭,在从前是如何之好,这使得罗大斗很苦恼。

道士要一只公鸡。此外还要一些酒,罗大斗底母亲愤怒地说:没有,走进去了。她相信道士是在欺骗,但这使得客人们很不高兴,特别是稍为有钱的客人们。

罗大斗,穿着新蓝布衫,呆呆地站在那里,看着开油店的张家底强壮的美丽的媳妇。穿着红花布的衣裳的,活泼的女人发觉了他在看她,快乐地、恼怒地红了脸,速迅地和一个老太婆说着话。

罗大斗看着她,此外毫无知觉了。

"他们都不相信:我早就知道!"张家媳妇说,飞快地瞥了罗大斗一眼。

"我还是知道点儿!"罗大斗用他底细弱的、狂热的声音说。

大家都注意到了,吃了一惊。表婶婶跑了进去,把这个告诉了罗大斗底母亲。

"大斗,进来!"母亲喊。罗大斗惊骇得打了一个寒战。他走了进去,痛苦地躺在床上;想到了他底不幸的父亲,他就哭起来了。

擦着胭脂的、紧张的妹妹跑了进来。

"妹妹啊!妹妹啊!可怜!……"罗大斗说,哭着。

女孩同情地看着他。

"新姑娘要来了,哥哥!"女孩说,紧张地盼顾着。

"不要脸的东西,起来!"母亲冲了进来,叫。

罗大斗沉默地爬了起来,仍然看着他底妹妹,心里充满了怜悯的感情。……他走了出去,在大的骚乱中间上了迎亲的滑杆。

他心里逐渐地有了更强的怜悯的感情,而且含着一种虔敬。这种感情,是从他底质朴的对父亲底回忆里来的,并且也是他底可爱的妹妹给他的。在如此的时间,一切骚乱,痛苦,狂热和疯狂的失望都离去了,他心里很明亮。在这样的瞬间,他是愿意向过去的生活告别而走上正直的道路了。他想,周家大妹是能够懂得他底好处的……他对她有了强烈的渴望。

但是,这个世界,是已经给罗大斗家安排了一件致命的不幸。在这件不幸之后,罗大斗就走进了更为黑暗的生活。

快到中午的时候,迎亲的花轿转来了,然而是空的,并且被打破了。罗大斗昏迷地躺在花轿后面的滑杆上。

酒席刚刚摆好——对这酒席,客人们是难得满意的——大家骚乱了起来。罗大斗底母亲奔了出来,看见了这样的罗大斗,就明白了一半,大哭起来了。

这件对于女家是秘密的婚姻,被从黄鱼场泄漏到云门场去了。从周家大妹底养父养母底家里,来了三十个以上的人,他们都是出色的光棍和泼妇。这样,迎亲底队伍在回来的路上遇到了抢劫,罗大斗被一拳打昏了。

最初,罗大斗看见了周家大妹被从花轿里拖了出来,一个穿得很好的女人走了上去,撕去了她底蒙面布,给了她两下耳光。她在如此的打击下,低着头,显得倔强而安静。突然地,她抬起头来,以明亮的、严肃的眼光,向罗大斗看了一眼。罗大斗心里腾起来了一阵热情,他向前跑去,于是被击倒了。

被抬回来的罗大斗底脸上,有着一种安静的神情,这是周家大妹底那迅速的一瞥造成的。这是一件恋爱,他底心已被安慰。而这种安静的神情,使母亲底感情赤裸出来了。她可怜她这个儿子,并且强烈地爱着他了。

罗大斗睁开眼睛来,立刻就明白地感觉到:他底母亲爱他,但不能安慰他。

"儿……苦命的儿啊!"母亲哭着,动手扶儿子下来。但罗大斗自己跳了下来,严肃地,痛苦地看着他底母亲:他底嘴唇颤栗着。

"妈……妈……"罗大斗说,喘息着,眼泪流了下来。"妈妈……我……对不住……我!"他说,喘息着。一种大的热情,使他向他母亲跪下来了。

母亲大哭,紧紧地抱住了她底儿子。

"伯伯们,婶婶们啊!我罗大斗是个坏蛋,我对不住我底苦命的妈啊!"罗大斗叫,于是他嚎啕大哭了。心肠仁慈的妇女们,是都在静静地站着,流下了眼泪。

....

客人们散去了,剩下少数的亲戚。女孩可怜地啼哭着。走过了结婚的筵席底荒凉的废墟。有两个老女人,带着嫉恨而紧张的神情,在包着碗里的肉,她看着她们。

"这里,这里还有一碗!"她说,指示着,哭着。

她们中间的一个向她谄媚地笑了一笑。然后她们互相愤怒地看着,好像说:"哼,你能包,我就不能包吗?"

女孩哭着,觉得无趣,走了开去。她看着一匹狗哭着,然后踢了它一脚。然后她又看着挂在树上的爆竹哭着。最后,她从怀里取出一块破镜子来,看着镜子,哭得更伤心。

8

在他们母子之间,这一度的激动的爱情之后,到来了一件冰冷的东西;它渐渐地就更为冷酷。罗大斗底母亲是绝望了,罗大斗自己,则随着热情,走上了他底奇异的途程。

他底热情是极为混乱的。他迷信一切鬼怪神奇,这不仅因为它们实在地迷惑了他,而且因为,他觉得,知道这些,是一种光荣。一棵大树被暴雷劈倒了,他心里便发生了一种畏怖的感情,同时又发生了一种快乐:把这个去讲给别人听,该是如何的光荣。愈是他没有见到的事,他愈是描写得确凿;别人,听他讲,他就感觉到光荣。常常的,因为说谎,他受到了大的侮辱——他常常为这而挨打。但他总是饶舌!夏天底猛烈的雷雨,冬天底狂暴的大风,深夜里的黑暗,死寂,和魅人的声音,都燃烧着他底想像,并且使他直接地感到光荣。渐渐地他就更确信那神奇吓人的一切了。他说:昨晚上他看见土地菩萨走出来了,又看见只剩下两个眼睛的鬼在地上打旋,他真的觉得是如此。有一次,深夜里,他恐怖得跌到泥沟里去,然而,第二天,这就成了他底光荣。

现在,深夜里走路,尤其在和别人一道走的时候,他要唱吓鬼的歌。

现在,听见乌鸦叫,尤其是在和别人一道的时候,他要大唾三声。

现在,在这样的冰冷的、死寂的、失望的深夜里,他痛苦地翻来覆去。忽然他就起来,觉得听到了什么声音。他鼓起了勇气,觉得有什么东西走过他底窗下。他从破纸里窥探出去,看见了蒙着灰色的微光的田野。他觉得,刚才的这个东西,是周家大妹底夜游的魂魄,他和周家大妹,是前生结下的冤孽。

他想像到,在前生,他是一个女人,他辜负了周家大妹,她在前生是一个男人。他心里严肃而痛苦。

于是他就离开了他底不幸的母亲,投到云门场来了。

在他所幻想的一切神奇之中,这一件神奇是最为真实:周家大妹底夜游的魂魄飘过了他底窗下。这一件神奇没有使他感到光荣,它所带来的是严肃的沉思,甜美的感激,伤心和顽强的追求。这一件行动,它底动机是纯洁的——但这件行动使他走进了一个可怖的深渊。

他拜伏在云门场底光棍们底脚下,很快地就走进了乞丐和偷儿们底集团。他遗忘了他底母亲,他在黑夜里面活动,他再无一个亲人了。

9

在一个赶场的日子,他看见了周家大妹。这时,他全身长满了虱子,害着脓疮,衣服完全破烂了;对于周家大妹,他差不多已经绝望了。他很容易地便认出了她,她穿着一件打补钉的衣服,仍然是那样的苍白阴惨。她是跟随着一个肥胖的女人的,背着一个沉重的箩兜。她底左脚跛得很凶,显然是挨了毒打。罗大斗闪到一堵断墙后面去,看着她;她恰好在断墙旁边的巷口站了下来,从巷子里,冬天的早晨底鲜美的阳光,照耀在她底头上。

她底太太在和别人兴奋地讲着话,她盼顾了一下,速迅地伸手到背后的箩兜里去,取了什么,同时一个男孩从她身边擦过,在人群里消失了。她底动作是这样的敏捷,罗大斗没有能够看清楚那男孩究竟拿去了什么。可是他懂得这件事底意义:周家大妹想弄一点钱。

罗大斗因懂得这个而觉得非常的幸福。

他所爱的女人,照耀在美丽的阳光下,脸上显出了一种宁静的、迷茫的表情。这样,对于罗大斗,别的一切都不存在了。

罗大斗追踪着她,一直到她主人家底庄院前面。她有两次回头看什么,然而一点都不曾注意到这个瘦削的、褴褛的人。

她走进门去:罗大斗觉得一切希望都失去了。他回来,蜷伏在他们底破祠堂里,下午又跑出来乱走,这样一直到黄昏。

这时场已经散了,在冷僻的处所,静静地没有一点声音,冬天的落日底短促而微弱的光华照耀在那些低矮而破朽的瓦屋上,有着一种和穆的景象;这光华迅速地消逝了,雾气静静地笼罩了下来。各处都变得阴暗,空气变得寒冷。饥饿的罗大斗疲乏地走着,他看见了从一家底灶门里所照出来的、美丽的、温暖的红光,就对着这红光站了下来。

这红光使他联想到周家大妹,他底眼睛潮湿了。

这时突然地传出了妇女底嘹亮的笑声和叫骂声。罗仁厚站在一个干枯的瓜棚下面,看见了那个叫做张有德的矮而结实的光棍,抓着一根竹条,沿着被臭水沟横断的大路跑着,在他底后面,追着一个健康的、褴褛的妇女,胸怀敞开,哈哈大笑着。在冬日的荒冷的寂静中,这种大笑的声音,和那个女人底那种快乐的动作,罗仁厚觉得曾经在哪里遇见过。啊,一切是这样的快乐!

张有德,是一个保长,也是罗仁厚们底首领。此刻他显然是喝醉了,或是假装喝醉了,在调戏女人。罗仁厚,对这一切,是特别感动的。

张有德披着单衣,最后就迅速地拉了下来,用它抵御那个强壮的女人。那个女人停住了,揩着笑出来的眼泪。

"来嘛,亲家!"光棍高兴地说。

"嗤!"女人说,做了一个动作。

"你们看哈!"光棍跳了一下,打了一个转,说。"咦,你看着——你安逸哩!"他同谁说,罗仁厚不能看见。"你底床借来睡一下嘛,亲家!啊,亲家!"光棍摊开手,做出失望的样子来,向谁说。他底衣服搭在肩膀上,他在冷风里快乐地转着。

忽然,从罗仁厚看不到的那一面,泼出冷水来。爆发了妇女底快乐的大笑,接着又有一些破碎的东西丢出来,光棍,就是保长,快乐地表演着。随后,他被女人们追逐着,向瓜棚这边奔跑。

"晚上来,晚上来!"光棍叫,停下来,摊开手,摇着屁股,表演着。

"要死——你看他呀!"强壮的女人叫,快乐地遮住了眼睛。

对于罗仁厚,这景象是多么伟大。他张开嘴,流着口水,嘻嘻地笑着。

"哪里去发了财!"光棍疲倦地说,披上了衣服。他们一同走着。

罗仁厚沉默着。

"今天——没得要!"光棍说。

"兄弟……"罗仁厚胆小地说。"还没有吃饭。……"

"吃榧子!……哪,老子赏你五元儿!"光棍说。

"兄弟……为了那个女人……在恍惚……"罗大斗说。

光棍沉默着。这时天色完全黑暗了,天上出现了稀疏的星星,场上的稀疏的灯火,在溷浊的空气里,显得昏沉而和平。

"去你妈底麻屄!"光棍突然地骂。"又是:'兄弟,为了那个女人……'啥子女人嗷!"光棍快乐地大声说。

罗仁厚,好像被骂的小孩,羞惭地笑了一笑。

"你哥子不懂得!"他说,叹息了一声。

"'你哥子不懂得!'鼻子吹咆咆!"光棍说,显然地,非常愉快。

但罗仁厚却不敢再说什么了。他们沉默着走进了正街,光棍向各处大声地喊叫着,最后就走到一个酒店里去了,丢下了罗仁厚。

一个钟点以后,他醉熏熏地从酒店走了出来。忠实的罗仁厚,畏缩地站在场口的一根柱子旁边,等待着他。

"肖海清跟米虫吵架,老子弹了一下,言归和平。"光棍说,笑着,酬答罗仁厚底忠心。

从附近的一家人家,照出来一片蒙眬的光。罗仁厚底萎缩的脸上,有着崇拜的笑容。

"我们谈谈嘛。那个女人,是吧?"光棍说。

罗仁厚底心激烈地跳起来了。

光棍,在微光里,皱着他底左眼,滑稽地、快乐地望着罗仁厚。他们两个人都笑起来了。

"你是被她迷住了啊!"光棍高兴地叫,好像发现了什么大道理。"你说对不对。迷住了啊!"

罗仁厚光荣地笑了一笑。

"兄弟,色无二味!"光棍正经地说;"我晓得你是好人,我们都是好人。"光棍,毫不怀疑地,颁给自己以"好人"的名号。无论是酷热的夏天或是忧愁的冬天,他,好人,都是如一地生活着。从小就在门前玩耍,后来父母双亡——这是他自己底叙述——深深地知道云门场底一切,他就深深地爱着云门场了。好人有一点自大,常常在街上表演,闹事,然而他不愁衣食,生活得很快乐。

"就是把省主席给我当!"他说,伸出头去,好像要爬到对方底身上去,"我也不干的啊!"他说,迅速地缩回头来。"但是我是保长,省主席,"他摆着头,"也还是看到过我底名字:'咦,张有德他是哪个呀!'吓,他不晓得就是我!"他指鼻子,并且咂嘴,简直就要爬到对方身上来了。

罗仁厚觉得,这是一个伟大的人物。

"兄弟,莫忧愁,有我!……吓,不是吹的话,云门场底事情!"光棍说,拍了一下大腿,掠了一下头发,曳着衣服走了开去。

"要与啊奴家……讲恋爱啊!"在寂寞的寒冷的街道上,光棍大声地唱了起来。

10

第三天,光棍实践了他底诺言,把周家大妹弄来了。这对于罗大斗,自然是一个奇迹,他觉得周家大妹是神圣的。是黄昏的时候,罗大斗正缩在破墙旁边烤火,光棍露出一种愤怒的表情来,推开了门。

"你认得他罢!"他指着罗大斗,向周家大妹说。"进去!"他阴沉地说。于是他站在旁边,带着无上的威严,看着这一对男女。显然地他因自己底成功而得意。

周家大妹被他主人家底长工底女人领了出来,交给了张有德。她知道这个张有德,非常的怕他,但是她决未料到会看到罗大斗。她知道这座名誉恶劣的破祠堂,这里面的肮脏的景象,那些躺在昏暗里的可怕的人形,是惊吓了她,所以她一时不能够认识罗大斗。

她畏缩地走了进来,忽然她抬头,警戒地张望着。她底视线停在罗大斗身上了:她心跳起来,血涌到脸上,低下了头。

罗大斗,怕在张有德面前丢脸,难看地笑着。

"我……我是罗……罗大斗……"他说,嘴唇颤栗着。"周家大妹,……我跟你说,"他用细弱的声音说,走近来,但隔着相当的距离便不敢再走了。

周家大妹迅速地看了他一眼。

张有德向他做了一个鄙夷的鬼脸,然后,露出一个冷笑来,看着他,突然地周家大妹转身就跑,而张有德含着那个冷笑看着她,并不阻拦。周家大妹迅速地跑出去了。

"你中个槌子用!"张有德说。

罗大斗,被这骂声惊醒,追了出去——这时那个不幸的小女子已经逃出了大门。月亮已经升起来了,田野里有着灰色的光明。周家大妹吃力地拖着她的肿痛的腿,沿着石板路奔去,罗大斗狂热地追着她,对她有了一种敌意。

她拚命地跑着,不发一点声音。罗大斗很快地就追上她了,伸手就可以抓住她了,然而她仍然不屈不挠地奔跑着。

她突然地停了下来,转身向着罗大斗。

"你干啥子!"她严厉地说。

罗大斗胆怯地看着她。

"周家大妹……我们是,前生结的冤孽啊!"罗大斗战栗着,说。

周家大妹沉默着,这样罗大斗就大胆了起来。他忽然地扑了过去,摸着她底身体①,发出了一种痛苦的、虚伪的笑声。

"唉!我想你好苦哟!"他说。

周家大妹拚命地推开了他。他站着,忽然地感到了空虚,他已经失去了随随便便地开一下玩笑,把这个女人弄到手的可能了,刚才他是想这么做的。他觉得他底心已经冷了,这使他很痛苦。这时雾气从田野里腾了起来,刚刚升起的月亮显得微弱而苍白。空气变得很寒冷,衣裳破烂的罗大斗战栗着。

"我……我有话跟你说。"他乞怜地说。

周家大妹,从来不知道有爱情,现在心里迷迷糊糊地感动了起来,放弃了她底戒备。她觉得罗大斗很可怜,并且想到,回去,反正已经迟了,于是就迷糊地跟着他。她还是一个小孩子,很容易地就做起梦来了:罗大斗底接触,他底畏惧和顺从,以及他底忠实的、可怜的眼光,使她心里发生了一种甜蜜的感情。在这个世界上,没有一个人曾经对她如此。

他们站在坟墓旁边的荒草中,罗大斗呆呆地看着田野。空气更冷,雾气更浓,雾底迷团在田野里飘浮着,拂着他们底脸,浸湿了他们底衣裳。罗大斗,是已经得到了初步的胜利,他底心温暖而活泼了起来。他望着田野,觉得一切都甜蜜,凄伤,美丽。他想到了他底母亲,妹妹,想到了黄鱼场底一切,并想到了黄鱼

---

① "摸着她底身体",新文艺版作"拉着她底手臂"。

场对岸的临江矗立的高大奇突的山峰;夏天底雷雨的云,总是从这山峰后面愤怒地升起来。

他觉得他被爱了,而他底往昔的生活,是十分的凄凉。他哭了起来。

"大妹我……想死啊!"他说。

他想到,他将要被一切人遗弃,而死在荒凉的山沟里;这样他就哭得更伤心了。

周家大妹温柔地、怜悯地看着他;不可觉察地①叹息了一声,这个小女子现在是幸福了。

一只乌鸦从坟墓后面的树上飞了起来,噪叫着。

"呸呸!乌鸦啊!"罗大斗痛恨地说,哭着。这乌鸦,使他想起过去所受的侮辱来了。但周家大妹不能知道这个:她只是觉得幸福,她在爱着。

罗大斗沉默了。他用力地抱住了她。于是,在这种接触之下这个小女子惊醒了。她心里腾起了一种热辣的东西,她觉得她是绝望了。

"放开! 放——开!"她愤怒地说,挣扎着。罗大斗不肯放开,一种疯狂的热情,使她毒辣地在他底手上咬了一口。

罗大斗恐怖地退后,同时她也退后,在她底眼睛里,闪耀着愤怒的、疯狂的亮光。罗大斗底强暴的接触,使她顿然觉得,她是永不能再回到主人家去了,也不能跟随这个人;这是一个脆弱的、堕落的人。这种绝望使她有了疯狂的热情,她想到就此而死——投身在险恶的悬岩下面。她不能回去了,是的! 她也决不想再回去! 她不可能跟随这个人,是的! 她也决不想跟随他! 在绝望之后,她心里是快乐而骄傲。

她第一次在这个世界上如此独立,如此自由地支配着她自己。她转身向浓雾中的田野狂奔了。罗大斗异常胆怯,不敢再追她。

---

① "不可觉察地",新文艺版作"不觉地"。

她跑过田野,她向山谷奔去。她在乱石堆和荆棘丛里蹦跳着,她穿过一些杂木,于是来到悬岩边上了。

她不觉地谨慎起来,摸索着走了近去。她看见了蒙着雾的深谷,在雾里各处有黑色的团块,在寂静中,谷底的水流声可以听见。

于是她骇怕了起来。那山谷底下,是多么可怕啊!她寒战了一下,转身就逃,觉得那山谷张着大口,在追着她。

她恐怖地,飞快地跑过田野。看见雾里的人影,她心里温暖了起来,顷刻之间就充满了感激。她向这人影跑去。这是罗大斗,他失望地站在这里,按着流血的手。

周家大妹喘息着,跑近来,就哭起来了。好像迷路的小孩又见到了母亲。

"……我不想死啊!我才……才只十七岁,没得一个人喜欢我,他们说我……阴险……其实我心里都明白啊……"她哭着,说。

罗大斗可怜地看着她,不知怎样是好。

"呜呜呜……你,你底手,我替你包①!"她说,哭着,翻开衣服,猛力地撕破了她底衣襟。

于是,他们在浓雾和严寒里走过田野,消失在什么一个地方。这一对不幸的男女,有了他们底幸福的一夜。

11

从这时起,一直到旧历年关的时候,经过了半个月的时间。这半个月内,周家大妹一有机会便溜到罗大斗这里来,每一次来,身上都有着新的紫块和血斑。他们在一些荒凉的破庙里度着他们底痛苦的生活。

这在半个月里,罗大斗有两次偷了场上的店家底东西,被捉到,挨了可怕的毒打。光棍们遗弃了他了,他底乞怜再得不到任

---

① "我替你包",新文艺版作"我替你包,包"。

何回答。到这个场上来的最初,他是很替张有德们做了一些不可告人的事的。现在他已经变得和乞丐一样了,有着乞丐的狼狈和凶恶。渐渐的,对周家大妹的热情也冷淡了,然而他又没有能力相信这个。事实是,假如相信了这个,他便除了讨饭回家以外再也无路可走了。

周家大妹常常偷点东西来给他,有一次还偷到了一件衣服。这使得他更离不开这个女人。这个女人,或者说,早熟的女孩子,对于他,抱着一种可怜的、顽强的感情。她底对这件爱情的惨淡的经营,成了她底绝望的生活里的唯一的安慰。她现在有了一种自觉,她觉得,她挨打,受苦,都是为了罗大斗;假如没有她,这个可怜的人便会冻饿而死了。她觉得她活着并不是没有用的,心里常常感到安慰。然而罗大斗却不能知道这些。他觉得这是应该如此的,因为这个女人已经是他的了。他对她逐渐地横暴了起来。他向她苛求更多的东西,他并且常常欺骗她。

有一次,周家大妹劝他找一件工做,她说:别人也有到工厂里去做工的。罗大斗觉得她不配说这样的话,打了她。但她以后仍然来找他,虽然显得很冷淡。对这冷淡,罗大斗又不能满足。他们中间的感情成了痛苦的,可怕的了。

荒野中的这一件秘密的爱情,它不是一件美丽的故事,到这里便濒于毁灭了。云门场底流氓们,大半都知道这件奇闻了。罗大斗受着侮辱,挨着毒打,被流氓们搜捕着。于是他们就常常地逃到荒山去。

旧历除夕的夜晚,云门场是非常的热闹。流氓们,整个地卷入了赌博的狂潮,各处的富有的庄院里,响着锣鼓的声音;散去的龙灯,在山里进行着。似乎一切人都快乐,都找得到一个快乐的地方,只有罗大斗是孤单的。然而,他是非常糊涂的,听着这些快乐的声音,幻想到一切人都是他底朋友,而他在云门场是非常的有势力,他也不觉地得意了起来。

他从破祠堂里钻了出来,冷得打抖,听见了锣鼓声,看见赤裸的田野上映着一种喜悦的光明,就快乐了起来。过去的无数次的热狂被唤醒了,在他底心里颤动着。他沿着石板路向场口迅速地走去,好像那里有什么东西在呼唤着他。

他骄傲起来,想,今天晚上不等周家大妹了。

天气是非常的冷。走过场外的小土地庙的时候,他站下来拉紧了身上的破衣。这时他突然发觉,在不远的路边,有一对眼睛在固执地注视着他。

他装出若无其事的样子来,又走了几步,但这双眼睛仍然在注视着他。他觉得这双眼睛一定看破了他底狼狈的情形,他被激怒了。

"看啥子!"他站了下来,以细弱的声音叫。

但那双眼睛仍然在看着他,凄苦而固执。这是一个冻倒了的乞儿。

"卖麻屄!"罗大斗跳了起来,愤怒地叫。

这双眼睛明亮了起来,它们好像说:"不必像这样罢!不会久了,你也会遭遇和我同样的命运!"

愤怒的罗大斗拾起一块石子来,向这个乞儿抛去。石子落在他身上,发出了一种沉闷的、轻微的声音。

"混帐个龟儿!"罗大斗骂,然后向场口走去。

然而他感到寒冷,觉得空虚。快乐已经没有了。他为什么还要到场上去呢?在那里,他已经再没有了一个朋友。

他茫然地站了一下,走了转来。路边的那双眼睛已经消失了,寒风在呼啸着。他走了近去,向那个乞儿恨恨地踢了一脚:他认为,他底不快乐,完全是因为他。随后他弯下腰去察看:乞儿已经死去了。

"呸!呸!呸!怪不得这样倒楣!"他说,走了开去。

12

他沮丧地走到黑暗的山边上来,走进了一座破庙。周家大妹还没有来,他感到失望。他想,今天晚上,说好了带东西来,又没有别人监视,她应该早些来的。

"这个婊子女人,一定给别人吊上了!哼,只要有钱!老实说,我是没得钱的!"他说,在门槛上坐了下来,摸出一点烟叶子来抽着,呆呆地看着远处的碉楼里的明亮的灯光。

这时爆竹在各处响起来了,愈来愈繁密。云门场上,腾着安祥的烟气。罗大斗萎缩地蜷伏着,饿得昏晕,不停地诅咒着他底周家大妹。最后他发誓说,要是她来了,他一定不饶她。

很久之后,一个人影从下面的路边上移动了过来,罗大斗认出了她是周家大妹,嫉恨地笑了一声。周家大妹挟着一包东西,不停地向四面张望着,困苦地爬了上来。

罗大斗阴沉地蜷伏着。

"你先来了。"周家大妹说,声音很不寻常。

罗大斗冷淡地哼了一声。

"你那个包包里是些啥子?"他问。

"你听我说,我今天……"

"听你说个屁!老子一天都没吃东西!"罗大斗叫,站了起来,夺过了她底包裹。

他打开包裹看见了两件衣服和一个荷包,并且嗅到肉底香气。他打开荷叶包,贪馋地吃了起来。

这时,从站在旁边的周家大妹底眼睛里,一滴眼泪落到地上去了。她转过身子去,低着头,沉默地流着泪。

"好吃,安逸!"罗大斗说,伸手到周家大妹底身上来。

"哭啥子?"他发觉了,叫:"你哭,是不是老子把你吃伤了!"

周家大妹沉默着。

"龟儿不要脸的婆娘!哭!老子是穷人,老子没得钱!"罗大斗骂。

随后他便走到墙壁旁边去,在地上蜷伏了起来。接着,他就发出了一种痛苦的、夸张的呻吟。周家大妹不理他,他呻吟得更高了。

"哎哟!呵!唉!哎哟!死了死了哎哟!马上就死了,哎哟!"

周家大妹,对他底这种情形,是非常熟悉了。她转过身来,严肃地、痛苦地看着他。

"哎哟,浑身痛、要死了啊!"罗大斗喘息着,喊。

周家大妹底心,是完全冷淡了。

"罗大斗,你听我说,"她说:"我想了好几天了!你打我,骂我,我不怪你,那些人毒,整我,我也不怨哪个,我是想你好!我想了好几天了,今天早上我听到说他们都知道你了,我也就打定了主意,你听我说,你顶好还是离开云门场。我这回来了,下回也不得来了。我来是跟你说……"

罗大斗咆哮了一声,站了起来。

"放屁!"他叫。

周家大妹沉默着。

"我猜倒你底鬼心思!你是想找个有钱的,反正不在乎了,卖麻屄!跟你说,老子一天不死,一天不离开云门场,你就一天都不得快活!"

周家大妹流着泪,然后轻轻地哭了起来。

"我今天,跟你拿来两件衣服……"

"你这衣服哪里来的?"罗大斗叫。

"我是说,我也活不下去……你走了,我心里也落个想念,我也不怨你。"

"哎哟!哎哟!"罗大斗重新地呻吟了起来。但忽然他又吼叫起来了。

"跟老子在地上睡倒!"他叫。

"罗大斗!"周家大妹严厉①地说。

"好,看老子揍跟你看,婊子儿!"罗大斗狂怒地叫,于是冲了上去,挥起拳头来疯狂地打在周家大妹底脸上。

周家大妹抗拒着他,企图逃开,她正要跑出去,罗大斗滚到地上去,大哭起来了。她觉得他很可怜,站下了。

---

① "严厉",新文艺版作"痛苦"。

"哎哟!我罗大斗如今是山穷水尽了啊!哎哟!我是就要死了啊,我底亲娘呀!……哎哟,大妹,我对不住你呀!"他哭着,叫着,在地上翻滚。

这时有一道手电底光辉照在破门上,接着就有了人声和脚步声。罗大斗寂静了,爬了起来。

"他们来了。"周家大妹说,盼顾了一下,然后就安静地站着,望着外面。

罗大斗恐怖了起来,拖着周家大妹,求她救他。然后他往窗上爬,又往破板后面蹲。这时人们已经走了进来,手电照着了他。

他们是周家大妹主人家底少爷和长工,给他们领路的,是光棍张有德。

"哎,罗大斗,你这个样子耍法,耍到今天,就太不够朋友了啊!"张有德快乐地大声说,走了进来。

"捆起来!"少爷说,丢下了绳索。

罗大斗呆呆地站着。但突然地他跪了下来,不停地向少爷叩着头。周家大妹愤怒地转过脸去。

13

罗大斗在挨了毒打之后,就被送去当壮丁。几天之后,壮丁们集合到黄鱼场来,以便搭船到县城去入营,罗大斗就又回到黄鱼场来了。当晚天上,那个痛苦的母亲知道了这个消息,哭喊着奔到镇公所来。

罗大斗底母亲哭号着跑过街道。她底女儿,拖着一双破烂的大鞋子,一声不响地追随着她。

她向一切她认为有力量的人们恳求,哭号,叩头,希望他们拯救她底儿子。这一个多月来,黄鱼场上的流氓们多半已经知道了罗大斗底事情,然而做母亲的都一点也不知道。她以为他是跑到城里去,或者死在什么地方了。在这个打击之下,她是失去了生机,麻木地生活着。现在,儿子底出现把她底绝望的痛苦重新地刺激了起来。

她向联保主任叩头,向绅粮们叩头,求他们放掉她底儿子,至少要让她见他一面。第三次跑过街道的时候,她撞见了她那一保的刘保长,这是一个矮小的、迟钝的老年人。

"刘保长,救命呀!"她喊,跑了过来,扑在地上,叩头如捣蒜。

刘保长着急地拉着她,告诉她说,这件事情,他一点都管不到。然而她不肯起来。刘保长着急地向周围的人们叫着说,对天发誓,他一点办法都没有。然而她仍然不肯起来。

"你找我有啥子用哟!"保长叫。

罗大斗底母亲站了起来,仓皇地张望着。

"罗家太婆,你听我说……"保长说。

"么妹,过来!"罗大斗底母亲喊,打断了保长。"么妹过来跟保长叩个头,求求保长。"

于是么妹一同跪下去了。

"求求保长,求求保长。"母亲说,叩着头。

"求求保长,求求保长。"女孩用清脆的声音说,叩着头。

年老的保长焦急得颤抖着,突然大哭起来,并且跪下来了。他向罗大斗底母亲叩头,又向女孩叩头,大哭着。然后他迅速地爬起来,大哭着冲开人群,跑了开去。

"求求各位啊,求求各位呐,寡妇孤儿啊!"罗大斗底母亲向人群叩头,说。

"求求各位啊,寡妇孤儿啊!"女孩用清脆的声音说,叩着头。

她们像这样一直求到深夜,第二天一大早她们又到街上来了。

14

罗大斗底感觉已经陷于麻木,他机械地听着别人底摆布,并不觉得黄鱼场是他所熟悉的——从前的那种甜蜜的亲切之情,是不复存在了——也没有想到他底母亲。他被带进了镇公所,关进了一间第一眼看来非常黑暗的房间。他踉跄地踏了进去,踩着了一个坐在地下的人底小腿,接着他就分辨出来,在这里面,一共挤着十几个人。

他呆呆地站着,好像一点力气都没有了,好像,站着或坐下来,对于他是并无分别的。

"罗大斗,是你?"那个被他踩着了小腿的人,忧郁地说。

罗大斗站着,好像没有听见;他看见有人在吸烟,很想吸烟,就靠着那个吸烟的人挤了下来。

大家都在注意着他,这是他所不能知道的。他心里很疲乏,很静,连吸烟的欲望都没有了。

"罗大斗,你朗个来了?"那第一个说话的人,继续问,声音里充满了同情。

罗大斗听着他,不觉得他讲了什么。

"他屁眼儿痒!"对面壁角,一个沙哑的声音说。显然的,这是一个光棍。大家知道,他已经当了四次壮丁,这次又来了。没有人附和这个声音;空气是非常的沉重。

"罗大斗,你在云门场,他们把你朗个了?"有人问。

光棍轻蔑地看着说话的人。但罗大斗自己却没有听见。这里摆着的沉重的同情,是他从来都不曾遇到的。然而他不感觉到它,他心里很静,在想着被鞭挞而鼻子冒血的周家大妹。渐渐的,他心里有了一种渴望:他渴望非常的,残酷的痛苦,他渴望他所不曾遭遇过的那种绝对的痛苦。他渴望那种痛苦:有力的,野蛮的,残酷的人们,把他挑在刀尖上;他渴望直截了当的刀刺,火烧,鞭挞,谋杀。他渴望这个,因为他底生命已经疲弱了,这种绝对的力量,是他底生命里面最缺乏的;而且,无论在云门场或是在黄鱼场,你都找不到这种绝对的有力,野蛮,而残酷的人们。他底在黄鱼场和云门场所生活过来的生命,是疲弱了。

他震动了一下,觉得他被当胸刺杀了,他感到无上的甜蜜。

但他底活在黄鱼场和云门场的生命,渐渐地又被刺激了起来;纯粹地是被刺激了起来,随着这种刺激而运动。

"罗大斗,他们说你捣些乱七八糟的事情,有这回事吧?"那第一个声音,忧郁地问,接着叹息了一声。

"罗大斗,嗨,你底堂客呢?"光棍问,干笑了两声。

没有人响应光棍。但罗大斗自己,响应他了。

"去你的妈哟!"他用细弱的声音说。"你哥子,拚我一根烟。"他说,贪馋地吸着气。

"我有烟。"在他底旁边,刘长寿说。他在抽着烟,他底忧郁的,单纯的脸,在烟火的微光里愁惨地笑着。

"谢了。"罗大斗说,吸起烟来。"你哥子又何必哟,都是本码头……"他用细弱的声音说。显然地,希望对光棍讨好。

"本码头!本码头没得你这个龟儿!"光棍说。

"不许开腔!"外面的兵士,严厉地叫。于是他们大家沉默了。

但罗大斗已经被刺激起来,不能安静了。他渐渐地有些迷糊,他一面对光棍底那一切激动着,一面做着梦。他梦见了他底妹妹,她在衣襟上插着桃花,从桃林里跑了出来。忽然桃林不见了,一匹狼跑了出来,衔走了周家大妹,接着就有了更多的狼,四面八方地围绕着他,用它们底狞恶的绿色的眼睛凝视着他……他恐怖得叫了一声,抬起头来。

"哈,老子梦见了狼!"他高兴了起来说,于是他激动地推着他身边的刘长寿,"你哥子听倒,刚才我梦见了一百多匹大狼,绿焰焰的眼睛!"

显然的,刘长寿一点都不能理解他,而且也没有兴趣——这个单纯的人立刻就又睡熟了。

对面的墙壁下,光棍轻蔑地哼了一声。

"真的我梦见狼!"他向光棍得意地说。光棍骂了什么,他沉默了,接着就又怀着激动迷糊过去了。

没有多久,他又抬起头来。这次他梦见了他底母亲,梦见他母亲在哭,他心里充满了强烈的凄惶。但是,当他发现了那个光棍在抽着烟的时候,他就忘记了这种凄惶。他推醒了刘长寿。

"你哥子,我兄弟有点儿话说。"他用细弱的声音说,瞥着光棍。"要是你哥子将来遇到了我底那个妈,你就说:'你底儿死了,他说让你过得快活!'"他说,兴奋得战栗,瞥着光棍,希望这种光棍式的英雄的话能够得到他底激赏。

刘长寿凄凉地叹息了一声,没有多久就又睡着了。光棍在静静地抽着烟。

罗大斗现在是非常的感激这个刘长寿了,他想到了剪刀的事,心里很觉得不安。他又兴奋了起来,推醒了刘长寿。

"你哥子听我说,我兄弟心上有件事……"他说,有些迟疑;想在光棍面前博得光荣。光棍凶凶地咳了一声,他沉默了。

有人大声地叹息。罗大斗又迷糊了起来,他重新地梦见了周家大妹,梦见她在啼哭。他醒来,眼里含着泪水。

他轻轻地,犹豫地推了一下刘长寿。

"刘长寿啊……那回子,兄弟拿了你一把,一把剪刀……"他说。

"我早都忘了啊……唉,我丢下我底那个女人了!"刘长寿说。

"兄弟心上很……很不安!刘长寿啊,这一回子兄弟在云门场……"罗大斗说。光棍吼了一声——这个光棍,他因了别人对他冷淡而对罗大斗有着更强的毒恨——站了起来,罗大斗沉默了。

光棍脱下一只鞋子,走了过来,用力地敲着罗大斗底头。

"你哥子又何必哟!"罗大斗可怜地说。

"看你吹不吹!看你吹不吹,看你吹不吹!"光棍凶恶地说,向罗大斗头上打了三下。

"喂,老兄,别个可怜人!"刘长寿愤怒地说,支着身体,预备站起来。

"不要欺侮人!"另外的愤怒的声音叫。

"我说你哥子又何必哟!"罗大斗说,他仍然希望讨好于光棍。光棍骂了一声,然后大家都沉默了。

罗大斗重新地迷糊了起来。刺激和兴奋都过去了,他底心重新地变得空虚,疲乏,呆滞。

15

　　罗大斗,是直到最后,都不能从他底对他底英雄们的崇拜解脱出来,虽然他很明白,这些英雄,是怎样的一种存在:他明白他们生活底细微末节。他底热情,是固定了朝这样的一个方向运动。另外的那一切,那些爱情,友谊,同情,以及悲凉而深沉的叹息,是都被他践踏了。

　　这样,他也就失去了他底生机。他底身上的一切是沉重的,那种叫做理智,理性和意志的东西,是毁灭了。最初他是狂热的,现在他是空虚,呆滞的。那一股青春的力量,是很快地就过去了。现在,对于他,一个小流氓,已经再没有东西是庄严的了,——对于他,只有可怕的东西是存在的。一切都是可怕的,要么他就变得呆滞,要么他就在幻影面前颠狂,战栗。虽然,对于他周围的生活,他是懂得异常的清楚,但这些知识在他底人生行为里却丝毫都不能发生效果。幻想和暴乱的热情把一切都歪曲,淹没了——在生活里,人们大抵是违背着知识底教训,而伏伏帖帖地听从着热情底指引的。

　　第二天早晨,疲惫的、颓衰的壮丁们在镇公所底院落里列队准备出发了。队伍很久才勉强地排起来,荷着枪的兵士们用枝条抽打他们,并且向他们愤怒地吼叫着。

　　是晴朗的早晨,太阳已经升了起来,照在镇公所底屋顶上和一堵白色的高墙上。在镇公所底门前,集着很多的人,大半是妇女,她们都是母亲和妻子,她们是来目送他们底亲人的。

　　她们有的抱着奶儿,有的提着一点东西,有的在低低地啜泣着。在镇公所前面的走道上,一个警察在徘徊着,显得很烦恼。

　　县政府派来的兵役科科长,显得非常的严厉,走了出来。警察向他敬礼,妇女们屏息着,敬畏地看着他。

　　壮丁们从镇公所底断墙的缺口里走了出来,通过一片瓦砾场(镇公所底大门正在重新建筑。)啜泣着的,抱着奶儿的,衣服褴褛的妇女们陆陆续续地、紧张地向前跑去。罗大斗的母亲跑在最前面；在人群中间，挤动着她底拖着大鞋子的、八岁的女儿。但她们在瓦砾场底边沿上被兵士们拦住了。

颓衰的壮丁们通过着。从妇女们中间，发出了一些叫喊，最初是抑制着的，后来是嘹亮的。

有一个女人高声地哭起来了。

"刘长寿！刘长寿！我在这里！"刘长寿底瘦小的女人，喊，含着眼泪。随即她就冲进了瓦砾场，把她手里的一卷钞票往刘长寿底脚前一摔。

刘长寿含着眼泪，拾起钞票摔了回来。

"你留起！"他说。

女人向前跑，重新拾起来摔了过去。

"告诉你我不要，你留起！"刘长寿说，摔了回来，揩了一下眼睛，向前走去了。

刘长寿底瘦小的女人被一个兵士拦住了，看了一下钞票，哭了起来。但赶快地又停止了哭泣，踮起脚来，通过兵士底肩头，凝视着她底丈夫。

罗大斗底母亲，笨重地冲进了瓦砾场，她底女孩紧紧地跟随着。死白的、麻木的罗大斗走出断墙底缺口来，踉跄着，没有看到他底母亲，似乎也没有想到他底母亲。他底母亲看见了他，就大哭起来了，因为，她底这个儿子，比起一个多月以前来，是完全不同了。母亲底心，本能地感觉到，儿子底毁灭，是已经到了怎样的程度。

她喊着儿子底名字，哭着奔了上去。罗大斗疲乏地抬起头来，认出了他底母亲，就呆呆地站着不动。他似乎是在等待着什么。

母亲扑倒在他底脚下，抱住了他底腿。于是他心里有东西碎裂了，血液冲了上来，他底眼睛发光，他底嘴唇颤抖着。

两个兵士走了上来，一个拖罗大斗，一个拖他底母亲；兵士咆哮着，拖着他的时候，他在空空地望着站在街上的人群：黄鱼场底人们，是都在看着他。

是的,黄鱼场底人们,都在看着他。他觉得他们是在可怜他!他是一点错处也没有的!他是蒙着大的冤屈的!

他痴痴地望着,想到了周家大妹。

于是他叫了一声,挣脱了兵士,也挣脱了他底母亲。他痴痴地走了几步,突然地就跪了下来,向他底母亲叩着头,然后向人群叩着头。他做这种行动,心里有着热狂的、愤怒的感情。他锐利地感到他底这种行为侮辱了一切,他心里有着大的快乐。

他并不想侮辱黄鱼场底人们,也不想侮辱他底母亲:他热狂地侮辱他自己,侮辱一切,因而快乐。这可以说是他底一生里的最清醒的瞬间了,虽然,很显然地,他已经被一种冷酷的疯狂所掌握了。

他向向他跑来的兵士叩着头,这时壮丁们已经走完了,阳光照在瓦砾场上,人群上笼罩着大的肃静。

他频频地叩着头,一句话都不说,他底母亲则在一个兵士底拖曳下大哭着:她明显地感到了恐怖。罗大斗站起来了,面孔死白,飘摇着,眼里有眩晕的、可怕的光芒。突然地他就向一块巨石上撞去了。

人群里发出了一阵轻微的惊呼。鲜血淋漓的罗大斗,在别人拖住他之前,又向石块猛撞了一下,然后就仰天倒下了。

他底母亲大叫着,和兵士挣扎着。肥胖的、手里拿着枝条的警察队长跑了出来,忧愁地、吃惊地向罗大斗看了一下。

"你看他蠢不蠢!这是公家上的事情啊,你们看这两母子蠢不蠢!"他弯着腰,用枝条指点着,大声地、亲热地向人群说,显然地,他想讨好大家。但大家严肃地沉默着。

罗大斗抽搐着,突然地不再动弹了。这时他底大哭着的母亲突然沉寂了。她底眼睛凝固了,向着罗大斗。她移动脚步,用凝固了的眼睛向着前面,向前走去,抓着她的那个兵士本能地放开了她。她突然地拍手,仰天大笑了起来。

"么妹,快去喊你妈!"一个瘦削的女人紧张地向呆呆地站在那里的罗家么妹说,并且推了她一下。

女孩哭起来了。

"么妹,快去喊!"那个瘦削的女人说。

女孩跑了过来,哭着。那个瘦削的女人,含着眼泪,跟着她。

"妈!妈妈!妈妈呀!"女孩喊,恐怖地哭着。

罗大斗底母亲拍着手,大笑着,在她底儿子底尸体旁边兜着圈子。她底女儿,拖着破烂的大鞋子追着她跑,哭着,喊叫着。

"么妹,用力喊,用力喊!"瘦削的女人说,在后面推着女孩。但终于她自己冲动地哭了起来。

"妈!妈!"女孩,本能地镇压了自己底恐怖,闪露了那种初发的理智,追着她底母亲不停地喊着。

一九四四年八月

王兴发夫妇

　　六月底清朗的早晨。黎明底金红色的神奇的光辉,最初是在山峰底右边伸展了出来,以后是在山峰底顶上铺张着;它好像是因什么一种力量而颤动着。一片白光在这金红的、沉醉的光辉里逐渐地加强了它底效果,它使它从什么样的一种梦境里苏醒了;最后它就完全地渗透了出来,几乎是突然地,太阳升起来了。山坡和田地里,各处出现了明亮的反照和暗蓝色的、鲜润的暗影:一切都好像是假的,它们好像是精致的玩具。可是,笼罩在大地上的那一片深沉的、温柔的寂静突然地消逝,各处都发露了新鲜的、活泼的、快乐的生命。

　　这里是一片荒凉的坟山,年青而有力的阳光在那些歪斜的墓碑和杂乱的野草上面照耀着。那边,下面,是一道细小的、峻急的溪流,它底两岸的小树和竹丛在阳光里苏醒,愉快地抖动着,发出声音来,仿佛轻微的叹息;它底急奔着的水流,蒙在那种可爱的光影里,美丽地闪耀着。在一大片丰饶的、绿色的稻田里,滚动着活泼的风浪。风浪首先是在这边的田地里开始——它突然地就跳过了弯屈的溪流,落在右岸的田地里,迅速而轻柔地拂过那些美丽的暗影和光明,一直滚到山边去了。活泼起来的稻田,好像那些顽皮的孩子们,接应了这一个爱抚,立刻就回过头来,顽劣而痴憨地斜视着,等待着那第二下。"看吧,你简直就追不上!"那第二下刚刚跳过溪流,它们就,带着一种活泼的嬉笑,向前逃奔了。"嘻!嘻!追不上吗?"于是它们就一直追逐到山边。

　　各处的庄院和农家,隐藏在矮林里的,或者是暴露在山坡上的农家,开始冒出烟来了。那些和平的人们在烧他们底早饭,同时田地里已经开始了劳作了。在这些晴朗的日子里，在这些忙碌的、迫近收获的日子里，在这片光明的大地上，每一个早晨的开始，都好像一个荣耀的节日底来临。远远的场上有锣鼓声，山坡上有女人们底叫声，田地里有歌声：温柔的梦幻消逝了，白昼，完全清醒过来了。

王兴发，怀着每个光明的早晨所有的新鲜的欢喜，在他底猪圈旁边洗着冷水澡，预备下田去工作。他刚刚动手穿衣服，场上的肥胖的杨队附和其余的几个穿短衫戴帽子的人就凶恶地走了进来，好像他是一个可怕的敌手似地抓住了他一把把他拖了出去。王兴发来不及明白这是怎样的一回事，但因为衣服没有穿好，羞辱地和他们挣扎着。他底女人，恐怖地喊着追了出来，在她底后面跟着他们底那些小孩。队附和他底伙计们愤怒地吼叫着，以至于好几个在田地里劳作着的人疾速地穿出稻田向对面的坡上逃去了。同时，在周围各处的空地上，以及对面的坡上，黑绿色的大树下面，站满了紧张的老人，妇女，和小孩们，向这边沉默地望着。

王兴发突然愤怒地摔开了那几个抓着他的人。

"要我跟你们走我就跟你们走！"他大声说，使那几个人退了一步；"要拿钱我就拿钱！你们未必是畜牲，连衣服都不让我穿！"

于是他就大步地奔了进去。从那几个披着军服，或者穿着短衫的人们里面，发出了一种微弱的笑声，他们并且痛苦地笑着盼顾，希望讨好周围的沉默着的人们。

王兴发愤怒地穿着衣服，不愿明了已经发生了什么，并且不可能明了这个，在穿着衣服的时候说着话。他希望安慰他底女人，并且告诉她，没有什么可怕的事情发生，同时他决不会害怕什么。但他底发抖的声音表示着，他已经不再年青，没有能力承担这么一件可怕的不幸了。

他底女人，抱着一个穿着夏布衣裳的小孩——这是他们东家底孩子——站在他的旁边，痛苦地，害怕地笑着，看着他。

"我们这些人就是不懂得公家上底事情，未必心里还亏这些畜牲!"王兴发说,"说做活路就做活路,说挑鹅石块就挑鹅石块,说声缴捐,立马就拿跟你!"他说,好久不能束起衣带来,"前回子说声缴壮丁费,用不着说第二声,立马就卖掉包谷拿跟你五千!啥子都不指望,……未必我还怕当壮丁,老都老了!"他说,突然地流下眼泪来。

他底女人,赶紧地丢了怀里的小孩,帮他束衣服:他是简直不行了。然而,女人也是病着的,在她底灰白的,衰弱的脸上,好久地保留着那个痛苦的,害怕的笑容,好像是忘记了它了,但流着眼泪。显然的,女人害怕增加丈夫底痛苦。外面又叫起来了。王兴发突然地抓了一下胸口,看着站在他底前面的,他底小孩们。但接着他就困惑地,轻蔑地笑了一笑。

他,和他底女人,都假装着并未发生什么,同时他们也不十分清楚究竟发生了什么。因为,这件事情,是超出了他们底力量和生活底范围的。

"未必我还怕!……"他说,向门外走去,对着那种喊声,装出一种勇气来。但他突然地又站住了,回头看着他底女人和小孩们。

"没得关系,一下下就转来!"他说,发白而且流汗。他迟疑了一下,飘摇地走出去了。

那个女人,大家叫她做王家么嫂的,异常的恐怖,因此什么都不明了。她有了一种绝望的,可怕的神情,但即刻就又原先那样痛苦地,恐惧地笑着:他惧怕明了这件事,惧怕弄错,并且惧怕加重她底丈夫底痛苦。她在门前的一张凳子上坐下来了,这样地安慰自己说:没有什么可怕的事情发生。她看着那几个人带着她底丈夫走下了土坡,忽然地她明白了什么,站了起来,向前跑去了。

她底小孩们追着她跑。

"回去看倒门!"她说,带着一种疯狂的神情。这种神情残酷地要她底孩子们更可怕地明白她刚刚明白的:"一切都完了!"对于孩子们的这种不觉的、无辜的报复,使她心里有了残酷的快乐。

突然地她又想起了什么。她跑回来,抱起了那个放在床板上的,别人底小孩。这是人们中间常有的情形。她底丈夫将完结,因此她将完结,因此她底小孩们将完结。她可以对这一切做主,这完结将残酷而快乐,毫无可以顾惜的,但是对于别人的责任,别人底小孩,应该,必需顾惜。

"哪个叫你来的!回去!"王兴发,因羞辱而倔强,并且,实在说,害怕她底女人跟着他而使他软弱,愤怒地叫,同时跳着脚。

王家么嫂站下来了,害怕他会痛苦,先前那样恐惧地笑着。

"叫你回去,婆娘!又不是去杀头!"肥胖的队附,回过头来,大声叫。

王家么嫂是那样的没有主张,她觉得他们是对的。她宁愿相信他们,她宁愿相信:没有什么可怕的事情发生。于是她转过身去了。但即刻她就觉得,这是不行,无论如何不行的,于是又悄悄地追了上来。

"把别个底娃儿晒倒了!"王兴发冤屈地叫,使她寒战了一下,昏迷地笑着,赶紧用她底粗糙的巴掌遮住了小孩底面孔。

"唉,老是这副瘟脾气,冤家啊!"王家么嫂小声说,安慰自己心中的那个绝望。她底眼泪,在她底奔跑的震动里,落在小孩底身上。

王家么嫂,在镇公所底屋檐下蹲了整整的一天:任何希望都没有了。中午的时候,她还看见有一两个年轻的女人站在卫兵底前面哭着,从她们得到了些微的安慰,但现在她们也走开了。她饿得发昏,奶水上去了,小孩哭着,使她哭了起来。她觉得,街上的人们,都是幸福、快乐、有力量的,唯有她是被抛弃、可怜而渺小的。但后来她便连这样的悲伤都没有了,在绝望中她只是挂念着她底小孩们,他们最大的才十岁。她不知他们找到了吃的没有,在床下的那个木箱子下面,是还有一点包谷的。

虽然她竭力地警醒着,黄昏的时候,她终于靠在墙上昏迷地睡去了。那个小孩,挣扎得疲倦了,在她底怀里咬着干瘪的奶头。酷烈的阳光,从对面的那一排房子上消失,在郁热的阴暗中,街上的人们增多了起来,各处都发出了嘈杂的、愉快的声音。那些很难断定他们底职业的人们,那些很难知道,在这个世界上,他们究竟是干着什么的人们,那些破烂的房屋底主人,恶劣的田地底东家,以及那些污臭的店铺底老板们,敞着衣服,拖着鞋子,摇着扇子,安闲地走着。穿得鲜艳而呆板,或者放任而凌乱的妇女们,在各个巷口,各个店铺底前面,聚在一起。正街转角地方,响起锣鼓来,接着就有了尖利的歌唱声:傀儡戏开场了。王家么嫂,在她底痛苦的梦境里迷胡地听着这一切;并且仿佛是梦见了这一切。她梦见了傀儡戏:在儿时,对于这个,她是这样的熟悉。她突然向什么地方奔跑起来,她突然看见了一个散发的,穿着绿色的衣服的女傀儡,拿着一支蜡烛在台上打旋,奔跑。她是在寻找着什么。王家么嫂知道,她是在寻找着她和她底丈夫底凶手——她并且是在寻找着替身,因为她是一个冤魂。这个冤魂拿着烛光奔跑,歌唱而呼叫,忽然地她找到了。王家么嫂紧张着,甜蜜而痛苦。这个冤魂,在一阵绝对的寂静之后,举起她底手来发出了一个复仇的声音。同时从什么地方发出了一个更可怕的复仇的声音,从天上投下一条红布来,勒住了她底仇敌底咽喉。从天空,从极深的地下,发出了更多的叫声,喊声,可怕的声音,这个复仇的幽灵就战抖着,举起她底尖刀来。

王家么嫂突然地吓醒了,寒战了一下。强烈的快乐混合着恐怖,她觉得不明了,她觉得自己就是那一个复仇的幽灵。她迅速地站起来拖着小孩奔进了镇公所:卫兵已经不在了,并且昏暗的院落中没有一个人。她喊了一声,奔近了一扇窗户。她看见王兴发坐在一张凳子上,扶着头,好像已经睡着了。

"出来!出来!"她说,"一个人都没得,出来走!"

王兴发看着她,好像不认识她。

"我不走,告诉你我不怕。"王兴发愤怒地说。

但随即他走到窗边来,伸出头来张望了一下。她看见了镇公所门前的昏暗的街道。于是他就跳出了窗户,好像一头逸脱的野兽一样的奔出去了。

王家么嫂急迫地追随着他。他奔进了一条黑暗的巷子,她跟着溜了进去。他们都回头看了一下:没有人发觉。他们底眼光短促地相遇,于是他们全身都弥漫着那种恐怖而幸福的感觉了。简单的人们底这种简单的行为,是招致了那个为他们所不曾知道的,痛苦而甜蜜的命运了。他们心里是突然地充满了新鲜的、强烈的爱情;他们底眼光互相地证明了这个。他们奔进了昏暗的田地,干枯的,稠密的包谷丛。

"么嫂,快点走,娃儿我抱!"王兴发用战抖的,温柔的声音说;这种声音,是那个可怜的么嫂久已遗忘的了。他涉过了一道水沟,转过身去,那样地仔细而亲切,牵着那个因新生的快乐而发着抖的么嫂走了过来。"么嫂,安生点儿,你是在生着病啊!"王兴发说。

这样地他们就走到了离他们家不远的,一片稠密的包谷地里。王兴发是那样地兴奋、快乐而迷胡,以至于他底女人不得不暗示给他说,他们是回不得家的了。同时她犹豫地提议说,他们可以到他们底老板家里去找人求求情。

"你说的是哪些啊!"王兴发,怀着那样强烈的爱情,动情地说,扳住了他底女人底肩膀;"你去求他们,他们又有啥子办法,顶多嘛就是把娃儿抱回去!有钱,还怕找不到奶妈!回不得家嘛就回不得家!你去把娃儿都牵出来,明天把东西都卖掉,要不就交在你婶婶那里,我们就不要这个家!"

王兴发是这样的兴奋,显然地他是亟于要说明他心里的那个幸福的,强烈的东西:他并不曾考虑到这些话底实际意义。显然地,他阻拦他底女人去求他底老板,并非因为他是明白这些人的,——虽然他的确是明白他们——而是因为,他害怕别人知道,羞于让别人知道,并且损害他心里的这个强烈的、幸福的东西。他原是痛苦地挣扎着,准备遗弃一切的,但他不能忘记的,只是这个女人,他是浪费了时间,在应该让她快乐的时候给了她那么多的痛苦——意外地从那个可怕的命运逃脱,他是显得有点疯癫了。他底女人,愁惨地笑了一笑,像一切这样地爱着的人们一样,同样地遗忘了实际的一切,不觉得有什么可以反对的,蹒出了包谷地。

王兴发并不如表面上看来那样的苍老。他刚只四十五岁。他结婚很迟:在他底年青的时代,他是在这周围的乡村里各处流浪,靠着替别人做长工过活的。这样地劳苦了差不多有二十年,他才积蓄了很少的几个钱,又借了一些钱,这才接了亲了。他底那一间房子,是负着债盖起来的,这债,是一直到去年才算还清。而他所耕种的那一块小田,是积年地欠着东家底债,它们差不多是不可能还清的了。在现在的这种奇异的热情里,回顾了他三十年来的劳苦,他觉得这一切是没有什么可以留恋的了。

三十年来,是逐日加重的一长串的苦役。那些无辜的小孩们,一个跟着一个地来了,现在一共有五个。两个月前又生了一个,但生下来几天就死去了:他们不能知道这是幸运呢还是不幸。代替着这个不幸的小灵魂来吸着母亲的奶汁的,就是现在的这个男孩。王兴发夫妇,对这个小孩有如对自己底儿女,因为,那种艰苦的责任,那种因责任而有的荣誉的感觉,是只有他们才感觉到的,然而,他们仍然受着老板底苛责。报酬是这样的微小,每当他们想到,这样地被他们抚养着的孩子,在夜里这样地吵闹,使他们焦灼、不眠的孩子,被自己底儿女们这样天真地喜爱着,保护着的孩子,有一天会完全不认得他们,并且贱视他们和他们底儿女们的时候,他们就要感到一阵伤痛。而这种伤痛,又特别地刺激起他们底爱心和对于自身的牺牲的荣誉的感觉来,这是他们对他们自己底儿女不曾有的。

可是现在,王兴发在他底强烈的感情里回顾这一切,他向自己说:这一切是为了什么,又有什么用呢?为别人受苦,希望得到善意的报偿,即使真的得到了这样的报偿,又能有什么用呢?

关在镇公所里整整的一天,王兴发是在挣扎着,希望能够倔强起来的。但是他不能挽救他底内心底颓唐。他想着他底女人、田地、草堆、猪圈、小孩们。他想到了几十年来,他是这样的劳苦,在田地、水车、磨房、谷场上,他底那个年青而强壮的身体,就变成了现在的这一付丑陋的躯干了。他记得,在一个夏天的早晨,他曾经在草坡上看见过一匹强壮的马。这匹马底美丽的躯体和它底有力而安宁的姿态,是那样地惊动了他。一年以后,他经过一间磨坊,在磨坊底门前重新地看见了它,认出了它以后,就被它底瘦削、肮脏、血淋淋的创痕和瞎了的左眼打动了,走到田地里就难受地哭了起来。

关在镇公所里,他想到了他是要和他底女人离别了。她是这样的勤苦和善良,但这十几年来,他只是忙碌着,挣扎着,有时又病着或愤怒着,不曾爱过她一点点,不曾顾念她一点点,并且毫不感激她底爱心和顾念。他现在已经记不起这十几年来他是为什么而忙碌、挣扎,并且这种忙碌、挣扎有什么必要;他痛心时日的荒废,他痛心他淡忘了那个重要的,重要的东西。他向他自己说:这一切,只有等待来生了。假如他再能和他底女人在一起生活的话,他将从头来过。他将抛弃另外的那一切,而紧紧地抓住那个曾经被他荒废了的、幸福的、重要的东西。

这样,当他意外地逃出来以后,这种强烈的心情就使他显得迷胡,并且有点疯癫了。他觉得别的一切都没有什么可以留恋的了。他牵着他底女人走过黑暗的水沟,从来不曾觉得有这样的幸福、温柔。恋爱和青春,就是这样地在不幸中复活了。重要的是人们明白了时间是短促的,悠长的岁月底黯淡的梦境,是被打碎了。

"唉,她哪个还不来呀!"他说,站起来望着:坡上有昏暗的灯火。天气是异常的郁闷,蚊虫,麦虫,和其他的小虫们,围攻着他,使他跳着脚。"唉,人在世界上,要好好地过活啊!"他说,流下眼泪来。他想起了那一匹瞎眼的马。他底意思是:时间,是短促的,他底女人,应该和他一道好好地生活。①

王家么嫂,同样也处在一种强烈的感情中,其中幸福和悲伤

---

① "他底意思是:时间,是短促的,他底女人,应该和他一道好好地生活。"新文艺版删去了这一句。

是同样的强。她是简单地从王兴发感染了这种梦境的。她是这样的慌乱,发冷而且颤抖着;她是在冀求着从来不曾有过的,美满和幸福。坡上有灯火,各处有和平的声音,在坡上歇凉的人们有笑声,艰辛的白昼是过去了,好像不幸是从来不曾存在过的。

"么嫂,王兴发朗个了?"邻家的女人,问。

王家么嫂站了下来,发冷而打颤,她不知道应该怎样回答。

"我跟你说,么嫂!"他底邻人说,希望能够安慰她,"对门山上的吴二哥,还不是给拉去了!"

"你没有碰到吴二嫂,啊,那才凶!"

"都是有冤仇啊!"一个老人,在黑暗中,说,发出扇子搧扑的声音来,"我就不晓得王兴发跟这些有哪些冤仇! 就是打国仗吧,也要公平嘛!"老人说,显然地,对这个,已经严肃地思索了很久。

"我不晓得!"王家么嫂,可怜地说,回答她底邻人们,希望他们能够原谅她。

忽然地,篱笆后面的黑暗中,发出了女人们底哈哈大笑的声音,王家么嫂,被这大笑声感动得流泪了;她什么都不明了,她不知为什么流泪。她走回去,走进门,黑暗而且寂寞。她底丰满的心忽然觉得异常的凄凉,她觉得她离开这个家已经有好几年那么久了。

她轻轻地喊着她底儿女们。她们都睡着了。大的一个,睡在门前的地上,两个小的,挤在一起,蜷缩在一张破席子上。她抱着怀里的小孩,站着,孩子们底均匀的纯洁的呼吸声在她底四周,蚊虫们在黑暗中怒鸣着。

"娃儿,你们都睡了啊!"忽然她说,哭了起来。

大的一个,醒来了,跳了起来。

"爸爸朗个了!"

"泥娃儿啊! 爸爸没得事情……你们都吃了没得啊!"

"我们吃了。"泥娃儿柔顺地说,惊异地看着母亲,并抱过她怀里的小孩来。

她是这样的惊慌、发颤、悲伤而幸福。她底整个的生命都是甜适的,为一件紧要的,从来不曾有过的事情而活着。可是,她刚刚弄好了饭、要泥娃儿送一碗到包谷地里去的时候,一群可怕的人堵住了她底门。小孩们都醒来,有两个大哭了。

　　她是好像在做梦;她底心,是已经不能适应这件粗厉的,可怕的东西了。

　　"请进来坐,杨队附。"她小声说,柔弱地笑着。

　　"出了纰漏了,坐个榧子!"肥胖的队附说,沉重地坐了下来,看了一周,"说老实话!王兴发到哪里去了?"

　　他所谓出了纰漏,是指十万块钱而言:王兴发,或者说,一个壮丁,是值得上十万块钱的。他站起来,走到房门口去张了一下,并用他底棍子在各处敲着,而后他重又原先那样地坐了下来。

　　王家么嫂一点都不知道应该怎样对付这个,仍然柔弱地笑着:她希望大家原谅她。

　　"王兴发,不是早上都拉去了!"邻家的女人,抱着小孩,站在门边,说。

　　"是啊,他早上就跟起走了!"王家么嫂说,她看着她底邻人们,他们是那样同情而忧愁地看着她,而这以前她是总在有些猜忌他们的,于是她就突然地从她底梦境里清醒了。她喘息着,她底眼里,射出凶恶的光芒来。她知道她所保卫的,是什么。

　　"你们这些人啊!"突然地她大声叫,带着一个疯狂的表情,"这么多人都看见的!拉了人还要来要人,我家里大小这么一大堆就是这么一条活路,要是有个差错啊!"她叫,充满着新鲜的悲伤和甜美的热情,大哭起来了。她悲伤她底理想的幸福和实在的不幸,她悲伤她十几年来的徒然的劳苦。她底叫号的声音,就使得那个队附和他底伙计们没有办法开口了。天气是这样的郁闷,那肥胖的队附托着下巴坐在凳子上,显得疲倦而颓唐,似乎什么都没有听见。"你们不晓得别个这些人是怎样的做牛做马,怎样的过活啊!你们底心就好比是铁打的,你还我底王兴发啊！"她觉得她可以因爱情和仇恨底力量而得救,她大叫一声,向那个队附冲过去了。

队附被她撞了一下,好像睡醒了似地,揉着肩膀站了起来。同时,她倒在地上,突然地觉得疲倦:那一阵疯狂的热情就消退了。她觉得疲倦,昏迷,然而甜畅;她底甜畅的,哀怜的心觉得,这些人,刚才的一切,都是遥远的;她想到了她底母亲,从她死去以后,她便一个人活在这个世界上了,王兴发给她带来了这么多的痛苦;这个世界底这种凶恶,她当时是以为她是决无能力与它抗争的。她需要一件温柔的东西。她需要依赖,顺从,怜惜的斥责,温和的眼色和呼唤。"亲娘啊！"她喊,悲伤地,温柔地哭起来了。

队附叉着腰站在旁边,努力地做出一种嘲弄的脸色来看着她。

"没得这么便宜！"他说,好像是回答他自己底思想,同时挤了一下左眼"总归是！"他忽然大声说,指着王家么嫂,弯下腰去,"你这个女人么,狡猾不过我！我这些人嘛,你问问看,都是出名的痞子！只有我这些人痞别个,未必你还想痞我！"他说,沉默着,显然是在做着严肃的思索。"我这些人嘛,都是出名的痞子,嗳！"他向大家说,掳着衣袖。像一切头脑简单、僵硬的人一样,他重复地说着这个他以为是真实的,并且表现了他底聪明的思想,而致于兴奋地笑了起来。

然而,王家么嫂在地上哭着,想念着那个温柔的、轻轻的东西。没有人懂得队附底这个聪明的思想,大家沉默着,似乎是在同样地想念着那个温柔的、轻轻的东西,于是队附被激怒了。

"起来,混帐东西！"他叫,一下子就冲到女人底面前去,而后又同样迅速地退了回来。"跟你说嘛,拉壮丁,是国家上底事情,违反命令嘛,就要枪毙！未必你以为我这些人就不会让枪毙嘛！"他说,又想到了一个聪明的思想;显然的,他害怕他周围的这些眼光了。他冲到一个驼背的老头子底面前去,希望得到同情,"我这些人,做差了,还不是要让枪毙！我底颈子都是伸得朗个长——在等着砍头!"他说,伸长了他底颈子。然而,大家不做声。"吴细娃,我就不信你底颈子不伸得朗个长!"他指着他底伙计滑稽地说。

那个叫做吴细娃的,细瘦的青年,快乐地缩了一下颈子,有几个人笑了。然而,他突然觉得痛苦,并且憎恶吴细娃。

"吓!有些惨!"他望着地上的王家么嫂想。"这个事情还是怪不得我们啊!"他向大家说。

于是,他就理直气壮地,并且带着一种报复的感情,凶恶起来了。

"起来!"他吼。

"我不晓得啊!"被那件温柔的东西弄得软弱、迷胡的女人,在地上坐了起来,求饶地说,她使邻人们里面发出了一声惋惜的叹息。

"要是不说,我就派人在这里守起!"队附说,"明天早上就拆掉你底房子,卖掉你底青苗!"

有人在门外大声叹息。队附,正在沉醉着他自己,吓了一跳。

"哪个出气!"他仓惶地叫:"哼,听到点儿,我这些人嘛,就是痞子!你说!"他向女人说,愈发威风了。

"杨队附可怜我们大大小小的,我不晓得啊!"

"哼,硬的不行软的来啦!"队附得意地说,"吴细娃,他不交出来,进里面去搜!"

于是他们拥到房里去了。王家么嫂坐在凳子上低着头。邻人们,有的看着里面,有的看着她,大家沉默着。突然地小孩们在里面叫起来了,他们叫:我们底猪儿呀!同时传出了母猪底叫声。但王家么嫂仍然低着头,她不感觉到这些,她在想着王兴发,她觉得这些都是可以丢弃的了。

"么嫂,拦倒他们!"一个女人,在门外紧张地说。

王家么嫂站了起来。但是她看着那个被拖出门来,哼着,叫着的猪,站着不动。她是被什么一种沉重的东西压着了,不能移动。

她是在秘密地冀求着那件幸福的东西,愿意丧失其余的一切了。

"你们这些人嘛真是!"那个驼背的老人,抓着烟杆,颤抖着,挤了进来。"人嘛,是拉去了!王兴发要是回来过,你砍我底头,别个,是女人家嘛……啊啊!"老人,哭起来了。

王家么嫂同样地哭起来了,但并不为猪,而是为了老人,她可怜老人和她自己。

"我们底猪呀!妈妈呀!"女孩,赤膊站在角落里,哭了起来。

"妹儿,不哭。"王家么嫂说,意外地露出了一个嘲讽的,快乐的微笑。然后她走过去,抱起了哭着的婴儿,撩起衣服来给他吃奶。那个笑容,长久地,有力地留在她底脸上,并在她底眼睛里闪灼着。

"么嫂,你追去呀!"矮小的女人焦急地说。

么嫂就用这样的笑容向着她,好像说:"可怜啊,但是也值得快乐!为什么你不知道,在世界上,有比一只猪,更要紧的东西?"

散开了的邻人们,特别是那些凶恶的女人们,在黑暗中向拖着母猪下坡的队附们投着泥块和石子,引起了一阵凶恶的咆哮。最后队附重新冲上来了,但坡上没有一个人。天边升起了黑云,闪了一下强烈的电光。在电光底照耀里,王家么嫂,抱着婴儿静静地站在门前。

王家么嫂走了回去,关起门来,甜蜜地安慰着她底哭泣着的孩子们,告诉他们说,爸爸已经回来了。接着她就疯狂般地奔到田地里去。王兴发正在吃着泥娃儿给他送来的饭,他已经知道了一切了。

"不要急!猪,不要了!我们不要这个家!"他说,激动地喘息着。他底女人,来不及说什么,就伏倒在他底肩膀上,为了幸福和不幸,为了怨恨和感激,抑制不住地哭起来了。

"我们……去到荒山里!"王兴发用同样激动、沉重的声音说,"泥娃儿,你回去守倒门,叫妹儿们都睡!"

漆黑的天边，闪了一下强烈的电光。王兴发夫妇，走到田地底深处去，被周围的深沉的、鲜美的香气陶醉了，女的，伏在男的肩膀上，哭着；男的，显出一种倔强的、傲慢的、可怕的模样来，觉得全世界都不能压倒他，沉默地望着天边，一阵活泼而疾速的大风吹过了田野，黑云底大幕，升到半天里，威胁着那些闪灼着的、安静、又是调皮的星星了。风过去了，一切都静止，窒闷。但突然地有更强、更密的电光从山峰底正面照射了出来，照见了蓬松的、飘动着的、褴褛的黑云。电光使云隙间的星星消失，接着它们就闪耀得更纯洁和更明亮。但大风起来而卷起灰砂，狂暴地呼喊着，一切都消失了。

　　包谷底干燥的叶子，被大风吹得紧贴在王兴发夫妇底身上。他们站在原来的姿势里，都安静、屏息着了。沉重的雷声，在山峰上滚动着，金色的、凶恶的、细瘦而美丽的电火，在浓密地活动着的黑云里，疯狂地闪灼着。有一种轻微而神秘的声音在大地上运动，突然地一个大雷在田地底顶空爆炸，好像什么巨大的建筑突然地倾倒了。

　　"翠珠啊，不要伤心！"王兴发说，抚着她底女人。她底衣裳在风里飘了开来，那个叫做翠珠的女人，就更紧地贴着他了。"那年子我们结婚，我们想不到有今天！这十几年都这样过去了，我们想不到有今天！翠珠啊，我尽管不怕，你想想这么多年我们是为了啥子！"

　　"我们转去吧，别个看不到的！"生病、颤抖着的女人——幸福的、做梦的翠珠，说。

　　"不要转去！我跟你说啊！"王兴发说；"我心里拿定了主意，这个世界就害不倒我！我本来不懂得，我跟我自己说，我说：'王兴发，这回子你是到了最后了，不要再想别的，翠珠她自己会过活，你要做一个大丈夫！'我跟自己说，'只要我对得起这个世界！当壮丁是去打国仗，打日本，你是中国人，你是男子，你要是有一点点儿害怕——我跟自己说，——你就对不起翠珠！'我说：'你想想吧，翠珠是看不上她底男子跟别个磕头求饶的！'我拿定主意了,不想,啥子都不——"一声巨雷,他神圣地沉默。"我跟那些强盗说,"他低声说,"好,我就去,不管跟你们到哪里,打死我也行,不过你们要让我底女人生活!翠珠啊,要是我这颗心能够丢得下你!我以前总是叫你吃苦啊!"

翠珠,甜蜜地哭着。

"天公地母啊!雷神电火啊!是你们叫我长了这么大的!你是看得清楚,啥子都知道的!"王兴发,全身都浸透了那种神圣的感觉,激动地大声说,"我是一个穷人,我是你们底儿子,要是我有错,你们马上就打死我吧!我站在这个地方,这是我几十年来过活的乡土,我底家,我底田地,我底心——你们神灵啊!"那些猛烈的雷电,连续地在空中奔突,击响着,"我是像刚生下来一样的没得罪过,你们带我去吧!这十几年来我是误了,但是今天我是对的啊!"

他突然地就伏在他底翠珠底肩上,沉默了。在一阵大风里,挟着有砂粒般的、强硬的、温热的东西打击着他们。一阵强大的啸声在黑暗中以无比的威力奔过田地,奔驰过来,这就是暴雨了。他们来不及做一种防御,就无助地站在可怕的狂风暴雨之中。然而这就是幸福,为他们从不曾知道的,它庄严地来临了。雷在高空震动,滚到低空,在低空爆炸,跌到地上,在地上爆炸,滚过他们底身边。在强烈的电光里,他们看见了神奇地波动着的田地,田间的美丽的道路,以及坡上的他们底那一间孤零的房屋。

他们突然听见了他们底儿子底尖利的,恐怖的喊声。不久之后,他们听见又加进了一个喊声,这是他们底八岁的女孩。他们喊着:"妈妈呀!"时而一致,时而参差。暴风雨底啸声总是迅速地就消灭了他们底软弱的声音。

这声音告诉王兴发说:他底女人,以及他底孩子们,在这个天地间,是如何的孤单而可怜。这个感觉使他充满了勇气:他要扶助,并且拯救他们。

于是他就扶着他底女人走出了包谷地。可怕的热情使他丢开了那个生着病的,疲乏而瘦弱的翠珠,拚命地在大雨中向他底孩子们奔去。一声巨雷,他后面发出了滑跌的、沉重的声音,在电光里面他看见,他底翠珠从一丈多高的坡上跌到田地里去了。

他跳下去把她抱了起来,喊了两声。她不回答,他失望地哭了。他抱着她爬上坡去,冲进了门。

"爸爸哟!你回来了啦!"小孩们叫,他们大哭了。

王家么嫂在昏迷的烧热中梦见,她底丈夫去了——再不回来了。已经过去了很多、很多的岁月。她没有田地,没有住房。没有家,没有孩子们——但有一个女孩,最小的女孩留在她底身边,女孩已经长大,扶着她在街上飘流。她们唱着歌,向人们乞讨。她看见房子倒塌,女孩被压死。接着她梦见,在大路边上,在一个美丽的桥畔,她和女孩坐在地上卖烧饼,桥下的水是那样的澄清,有水草飘浮着。忽然一个穿白汗衫的,肥胖的人走了过来,拿去了她们底牌照:没有牌照,就不许卖烧饼的。女孩看着剩下来的烧饼大哭了。她抱着女孩,在大哭中醒来。没有女孩,王兴发坐在床前。她继续哭着,抓着王兴发底手。王兴发问她为什么,她不能说。

接着她又睡去了。但她在喊叫中醒来,她叫:"你们不能卖青苗啊!"

"哪个说要卖青苗?"王兴发,跳了起来,问。

但是她不回答,她在烧热中昏迷过去。雷雨在外面猛烈地继续着,王兴发觉得好像是在做梦,他觉得从昨天早晨到现在好像已经过去了十年、几十年的时间。他走到外面来,坐在凳子上,就迷胡过去了。醒来的时候,他第一件注意到的事就是雷雨已经止歇:雷雨不能亘久地继续,可怕的事情大约要来了。但他仍然不能懂得,这可怕,究竟是什么。已经黎明,亮瓦上照耀着柔和的光明;屋檐在清晰地滴着水。

他走过去看看孩子们,并摸了一下王家么嫂底发烧的头。他听见她底呼吸异常的急促。

他无声地哭着走到门边,打开门,寒颤了一下,望着坡下的照耀在黎明的光耀下的、潮湿的、新鲜的田地。田地里有强大的水流声。

"这多水！莫把田坝冲垮了！"他想。

于是他觉得并没有什么可怕的事情曾经发生，正在发生，将要发生。他拿起锄头来就下到田地里去了。田坝没有垮，稻子发着芳香，一切都安好。雷雨后的黎明的空气是这样的鲜美，他回来，看了看王家么嫂，在门边坐了下来，立刻就甜畅地睡熟了。特别因为稻田底芳香和黎明的鲜美，他觉得所有的变故都是不可能的。他睡去了，直到什么一个人喊醒了他。

"王兴发，你还不快些走掉！"驼背的老人，显然刚起来，脸上涂满了污秽，紧张地说。

王兴发盼顾了一下，冷淡地摇了一下头，立刻又靠在门上睡去了。他迷胡地听见田地里嘹亮的歌声。老人，拾起地上的一件脏衣服来，覆在王兴发底赤裸着的胸膛上，揉着眼睛走开去了。

但不久他就被另一个人碰醒了，阳光直射着他，是那样的强烈，使他一时看不清什么。

他猛然抬头，看见了杨队附。于是他站了起来，用他底燃烧而可怕的眼睛看着他。

"这下该没得话说了吧！"队附快乐地笑着，好像觉得非常的有趣。

王兴发突然地闪了一下，抓起了墙边的斧头，猛烈地击在队附底脑门上。队附，来不及叫一声，沉重地倒下去了。

王兴发奔进房去，拖住了他底昏迷的翠珠，和她，并和这一切生活告别。他奔出来奔下了山坡，好像他是要投奔到世界底尽头去似地，可是，走过他底田地的时候他就在田边坐下来了。半个钟点以后，人们找到了他，他底脚浸在水里，他底头伏在手臂上。听见了声音，他就突然地站了起来。

"我跟你们走。"他说，露出了一个昏迷的轻蔑的笑容。

四五年五月

王炳全底道路

一

王炳全,经过了整整五年的艰苦的、动乱的生活之后,回到草鞋场来了。

他是当壮丁出去的,那原因是,镇公所敲诈了他底颇为有钱的姑父张绍庭,张绍庭就设法陷住了他,一面给镇公所出了钱,一面拢络了乡队附,用他去代替了自己底儿子。他胡胡涂涂地,怀着强烈的仇恨的心,面对着无法抗拒的命运,装出毫不在乎的样子来,去了:丢下了他底稚弱的女人左德珍和一个刚会在地上爬的女孩。那时候,他还是单纯的、天性活泼的、倔强的青年。

两年以后,开拔到火线上去了,又退了下来,在南方底一个城市里害了重病,他就被他底队伍遗弃了。当时没有一个人相信他还能活下去的,但他却自己爬到一个祠堂里去:一个老人可怜他,给了他水和稀饭,他就慢慢地好起来了。他渴望一能够站起来行走就向故乡奔来。但待到他能够走动的时候,他所亟待解决的,倒是面前的生活问题。他是聪明的青年,这显得并不怎么困难:一家木材厂招雇小工,他去了。但在木材厂里没有做好久,他希望多几个钱,好凑起一笔路费来,就转到一家砖瓦窑里去。此后他又到了一家规模相当宏大的机器厂里。但几年的时间过去了,他不但一个钱没有,反而发疯地喝酒、狂暴地赌博起来:他突然地懂得了命运,并抱着冷淡的心,不再想念他底亲人和土地了。他所寄回来的那些信是一点回音都没有,因此他相信他底那不幸的、可怜的女人是已经死去了。

这几年的剧烈而又疲劳的生活,是大大地改变了他。他是逐日地自私起来，怀着绝望的苦闷的心情，对一切都漠不关心；有时候，他随便地马虎一下，或者开开玩笑①。他是聪明而善变的人，所以过着这种生活并不觉得有什么困难，倒是觉得先前的，束缚在土地上的生活是可怜的了：在偶然的兴奋里，他觉得这几年来他所经历、看见、想像的这世上的一切是壮大的，并且有着深刻的意义，他将有他底远大的前途。这就是说，他仍然怀着对于人生的严肃的、执着的心。不过这有时候倒使他底心境变得更为绝望起来。

这年，一九四四年的秋天，他在机器厂里已经学满了两年，成为一个良好的技工了，得到了两万块钱的奖金。机器厂里有三十几个单身汉，大家用这钱去赌博；王炳全忽然想到，他应该打算他底前途，他不应该这样下去。思虑了一夜之后，他立意回到遥远的故乡来走一趟了。

但想到家乡，他底心是非常凄凉的。他底女人在六年前②哭着送他出来，是确信已经和他永别。他曾经渴望报复的，但时间过去了，一切都不相干。回去了只会更痛苦，又有什么意义呢？但他仍然决定回去走一走。

他决定，回去了再出来，他将重新开始他底生活。他在他底朋友们里面是受着一种爱戴的，他们又给他凑了一点钱。这样他就出发了。

但愈走近家乡，他便愈觉得这是在和做梦一样。对于那在等待着他的他一点都不知道。他宁可想像它们是最坏的。不过，他又想，他底孩子应该已经会在地上奔跑了，他底女人应该已经变得苍老、沉静了：她是已经在痛苦中生活得太久了。这样的一种亲切的思念，回忆起她底一切来，她在他底心里是纯洁、高贵而光明的。他用热烈的爱情和对于生活的虔敬的心来看她：在这个世界上，只有她一个人，能在他底混乱的心里唤起这

---

① "他随便地马虎一下，或者开开玩笑"，新文艺版作"他随便地开开玩笑"。
② "六年前"，新文艺版作"五年前"。

对于生活的虔敬的感情来。

他底心异常的纷乱,他惧怕失望,有时倒懊悔起自己为什么要回来了。但故乡山野里的特别明朗的天空,他自己建造的土屋,春季的油菜花地,以及赤脚仰在早晨的草地上的那种感觉,是在强烈地吸引着、大声地呼唤着他。使他觉得,他是流浪了这么多年,他底心已经变坏,他是需要着亲爱的感情和休憩了。

但接着,草鞋场底富人们底险恶,他底姑父张绍庭底肥胖的面孔,就又浮显在他底眼前。他底姑母是早已死去,张绍庭已经续了弦,对待他素来是刻薄的,因为他是穷人,并且在那些年是不肯低头的穷人。

冬天快要到来了,他走过一个山峡,进入一块明朗的、显得荒凉的平原,看见了草鞋场后面的大山,不觉地寒心起来。他不去招呼熟识的人们,他们担着货物迎着他走来:没有改变,有些显得老了,但仍然是先前一样的劳苦。他们已经认不出他来了,他虽然才只二十八岁的年龄,却已经生出严厉的、深沉的相貌来。穿着一件旧了的黑制服,粗黑的、瘦削的颊上有一大块疤痕。但主要的,他们,这些先前的邻人们,根本没有想到他。他底心是冷了,他觉得他自己底回来,这件行为,是幼稚而且愚笨的。但他爬上高山,看见了草鞋场。

深秋的凄凉而严肃的黄昏,山下的草鞋场,密集的一大堆房屋上,飘展着烟雾,各处的山沟旁或者庄院底后面,突出绿色的大树来。沿着山坡,以及险陡的削壁,是一片黑色的松树林,在暮色里静止不动,而那后面,松林底远远的下面,就是他底家了!这个几年来被遗忘的角落!这个在广大的世界上是这样的渺小的、奇怪的角落!

从前是那样的生活!乡下的愚笨的人们,依靠着石头、木块、铁片而生活,一生固着在这个地点,这周围的坡上是埋葬着他们底列代的祖先!但是,几年以来,王炳全是依靠着什么一种虽然渺茫却是壮大的东西而生活的,他底飘摇的心是不时地面对着这个不可言喻的权力,他好像是懂得了它,于是就好像是喝醉了，不再知道艰苦的惨澹经营，并且对仅有的一点粮食也随手地就丢弃！

他觉得他诅咒过他底亲人：他在外面所做的那些卑下的事，是把她们伤害了。他觉得自己是深深的不幸，而且是罪恶的。

……他站在他底土屋底面前了。他底两腿在发抖。他是罪恶的，他底土屋底两边和前面已经倒塌了，墙缝里和门前的土路上生着荒草，荒凉的景色，被围绕在四近的人家底晚烟和噪杂之间。

他飘摇地走了几步，招呼一个背着小孩，提着篮子的年轻的女人。他认出来这是他们邻家的周三嫂，一个热心的女人；同时他也被认了出来。于是周三嫂说，他底玉娃儿，是曾经放在她底家里养了一年的，去年死了，他底女人是已经嫁了吴仁贵了。她说完了就呆呆地看着王炳全，然后，她哭起来，又说，人们都说他，王炳全，已经死了。而这些都是由张绍庭做主的。

"玉娃儿，她埋在哪里呢？"王炳全问，听着自己底声音，奇异自己问了这样的话。

"这里，"她说，领他走到荒坡上，"哪，我晓得的。那个树后头！"她说，好像是抱歉自己是过于幸福的，又呆呆地看着他。

"三嫂啊，我们是不幸的人哪！"王炳全突然用那么凄凉、酸心、而且善良的声音说，大声地叹息了一声。于是他向坡下跑去了。他奔进了两棵大树中间的，张绍庭底院落。

张绍庭底家庭是已经败落了。镇上的有势力的王家，为了田地的纠纷，是拚命地攻打着他。他底儿子，逃脱了当壮丁的命运，却在今年春天病死了；女儿在县城里读书，又闹出不愉快的事情来；而他底那个续弦的女人，是抽着鸦片的。他是算不得什么大绅粮的：一个小地主而已。这接连的打击使他生着病了。他正坐在堂前的石凳子上，裹着一件宽大的黑袍子，在抽着烟，王炳全奔了进来。他看着他，拍着身上的灰，慢慢地站起来了。

"你回来了？"他底软弱的、怀疑的声音，问。

"我回来了！"王炳全阴沉地说。

这样地他们就沉默了下来。张绍庭,觉得王炳全是可怕的,心里虚弱、恐怖了起来。他想,这个人是会一下就打死他的,于是他就发出痛苦的,可怜的呻吟来,又倒在凳子上去了。他底虚胖的颊上的那两个肉袋在战抖着。

"他们说你……在前方……打死了……"他说,站起来,慢慢地,仿佛害怕跌倒,向里面走去。里面已经不大看得见了。

王炳全奇怪着这个人变得这样软弱,心里略略静了下来,跟着走了进去。

"我看,你是知道了。"张绍庭说,坐下来,看着他。"你请坐。"他加上说。

王炳全看着他:希望能决定自己底态度。

"要是女人家不愿……哪个又能说啥子呢?"终于张绍庭软弱地说。

"那么她是自愿了!"

"难说……"

"我底田地呢?"

"在我底名下,……女人家没得吃的,卖给我了!"

王炳全觉得这种谈话是无益的。他看着,想到了,在他底面前的,是一个孤单的、软弱的人。但他即刻就想到,这是和他不相干的,真正孤单的,在这个世界上,只有他自己。

"我寄回来给你的信你收到了吧?"他问。

"信?鬼才见到过信!我,"张绍庭冷淡地摇头,"没有收到。"

"好了!"王炳全,突然地感觉到了面前的一切有着什么意义,冷酷地、狂暴地叫,站了起来。

张绍庭看着他。周三嫂已经传了消息了,很多人堵住了台阶。有短时间的寂静。张绍庭觉得是无法逃避了,就希望能一下子压倒王炳全。他站起来,在桌子上击了一下烟杆,发着抖,叫:

"你滚!"

王炳全看见张绍庭底女人叫骂着奔了出来,就向她奔去:他是特别仇恨她的。

"你们有钱人,你跟我说!你跑不脱!"他叫。

但他突然地又跑回来,好像发怒的野兽,向张绍庭奔去。

"老子要你赔命!"他叫。他渴望扼住张绍庭底喉咙,但不知为什么他又没有这样做,他暴跳起来把桌子掀翻了。桌上的杯碗,落在地下而发出破碎的声音来。同时张绍庭叫骂着向里面逃去了。但是,在这种破碎、轰击的声音里,王炳全似乎重新清醒了,他站着不动。台阶上的人们,看着他;而那个抽鸦片的瘦女人站在墙边叫骂着。

"我是完了么!"王炳全想,突然地转身,推开了站在台阶上的人们,奔了出去。

王炳全在纷争和报复的热情里狂奋,但即刻又想到,并唤起了心里的那绝望的悲痛,觉得他不明白一切,觉得纷争是无益的。月亮升起来了,从山墺底上空照出它底光辉来,生长着荒草的山坡上,呈显着一种荒凉。王炳全坐在那一棵孤单的桐树下面,他底身边的小小的土堆,周三嫂告诉他的,是他底女孩底坟墓。他在这大的悲痛里耽溺,并怀着强烈的热情,希望永不离开这种悲痛——他相信,从这里,他将得到一种全新的,关于他底生活的真理。

他长久地坐着不动。他不曾注意到,一小群人,站在坡下的一座断墙下,在看着他。

"这也是难怪的!"他昏乱地想,"你叫一个女人怎样过活呢?单是她一个人,她又是那样的好心肠!不过我今天倒宁愿她并不活在人世,而是埋在这黄土下面,要是她死了,她在我底心里就是神!"他说。"她自己愿意的。真的她自己愿意的?我不知道!可是就在几年前,她挑水走过这个坡,我是坐在门前!我都记得,我底娃儿啊!你底妈她是不要脸的贱货!……我哭了?不,我没有哭,我要想想我底计划!这地底下是没有知觉的吗?我只要拿一把刀去杀死她就行了吗?一定的!我杀死她,再杀死自己,她在我心里就是神!这有什么关系呢?我还要田地,还管这些有什么用?"

忽然的一阵悲痛使他觉得自己是要炸裂了。

"我底娃儿啊!"他说,站起来就扑倒在他身边的土堆上了。

有三个男子,一个年老的走在前面,走了上来。

"王炳全!"他们喊。

王炳全不动。

他们在旁边站住了,在明朗的月光下,悲哀地看着。

"二爸,我们抬他转去吧!"一个年青人说。

"王炳全!"老人蹲下来,摇着王炳全底肩膀,又摸着他底头,轻轻地喊。妇女们已经跟上来了,在不远的旁边站成一群。

"你们不喊……"王炳全底微弱的声音说。"我要杀人啊!"忽然地他喊着,跳了起来。

但是,看见周围有这么多人,他就忍不住地,好像迷路的小孩又见到母亲似地,伤心地哭起来了。

二

已经在不幸中散亡了的山后的贫穷的左家底小女儿左德珍,就是王炳全底女人,她底生活是艰难的[①]。王炳全走后的第一年,她请了短工来收割,一切都处置得很好,但谣言立刻就起来了。第二年春天,那一小块田地就被张绍庭用了她所不懂的理由拿去了,到了冬天,寒冷和风雪之下,她就过着半乞讨的生活了。什么办法都想尽了之后,她就把孩子寄托在周三嫂家里,到县城里去站市,当了女仆。她对于这样的生活也觉得满足,她底勤苦受着赞美。她间或也回来走一次,带点东西来送给周三嫂,看看她底孩子。……秋天里,孩子病了的时候她又回来了,张绍庭告诉她说,她底男人已经死了。接着孩子死了。她哭着,夜里希望上吊又被别人救起。她又到县城里去,但不久就回来:这次她没有找到工作。她请求张绍庭帮助,张绍庭却告诉她说,她是年轻的,应该另作打算。她胡涂地看着支配着她底命运的

---

① 这一句新文艺版作"王炳全底女人左德珍,她底生活是艰难的"。

事情在她底身边发生,但不能够反抗——她是没有力气了。张绍庭收了吴仁贵底一笔钱,又在镇公所里取了一个什么手续,她就嫁到吴仁贵家里去了。只在上轿的时候她才醒悟,觉得羞耻,大哭起来。

吴仁贵家底生活是非常贫苦的,并且有一个不满意这种婚姻的、刻薄的婆婆。但吴仁贵是忠厚的人,四十几岁了,不久就发现了她底好处,特别地宠爱着她。因此,虽然贫苦而困难,她终究是又在劳苦着,并且爱着,在这个世界上又有了一个位置了。她爱着她底生活、劳作底对象,以及她所操劳的一切。因了她,吴仁贵底田地里,就渐渐地显得旺盛了起来。

已经又过了秋天了。这地方,离开草鞋场有三里路;到了闲空的季节,山边上显得荒凉。这些日子,黎明的时候她就出门了,担着昨夜批发来、整理好的菜蔬到草鞋场去。菜蔬底生意有时顶好,她就带一点布,或者别的什么回来,造成了吴仁贵底喜乐;而她也特别注意地奉侍着她底婆婆,她已经有了孕了,吴仁贵怜惜她,禁止她多劳作,但她仍然不息地忙碌着,到井泉边去挑水,回来又照顾着猪圈里的那一口肥大的猪。这就使得忠厚的男人底心里充满了感激。

虽然她已经变了原来的姣好的样子,一天一天地憔悴下去,但她实在还是很年轻的,过去的痛苦似乎容易被忘却,所以有时候她就会突然地兴奋、快乐起来,而且显出了她先前的那种稚气的调皮。吴仁贵是整天地在忙着田地。他自己虽然只有一点点山地,他却替老板家里耕种了一大块,老板家的东西是麻烦的,所以工作就永不会完结了。是翻扒泥土,准备小春的时候了,寒冷的、光赤的田地里,犁头在水里翻起潮湿、光洁的泥土来,发着一种甜美的、清冷的气息。左德珍——不过,在这个世界上,已经再没有人称呼她底名字了——蓬着头发,在黄昏的冷风里走下坡来,用她底清脆而柔和的声音喊了一声。

吴仁贵站在田边上,用冷水洗着泥脚,愉快地回答了她。那一口喷着气的、潮湿、安静的水牛,站在他底身边。年轻的女人先是呆呆地站着,但被吴仁贵底愉快的回答所鼓舞,忽然高兴起来了,跑下坡来,在牛底背脊上拍了一下,快乐地笑着。

"咦!这家伙今天才乖啊!"她说,伏在牛的颈子上了,发红,兴奋,看着她底老实人。

老实人是很严肃的,觉得这有点不正经①,照旧地洗着脚,不理她,但他心里有什么东西奔放起来了,他忽然地就站了起来,皱起眼角的鸡脚爪一般的皱纹,笑着,看了她很久。

"下去!"他说,"哼!它要咬人的哩!"他说,挤了一下眼睛②。

"屁!我小时候就当过牛娃子!你看哪,"她在牛的身边绕了一个圈子,又伏在它底颈子上了,"你不信我就爬上去了!"

吴仁贵不能懂得,她为什么要浪费自己底力气,这样有兴致,绕着牛跑一个圈子,但他说:

"嘻,你爬嘛!"

她突然地就爬到牛背上去了,欠着腰,抓着它底两只耳朵,摇幌着,并且兴奋地大笑了起来。那巨大而驯顺的动物,斜着眼睛,摇了一下头。

吴仁贵着慌了。

"下来!"他叫,盼顾了一下,脸红了,"别个看见了!"

但他还没有说完,牛就突然地奔了起来,显出了它底野蛮的,对于这不可理解的情况的愤怒,向荒坡上奔去。左德珍大叫了起来,翻滚到草地里去,牛站住了。吴仁贵追了上去,同时他听见了站在坟上的他底年老的母亲底叫骂,说是他放纵了这个女人,让牛晦气了,并且将把坏的运气带到他们底干净的家里来。左德珍揉着跌痛了的腿,苍白而沮丧,爬了起来,无助地站在吴仁贵底面前。吴仁贵呆呆地看着她。坡上,继续地叫骂着。

"滚回去!"突然地他向她狂暴地吼。

---

① "老实人是很严肃的,觉得这有点不正经",新文艺版作"吴仁贵是很严肃的",删去了后半句。

② 新文艺版删去了"挤了一下眼睛"。

"我下回不了。"左德珍可怜地说。

老女人,听见了儿子底吼声,满意了,走了转去。左德珍发呆地向前走着。她是把一切看得过于简单了,不过她原来只是为了使她底男人欢喜。否则,她本来已经是非常软弱,苦闷的了,她为什么要骑牛呢?

她走过去牵牛。

"不许牵!我来!"吴仁贵叫。

她寒战了一下,缩回手来了,呆站着。

但在往坡上走去的时候,吴仁贵心软了,替她觉得难受,并且耽心她是跌坏了。

"要是跌伤了,那只怪你自己!"他愤恨地说。

"没有……一点都不痛。"左德珍小声说。

"我看你……嗳!"忽然地吴仁贵沉痛地叫,显然地是在冲突的心情中,"我是说,你心里放宽点儿吧!……我这个老娘嘛,累了我一生!"

"我晓得!"左德珍感激地小声说。

"明天去买种子。你看……天真的冷了!"吴仁贵说,偷偷地揩去了伤心的眼泪。

他们牵着牛走上坡来。天色已经昏暗了,冷风吹着。左德珍想着很多的事,觉得冤屈,痛苦;不过她觉得这是不能怪别人的。主要的,是她底命运是这样的坏。人们常常嘲骂她喜欢讨好或者不安份,但她也不喜欢他们——他底邻人们。好久以前王家大嫂偷了隔壁的一篮子胡豆,她看到了,没有向谁说,但结果别人反而责怪她,甚至以为是她指示王大嫂偷的。这个创痛她永不能忘记。后来,时机一到,她热情地,报复地说了她底仇人们底隐秘了,她以为,她现在是和别人一样地在说了,该会和别人平等了吧,但结果别人又一齐责怪她,惹得她底婆婆捶打了她。她受着这样的歧视,她很明白,是因了她底这个可羞辱的结婚。常常地,想到这些,她就偷偷地哭着。

她常常想到,镇上的金三婶,和别的一些女人们,也都是死了丈夫再嫁的，她们不觉得这有什么特别，于是大家也不觉得这对她们有什么特别：她们是如任何女人一样地生活着，敢于和别人打闹，也受着人们底尊敬。为什么独独她会受着这种不公平的欺凌呢？是因为吴仁贵底年龄比她大得多，她在这个家庭里全不相称吗？是因为她在这个家庭里不能够做主吗？但这个家庭缺少了她试试看！那么，是因为她底心常常飞在外面吗？但她是从来不曾有过什么差错！

她常常觉得她底生活是不实在的；也许在什么时候，她会忽然地被人们置弃在荒山里，虽然她身边的这老实的吴仁贵是决不会置弃她的。……

忽然地她抬起头来，看见了，在右边的竹丛下面的小路上，站着一个衣裳旧污的、瘦而黑的人形。她像是被从头顶上捶击了一下。她本能地装出那种什么都没有看见的样子来，然而却变得灰白，在发着抖了。

那在专心地想着自己底事的吴仁贵是丝毫都没有觉察，他们就慢慢地转到屋子前面去了。但她迅速地回过头来又看了一眼。

这就是那个悲痛的男人，准备复仇的不幸者。他底身上是揣着一把尖刀，这使他自己觉得，并且乐于相信，刚烈而且光荣，一切问题都解决了。人们是惯于这样地欺骗自己的。现在，他看见她了，让她从他底眼前走过去了，并且显然地也被她看见了，却好像是石头一样地站着，忘记了一切。他是被一个什么巨大的力量捶昏了。

已经过去了两天的时间。他有各样的计划。他和张绍庭疯狂地吵闹，弄到了八万块钱，算是他底田地底代价。当时就有人告诉他说，他不应该要这个钱，如果到镇公所里去控告，是可以得到更多的。这个意见使他后悔了一下，但有了钱，他觉得自己是胆壮起来了。

头一天他没有丝毫的动作。他坐在草鞋场底酒馆里，他显得是深沉莫测的、险恶的人物了，对于任何人都不屑理会。晚上他醉了,跑到张绍庭家长工底房里躺了下来。

他凭着他个人底热情来行动,不觉地把他自己放在一个艰难的处境中。他希望在这件事上他能够是高贵①的。有无数的念头在他底头脑里盘旋。他想,他已经懂得生活了,并且是一个站在家乡的人们之上的男子,他应该马上就走开:南方有他底朋友们在等待他。但是,过去的生活,年轻的恋爱——回忆底压迫他既不能忘怀,成熟了的爱情又是这样的强烈。而且还有良心和自尊心底指示,以及乡人们底恶毒的嘲骂……

这就是问题了。怎样是好呢?他毫无决定。他竭力地把他自己弄得孤另另的。突然地他奔出草鞋场:他决心用鲜血来解决一切。但是,那牵着牛而走上坡来的吴仁贵对他表现了一种强大的、不可动摇的生活,而他底女人已经属于这生活——这是十分简单的。阴暗的山野和各处的人家底火光告诉他说:"你是孤另的!"于是他就被嫉妒和绝望击昏了。

三

他问自己:他是否要就这样走开呢?他真是非常悲痛的,在这上面没有人可以援助他。她是否认出他来了呢?她是否在想念着他呢?但是,他究竟需要什么一个结果呢?带走她吗,还是不呢?

他知道这是完全不可能的:带走她。他是决不能够再和她一道生活的了!那么他究竟需要什么呢?

他不知道。他不知道,他所需要的,是她底痛苦和毁灭。这种渴望是在黑暗中燃烧着。可是另一面,因为有了钱,他就起了一些复杂的念头。

他在头几天内是痛苦得几乎癫狂的。有时候他突然地站起来就走出镇去了,他告诉自己说他是要不顾一切地走开了,但他心里知道这是在装假的;不久他就恍惚地又走了回来。有时候

---

① "高贵",新文艺版作"高超"。

他突然地就又跑到山边去,站在吴仁贵家底旁边,看着烟子怎样地从那间茅屋上升了起来。但也再没有看见左德珍。

可是不久他就走到赌场里去,开始赌博,用这个来遗忘他底痛苦,并希望从这里着手在草鞋场站立起来了。

他忽然地受到了赌徒们底热烈的欢迎,并且好像整个的草鞋场都在欢迎他了。他也忽然地容易亲近,变得活泼起来。

一天晚上,天气很冷,王炳全喝醉了,裹着一件旧夹袍,走进了赌场。在这几天里,他是在希望着发一笔财。昨天在酒馆里,花子窑底头儿,一个跛脚的老人,和他亲密地谈起来了;他轻易地就相信了花子窑底头儿,指望做一笔鸦片:他是在希望着能在家乡生活下去了。这赌场是在一家豆腐店底后面,是一个寡妇开的。大家叫她老寡,或者老刮,虽然她底年纪并不顶大。她是有着一种快乐的性格。她用了一个跑腿的小孩,叫做周银光。小孩崇拜着王炳全,常常地站在桌边紧张地看着,如果王炳全赢了,他就会发出一种兴奋的,尖锐的吼叫声来,浮在一切吼叫声之上。于是常常在下场的时候,王炳全就,并不看他一眼,迅速地对他摔过一张票子来,好像摔一张烂纸似的。

王炳全进来的时候,坐在黑暗的角落里的周银光底眼睛就发亮了。

"老寡!"裹着夹袍的,醉了的王炳全,喊。

"你这个瘟神!"老寡喊——"你这个瘟神,"她对来这里的任何人都这样喊。"啥子事情呀!是要烟么,还是要酒?"

"啥子都不要!"王炳全得意地大声说,"只要你今晚留半边铺让我睡!"

"真是贵人哪里看得起小地方呀!"老寡叫,看着王炳全。"呸!瘟神,你笑,未必我还怕你嘛!"

王炳全觉得非常快乐——他第一次感觉到他是又在故乡生活了——说了一句粗话,老寡叫着,于是围在桌边看牌的人们都大笑起来了。老寡于是捉住了王炳全底手臂,捶打着他。

"你还不去找你底媳妇去呀!"

"我底媳妇跟别个了！"王炳全快乐地说，希望当着大家表示，这对于他是非常轻松的，于是他这些时来的一切绝望的痛苦，都忽然地并不存在了。

而那个周银光，站在不被人注意的角落里，已经兴奋得发抖了。

王炳全一走进赌场便觉得快乐，离开了他底那种严肃的、阴沉的、厌恶的神情。他乐意这样地放肆，嘲弄自己底秘密的痛苦，并显示他底英雄的，或者说，流氓底气魄。在故乡，或者说，在赌场和酒馆里生活，指望着一笔横财，一切是这样的舒适，他何必去想那无望的痛苦，并且去走艰难的道路呢？

郑四毛，蹲在凳子上，每发一张牌就要大叫一声，到了开牌的时候，他底叫声就更强大，他简直是爬到桌子上来了。他底手脚是异常灵活的。突然地他在桌上做了一个手势，叫着："么妹呀！"就有一张牌滑到他底衣袖下去了。

"看着！"王炳全大声喊。

"荷！"郑四毛说，滑稽地笑起来了，"这个龟儿，往你伯伯底手下跑，你们看，它自己跟我讲恋爱！"他说，拿出那张牌来。

"滚下去，你个狗种！"副镇长张得运叫，给了他一个巴掌。

"你打我，我是说，打得好来打得妙！你是镇长，你哥子，有小婆娘！"四毛，快乐地蹲在凳子上摇着身体，说，"不过，说转来——两边唱，你哥子镇长又去碰碰王炳全嘛！有本事，再拉他一个壮丁！"

王炳全奇怪地笑着。

"张镇长，"他说，看了镇长一眼，"那时候我还年轻，不见怪，啊！"他说，因了奇妙的对于镇长的感情，眼睛潮湿了。

"这还要请教咯！王大哥！"镇长抓着牌感动地说。

"哪里！要承关照！"王炳全说，和镇长平等，他是过于感动了，因了自尊心而露出了冷淡的表情。

"我是说，喂！我是说哪个借我四百元！"郑四毛叫，快乐地、卑屈地环顾大家，"嗳，还是你王大哥，是吧！从前我们是邻居，这些年你没有死,我也没有死,都是好朋友!哎呀,你又赢了呢,看见你赢,我心里比喝鸡汤还快活!登儿!登儿!"

王炳全,因为感动,冷淡地摔了四百块钱给他。小孩子周银光,站在旁边快乐地,笑出了一种高亢、尖锐的声音来,使注意着牌的人们吃了一惊。郑四毛瞪着眼睛,活泼地在凳子上转过身来,在他底太阳穴上捶了一下。

"个龟儿,笑!"

"嘻嘻!"小孩哭丧着脸笑,看着王炳全。

"你看啊!"王炳全大声叫,他和镇长只差一点点,赢了。

立刻就腾起了一阵强大的吼叫声,大家移动着位置,混乱地跑着。但即刻就沉静下来了,发出了推牌的声音。王炳全疯狂地使自己兴奋起来——为了忘却痛苦——他狂热地赌着。

"胖子底一千拿来!"他说。

"欠起。"

"拉我的壮丁的倒不是张镇长!"他转过头来,向镇长说,"不过张镇长底手腕我倒是知道的,张绍庭底那个儿,对不对?"他活泼地说。

"那是小事情咯。"镇长冷淡地说。

"不过要是张镇长肯帮一手,"王炳全说,浮上了一个微笑:"我就包张绍庭在泥巴里头打滚!"

"啷个的呢?"

"我上状子告他——我是瘪十,不跟。"他说,推开牌。

他看着镇长。

"我们出来谈一下。"张得运说,点了一下头,走出去了。

强壮的、穿着呢军服的镇长打开了侧门,走进了寒冷的、积着污水的院落。王炳全走了出来:天上有星光,他觉得自己已经清醒了。

"你来,"镇长张得运说,"我跟你谈谈你底事情,都是熟人了,不必绕弯子。"

"是的。"王炳全说。

"有人跟我说你勾结花子窑底那些人,又说你回来是做鸦片生意的,说你私卖枪枝。喂,哥子,有好吃的大家分一点咯!"

王炳全惊呆了。

"哪个跟你说的?"

"自然有人。"张得运冷淡地说。

"那么……镇长你是相信我私卖枪枝这些的吧!"他说,浮上了一个痛苦的,讥刺的笑容。

"我这是跟你讲交情——我限你十天之内离开草鞋场!"

于是镇长走进去了。他底宽大的、强壮的肩头在经过灯光的时候显露了出来。房内腾起了一阵强大的吼叫声,几乎连房屋都震动了。

王炳全清醒了!他以为他是够资格的,但现在他被人随手地就丢弃,重新孤单地站在这里了。想起了他刚才曾经快乐地叫:"我底媳妇跟别个了!"他就羞耻得无地自容。他觉得他是从人生底正直的道路上堕落了,他觉得他对不起他底不幸的女人和孩子。他伤心地哭了起来,伏在墙上。

可是他仍然不能放弃他在草鞋场的希望,他觉得他不能屈服。突然地他心里腾起了报复的、孤注一掷的激情。他只是一个人活在这世上,有什么可以惧怕的呢?而且他底世界是宽阔的:张得运又能把他怎样?

房内又腾起了一阵吼叫。他轻轻地推开门,走进去了。他底脸上,是一种冷静、轻蔑的表情。大家回过头来注意地看着他。

他衣袋里还有七万块钱。

"一万!"他说,丢了一叠票子在台面上。大家寂静了。郑四毛看看他,又看看严厉的镇长。空气是突然地紧张起来了。

没有人下场。镇长,磨动着强壮的下颚,掷下了一万。郑四毛谨慎地分着牌。

牌局在寂静中进行。王炳全输了。大家仍然寂静着。

"周银光,跟我拿瓶酒来!"王炳全说。

又进行着。他又输了。小孩赤脚奔了进来,他就抢过了酒瓶,发着抖,一口气喝下了半瓶。他揩了嘴,从内衣底荷包里摸出钱来。

"五万!"他说。

"跟上了!"镇长说,敲了一下台面。

王炳全赢了。大家突然地松了一口气。王炳全再放下原来的数目,又赢了,大家看见镇长移动了,就突然地站了起来,好像全部从恶梦里清醒了。

"德珍啊!"那个在和命运搏斗的王炳全,呼唤着他底女人底名字,在一阵昏晕里,举手蒙住了眼睛。

"跟我来拿钱!"张得运说,在大家底寂静中走了出去。

王炳全跟着他。"我就去拿!"他想。

"王炳全,转来!"郑四毛喊。但王炳全已经走出去了。

不,他不要去拿:他还要留在草鞋场,为了好看见他底女人底狠毒的心,为了好在这里死去,死在她底面前。于是他在街边站下了。

"张镇长!"他喊。

镇长站下了。

"张镇长,不必当真,你底钱我都还给你。"他用发抖的,痛苦的声音说,站在对面的店铺照过来的昏暗的灯光下。"张镇长,你晓得我遭了不幸,这因为我从前太年轻了。"他说,由于那种对于权力的崇敬之情,觉得对方是伟大的,必定能够同情他。他是软弱了下来;说出了他底痛苦,他觉得自己是纯洁得多了。他脸上出现了一种轻松的、期待的、柔弱的表情。

张得运冷笑了一声,接了他底钱,就把他一巴掌推到墙上去了。

"臭鸡毛帚子乱充好汉!"镇长说,走了开去。

"你不能!……"王炳全悲痛地叫,他想说:"你不能欺侮我!"但他茫然地站在街边,看着强壮、有力的张得运在冷静的街道上走了过去。

于是他底头脑里就又疯狂起来了。他觉得,从前他是一个受着尊敬的人,愉快地做着工,但回到故乡来他就改变了!他不曾想到自己底心会这样复杂、卑下!他是堕落了,但从前他是在这一片土地上耕种过的!

　　他决心挽救他自己。做鸦[片]生意,勾结帮口,在赌场里讨饭吃,从此永远脱离了真正的工作,这个念头是多么可怕!他觉得他应该离开这个可怕的地方了!

　　但他又觉得,这些痛苦全是他底女人给他的,她却毫不知道,不思念他,在那里快乐地生活着——他觉得是如此。他觉得他是再没有力气生活下去了,他希望能爬到她底面前去,倒下来,让她看着,死掉。

　　他就向张绍庭家里走去。他是喝得太多了。郑四毛跟着他,和他说什么,他一点都没有听见。但他感觉到郑四毛对他是友善的,这种友善使他在这种发作中整个地依赖下来了。于是他就丧失了他底理智了。

　　已经是深夜。郑四毛扶着他走下坡,并替他敲开了门。张绍庭家底长工开了门。王炳全是靠在门上的,他大吐起来,这样他就倒到门内去了。

　　"你龟儿,灵醒点!"郑四毛向长工叫,这是一个耳朵不大听得见的老人。他们扶起了王炳全。

　　"我完了啊!"王炳全叫,"我是一个好好的人,如今我是完了啊!"

　　张绍庭开了堂屋底门,披着衣服,拿着一枝蜡烛走了出来。

　　"王炳全,不准叫!"他愤怒地说。

　　"张大爷你不晓得,嗳,他简直喝了十几瓶酒哩!"郑四毛,快乐地,讨好地说。

　　"郑四毛,我这个人凭良心说是没有亏他的!"张绍庭说,然后又厌恶地看着郑四毛。忽然地他跳起脚来了。"你个龟儿闹得我好苦哟!"他跳着脚向王炳全叫,"我要啃你的肉!"

　　"那好极了啊!"王炳全叫,"你们带我上我底娃儿底坟上去啊,你们叫我底德珍来啊!"忽然地他挣脱了耳聋的老人,向坡上冲去了。他打了张绍庭一拳。恐怖的张绍庭,丢了蜡烛,抱着头往坡下跑,随即又转过身来,大叫着跑了进去,关上了门。

王炳全扑在门上。郑四毛和耳聋的老人拖着他。

"还我底心上的人啊!"王炳全叫,倒到地上去了。

郑四毛把他扶了起来,使他坐着。耳聋的老人,在石栏杆上坐下来了,慢慢地抽着烟。他们听见张绍庭屋里有脚步声和女人低叫骂声。但即刻就又寂静了。

"郑四毛,给一根烟。"王炳全说。

"我没得了。"

长久地沉默着。稀疏的星在深夜里隐没了,天上浮着可以看得见的,沉重的黑云。

"四毛,我是完了。"王炳全底软弱的声音说,"我本来是一个庄稼人,我祖上也是庄稼人,我们一家人、在僻静的小地方活完了一生,没有见过大世面,从来都是安安静静的,也不沾一点坏习气,我如今是完全不像了。"他沉默着。"我想,这样下去,这个世界是要变了。"

"唔,是的。"郑四毛说,显然地没有兴趣听这些。"朱瞎子说你,嗳,不要见怪,他说你要弄点儿土来……出门几年,总是有点儿办法了吧?"

"朱瞎子跟张得运是一伙。他骗得我好凶呀!……昨天,我遇到他……"他又沉默。

"那么你要朗个呢?"

"不!我要走!"王炳全突然地说,"事情弄清楚了我就走!我要再开头,好像刚生下来的小孩!"他用甜蜜的、发颤的声音说。

"啊,就不想我们这些人了吗?"郑四毛说。

"不过,家乡的田地我是耕种过的,我们底心血……"王炳全轻轻地、朦胧地说。

沉默了一下,远处有卖面的凄凉的叫唤声,墙外的桐树叶,发出轻微的声音来。

"嗳！我看我们两个还是合伙做生意吧！"郑四毛高兴地、引诱地说，"你出二分本我出一分本，我跑腿，我这个人，不是吹的，顶可靠不过了，这双狗腿又会跑！吓吓！……喂，你哥子，喂，你睡着了？"

寂静着。王炳全底头，垂在胸前。

"可怜啊！"郑四毛，轻轻地说，四面看了一下，伸手去摸王炳全底衣袋，但看见聋子坐在旁边看着，觉得羞耻、不快，就站起来了。

"喂！你龟儿扶他去睡！老子走了！"他向聋子大声叫，迅速地走过院落，打开了大门。好久之后，还可以听见他在山坡上和吠叫着的恶狗们争斗、喊叫的、愉快的声音。

但忽然地里面吵闹起来了，门开了。王炳全胡涂地跳了起来，看见一个女仆打着灯笼奔了出去，显然地是发生了什么事情，但王炳全不觉得这与自己有什么关系，坐下来就又睡着了。

四

那天黄昏从坡下回来，勉力地做了一点事情，左德珍就病倒了。她不能证实她底猜疑，她以为是看见了亡人底魂魄，于是过去的一切就被唤醒了：它们压迫着目前的生活。昏暗的屋子里弥漫着辣味的、浓重的柴烟。她默默地坐在灶前烧火。她底眼睛不动地看着灶内的炽烈的、烘闹的火焰。几年以前，她几乎还是稚弱的女孩，她坐在王炳全底灶前烧火，也是这样的昏暗的、寒冷的晚上，草柴底烟子是芳甜的，火焰是明亮而温暖的——如果没有意外的坏事来临——那些日子是幸运的。柔和的、灰色的、芳甜的"我们家底烟子"在门外的空场上活泼地打旋，王炳全，和邻家的秃子讲完了什么呆话，微笑着走进来了。他进来坐在她底身边，但是总不想安静，在她底肩上捏了一把，又扯着她底衣裳。他真是呆笨的！总是随着一时的高兴，而不替将来的日子着想。他坐在她底身边，借了灶内的火光，捧着一本小书高声地读起来了，但忽然地又捶了一下膝盖，下了大的决心似的，要她去打酒。她走出门去，走在冷静的田边的小路上，有一点忧伤，但心里是多么兴奋。回来了，她听见小孩底哭声，王炳全是一点都不爱惜那辛苦赚来的贵重的金钱的，这么早的就点亮了灯了！

夏天底黎明，王炳全赤着膊——他是多么强壮！——在空场上和老头子方石本锯着木头。方石本那个老人，后来得病死了，还留下一个小的孙女……王炳全和他是互不相让地说着废话又开着玩笑。木头锯好了，王炳全在场子上走了一圈，他真呆，不知为什么那样快乐，攀在方石本底肩上，使老人家恐慌地大叫起来，跳起来有好几尺高！

他真呆！……应该给他烧一点纸钱，虽然现在是在别人家里。

左德珍轻轻地叹息了一声，昏倒在灶门前了。

这样地她就不能再起床了。第三天，她恳求吴仁贵替她买一点纸钱，吴仁贵，心里同样地慌乱，立刻就买了，并且扶着她走到坡上去，把纸钱焚化掉。对于神秘的鬼神，吴仁贵素来是虔诚而且细心的：他在心里严肃地请求那个死了的王炳全宽恕他，并且说，他决定不亏待这个女人，他们在小土地面前叩了头回来，好像是完结了什么重大的事，觉得心安了。吴仁贵重新地大声说话，并且含着一种确信；左德珍困难地挣持着，重新操劳起来了。但她仍然不敢出门，下午的时候她忽然猜疑到前天那站在坡上的人真的就是王炳全自己，于是她就又睡倒了。

第二天早晨，吴仁贵到街上去，希望卖掉从秋天积下来的一点花生，他底邻人指给他看从街上走过的一个阴郁的男子，告诉他说，这就是王炳全，回来好几天了。于是他就对于他底女人底病有了一点觉悟。他想把这个老老实实地告诉她，可是又有点害怕。他想亲自去和王炳全谈一谈，让他知道他底心是怎样的。这个想头看来极好，但他终于想到王炳全是决不会同情他的。他忽然受了这种冤屈，就默默地憎恨着他底女人了。

她底病仍然不好,于是他就想到了张绍庭:张绍庭可以告诉他他应该怎么做。不过,要上这富人的门,就必得送一点礼。他迟疑了很久,搜出所有的十几个鸡蛋来。……但他刚刚走进张绍庭家底大门就看见了那个他觉得是可怕的人——那个阴沉的王炳全坐在台阶上。王炳全,显然地认得他,狠毒地看着他。他慌乱地走了进去,但已经再没有勇气说什么了。

张绍庭底女人说:老爷病了。他看见屋子里有几个男女在走动:显然地是发生了什么严重的事情。事实是:昨天晚上和王炳全那样地一斗,回来时跌了一下,虚弱的老人就中了风。早晨,张绍庭底内弟赶来了。他刚刚找来了王炳全,王炳全一进来就狠狠地坐在台阶上,他们还什么话都没有谈。

张绍庭底女人憎恶吴仁贵在这个时候来。她阴郁地指了一下门外,意思是:你回去吧,王炳全在这里。但这个动作让王炳全看见了,他是正在激怒之中,站了起来。

他走了进来,胸前的钮扣松落了,衣裳敞开,他站下,轻蔑地看着。吴仁贵是吓慌了。

"王炳全!你出去等倒,这里没得你底事!"张绍庭底女人愤怒地叫。

"有我底事情吧!"王炳全冷冷地说。坐在台阶上的时候,他听候着别人底摆布,觉得沮丧,并且犹豫不决。现在他就变得理直气壮,决心闹翻了。上次他看见吴仁贵牵着牛走上坡来,觉得是面对着一种强大的力量,但现在却看见了这同一的吴仁贵底卑劣——他觉得吴仁贵是来谋害他的——和微小,狠恶了起来。

"我正在找你,姓吴的!"他说。

"你找我?"吴仁贵恐慌地说。

"找你!你拐骗别个底女人——我是王炳全!"他叫,奔了上去,在张绍庭底女人底大叫声里,打了吴仁贵两个耳光。

吴仁贵躲避着接着来的打击,逃到门边去,发着抖。

"你打嘛!"他可怜地说,一面恐惧地看着王炳全,一面做着手势;"你打嘛,我这个人,就怕你不打!"

王炳全轻蔑地站下了。吴仁贵忽然地流出屈辱的眼泪来。走了出去。但走到门外他就站下,痛苦地,愤怒地跳着脚,大骂起来了。他大骂着走了出去。

很多人挤进了堂屋。王炳全站着不动,忽然地非常伤心。这时张绍庭底内弟,一个穿得很漂亮的少爷,奔了出来。

"你造反!土匪!"他叫,威风地打了王炳全一下。

但王炳全,捱了这一下,却站着不动。他有些畏惧,觉得自己底祸事是越闯越大了。他似乎没有觉察什么。他看着这个穿绸衫,梳西装头的年青人,带着一种闪避的,捱了打的痛苦的脸色,好像在奇怪着这个年青人为什么会站在他底面前。

但忽然地他底脸色变了:他看清楚了自己底创伤了。他告诉自己说:他马上就可以离开草鞋场。于是他动手还击。而这是出于对方底预料之外的,但那年青人马上就大叫起来,他底两个滑杆伕一齐向王炳全扑来,把他抱住了。

张绍庭底内弟捶打了他,并把他关了起来。不久之后,他听见从里面传来了女人底哭声和一些人们在门外跑动的声音,他明白这是表示张绍庭已经死掉了。他跳了起来在房内走动着,他极端地恐怖起来。他忽然发现这房间底后面的门是可以从下面抬开的。于是他跑了出去。

吴仁贵跑了回去,听见他底女人在呻吟,憎恶着她,暴怒了。他走进去就把桌子推翻,问她究竟有什么了不起的病。

他底母亲,站在门前,轻蔑地笑着看着他。左德珍,停止呻吟,挣扎着坐了起来。

"你不必生气……我起来就是了。"她说。

吴仁贵,看见母亲走了出去,就拉了一张凳子坐了下来。

"告诉你:王炳全回来了。"

左德珍丝毫都没有惊动,沉默地看着他。这就使他失望了。

"你说吧!"他愤怒地说,"你还是跟他,还是跟我!你要是跟他,就叫他拿钱出来!办事情用的,张绍庭拿了两担谷子,还有这一年的吃喝！你莫当我是傻子！"

左德珍耽溺在自己底感情之中,忽然地浮上了一个讥嘲的笑容。

"他哪里来的钱？你这个人……"她说。

"啊！他没得钱,我就有钱！根本你早就跟他串通了！"吴仁贵狂暴地叫,跳了起来。他心里是这样的痛苦,他疯狂地冲了过去,对着她底脸捶打起来了。而后他揪着了她底头发,把她拉下床来,推在地上。

但左德珍始终沉默着。她爬了起来,站在门边,呆呆地看着外面。她想到她反正已经是如此,就奔出来了。这是她对于吴仁贵,也就是对于她底命运的第一次的反抗——因为她从来不曾如此。

吴仁贵以为她马上就会转来的,就暂时没有理会她。她向场上奔去,决心要找到王炳全。但在半路上她就看见了王炳全。她向这边急急地跑来,她要找他,但现在突然觉得他是可怕的,并且自己底这种行为是可怕的,就避到一座房子后面去了。

王炳全没有看见她,跑了过去。

"他到哪里去？"她想。

"王炳全！"她喊,跑了出来。

王炳全站下了,看着她。她在离他一丈远的地方站下了,同样地看着他。不知为什么,他们都觉得他们之间是生疏的。

"你到哪里去？"她问。但同时她底头脑里闪过了这样的思想:"这么多年,就问这句话吗？不行的！好像我们没有分开！"于是她底眼睛被泪水遮住了,她看不见王炳全了,但她感觉到那个最亲切的,最实在、明白的东西,这是只有她面前的这个人才能给她的。

"你到哪里去,"王炳全问,两只干枯而明亮的眼睛,看着她。

"王炳全……我心上总是想着,你回来了,你晓得我对不起你,……可怜的人哟！"她哭起来,说,"你走开,你走开吧！这里没得你活的了！"

她从衣袋里摸出一个纸包来，摔在王炳全底脚边，害怕别人看见，迅速地转身跑开去了，完成了这几年来所盼望的，这样的重大的事情，她心里较之悲痛，倒是觉得满足了。所以也就决未想到这个世界对她会如何。吴仁贵和他底母亲站在坡旁，看见了这一切了。并且，有七八个她底邻人，看见了这个短短的场面。她看见他们了，但勇敢起来，带着完成了她底人生的义务的高贵的意识，不看他们一眼，从他们底面前走了过去，一大群人，在吹着冷风，但晴朗、愉快的田野上，跟随着她。

她刚刚走上她家门前的空场，她底六十几岁的婆婆就追上来了，一把抓住了她底头发。她是毫不害怕，挣脱了她，坚定地向前走去：她轻视那幸灾乐祸地看着热闹的、她底邻人们。但吴仁贵奔了过来，拦在门前，并且把她推开。

"不许进门！"吴仁贵跳着，叫。

她站下了。

"跪下来！你烂婊子，跪下来！"婆婆叫。

"妈，你少开些腔！"吴仁贵痛苦而忿恨地叫，因为老人底叫骂是伤害了他。他站在左德珍底面前，喘息着，好像要炸裂了。

"求了饶算了吧！"邻家的王二嫂，左德珍平素最嫉恨的，讨好地笑着向她说。她转过头来，憎厌地看着她。王二嫂，并不想掩藏自己底得意，笑着环顾大家，好像说："你看她还看着我哩！"

"你……跟你不相干！"左德珍愤怒地说，转过头去。

"跪下来！"吴仁贵叫，并且跳开了一步，为了好让她向着门内的"天地君亲师"的红纸牌位跪下。他是那样的凶横，发着抖。左德珍从来不曾看见他如此，她底心是冰冷了。

她又看了他一眼，带着一种光明的、安静的、坚定的意识，没有对着"天地君亲师"，却是对着荒凉的田野，跪下了。她觉得她对得起一切人。那些看热闹的妇女们，严肃起来了，让到她底背后去，站成了一小群。

"我们这人家不大不小总有个家教！你虽说是过婚，却总是三媒六证抬进来的！"吴仁贵痛苦地发着抖，指划着，说，"我当初是看你可怜！我怕，我是认错了人！"

"你哪个不要脸呀！"老太婆，跳到她底面前去，叫。

"我这个人，别的不说，"看见了母亲底样子，吴仁贵更痛苦了，他叫，"别的不说，心里总讲个行孝！你看嘛！"他指着门内，"天地君亲师！我早就跟你说过了：天地君亲师为大！女人家要讲个三从四德！"他忽然沉默了，呆站着：他想到了她平日的驯良和亲切，觉得自己所说的这些，都是并不相干的。

"替妈妈叩个头！"他温和地说，希望把这个场面赶快地结束。他觉得他再不能忍受自己了。

左德珍转了过来，安静地垂着眼睛，向老女人叩了一个头。

"吴大娘，算了吧！"一个年轻的，抱着孩子的女人，说。

吴大娘冷笑了一声，骄傲地走进去了。显然地她仇恨着她底儿子。吴仁贵看着她，愤怒而痛苦，心里好像有尖刀割着一般。他想着，他底命运，是这样的可怕。为了抑制这种可怕的感情，他就正对着门，向"天地君亲师"跪了下去。他希望鬼神们能够帮助他，他愤怒地叩了三个头，他觉得鬼神们也是过于凶残了。然后他站起来就跑了进去。

大家沉默着。左德珍站了起来，向着田野。

"进来！"吴仁贵走出来，苍白，昏晕，严厉地说。显然地他是仇恨着他底邻人们了：他觉得他们没有权利知道他底羞耻和不幸。左德珍走了进去，他就愤怒地关上了门。

五

王炳全拾起那个纸包来，看着左德珍走了开去。他打开纸包：那是他多年以前买给他们底小孩的一个细小的银镯子。他明白他应该走开了。他明白他底盲目的冲击完全是徒然的：左德珍叫他走开，并且抛给他这个银镯子。他觉得他应该听从她，因为，回想起来，她所做的一切都是完全无错的。过去的生活是过去了，虽然痛苦，但也并不需要，并且不可能挽回。他，王炳全，近来所做的一切，完全是胡涂的。然而他捧着这个银镯子，又觉得自己是一点力气都没有了。

他原先是什么都想到了的,只是没有想到这个,没有想到她这样会见了他,并且抛给他这个东西。她表明她是忠实于他的,但只是如此;一切都是平等的,实在的,他,王炳全,应该走开去。但他底感情还不能习惯这个,一瞬间他是消失了一切勇气,对他自己底生活整个地失望了。他在旁边的草坡上坐了下来。

即刻他就看见,张绍庭底内弟,带着两三个汉子向这边奔来。他这才想起来他在草鞋场的事情并不曾了结。他站起来,冷笑了一下,跟他们走了。

张绍庭是在昨天晚上跑进去的时候跌坏的,但现在人们说他是被王炳全打坏的。王炳全被关进了镇公所。晚上,一个工人进来,带他走进了一间办公室。点着一盏油灯,张得运坐在桌前。

"王炳全,我们又见到了!你好吧!"张得运嘲弄地说,舒适,活泼,把两条强壮的、打着绑腿的腿翘在桌上。

王炳全被他底这种似乎是带着一种友善的活泼感动了,凄楚地笑了一笑。

"你是打算要走开草鞋场了吧?啊?"

王炳全沉默着。

"是吗?"

"这要看镇长怎么说。"他说。

"那倒很明白:我们验过了又问过了,人不是你打死的!懂吧?人不是你打死的!聋老汉跟郑四毛都说了。……懂吧?"张得运问,抬起眉毛来,有趣地看着他。

王炳全懂了。他本来是已经不再做什么好的希望了,他想别人会杀死他,或者把他关到监牢里去,等等。他带着一种安心的,悲惨的意识,准备对一切都不反抗。他对生活已经失望。而他自信他底这种态度是高贵的——为了他底罪恶,为了他底离开了他的女人和死了的孩子,甘愿忍受一切不幸。但现在事情突然地并不是这样。他激动起来了,觉得,在自由的天地里重新去生活,是异常的幸福的;这样他就对张得运充满了感激了。

他取出五万块钱来,放在桌上。对这个他现在是丝毫都不痛心。他并且老实地告诉张得运说,他身上是只剩一万多块钱了,他希望能留着这个钱做路费。张得运没有做声,轻轻地打开抽屉把钱捯了进去,同时显出一种忧郁的、沉思的样子来。王炳全微微地觉得伤心,看着张得运底动作。周围是非常的寂静,王炳全突然地觉得有什么热烈的东西向他迫近来又逝去了。他抬起头来,向黑晚的窗外望了一眼。他觉得:草鞋场在生活、睡眠,他,王炳全,懂得他底命运了。

"我跟你承起了。"张得运忧郁地,悄悄地说,仿佛害怕打破周围的寂静。"不过你还要关三天,明天做一天工:挖水沟。好,你去!"

还是原来的那个年轻的工人,把王炳全带回囚房里来。走下台阶时他听见张得运底向另一边走去的寂寞的脚步声,他替他觉得忧郁,并觉得他是可怜的。他走进囚房,听见了上锁的声音,倒在墙边的两块木板上了,但即刻又坐了起来。

从仅有的一个小窗洞里,可以看见天上的微弱的星光。他听见更锣的声音和更夫底叫喊的声音渐渐地近来。

他觉得张得运是直爽的、坦白的人,然而,这样地生活着,是可怜的。他一直到今天为止也是这样地生活着,可是他自己却常常的引为骄傲。假如他在家乡一直混下去,他底命运是可以想见的。

"这就是了!"他对自己说。

他想,他应该早就懂得这个的。为什么,他回来了,要做的事情一直没有做,却和这些人一直鬼混到今天呢?他早就应该去找吴仁贵和左德珍,把一切都弄清楚,做一个决定的。

可是立刻他就想到别的了。

更夫敲着锣走了近来。

"睡警醒点!啊!"更夫大声叫,在寂静中这声音是如此的响亮,而且显然地,这是一个老人底声音。

"他天天打更么?"王炳全想,"怎么我从前总没有听到呢?他喊叫着走过去,看护草鞋场底人睡觉——他心里爱着这些人,好像他们都是他底亲人!所以他底生活是好的。我却是只剩下一个人了!"

他站了起来,抱着手臂站着。

"说真的,"他高声说,"我自己以为什么都不怕,自己以为在这个社会上样样都行,其实我不过是可怜地骗骗自己!我自己居然不懂得我心里是受了多大的伤!我不过是一个平常人,也配不上那样的女子底爱情!……多么伤心啊,"他悄悄地说,"你今后如果要有出路,你一切漂亮的东西都不该想念,而且必需不能再那样卑劣无耻,活像一个奴才!"

他底这种反省又引起了悔恨。他希望能够发现自己底高贵,赞美他自己,但他底心不让他这样做。在这样的内心的冲突里,他疲倦了,昏迷地站着。他不能自制地想到了过去的生活和爱情,他幻想着那稚气的女人底亲切的抚爱。他呻吟了一声倒在床板上。

三天之后王炳全被释放了。他变得苍白而沉静,悄悄地走过了草鞋场。他显得是洗清了一切杂乱的念头,变得坚决而坦然了。他迅速地就走进了吴仁贵底屋子。

他看见老女人,吴仁贵底母亲,睡着在进门的一张小床上,好像是病了。他站下来了,听见了后面的一个女人底叫声和猪猡底奔窜的声音。这声音兴奋而柔和,并且含着一种快乐的感情,使他吃惊了。他痛苦地、妒嫉地听出来这是左德珍底声音——他以为只会在这里看见与他有关的那种生活的悲惨,他是,怀着高贵的决心,来解脱别人底这种悲惨的;他没有料到他会听到这个。那么,别人是生活得很好的,他何必进去呢?别人底安静的生活与他有什么关系呢?

但他心里的那个坚硬的东西在一阵暖热里溶化了。左德珍底这样的声音是亲切的!这声音好像在对他说:"王炳全啊!我是在尽我底整个的心活着——虽然这生活是这样的痛苦!"

"不过你会老起来,想起我们!"王炳全在心里说,拉起衣裳来揩了一下眼睛。

左德珍显然地是因了见了王炳全,完成了她底心愿,安心了;已经从那个悲惨的吵闹里恢复了,在这晴朗的早晨喂着母猪。

"不许乱跑,你要吃!咯咯!"她唤,"啊,你这才乖!"她亲切地说;于是传来了母猪嚼食的大声。

"真的?"王炳全向自己,凄楚地,然而严肃地笑了一笑,走了进去。

他心里涌起了感激的、新鲜的、愉快的感情,他觉得他真的应该走开了——为了她底这样的生活。他出现在她底面前。

她是站在猪圈里,高高地卷着衣袖,露出瘦弱的,点缀着伤疤的手臂来,提着一个木桶。她抬起头来,微微地张开了她底憔悴的嘴,呆住了。随即她就恐慌得发起抖来了。

王炳全心里的新鲜的感情消失了。他刚才似乎觉得她是一种不可侵犯的、神圣的力量,这个力量安慰着他。但现在他看见她是可怜的、软弱的、并且对这个世界上的生活差不多完全无知的。他怜恤这个,——他觉得他一直并不曾真正地和她在一道生活。

"我要走了。"他温和地说。

她呆呆地看着他。

"我来见你一见。"他轻轻地说,假笑着,眼睛潮湿了;在他底一生中,他从来不曾如此地爱着自己。有一种道德的提防①使他坚定起来,他是决不愿再沾惹这灰暗的、痛苦的、可怜的生活了。他轻视这生活,——但他所意识到的,只是自己底怜恤的、温柔的感情。"事情我都晓得了,也完了,我见一见你就走。"他说。

左德珍放下了木桶,机械地擦了一下手,走出了猪圈。

"你到哪里去?"她问,然后就抑制不住地轻轻地哭了起来。

---

① "提防",新文艺版作"堤防"。

王炳全突然地觉得自己底居心——他轻视她——是卑劣的。他站着,看着她。这样他就从自己底坚定的高处跌落了。他原希望能够可怜她的,但现在他觉得是她在可怜他,而他也需要着这种怜恤,他感到了自己身上底混浊的、狼狈的样子,并且觉得,他在这个社会上微贱地混来混去,原是很可怜的。

"我虽没得多大能力,"他痛苦地说,"不过我总不能再蹲在草鞋场了;世界上总有我底路。……你也不必可怜我,……我心里想,你总是可怜我,"他说,他底嘴唇发着抖;他用燃烧般的眼睛贪婪地看着她,希望知道,她是不是会永远可怜,并且记得他。

"我心里想,你总是可怜我。"他重复地说。然后他茫然地沉默了很久。

"我要走了!"他对自己说,好像奋力地企图从什么一个东西挣脱开来:他要血淋淋地从过去的年轻的生活挣脱开来,他要把它推开去。然而他茫然,觉得不可能。

"你忘掉了我这个人吧!"他说。

但吴仁贵走了进来,使他从这种境遇解脱了。吴仁贵,激动得发白,发抖,好像要跌倒似地,迅速地扶住了猪栏。

"王炳全!我都听见了!我是知恩报德的!"他大声说,喘息着,他底苍老的脸变白又变红。

王炳全觉得他这样老实是过于简单的,冷淡地看着他。同时他带着一种哀伤的、顽强的感情,表示他决不会屈服,看着停止了哭泣的、发呆的女人。他重新听见了母猪吃食的大声,看见了肮脏的窗外的美丽的阳光,觉得自己是已经从那个东西挣脱了。

"王炳全!你今天要晓得——要晓得我这个人底心!"吴仁贵激动地大声说。

"我晓得。"王炳全说,骄傲地、轻蔑地笑了一笑。

"走!"他对他自己说。于是他向左德珍看了一眼,转身就走。但因为在那种骄傲、痛苦的热情里过于激动的缘故,他底脚步是飘摇的,他底头重重地在门上碰了一下。

左德珍是怜恤着他又害怕着他,希望着他底走开,在吴仁贵底身边,她是全然不敢动作的。但王炳全底骄傲、激动的样子,在她底心里反而只能是亲切、可怜的。她懂得他是如何的痛苦,他碰在门上,这就使得她不顾一切了。

"王炳全,"她喊,走了出去。"我送你。"她说。

吴仁贵觉得羞耻,因为他觉得王炳全看不起他,并且因为他觉得他是决没有权利在这个时候去阻拦左德珍的。他希望能够当着邻人们底面替她辩护,于是追着走了出来。

这周围的一些男女们,有的跑到路口去站下来,有的,紧张地挤在一堵篱笆底前面。妇女们发出一种悄悄的议论声来又寂静了。王炳全在他们底面前显得冷淡而傲慢,他笔直地望着前面,走过了他们。左德珍同样地是冰冷的,带着一种轻蔑的脸色。只有那个吴仁贵是慌乱、激动的,他希望掩饰他底女人底行为,但他底女人,那个不幸的左德珍,却反以这样的行为为骄傲。

他追上去,红着脸,跟王炳全说起话来。然而王炳全不理他。这种骄傲的感情,以及一种光荣的、高贵的意识,一直鼓励着王炳全走上了坡顶。

他走到坡顶了,周围的荒草在微风里轻轻地响着。是晴朗的、有些寒冷的天气。山下是一片宽阔的平原,山顶上有一种空旷、荒凉、雄大的感觉。他不觉地回过头来向远远的草鞋场看了一眼,灰黑色的、房屋密集的草鞋场,在阳光里飘展着成百的各色的烟带:已经是午饭的时候了。

他不看吴仁贵和左德珍;他决心冷淡地走开。

"王炳全!"吴仁贵,用难受的,发抖的声音说,"这个是我……我底一点小意思,只得一千块钱……"他说,不知道如何表白是好,恭敬地用双手捧着两张钞票。他底这样子使左德珍觉得心酸,她哭起来了。

"我不要。"王炳全说。冷淡、嫌恶地看着这两张票子。但忽然他勇敢地、对直地看进了吴仁贵底眼睛,于是他懂得了这个人底痛苦,并懂得了,对于他,生活是艰难的。"真的我不要!"他大声说,脸红了。"你这个人!你留着自己用!"他愤激地说。

"你拿着嘛!要么你就是嫌少,看不起我!"

"我……真的我不要!你这个人我骂你真蠢!"王炳全痛苦地、愤激地叫,忽然地他底眼睛里闪耀着眼泪。

"不,你一定要拿的,出门,"吴仁贵停住了,看见了王炳全眼里的泪水,并且听见了身边的女人底幽切的哭声,第一次觉得,自己是残酷的,拦在别人底中间,割断了别人底爱情。他觉得,如果没有他,别人将幸福地生活,胜于他底这种辛苦无望的生活,于是他就突然地伏到身边的一块巨大的崖石上去,大哭起来了。

"我对不起人啊!"他哭着说;"我底生活又不会过得好,德珍,你跟他去吧!"

左德珍觉得自己是这一切的原因,害怕了起来,停止了哭声。

"吴仁贵,你不必难受!"王炳全,站在他底旁边,含着一个讥刺的,痛苦的笑容,说:"你要晓得,在这个世界上各人有各人的路,不是你我都能够做庄稼人过一生的,也不是你我都能够——"他指着山下,"走这条路的!"

"这个钱你死人都要拿!"沉默了一下,吴仁贵愤激地大声说。

"我拿了。"王炳全说,凄凉地、温柔地笑了一笑,接过钱来。

于是他们肃静了。这是一件说不出来的、重大的事情。冷风吹着崖石上的荒草,左近的萧条的树林在轻微地叹息着。王炳全慌乱地想到,他离开他底远处的工作——那艰苦的工作在现在是甜美的——已经很久了。他向他们点了一下头,并向那呆呆地站着的憔悴的左德珍看了一眼,勇敢地,但是有点慌张地,向坡下走去了:隔着一片荒凉的杂木和岩石,遥远的山下是一平宽阔的平原,全体都暴露在辉煌的阳光中,空旷、明洁、幽静,各处的水田和池塘闪耀着,好像小的、精致的镜子。

"王炳全!"忽然地左德珍叫,向前跑了两步,"身边有钱的时候不要乱来,制点家私,带点暖呀!"她又向前跑了两步、站在荒草中,弯着身子。"王炳全,过年过节的时候,想想我们,记着玉娃子呀!"

"晓得了!"王炳全回过头来大声说,然后又继续地沿着陡坡走下去,最初是慢慢地,后来忽然跑起来,似乎是发生了一种狂暴的感情,冲到一座竹林里去而消失了。

一九四五年十月

两个流浪汉

> 我的爱并不是欢欣安静的人家,
> 花园似的,将和平一门关住,
> 其中有"幸福"慈爱地往来,
> 而抚养那"欢欣",那娇小的仙女。
> 　我的爱,就如荒凉的沙漠一般——
> 一个大盗似的有嫉妒在那里霸着:
> 他的剑是绝望的疯狂,
> 而每一刺是各样的谋杀!
>
> 　　　　　　　　——彼兑非[①]

一

陈福安,这个精明的北方人,先前在一家玻璃场里当杂工,后来在一家火柴厂里当警察,其次又在一家矿厂上管理拖车;流浪的这几年间,他还干过茶房、烧火的工人、传令兵,以及其他这一类的工作。在他底同类中间,他总是显得优越;然而,因为有时是过于傲慢的缘故,他总不能在他所经历的那些生活中得到恰如其份的位置。他是有着流浪者底气魄的。半年以前,他随着一个管理水运机构的营长到这个小城里来;跟着年青的,豪华的营长夫妇当勤务,他底显现在他底同类的人们里面的这种流浪的气魄是被压伏了——在他底面前,展现了用金钱和权势构

[①] 引自鲁迅译裴多菲诗《我的爱——并不是……》,格式、文字和标点有小异,其中第1行应低两格。

成的美丽的远景，他觉得自己已经获得了新生，他预见着自己底辉煌的前途。在码头上逞着威风，有机会也敲榨几文，他所经历的那些苦难，他底那些不幸的兄弟们，是全然被他遗忘了。他觉得，他底那些兄弟们，总是汇成一个集团，把他孤零零地扔在外面，轻视着他的，这样，他就向他们做了报复了。他很得意，做着他底英雄的好梦，希望有一天能够再见到往昔的那些狡猾的，轻视着他的人们——他觉得是这样。然而，一个月以前，年青营长被某个上级机关带到城里去，随后就不知下落了。他底朋友们得到消息，知道他是被别人报复了：这是一个险恶的案件。他们着手营救他，可是没有结果。惊惶的营长太太，那个豪奢的女人，陈福安底偶像，是抛出了大量的金钱，做了一切她能够做的。可是事情已不可挽回，营长被枪毙了。

到这个县里来以前，营长欧阳德是在某个师管处里干着管理粮食的工作的。如一般人所说的那样，这是一个肥缺。他底上司是他底亡父的朋友，打了电报要他去，原意是在于希望得到一个有力的心腹和助手的。刚去的时候，就豪爽地给了他一个连的空白的名额，然而却不得不望着他底美丽的，豪奢的女人苦笑起来了。连他底另外的收入加在一起，营长欧阳德每月能有二十万元的收入。这个时代的人们，尤其是，在这个险恶的圈子里起家的人们，他们是常常要寒心的，好像那些强盗们一样，营长欧阳德时时都悬念着自己底命运，怀着戒心，希望能在弄到一笔巨款以后就放手。他最初私心希望得到一千万元，后来，他跑了几次重庆，被那些新兴的富豪们刺激起来了，就决心把他底赌注放在一个更大的数目上。他是一个残酷的人物——这自然是的。可是他是多么爱着他美丽的女人啊！以他底年青的莽撞和魄力，他就拿他底生命做着赌博了。在他更为年青的时候，在他苦闷着的那些时间里，他是曾经接近过这个时代底新文学的，然而一面也做着旧诗，这种蒙昧的文学教养，在他底心里给他描绘着一个拿破仑似的前途：他要做一个震撼世界的，迷人的英雄。在堕入这种生活的这些日子里，他更常常地想起文学作品的那些美丽的画面来,这给他一种傲慢,并且仿佛使他底心灵变得崇高。他,怀着怎样的一种感伤,憧憬着一个安宁的,幸福的暮年,一种避世的无为的田园生活呢!

实际上,在他底这个险恶的圈子里生活,代替了他底那些英雄的好梦的,是他的内心底恐惧和疲倦,他觉得自己已经衰老了。显然的,他底逞强的,豪华而美丽的女人和他底肥胖的男孩是他底罪恶的热望的主要的原因。他希望,一年以后,就能够带着他底女人和孩子悄悄地回到他底故乡湖南去。

结果他遭了一次大失败,亏空了一千万以上的公款。有人告发了他。他忽然害怕起来,卷了公款逃走了。接着,他就以为他底上司,他底亡父底朋友会饶恕他的;这是一种幻想,然而,在这些豪爽的人们里面,这也是常有的情形。到了重庆他就向他底上司写了一封信去,悲悔他底罪恶,凄凉地回忆着他底父亲。这种凄凉的回忆,恐怕是最真实的了罢。这样他就没有逃得更远。然而,他底上司激怒了。他底地位,是已经因欧阳德底这件犯罪而动摇了。于是欧阳德就丢下了他底女人和孩子,抛掷了他底生命。

欧阳德,是这样的一个悲惨的人物,然而他却是陈福安底偶像。金钱,权势,豪爽,残酷和欢乐,发出了一种迷人的光辉。陈福安是常常要挨主人底骂的,然而他以不曾挨打为光荣。陈福安看见,欧阳德动不动就和什么一些人吵架,嚷着:"枪毙他,枪毙他个混蛋!"而且拿出手枪来。陈福安并不知道主人过去那一段的历史。他常常看见主人非常之烦闷,躺在椅子里,接连地吸着烟;或者不停地在地板上来回地走着,喃喃地说着什么。在这样的时候,陈福安就非常的不安,而且怀着敬畏。然而,他更常常地看见主人底寻欢作乐。每当这样的时候,明亮的房间里充满着烟气和笑声,陈福安端着东西走进走出,心里就非常的快乐了。这样的欢欣,这样的幸福,是怎样地刺激着这个微贱的人底激动的、骄傲的想像。

这个轻贱的人,受过严酷的自尊心底养教,虽然崇拜着他底英雄,却也是非常地爱着自己的。假如主人当众侮辱了他,那他是无论怎样都要争回来的。有一天,来了客人,欧阳德临时吩咐他去叫菜。欧阳德,因为他底女人不知道预备菜,又不好明说,就闷闷地发着脾气,于是有两个客人不安地告辞了。陈福安跑得飞快,捧着菜回来的时候,欧阳德就得到了他底一显身手的对象了,他吼叫了一声,抢过陈福安手里的菜篮子来,砸到天井里去。一心想讨好的,可怜的陈福安恐怖得发抖,逃到里面去了,但即刻就又走了出来,苍白,庄严,说:他没有错。

"营长,你拿手枪打死我好了!"

欧阳德,看着他底坚决的眼睛和颤抖着的嘴唇:这嘴唇上,有一个轻蔑的笑容。于是欧阳德明白,他是得到了怎样的一件宝贝了。

"傻瓜,傻瓜!"欧阳德向客人们说,笑了起来;"你看这个傻瓜啊!"

"是!"陈福安说,照着当兵的习惯,不觉地敬了礼,走了转去。他走到里面便甜蜜地流泪。

欧阳德渐渐地知道了怎样地对付这个忠心的,自尊的,虚荣的人。他常常和他开两句玩笑,常常出其不意地夸赞他几句。欧阳德有时感慨地想到,在世界上,只有这一个人,能为自己而牺牲性命。

于是陈福安就在他底梦想里生活下去。营长太太底声音,笑貌,举动,无不感动陈福安,和这个女人说话,就变成了他底最大的幸福。他常常地显得非常地洒脱,文雅,向她报告码头上的琐事和街上的趣闻。营长太太是爱听琐事的,而且,陈福安底崇拜的表情,他底洒脱的风度,使她常常地发生兴趣。"哎呀!天晓得这个鬼人从哪里学来这种风度的,他像是出身很好呀!"她快乐地想。

可是她渐渐地有些惧怕这个人。她在他面前会觉得拘束,她常常不知道应该用怎样的态度来对待他。他在她面前是显得过于体面了,虽然他非常地懂得礼节,或者正因为他懂得礼节罢,他不像一个仆人。她,由于一种羞涩的感情,总是避免着要陈福安替她做事。

然而她有时又有些烦恼,希望试一试自己底权力。

"陈福安,替我买包香烟来!"她冷淡地喊。

体面的仆人走进来了,恭敬地,温和地笑着。

"您盼咐买什么牌子呢?"他问,显示着他要用最大的忠心去服务。

太太觉得自己已经被陈福安看穿,烦恼起来了。

"随便你罢。"她说,竟至于气恼得脸红了。

营长太太忧愁,烦闷,这一切都因为她受过高等教育,整天地闲着无聊,她似乎看不起她这个圈子里头的任何人,然而她又总是用她底豪奢的酒席来奉承他们。在背后带着狭小的心田的自大和自私,她恶毒地嘲笑他们,当着面的时候,却又总是生动活泼,赞美着他们,而且这些赞美又总是出于一种热情的真诚。这一切都是因为不甘寂寞,希望得到别人底赞美。陈福安崇拜着她,但是又惯于把她当作需要保护的小孩,这样,他就在他和他底英雄欧阳德之间,建立了更大的精神的联系。

这大的不幸发生的时候,陈福安因自己底无能而觉得痛苦。他整天地为营长夫妇底不幸的命运而惊惶,竟至于不再想到自己,这在他底一生里是稀有的。他可怜这个不幸的女人,发生了一种英勇的情绪:他要拯救她。他愿望做什么。接着,他听说营长已经被枪毙了;他不能明白世界上何以会发生这样的事,他迷惑起来了。

显然的,陈福安,虽然很熟悉所谓上流社会的风度,虽然模仿着它,却因了那种倾心和迷恋的缘故,不能真正地懂得它。女主人,留下他来照管门户,又进城去了。十天以后,她回来了,伴着她的,是一个陌生的女人,穿着一件狐皮大衣,陈福安后来知道,这是她底姐姐。陈福安期待了十天,希望得到好的消息,然而女主人一走进房就大哭起来,显然的,这华丽的房间里的一切令她伤心。她底姐姐对她用尽了一切安慰的方法,可是她是显得那样的无可安慰。她哭着,把她底小孩也弄哭了,她喝酒,揪自己底头发,又在地下打滚。

陈福安失望,惊慌。现在他底心是毫不虚伪,他对这个悲伤的女人怀着真实的敬畏。他觉得,在这样时间还焦虑自己底前途,是有罪的。夜里他迷胡地睡去了,梦见了营长。醒来,快要天亮了,他发觉内房里有严肃的响动的声音,并且点着煤油灯。显然的女主人在收拾她底东西。

"她要到哪里去呢?多可怜啊!"陈福安想。

"阿尼,你看这个。"陈福安听见,营长太太底柔甜的,疲乏的声音说。

"什么?"

"表哥底照片。"

"该死!你一直留到今天。"

"你以为我会忘记他吗?"沉默了一下,叹息了一声,"这个可怜的人!为什么他要记着我啊!"

陈福安觉得惊异,同时他被怎样的一种东西感动着。

"难道她会不爱营长吗?"他想。

显然的,营长太太,是在一种甜蜜的感伤里。"阿尼,"她说:"孩子我不想要了!"不等回答,她接着说:"阿尼,你以为我会再结婚吗?"显然的,她底柔情,她底感伤,她底贞操的自觉,以及她底其他的那一堆东西,需要赞美。

阿尼兴奋地笑了一声,低声地说着什么。陈福安想到营长,想到他对这个女人的无微不至的爱情,不觉地叹息了一声。

"陈福安,"营长太太,用她底柔美的声音,喊,"你没有睡着吗?来!"

陈福安穿起衣服来,怀着严肃的感动,走了进去。他看见,营长太太披着大衣,站在一口敞开的箱子面前;那个阿尼,同样地披着大衣,坐在那里。小床上睡着那个无父的孤儿,里面的房间同样的有灯光。陈福安,深夜里走进女人们底温暖的,迷人的房间,又因目前的心情而放弃了洒脱有礼的戒备,显得很是羞涩了。他听见外面有大风吹着：正是深秋，萧杀的季节。他忽然觉得这房间威胁着他，他忽然觉得，营长不在以后，他已经落到一个痛苦的，羞涩的地位上来了；依傍着这个女人，完全没有一点男子气慨。

"我陈福安在世界上流浪过！"他英勇地想。

"陈福安，我要走了，我也不能留你！"营长太太说。

"我晓得的。"陈福安冷静地说，皱着眉。

这里站着的，又是一个陈福安，营长太太忽然有些胆怯了。但她知道怎样对付这个陈福安，他给了她一种便利，比起先前的来，这个陈福安是容易对付得多了。营长太太忽然对陈福安发生了不可解的仇恨的感情。

她关上了箱子。

"我陈福安可以赤手空拳地再来！"陈福安想，抚慰着他心上的创痛，看着她。

他们都听见吹过屋顶的大风。

"你人很好，到处可以谋生。"营长太太，冷淡地笑着，说，"而且你也正是远走高飞的时候——这里是给你的两千块钱。"

"是的，太太。"陈福安说，接过钱来，向房内扫了一眼，转身走了出去。他不意地看见了床上熟睡的男孩和壁上的营长欧阳德的大照片，想到他就这样地要走开了，一阵热情在他底心里腾了起来，他走到门旁就哭起来了。

他跑进了他底下房间，倒在床上，发出了一个冲动的，粗野的哭声。

"陈福安！"营长太太追了过来，替他觉得羞耻，同时惊惶而痛苦，不觉地严厉地喊。

"营长啊！吓！营长，你啊！"陈福安哭着，同时轻蔑地笑着，喊。

营长太太，感觉到这个人底抗议不仅是因为金钱了，非常的不安。但这个人底天性里面的更深一层的忠实或狡猾，他底动情下面的那些英雄思想，他底对于他底灭亡了的偶像的那种轻蔑,他底对于自己底失望的那种悲悼,却是她不能知道的,她跑进房去又跑了出来,混合着厌恶和怜恤的感情,加给他两千块钱。

但陈福安显得并不注意这个钱。

"营长,吓！吓！你啊！"他哭着,又冷笑着,说。

二

于是陈福安就从那个华美的天堂里流落了出来,回到了惨痛的人间。他觉得,这个惨痛的世界,不是高超的他所能够久留的。他抱着顽强的热望,在他底周围寻觅着,希望能够再踏上那个通向高处的阶梯;他热切地梦想,而且模仿着一切种类的高尚的感情——他觉得是如此——以和一切有地位,有智识的,富有的人们谈几句话为最大的光荣。他不时地反省,检查他自己,努力着,以使自己在这些人们面前显得更洒脱,更懂事,更有教养。

他充满着神圣的感情,供奉着一个精神的偶像,如这个世界上的一切人们所供奉的。他觉得,比起他周围的那些微贱的人们来,他是要高超得多;他和那个华美的上流社会是有着深刻的因缘和一段特殊的交情的。除了能够开展他底人生远景的那些事物以外,一切东西他都轻蔑。他爱一切荣华富贵,他卑视一切卑贱和不幸。他善于感应一切华丽的梦,他无视一切悲惨和孤伶。他是饱经风险的人,他底冷酷的心觉得,假如他,陈福安,在潦倒中死去的话,是没有人愿意知道他底身世,而为他流一滴眼泪;他底英雄的感情使他乐于相信这个,展开了他底不平凡的抱负。

这种精神的境界,对于那些在富贵的家庭里生长,在社会底高处安享着一切愉快的位置的人们,对于那些饱食终日,脑满肠肥的人们——对于陈福安底偶像们,自然是不会存在的。这一切,都因为陈福安是非常的微贱,而对于微贱,又有着敏锐的感觉的缘故:可怜的陈福安,他不知道这个秘密。就在人生底这些耻辱的时间,产生了那些锋利的骗子,和那些复仇的英雄了。

然而他久久地不能再找到那个阶梯。他底烦闷和颓唐使他自暴自弃了。他喝酒,嫖妓女,豪爽地请客,花光了他底所有的钱。无法可想的时候,他就在一家转运行里当起苦力来了。

这家转运行,有二十架板车,有六十几个苦力。每天黄昏的时候,苦力们把货装妥,第二天黎明他们就动身,拖着米粮,纸张,布匹,沿四十里的公路,到另一个县城里去。第二天他们拖另外的货转来,第三天他们又从原地出发。略有休息的时候,假如兴致好,这些不幸的人们就会把路过的瞎子找来,替他们算命,或者唱歌。

假如侥幸他们能拖着空车子转来,那他们就会得到一点比较愉快的时间;那些年青的家伙,就会沿路吵闹着。然而,等待着他们的,多半是寒冷的风雨和泥泞的道路。洁身自好的陈福安,在这种痛苦的生活里,不和任何人打交道;他也蔑视他们底小小的欢娱,认为那些都是愚蠢和迷信。

他希望,弄几个钱,就到别处去想办法。他也想乘这个机会运一点私货,或者做一点生意,他向他底伙伴们游说了,可是没有结果:大家都没有钱,而且,那些本地人,都不敢信任他。因为他是常常地喜欢和那些职员们谈天的。

一天早晨,落雨的天气,陈福安起来了,冷得发抖,站在重载的板车旁边,等待着别人把轮子修理好。实在的,他有些不屑做这些事情。修理车轮的,是一个五十几岁的,枯瘦的老人,他披着一件单薄的破衣服。他用捶子敲击着。

别的车子,陆续地出发了。陈福安愁闷地站着,抽着烟。那老人站起来了,脚步有些飘摇,走到车子后面去。陈福安发现他在颤抖着。

"倒霉!他怎么弄得动!"陈福安想。

老人忽然地抖索得更厉害,紧紧地咬着牙齿;他伸开两臂拥抱着车身,好像要把车子抬起来似的,突然的一阵猛力,他抱得更紧,用他底下巴抵着油布包,好像这拥抱对于他是必需,而且甜蜜的。显然的他是病倒了;用力地拥抱什么,他底颤抖的筋肉得到一种紧张,他觉得是舒适的。

"你病了罢?"陈福安烦闷地问。

老人拚命地拥抱着,把车身抬起来了。是的,他还有力量,而且①他底非常饥渴的心,得到了一种甜蜜的安慰。可是陈福安看见,他底光赤的腿,在紧张地抽搐着。

"去!……去罢!……"老人底战栗的,粗哑的声音喊,他底眼睛,凝固了,望着前面。"去罢!……回来!……回来……再吃饭!……"

车身落下来了,他倒在油布包上面,抽搐着。很多人跑了过来,大家以为他是发羊痫疯了,于是陈福安去找青草。他转来的时候,老人躺在堆栈前面的地上,在微弱地抽搐着。这抽搐即刻就停止了。

大家向老人叫着,又互相吵着,这件新鲜的事情耽搁了出发的时间,刺戟了他们底感情,大家好像是快乐起来了。陈福安,也感到这种快乐。显然的,他们并没有想到老人,这个孤伶的人,拖了一年的板车,他是完结了。

"他在装傻!"一个年青的家伙喊。"喂,起来吗!喂,我们抬他起来!"他快乐地说,有趣地笑着。

于是他们扶着老人底上身使他站了起来,靠着墙壁。没有一个人知道这已经是一个死人。大家争论着,吵叫着。"你看,我包管叫他起来!"那个年青的,活泼的家伙说,拉了一下上衣,走了过去。另一个人,天真地笑着,扶着老人离开了墙壁。这些天真的人,他们在寻欢作乐。

"吓!说话吗!"年青的家伙叫,向老人底腿弯踢了一下。

老人倒下去了。

大家突然地沉默了。"死了。"一个人小声说。那个年青的家伙,脸上显出了苦闷的,敬畏的感情。他蹲了下去,摸着老人底光秃的头,突然地他哭起来了。

---

① "而且",新文艺版作"于是"。

这哭声在大家底苦闷的静默里透露出来,给了大家一种慰藉。在这种时间,人们底心灵打开了,人们回忆过去,并且凝视未来。陈福安难受,觉得自己有罪;可是这只是一瞬间,立刻,恐惧征服了他。

"我也会这样死掉吗?"他想,于是他看见了这个世界上的那个荣华的高处:他不能这样死掉的。

于是,他就不再感觉到这里的悲哭和慰藉了:人们结成一体,用甜蜜的生来悲哭,用甜蜜的生来慰藉。① 他怀着恐惧和厌恶,走到街道上去,站在雨中。

"这些人,他们刚才闹的多么丧德!多么蠢!"他厌恶地想,但他并不能完全说服他自己:他底心告诉他说,他是有罪的。

他痛苦得苍白了。他沿着街道走下去。当他转来的时候,人们正在把那具尸体塞到一具薄板的棺材里去:棺材太小,人们用力地搬着那个不幸的老人底手臂。陈福安怜恤而厌恶地看了一眼,走到堆栈底屋檐下去。"难道棺材是现成的等着的吗?难道我也会像这样死去吗?"他想。他点燃了香烟。

板车陆续地出发了,经过搁在路边的那具棺材。人们阴沉而庄严。那个年青的家伙,迅速地向棺材瞥了一眼,然后阴沉地看着前面,非常稳定地,摇摆着,拖着板车。

"陈福安,你怎么搞的?"堆栈的办里员走了过来,愤怒地问。

"我不干了。"陈福安冷冷地说,抽着烟。

三

陈福安,流浪了几天之后,遇见了他底同乡张三光。他们之间,有着一些间接的朋友关系,于是他们谈了起来。张三光,先前在一家铁厂里做事,现在失业了。他身边还有几个钱。他们两人商量着,应该怎么办,忽然的,陈福安想到了一种自由不羁的,真正的流浪汉的生活:耍猴儿戏。他热情地想到,只有这种

---

① 新文艺版删去了"人们结成一体"至"来慰藉"。

生活，才能随心所欲，让自己真正地成为自己的主人。这几年来，伺候着别人的眼色，又在那些本地人里面受欺，他实在觉得不能忍耐了。但这并不是说，他已经忘却了他底荣华的好梦。不过，他懂得了，这一条道路，是必需忍受酷毒的痛苦的，他对这已经失去了一部分的信心；而且他怕危险。

他热望自由的生活，度过目前的这艰难的时间；一有可能，他就要飞升。他热望成为自己底真正的主人，而且，这种生活，是能够赚到较多的钱的，这吸引着他。他觉得，有了钱，他底道路就会平坦得多了。

张三光，这个北方汉，是干过这种把戏的。在陈福安小时候，他底哥哥，就是干这种生活的：他在江南的那些大城市里面流浪。于是他们就干起来了。陈福安不停地鼓励着张三光。张三光，对一切都没有意见，他拿出钱来。他们买了一头猴子和一只小的哈叭狗，制造了一切器具。他们在很短的时间里，严酷地训练猴儿和哈叭狗。接着他们就敲着铜锣，这个乡场走到那个乡场了。

"吓！伙计们，打起家伙来！"陈福安喊，于是他底老实的伙计就敲起鼓来。"日落西山一点红，秦琼卖马下山东！"陈福安，带着他底狡猾的，快乐的表情，敲着锣，唱着，一面做着鬼脸。他挥着鞭子，穿着花布衫的猴儿就带上了面具，叭儿狗就钻过了藤圈。看客们哄笑着，陈福安也笑了，仿佛看客们底快乐就是他底快乐似的。

陈福安，显然的是一个利害的角色。一个这样的流浪汉，需要一份愉快的天性，和一副安心立命的心肠；陈福安缺乏这一切，却能够做出这一切来。这种生活是辛苦的，和最初的热望完全相反，也并不自由。他很快地就厌恶它了；他渴望升腾而高飞。他底心里，始终有一个火辣的热情。他一时这样，一时那样，都是因了这个火辣的热情。

这种生活，必需忍受大量的羞辱和欺凌：有什么能比伸手要钱的时候的突然的散场更令人难堪的呢？陈福安显得很是愉快地忍受了,但他记在他底心里的那一本账簿上,期待着将来的复仇。

但是,他底伙计张三光,却是一个知足的老实人。不知道在看客们面前的取巧的,狡猾的微笑,他站在哄闹中,带着他底温和的呆相;他机械地接应着陈福安底活泼的歌唱。他爱着他底猴儿和叭儿狗,甚于陈福安底爱好那个荣华的好梦。

"猴儿!"他喊,含着一朵温和的微笑,于是猴儿就爬到他底肩上去了,抓扒着他底粗糙的脸。他安静,忧郁,可亲,独自地赞美着他底猴儿和叭儿狗:"吓!你看这个小家伙!"

每当看见张三光这样地赞美猴儿们,陈福安就要不觉地感到一种厌恶的,嫉妒而羞耻的感情。这种感情渐渐地激起了他底不安。他不能知道这种感情底根源,不过在某些时候,放下了他底那些精神的武装,对于人生里面的善良的感觉,他就有了一切的需要:他希望证明给自己看,他,陈福安,是非常善良的。然而,这种需要,就立刻地又变成了他底盔甲!他用它来解释自己底一切伎俩,一切罪恶的感觉。"我底心肠是多么软啊!"或者"你看我为什么自己苦自己啊!"——这样地想着的时候,在他底心里,就甜睡着一个可爱的陈福安了。"猴儿这些东西算得什么呢?我底心肠多么软啊!"他想,于是他就解释了他底对他的伙伴的嫉妒了。他就显得更为冷淡,把猴儿和叭儿狗一齐摔到他底善良的伙伴的身上去。他还对他底伙伴泼了一大堆的污泥:他断定张三光是一个阴险的坏蛋。天晓得,在这里,有着怎样的一种虚荣。

每天夜晚,猴儿和狗儿都睡在张三光底身旁,张三光用他底大手轻轻地抚摸着它们。一面哼着一只单调的歌。

"唉,人怎么能跟畜牲一同睡觉呢?"高洁的陈福安苦恼地想。终于他想:"他在装假,以为他底心肠好!坏蛋!"于是他安宁了。

每天晚上,在那些可怜的小客栈里歇下来,陈福安照例地要向他底伙计说几句话。"今天弄了多少?——你身上有多少?"

于是，那个忠实的伙计，搜着自己底臃肿的裤腰带，一齐都拿了出来。用一种腼腆的眼光，看着陈福安，好像陈福安会责骂他似的。"他一定上腰了一些！"陈福安想，于是他说："吓！他妈的！弄杯酒来罢！"

当张三光细心地招呼着猴儿和叭儿狗吃东西的时候，陈福安就喝起酒来，醉醺醺地想着他底一切。他喝得更多，愤怒地看着前面，不时地大叫起来。

"伙计啊！世界上没有不散的筵席！"他叫，于是又继续想着。他觉得他理解人世的一切。"吓！"忽然地又大声说，抽着桌子。"老子非干不可！……啊，反了罢！"他咬着牙齿，发出他底英雄的喊声来。

在这个狂妄的酒徒旁边，那个善良的伙伴，把猴儿和狗儿抱在膝上，轮流地替它们搔着痒。陈福安底这一手，是已经不能惊动他了。有时候，他对陈福安阴沉而冷淡，使陈福安感到畏惧。

陈福安总觉得他底朋友是仇恨着他的。他们这样地生活在一起，常常地闹得很不愉快。睡觉的时候，陈福安总是责骂着张三光；张三光底身体，是过于粗笨的。吃饭的时候，陈福安又总是讥剌着他底朋友底食量：看见张三光吃得那么多，他就嫉妒而厌恶。他们在患难中相遇，度过了少数的快乐的，热切相爱的时间，现在看来他们是不得不分离了。

"伙计，用点劲罢！呆头呆脑是不行的呀！"年关以前的几天，陈福安向他底伙计说：他向他提议，过了年，弄到几个钱，他们就拆伙。

"要得！"他底伙计阴冷地说，"可是得说回来，"他加上说，脸红了。他生气地沉默了一下。"猴儿怎样办呢？"他问。

"猴儿？"陈福安轻蔑地说："你要你带着它罢！"

"要得！"张三光阴冷地说。他突然地转过身去，深思地，忧郁地摩着猴儿。陈福安，觉得这是一个示威，他底脸发白了。

第二天，旧历年前的两天，他们弄到了比较多的钱，晚上，在客栈里歇下来，陈福安突然地非常的生动，快乐。客栈里，一间残破的大房间里,安置了四张大铺,住着几十个人。正是赶场的日子,这些人们,都是从附近的场上来这里办货,因落雨而赶不及回去的。一盏吊灯挂在柱头上,在浓烈的烟气里发出一个昏暗的光圈来。靠着正面的墙壁,生着一堆非常炽烈的火,照出了它底周围的那些粗笨的人影。这是一个集团;他们在高声地吵闹着。左边的大床上,坐着三个小生意人,低声地,机密地谈着话,又是一个集团。陈福安和他底伙计坐在他们底角落里;快乐的英雄的陈福安立刻就吸引了大家。

活泼,凶恶的女老板,提着开水壶,愤怒地冲开了门,走了进来,叫着,骂着:在这个世界上,她是完全自由的。然后走了出去,愤怒地带上了门。不知为什么,她不停地这样地走进来,虽然没有喊她;她也,显然的,没有什么事情可做。然而人们总觉得她底来往是必需的,一定做了什么。她对这些人们叫骂着,好像他们都是她底亲热的仇敌。

"还有两天过年了,让开!"她愤怒地叫,从火边挤了出来,走到陈福安和他底朋友底面前,雄赳赳地举起开水壶。

"不要。"陈福安说:文雅可亲地笑着,他原就知道,还有两天要过年了;但是女老板使他突然地明白,一点都不假,还有两天要过年了。

女老板冷淡地看了他一眼,陈福安觉得,这冷淡,是非常有趣的。

"要是跟她抱着睡一觉!"他想,看着她,嘲讽地笑着。

"对么!这才对么!"女老板叫,然后她站在门边,雄赳赳地提着开水壶,看着她底这些亲热的仇敌。

"跟你们说!"她大声叫,"要什么开腔!我再不来了!"

火边的谈话的人们沉默了下来,好像觉得,应该满足女老板底要求。

"她一定还要来的!"陈福安想,嘲讽地笑着,含着半根香烟。

"来半斤酒!"他说,没有改变他底姿势,觉得大家都在看着他。"这些土货!"他高傲地想,有力地,嘲讽地笑着。

"啊！来半斤酒！"女老板,好像这是她所最讨厌的事,皱着眉头,愤怒地向外面叫。

"来一斤花生。"陈福安说,托着腮,同样地笑着。

"啊！来一斤花生！"

"她老练哪！可是只要我稍稍地要那么一点,今天夜里一定会把她弄到手了！"陈福安想,确信着自己底热情的本领,并且觉得,这本领,已经在这个房间里得到了证实,心花怒放了。

陈福安底傲慢,他底嘲讽和气魄,使火边的那些旧朴的人们嫉妒地沉默下来了。然而他们也得到一种愉快的印象:大家顿然地觉得他们底周围很明朗,没有什么东西能够妨碍他们底那个突然发生的寻乐的愿望了。这时候,那个张三光,轻轻地推开了膝上的猴儿,安静地脱下他底破鞋子来,把他底大脚抱到鼻子下面去,嗅着。

女老板,雄赳赳地提着开水壶,仍然站在那里。她明白她底王国里面的一切。

"各位！有话说开腔！"她喊。

"来一斤酒！"火堆旁边,喊。

"啊！来一斤酒！"

陈福安,移动了一下位置,擦燃了火柴,火柴照见了他底微笑的瘦脸。想到快要过年了,而他是一个到处为家的人,他就又瞥见了他底那个荣华的前途,强烈地感到慰藉的凄凉。女老板,吼叫着拿来了酒和花生。

"来,兄弟。"陈福安,快乐地笑着,向张三光说。

张三光把猴儿抱在膝上,感动地笑着,接过了酒杯。叭儿狗,躺在他底脚旁。他是一个真正的兄弟。

"我有点话说。"这个屈辱的兄弟,亲切地移近来,说。叭儿狗,退到他底脚边,重新地躺下,那样安宁。接着,他红着脸,说不下去了。他喝了几口酒,给了猴子一颗花生,呆呆地望着前面,想着什么。"咱们还是公开罢！"他说,腼腆地笑着。"咱们干这个事,是咱们愿意,咱们是乡亲,咱们该是朋友……"他底嘴唇战栗了起来。

这个兄弟,是从来都沉默着的。陈福安觉得很难受,然而他微笑着,好像早就知道这个。

陈福安总是显得非常的优越,这个兄弟觉得屈辱。他底女人,孩子,远在故乡,他不知道他们底生死。他自己下力,卖烧饼,编灯笼,做小工,在重庆底周围流浪。他希望积几个钱,有一天能够回到故乡去,他曾经捉去当壮丁——他逃了出来。他是顽强地向着他底故乡的,他顽强地渴念着他底女人和孩子们。故乡底广漠的田野,风砂里的黄色的天宇,他底茅棚前面的那一棵他底女人用来晒衣服的树,常常地在他底眼前出现。他看见,在大风里,孩子底尿布,在枯枝上飘扬。

他希望在目前的生活里能够苟且偷安,这种心情使他对陈福安怀着一种假想:他以为陈福安能够支配他底生活。他怕陈福安会扔下他,或者闹出一些严重的事来。

陈福安努力地揣测着他,同时感动地微笑着。

"咱①的意思是,咱们要凭义气……咱心里,……"张三光假笑着说,红了脸。他希望能够讨好这个他以为是高深莫测的,有力的,支配着他底生活的人。"咱,本来是混不到饭吃的,这全亏你!……咱心里有你,就是到死。"他说,假笑着。痛苦而笨拙地。

陈福安感到一阵热辣。他忽然想到,假如不是张三光底钱,他不会有今天的;假如不是这个善良的伙伴,他更不会有今天的;好久以来,他都竭力地企图忘掉这个。他感到喜悦,歉仄,羞耻。他底脸发红,然后又发白。

猴儿爬到张三光底肩上去,张三光愤怒地把它推了下来。显然的他觉得,这样做,陈福安会欢喜。聪明的陈福安痛苦地微笑着。他决心向这个人说几句感激的话,他底自尊心和这个决心交战着,他底脸更白了。

---

① "咱",新文艺版统改为"我"。

"我真不懂,你说这个干啥!"他忽然轻蔑地说,"这样说就不把我当人了,兄弟!"

张三光叹息了一声。

"这样,兄弟,"陈福安严肃地说,用手指轻轻地点了一下桌子,"咱这种人到处为家,咱这种人,不把自己底命当一回事,有时候也不把别人底命当一回事!"他骄傲地说;"咱相信,你就是不说这些话,咱心里也知道!"

张三光,盘着腿坐在那床上,看着前面,叹息了一声。

火堆那边,谈话停止了。短促的寂静,陈福安听见了落在瓦上的急急的雨声。他觉得,这样的晚上,这样的雨声,他在哪里曾经遇到过。他忽然异常的兴奋,混合着一点凄凉,觉得,整个的生命,青春,光荣,是在他底拥抱中,并且展开在他底眼前。他想到营长,爱着他,但浮起了一朵嘲讽的微笑。他渴望增强他心里的欢乐的凄凉,浸在生命底烈酒中。他听着火堆那边的谈话:在说着什么一个女人,大家快乐地大笑着。陈福安想到了女人,她们从不曾爱过他。而他是有着这样华美的生命,值得被爱的。于是他细致的,温柔的感觉和强烈的渴望。① 他渴望残酷的仇敌和热烈的爱人,这些他都从来不曾有过。他渴望用致命的一击扑杀什么,显示他底真实的生命;用残酷的手臂拥抱什么,显示他底真实的生命。

"有啥妨碍我呢?"他对自己说,陶醉地微笑着。

"兄弟啊,人生原不过是个梦!"他忽然地向张三光大声说:"做好梦或是做坏梦,这就要看各人!"他站了起来,微笑着,不觉地向火堆那边走去,因为那里有笑声,因为那里有着他所渴念的什么一种英雄的人生。他去点烟,虽然他自己有火柴。

"对不住,借个火。"他说,快乐地笑着,这笑容有着那样的魅力,使大家不觉地微笑着看着他。

他底明亮的眼睛微笑着,站着点烟。

---

① 新文艺版删除"于是……渴望"一句,改为省略号。

"这个火好!"他说,向大家笑着。

"你们那个猴子好要啊!硬是要得!"一个粗糙的,愉快的脸,抬了起来,说。陈福安,愉快地笑着,他忽然爱着猴子了。

"你个龟儿!就是管你自己!"一个洪亮的声音说,因为一个瘦小的,快乐的家伙把酒杯打翻了。大家笑了起来,好像翻了酒杯,是非常快乐的。这笑声,对于陈福安是一种友谊,他笑着坐了下来。他觉得,因为他的缘故,大家才发笑的。

"你们一天搞到好多钱?"打翻酒杯的,快乐的,发窘的家伙问。

"没得一点!还是你们安逸啊!"陈福安快乐地说。他高兴他能迅速地获得了这些人的友谊,同时他又愉快地轻视着他们。

他洒脱地东扯西拉,讨好着这些陌生的人们,使他们快乐起来了。他虽然同样地快乐,却仍然在心里保留着对于这种快乐的轻视。

他说了什么,大家哄笑了起来。他非常轻柔地笑着,但这笑容突然消逝了,他用他底莫测的,明亮的眼光看着大家。

"喂,你哥子喝杯酒!"那个快乐的年青人,红着脸说。

陈福安接过酒杯,站了起来,一饮而尽。

"猴儿!"他转过脸去,喊。

陈福安就是这样不觉地,把他底伙计推到屈辱的地位上去了。张三光领着猴儿走了过来,疲乏地笑着。显然的,对于火堆旁边的这一切,他毫无感觉。

"喂,你哥子来喝杯酒!"那个快乐的家伙,希奇地看了猴儿一眼,说。

"咱不喝。"张三光说;发觉到自己底冷淡,他求饶地笑着。

"喝了吧,伙计!"陈福安生动地笑着,随后他就举起鞭子来。猴儿跳到地下,胆怯地张望着,走到灯光下面去。

大家对于自己们底这种寻乐的愿望有一种漠然的耽心;大家站了起来,胆怯地笑着。陈福安叉开腿,牵着猴儿,站在灯光下,那样自信地笑着,扫除了他们底耽心。

猴儿看着陈福安,又不停地张望着,显然的,地下的一颗花生吸引着它。忽然它迅速地弯下腰。陈福安轻轻地吹了一个口哨,它寒战了一下,站了起来,把手藏到背后去,恐惧地看着主人。显然的,这是个可怕的主人。

大家胆怯地笑起来了,好像觉得有什么不妥。

"来,猴儿!"陈福安喊,笑着。

陈福安挥了一下鞭子,猴儿腾跃了起来,翻了一个筋斗。他又挥了一下,它又翻了一个筋斗。他向右挥,又向左挥,猴儿迅速地跳着。他停止了,发慌的猴儿仍然在那里跳着。大家大笑起来了。猴儿,停了下来,猜疑地盼顾了一下,看着张三光。在张三光底脸上,有着一个忧郁的,疲倦的笑容。

"猴儿!"他说,笑着,忽然有泪水。他转过身去,猴儿跳上了他底肩膀。

"猴儿!"陈福安说,笑着走了过来,在猴儿底脑袋上拍了一下,告诉大家说,也证明给自己看,他是非常地爱着猴儿的。

这时,那个快乐的,穿着一件单薄而破烂的上衣的青年,拿着一根两端破烂的竹杆,走了出来,羞涩地,兴奋地笑着,站在昏暗的灯光里。他底同伴们,好像耽心他会出错,胆怯地笑着,站在他底四周,他盼顾了一下,掳起了衣袖,拍了一下手,拿着破竹杆跳跃起来了。他底喝醉了的脸更红,然而严肃,紧张,他底眼睛凝望着他底运动着的手,闪着光辉。他轻盈地腾跃,蹲下,伸出腿,用竹杆敲腿,起立,伸出手臂。他跳得更轻盈,更快,用竹杆飞快地敲着全身的各个关节,活泼地唱了起来。一个安宁的,快乐的,完美的微笑在他底嘴边出现了。

他底歌声生动,深沉,流露了热烈的悲怆。他跳跃,敲击,歌唱,在地上盘旋。大家围在他底四周了。大家遗忘了他们底耽心了。大家快乐,严肃,看着他。

张三光,肩着猴儿感动地,小孩般地笑着。然而陈福安感到嫉妒,……突然的合唱的强大的歌声震动了他。

"正月啊好把龙灯来要!"跳着的青年唱。

"荷花一枝啊！——海棠花！"大家唱，那些嘴张了开来，而那些严肃的眼睛，笑着。

短促的寂静中，陈福安听见了落在屋上的雨声，和从大家底屏息中发出来的竹杆底轻轻的敲击声混合在一起，在他底心里造成了美丽的印象。

他听见孤独的美丽的声音唱："腊月啊好把肥猪来杀！"

"荷花一枝啊——海棠花！"大家唱，是强烈的声音，震动了房屋。这强烈的声音，和那孤独而美丽的声音一样，对陈福安发生了一种引诱。他好像是面对着迷人的爱情了，他底心激动了起来，感到一种慌乱。终于他试着加入那合唱，然而他胆怯不安，生怕让别人听见他底声音，窥破了他底软弱的心肠。他看见，站在对面的张三光，张着大嘴，呆傻地笑着，他底肩上，伏着那个吃惊的猴儿。

那两个已经睡了的生意人被吵醒了，骂了几声，然而大家听不见。快乐的青年，含着微笑，在地上活泼地盘旋。

门开了，女老板，披着衣服冲了进来。这一群粗笨的作乐的家伙，把她惊倒了！

"各位，房子闹翻了呀！"

"荷花一枝啊！——海棠花！"大家唱。陈福安嘲讽地看了看女老板，又嘲讽地看了看这些作乐的人。于是他非常快乐了。

"各位，十二点钟了呀！"

"荷花一枝啊！——海棠花！"

女老板，叉着腰凝视了一下，冲进了他们底圈子，那个快乐的青年突然地站了起来，丢下破竹杆，溜开去了。他蹲在火边，蒙着脸，笑得几乎要窒息。大家大笑着。女老板笑了一下，愤怒地叉起腰。

"各位请早点儿安息！明天早上各人赶路！"她叫，威严地向这些快乐的人扫了一眼。

"我陈福安不弄她到手不算男子汉！"陈福安对自己说，轻蔑地笑着。

四

狂妄的陈福安,他希望用这一手来超越那些快乐的乡下人。他不知道他自己想了什么,当房内安静了下来,坐在床边吸着烟,听着落在瓦上的雨声时,他就明白了这个想头底狂妄。他躺了下去,可是他不能安宁。他底傲慢,和他底那个火辣的热望,折磨着他。

"是的,明天早上各人赶路!可是我陈福安哪里去呢?"他想,看着对面的墙边的残余的火堆:"你陈福安莫非要漂流一生么?你陈福安是那些永不能出头的贱种么?你陈福安不能弄到一个女人么?你可是怕犯罪,怕闹事不成?笑话,那样我就算不得是陈福安!"他咬牙切齿地对自己说。

他听见一切都寂静了。残余的炭火,在墙边轻轻地爆裂。黑暗里陈福安对什么东西发生了一种热烈的美感,并且他心里充满了神秘的渴望。……他忽然地轻轻走下地来。

他慌乱地,小心地打开了门。他摸索着找到了通往女老板底房间的狭窄的楼梯:他知道她是一个人住着的。

"可是她是什么样的一个女人呢?假如她根本就是做生意的呢,这种女人?"他站在楼梯口想。"我要知道究竟!"他对自己说。

他摸索着上了楼,从门缝里看见房里有微弱的灯光,女老板,披着棉袄,坐在那里吸烟,显得疲劳而寂寞。

陈福安原来以为,在这个女人底身上,是存在着一种欢乐的,热烈的,暴烈的东西的,这种东西吸引着他。但现在,看见了这个女人底寂寞和疲劳,他底心突然地变化了,一种严肃的尊敬,有力地透露了出来。看见这个女人是生活在她底孤苦和烦闷中,他突然觉得她不是能够随便侮辱的。

"她多么可怜啊!"他想,于是他静静地推开了门。

这是一个放高利贷的女人,她是生活在一种凶恶的气魄里的,她立刻就跳了起来,她底疲乏的孤苦的样子,立刻就消失了。

常常地,当她一个人呆在她底房间里的时候,她显得烦闷,忧愁,孤苦。可是她却凶恶而势不可当地在这个世界上作战。

看到她底凶恶,陈福安底怎样的一种虚伪的感情就消失了。他底脸打抖。他痛苦地假笑着。

"你干啥子?"女老板叫。

"不认得我么?"他说,立刻他就变得嘲弄而勇敢了。从他底这一句话,这个女人脸上的一阵轻微的颤抖,他明白他是对的:他已经得到他底俘虏了。

女老板脸孔发白,喘息着,凶恶地看着他。她底心里,一瞬间涌起了各样的复杂的感情,这些感情向她说,这是一个无赖的人,她是决不会从他得到便宜的,并且向她说,她底名声素来是很好的,她有过不少次的爱情,遇到过不少的男人,但没有一次是像现在这样:这是可怕的,大家知道了,一定要唾弃她,说她的坏话。这些感情把她激怒了,同时她注意到了陈福安底带着深沉的感情,①漂亮而清瘦的脸。

"不行!老娘不受欺!"她对自己说,于是她迅速地走了过来么,抓住了陈福安底衣领,摇幌着他,凶恶地看着他。陈福安,带着他底无赖的笑容,愉快地随着她底手摇摆。

"出去!"她说,把他揪到她底胸前来;"你不出去我就叫了!"

"我不出去。"陈福安愉快地说。

她转过头去望着旁边。忽然她推开了他,在房里焦急地走了几步。然后她站了下来,叉着腰,看着他。显然的她觉得很辣手。然而她不相信这辣手是由于她底内心的动摇,她只相信,这个人,是一个难以对付的坏蛋。

"哼!你不要以为我是那些女人!"她说,嗤了一声,假笑着。"你在街坊上问问看老娘是哪些人!当心你进门容易出门难!"她说,假笑着,一时撅嘴,一时挤眉毛,生动地做着表情,掩饰着她底压抑着的声音里的那种慌张。

---

① 新文艺版删除了"带着深沉的感情"一句。

"当然咯！进门容易出门难！"陈福安说，无赖地笑着，非常快乐似的。

"哼！你老娘开茶馆，开客店，老娘从来清清白白！"她生动地说，向前走了几步；"你到街坊上去打听打听！老娘孤寡一个人撑了好些年！"

她站下来，叉着腰，激动地，轻蔑地笑着。

"唉，你又何苦哟！"陈福安亲热地说，"我是那些人吗？我姓陈！我叫陈福安。"他说，忽然激动了；"我不是那些没得心的人呵！我爱上了你呢！"他说，油滑地笑着，觉得自己真是爱上了她。他向这个女人奔去。他底心善于制造幻象，可是他底心又告诉他说，这一切都是虚假的，他不过是开开玩笑罢了。

女老板战栗着，推开了他。

"你个龟儿不把老娘当人哟！"她说，哭着，跳着脚，于是她走上来，猛烈的一下，打在他底脸颊上。他靠在墙壁上，含着那么美丽的，灿然的冷笑。

女老板底哭声停止了，惊异地看着他。

"好！"陈福安说，嘲弄地笑着；"你以为我们这些到处为家的人，就没有一颗真心么？你以为我不知道你心里的可怜么？"他说，怀着一颗高贵的心了。他忽然伤心地流下了眼泪。

"哎哟，深更半夜，你个龟儿不把老娘当人哟！你个龟儿哟！"女老板显得是心碎了，掩着脸，跳着脚，哭着。但忽然她又放开手，看着他。"没有那么撒妥！"她凶恶地叫。

"你要钱我给你钱！"陈福安于是冷冷地说，带着勇壮的感动。

女老板惊异地看着她。

"那么就先拿钱来！"她回答。带着同样的勇壮。

于是陈福安走到桌前，安静地取出钱来，一共五百，放在桌上。

然而，意外地，女老板叹息了一声，颓然地坐了下来。她推开了钱，悲伤地看着她底在桌上的肥胖的手。

"跟你开玩笑，你这个人，"她温柔地小声说，露出一种娇媚来,眯着眼睛笑着,"哪个要你的钱啊!"她说,瞟了陈福安一眼,好像他们已经相爱得很久了。

于是陈福安就落进了另一个幻想了:他乐于信赖她。他在她身边坐了下来。

女老板,支着面颊,显得非常的可爱,甜蜜地看着这个苍白的,严肃的,动人的异乡人。

这个异乡人迅速地就丢下了他底幻想和犹豫,转过身来,嘲讽地笑着,拥抱了她。

五

陈福安打定了主意,再弄一些钱,就和张三光拆伙。这是一个寒冷的晴朗的早晨,他们到达了另一个场镇,因过年而安祥,店铺关着门,街上布满着鞭炮皮,瓦上有薄霜,一切都显得愉快,严肃,生动。陈福安,带着他底那种冷淡的表情,显示着他底阴沉的决心。他有时不停地说着话,好像他心地单纯,生活得很快乐,然而,他愈说得多,就愈显得突兀,无理,虚假。张三光含着不安的焦躁的微笑,瞧着他,牵着猴儿和叭儿狗走过安静的愉快的街道。

"我跟你说我去年顶挺舒服!"陈福安说,走进了一片布满着鞭炮皮的空地,用眼光测量着它。"这里来吧!"他说。于是他变得阴沉,站在空地中央,望着对面的一列贴着新鲜的春联的房屋。"他妈的哪一天要给它一把火!"他想。"喂,兄弟,再不要呆头呆脑呀!"他说,假笑着;"俗话说得好,做一天和尚撞一天钟!哪个王八旦才信菩萨!"他兴奋地笑着,但这笑容又忽然消逝。

张三光,带着麻木的脸相,弯下了他底巨大的身躯,放下了两个竹箱;猴儿,从他底肩上跳了下来。陈福安敲起锣来。有几个褴褛可怜的小孩跑来了,站在那里,呆呆地看着,冻得发抖。陈福安继续地敲着锣,张三光敲起鼓来。来了几个过路的乡下人,文静地站在那里,看着不安的猴儿嘻嘻地笑着。附近的一家打开了门,一个女仆模样的中年女人,抱着一个穿着红色的毛线衣的小孩,笑着跑了过来。

"他妈的全是瘟蛋!"陈福安想,绕着圈子,敲着锣。

好久好久,圈子仍然没有站满;有的人,站了一下又走了。陈福安非常的焦躁,咒诅着他们。对于他底周围的人们底表情,他是有着非常的感应的,他底虚荣的心,是常常地受着刺痛,在他底心里,是日渐增涨着那种冷酷的憎恨。

他敲着锣,得不到像样的看客,他愤怒了,然而他即刻又因愤怒而骄傲。他敲着锣。

一个穿着红色的大衣的风骚的女人走进了圈子,用小指剔着牙齿,轻佻地笑着,看着猴儿。陈福安惊动了。他底心里腾起了混乱的甜蜜的热望,好像一个受着冷遇的艺术家突然地得到了知己似的。感情和幻想的华丽的门,被这个女人打开了,陈福安显得庄严而拘谨,有时突然地红脸,绕着圈子,敲着锣。

他立刻就克制了他自己,变得生动,洒脱。陈福安,为怎样的一个偶像而献技,希望得到怎样的一个微笑,像一切不幸的艺术家一样。他不是一个真正的流浪者;不幸的陈福安,他不愿相信他自己底卑微。

他敲着锣,挥着鞭子,唱着歌,猴儿开始打圈子,载面具,翻筋斗。他不看那个女人,但他觉到她底快乐的微笑。好像那些高贵的艺术家只有一个听众或读者一样,陈福安只有一个看客。他自然不知道,这个女人,他底一时的偶像,原来是街上的一个绅粮家里的名声恶劣的媳妇;不过,假如他知道了,他就一定会对着众人的刀枪挺身而出,用他底生命来替她辩护的。

然而,当他歇了下来,取下了他底旧帽子的时候,那些不愉快的看客,都一哄而散了。第一个走开的,就是那个愉快的女人。她身子一扭,用手帕掩着嘴,有趣地笑着,逃了出去。于是,剩下在圈子里的,只是那些冻得发抖的褴褛的小孩。

陈福安,英勇地掠了一下头发,看着那个快乐地奔开去的女人。

他轻蔑地抛下了锣。

"收场!"他说。

张三光柔和地笑着,看着那些小孩们,他们在逗弄猴儿,用愉快的尖锐的声音笑着。于是张三光站了起来,拾起了铜锣。他弯着腰轻轻地赶开了一个跑进了圈子的小孩,好像怕碰坏了他似的,而且向另外的小孩们温和地笑着。他敲起锣来,猴儿抓耳扒腮,非常的快乐兴奋了。

小孩们快乐地大笑,走进场子来的几个乡下人,同样地快乐地大笑。在大笑和哄闹里面,这个北方大汉带着不变的神情,满足,安静,忧郁,微微地弯着腰,敲着锣,同时唱着歌,好像是,即使一个看客都没有了,他也要这样地继续地唱下去的。他拾起了地上的旧毡帽,几个乡下人,尴尬地笑着,显然地觉得自己善良,摸出钱来。显然的他们觉得,在这样的一个北方大汉伸手的时候走开,是可羞,而且有罪的。

"猴儿,向各位老爷道个谢,恭喜发财!"

猴儿迅速地爬了下来,叩了一个头。大家满足地大笑着,然而,那个陈福安蹲在那里,含着一个轻视的,邪恶的笑容,托着下颚。

六

陈福安和张三光,整整的一天,留在这个场上。他们底成绩非常的好,黄昏的时候还不肯歇手;各处有过年的鞭炮声,街上各处站着看热闹的人们,声音嘈杂而愉快;各处灯火通明。等到他们预备歇手的时候,场上的那个矮小的保安队长,披着一件黑大衣,雄纠纠地挤了进来了。

对面的馆子里的汽灯底光明,照见了黑压压的人群,照见了陈福安和保安队长王春林底紧张的脸。这是一个坐落在高山旁边的乡场,这里的人们,在一些狭窄的感情里生活着,在他们底上面,站着那些充满了傲慢和强横的,唯利是图的人物。外来的一切,常常地给他们带来一些刺痛;为着打倒它们或迎合它们,他们做着一种紧张的斗争,这里面有着那种可怜的虚荣和什么一种良心的激动,以及那种江湖气魄。保安队长王春林,是过着这种紧张的,忙碌的生活的一群里面的出色的一个。一些有钱有势的外省人,这几年来出现在这里了,用着各样的方法,夺去了他们底一部分的利益。这个小镇,除了田地以外,是靠附近的乡里的桐油和山上的一些石头来过活的,人们用这些石头来烧瓷器。保安队长王春林是在这些石头上建立起他底功业来的;那些外省人以他们底雄厚的资财,从县里疏通了道路,伤害了他。他是怀着一个复仇的愿望,追求着怎样的一种光荣的,现在他碰上了这两个流浪的外省人了。

他希望,当着他底熟人们底面,使这两个流浪者吓得发抖,磕头求饶。他非常的兴奋,显然的,喝了一点酒。

他凶横地吼叫着。那个爱好上流社会的,文雅的陈福安走过来了,殷勤地陪着笑脸,觉得自己和这个有力的人物原是很好的朋友。他请保安队长抽一根烟。他说,他们没有打招呼,实在是初出门,太不懂规矩,请队长原谅。

"你晓得政府底法令么?"保安队长王春林说,提到政府,像那些穿得笔挺的宪兵们一样,热情地颤抖起来了。

他不停地说着政府。政府这样,政府那样,好像说着一个随心所欲的,亲热的爱人似的。这个政府,使他底心里洋溢着效忠的热情,使他兴奋得不能自持,不停地发着抖。

陈福安受了侮辱,假笑着,抖着伸出来的右腿。他变得灰白了。

"跟你们这些人没得啥子说!"保安队长叫。

"请问你我是怎样的人?"陈福安用轻柔的声音说,异常的洒脱,擦火柴,点着了香烟;火光照见了他底轻蔑的笑容。

"没得说,跟我走!"保安队长伸出手。

"告诉你:我是宪兵司令部的!"陈福安突然地以他自己所不知道的力量吼了起来:这句忽然出现的话,表现了他底那个精神的世界。虽然他说了谎,他却是无可比拟地骄傲起来了。

保安队长,忽然地有些胆怯,他向张三光走去了。忽然地他愤怒起来,把那个死白的,假笑着的北方大汉推开,夺下了他底牵着猴儿的皮条。猴儿焦急地在地上爬着打转,愤怒的队长,不知道自己在做什么,猛力地踢了它一脚。正好踢在腹部底致命的地方,猴儿尖利地叫了一声,倒在地上翻滚着。沉默的人群里发生了一阵惊讶的叹息。

那个恐怖着的北方大汉,他底心里有东西破碎了,一股热气腾了起来。他向猴儿跑去,立刻地就跑了转来,可怕地叫了一声,向保安队长底脸上打了一拳。

他警告自己:不要出岔子。同时他揪住了那个队长。在这个野蛮的,可怕的北方大汉底毒打下,保安队长恐怖地叫着:他软弱得像棉花,甚至不敢回手了。

人群感到快乐了,保持着肃静,希望这毒打继续下去。

"救命呀!"保安队长喊。

人群里面有了悄悄的笑声。

陈福安站在一边,但随后他觉得恐惧,走上去解和了。他劝他底兄弟不必如此,他说,大家都是一家人——都是中国人。

"打死你!打死!打死你!"野蛮的北方人[①]叫。

从人群中间,传出了一个叫喊,接着,一个穿长衫的人和另外的几个人挤了进来。那个穿长衫的人,是绅粮张正富。

张三光突然地推开了队长。他疯狂地盼顾了一下,然后凝视着死在地上的他的猴儿。他哭起来了。

"猴儿啊!"他说。

"各位大爷,我这个兄弟,是——粗人,"陈福安,抓住了张三光底手臂,甜蜜地笑着向大家说。"兄弟,您发瘟!给各位大爷陪个礼!"

他底兄弟呆呆地看着他。

绅粮张正富,用一种严重的低声说着话。他并不觉得有什么严重,然而他享受着他所造成的严重。于是,张三光被反缚了

---

① "野蛮的北方人",新文艺版作"张三光"。

起来。

"打了人依法律办。"绅粮说:"各位,没有啥子热闹好看,走开走开!"他说,摇着手,驱赶着人群。

张三光不反抗,也不做声。他被带进了镇公所。那个挨了打的队长,紧紧地揪着他底俘虏,走一步向他底背上打一拳。同时叫喊一声。陈福安,遗弃了猴儿底尸体,牵着叭儿狗,担着竹箱,追随着。在灯火明亮的街上,他们底后面,跟随着一大群看热闹的人们。

"我会出卖朋友么?"陈福安,忽然地这样想。

在少年时代,在充满着善良的人生感情和英雄的好梦的那些日子里,陈福安曾经从汉口乘船到上海去。他是希望到上海去做工。和他同路的是他底一个刚刚认识的同乡。这是一个高大的,活泼的人,没有钱吃饭,更没有钱买船票。陈福安像一切少年人一样,依赖着别人,并且渴望得到陌生的世界的友情。他借钱给这个同乡吃饭,钱用光了,他又向轮船上恳求,用他底行李做抵押,说明到上海就给钱,使这个同乡上了船。旅途上的全部的时间里,这个同乡对他非常的殷勤,告诉他在上海认得哪一家公司底办事人,一定替他介绍,使得年轻的陈福安心花怒放了。到了上海,他上岸去找熟人借钱,晚上才回来。轮船,卸完了客,泊在江心里,灯光灿烂。陈福安激动着,预期着见到了焦急的同乡以后的大喜悦,找上船去,他底同乡已经离开了,而且带走了他底行李。船上的茶房抓住了他,说他偷走了抵押的行李,要他给钱。

陈福安不肯给钱,和那个茶房打了起来,结果挨了一阵毒打。深夜里,他带着青肿流血的脸从汽船走下了驳船。汽船底汽笛叫了一声,满载着灿烂的灯火,向黑暗的江面驶去了。

他永远不能忘记这一段遭遇。他寻找着这个同乡,渴望复仇。他对他底生活失望,非常焦急,不能在工厂里留下去了。有一天,在上海底繁华的街上,他看见了一队骑兵。他们底骏马,发亮的钢盔和短枪,他们底美丽的红色的旗帜,以及他们底脸上的那种庄严,饱满,英爽的神情,整个地吸引了他。他决定去投军了。他们这支军队,抗战开始的时候上过两次火线,但没有遇到敌人;以后就各处驻防,贫困而疲劳。抗战的第三年,受了严厉的处罚,他断定这种生活不是人过的,逃亡了。此后他便希望着荣华富贵,一直到如今。那个拿生命来做赌博的热情是淡下去了。他也就淡忘了他底那个同乡。

现在他又忽然地想起了他,觉得张三光正是那个时候的自己。他想到,他将要背叛张三光,恰如那个人在他底一生底紧要的关头背叛了他一样。这个思想,粉碎了几年来他赖以生活的他底对自己的确信,使他迷乱而痛苦。

"不过我原来就准备和张三光拆伙的,这根本是他底错,……但是我是一个男子汉么,我对得起朋友么?"他痛苦地想着,挑着竹箱。

七

队长王春林,他底鼻子,口腔,都流着血。他怀着一个野蛮的复仇的决心,走进了他底房间。他告诉他底那个涂着胭脂的女人说,他要杀人,那个女人坐在那里剥核桃吃,笑了一笑,好像这是很平常的——至少,这样的话,是很平常的。不过,当王春林找出了跌打损伤的药酒,她看见了他脸上的血迹的时候,她就尖利地叫起来了。

"该死呀!你又跟别人闹事!"她跑了过来,扳住他底头怜恤地看着。

"滚开!"王春林骄傲地说,推开了她;一口气喝了三杯药酒。然后,他取出了一把尖刀,又取了挂在壁上的盒子枪。他做着英雄的姿势,傲慢不逊,非常快乐。

那个女人,忽然地跳了过来,拦在门前。

"我不许你嚜!"她撒娇地叫。

"滚开!——老子要杀人!"他说。

"啥子哟!"绅粮张正富走进来,有趣地笑着说。"我看,打一顿算了罢!"他说,了解地笑着看着王春林。

"不行!"王春林说,面孔发抖,把刀子插在桌上;忽然地感动了,有了眼泪。

"唉,你哥子!"绅粮说。

"不行!"

绅粮,搧了一下衣袖,耸了一下肩膀。

"我兄弟请你吃杯酒呢?"他说,侧着头。

"准备两口棺材!"王春林向他底女人说,拔起刀子来向外面跑。

王春林向外面跑去,好像张正富底笑容要求他如此。张正富,假装着非常惊动,叫唤着,好像王春林底表情要他如此。

"哎哟哎哟!你哥子何必哟!"他吃惊地叫,正因为他明白这一切。他抱着王春林,觉得王春林一定非常喜欢他。

"不行!准备两口棺材呀!"王春林叫,举着刀子。挣扎得似乎非常吃力。

"哎!你哥子何必跟那些娃儿家一般见识哟!"张正富说,快乐地抱着他。

"不行!准备棺材!老子今天拚了!"王春林说,挣扎着。

他们两个在房里团团打转。他们两人心里都满足而快乐。张正富叫唤着。同时向那个女人做了一个鬼脸。那个女人,拍着巴掌,哈哈大笑了起来。

"你们两个又何必哟!"

八

张正富站下来。假装非常失望。挥了一下袖子。王春林于是拿着刀子走了出去。他走上台阶,推开了门,陈福安迅速地闪了出来,使他吃了一惊,他举起了刀子。

"哪里去?"他粗暴地问。

"老兄,这边来。"陈福安说,笑着,闪到一旁去。一个迅速的动作,塞过来一卷钞票。

王春林呆了一下。陈福安底笑容使他发慌了,他挟着他底刀子,把钞票藏了起来。但随即他想,也许这是很少的数目,值不得的。于是他取出钞票来,迅速地数着:一千。

"好罢,没有你的事。"他说。

陈福安站在那里,明白他已经丢了他底朋友了,痛苦地笑着。王春林看着他,对这个陈福安发生了一点友谊。

"不成问题不成问题,你走开!"他说,"停会儿镇长来了,你底事情,包在兄弟身上,不成问题!"

他忽然又热情地走了过来,拍着陈福安底肩膀。

"你哥子够朋友!"他说。

陈福安感动了。他重新地获得了自尊心的安慰,满足着这个有力的人的友谊;同时他又觉得,他是已经看穿了他面前的这个卑劣的奴才。他矜持地笑了一笑。

"不过,我那个伙计是个粗人,老兄原谅他罢!"他殷勤地说,同时他想:"我总算已经尽了力了!"

王春林,满意他底殷勤,笑了一笑。

"是的!不过,你哥子晓得,我不能做主!这是国家上的法令,我一定帮忙!"他说,走了开去。

在门边他遇到了张正富。

"搞了好多?"绅粮,神秘地笑着,问。

"没有好多!"王春林冷淡地说。

"倒底好多么?"

"五百。"

"唉!你哥子真有本领啊!"

"不行!我是一个男子汉!一千块钱叫不动我底心!"王春林想,推开了门。站在外面的陈福安,立刻就听见了鞭挞的声音。

九

陈福安,惧怕鞭挞,惧怕羞辱,惧怕伤害,用着他底伶俐的技俩,遗弃了他底伙伴张三光。他站在寒冷的,黑暗的院落里,鞭挞声起来,他希望安慰他自己。他憎恶那个卑劣的队长,轻蔑他底卑劣的灵魂,然而他更轻蔑他自己,鞭挞声起来,他无可安慰。

他不能向自己说明,在这个世界上,在这种遭遇里,究竟他害怕什么。显然的,这一切都是因了他底那个荣华的好梦。

他异常的痛苦,被一个兵士撵出了镇公所。他底友谊的感动和高雅的风度被嘲弄了;仍然没有人爱他,仍然没有人知道他,同情他,他仍然是这样的卑怯。他走在这个乡场的过年的,灯火通明的街上,不知道自己要到哪里去。

他想到他底那个同乡,想到张三光的一切,他再不能信赖他自己了。他觉得自己罪恶而卑怯,他从来不曾这样觉到的,这个思想使他底骄傲的心痛苦得要发疯。他告诉自己说,他对张三光并不错,别人也都这样对他的,但是他不相信自己底话。

他是一个那样骄傲而自信的英雄,凭着这自信,他会玩各样的把戏。但现在他已经从他底原来的世界里跌出来了。他走着,他看见,在一家店铺里,一个年轻的女人逗着小孩玩,快乐地笑着,他惊动了一下。

"以前我流浪,相信自己,现在我怎么办呢?"他想。"我爱过别人么? 对了,我爱过①别人一点点么?"

他想着,明天早上,张三光可以被放出来,他应该对他怎么说。张三光是否会被打伤呢? 以后他们要不要干下去呢?"不!最重要的,眼前的事,我这个人对不对得起朋友呢?"他想,看着街上的人们,觉得他们都快乐。

他忽然想到猴儿,可怜着它,决心到原来的空地上去看一看它的尸体。他走过那片空地,没有猴儿底尸体了。他非常的伤心,想到猴儿跟着他们流浪了那么久,他站在空地上流泪了。

"哎! 可怜的畜牲啊!"他说。

他看见,在空地里面,在微弱的光线里,两个瘦弱的,矮小

---

① 本句两处"爱过",新文艺版作"想过"。

的,褴褛的女孩,互相搂着肩膀,绕着很小的圈子走着,齐声地唱着歌,他听着,觉得歌声甜蜜而柔美,他从来没有听见过这样的歌声。

他看到了女孩们底肮脏的,蓬乱的头发,他看到了她们眼睛里面的动人的光辉,他看到了,她们底脸上,有着严肃的,恬静的,深沉的表情。他底心里发生了对人生的庄严的尊敬。

女孩们没有注意到他。她们亲密地相爱,度着童稚的,美丽的时光。她们绕着圈子小声唱:

你在哪里住?
我不跟你说!

她们唱:

猫石子,金刚沱,
光着屁股求生活!

"我已经看透了!明白了!陈福安,你要听见良心底声音,有钱有势的生活算得什么。"他想,含着一个笑容。于是他心里充满了勇壮,发生了那种欢乐的愤怒。他向镇公所奔去。那个卫兵来不及阻拦他。他跑过了院落,听见了鞭挞的声音和张三光底呻吟的声音。他猛力地推开了门。

房里站着好几个人。张三光,他底上衣被剥去了,人们把他捆在一根柱子上。他底脸上流着血。王春林,拿着一根藤条,叫一声而鞭挞一下。

"兄弟!我来了!"陈福安大声叫,他扑了过去,抱着王春林,和他一同倒下。于是开始了凶恶的格斗。终于他被捆起来了;人们把他缚在另一根柱子上。

鞭子火辣地落在他底脸上。他看见了张三光底激动的流血的脸,看见了满房地乱窜着吠叫着的叭儿狗,这鞭挞使他底心里发生了辛辣的快乐。

"兄弟啊!我们再不要分开!"他叫,哭了起来了。

"兄弟,不哭,咱不哭。"张三光说,流血的脸,柔和地笑着。

于是陈福安想到了过去的一切,他抬起头来。他想到过去吸引过他的那一切,权势和豪华,现在是再也不能吸引他了。他觉得,营长夫妇底生活,实在是狭小可怜的,他,陈福安,将有正直的道路。鞭子,落在他底脸上。

一九四五年一月

破 灭

一

　　春天的晚上，落着雨，张叙贵在街上无目的地走着。他是被一种尖锐的苦痛鞭策着。镇上，除了一些酒铺和茶馆，所有的人家都关上了门。每个酒铺和茶馆底门前，有一片微弱的光辉投射在泥泞的道路上；它们并且从巨大的深沉中传出一种微弱的噪杂声来，好像是从一口古井里传出来似的。张叙贵在一家酒店面前停下来了，犹豫地望着前面，经过了一种钝重的内心斗争，他重又向前走去了。他愤怒的走着，经过一间宽敞的破烂的房子的时候，他看见了里面的睡在潮湿的地上的一群囚犯。囚犯们在宣文场作着一种惨烈的劳动，每一个都病着，显得快要死去了。他们此刻是睡去了，没有一点声音，一个卫兵站在门前。房子底遥远的内部，一根柱头上，吊着一盏可怜的油灯，它底阴沉的投影在那些狼籍地拥挤着的躯体上面飘浮，而且变化着。张叙贵看了一下，走了过去，但在黑暗的墙边站了下来。

　　"为啥子他们不是我？为啥子我不知道他们想些啥子，为啥子过活？"他愤怒地想，对自己，并对那些囚徒们发怒。

　　"我去找夏颖开！"他想，愤怒地，疾速地走了转来。

　　他在一家茶馆底门前站住了。茶馆里，只剩夏颖开一个人：苍白的，漂亮的，年青的夏颖开，靠在一张躺椅里，用手垫着头，好像是睡着了。他是和几个煤炭运销商谈了一晚上的生意，显然的，已经疲劳了，并且心里充满了对于未来的幻梦和忧愁。他是矿厂上的发号的工人——职员们当他是工人，工人们又当他是职员。

张叙贵,是矿上的铁匠。他是因为希望做一点煤炭生意而和夏颖开结识的;他做生意,是为了他的女人小才,但小才在沈课长沈德望家里当女仆,结识了夏颖开了。

刚才他去找过小才。小才对他怨恨而冷淡,他和她吵闹,奔下坡来了。悔恨和绝望在突然间变得这样的强烈,他觉得整个的生活都不存在了,他是再也不能生活下去了。于是他走到镇上来,并且决心找寻夏颖开。

"我有点儿话跟你说,夏颖开!"他说,走了进去,在夏颖开身边坐了下来,并且猛烈地把一张凳子拖到自己底面前来。他把两只手放在凳子上,嘴唇发抖,用讥刺的,愤怒的目光看着夏颖开。他讥刺他们的友谊,并讥刺他所生活着的一切。

夏颖开,懒洋洋地动了一下身体,用安静的,傲慢的眼光,看着他。这种眼光,暂时地压住了张叙贵底那种凶恶的锋芒。

"茶钱,"张叙贵喊,一面摸着钱;他要显得他是够朋友的,他底手在兴奋地发着抖。

"给过了。"夏颖开,几乎是温柔地,说,一面了解地笑了一笑。他意外地对张叙贵发出了一种软弱的,感激的,善良的感情,显然的是他刚才的那个忧愁的梦境要求他如此。

"夏颖开,我是直爽人,我到这里来会你,是为了……我底那个女人底事!"张叙贵激动地说:"我是昨年子结婚的,她又是猫儿场人,她家里本来在街上开了一个铺子,本来看不起我,说是我没有钱!后来她爹爹死掉了,铺子吃光了,……这才想到我!"他说,因激动而停住。"我是没有家的,我底一个哥哥当壮丁去了,还有一个妹儿,一个婶娘,婶娘眼睛快要瞎了,妹儿,她才十二岁……我不晓得……她到哪里去了!"他说,眼睛潮湿了。"我是十三岁就做铁匠铺,我接了亲,花费大,小地方活不下去——老实说我也不想在那个地方过活! ——我就到矿上来!"他愤怒地说。

"我晓得。"夏颖开说,柔和地笑着。

"这些话本来跟你说没得意思!"张叙贵说,沉默了,涌起了对于往昔的生活的怀恋的感情。他望着前面,想到了他不曾说出来,难以说出来的,那个深沉的东西。

"是这样的,夏颖开。"他说,"我想找点钱,都是为了我的女人!我从来不干那些不明不白的事情!"

"唉!张叙贵,你说这些,究竟为啥子啊!"夏颖开说。

"你心里明白。"

夏颖开沉静了,并且变得同样的严厉。他抓起手边的一本书头翻了一下。这个动作,表示着,和那个优越的世界,他是有着怎样的联系。这个动作表示着他的一切,是不能够用平常的尺度来衡量的。虽然张叙贵丝毫都不懂得这个。

他表示一种浪漫的理想,他表示,爱情,是自由的。

"你说罢!"他说,兴奋地笑着。

"我并不是……怀疑朋友,"张叙贵痛苦地说,那种尖锐的对于什么东西的道德上的痛苦,使他发着抖。他觉得,说这个,是可怕的。"别个说你跟我底女人……不过我倒并不相信别个的话,我不能冤屈朋友,"他说,不知道说了什么,但觉得可怕的话已经说出来了。

夏颖开,感动地沉默了很久。他忽然想到什么,含着眼泪了。

"张叙贵,要是真有这种事,我对不起你!"他说,柔弱的躺在椅子里,闭着眼睛,抑制着眼泪。他自己底高贵的胸怀和悲凉的决心是这样地把他打动了:他是这样地怜爱着张叙贵,"张叙贵啊,你不知道,在这个世界上,我是一个漂零的人。我不能比你:你有本领做工,你比我好得多,并且你这样地爱着你底家跟你底女人,我是不能够的啊!"他说;想像着自己果然不能够,流着泪,"也许是我心里一时的胡涂,想起我不配想的东西来了,别人底话虽然是谣言,但是我底心总不愿瞒着!……"他小声说。

夏颖开,是如此地渴望着热烈和神秘的梦。他闭上了眼睛,在神秘的疲劳里,日常的,实际的一切,不能存在了。他听见落在瓦上的轻微的雨声，①张叙贵，虽然不完全懂得他说的是什么，但被他强烈地感动了，觉得自己是不道德，并且是卑下的②。他用一只污黑的大手蒙着眼睛，忽然地他跳了起来，用力地抓住了夏颖开底手，激烈地摇了它两下，表示了他底歉意，然后就奔出去了。

夏颖开激动地，幸福地叹息了一声，垂着头。

于是他继续地在他底凄凉的梦幻里沉溺着。他觉得在这个世界上他是完全孤零的。在寒冷，落雨的冬天的夜里，一切都离开了他了——他想像自己是在黑暗和荒凉里慢慢地行走着，仅在远处的浓黑里，有一朵金色的，悲惨的，浓郁的火光。他在稀微的光明里看见荒凉的大江和寂寞的村镇。不知在什么时候，也许就在现在，一只孤零的木船要载走他了，沿着荒凉的大江，到不知什么地方去。他听见落在瓦上的雨声，他温柔地笑着。

但他又觉得痛苦，他发觉，他原是确信自己决不能与目前的这个世界和平地相处的，但已经过去了三年，他和它相处，而且彼此都觉得安好。先前的那一切，他底父母死去以后他所抱负的那一切，这一年里，已经被他冷淡了，他居然忘记了他在这个环境里的孤独。

他，夏颖开，由于傲慢的欲情，希望在这个爱情里获胜。但他不知道他的目的究竟是什么，并且避免拿这个来质问自己。他做这个，完全像一个不负责任的，浪荡的青年。他只是不停地告诉自己说："没有关系！如果我做错了，将来总有一天我会报答的！"但今天，他意外地被张叙贵感动了；在这种强烈的，夸张的感觉里，他觉得，他是并不爱那个女人的，而这些时来，他是生活得怎样的罪恶。

"痛苦啊！为什么我要跟这些人做生意呢？痛苦啊！"他对他自己说："我做生意自然是为了她，这么的难道我就要这样地活下去么？"——"这样活下去，不是很好么？"——"不能！难道

---

① 此处逗号新文艺版作句号。
② 此句"觉得"以下，新文艺版作"自己的怀疑是不对的"。

我永不能出头么?"

"你是出身清白的,你不是下等人,你为啥子要敲别人的竹杠,拿别人的钱用啊?"他想,但他心里的另一个声音说:"你是蠢货!你不看见每一个人都是这样吗?"于是他突然有疯狂的痛苦,他看见茶馆老板,那个矮小的,肮脏的人,站在他的面前,烦厌地看着他。他跳了起来,抓起那一本小说书,奔了出去,站在尖利的寒风中。

"我——不,"他说,咬着牙齿;"我是一个孤另另的人,假如我跌下去了,每一个人都要踩死我!而要是我有钱有势,每一个人都会奉承我,那么我究竟要怎样才好啊!不过我是一定不能够在这个地方活下去的了!"于是他疯狂地跑出宣文场,跑上山坡。在前面的黑暗的山峰上,工人宿舍底残余的灯火在迷蒙中闪耀着。经过这样的奔跑,经过寒冷的风雨,看着矿山底山谷里的那一片昏朦,以及在这昏朦中闪耀着的那些寂寞的灯火,他的痛苦突然缓和了。到来了一种冷清的温柔。落着雨:他没有家。

那些素质软弱的青年,他们的感情是这样地容易变化,并且,从这一项端到那一个顶端。对于他们,任何恶行都好像是无足轻重的,任何毁灭里面,都好像是在抽发着娇嫩的新芽,夏颖开,是突然地充满了甜蜜的,悲伤的感激之情,愉快地嘲笑着刚才的他觉得是无故的痛苦,而含着凄凉的眼泪了。

"我是一个无家可归的人,但是我总是做着梦啊!"他说,突然摇着头,"为什么我不要对她忠实?"他兴奋他想着,"啊,"他叫,"要是你能够理解我一点儿的话,我们就走到天边去吧!"于是他长久的站着。"嘻,嘻,又蚀了一万元!又遭了瘟!"忽然他说,模仿着那些小商人,快乐地笑了起来,并且开始奔跑。

"夏颖开,今晚上到哪里发财去了?"和他同房间的,另一个发号的工人,叫做张成财的说,从被盖里抬起头来,含着一种恶意的讥嘲。

"到胖婆娘那里发财去了。"夏颖开回答,快乐地笑着,精神焕发得好像刚刚洗过澡一样。胖婆娘,是镇上的一个女人,他们常常要谈到的。

"哼,"张成财说,"你近来很搞了两手啊!"

夏颖开甜蜜地想着小才,不回答他。

"喂,跟你说话,"张成财大声吼叫了,"我说!你很搞了几文啊!"

"搞到又啷个? 不搞到又啷个?"夏颖开冷淡地回答,躺了下去。

"那当然,"张成财说,但突然地他跳了起来,赤着脚奔过来,愤怒地拉开了夏颖开底被盖。"老子跟你好声好气地说话!"他叫,拖着被盖,"你龟儿酸溜溜的,像个捶子! 告诉你,你发财,你偷别个堂客没得哪个想黏你的!"

夏颖开冷淡地沉默着。

"你个龟儿!"张成财叫,好像下了决心似的,摔下了被盖。

夏颖开蒙着头,听着外面的风声。好久之后,他以为张成财已经去睡了,伸出头来。但张成财仍然站在那里,沉默地,烦闷地看着他。

夏颖开疑问地看着他。突然地张成财转过身子去了。

"哎,我好无聊啊! 无聊啊!"张成财说。夏颖开并且听见有轻轻的,抑制着的叹息声。

夏颖开于是打开他底那一本小说书来。

二

年青的夏颖开,在这个世界里,在他的周围,是优越,而且灿烂的。因为他是出生在乡下的一个有钱的家庭的缘故,因为他在小学里和初中里受过那种教育,并且又是那样的聪明,朝气蓬勃的缘故,他就轻视他底周遭的一切。他深以为目前的生活,对于他只是一种卑屈和不幸。三年以前,在他被人世遗弃,流落到这里来的时候,他是那样的绝望悲伤,差不多整天的哭泣,想念他底可怜的母亲,以为自己是就要死去了——绝不能生活下去的。他是那样娇弱的一个小东西,对人生怀着可爱的感情;这周围的一切都使他恐惧,自觉渺小,而怀着虔敬。但是逐渐地,他底野心被培育,他底骄傲就抬起头来了。这里是这样的一个褴褛的,纷纭的所在。矿山底峡谷里,每天都弥漫着烟尘,在烟尘和嘈杂的响声里,辗转着那些因剧烈可怕的劳动而颓唐的,贫苦的人们。在最初,对这一切,年青的夏颖开是怎样的惊动,并且怀着悲痛的同情!在他最初坐上那个发号的高凳子,看着那些褴褛的,生病的工人们推着煤车经过他底身边的时候,他是多么想和他们谈几句话,并且想办法使他们占一点便宜。只要那些工人们对他稍微比对别人友善一点,他就会感到无上的光荣。只要他们肯接受他底一点点施舍——一根烟,或者一点别的什么——他,这个无知的小雏,就会感激得流泪。怀着对于人世的可爱的善良,夏颖开度过了他底不可复返的,幸福的,纯净的时光,只要是春日来临阳光温和地照耀着,只要阳光下有生气蓬勃的话声和笑声,只要宣文场左边的那一条丰满的,美丽的山沟是宁静地伸展在阳光和蓝空下——只要他看见,在这种美丽的日子,人们温和地工作着;彼此地做着善良的给予[①]——或者只要一片白云,一只鸟雀飞过蓝空,而在地上,一个乞丐得到了食物,年青的,善于耽溺的夏颖开就会得到无上的幸福了。那些时间,他是时常要走到那一条美丽的山沟里去的,他低声地唱着歌慰藉自己,并且一面走着一面读着报纸,小说,或者,他从学校里保留下来的他底作文本——那上面,是涂满了他底不大负责的先生们底随便的赞美——同时吃着花生米。这一切,完全只是一个自爱的小学生底作为,他底世界令人迷醉。可是渐渐的,小学生受着欲情底折磨,感到了一种尖锐的,又是钝重的痛苦了。渐渐地,那些有钱的青年们底得意的生活使他羡慕起来了,于是他就崇拜起那些在宣文场上显得是特别显赫的矿厂底官员们来了。渐渐地,任何幻想都不能安慰他,他开始痛苦地考虑着他底前途了。于是,美丽的,迷人的日子过去了,那些穷苦的人们不

[①] 新文艺版删除了"彼此做着善良的给予"。

再占据着他底心灵,他是踮起脚来,紧张地注视着那个显得是无比雄伟的、金钱和名利的世界了。

夏颖开,本来是异常地厌恶商人们的。可是,和他们接触、往返,听着他们底叙述,知道他们底历史,耽忧和痛苦,夏颖开就坦白地同情起他们来了。这是一个庸俗的社会,但这里面尽有着使夏颖开觉得惊心动魄的一切。这是一个剧烈的,谋阴的,又是肉搏的战场,什么人突然地败亡了,一文莫名,什么人又是在突然之间变成巨富,这是无须说的。一些平凡的节目,那些剧烈的劳苦和剧烈的放浪,那些突然的狂喜和突然的颓唐,就足以使夏颖开向往了。夏颖开不爱那些吝啬的,怕事的,怕强欺弱的叽叽咕咕的小商人,他们叫他觉得痛苦,并觉得生活无望。夏颖开喜爱豪放的气度和猛烈的手腕。差不多总是如此的,人们厌恶那些可怜的小本经营,而爱慕强盗们底城寨,尽管那城寨是那样的血肉淋漓。煤炭商人们中间,有大的气魄的——夏颖开已经弄得非常的熟悉了。有一种,是穿着绝好的西装,挟着皮包的,挺拔,庄严,或者漂亮,可亲的人物,他们必定是和某某长或某某将军有着动人的关系的,来到宣文场,住下了,妓女,麻将,梭哈,睡到中午,一吃就是一万,叫大家都钦佩,并觉得快乐。又一种,是穿着蓝布长衫,马褂,光头,而且草鞋的,他们来了,背着一个包袱,无论是晚上或是清晨,你在两丈以外就可以闻到酒气。他们粗糙而且丑怪,即使站在什么大官底面前吧,也要用小指底可惊的长指甲剔着黄牙。他们住下了,酒和女人,并且猛烈地争吵,嚣叫。夏颖开就以和他们在一起耍为光荣了,因为,前一种人物,是不会理会夏颖开的。他们底生涯总是非常的惊人。有的干过土匪,有的曾经从刑场逃亡,有的则败坏过成百的年青的姑娘。见到这种人们,你就不得不惊异这一片土地底雄伟的力量了。他们现在呢,有的是成百只木船底主人,有的是城里十几家煤厂底老板,有的霸占着整整的一个码头,有的,在什么人迹罕到的地方,有一座奇异的宫殿。

至于那些可怜的,猥缩的小商人,那夏颖开就总是想到他们一定常常在家里打老婆的。夏颖开，在走着路的时候，就会无故地厌恶，嘲笑起他们来。"唉，又蚀了一万！"夏颖开，模仿着他们底紧张的，可怜的声音说，并且模仿着他们底样子摇着头。"唉，唉，这回又遭了，又是一万！"于是他快乐地笑了起来。

但总归，夏颖开还是只能和这些小商人打交道，从他们分一点，矿厂上的人们，除了无暇旁顾的工人们以外，是大半在干着这个的。

不过夏颖开最初倒并不是为了钱，他还不十分懂得金钱。最初，他只是因了害怕自己底渺小和孤另。但后来，他就被诱惑，并且觉得自己伟大了。

然而，这一切，都适合着他底那个秘密的浪漫的幻梦；照耀在什么一种英雄的光辉里面的纵欲和享乐。这样的夏颖开，他是只能和张叙贵底那个爱慕浮华的乡下女人开一开玩笑的，虽然他心里倒的确并不是开玩笑。

这样，他就把那个老实的铁匠拖到一个可怖的痛苦里去了。

"人活着，每天吃，睡，跑来跑去，有时哭，有时笑，是什么意思呢？"夏颖开得意地想，晚上，他坐在矿厂办事底红旺的壁炉前面。"有些人，他们活着，为了钱！又有一些人为了女人，为了光荣，权力，"他想，被他自己底思想深深地惊动了。"啊！"他说，"我底父亲他那样的有学问，他懂得英文，他还翻译过书！"于是他想起了他底那个柔弱，聪明，懒惰的父亲：他是那样善良而嘲讽地笑着听着母亲的责骂，他底面孔是那样的清瘦，美丽而高贵。"妈妈当着我的面骂他，说他在年青时代读书读得发狂，后来就拼命地追女人了，这也没有味道了，他就回到家乡来，生着病，总是笑着，成天成夜的赌钱！他是那样好的人！爸爸啊，你是这么好的一个人，你死了，你活过的，为了什么？"他感伤地，可爱地说。

门开了，张叙贵底女人，大家叫她张嫂，夏颖开唤她为小才的，走了进来。他们是这里约会了的。她迅速地走了进来，倒在一张椅子里，然后轻轻地哭了起来。夏颖开警告她，她仍然哭着,激动得不能说话。

"这种生活我过不下去啊!"她说,"我为啥子,受这种欺,我又不是……"于是夏颖开激动了,并且感到尖锐的良心的痛苦。他觉得,保护她,并且在危难中挺身而出,是他底责任。

"你跟我走吧!离开这里!"他英勇地说。

"我……我跟你走?"小才说,沉默地望着他。

"怎样?"夏颖开问。但小才沉默了。

他们底谈话就是这样的简短。于是,夏颖开站了起来,打开了门,向黑暗的院落望了一望。小才跟着他走了出来,他们从后门走到拖路上①,然后下到小路,向宣文场走去了。

但小才突然不肯走了,她站在映着微光的赤裸的②水田旁边。夏颖开底行动和表情使她感到屈辱,并使她觉得她是对不起张叙贵的;主要的,她明显地感觉到她底罪恶。她呆呆地望着宣文场底灯火。

"走呀!"夏颖开焦灼地说。

"你不要喊!……焦死人了!……"她说,"告诉你我今晚不去!"

于是她就转身走开去了。夏颖开追了上来,抓住了她。

"告诉你!今晚我死都不得跟你去!"她说,愤怒地挣脱了他。

这使得夏颖开绝望而痛苦了,他原是骄傲地等待着顺从的。虽然他心里是这样的轻贱小才,但这件事情又使他对全世界觉得骄傲。他因失望而野蛮,愤怒地拖住了小才,但随即他就明白了事情已无可挽回,推开了她,像一匹受伤的野兽一般,向田野奔去了。

小才,站在一颗大树下,冷得发抖。

"我不管!"她说,哭了起来。"都是我自己轻贱!不要脸!

---

① "拖路上",新文艺版作"拖车的道路上"。
② 新文艺版删除了"赤裸的"。

你要晓得你不过是一个乡下女人,他哪里会看得上你!他拿花言巧语来哄你,穿些东西来骗骗你!哼!"她说,哭着,好像小女孩。"我对不起张叙贵啊!"突然地她高声说,跳着脚,"我心里要哪个才好啊!"

但她又是这样地爱着夏颖开,觉得失去他是不可能的。她呆呆地站了一下,就向田地里追去了。夏颖开,忍受着一种内心的苦刑,并且带着一种内心的无上的赞美,扶着头坐在坡旁的一块石碑上。

"你又要带她到旅馆里去——你堕落了!堕落了!"他对自己说。

"夏颖开,"小才温和地小声喊。

"唔,"他说,充满着感激,好像听到了母亲底慈爱的声音的小孩。这个小孩,孤另着,需要慈爱的看顾。

"夏颖开!"小才蹲下来,捧着他底头,温柔地说,"好好地,不要闹,今晚上我有事,太太叫我九点钟回去——我明天一定来!"

"好的。——不过你何必管啥子太太呢?"夏颖开温柔地说。

"不是的,好夏颖开,"小才说,笑了一笑,"我今晚上不舒服。"

"唔,"夏颖开,搂抱了一下小才,然后就决然地让她走开去了。小才快乐地亲了他一下,走了几步,又回过头来看了一看。夏颖开大声叹息,站在冷风里。这一对无知的男女,用着纯洁的力量来和那个堕落的,可怕的东西抗争着,这种东西是遍布在这个世界上。他们都觉得这样的分别是美丽而高贵的,他们心里都充满了幸福。[①]

"我爱她,真的!"夏颖开狂喜地想:"她叫我不堕落,多好的女人啊!"

三

小才在寒风里走回去,她不再觉得对不起张叙贵了,她底心

[①] 新文艺版删除了"这一对无知的男女……充满了幸福"整句。

异常的平静。但是,她忽然觉得,她应该告诉张叙贵:告诉什么,她不知道,但她希望张叙贵知道她底心。在这种稀有的愉快,明澈的情感里,她觉得,假如不告诉张叙贵,她便对不起他和她自己,甚至夏颖开。她是这样的兴奋,回去睡觉,是不可能的。

这件事情,是在这个世界上,那些声音、颜色底刺激里开始的。年青的人们,厌恶苦重的,灰暗的生活,他们容易被蛊惑。小才常常走过煤场,她是那样的美丽而稚气,喜欢任何人,夏颖开在一个早晨不觉地向她笑了一笑,于是他们两个都陶醉了。夏颖开,像一切年青人一样,急迫地要求着在这个世界上证实自己,因此他是勇敢的。于是,他底那一阵虹采,就遮没了那个铁匠底沉没在繁重的劳役里的那一点冷静的光华了。当人们陶醉地向什么地方漂浮过去的时候,所谓道德的意识,是非常微弱的。明显的是:只在夏颖开使她痛苦的时候,她,小才,才会想到自己对不住张叙贵①。

年青的人们,迷醉地追求快乐,但很快的,快乐消逝了,它不知消逝到哪里去了,剩下来的就只是痛苦的,笨重的,人生底负荷。小才,她是经常地在和她底女主人做着狡猾的斗争的,她想多弄一点钱在手里:她拼命地积蓄金钱,那目的,也不过是做几件漂亮的花布衣服。但是这几件花布衣服也不能只是简单的爱美:她是在严重地焦虑着她底将来了。不知怎么一来,她落在这个花花世界里。她底敏锐的感情,这么快,并且这么轻易地,就向它投降了。在主人底家里,经常的有着豪奢的宴会,出现着漂亮的,时髦的女人们,和这些女人们,小才简直是天生的朋友。在她挨着主人底斥骂的时候,她会噘起嘴来轻笑一声,往椅子里面一坐,妩媚而凶恶地扭过上身去,俨然一个贵妇人。在她向女主人索求着什么的时候,她就会矜持起来,有时又是眼泪、叹息、小孩般的柔顺或热情而快乐的雄辩。这样的,主人们就特别地宠爱着她,使她对那个铁匠怀着不忠实的感情了。

---

① 新文艺版删除了"当人们沉醉地……对不住张叙贵"整句。

在一些突然的严肃的瞬间,她会觉察到她底使命。她觉得,她是无论如何再不能去过那种劳苦的,怨恨的,无谓的生活了。就是说,再跟张叙贵去穷苦地过活,是不可能的。这使她觉得痛苦。她不知道要怎样办:难道她要永远做一个女仆么?

这里就是夏颖开底胜利了。但是,到了纠缠而痛苦的现在,那些不经心的,无故的年青的快乐已经消失,她有时觉得她对夏颖开和张叙贵两人都有责任,有时又觉得他们两人都在欺凌,迫害她。她常常地被这种处境弄得昏乱而绝望,什么也不能说,什么也不敢想,随着他们两个底冲击漂浮。而他们两个就愤怒地责备着她底虚伪和欺诈。

但今天晚上她怀着这样美丽的心,她要使夏颖开和张叙贵都知道,她是怎样的忠实。她走下土坡,看见那一座孤单的工人宿舍底灯火了,这灯火特别的温暖而明亮。她跨过一个水塘,她左手的门突然的打开,喷出了一阵热气和喧闹。

"这些人,又在喝酒!"她想。

"张叙贵!"她站在张叙贵底门口,喊着。

房内,电灯照着单薄的双人木床和各处堆着的那些零乱的,破烂的东西。两张木床底下层各坐着两个人,显然地在那里谈天。张叙贵,披着破烂的夹衣,坐在冒着浓烟的柴火前,看顾着茶壶。小才底喊声,她的怜爱的表情和热烈的,明亮的眼睛使谈天的人沉默了,惊异地看着她。这并且使那个忧郁的张叙贵因突然的欢喜和羞怯而脸红的,竟至于不知道怎样才好。

"你进来坐嘛!"他说,因为羞怯的缘故,叫小才进去坐。

"你出来一下好不好?"小才说,甩了一下拖到肩上来的短辫子。

张叙贵仍然坐着,看着炭火。

"张叙贵,你出去嘛!"坐在床上的铁匠杨德兴,大家叫他做胡子的,皱着眉头愤怒地说,显然的,他替张叙贵觉得屈辱,向他底软弱发怒。但张叙贵刚刚走出门,他就嘲弄,快乐起来了。

"喂,张叙贵!"胡子叫,"不要跌到泥巴里头去了!"

张叙贵和小才,朝着照耀着稀微的灯光的,寂静的坡上走去,走过几幢黑暗的房屋,背着寒风,在铁工厂底屋檐下站了下来。铁工房前面,是堆积着废物的广场。小才迟疑地,痛苦地沉默着,那种做梦一样的感觉,她现在觉得是完全不可能的了,她重新想着她底绝望的处境,她不知道要说什么,不知道为什么要到这里来。而张叙贵底显得是冷淡的沉默,就使她怀着怨恨了。

他们谁都不开口,在冷风里站着。他们之间,蒙着一种敌意了。张叙贵拉拢着衣裳,走到屋檐尽头去又走回来,走过去的时候,他眺望着山上的梳槽①上的成串的灯火,走回来,他就眺望着黑暗,荒凉的田野。他表示,他可以生活,并且安心立命,她,小才,即使怎样的不忠实,他都不会在乎的。

"别人啷个想与我没得关系,别人啷个想,"他想,"与我没有关系!我年纪很轻,我结婚本来就是一个错!她要是真的跟别个走了,我一个人没得拖累,根本就不会想到钱,根本就不会害怕什么!前半年,"他向他自己说,"我老是害怕,害怕!"他走着,不看小才,"愿她果真走了罢!我一个人要活就活要死就死!这个世界,本来就是这样的艰难!"他想,抬起头来向远远的梳槽上的灯火看了一眼。

但显然的他是在折磨着小才;小才难受地看着他。

"我转去了。"她说,但是仍然站着。他们仍然沉默着。

"本来就不要你做什么好梦,你心里非要冰冷冰冷的,"张叙贵想,走着,好像小才不存在;"我们年纪青青的,光是为别人做事,替别人赚钱,看别人饱起来,这本来就算不得是生活!我不要她!"他想。突然的山上的汽笛底尖锐的,紧张的声音响了起来。他站下了。汽笛底雄壮的声音使寂静,寒冷的空气颤抖,他站着不动,流下了感激的眼泪。

"小才,"他突然转过身来,说。

"我转去了……我心里……好难过啊!"小才说,突然激动地哭着靠在张叙贵底肩膀上。张叙贵,含着眼泪,同时含着一个讥

---

① "梳槽",新文艺版作"煤槽",为通例。

刺的笑容,看着前面。"不要哭,"他说,流下眼泪来,"你要晓得,这件事情是怪不得我们自己的!"

冷风吹起地面的灰尘来。几个矿工,在不远的前面下坡,发出了灯箱和铁器箱碰击的声音,然后一切寂静了。但在那灯光灿烂的,辽远的山坡上,发电机顽强地震动着。这种震动是奇异地和人们底深刻的,强烈的感情混合在一起了,直到很久以后,每听见这样的震动,张叙贵都要再记起他底这个甜蜜的爱情和悲壮的失望来。

"我……我对不起你!"小才说,哭着。

"不是!"张叙贵说,虽然他心里的嫉妒是那样的刺痛着他,但他觉得他必需把他感觉到的那个重要的真实的东西说出来。他坐了下来。"哭有啥子用呢?所以我不哭!我晓得你心里很难受,你也跟你自己过不去!你想想吧,我们结婚已经一年了!我到这个矿上来,本来的意思,老实说是想多一点钱。这也是为了你,但是我还是养不起家!你去当了佣人,我原先很是委屈。"他说,于是沉默着。"不过后来我就觉得我们两个已经各走各的路了。"他严肃地低声说,"我不知道啷个搞的,我们不是夫妻,又不是……朋友,我觉得奇怪!"

"要是我们是朋友就好了,"他忽然大声说,"但是我想的事情你根本想不到,我也不想到你想的那些!我们两个就像是对头,老实说,脾气又都不好!不过,说到这里,到了今天,你也得原谅我啊!"他因感觉什么而沉默。"我一直做梦,指望弄几个钱好叫你不做佣人。夏颖开借了一万块钱给我,我当时还以为他是好意!这个钱我隔两天就还跟他,他有钱尽管买别的,"他说,轻蔑地笑了一声,"他可买不到我底心!"

"夏颖开他跟我说,他对你一点儿坏意思都没得,他觉得对不起你!"小才说,简单地痛苦着,希望张叙贵能够跟夏颖开和好,并且共走人生底长途①。这个念头总是在激动着她的,因为,

---

① 新文艺版删除了"并且共走人生底长途"一句。

在这种罪恶的处境中,她是这样的单纯和善良。

张叙贵蹲了起来,冷笑了一声。他被嫉妒激怒了。

"那才漂亮!"他说。"我跟你说!我们吵了好久了,我也弄清楚了,"他沉默了,防备着黑暗和寂静中的那个迷人的小才,或者说,那个叫做爱情的东西,"今天,我们过去的事不必再提,我底头脑也不顶旧,那么你说吧:你还是决定丢开夏颖开呢,还是决定跟夏颖开去!这是一个决定,你要自己负责任!"他威胁地说,同时他觉得,小才不会叫他失望的。然而他又害怕着这个希望。夜班的煤车从矿山出来,驶进了梳槽了,传来了一阵沉重的轰声。那些灯光,突然地显得兴奋而明亮。

"你说吧!"他兴奋地说,"不要勉强!"

"张叙贵!"小才跑过来,蹲下来,热情地说。"你何必说这种话呢?我们两人不管怎样都要活下去的!"她沉默;"我们现在两个人分开了,一见面就好像是仇人,从前我们是多么要好,你总记得吧!不,你听我说!"她。"我是错了,你底心是这么好,不怪我,反而安慰我!我们都是年青,不懂事,没有人照顾,也没有人记得,我总是想到,要是我们病了,死了,是没有人会记得的!不过那时候我们就不再被别人责骂了,那时候你就会晓得,要是我在地底下,为我底罪孽在受罚,受苦的话,我底心里是要叫着你的!"她流着泪,跪了下来,埋头在张叙贵底膝上了。"我被别人引坏了,不过我是不会忘记你的!叙贵,我们总有一天明白!我们要活下去啊。两个人,一直到我们都老了!……"她重新埋在他底膝上。

张叙贵,抚着她底头,好久地沉默着,他底脸在痉挛着。

"不,你不能这么说的啊,"他说,哭起来了。这时,一个孤单的矿工,在不远的地方,提着灯走下坡来。他停下了,举起灯来向这边照了一照,似乎是犹豫了一下,又继续向前走了。坡上传来了沉重的轰声。

"我们多可怜啊,"小才狂喜地说,藏在张叙贵底怀里。

四

  无知的小才,在这种绝望的处境里,有时甚至觉得这种处境是幸福,快乐的。似乎无论怎样的不幸,人们总可以在热情里慰藉自己,并且生活下去。有时候,这个乡下的小女子站在一个什么样的高处,觉得她是被两个同样有价值的人爱着,觉得她底心慰藉着这两个人,他们都不能缺少她,而觉得欢喜……①她生长在并不贫穷的家庭,在年幼的时候,没有知道什么是苦难,但学会了什么是幸福。她底一个表姐,和她在小学里同学,而且竟然进了中学,后来嫁给一个漂亮而有钱的排长了。小才,读了几年的书,认识了几个字,重要的是,认识了人间的幸福,在冬天的深夜里,捧着水烟袋,站在父亲底牌桌旁边,陶醉地听着麻将底声音;在温和,明媚的日子里,扎着两个辫子,坐在柜台底后面,呆呆地看着路上的行人——在她底家乡猫儿场上,是有着不少的时髦的男女的——以及在过年,过节的时候惊喜着,期待到舅母家里去,期待着她底表姐和那个漂亮的男人回来。这样的时光,培育了这个追求幸福的女人了。因了家庭底不幸——她几乎完全不能懂得这个不幸——嫁给了张叙贵,她觉得是冤屈的。但是她即刻就热爱着张叙贵了,用她底一切幻想来装饰这个爱情。她底快乐,较之是从张叙贵来的,倒是从她底邻人们来的:那些嫉妒的女人,以及那些无赖的青年,他们底放肆的玩笑,总是叫小才非常的快乐,她知道别人都在注意,并且嫉妒着她底美丽。她逐渐地就确信自己是非常聪明的了,但是,因了生活底困难和张叙贵底离开家乡的渴望,到矿上来以后,她底处境就深深的不幸了。她在猫儿场沉醉地生活在里面的那种美丽的,虚华的快乐,突然地消失了,因此对于张叙贵的那种热情的幻想也消失了。在猫儿场,人们和她开玩笑,是把她和张叙贵联结在一起的,因此她快乐地觉得她是和张叙贵联结在一起的,但是这里,

---

① 新文艺版删除了"有时候"以下整句。

人们看见了她,注意着她,但并不觉得张叙贵底存在。这里是这样复杂而喧嚣的一个世界,这个世界给了她一个卑屈的渺小的地位;相反的,在猫儿场的时候她觉得自己是优越而舒适的;是什么一些东西底主人。在最初,她是非常的不惯,可怜地依恋着张叙贵,使张叙贵觉得他是到达了他底目的了,因为,在家乡的时候,她是那样的骄傲,从不曾如此依恋他的。他底离开家乡,除了对猫儿场的嫉恨和其他的原因以外,也是为了这样的一个热烈的目的;他是一个独立的男子,他要当着全世界,站在艰苦而陌生的生活里,宣布说:这个女人,是属于他的。所有的陌生的人们,都将因了他底骄傲而无疑地确信,这个女人,除了是他底妻子以外,不再是别的什么。这是爱情底专制的目的①。这个目的好像是达到了,但不久事实便证明了,他,张叙贵,永远不能达到它。

在最初,他们曾经住在一起,但后来,铁匠底微薄的收入便不能维持这个,并且张叙贵也倦厌这个了,他倦厌这样的一种一筹莫展的重负,他只是热爱他底铁工房里的紧张工作。在家乡,他是整天地蹲在那个狭小而肮脏的铁匠铺里的,在这个铺子里,他有一份股子,所以名义上是独立的。然而,从十三岁当学徒以来,他是受过怎样的苦。即使在这个仅有三个伙计和一个徒弟的铺子里,也充满着痛苦的迫害和纠纷。徒弟,已经满期了,但仍然做着徒弟。十七岁的少年得不到工资,工作得最苦,并且受着师父娘底虐待。他逃走了又被迫了回来。大家说他偷了东西,并且说这是受了张叙贵底唆使的。师父用卖他的壮丁来威胁他,要他写一张契约,照旧地再工作三年。孤另的少年,在这张卖身契上盖了手印了,但他哭起来说,他愿意再做三年,只要张叙贵肯做他底师父。这件事情是在一个茶馆里进行的,张叙贵在徒哥王学孟底哭声里推倒了凳子走了出来,找了人,预备打架。但已经得到了利益的师父却愿意和解了。为了安慰这个可

---

① 新文艺版删除了"所有的"以下整句。

怜的青年,张叙贵又来做工了,但第二天他就因内心底纷乱而烧伤了手,于是他就决心另谋生路了。

他想到,离开他当学徒的日子,已经过去了十几年,为什么,过了十几年,情形仍然如此。他想到,师父和徒弟同样的是可怜的人,为什么他们要迫害别人,并且一代又一代地迫害下去,而不想到这种生活底可怕。张叙贵,凭着他底年青的气概,决心去寻找另一样的生活。

于是矿上的这个宽敞的,紧张的工作场对他就显得无比的辉煌。在他失去了小才的这些日子,他是工作得快要疯狂了。是这样的有时寒冷,有时又温和,明媚的春日,年青的张叙贵,是在猛烈的工作里面陶醉着。当小才在主人家里和太太热烈地辩论着什么的时候,当她受着宠爱,显得爱娇,不肯洗衣服,但希望和小姐们一道出去玩的时候,或者当她因受气而哭着的时候,张叙贵,是在他底炉火旁边拼命地敲击着的。

小才得到了宠爱,张叙贵得到了工作,这两样都使他们互相远离。半年的时间,他们已经各各习惯了他们所生活的世界了。课长底大女儿,已经订了婚了,但因为什么缘故延迟着结婚。她差不多是这个家庭底权威。她几乎总在病着。是那样的傲慢而娇弱。这种生活,就复活了一幅古代的图画了:就是小姐和丫环。在落雨的凄清的日子,小姐裁着衣服,丫环就坐在旁边,编结着钮扣。连这个也烦闷起来的时候,小姐就搬出棋盘来,教丫环下棋;故意地输一着,然后又赢回来,于是她们就快乐地大笑一阵。快乐的丫环,总是爱说一些难听的俗话的,小姐,就用一些撒娇的巴掌来鼓励她。

在同样的落雨的,凄清的日子,张叙贵在他底炉火旁边敲击着。歇下来喝水的时候,他从窗户望出去,就看见了坡上的成群的矿工,从梳槽下面疾驰出来,横断宣文场而飞奔出去的,成列的煤车,以及矗立在坡上的锅炉房和电机房底雄壮的建筑。梳槽底巨大的白石槽被雨水洗净,显得那样的美丽,电机底颤动声是那样的悦耳。使这一切人运动,使这一切壮伟的建筑在山谷里竖立起来的这种气魄,在这意外的瞬间就夺去了张叙贵底心了。……

突然地张叙贵回过头来。一切敲击声都停止了,可以听见二十座火炉燃烧着的熊熊的声音。年青的,瘦削而美丽的,快乐的郑海云站在门槛上,叫了一声,大笑着弯下腰去。在他底后面,站着胡子杨德兴,显得疲乏,惶惑,狼狈,但讥嘲地善良地笑着,望着停下工作来的铁工们。

胡子底疲乏的表情好像说:"这有什么好笑的呢?不过,这不关我底事,你们笑吧!"

张叙贵没有来得及听清楚郑海云究竟说了什么,大家大笑而且大叫起来了,离开了各自底炉火,一瞬间显得混乱,嘈杂,快乐。张叙贵,不知道究竟发生了什么事,也无须知道这个,突然地快乐地大叫一声绕过两座火炉奔过去了。

"胡子!噢!啊!"大家围着胡子大叫着,但突然地寂静了。胡子,同样的疲乏,狼狈,讥嘲地看着大家。

胡子突然地从一个空隙里逃出去了。

"生了小胡子呀!胡子生儿子呀!"郑海云叫,跳着追着胡子跑。

"儿子呀!小胡子!红蛋呀!不要逃!"

这样的一片快乐的大叫声,凳子翻倒了,水壶从窗户上跌落了。胡子仓惶地拉了一下风箱,叉着腰站着,歪着头,做了一个滑稽的鬼脸,好像他原来不知道生儿子是什么一回事,但大家使他知道了,生儿子,是非常非常快乐的。

"这有啥子好笑啊!"胡子,含着快乐的眼泪说。

"看!胡子摸钱了!"

"找杯子来,我去打酒!"

"啊啊啊!"大家又叫了起来,不知为了什么。但课长沈德望,愤怒得发抖,跑进来了。

"干什么!"他叫。

"胡子,生了儿子!吃不饱!"有谁叫,于是大家沉默。铁工们,带着轻微的悲伤,悄悄地回到各自底位置上去了。敲击声懒懒地起来了。课长一走开,大半的敲击声重新停止。但大家不再说话,传出了张叙贵底安静的歌声。张叙贵显然地想到了小才。

"休怪我,做事太无情!唉海海哟伙,唉海海哟伙啊!"张叙贵唱,敲着一块红软的铁。

几乎是突然的,大家猛烈地敲击起来了。

"师叔!"一个怯弱的声音,在窗外喊着。"师叔!"

张叙贵抬起头来,看见了瘦弱的苍白的王学孟。他丢下工作,并丢开他底那个寂寞的感情,跑出去了。王学孟,提着一小包东西,全身都湿透了,在泥水和杂草中迎着他跑来,而站下了,盼顾了一下,看着他。

"师叔,我跑来了!"学徒说,凄苦地笑了一笑。

张叙贵沉默着,怜恤地笑着看着他。王学孟,铁匠铺底徒弟,使他重新地想到了小才和他往昔的那一段生活。

"来了就住下再说吧!"他说。

"他们会不会,"王学孟说,盼顾了一下,"追到这个地方来,师叔?"

张叙贵,站在雨中,向坡上的那一座巨大的烟突望了一眼。

"那他们不敢的!"他说,他底眼睛因悲凉的感激而潮湿了,"跟我进来吧!先进来看看!"他说,提过王学孟手里的那一个可怜的包袱来。

五

晴朗的,明媚的早晨,夏颖开坐在号房门前。煤车底队伍轰震着经过他底身边,他机械地工作着,递出签子去,又填写着,盖着图章。这工作是这样的无聊而苦闷了,他想念着别的什么。一个年老的,生疮的,褴褛的矿工奔过岔道,大哭着向山沟里奔去;他底儿子在井底下跌死了。工作都停止了,大家阴郁地看着奔跑而哭号的老人,夏颖开抬起头来看了一下,又低下头来盖了两个图章。他周围的这一切都不能撩动他,他底心并不在这里生活,他渴望着别的什么。

他渴望接到一封奇怪的信,他渴望有有钱的,高贵的人来访问他,他渴望面前的一切突然地消逝,而展开一座神奇的花园;他渴望任何一种奇迹。他底渴望又是受着巨大的压迫的,它沉重地赘在他底心里。

先前,夏颖开做着生意,并且利用着他底势力敲索着码头上的那些船老板们,他觉得有深巨的仇恨埋伏在他底四周,但他是在和这些仇恨做着愉快的游戏。一个热闹的码头,对于一个热烈的青年,是一种强烈的引诱。好胜的夏颖开什么都干,他在公会里拜弟兄,在茶馆里拿言语,吹牛并且逢迎,生活得非常的快乐。实在说,夏颖开是并不爱钱的,但他爱好胜利和雄壮的生活。

那些时候他是轻快的,连罪恶都是轻快的。但到了和小才发生了这样的纠纷,落到饥渴的爱情里面的现在,这些就变得沉重而可怕了。他突然的只需要爱情,感到寂寞和悲伤,觉得另外的一切都是假的。它们是假的,因为它们不能和他底恋爱的心发生任何交涉,他决未想到要利用它们来帮助他从爱情里获胜,他确信他本身就能够获胜,他觉得这种念头对于爱情,是一种耻辱①。

仿佛以前的生活只是一种无害的年青的游戏,现在他,夏颖开,开始真正的生活了;他必需无所凭借地去恋爱,洞察神秘的人生,得到悲惨的胜利②。因此,对于他,小才便变成了一个热情的偶像。他做着实际的一切,并非不懂得他底在宣文场上的生活地位对于他是有利的,但决不愿承认他是凭借着这个的。

他讨好宣文场的人们,希望自己底恐惧的心能够平安下来。但它终于不能平安下来,他觉得自己是罪恶的。先前他曾经以

---

① 新文艺版删除了"他突然"以下整句。
② 新文艺版删除了"他必需"以下整句。

自己底恶行为光荣,但现在他是在恋爱着了,觉得他和小才底一切行为都是可羞恶的:年青的游戏是过去了,他开始了生活,他羞耻地觉得自己正在过着和一切卑劣的坏蛋所过的同样的生活,他觉得他决不能再过这种生活了。

他是孤寂着。和张叙贵夫妇纠缠得这样的苦恼,那个无名的渴望又是这样的严重,他总是把小才带到旅馆里去,他总是利用着金钱和别的什么来跟自己助威。他觉得他是罪恶的,堕落了,再无希望了。他不得不照旧地逢迎矿上的工头们和公会里的那些邪恶的英雄们,希望得到一点保障;不得不更谨慎的对上司陪着笑脸,不得不继续地做一点生意,这一切,都使他对自己底生活觉得恐怖。

但这种无助,无望的处境,这种对于自己底渺小的轻贱,却使那个爱情因了受苦的缘故而猛烈地喷发出来,变得美丽而骄傲。没有小才,他是再不能生活下去了——他自己觉得是如此。他觉得,他底权利,是高贵的。那些热情的小说底目标,热情的小学生底目标,是仍然在他底前面招唤着。

这个明朗的春日底下午,小才找到他了,他们先后地溜过宣文场,而走到那个丰满的,迷人的山沟里去。在宣文场上是劳苦的喧闹,但这里却是另一个世界,它是这样的深邃而幽静。这种深邃、幽静,悬崖和弯屈的大树,密林和细小的溪流,以及在这里面动荡着的那一股沉郁的凉风,好像已经几千年了。但忽然地在一个高坡上出现了一片桃林,开着斑斓的桃花,给予了一片神奇的青春的气象。这一对相称又不相称的爱人,沉静地走着,直到走到再没有人能够发觉他们的地方,站在一片原始的松林前面,看得见下面的无数的小山峦和从远处的山谷里流出来的碧绿的江流。

夏颖开底心安静了,他坐了下来,长久地望着远处。

"你看啊!"他说,指着远远的下面的一座荒凉的寨子,这座寨子,在往昔那些可怕的岁月,是大地主们底城池,又曾经是强盗们底堡垒——他们曾经无数次地从山谷里渡江而来,攻陷了它。"你看,那里,我有一次一直走到那么远!"

夏颖开说,笑着,然而他底笑容突然地就消逝了。

小才坐了下来,她底变得灰白的嘴唇战栗着。

"夏颖开,"她说,"我们走开这个地势吧!"

然后她含着乞怜的眼泪看着他。

"啷个样呢?"夏颖开问,眯起眼睛来看着那个城寨。

"明天一晨早,你在坝坝下头等到我,"小才说,"我啥子东西都不带,跟你一道走!——要是你高兴马上走,我们就马上走!"她坚决地,动情地说,好像是,在这个世界上,她是什么都不在乎了。

夏颖开野兽般地盼顾了一下,站起来了。

"走!"他英勇地,大无畏地说。

小才站起来了,带着一种茫然的,惊骇的表情。夏颖开向坡下走去了,小才跟随着他。夏颖开充满着对于什么的愤怒,这种愤怒激动着他,他们向山下走去——好像他们对于这里的痛苦的生活已经无可留恋,好像他们是要走进荒野,投奔到广漠的,陌生的世界上去了。

但这是欺骗和幻梦,这是荒唐的。

"张叙贵啊!"小才悲痛地叫,站在荒草里大哭了。"张叙贵,我对不住你啊!"

在这个哭声里,好像正在等待着这个哭声似的,夏颖开,那一头愤怒的野兽,在一块墓碑上坐下来了。

他用嘲弄的眼光看着小才。

"我跟你开玩笑的啊!"他说,讥刺地笑着。

他看着小才,讥刺地,昏迷地笑着,笑着,突然地他垂下头去,痛哭起来了。他们同声哭着,悲痛自己底虚伪,但又彼此觉得是受了对方底欺骗。

"夏颖开,我……我又不是说不走!"小才哭着跑了过来,说。

"不走了!"夏颖开坚决地说,哭着,好像他真的是要走似地。

"告诉你,夏颖开,"小才蹲了下来,说。她告诉夏颖开说,她已经怀孕了。

"晓得！我晓得！"夏颖开说，冷笑了一声，站起来走了两步，扑倒在草地上。

同时小才坐了下来，她说出了这个，突然觉得一切都不存在，一切都是空虚的了。她呆呆地望着远处的山坡，告诉自己说，无论发生了什么，无论别人怎样地对待她，无论生和死，对于她都是不重要的了。

这空虚是对于自己底生存的失望。多时以来支持着她，并替她辩护的那些想头，那些决定，那些幻想，一直到了这样的最后，才被证明是虚伪的和不可能的。伴随着这些预想的决定的汹涌的热情，随着这个破灭消逝了。她坐在荒地里——这以前她是信任着什么，容易快乐，那样地热爱这人间的生活——现在她突然地冷酷起来。

"没有哪个好怪，没有啥子好想了！"她想，站起来往坡上走去。

夏颖开坐起来失望地看着她。夏颖开喊了一声，但她继续往坡上走。夏颖开爬起来向她追去。

"我不能生活下去了，"他想。

"你哪个的？"他谨慎地小声问，他们走过一个寂静而澄碧的池塘。小才不回答，迅速地向前走去。

他们看见宣文场，并看见那个冒着烟的巨大的矿山了，那种永不休止的震动，表现了热烈的横暴的生活——他们站了下来。

"你让我先走！"小才说，迅速地走了开去。

夏颖开觉得屈辱，但又惧怕和她一道走，和她一道走，被别人看见，他觉得是羞耻的。他觉得所有的沉默的眼睛都洞察了他底昏乱的，可怕的，罪恶的生活。

他走到路边去，靠着草坡，在一块石头上坐了下来。他希望想一想，有一个决定。但他突然地觉得空虚，疲劳，他眼前的一切都模糊了。矿山底沉重的震动声好像从地下传来，它好像波浪，他，夏颖开，在波浪上漂浮。他在一阵强烈的惊怖中醒来，太阳已经下落,宣文场上,已经照耀着灯火了。周围是这样的寂静,这种景况是这样的凄凉!他站起来就向场上狂奔。

"拿酒来!"走进熟识的酒馆,他喊。

他喝着,兴奋着,在什么一种混浊的波涛里愉快地浮沉着。他忽然沉到地底——人们噪叫着从他底头上踏过去。他忽然升高,看得见他自己的,以及另外的一切人的可怜的痛苦的生存。

"夏颖开,你哥子喝酒。"一个瘦小的人,假装着非常快乐,笑着在他对面坐下来,说。

这是一个边江客。就是,运销商。但夏颖开看着他好像不认识他。

"你哥子我晓得,"运销商走了过来,凑着夏颖开底耳朵,神秘地说。"三月份底证下来了!要是弄到一张,我包你有办法!"

"我不晓得!"夏颖开说。

"你我不是外人,"边江客说,爬在夏颖开底肩膀上;"听说——要提价了。你前次的水脚,我跟你扎起了!啊!"

这个半老的瘦小的人好像一只狐狸,快乐地笑着,看着夏颖开。

"提价,跟水脚,有啥子关系呢?"夏颖开想。"她不会跑掉吗?"他想。

"我跟你说,老吴有证。——我不干了!"他说。

假装快乐的边江客,不信任地,快乐地摇了一下头,端起夏颖开底酒杯来一口喝干,又替他酌满,这个桌上那个桌上地招呼着,跑出去了。

"我犯罪啊!"夏颖开狂暴地想:"我看明白了,我犯了罪!——我对她犯罪!要是她马上死了,或者已经死了,我就会立刻在这个场上抬起头来,放一把大火!要是从来就没有她,要是她死掉了,那我就从来不会知道罪恶!现在你有责任,你是一个可怜虫,一个坏蛋,一个最卑贱的人!你辜负了别人对你的希望,你不见哪里是真正的人生和高尚的事业,你欺侮穷人,你对有钱有势的人,俯首帖耳,于是到了时候你就死了!你白白地糟踢了你的生命！啊！"他站了起来,狂暴地盼顾了一下,摔下钱跑出去了。

天在落雨。他跑出宣文场,看见了煤场上的灿烂的灯火。他忽然惊呼一声站下来了。他仿佛看见有什么高大的东西,什么海市蜃楼在黑暗的空中塌倒了。他的确看见空中有一座雄壮而伟大的建筑,一瞬间灯火通明,好像黑夜的大海中的一艘巨轮,但是他来不及看清楚它,它就消失了。它消失,煤场底灯火就显得荒凉,雨,悄悄地飘落着。

六

夏颖开告诉自己说,他必需解决他底问题,他必需重新生活,他必需清算一切恩仇,他必需——假如她愿意的话——带她走开,等等。但是他生活下去,昏乱而孤苦,荷着罪恶的意识,什么都没有做到。他不需要什么爱情了,但又可怜地抓紧着它。在一切之中最使他痛苦的,他不敢想到的是:他觉得对于张叙贵他是有罪的。

他常常看见张叙贵。他们不再说话。他觉得张叙贵是忧郁而寂寞。他责备他自己底胜利的心情,可是无用。

从茶馆里的那个赤诚的告白到现在,已经过去了两个月了。小才的事情很多人都知道了,但张叙贵沉默地容忍着。像一切爱着的人一样,他不能设想小才是对他不忠实的,至少,他觉得责任不在她。同时,像一切对这个做着艰苦的内心斗争的人一样,他隐隐地希望小才会离开他——虽然他确知这对于他是很难忍受的。但是这个世界看这种事情,没有这种理想。人们不知道张叙贵为什么会容忍,他底朋友们,都用一种同情的眼光来看他。而那些幸灾乐祸的,快乐的人们,就把他当成讥嘲的对象了,虽然他们决不敢当着他底面讥嘲他,他是痛苦的。和朋友们一道玩的时候,他敏锐地感觉到他们对他所怀的怜悯。走着路的时候,一个陌生人底眼光会使他战栗起来。

"喂,那就是——那个铁匠！他底堂客偷人！"他觉得大家在他底背后这样说。

于是,就只有炉火和红软的铁,疯狂的工作可以安慰他了。只有这样的事能够安慰他:他替王学孟弄成功了,王学孟成了他底副手。痛苦顽强起来,他底容忍显得是非常惊人的。他甚至于尊重,并且同情夏颖开,他悲痛地希望夏颖开能够带走小才。

一天晚上,大家沉默地坐在宿舍里,他痛苦地躺在床上。郑海云无意地向谁说,今天他看见了夏颖开,然后他笑了一下沉默了。

"夏颖开啷个?"他问,坐了下来。大家困窘地沉默着,他们底眼光告诉他说,他是不幸的人。

"这有啥子关系啊,我底堂客跟别个……你就说嘛!"他愤怒地说,"我告诉你们,不管是男人还是女人,不管他结了婚没有结婚,他都应该自己做主,他是自由的!"他愤怒地说,他希望告诉大家说:小才,因她自己底生命而有自由①。

他觉得他的朋友们都庸俗,偏狭,无知。自由,挣脱了一切可怜的无谓的束缚,无比的辉煌,在他底心里升起来了,照亮了他底艰苦的人生的道路。

但大家谨慎地沉默着,相信他是不幸的。

"我觉得我并不曾受别个底欺侮!没有人敢欺侮我!"他愤怒地说,站起来又坐下去。"每一个人底生命每一个人自己负责!要是一个女人高兴爱别个,她有她底理由!"他说,然而他底心痛苦地解辩说,小才,是没有理由的。"她底事情她自己……负责!我只能说:我要你这样!我不能说:你一定要这样!未必你们以为一个女人一定要是男人的奴隶!那样的无耻!"他说,突然看见了整个的世界,所有的黑暗的生活,那些女人们因悲惨的生活而消瘦,那些男人们疯狂地欺凌,鞭挞她们!

然而大家沉默着,他痛苦得发抖了!夏颖开是有钱而狡猾的,他没有勇气和力量保护无辜的小才,他是被侮辱的!而且他

---

① 新文艺版删除了"他希望"以下整句。

竟然希望逃避！

他躺下去，闭上眼睛。

"只有你底心肠才这么好啊！"胡子大声说。

"鬼话！告诉你我恶得很！"他叫，跳了起来。

然而他还欠夏颖开一万块钱，别人会觉得他是因了这一万块钱而出卖他底女人的。他是这样的痛苦，第二天在工作的时候因一把钳子而和一个同事吵架了。这个同事好像是用夏颖开来讽刺了他，他就一拳把他打到地上去了。

他受了记过的处罚，但毫不关心。下午，他凑足了一万块钱，找了几个朋友，让他们跟着他，去找夏颖开了。

他在煤场下面遇见了夏颖开。他底朋友们站下了，他颤抖着走了过去。

"夏颖开，"他说，"还你底钱。"

"不要，"夏颖开惊慌地说，"你留着……我不要，真的，"可怜的，软弱的夏颖开说。

"不要也拿着！"张叙贵狂暴地，激越地叫，一拳打在夏颖开底脸上，使他坐跌到地上去了。

"打啊！"那些铁工们，奔了上来，喊。

夏颖开突然地觉得他是被欺的，于是愤怒，勇敢了起来，跳起来回击了。这么多人打他一个，并且他是①软弱的，悔过的，良善的心的。他是弱小的，他为良善而战。

怯懦的夏颖开，他是多么勇敢啊！他底嘴里流着血，他的衣裳被撕破，他是为了小才而受苦了，他觉得他是报答了小才了。他觉得周围站着无数的人，他渴望当着这无数的人吞掉他底仇敌。他向那一张惨白的，凶恶的脸击过去，觉得这一下是致仇敌于死命的，但是他自己却首先翻倒了。

人们在他底周围噪杂着，他却忽然觉得舒适和良心的和平。人声，噪杂声都显得遥远了，唯有他底幸福的感情是亲切的，并

---

① 此处疑少一"有"字。

且看来再不会被毁坏了：他从那可怕的，焦灼的，肮脏的一切里离开，得到这良心底平和了。

他觉得有两个人俯下来看他；他想说他并不需要他们。他看见凶恶的，苍白的张叙贵站在他底旁边。

"张叙贵，"他说，悲伤地笑着。"我对不起你……我真的对不起你。"他加上说，浮上了眼泪：他对自己觉得有无限的怜恤。

"并不是要永远这样的。"他想，"生活一定会有出头的一天，因为我勇敢！"

他底两个朋友扶他到医务所去。他们把他放在椅子里，他觉得安适，小才，或其他的别的东西，都不能再叫他痛苦了。春天的阳光照过玻璃窗，白衣的护士冷淡地走过去使光线变动，他觉得是特别的动人——其中有一种高贵的东西。他看着他周围的那些生病的女人和害疮的，丑陋的，半赤裸的矿工们——医生到井口救急去了，没有回来。矿工们沉默着，举着腐烂的腿，或者支着头，疲劳而冷淡。

"这里有这么多不幸的人！"夏颖开在他底道德的激动里，矜持地想，看着他们。"他们才是真正的受苦，可是他们都不像我那样的坏！我在宣文场以为所有的人都是堕落无耻的。我的堕落无耻算不得什么！不过在这里，在这房间里，只有我一个人是堕落的——我从前堕落过，"他向一个矿工悲伤地笑了一笑，这个矿工正看着他。矿工，不觉地笑一了笑，然后开始呻吟。

肥胖的医生，带着烦厌的神情进来了。从里面的候诊室里跑出两个太太来，医生跟她们进去了。矿工停止呻吟，吐了一口口水。

好久之后医生走过来看顾夏颖开。

"他们先来的。"夏颖开说，特别谦卑地，指矿工和女人们。

"不要紧，"张成财挨着他坐下来，说，"我有办法整张叙贵的！"

"不必了！"夏颖开说，柔弱地笑着，他觉得他已饶恕了一切了。

他底嘴仍然在流血，并且他底脸被打伤了。医生吩咐护士涂了一点药，夏颖开和他底朋友们走了出来。

衰弱的夏颖开在阳光中慢慢地走着，他觉得想到小才是可耻的；那里面有着可耻的一切。他睡在宿舍里，骄傲而孤寂地，读着他底几本破书，但第二天他得到通知他被裁掉了。矿厂用紧缩的名义裁掉它认为是多余的员工。这消息他已知道好多天了。这消息在打架以前就使他惶惑而不安，他底痛苦，并不在于被裁掉。而是在于他发觉他在这个世界上毫无能力。他曾经懊悔他放弃了做生意，投机，敲索等等，这种懊悔引起了道德的痛苦。他好像活在这个世界上并不是为了生活，而是为了被试验。最可怕的是生活底懒惰，无聊，没有目的。已经两年了，先前也许还有一个目的，后来却生活得空虚。他好像没有希望走出这种生活了。他告诉自己说，现在是在社会上生活，而社会上，就是如此，只有如此。于是时而是金钱，时而是女人，时而是权力，欺诈。

他以为自己还有一个理想，他想着虚伪的思想，不去看真实。然而，人们觉得自己是在活着，这个感觉，常常只是对于他们底社会关系，金钱和势力的感觉。夏颖开底情形就是如此的：假如他突然被裁掉，他便没有原来的社会关系，金钱和势力了。

他是无辜的，善良的青年，他能够和任何东西结合起来，只要这个东西有某种势力。现在他被裁掉了，他发觉自己底生存是薄弱而无力的。这个感觉是这样的可怕，他将怎样生活呢？

但是他丢不开小才了，他底好胜心蠢动着，他底对张叙贵复仇的意念起来了。以前他总是用"漂流到天涯海角去"这个思想来安慰自己，并威胁小才的——但到了现在，这个思想却没有勇气出现了。他简直不再能想像所谓"天涯海角"是什么东西——它只是他先前的那种昏乱的生活底一种借口而已。

他想到正式地做生意、赚钱，带她到城里去等等。他不停地想着这些。他觉得，规矩地去做生意，不会再是罪恶的；让小才成为自己底女人，只会得着赞美，更不会是罪恶的。

夏颖开躺在床上，有些发烧，软弱而无力。黄昏的时候，他底几个朋友来看他了，他们之间原来非常淡漠的。他们好像觉得惭愧、有罪，他们悄悄地走了进来，坐在对面的床边上，好久地沉默着。

夏颖开，在他们进来之前，是在注视着窗外的温柔的黄昏，一棵槐树在微风里招摇着，他沉浸在一种深远的思虑里。朋友们进来，他同样的觉得困窘。他突然觉得他和他们的关系一向是虚伪的，他憎恶他们底愚笨、自私、虚伪。但他又非常伤心了，含着泪水。一种沉重的悲伤压着他使他底呼吸困难。

大家都不安。他们好像说："我们都高兴自己没有被裁掉！我们是虚伪的！但是这有什么办法呢？"

夏颖开柔弱地笑了一笑。

"乌焦！"张成财困窘地说，大家狼狈地笑着；"这个矿上的事情，根本就是乌焦的！"

"我们都干不久了！"另一个，说。

夏颖开同样地笑了一笑。他们走开他便流下眼泪来，那个悲伤化开了，他尽情地哭着。

"就是我一个人老实啊！早知道……我就多搞几笔，……我放过了多少机会啊！……别个都在那里搞，你老是……做着梦，"他哭着，说，"可怜你心里还要说什么罪恶啊！"

他突然地就跳了起来，凶恶地望着他底假想的对手。

"是的，我就是要搞钱！做生意！抬包袱，玩女人！整个的世界都是这样，我怕谁？我要钱！我要做地痞流氓！有钱有势我就可以支配你们，看你们还敢不敢哼一声！"

他站在昏暗中，带着凶恶的、复仇的、快乐的热情。春天底温柔的晚上来临了，工人们在窗外通过着，各处都发出噪杂的、兴奋的声音来。但夏颖开站在他底巨大的寂静中。

接着他就打开了他底箱子。凄凉的少年时代底纪念，那些作文本，那几本书，呈显在他底眼前。他在疯狂的激动中把它们撕碎了。

七

打了夏颖开之后,张叙贵底处境完全变化了。先前他并未公开地行动,他好像非常羞耻,对这个世界掩藏着这件事情,而且他并无确定的主意:他底那个对于人生的严肃的理想,在阴暗中照耀着他。但现在,他被激怒了。夏颖开躺在地上说对不起他,引起他底强烈的对人对己的憎恶来。那么多眼睛看着他,告诉他说,在人生、爱情里面,他是失败的;夏颖开底柔弱的忏悔告诉他说,他是失败的。妒嫉底力量,比任何东西都强,在他里面燃烧起来了。

他底眼前腾起一阵烟火,清醒的理智和严肃的思考化为灰烬了。

"我们中间总有一个死掉!"他对他自己说,冲出人群,奔到宿舍里去,躺了下来,任何人都不理会。朋友们底关心成了多余、可厌、累赘的;他渴望单独一个人去做一件事情。但他仍然和大家一道去上工了,工作变成了憎恶的对象,他仍然去。王学孟沉默地,做着事,同情地偷看着他;他觉得所有的眼光都是如此。他左边的一个炉子,一个工人,因为什么一种不安的缘故,疏忽了,让一块烧红的铁落在左手上。发出了一声可怖的尖叫,那只强壮的手即刻就变成了血淋淋的烂肉。他看见受伤的人把手伸到水桶里去,他想制止他,但又觉得这是不必的。

"是他,又不是我!"他想。

但是在这时有人喊他。办事室喊他去:他明白他要受到什么打击了,但毫不在乎这个。

他走了出来,走过扬着灰尘的广场。

"为啥子是他,又不是我呢?"他兴奋地想,突然感到尖锐的痛苦。"一只好手马上就烂了!我底手没有烂!我活了二十几年是为的啥子呢?要赶快,说不定我明天就死掉了!"

这种强烈的渴望表现在他底脸上,表现在他对矿山的紧张的一瞥中;他要赶快,赶快地生活,去做一切。很多人被害了,死掉了,强壮的手突然地就烂掉了,这个世界上没有苟且、平安、长久。那些矿工们,半年以前是那样的一些面孔,现在却大半是陌生的;那些人是没有人知道地就死去了。生命、爱情、嫉妒、仇恨,它们没有一件能够苟且、平安、长久。

办公室里问了他和夏颖开底事情。他的回答是凶狠的;他说,他还要打他。一天之内打伤了两个人,①这样他就被开除了。

他急迫地走了出来,对这个不感觉到什么:差不多不知道它有什么意义。他底脸惨白、发抖,他呆呆地站在坡下。

他突然地就向坡上奔去,经过梳槽,奔过一片稀疏的桃林,上了坡,一直奔到沈德望底堂屋里。小才,伴着小姐,坐在桌前。桌上堆着新裁的布料,周围是这样的寂静,可以听见院落里的树木底摇曳声。

"跟我出来!"他说,向那个文弱的小姐凶恶地看了一眼。

小才恐怖地跟着他,他们绕过住宅,站在一块空地里。张叙贵用轻蔑的声音告诉她,在这一天之内,发生了什么。

"这就很简单了!"他说,"我们三个中间,只能活两个!"

"我不晓得!"小才说,因这种威胁而发怒了,"你爱啷个办就啷个办,我不晓得——我底心早就是冷透了的!"她说,向主人家底后门走去。

张叙贵发觉她并不希冀他,并不希冀他底那严重的、急迫的一切,失望了。

"你慢点走啊!"他叫,追了上去。

但突然他又站住的②。

"我顶天立地地站在这小世界上!"他对自己说。

"好,你走吧!"他悲痛地说,转身跑下坡来。

"没有关系——我现在再不会打她了!我要敬重她,她生,她死,她自己负责,我生,我死,我自己负责!"他跑过煤场,从噪

---

① 新文艺版删除了"一天之内打伤了两个人"句。
② "站住的",新文艺版作"站住了"。

杂的工人们中间穿了过去。"在这个地底下,埋着成千的人,有成百成千的人挖着,做着工,这个山有一天会倒下来!"他对他自己说,跑过岔道,突然地站下来,看着竖立在蓝空里的高大的、光秃的山峰。

小才走了进去,希望安静自己,坐了下来。但她厌恶桌上的花布,厌恶这里的一切,它们叫她痛苦。她厌恶小姐,觉得她丑陋、呆笨、无聊。

"她底鼻子多难看呀!"她想,用全部的力量憎恶着,呆呆地坐着。

"张叙贵找你,什么事情?"小姐怀疑地问。

"你不配晓得,蠢东西!"小才在心里说。

小姐,看了她一眼。

"他们说……不过是你有什么事……"

小才突然地伏在桌上大哭了。她用力地大哭,哭出她底全部的憎恶来。她憎恶张叙贵,夏颖开,她自己,以及她身上的那个奇怪的、新生的东西。

小姐皱着眉头,惊异地看着她。

"告诉太太说,请你……告诉说,我不做了,"她说,向后面跑去。

她奔出去追寻张叙贵。张叙贵不顾一切地,几乎是狂暴地,夺取了她。① 于是这一件被忍耐、欺骗、理想、牺牲鼓励着并且遮掩着的不幸,就完全赤裸了出来,并且迫近了它底结局了。每一个,先前有那么多掩护的,现在都无助地站着,竭力地拖延着,又渴望着结果。这情形是昏乱,而且可怕的;每一个都是昏乱、悲惨、凶恶的。张叙贵,因为那个严肃的想望的缘故,希望小才在这一个决定的瞬间离开他,以便使他在悲惨中,对于这个世界,勇壮起来;但他又和夏颖开做着爱情底竞争,他毫不反抗地让自己落到一个屈辱的地位里去,便又嫉妒有如野兽。夏颖开横暴

---

① "张叙贵……"句,新文艺版作"于是她就又和张叙贵一起了"。

起来,荷着他底那个罪恶的决心了——实在说他并不知道他究竟要怎样,但无论如何,小才是成了他底孤寂的,怠堕的生活底唯一的目的了。这在先前并不如此的,先前,是存生着一些假想的东西。

小才突然地就失却了一切支持,落进了这个悲惨的局面。她丢不开任何一个,主要的,她不知道应该怎样生活。能够哄骗自己的时候,一切显得是无足轻重的,但到了一切都赤裸出来的时候,情形便不同了。她从不曾知道悲惨和真正的不幸,她所期待,并准备接受的,只是迷醉的快乐。

夏颖开搬到场上去住了,用他剩下来的一点钱在做着生意;虽然他现在失去了职位,在各方面都受着冷淡。张叙贵在一家石灰窑底后面找到了一间破烂的屋子,等待他底进城去了的朋友底消息:这个朋友替他进行着城里一家铁厂底事情,但他现在不管这些。他们都不管他们目前的生活是如何,他们都显得可以牺牲一切,他们争夺着小才。这是一种可怕的争夺,因为他们每一个人都带着一种决心和理想。

于是这里是三个不幸的男女。热闹的、剧烈的矿厂底生活,他们眼前的那个巨大的生活,对于他们是不复存在了。这种生活好像是突然地消失了,他们底四周是一片荒原,他们在这荒原里奔逐、哭号、捶打自己。他们并不曾想到用现成的一击打倒对方,他们甚至渴望对方长存,因长存而受苦;他们渴望对方底心流血,而不渴望肉体。他们,张叙贵和夏颖开,渴望着道义上的大胜利。

这样的荒原,灼热的,极目无边的荒原,看不见另外的一切生活。这样的荒原上的这样的灵魂,生活在酷烈的痛苦和辛辣的、复仇的慰藉中。[①]

张叙贵向小才说,只要他最后地说一句,她是爱他的,他就

---

① 新文艺版删除了"于是这里是三个不幸的男女……复仇的慰藉中"这两个自然段。

立刻打死夏颖开。绝望的小才哭着这样说了,她确信她这一次是下了决心了,为这个而替夏颖开悲痛着。于是,她底表情说了别的。于是,因为小才爱着夏颖开,张叙贵只有继续地在悲惨中奋斗了,他没有权利打死夏颖开。

唯有小才底爱情才给他这个权利。他向小才说,只要她最后地说一句,她愿意跟夏颖开走,他就立刻走开——从这个世界上消失。① 小才哭着,不能说什么,撞在墙壁上而倒下了。于是张叙贵就只有继续地在悲惨中奋斗。

最后小才告诉张叙贵说,她怀孕了。

她没有说别的什么,她确信小孩是夏颖开的。夏颖开下午经过石灰窑,走进来了。张叙贵看着他,他含着冷笑。

奇怪的是张叙贵觉得自己没有力气,并且没有权利从他站着的位置移动。在悲惨中他底悲伤的理想在他心里醒来:他愿意小才自己去解决这一切,无论结果如何,他将知道感激,决不抗争。

小才从床上跳起来奔到门边。

"夏颖开,你走!"她说,重新走回来躺下。

"你再说一遍。"夏颖开说,柔弱地笑着。

"你走!"

夏颖开转身就走开去了,非常的安静,缓慢地走着,并且从麦田上拔起一根草来在嘴里吸着。

小才跳起来走到门边看了一下。夏颖开已经消失了。

"他恐怕永远走开了。"她想,走回来躺着,流着眼泪。这样的亲爱,这样地互相依恋,不可缺少的人走开,并且永不回来,她是不能忍受的。她觉得周围是这样的荒凉,她哭了。

"张叙贵……我们走罢! 我们回猫儿场去!"

这凄凉的声音,张叙贵好像不曾听见。他不曾胜利,并且他底理想失望了。假如夏颖开真的这样地走了,将留给小才一生

---

① 新文艺版删除了"——从这个世界上消失"。

165

的想念,小才不会真的爱他的。并且他将要不能勇敢。最后,可怕的,还有那个小孩。

他战栗了一下。

"罪恶!"他说,坐了下来。他觉得他自己已经濒于疯狂了。他底脸色是那样的可怕:任何东西对他都不存在了。他想着别人的小孩,他想着结婚底最初,小才底迷人和美丽:那时她在他心里是崇高的,即使现在这感情也未曾消灭。但不管怎样,结婚,这一切,是罪恶的。那一段他觉得甜蜜的生活是可耻的。看吧,现在到了这样的结果了。

在荒原上,看不见任何生活了,一切生活底门都关闭了。

"你跟夏颖开走吧!"他站起来,说,"你跟他走,随便我一个人怎样!"

他们沉默很久。

"我追他跟他走吗?"小才想。

人们看到,是这样的渴求完全的丈夫被他底女人推到更深的罪恶里去了。①

"我并不要你记得我,你在我底心里一直是高贵的!"张叙贵说,"无论你对我怎样我都不会怪你,人生不是随便的,你自己负你自己底责就很够了!"他闭上眼睛,阻止泪水流下来;他怜惜小才和他自己。"我前回打过你几次,希望你……原谅我!"

"不要说这种话!"小才呜咽着说。

"她答应跟他走了吗?"他想,嫉妒的火焰燃烧起来了。

"你答应跟他走吗?"他问,"是吗?啊!"

"他走都走了!"

张叙贵冷笑了一声。

"我们结婚就根本是罪恶!"他愤怒地说:"我是穷人,我在这个世界上又决不会向哪个低头!"

他好久地沉默着。突然间他向自己底脑门打了可怕的一

---

① 新文艺版删除了"人们看到……更深的罪恶里去了"整句。

拳,倒到地上去了。

小才扶他起来的时候,那一切骄傲,高贵,愤怒都消失了,他软弱了,并且他底心软弱得像小孩。

"小才,你终归不会,不会离开我的吧!"他说,凄凉地哭着。

"我不会,不会的啊!"小才说,哭了一声,伏在他底胸膛上。

"叙贵,我不会再说啥子!"她说,抬起头来,"我底这一生是毁了!我就难过我把你也毁了!别人骂你,羞你,糟蹋你,你不管,你拼命地做工,为了别个!你底心肠,只有你底心肠才会这样好,从今以后,你还要苦下去,自己一点啥子都得不到,光是为了别人,还要自己责备自己,你苦下去!不过你总有一天要清白的!你为了我,我底罪恶你反而袒护,你不让世上的人耻辱我,我虽然不能报答你!……"

"听!"张叙贵,含着眼泪,说。

他们听见大风嗖哨着从远处过来。突然的强大的力量扑击在房屋上,泥灰和草楷纷纷地落下来了。

那第二阵大风同样地从远处起来了,石灰窑里的声音,以及附近的微弱的人声消隐了。小才蒙着脸。大风充满天空。①

八

夏颖开,比一切人更会装出胜利者底模样。他确信他必会得胜——复仇,毁灭别人,然后再做打算。他看出来他就要失败了,于是他底决心更顽强。他有充分的理由觉得这是正当的和高尚的。

这就使他对一切都不再顾忌了。在人群中,在茶馆里,在旅馆里的他底那一间小房里,他时时地反省,并告诉自己说,他在这个世界上是受欺,孤另的。这有两种意义。首先,他是孤另的,他应该尽可能地遁开,遗忘小才,他是不配幸福,快乐的。其次,他是孤另的,他必需试验自己底本领:毫无凭借地,光荣地夺

---

① 新文艺版删除了"他好久地沉默着"直至本节结尾8个自然段。

到女人，战胜仇敌。这两样虽然相反，但同样地鼓励着他去搏战。当他想到他应该遗忘小才的时候，那种悲伤，就使得他泪水模糊地对他所想像的小才喃喃地说着话了。①

好些天他在石灰窑底附近徘徊着。一天黄昏的时候，他看见张叙贵和王学孟一道到矿上去了。他走进了小才底屋子，推开了门。

小才，是正在思念着他，以为他已经远走而遗忘了她了。看见了他，她无法抑制她一时的喜悦。

"你没有走吗？"她说。

夏颖开沉默着。他忽然被什么东西感动了。

"我走了又回来，"他说，悲伤地看着她；"我想试一试，不过……。不行我底命是在你手里了！"

小才低着头。忽然她又抬起头来，看着他好像不认识他。她希望知道他究竟是不是漂亮而高雅的。②

"只要你说一个字。走？不走？"夏颖开说。

"我……不走！"她说，变得惨白。

"不走？当然，我底一生在你手里毁掉是毫不要紧的，"他说，盼顾了一下；"你知道我为了你。"他说，失望而又觉得罪恶，压迫着自己假哭了一声。"我求你跟我出来一下也不行么，我不怪别人，……要是这也不，我走了！"他说，痛苦地叫了一声。

"不行么？"他说，站在门边。

小才站了起来，坚决而愤怒，在他之先走了出去。

"我对得起张叙贵的！"她想。

美丽的，热情的晚上来了。他们几乎毫不痛苦，毁坏了的已经毁坏了，人们于是觉得轻松，快乐。这种自由的，享乐的时间使小才沉醉；奇怪的是，她从前不曾如此沉醉过，现在她反而无

---

① 新文艺版删除了"这就使他对一切都不再顾忌了。……小才喃喃地说着话了"整段。

② 新文艺版删除了"她希望知道他究竟是不是漂亮而高雅的。"整句。

所顾虑了。

夏颖开同样的异常的快乐。他们再不提到他们之间的痛苦的问题：走或不走？这个问题已经不复存在了。他们两个底这种行为是本能地含着一种复仇的快乐的，虽然他们不能知道他们是向什么复仇。他们是向那痛苦的，平凡的生活复仇，并向以前的那些良心的不安，罪恶的意识复仇。

他们不去顾忌并不想知道，整个的宣文场都在注意着这件事情，夏颖开底公开的行动使大家都知道这件事情了。

张叙贵和王学孟回来的时候经过场上，有人告诉他小才和夏颖开底事。但他觉得这是羞耻的，并且这对于小才是可怕的，他不能相信这个。① 他沉默地走了回来。王学孟，因为不放心的缘故，跟着他。他推开门：小才果然不在了。

他犹豫了一下，叫王学孟回去。王学孟站着不动，于是他坐了下来。沉默地在黑暗里坐了有一刻钟，他点上灯，开始收拾东西：城里的事情已经成了，虽然是另一处。但他收拾东西只是欺骗自己，他重新坐下来了，靠在墙壁上。

"师叔，你底手碰到灯了！"王学孟小心地说。

他拿开了手。

"师叔，你要睡吧！"

他摇摇头，想到故乡。想到铁匠铺，结婚，灼伤了手，王学孟在茶馆里写字据，以及他底瞎了眼睛的婶娘。婶娘，在年青的时候被丈夫遗弃，哭瞎了。接着他想到了铁工厂，王学孟底到来，胡子生儿子（胡子底孩子，昨天病死了）以及小才底热情——他决不相信那热情是虚伪的。

"你回去吧！"他说，"下回不要叫师叔！"

"是的。"恭敬的，瘦弱的少年说，但坐着不动。

他沉默着，靠在墙上，一直到灯熄了：没有油了。他在黑暗中换了一个姿势靠着。王学孟，仍然坐在那里。

---

① 新文艺版删除了"让他觉得……他不能相信这个"整句。

深夜的时候,王学孟靠在桌上睡去了。他扶他到床上去睡下,并替他盖好。无挂虑的,劳苦的少年,睡得这样的香!张叙贵抱着手站在床边,看着他,并听着他底均匀的呼吸。他记得自己在这样的年龄的时候也是睡得这样的好。他打开门走了出去,看见矿上的在清凉的夜里闪耀的寂寥的灯火。他底前面是大片的麦田,凉风活泼地在黑暗里吹着。

他慢慢地沿左边的小路走去,走进了睡眠的、安静、黑暗的宣文场。他慢慢地走过街道,在街口停下,然后又走了回来。最后他回到他底门前,在石块上坐下了。

他觉得有逼人的,但是愉快的寒冷:黎明到来了。风止了,麦田和山坡朦胧地显现,最后宣文场在田野里清瘦地显出来了,他并且可以看见巨大的烟突在山谷里冒着黑烟,周围的地面,以及他底衣服,头发,因露水而潮湿了。

他伏着睡去了。醒来时太阳上升着,他底周围是鸟雀底喧闹。

王学孟突然地推开门跑了出来。

"啊,我以为你!"他说,即刻就严肃地沉默。

张叙贵长久地看着他。

"王学孟,"他说,咳了一声,"我要走了!也不去跟大家告辞了,有机会我们总还要见面的!"

"是的。"王学孟说,哀求地看着他。

"你坐下来。"张叙贵说:"我总没有跟你谈过!你不要老是害怕,不要太弱!你要记着你从前受的苦,什么事情都要跟弟兄伙一道干!我底女人底事情你是清楚的,我想你也该懂得!现在是,不管她有没有跟别人走掉——我恐怕她还会转来——不管她,我是要走了!"

突然的张叙贵站了起来。他看见郑海云下坡向这边跑着。

"郑海云!"他喊。

"张叙贵!"紧张的青年喊,挥了一下手;"夏颖开跟你底女人在街上——刚才别人告诉我的!"

张叙贵底脸痉挛起来,他沉默着。

"走呀!"郑海云焦急地叫,拖着张叙贵底手臂。于是张叙贵就随着他向镇上走去了,王学孟紧紧地跟着他们。

是赶场的日子,场上已经有很多人了,街边上有几个矿上的人注视着他们。他们走进旅馆,上了楼,就有好几个人,其中有妇人。追上来了。接着就有更多的人在旅馆前面挤着了,大家紧张地议论着。

张叙贵冷静顽强,推了一下门。

"开门!"他说。

房内有响动的声音,突然张叙贵觉得这是可耻,可怕的——愤怒升了起来,他一脚把门踢烂了。

门开了,夏颖开披着衣服,小才,低着头坐在凳子上。张叙贵看见房里有两个剩着菜的盘子和半瓶酒,并看见地上有果皮和糖纸。张叙贵突然地明白小才,并明白这种生活了——这以前他是丝毫都不懂得这个的。

很多的人拥上楼来,并且左右的房门打开了,大家围在张叙贵底背后。张叙贵对这一切厌恶,并且全然地轻蔑。他冷笑着看着夏颖开和小才。

夏颖开恐惧地,昏迷地笑着。

"张叙贵,"夏颖开小声说,痛苦地冷笑了一声,"你给我一把刀!"

但张叙贵不理他。夏颖开这样地笑着,看着看热闹的人们,觉得自己有权利轻蔑他们,但他突然地想到了,他过去的热情,幼年的生活,他底不幸的母亲,以及那个未出世的孩子:他底不幸的罪恶的结果。过去的一切是那样的纯洁而美丽,眼前的这一切却是可怖的,他哭起来了。

如果张叙贵理会他也好,如果张叙贵把他当做仇敌也好——那样他会在这个世界上像恶棍一样地坚强起来的。但张叙贵不理他,而长久地,阴郁地,固执地看着小才。他转过身去哭着,而想到,在某一个中秋底晚上他底父亲处罚他,他底母亲却一直追他到门外,给了他一个月饼。他哭着想念这个月饼。

张叙贵底那种可怕的眼光,使小才不得不抬起头来了。她抬起头来,他底眼光告诉她说:"再没有什么了!"

"看堂客偷人哪!"下面有人叫,并且有很多人闹哄哄地涌上楼来。张叙贵回过头来,他底眼光使大家沉默了。他觉得这些人们卑劣,无耻,可怜。他突然对小才感到怜惜,但他坚定了。

"我要去过活,像我从来不曾遇到她!"他兴奋地想,转身走了出来。

"张叙贵,"小才喊,奔了出来。同时夏颖开奔到门前:他希望张叙贵带走小才。

但张叙贵轻轻地,带着一种怜惜的神情,推开了她,她坐在地上,靠着墙。这情形对于夏颖开是过于悲惨了。他突然地跑回去,拿起桌上的那个酒瓶来,猛烈地,疯狂地敲着自己底头。敲了几下,他倒下去了。人们涌进了房间,小才跳起来追到楼梯口。

"不!他不需要我!"她疯狂地想,于是她转身走进了房间。她看见了弱者,夏颖开,倒在地上,这个弱者需要她,于是她坦然了。在人们底注视下,她蹲下来扶起夏颖开,并且呼唤他,她坦然,并轻视她周围的人们。

过后她突然想起张叙贵来,她哭了一声扑倒在床上。①

郑海云和王学孟伴着飘摇的沉默的张叙贵走出了宣文场。张叙贵底沉默显得是可怕的。他们刚刚到家,好几个朋友,其中有胡子追来了,张叙贵站下来,向大家温柔地,歉疚地笑了一笑。

"我今天就走了!"他说,走进房,即刻就动手收拾东西。

但他看见了小才底镜子,把它抓了起来。这是一面精致的镜子。他翻过来看了一下,然后就凝视着门外的阳光下的美丽的田野。

他觉得软弱,他悲伤地笑着。

---

① 新文艺版删除了"过后她突然想起张叙贵来,她哭了一声扑倒在床上"整句。

"啊!"他叫了一声,从最里面叫了出来:这一片田野是这样的美丽,阳光是这样的好,但他底青春,爱情已经消灭,逝去不会再来了。他坐下来伏在桌上,发出了有力,沉痛的哭声。

朋友们沉默地坐了下来,大家都懂得这个,并且好像需要这哭声。王学孟站在门边,轻轻地,甜蜜地哭着。①

一九四五年六月

---

① 新文艺版删除了"但他看见了小才底镜子"以下直到"甜蜜地哭着"4个自然段。

程登富和线铺姑娘底恋爱

一

程登富今年三十岁了。在他年轻的时候,线铺姑娘王淑珍还只是一个瘦弱、刁顽的女孩。虽然程登富底死去了的父亲和线铺老板王先木是要好的邻居,虽然在少年的时候这个程登富总是拖着线铺姑娘在街上玩耍的,但有很多年的时间程登富是全然忘记了她:他是在忙碌着自己底带着孤零的母亲的生活了,这生活销磨着青春的朝气,一天一天地显得更混乱、更无望。当他,那时愉快的青年,已经在这个世界上变成了一个辛苦的人的时候,他就突然地又看见了王淑珍,那个刁顽的线铺姑娘,吃惊于她底柔静的青春和美貌了。

于是他就被吸引着,羞涩地、殷勤地到线铺里去。他是带着运输公司底木船的,每一个月总要下几次重庆,因此线铺老板,那个势利的王先木也高兴他,常常地托他替他带货。渐渐地程登富底心里就充满了希望了,辛苦的人的内心底纯洁的图景。

他是粗暴的、生得难看的人,这种混乱而无望的生活和他心里的猛烈的感情使他粗暴了起来,但他底心,却是温良的,他底船上的弟兄们不久就知道了他底恋爱,他们发现了他偷偷地买给线铺姑娘的一双粉红色的丝袜。他也毫不隐藏,他底心里是不时地充满着快乐。然而在更深的一点上他是很痛苦的,他无论怎样都不能忘却这个痛苦:他底无保障的,辛苦的生活,他底孤老的母亲,他底年龄和经验所牵涉到的这个社会上的这种混乱的,堕落的生活。这些,使他常常地有一种渺茫的感觉。

而且,他虽然到处嚣叫,对一切利害都不放松,和一切人争吵,但他底心里却总是寂寞的。他已经不是那样的年龄,纯洁而无辜地,以为一个女子底爱情能够在生活里放出什么神异的光辉来——这种纯洁和无辜是早已离开了他了。他是做过很多坏事了,因为他是一个辛苦的人。①

　他在运输公司里所带的这条船,按照章程,再有一年的时间就可以属于他了。他目前的整个的希望都放在这上面,他希望自己有这一条船,和人们相处得都还好,而后结起婚来,养活孤苦的母亲。

　他底坦白的心,是把他底爱情和希望都传染给了他船上的年轻的弟兄们。所以在这一次的水程里大家都是快乐的,大家都感觉到恋爱或者别的什么,好像每一个人都有一个年轻而纯洁的姑娘站在他们底水程底尽头似的。同时剧烈的劳苦是能够使人们底心变得单纯而洁白的。但是,一回到码头上来,每一个人就都又落到他们底无望的、痛苦的挣扎里去。

　程登富底运费被运输公司底职员莫名其妙地扣去了一成,他忍住了。然而,一笔修理费一直不给他,却使他发火。于是他受到警告说,假如他再不规矩,公司里就要收回他底船。这于他是异常恐惧、痛心的,同时他又欠着煤栈里和米行里的一切债务。他底心几乎无力支持这些。差不多所有的人都无力支持这些的,于是他们就简简单单地喝醉了。

　第二天他到线铺里去,老头子王先木对他很冷淡。但那个姑娘对他却是特别友爱的,高兴地听着他说话。老头子对自己底女儿表示不高兴,程登富沉默了。但即刻他就激烈地说,他想,像他这样的人,虽然没有钱,心里却是光明的;他说他在这条河上放了十几年的船了,问了心,就不怕他。

　他说这个,因为他坐在这里感到屈辱,他以他底正直来辩白他底贫穷。精明的老头子,注意地看着他底表情,然后又打起算

---

① 新文艺版删除了上一自然段结尾句"这些,使他常常……"及下一自然段全段。

盘来。

"程登富,你妈昨天在我这里拿了两子线——熟人熟事的,我也不便说。"老头子说,不快地笑了两声。

程登富立刻就取钱给他,当着那个姑娘底面,使得她脸红起来。他是做得那样的不敬,他一点都不能够隐瞒。他狼狈地走了出来。

然而,不久之后他又走过线铺,看见只王淑珍一个人坐在柜台里。

王淑珍向他招了一下手。

"我爹那个人——你不要见怪啊!"她说。

程登富站在柜台外,长久地看着她,然后凄凉地叹息了一声,好像说:"只有你底心,虽然这在这个世界上是显得这么凄凉的!"①同时他记起了他一直捏在荷包里没有勇气交出来的那双丝袜。

"记得从前我总是带你上街去耍?"他说,他底眼睛凄凉地,甜蜜地笑着。

"记得!"王淑珍愉快地说。"那时候你多调皮啊!"

忽然地他们两个都变得严肃、拘谨、沉默了下来。这沉默继续了很久。

"不过现在我们这些人穷了啊!"程登富说,含着一个讽刺的嘲笑;他说了他想到的。

王淑珍沉思地看着街上,没有回答他。实际上她底心里是痛苦、恐惧的。她害怕父亲。她害怕程登富,但又渺茫地希望着他。

程登富想走开去。但想到那双丝袜,又站了下来。

"你看这双袜子还要得吧!"他问,突然地活泼起来了,把袜子放在柜台上,看着她。

她拿过袜子来,随便地看了一下,说:"要得"。

---

① 新文艺版删除了上一自然段结尾句"好像说"以下整句。

"你看还好吧！我这个人，又不识货，我有一个朋友在城里做这行生意，他这回硬是要送我一双！"程登富愉快地说——他非常自然地这样说谎，并且感到愉快。王淑珍，是被他底情绪，同时被这美丽的袜子不觉地吸引了。

"是呀，这袜子，我前天看到吴二嫂买了一双，是她男人跟她买的，要两三千哩！"她说，红着脸，又拿起袜子来在手里摩着。

"还有比这差一点的，要一千五，街口刘家铺子里就有的卖！不过不大经穿。"她兴奋地说，"去年子我爹跟我买了一双，穿了两个月都不到！"

"我也一点都不识货。"程登富高兴地笑着说，"我就送给你吧！"

"那哪里要得！"王淑珍说，放下袜子，看着他，红了脸。

"真的！"程登富说，"我带来就是送跟你，不然我才不要领那个朋友底情——我又一点都不识货！"他说，好像不识货是非常值得快乐的。

"那不行！要么我买你的吧！"王淑珍说，猛然的一阵脸红，使她底眼睛里有了泪水。

"送给你吧！"程登富说，红着脸。

"你那个朋友……"王淑珍，觉得对不起程登富，激动地，痛苦地说，"他是在城里开大铺子吧？"

"嗯，他是开大铺子。"程登富说。"停会再谈，我还有点儿事！"他说，含着眼泪，激动地走了开去。

即刻他就懊悔了，为什么他不趁这个机会把一切都说出来。但他又想，仅仅趁着送了一双袜子的机会而说这些，是未免太卑鄙了。

二

然而他底心里却是非常的幸福了。

他痴呆地想到，在他年轻的时候，这个姑娘还只是一个非常刁顽、讨厌的小丫头。有一次，发起脾气来，把他底脸都抓出血来了——真奇怪啊！忽然地人就长得这么大了。他跑出了街道，在快乐的太阳下，一口气爬上了坡顶。

"哎，女子！我底心！只是你知道我底心啊！"他，因为过于快乐，带着一种做作，说。然后他在荒草上躺了下来，活泼地打了一个滚。

"喂！程登富，你在搞些啥子呀！"他船上的弟兄高树清，一个精瘦、灵活的年青人，站在路边，提着一双破皮鞋，喊。

"你个龟儿！我在抓痒！"程登富快乐地叫。

"我怕是心里头痒吧！"

"你晓得个屁——你底那双破皮鞋哪里捡来的呀！"

"破？吓！我看你是看歪了。"高树清说，举起皮鞋来。"是王老么卖给我的，一千块钱！你看，"程登富走过来，他说，"这底下的洞洞我自己一补，就不是跟新的一样！"

然后，他严肃地看着程登富，希望着他底赞美。

"王老么又是哪里来的呀！"

"王老么说是他捡的。"高树清说。

"嗨！这个鬼娃儿！"

"你不晓得，他欠廖老么五百块钱！廖老么害眼睛，吴清云说是要吃猪肝汤，王老么就硬是不还钱，反倒躲起来了。廖老么说是要找你说哩！——他又还酸我买了这双皮鞋！"

"吓！又是这些穷事！"程登富愤恨地说，不觉地变得忧郁起来了。

他们走进镇来了。程登富向他底家里走去，高树清不觉地就跟随着。在那间低矮的房子底前面，是一块积着污水的空场，在前面，临着大街的，就是王先木底线铺。程登富底母亲，一个瘦小、干瘪的老女人，昨天夜里又闹着病痛，但现在又在忙碌了：蹲在灶角里捡着木片。但她对儿子显然的怀着一种怨恨，她阴沉地板着脸。程登富愤激了起来，并且对高树清觉得歉疚，走进房去就坐下来了。他忽然下决心对自己说：他要永远孤零，让自己和他底母亲永远冰冷地生活。

"大娘！我来帮你发火嘛！"高树清，在别人底这种阴郁的景象里觉得歉疚，抱着他底心爱的破皮鞋，说。

"谢谢你。没得人我还不是自己来。"老人冷冷地说，"我不会死的，早些死了，倒还叫别个快活些！"

"别个好意替你发火！……走，高树清，我们走！"程登富叫。

母亲，显然地很知道儿子，沉默了。高树清推着程登富坐下。愉快地跑过去发火。

"高树清，"老人，走到桌边，又开始说起来。"你家里还是有老人，你心里该晓得。我说，你年纪也不小了，几个钱就是乱花，你还是娶个堂客，也是为你好。我说的这个活该不错吧。他呀，他不听。一天到黑打光棍。高树清，我……"

"废话！"程登富走了出来，暴躁地叫，"废话！我自己都不晓得娶堂客？废话！"

"啊，那你为啥子不答应呢？"

"跟你说不通！"

"喂，大娘，"高树清快乐地、幸福地说，蹲在地上，"你老人家不用耽心！你看嘛，我二天跟他找个又白又嫩又能干的！"

老人，眯着眼睛微笑着看着这个灵巧的青年，他讲完了，她就快乐地、动情地，发出了尖锐的声音大笑了起来。程登富装出严肃的样子来，然而——牵动着嘴皮，笑了。他迅速地走了进去。

"程登富，我们出去喝杯酒吧！"高树清，温柔、羞怯地笑着，走了过来，说。

"要得！"程登富爽快地说，"你看我们这条船，修一修，还管不管到三年？"

"哪里！要管三年！"高树清认真地说。显然的，并不是因为这船真的能管三年，而是因为他心里很欢喜。他们走了出来。

"我要想办法好好搞一下。兄弟，"程登富说，"吃几趟苦，我们还是指望后来好啊！莫要见到一点小便宜就把我丢了！"

"你何必讲这种话呢。"沉默了一下，高树清忧伤地说，仍然因为心里很欢喜。他自己底那种诚实和忠心,强烈地感动着他。

一个肥胖、快乐的、穿着油腻的皮外衣的人,运输公司底职员王慕,提着手杖,很远地就向程登富喊叫了起来,好像他们是极其亲热的朋友似地,跑近来了。他是那样的动情,快乐,好像一匹快乐的野兽,或者好像一个粗暴的爱人,张开了两手,扑过来了。程登富,快乐地笑着,闪避了一下,但仍然被他抓住了手臂。

"你干啥子哟,王先生!"程登富说,被弄得非常愉快了,一面也非常地明白自己底地位,苦笑着。

"程登富你个龟儿哟!你个活土匪!"粗暴的人快活地叫,"昨天我找你一晚上都不见!怎么说,我还没吃早饭哩!"

"你吃早饭嘛,吃去就是了!"程登富,快活地笑着,说。

"你身上有钱没得嘛!你我兄弟,我来搜荷包!"说着,这快活的人就动起手来了。程登富和他拉扯了一下。

"那不行,至少一包烟!"快活的人,说。

"要得,一包烟!"程登富说,装做非常快活,事实上也的确被戏弄得非常快活,搜索着衣袋。"哪,王先生,三百元。"

"三百元,唉!"王慕说:"好,晚上再来吃你!喂,老太婆,烟!"他向烟摊走去,大声叫。

"这个龟儿!一个月他要搞十几万!"程登富说,但不知为什么,或许是因为那样快活地被戏弄了,心里仍然感动着。

"要是我。屁都没得他闻的!"高树清说。

"唉,你不晓得,"程登富怨恨地说,"这些龟儿子事情底困难呀!"

"喂,程登富,啥子时候请我喝杯酒嘛!"从街对面,一时瘦长的、苍白的职员走了过来,轻轻地说——他显然是要比他刚才的那个同事差多了,"水脚就要发了呢。"

"好说!"程登富,被那一个莫明其妙地引起喜爱来,却忽然地莫明其妙地憎恶着这一个,异常冷淡地说,并且看都不看他一眼。"好说,多承诸位先生关照!"他说。

程登富没有回过头去,但感觉到这个瘦弱的人底困窘、难受的样子,心里觉得快慰。但忽然地他看见那个姑娘,提着一个油瓶,迎面走过来了。他心里异常的甜蜜,但忽然又疑惧、失望,垂下了眼睛,那个姑娘,也低下了眼睛。但有一种顽强的力量使他们底眼睛又遇在一起了。程登富固执地看着她。

"上街?"姑娘说,显然地因了刚才的那双袜子,热情地笑了一笑,红着脸走过去了。

程登富匆促地笑了一笑,然后就看着她好像不认识她。他又回过头来看着;不知为什么他觉得有更深的失望与疑惧。由那双袜子而来的那些甜美的幻想,是突然地消逝了。

"来两杯酒!"走进酒馆,程登富喊,靠墙壁坐下来,他底两只强壮的手在桌上骚乱地扳动着;想到刚才的那两个职员,想到他底这辛苦无望的生活,他底眼睛潮湿了。

他们刚坐了一会,船上的兄弟吴清云和害眼睛的廖老么来了。吴清云刚到这个船上来不久,他对程登富是恭敬而客气的,但他也实在是柔和的、心地单纯的人,他底那种女性的笑容和一头柔软而可爱的头发充份地表现了他底好性情;但也如程登富所觉得的,他是有点喜欢偷懒。廖老么则是船上最勤快,然而又最凶恶的一个了。他一坐下来就讲给程登富听。王老么,那个小毛娃——他们大家这样叫他——怎样地骗了他底钱。

他说着就大骂起来了。王老么,一个才十四岁的小孩,从对街向这边走来,他忽然地就跳了起来,一直奔了出去,揪住了他。

"你给钱不给钱?"他叫,"你偷别个皮鞋,老子就要那双皮鞋,老子不像那些人,检软的吃,以为检了便宜呀!"

"喂,廖大哥,莫扯到我身上来啊!"高树清喊,从围住看热闹的人们里面挤了过来。吴清云也挤了过来,他希望拉开他们。但那个程登富,明白这一切,觉得悲痛、厌倦,仍然坐在那里喝着酒。

王老么,被抓住了,不回手,也不说话,只是不停地惊惶地张望着,好像一有机会他就要逃走。廖老么就不停地叫骂着。

"还钱！老子打你！"

王老么惊惶地张望着。突然地他跳了起来，同样地抓住了廖老么底衣领。显然地他明白他是逃不掉的了。他底儿童的嗓子发出了一声尖锐的叫喊。

"老子没有欠你底钱！"

"打你！"

廖老么，打了下去；王老么，就向他底肚子上还击着。他们被吴清云拉开了，喘着气，又叫骂了起来！

"你个龟儿赌个咒，我就不要钱！"

"老子拿你钱就上山跌死！"

他们叫喊着，然后他们疲惫了，两个都灰白、无力、披着褴褛的衣服。但忽然地他们又冲在一起了。他们相互之间是这样的仇恨着。一个瘦弱的、同样苍白、褴褛的人，拖着手，仔细地听着他们底叫骂，静静地、快乐、陶醉地笑着。有人脸上显着静静的愁容。但多半的脸上是这种静静的、快乐而陶醉的微笑。吴清云同样地笑起来了。但突然地他们这样地冲在一起，撕破衣服，打出血来了。

"钱！"

"没得钱！"

高树清和吴清云跑了上去。但一拳落在高树清底脸上。高树清退了下来，痛苦地、愤怒地笑着，然后就向廖老么扑去了。

程登富，听着这种异样的、紧张的声音，跑了出来。他原是这样的颓唐、厌恶、冷酷地看着他底弟兄们底争吵的；他冷酷地知道，每一个人底命运都险恶，因此每一个人都不能饶恕别人。但现在他就激动得有点失措了，冲了进去，和他们扭在一起，突然之间他是这样的愤怒，对着他们每一个人打了起来。他们分开了，惊奇、惶惑、看着他。

"来嘛，来跟我打嘛！"他说，奇怪地笑着，发着抖，异常的痛苦。但他底这种样子，却被周围的人们当做胜利而赞赏，大家都快乐地笑起来了。

他一瞬间觉得非常的茫然,站在人群底中央。

"来嘛,来跟我打嘛!"他突然地说,落下泪来,重新走到酒馆里去。

三

程登富接到了米栈里面的派载的通知,并且领了运费。各处用下来,又散发了弟兄们,他就只剩几千块钱了。他和公司里面的职员们一起吃喝了一整个下午,虽然心里非常的痛苦。直到晚上,他才想起母亲来:家里什么都缺乏。他想,他太不像一个忠实的儿子了。这些年的生活是怎么过的呢?他是这样地荒唐地浪费着,无谓地讨好着别人,而这一切,是因了他是总在隐隐地感觉着,在这个社会上,以及在那个江流里,他底命运里面是有着一种凶险的。一种危惧的感觉,就使得他对什么都随手地抛弃了。他是这样地孤零的。

这种反省使他苦恼,特别对于散失了的金钱觉得痛苦。他简直就不能忍受了。在这个社会上,每一种行业都有着它们底狡猾,而这种狡猾正是这些人们底正直。码头上的人们都熟悉那些船老板们底各样的狡猾的把戏的,但实际上,他们是在用尽一切可能,以与他们底几百种的可能的不幸抗争。等待着他们的是那些险滩,但这算不得什么;可怕的只是那种黑暗的沉沦。弟兄伙底唾弃、职员们底耳光、以及警察局、棍子、冷水。那些受了蹂躏和卑屈的人,常常地在这一生里就不能够翻身了。

人们想及他们底险恶的命运的时候,是不能够宽恕别人的。程登富,异常的苦恼,就决定向王子光去要那一万块钱的债。

王子光底家里,虽然是破绅粮,却是颇有一点势力的。但他底抽大烟的父亲放任着他在外面浪荡,只是一个钱都不给他。这一万块钱,是夏天的时候借去的,程登富已经要了几次了。程登富这次决定了,不管王子光底父亲怎样吓人,他要要钱。

程登富,因那个无望的爱情而有一个痛苦的感觉,因为他底生活是和他底想望极不相称,他底这种混乱、劳苦而无望的生活使他觉得良心的痛苦。他觉得他是太丢脸了。

王子光是在茶馆里快活地吵叫着,他在和别人打赌,然后又划拳,然后又和一个十六七岁的少年互相吵骂着,他底目的,是想骗得一碗茶钱。

程登富走进去,向他要钱。但他快活地东扯西拉,对程登富特别的亲热,爬到他底肩上来,又咬着他底耳朵,称为好兄弟,好哥哥,以至于好叔叔。他说他要说一个特别的故事给他,好叔叔听。他叫别人都滚开,他说他是不要说给他们听的,他们一点都不是好叔叔。程登富难受地推开了他。

"兄弟,我要钱吃饭。"他说。

"哎!你这就见外了。"王子光惋惜地叫,"自己人,你还怕没得钱用嘛!——是不是?咦,好大叔。"

"那不行。"程登富说。

"月底。一言为定,月底,行不行?"

"不行。"

王子光跳着转了一个圈。

"咦,你们大家都听倒啊,他还是大叔哩!就是压岁钱,唉,也不止这么一个点儿!"他叫,"我这个人嘛,横竖都有那么一点儿怪脾气,不是说,不相干的人你拿十万八万摆在我底面前看我要不要?哼,碰都不得碰一下!不过,"他得意地笑着,轻轻地说,"要是哥子们,又比方大叔的千把百十元呢?嘻,不客气,我就摸在包包里吃杯茶再说!——你们看我这种人怪不怪,真是一个怪杰呀!"他反跳着转了一个圈。

程登富是冰冷的。他底眼睛前浮起了廖老么和王老么打架而流出血来的图景:各人都有他自己底险恶的命运。但是无疑的,王子光将快活地生活下去。

"那不行,王子光!"他凶狠地说。

"程登富,我说个人情:他总有个爹妈,让他到月底吧。"老头子田桂云,显然地很清楚这里面的情形,希望两面都讨好,感动地说。

"你看!"王子光叫,"田老太爷,老伯伯,这个话就说对咯!前天我遇到一个朋友,吓,原来他当了连长!他说:'王子光你个小鬼呀,怎样打滥仗,隔两天我送几钱你用!'我说:'算了吧!'你猜他啷个说?他说,'唉,兄弟,几年不见,你倒变外了,真是人心不古!'吓,如今的世道……喂,你龟儿来杯茶,茶钱算我的!我晓得大叔喜欢吃红茶!"

程登富沉默着。王子光叫嚷些什么,他一点都没有听进去。他熟悉这种叫嚷,它使他疲乏起来了,并且有昏乱,不知道要怎样才好。但王子光却以为这是他底话有了效果了——但实在说,他是一点都不把程登富放在心里的。

"要不是的话呢。"他快乐地说,"你再借我一千,二天我还你一万五,这该要得吧!"

"放狗屁!"程登富转过脸来,愤怒地看着他,叫。

"咦,这是狗屁?你未必以为我一千元都没得嘛!"于是王子光从荷包里摸出一张票子来,抖了一下,"新票儿,中央银行的!又说,要不是我们划三拳,三划两胜,要是我输了呢,我就还两万,要是你输了呢,就尽这一万!这该行了吧?"

程登富没有理他,他听着这种叫嚷,整个地沮丧下来了。他苦恼地想着他是否应该走开。

"这样好不好呢?"王子光说,"我就输两万,你呢,就输五千,我还是还五千!你这真上算呀!要是我真高兴死了,来呀!来,哟嗬,划起来!"他唱了起来,并且卷起了衣袖。

程登富厌恶地推开了他底精瘦的、雪白的手腕,他对于这手腕底裸露觉得有一种羞耻。但他仍然不能下决心怎样办,他想到母亲,那个女子,以及他底弟兄们,他苦恼极了。

王子光忽然地学起狗叫来了。有两个小女孩,光着屁股,在泥地上叫着爬进了茶馆,王子光,学着狗叫,跳过去和她们一起爬着,然后又打了她们一人一下。

"唉,老子的拳痒啊!"王子光寂寞地说,忽然地脸上有一阵迷惘的表情。①

"我跟你划嘛!"刚才的那个和他叫骂的少年,怯弱地笑着,说。

"屁!老子看不起你!"王子光疲乏地说。"好,也罢,我们来四两酒半斤花生。"

"要得。"

"嗬哈,拳啦,四季财,全福手②啦,七巧!"他们喊叫了起来——小孩,用尖锐的声音喊叫着。

"我走了吧!——总是这样,像我这样的人,有啥子办法呢?她未必想到有我……我走了吧?"程登富苦恼地想。但他不动,听着划拳的叫叫声,望着前面。忽然地他站起来了,而痛烈的被侮辱的感觉和愤怒同时地在他底心里燃烧了起来。

"你说,还不还?"他叫。

王子光还没有来得及停止划拳,就被程登富两下耳光打瘫了。他是这样的恐怖,尖叫了一声逃出了茶馆。

但随即他就清醒了,又奔到茶馆门口来。

"两个巴掌,一个巴掌五千,老子底帐清了!"他叫,然后拨脚就逃。

程登富回到家里来,给了母亲两千块钱,听着母亲底怨恨的诉说,默默地在床上躺下来了。他心里是这样的痛苦:他在天和水之间干了二十几年了。他发觉他近来心里非常胆怯。江上的那些险滩,沙水和泡漩,他先前是一点都不放在眼底的,但现在,想起来的时候,他觉得他底这把惯了舵柄的手有点发颤。他发觉自己——至少是他底心——已经渐渐地衰败、苍老。这个世界上是各样的权势、各样的丑行、各样的陷坑。他底生活是全然冰冷的,他底那些因辛苦的生活而来的剧烈的感

---

① 新文艺版删除了"忽然地脸上有一阵迷惘的表情"。
② "全福手",新文艺版作"全福寿"。

情,暴乱的酗酒,引来了更深的辛苦的感觉。他日益希望为一件温柔、亲切的东西而工作,为了它的缘故去冒犯危险并忍受劳苦,他渴望他底正直和勇敢能得到温柔的鼓励,那在世界上最神圣的。

他听见他底母亲叹息、咳嗽的声音。夜已经很深了。一切声音隐去以后,不远的江流里面的有名的险滩,就逐渐地传出了一种深沉、顽强的呼吼声来,充满在黑暗中。程登富好像置身于荒凉无极的旷野,这声音,发出了对于他底生涯的警告。

他不安地睡去。突然地醒来,不明白自己是在什么地方,又听见了这深沉、顽强的声音。他不明白自己是不是已经被一切人遗弃了,觉得茫然的恐惧。无论什么实际的、明白、亲切的东西他都感觉不到,所有的只是荒凉的大黑暗中的这种非人的、可怕的吼声。他和这种恶梦的感觉竭力地挣扎着。忽然地他听见了女子底幽微的哭声,好像一道光明,透过这大黑暗而来到他底心里,使他重新觉得自己是在人间。

他听出来了,这是王淑珍底声音。他轻轻地叹息着,然后他爬了起来,披上了衣服,打开门走了出去。寒冷的空气使他寒战了一下,所爱的女子底哭声,就使得那可怕的险滩底吼声也变成亲切而明白的了。线铺后面的纸糊的窗户里有灯光。他走了过去,旁着一棵枯萎了的槐树,站在窗下。

王淑珍在轻轻地、伤心地哭着,显然地是在抗议着什么加在她底身上的可怕的事。但老实的恋人从来不曾更实在一点地想到所爱的女子底生活,他看见了微笑,就不再想到会有这样的悲哭。他只是惊异而感激,悲伤然而又甜蜜。①

"哭!哭些啥子呀!我又没有死!"王淑珍底母亲愤恨地说,"你说嘛,做爹妈的又有哪一点亏待了你?"

"娘哟!我不是……啊啊,奶姆,我心里,心里难过哟!"

"你就不信嘛,你爹又有好多钱?"

---

① 新文艺版删除了"他只是……甜蜜"一句。

"不是的哟,奶姆。"

程登富听不出来这是怎样的一回事。但他感觉到他底爱情已经无望了。不过他也并没有指望过它会真的实现。现在他只是,因了这个世界底不公平,为那个女儿而觉得伤心。他替她觉得悲苦与凄凉:他,程登富,能够承当一切,但竟不能够承担她底悲苦。他站在窗前,扶着冰冷的树干,不出声地哭了——他愤怒地抑制自己,把他底头抵在树干上。

四

听见响动的声音,程登富醒来了。天刚刚发亮,人能感觉到今天将是晴朗的好天气,屋子里有灰蒙的、安静、愉快的光线:老人在扫着地面。她总是这样早就起来劳作了。程登富偷偷地看着她,夜里的那恐惧、悲痛、甜畅的感情已经过去了、他听见老人独自说话的声音:老人在说着夏天死去的小猪。

老人说,昨天别人买的好便宜,一口小猪只两千块钱。要是她有钱,她都抢着买下来了。程登富听着,母亲转过脸来了,他就假装睡觉,又闭上了眼睛。母亲,替他拉上了被盖,并且自言自语地说,已经这么大的人了,还好像是小孩子,一点都不会照护自己。

程登富又睁开眼睛来:他底心里有一种愉快、幸福的重量在压着他,他是用他底整个的心来看着他底母亲,那个瘦小的背影,在他底眼前高大了起来。同时,那个使他苦恼的女子,就在他底心里变成了一个软弱、渺小、不真实的小东西了。这种对于自己底生活的骄傲和感激之情,就使得他愉快地轻视着她,和她底整个的生活了。

"妈,我来扫!"他叫,忽然地光赤着两腿跳下床来,飘飘摇摇地,一面揉着眼睛,夺下了母亲手里的扫帚——他底母亲被他撞得几乎跌倒。

乱七八糟地扫了几下地。突然之间是这样的欢喜、激动,于是他反而把集起来的灰渣都扫散了;有一大群地瓜皮,飞到床底下去了。

"你看你呀!"母亲欢喜地叫,欣赏地、嘲弄地笑着,"啷个大一个人了!"

"人大力气大嘛!"他说,从床底下扒出地瓜皮来。

"唉,总是说,也该成个家了呀!"母亲,忽然地有点感伤了,说。

"咦,我又不是没得家!"他说,发出有力的、愉快、嘲弄的笑声来,同时眼睛潮湿了。他忽然地希望,和他底母亲永远这样地住在一起。

"那你——看哪,你扫些啥子——那你未必单身一辈子!"

"有啥子要不得?那些女子家,扭扭捏捏的,我才看不上!"他快乐地说,把他底那个纯洁的偶像也快乐地放到扭扭捏捏的一类里去了。他胡乱地扫着地,轻视起一切爱情来了,并且觉得快乐。

"要死,拨到我身上来了呀——你这简直是刮地皮!"母亲快活地叫,大声地笑着,讨好他底儿子。"把我笑坏了呀! 好登富,听我说一声吧,石门坎李家的姑娘,人又好,又能做!"

"哎呀呀! 人又好,又能做! 未必我就人不好,不能做?"他愤恨地说,他原是希望快活地嘲笑的,"那些女子,我不放在心上,你老人家放心!"他说,发出短促的、不快的笑声,希望掩饰自己底感情,丢下扫帚,走了出去。

他听见母亲沉默了:这是一个剧烈的痛楚。他在门前的一块石头上坐了下来。

街道还是寂静的,他底面前,污水中间的泥地上,两只麻雀在相互追逐着——末后就一直飞到线铺底屋顶上去了。他望着线铺后面的那扇高出人身的、糊着破烂的纸头的窗户,看见它是满布着蛛网和灰尘的:昨夜他站在它底下面,曾经觉得它是那样的美丽。这窗户底污秽使他猛然之间这样地失望,正如昨夜他站在它底下面那样地感到希望与甜美一样。忽然地线铺底后门开了,那个女子,显得苍白、淡漠而疲劳,提着一个系着绳索的水桶走了出来,向他看了一眼,绕过垃圾堆向坡下走去。他看见她横过小路,隐藏在萧条的树中了:有一条幽静的小路通到一个井泉。

他不觉地慌张、激动起来。他明白的:他爱着她了,一切反抗,像刚才因了母亲底谴责而有的,都是徒劳。他觉得他应该得到一个究竟。

"要是她心里愿意呢?——好吧,横竖事在人为,我亲自跟她说!"他想,于是他就站了起来。但仍然不能决定:他慌乱地在垃圾堆底旁边走了一个圈子又走了回来,忽然地①装做寻找什么——他觉得他所要做的事是万分卑屈的,他向他自己装假。但突然地他就一直向坡下冲去了。他走进了通往井泉的林间的小路。

"我心上就只这一个人?上天啊,你知道我非要她不可!她是把我害得好苦啊!"他对他自己说,慌张了起来,就站了下来拔了一根枯草在嘴里咀嚼着。

一个中年的妇人担着一挑水走开去了。井泉底旁边有一块巨大、潮湿的岩石,在早晨的沉默的空气里,衬托出那个被爱着的女子底丰满的、又有点稚气的身形。她穿着蓝色的、显得有点窄小的旧布衫,领口敞开着。一切魅惑之中最有力的,就是这个敞开的领口和那个苍白的、敏锐的嘴唇了。传来了木桶碰在井沿上的宏亮②的声音,在寂静中水滴落在井里的清脆的声音也可以听到:疲倦、淡漠的王淑珍在汲水。

程登富燃烧着好像烈火,走近去了。但即刻他就奇怪地镇定了,觉得他所要做的是不可能的,于是放弃了这个念头,走到井边去,好像是很无意地走来的,向井内看了一下。王淑珍,怀疑地看了他一眼。

"啷个早就来打水?"他问。于是他开始走回去。但突然地

---

① 新文艺版删除了"忽然地"三字。
② 新文艺版"宏亮"作"沉重"。

他又走转来,他底两腿在发抖了,他固执地看着她。他从她底眼光里——他相信是这样——看到了一种鼓励。他站着不动,他底整个的热情是毫无掩藏地赤裸了出来,虽然这使他觉得卑屈和痛苦。①

王淑珍懂得了,变得灰白,俯在井沿上,但好久不能把水桶拖上来。

"我昨夜晚听见你在哭。"程登富说,那微弱的声音,只有王淑珍可以听到。他急剧地笑了一笑,乱动着他底两手。"我是说,我心上有你,我这个人你该懂得,我们结婚吧。"他清楚、轻微地说,一面用发颤的手扯着衣领。然后,忘了从颈子上拿下手来,他站着不动了,浮上了一个凄怆的、温柔的、哀怜的②微笑。

王淑珍扶着搁在井沿上的水桶,向水井深深地垂着头。各处的树木上有鸟雀啼叫的声音,忽然又是死一般的寂静:王淑珍不抬起头来。

她不动,不抬起头来,头发从耳边滑到水桶里去了,她不知道。她底心是受了这样的惊动。她不能够拒绝这样的程登富的,但是她又怎么能够与她底命运抗争?

"你底头发打湿了。"程登富温柔地说,走近了一步。

但是她仍然不动。程登富重新听见鸟雀们底啼叫声,盼顾了一下,但即刻又感觉到深深的、深深的寂静:他是这样的幸福了。他陶醉地伸出手去,轻轻地从水桶里拿出她底那一束头发来,她轻轻地摇了一下头,好像抗拒他,又好像是为了摇落上面的水滴。他从来不曾接近过女子,也从来不曾接触过如她底头发这样温柔、神圣的东西,他不知道是否这就是爱情,但他是整个地陶醉在幸福中了。

但是他注意到,她底柔软的、可爱的肩头在轻轻地耸动着,接着他听到了抑制住的啜泣声。

---

① 新文艺版删除了"虽然这使他觉得卑屈和痛苦"句。
② "凄怆的、温柔的、哀怜的",新文艺版作"惶惑的"。

"不,不要伤心,为啥子伤心呢?"他难受地说。

她突然抬起头来,用发红的、含泪的眼睛看着他。

"你跟我爸爸去说!"她坚决地说。然后,就用着同样的坚决,提着水桶走开去了。

程登富飞快地奔回来了。他底心里洋溢着幸福:他以为,她自己既然愿意,就不会再有什么问题了。于是他央求他底母亲替他到王先木底家里去走一趟。母亲不相信这是可能的,又不愿意受到有钱的邻人底侮辱,但为了儿子,仍然答应了。程登富奔上街去买了两斤白糖来,母亲,换上了干净的衣服,提着这包白糖,叹息了一声,去了。

程登富,取出母亲底香来,点了一束,插在祖先底牌位前。他乐于记起,好多年来,对于母亲底这种对祖先的供奉,香烛和膜拜,他总是非常轻视、冷淡的。——但母亲走回来了,苍白,气得发着抖。她说,王先木那个老畜牲太不像人了,为了几个钱,把这么好的姑娘送给了王子光。她说她居然一点都不知道,还有五天就要过门了。她说她真不能忍心,听见那个女娃儿又在房里头哭。

程登富呆呆地站着。他失去知觉了;母亲对他不息地叽咕着。

"不!她亲自跟我说的,我随便啷个样都不得相信!"他愤怒地叫,奔出去了。

他好像是要去做一种决斗,直面着凶恶的命运。但他也只是跑到自己底船上去,在舵旁的那个木板铺上倒了下来。他将一生看顾着这个舵,在这冷酷的命运之下,无论是风雨、酷热或严寒——直到这一天,这一天总之是不会久了,他将和他底这破旧的船一同粉碎。

"你啷个了?"高树清,碰了他一下,轻轻地问。

程登富摇摇头。忽然地他跳了起来。

"老子打死了王子光就上山!"他说。

五

程登富希望向王子光报复，他底兄弟们也主张报复。但程登富接着又想到，王子光虽然是那样坏，这件事情却是并不能怪他的。这件事情没有任何人可怪，程登富忧苦、沮丧下来了。

王子光底父亲王顺宁，在乡人们底眼中只是一个所谓破绅粮，年老的酒徒和烟鬼，但不知为什么，一般的人们总觉得他仍然有点了不起；这样，他也就果然很得意地生活下来了。他一个钱都不给他底儿子，让他在外面鬼混，同时却从不怀疑他是一个好儿子，因为他在他底面前总是那样柔顺而灵巧的，他这回是用了心机，替他讨到了一个极好的姑娘了。

王子光是非常的得意。他底老头子，醉了，在街上乱骂乱叫，就对王子光慈爱了起来，给了他一万块钱。他即刻就化光了，并且醉昏昏地和面铺里的张麻子打赌说，在将来，有谁能偷到他底那个新媳妇的话，他准输一万元。这一边，年轻的姑娘从知道这件事的那一天起，就一直在家里哭着。但老头子王先木已经把一切都准备好了。

王淑珍底接连几夜的哭声使程登富非常难受。他希望王淑珍能够向他走来，要他带她走开——那时候他将横下心来，抛下年老的母亲，不顾一切。在夜里他连逃亡的计划底最细微的部分都想好了。可是一到了白天里，他就又觉得他是离不开他底生活的，重新绝望起来。同时他也再不曾见到王淑珍。

可是另一面，他却是非常忙乱的，要招呼船上的接载的工作，和仓库底工人吵架，和职员们交涉，到处塞小钱，希望不吃亏。他觉得他居然照旧地忙着这些，是非常奇怪的，可是几天一忙下来，一面是疲劳、绝望的心境，一面却对那个爱情，以及那个女子底命运冷淡了。

到了王子光结婚的那天上午，载下好了；他才决定趁着别人底这个热闹的时间去要那一万块钱的债：假如不还债，就大闹一场。这也算得是一种报复。经他底那些年轻好事的弟兄们一赞同，他就有了一阵兴奋。他觉得，在这个社会上，他也是骄傲、不可以随便地就轻视，打发得了的。他要把他底仇恨、毒辣、以及一切可骄傲的恶棍的手腕，一齐都拿出来去摆在那个婚礼的筵席上，看究竟有谁能够承担得起。这个热情的想像是非常的辉煌的，骄傲于恶毒的手腕，他就竟不曾意识到，在这个婚礼的筵席上的他自己底悲痛。他确信他是已经，恰如一个好汉所应做的，把那个无聊的爱情和那个愚蠢、偏窄的小女人从他底心里驱逐了。

是的，无聊的对女子的爱情，以及愚蠢、偏窄的小女人。在一生里人们会有一大堆的时间这样想的，他们总是好汉——而那寂寞的悲哀总是睡在心底，时机一到它就站起来了。程登富去别人底婚礼上要债，这是一件轰轰烈烈的行为，他就兴奋地沉醉在这里面了。

他底热心的兄弟们，带了石子、短棍、以及其他的家伙。他们站在坡上等着他的时候的那种静肃的样子，使程登富感动了。程登富，轻视爱情，向前走去。

那几个年轻的小伙子，心里都特别的兴奋，他们预见到捣乱婚礼、引起一切人的惊讶来的时候的快意的情景。这种一致的快乐，竟使得打了架的廖老么和王老么都互相讲起话来，而且在几秒钟的时间里特别的亲热起来了。天已经快要黑了，失恋的程登富，希望一个值得骄傲的结局，走近了王子光家底大排场。

王子光家底两层楼的铺面灯火通明。吹鼓手们坐在街边吹打着。金碧辉煌的正堂内，点着两支巨大的蜡烛。弟兄们变得谨慎了起来，程登富大步地走了进去。

他们穿过了无人的正堂，走进了拥挤、热闹的后院。正在那里摆酒席：铺面底楼上，是男女两家的亲戚们和那些有钱有势的人们，院落里面，有十几桌，则尽是街坊上的一些微贱的人们了。人声使程登富们紧张了起来。四散在院落里的人们好奇地看着这一群。很有一些码头上的人，是知道程登富对王淑珍的念头的。程登富刚刚走近台阶，一大堆人在院落中间耳语、窃笑、谈论了起来。这新闻立时就传遍了。

程登富向王子光底父亲,瘦长、苍白、堂皇而漂亮的老人走去。他底弟兄们站在台阶下,立刻就被好奇的客人们拖过去了两个,加入了大家底谈论。

程登富,显然地感觉到了这个。

"大爷!"他喊。

"啊,程登富!"大爷王顺宁说,弯下腰来,亲切、和悦地笑着。

"王子光欠我一万块钱。"程登富冷淡地说。

"啊!好!我问问小儿,拿来还你!"大爷亲切、和悦地说,走了进去。

程登富独自站在台阶上。院落左边发生了一阵闹嚷,显然地是争着看热闹,立时又寂静了:大家在等待着。下面有人快乐地喊着程登富底名字,然而程登富不理会。他站着不动,粗矮的身体,暴露在明亮的灯光下,戴着他底那一顶蓝色的线帽。

"要是不还钱,我就打!"他对自己说。

大爷飞快地跑出来了,亲切、和悦地笑着,道着歉,递上了一卷钞票。他说,他以后要好好地教训他底那个犬儿。接着,他就吩咐加一席,请程登富和他底兄弟们喝杯酒。程登富先是冷冷地拒绝着,后是有点感动地拒绝着,但无论怎样拒绝,大爷都要请喝酒。程登富,他底那一股冰冷、恶毒的力量被融化了,同时他明白他底弟兄们都非常想吃,就胡里胡涂地被老头子推着坐了下去。客人们,发觉了原来并没有什么特别可看的,也都纷纷地闹嚷着,坐下来了。

但是,坐下来之后,程登富就因自己底屈辱、软弱而绝望了。他坐着一动都不动,冷冰冰地看着他底弟兄们。他明白他们都想大吃一顿,他看见王老么偷偷地把先前揣在怀里的石头丢掉了。弟兄们,非常的拘束,笨手笨脚,不好意思。一面是对主人觉得不好意思,一面是对程登富觉得抱歉。

"你们吃吧!"程登富说。

"你呢?你不吃?"王老么着急地问。

"程登富！"隔壁席上有人喊,"我当是你不会来的——你那个船明天要开吧？"

"明天。"程登富说。

"你不晓得啊,这个堂客算是让王子光讨倒了！"他听见有他所熟识的声音在他背后的席上说,"咦,上轿的时候哭的好凶哟！"

"程登富！"高树清端起杯子来,叫,显然地企图遮住背后的席上的这种谈话,"我们呢,算是吃自己底高兴酒！"他激动地笑出声音来,说,"我今天特别敬你三杯,别个底喜酒跟我们不生关系,我们做水上生活的人,你大哥也用不着我多说！"他说,忽然地显得沉痛,但仍然激动地、高兴地笑着。

他一口气喝了三杯。

程登富用火辣的眼睛看着他,突然地端起杯子来,喝了。高树清为他接连地斟满了两杯,他又默默地喝了。

"我敬你一杯！"吴清云,站了起来,好像是因了自己底情绪而觉得不好意思,羞怯地、轻柔地笑着。他底笑容说了高树清所说的一切。

程登富又喝了。

一种异样的、严肃的空气,在这个院落的整个的欢闹声中,统治着这个桌子。大家默默地喝着酒,人可以感觉到,他们是直面着他们底沉痛的命运而喝着酒。

"我敬弟兄伙三杯！"程登富说,变得那样的苍白,愤怒地笑着,"弟兄伙都明白我,就像高树清说的,我们做水上生活的人！我也没得别的话说！"

他迅速地喝了三杯。

各处的划拳、吼叫的声音停止了,忽然地大家叫了起来：要新姑娘出来吃酒。王子光,穿着簇新的马褂,胸前挂着大红花,在酒席间穿动着跑了上去。然后又跑了回来,向大家说了什么,大家哄笑了。

穿着鲜红的绸衣,涂着胭脂的王淑珍,低着眼睛,由两个穿得十分俏皮的半老的女人拥了出来,跟着王子光在酒席间机械地走动着。程登富底这一席肃静了,程登富低着头,不停地喝着酒。

王子光端着酒杯走近来了,显然地他知道程登富在这里,并且显然地他知道大家都已知道的那件事情。他愉快地、狡猾地笑着。

"你哥子,总是小弟不是,今儿债也清了,你我喝一杯!"他说。

但程登富好像没有听见他,他,程登富,是在用着那种赤裸裸的眼光,固执地看着那个由那两个半老的女人推着走近来的新娘——她是什么也不要看见。弟兄伙们,看着她,又看着程登富。

程登富看着她。他知道别人都在注意着他底这种行为,他丝毫都不在乎这个。他想,明天,他就要开船了。

"喝一杯吧,老兄!"王子光说,那样的善良了,同情着这个程登富,并且似乎对他发生了一种亲爱的感情。

"要得,喝一杯!"程登富说,迅速地站了起来,同时心里腾起了一种奇异的、辛辣的快乐。他觉得他是把什么一种向他压来的苦闷的、绝望、可怕的东西在一击之下打倒了。他感觉到了这个院落里的灯影和欢声,站在这之间,他觉得他底世界是自由、强大的。

他喝干了。他没有看着,但感觉到,那个麻木的新娘,在他底声音之下抬了一下头,并且有一种恐惧的眼光落在他底脸上。这个眼光使他底心疯狂了,他不能知道这究竟是痛苦还是快乐。他有点飘摇,杯子落在地上了——谁也弄不清楚他究竟是不是故意地把它丢在地上的。

"王子光,我佩服你!"程登富狂暴、放肆地大声说,显然失去了理智了,或者说,他底疯狂的心要求他如此,他要把那个锐利的、可怖的痛苦,打到那个新娘底心里去,他感觉到他已经成功了。"我一点都不说你是一个坏蛋,我说你是一个好心肠人!我还要说你底老子王大爷是一个大善人！我们都是生下来光光地站在这个世界上，小百姓，蚂蚁虫子，所以王子光我佩服你！"他突然沉默，整个院落底寂静使他觉得惊异。接着他就被这种深深的寂静——他觉得这是对于他的赞美——所感动了。

"你喝醉了。"王子光惶惑地笑着。

"我喝醉了？水上的人，没得这回事！"程登富狂暴地说，"老实说，你高兴吧？不过我心里也是快活的！你们这些是这种人，生下来就有人恭维，乡镇长，保甲长！我们都是知恩报德的小民！对不起，王子光，今儿打扰了你了，后会总有期的——高树清，高兴一下，跟我唱个歌！"他说。

高树清走过来拉着他底手臂，劝他走开，他愤怒地把他推开了。

"我有哪个好怕的？我自己打烂我自己底船！兄弟，不要怕，唱个歌！"他说。

"回去吧！"

"不行！"他疯狂地叫，"唱个歌！"

高树清为难地笑着，弟兄们全体都站起来了。王子光底父亲，和另外的两三个人，从前面跑了出来——漂亮的老头子劝程登富到外面去坐。

"谢谢！"程登富大声说，从拥挤在身边的人们中间看过去：那个新娘仍然痴痴地站在暗影里。"对不起，王大爷，今儿打扰了！弟兄们，替我唱个歌！"他以发抖的声音说。

大家静着。

"好啊！"程登富沉痛地叫："弟兄们！九十六年前啊！"他唱，沉默了，忽然觉得有什么亲爱的、温柔的东西近来了，在爱抚着他。

"有一个啊王其正，两手……"他唱，突然地沉默，松弛了，被他底弟兄们拥了出去。

刚走到街上程登富就站不稳了。他轻轻地呻吟着靠在弟兄们底手臂上。秋天的夜晚是冷清的，街上已经没有什么行人了，他们静静地向前走去。

"弟兄伙,明天早上我们开船。"程登富用无力的小声说。

"是了。"弟兄们轻轻地说。

"唉,弟兄伙,你们都比我还年轻——我无脸见我底可怜的老母,我难过啊!"

程登富回到家里去,即刻就睡着了。天刚亮时他就醒来,昨夜的悲痛的、混乱的感情已经过去了,他一醒来就感到一阵安宁,觉得他底心里是纯洁的;他底心头洋溢着一种希望,他说不出来这是什么。对于自己的这种新鲜的感情,他怀着庄严的意识。

他悄悄地穿着衣服,但惊醒了母亲。

"妈,我走了。"他说,扣着衣服,站在母亲底床前。

"你去吧,儿。天都还没有亮。"老人,显然因儿子底声调而觉得安静,说。一面坐了起来。

"亮都亮了。"程登富说,迟疑着,"我六七天就转来,这五千块钱,留给你用。"他说,苦恼地数了钱,放在母亲枕头边。

但他仍然踌躇着没有勇气走开。他想,他自己为什么要扣下五千块钱来呢?他对母亲怀着这样简单的、怜恤的感情,看着她底那苍黄的、打皱的脸,他觉得他不久就要永远见不到她了。

"妈,我再拿给你两千——你要买,就买口小猪吧!"

"我不想买了——这钱我跟你存起。"

"妈,那么我走了。"

"你走,儿啊!"

"你要好好照护自己,没得事,到吴家去耍耍。"他说。

"咦,这么多年我不是照应下来了,你今儿才想起嘛!"老人说,走下床来,嘲弄地、慈爱地笑出了声音。

程登富走了出来,他那样的伤心,好像他是要去远行。他走过街上,突然地被一下锣声惊醒了:王子光家底吹鼓手们已经起来,在黎明中显得畏缩,围在桌边开始了吹打。锣声在新鲜、冷静的空气中有力地激荡了开去,那个年老的、善良的锣手,显然地对于破坏这黎明的庄严的沉静觉得抱歉,每敲一下就盼顾周围的人们,并且嘲弄地翘起嘴巴来。街上布满了鞭炮皮。两支大红烛,在装饰得异常富丽的正堂里,带着一种温暖、不快的梦境而闪耀着。

程登富匆促地看了一眼,这一切,连那最温柔的感情和最深刻的悲痛都看到了。一个痛苦的浪潮在他底心里掀了起来,带着一种顽强的性质;他爱惜这个痛苦,变得严厉,并且觉得自己是高贵的。

在灰色、新鲜、愉快的空气里,江流静静地闪耀着。船只结集在码头左右,几十根桅杆竖在空中,它们顶上的红色、黄色、灰色的三角旗在冷风里愉快地飘荡着。不远的下流,已经有一只重载的船越过了险滩了。

他底弟兄们已经起来了。他走上船去,简单地察看了一下,他底表情是那样的严肃,使得弟兄们都迅速地动作了起来。他听见廖老么和王老么在船头上用那么亲切、轻柔的声音说着话,他偷偷地听见他们是在说着什么一根失落了的绳子又找到了的事,然后又听见王老么用同样亲切、轻柔的声音在向廖老么借着箬笠,他说今天天恐怕会落雨。绳子、箬笠、落雨,这些都是这样亲切地被爱着,程登富觉得他底心已经是幸福而有力的。

"我们开船吧!"他温和地、轻柔地说,擦了一下手,把住了光滑的舵柄。

弟兄们悄悄地、紧张地工作着,船放进了急流。忽然地大家一声呼吼,弟兄们整齐地踏响着船板,八只挠子组成了两个奇怪的、有力的翅膀在水面上扑击了起来,这条船,消沉了十天之后,就又轻轻地振奋了起来,斜在急流里,向着迎面的那有名的险滩奔去了。

一九四五年十一月九日

在铁链中

何姑婆在雾里走着。太阳开始照射到雾里来了,雾的边缘变成了明亮的淡红色。空气是潮湿、寒冷、新鲜的。各处的凌乱的声音听起来很是愉快,这些声音也是潮湿、寒冷、新鲜。街道两边的店铺底门都已经打开了,各处有扫地和搬东西的声音,显得所有的人在这晴朗的寒冷的早晨都是很振作的。远处有一只军号在嘹亮地吹着,后来附近的地方可有①敲锣的声音和紧接着的一串鞭炮声,埋葬死人的悲哀而又无情的小小的人群穿过了雾中的街道。接着又传来了在广场上搬运木料的工人们底呼吼声;在一声强大的呼吼之后,就有一块木头沉重地从高处落在地面上。人们底影子是模模糊糊的,饱吸着太阳底红光的雾团包围着他们。何姑婆急急地走着,她是一个很难看、样子很刚愎的老人,两只眼睛红烂着快要瞎了,一件破烂的黑布棉袄一直拖过了她底膝盖。这时有一群被铁链锁着的,挑着石块的囚犯经过她的身边,她站下来注意地看着,这些囚犯底样子是很可怕的,每一个人的身上都生着烂疮,无论他们是年老或是年青,他们底表情都一律是麻木而冷酷的。两个荷着枪又拿着鞭子的兵士跟在他们底后面。何姑婆,看见了她底男人何德祥老汉果然地也在这里面,就大叫着跑上去了。

"何老汉,何德祥啊!"她喊。

看见他锁在铁链中挑着石块的样子,她异常地可怜他,哭了起来。但他却并不动情。他是一个瘦长的老人,蓄着披在两边

---

① 原文如此。

的长头发。他底神情和他底同伴们一样是非常冷酷的,他只是简单地看了她一眼,就走了过去了。囚犯们被兵士驱赶着走进了镇公所底大门。老头子连头都没有回,挑着石块消失在门内了。

何姑婆慌乱地朝里面望了很久,听着从雾中传来的兵士底叫骂声,在附近的一堆乱石上面坐下来了。她坐了下来就一动都不动了,显出了非常的忍耐,闭上了她底眼睛,两只手抄在棉袄里。

镇公所已在建筑门楼。这本来是一座古旧的大庙,现在,由于镇上的绅士们和镇长底积极,正在改建成新式的、庞大而威严的建筑,所以门前堆满了砖块和木材。一个在这晴朗的早晨显得愉快而活泼的年青的警察,在建筑物底架子下面走动着。看见了何姑婆,就向她走来了。

"何姑婆,"他温和地笑着说,"你又来啦!"

"我又来啦!"何姑婆抬起头来伤心地说,"我有什么办法呢?我是没得吃的啦!他给拉来了一个多月,我什么办法都想尽了!我真是想不通世界上有这种人,为了三五万块钱的债,刘四老板就下这种毒手,把人抓到劳动队里来!王顺明,你想想,"她做着手势激动地说,"我那个老头子快六十岁的人了,哪里能做得下这种苦工呀!王顺明,我看着你长大的,你是一个好娃儿,你底心又好,今天你出了头了,你底爹妈要是活着才不晓得会怎么欢喜呢!"

王顺明愉快地、温和地笑了一笑,异常舒畅地抱起手臂来在她底旁边走了几步。这时阳光已经照耀到地面上来了,但还有稀薄的、愉快、活泼的雾在空中飘浮着。

"何姑婆,这些人本来就是这样的啊!"王顺明抱着手臂,半闭着眼睛忧郁地说,好像是把一切都看透了,把一切痛苦都宿命地、冷淡地忍受下来了似地。"在这条街上,刘四老板作的孽是不少了,没得哪一个奈何得了他!他是又包税银,又包公产庙产,又还能弄的动县里头的一两连兵,前些年他还动不动就杀人！我们这乡里头人呢,说句实话,心里头虽然明白,面子上却又不得不奉承他,据我晓得的,这些年来敢跟他闹的还只是你们何二太爷一个人！你怎么能闹得过他呢?"他闭着眼睛感动地小声说,"不过我总相信,有一天自然会报应的！我们家里还不是吃过他多少苦,我就在等着！我就不相信一个人有了钱就该作恶！你看隔不上三五年,只要他老头子一死,那几个游手好闲抽大烟的儿子自然就会把家产败掉的,说不定那时候还不如你我呢!"他说,霎着他底感伤得潮湿起来了的眼睛;"何姑婆,你也不必太气狠了,我总想,天总是有眼睛的！不管我怎么倒楣,我心里怎么难受,我总想天是会看见这一些的!"他说,闭着眼睛,抱着手臂,颤动着他底伸出来的左腿。

"儿呀,"何姑婆动情地喊,"我听得懂你的话！我听得懂！你说的真好呀！别个一当了警察这些的就变了,你就一直都是这样！儿呀,你要是记得的话,你小时候还跟着我们过了大半年呢,何二太爷教你学泥瓦匠！……我们又没得儿女!"

"姑婆,"王顺明弯下腰来亲爱地说,"那我是都记得的！一个人是不能够忘本的,上有菩萨,下有鬼神,一个人的一生都是清清楚楚的,我们祖上都是庄稼人,我不会忘本的！何姑婆,我总是想到你是一个好心肠的人！我总是想:没有什么关系,别人得罪我,陷害我,抢我,都没得关系,反正什么都是注定了的,该是我的总还是我的！所以什么时候我都不怕！……何姑婆,我会替你照应何二太爷的,就好比他是我亲生的爹,你放心好了！他就不过是脾气坏了一点！"

"年岁大了呀!"何姑婆说,"年轻的时候,学这个,做那个,自己还是有几个钱的,一上了三十岁,就年年失意了,什么都搞光了,心也冷了,好跟别人闹气！好做缺德的事情;不是说的话,又没得个儿女！你看,他们这些时叫他做苦工,又说他做过泥瓦匠,叫他砌城墙,"她指着镇公所底修了一半的门楼说,"他哪里做得起呀！他是一个直爽人啊,儿,他底几个拜把兄弟都做了老板了,他却一生就是不遇！……我请你先替我拿这点东西进去给他吃!"

　　她从袋里摸出一个潮湿的布包来,取出了里面的两个煮得很烂的大红苕。王顺明看见了这两个红苕就有趣地笑了一笑,因为他好久就注意到那难看地鼓在她底胸前的一大团了。特别因为天气是这样的好,王顺明是异常的感动,快活、善良,接着红苕就跑进去了,他底枪枝在他底肩上碰击着而发出清脆的声音来。

　　但不久他就又捧着红苕跑转来了。他底一个敞着衣服的同事追着他,和他抢这红苕吃;大声地怪叫着,拿砖头砸他,说他弄了红苕来不请客。这个家伙显然地也是因晴朗的天气而快活,王顺明就更快活而感动了,和他叫骂着:在这个时候,他对于何姑婆是觉得有多么的亲爱啊!

　　"没得关系的!你们吃好了!"何姑婆站了起来客气的说,"这位贵姓呀!"

　　那快活的、敞着衣服的警察呆住了,先是睁大了眼睛,接着就不好意思地红了脸。

　　"你吃呀!"何姑婆说。

　　"哪个吃哟,我肚子里早都装满了!"这警察酸酸地说,走进去了。

　　"姑婆,"王顺明忍住了他底笑容说,"何二太爷说他不要吃!"

　　"他怎么不要呢?"姑婆失望地问。

　　"他跟我瞪眼睛,他说就是不要!"

　　何姑婆眼圈发红了。她默默地接过了红苕,重又把它们仔细地包好,于是又在石块上坐了下来。

　　"姑婆,他马上就要出来砌墙壁了!"

　　何姑婆没有回答。但王顺明仍然非常愉快、悲伤、感动,怀念着不可知的什么,在她底旁边站着。这时雾气已经完全消散了,太阳满满地照耀着地面,但空气仍然很是寒冷。泥瓦匠们已经在建筑物底各处工作着了。那一群囚犯重又出发去挑石块去了，发出杂沓的脚步声慢慢地经过何姑婆底面前。她站了起来，没有找到她底亲爱的、可怜的人，但她转过身去，看见他在门楼底木架下面出现了。铁链已经解去，两条腿很厉害地颤抖着，从一块木板底下面钻了出来。何姑婆以为他是在向她走来的，但是他却连看都没有看她一眼，拿着一个簸箕和一把砌刀，爬上了那个沿墙壁搭着的高架，和别的工人们并排地站着，开始做他底苦工。

他底神情是冷酷、无觉的。他一直爬上高架，站在空中，太阳照射着他。他底腿最初颤得很厉害，但后来他站稳了，毫无犹豫地，然而慢吞吞地，工作了起来。他底头上的长而稀落的灰黑的头发垂在两边，只要他稍稍动一动，这两股头发就会在阳光里飘曳了开来。

"何二太爷！"何姑婆走到架子下面去慌乱地喊，"你怎么看都不看我一下呀！我来看你来了，这里是两个红苕！"

"告诉你我不吃！"何老头子突然地在上面暴怒地喊，"你自己吃去，滚！"

这个打击使得何姑婆完全狼狈了。她底脸发起烧来，那种羞辱的感觉，是如一把锋利的刀一样，一直刺进了她底心里。

"你吃！"她又喊，希望使别人知道何老头子原是和她很好的；"我早上起来跟你煮的！我自己吃过了！"

但是老头子不再回答。她站着而呆看着他，看着他怎样地拿起砖块来安置在潮湿、新鲜的泥灰上，怎样地用砌刀在泥灰上划着，怎样地在手里敲着砖头，全身都发着抖。她看见他仍然穿着离开她的时候的那一身油腻的棉袄棉裤，裤子都破了，发黑的棉花翻了出来，草鞋也没有穿，是赤着脚。她重又觉得非常可怜他。他站得那么高，就好像孤另另地悬在空中似地：就好像天空、墙壁、地面都在排挤着他。她替他觉得眩晕、吃力、害怕，她忽然觉得这么多年来他都是这么孤另另地、没有温暖地、冷酷地吊在空中的，于是她发出了急迫的啜泣的声音，哭起来了。

但是他仍然不理她，就好像不觉得她底存在似的。

"何二太爷，你就接住这两个红苕吧！"王顺明抬起头来喊。他底脸上有一个讥刺的、善良的笑容，显然他只是感觉到他自己底快活，他觉得何老头子这样生气是完全不必要的。

"我不要！"何老头子在架子上跳着脚叫，"我讨厌死了她！丢老子底脸！叫她滚！"

何姑婆于是悲愤地大哭了。

"我是要滚的，何德祥！"她大声喊！"这些年我是没有得罪过你！你这个没得良心的！你总是对我这样，你总是骂我，打我，几个月都不跟我说一句话！你好！你有种！出了事情，不怪自己得罪人反而怪我！我说你这也像个人呀！成天地喝酒，"她愈说愈委屈，愈说愈愤恨了，用更大的声音叫着，"几个钱都让你弄光了！人家刘四老板那里去赔个不是不是就完了，你偏偏要硬要闹，又把人家三少爷打伤了！我看你没得良心的硬到底就好，我看你死了有哪个来可怜你！"

"你滚！"老头子在架子上面转过头来叫，"我死我的！……我不要看你这种女人！"他喊，同时悲痛地无助地举起了他底两手。

"算了吧，何二太爷！"王顺明笑着说，他始终觉得他们这样争吵是不必要，没有道理的；太阳晒得他背上有点痒了他就把枪换了一个肩膀背着，弯过一只手去在背上搔起痒来。

"好哇！好哇！"何姑婆拍着手疯狂地喊，"你自己不怕丢人你就当着大众说说看！你从前作过了多少恶我都不说！你本来就不是好东西！你骗我嫁给你，你骗我几个钱，你又骗别个二姑娘，把别个二姑娘带到城里去，你说你要包水泥作了，叫我不要吵，月月给我钱！不要脸！两个月不到，弄了一身病破破烂烂地回来了！是哪个一句话都不讲地服侍你的？是哪个当东西卖衣服跟你请医生的？你就把我恨倒了！天总有眼睛，莫说你坐五个月的监，就是坐五年十年我心里都快活！我心里头还痴，还拿红苕来给你吃！"

老头子在她底叫骂下沉默着，他紧紧地闭着他底嘴，他底下巴很厉害地发着抖。这种叫骂是叫他太痛苦了。同时，何姑婆自己也觉得是骂得太可怕了，但仍然忍不住她底悲愤。这两个老人是背负着他们底这些创伤走了一生了，无论是时间或是新的苦难都不能治疗它们，直到现在，它们还要暴发出来，给他们以可怕的打击。

这时太阳已经升得很高了。很多过路的人都站下来看着他们。这些人们，因美丽的阳光而愉快，津津有味地站在那里看着。王顺明则是已经没有兴致再来替他们调解了，靠在一根柱子上晒着太阳，快活地、懒洋洋地闭着眼睛。这两个老人之间的争吵，在大家看来都是平常、无味而无关紧要的，但因为阳光是这样地美丽，大家仍然看得很有味道。

忽然地有一群煊赫的人们从镇公所里面走了出来，其中有年青的、文弱的镇长和那个有名的、威严而瘦长的刘四老板。王顺明赶快地跑过来拉开了何姑婆，然后肩着枪跑到门楼下面去准备向他们行礼。刘四老板走出了门楼就站下来了，靠在手杖上，和镇长谈论着他对于这建筑的种种意见，镇长笑着，两只手合在胸前而高兴地听着。看热闹的人们在阳光下愈聚愈多了，但大半的人并不知道大家究竟是在看什么。于是有的看着囚犯们和工人们在默默地工作着的门楼，以为那上面大概是发生了什么稀奇的事情；有的看着捧着那两个红苕而畏怯地站在角落里的何姑婆！以为她一定是闹了什么事情被抓来的；有的则看着刘四老板和镇长，仔细地听着他们底谈话，希望从他们得到什么新鲜的材料，所有的人都静悄悄的，都有着一副紧张的、茫然的面孔。而在这所有的时间里，那个何德祥老头子是在高架上和别的工人一起站着，慢慢地敲碎着他手里的砖块；看起来他似乎是在工作着，但其实他是在紧张地听着下面的声音。他一块砖头又一块砖头地敲着，一面睁大着他底两只昏花的眼睛凝视着前面。他底嘴边是有着一个痛苦的、酷烈的笑纹。听见了刘四老板所说的什么，他就用力地摆了一下披在两边的长发，举起砌刀来又敲碎了一块砖头。

刘四老板议论了一下之后就转过身来。他是穿着蓝色缎子的皮袍和紫色、团花的马褂。一对美丽的小眼睛发黄而明亮,生着一部飘洒的灰色胡须,这一切都使他显得慈祥而威严。看见人们都在恭敬地对他笑着,他就点着头快活地微笑着回报他们。这威严的老人底这种微笑,使得所有的人都陶醉了。

"刘四老板,你今天有空出来走呀!"一个肥胖的、戴着两只金耳环的女人兴奋地大声说。

"你们早啊!"老头子笑着说,"都是为了街上的事情!你们都在看这个新房子吧!"他用手杖指着门楼说,"我刚才跟王镇长说,建筑费我有办法,县里头几家铺子跟我说过了要捐几百万,我说:要赶紧修,下个月就修好!这是地方上的面子!"

"是啊,刘四老板!"那个女人说。

"刘四老板,你老人家功德无量!"另一个女人说。

"本份!本份!"老头子点着头说;"都是王镇长人精明,事情办的出色!好!我刚才还说过,"他迅速地转过身去看看镇长,"我刚才还说过,王镇长是热心为地方上的,你们各人今后要听镇长底话才对;这个镇上,"他举起手杖来划了一个圈子说,"都是一家人,镇长就好比父母!"

人们底脸上都有着热情的、陶醉的笑容。镇长,在胸前紧紧地合着手掌,弯着腰,愉快地笑着,两只明亮的眼睛生动地闪烁着。于是刘四老板不住地对大家慈祥地点着头。人们,那些老板娘、保甲长、小伙计和游手好闲的男女们,都觉得心里有一种幸福的冲动,他们是这样地爱着这个刘四老板,感动得差不多快要流泪了。刘四老板没有什么话说了,但同样地非常感动,不住地笑着点着头站在那里。于是,在温暖、明媚的阳光下,就到来了一个寂静的场面,所有的人都张着嘴笑着,连那些在架子上工作着的工人们都停住了工作而呆看着了;而站在人们中间的那个刘四老板是不住地点着头,好像在这一小块地面上是发生了一件什么奇异的,幸福的事情似的。

背着枪站在门楼下面的王顺明,同样地张着嘴天真地、高兴地笑着。这时他是已经完全地忘记了刚才的沉痛的宣告,而整个地投身在对于刘四老板的热情里了。在刘四老板点着头慢慢地环顾,而和他底充满着幸福的热望的眼睛相遇的时候,他是笑得更天真、更热情;他是如此之纯洁!

而在这个幸福、热情、奇异的亲暱之海里,是站立着两个寂寞的人。何德祥老头子已经停止了敲砖头的机械的动作了,但仍然呆呆地站在架子上看着前面。他是这样的倔强的,看都不曾朝下面看一眼,然而他底腿渐渐地很厉害地发起抖来。他想到他这些年来所住的那一间破烂、潮湿的屋子,想到后山上的他底父母的坟地,想到坡下的他底一块菜地,又想到他坐着船在河里走着,往城里去:他底头脑里凌乱地交织着各种悲痛的印象。他渐渐地无力抵抗他下面的那个热情的场面了,他软弱了,一阵心酸,他流下泪来。但这时他听见了他底女人底可怜的哀告的声音。他迅速地转过头去,看见他底女人已经跪倒在刘四老板底脚下了。

他寒战了一下。他听见何姑婆喊:"你可怜可怜何德祥刘四老板!他是快六十岁的人了呀!"同时他遇到了向着他投射过来的刘四老板底严峻的目光。他有点昏迷,但是他觉得他冷笑了一下。接着他听见刘四老板向镇长说:"何德祥这个人,是我们镇上顶不规矩的了!"于是他又冷笑了一声。

刘四老板,听见了这冷笑,突然地用手杖在地上戳了一下,耸起肩膀来,全身都紧缩着,靠在手杖上,一面闭紧了嘴唇哼着,严厉地看着他。他胆怯起来了,但这时他看见他底女人跪在地上哭着向刘四老板爬着,并且看见了所有的人都在看着他,于是他重又冷笑了一声,而一股辛辣的力量从他底心里冲出来,弥满了他底全身。他迅速地拿起手边的一块瓦片来对准着他底使他屈辱的女人砸去,击中了她底后脑,使她恐怖地大叫了一声,抱着头倒在地上翻滚起来了。

他心里有残酷的欢乐,他复了仇了!他即刻就转过身来重新开始工作。但下面腾起了一阵惊异的叫声,接着,刘四老板就指着他叫骂了起来。

"你骂好了！"他回过头来，用微弱的声音说。

"混蛋！混蛋！抓他下来！抓他下来！"

他突然地翻过身来站着了。他底脸是死白的。他轻蔑地、迷胡地笑着看着刘四老板、镇长、人们，以及那在地上呻吟着的他底女人。在迷胡中他十分的可怜她，他差不多不明白她究竟怎么会倒在地下的。他流出了眼泪。

"何德祥，算了吧！"站在他附近的一个工人说。

"不！不行！"何德祥大声叫，这大声使他自己都惊异；"没有关系，你刘四老板杀死我好了！我不管那些没得良心，没得志气的人怎样爬在你跟前磕头，我何德祥是连颈子都不会弯一下的！我底女人不争这口气，我就先打死她！你刘四老板有钱，有人奉祀，走到哪里有人下拜，我何德祥今年五十九了，还是要站在这里！"他捶着胸口喊。"你姓刘的造孽千万，杀人千万，无恶不作，敲榨小民，我今天都要说出来！我站在这里！"他举起两臂来，大声喊。

"抓下来！抓下来！"镇长喊。

"镇长，对不起，请你让我把这一口气说完。"他痛楚地按着胸口哀求地说。"诸位，人生在世是求生活，求不得生活就什么都不会管了！我今天又得罪你刘四老板，看你又能再把我怎样？要是一命抵一命的话，你是大人，我是小人，……"他痛苦地颤抖，喘息着。"其实哪一个不晓得刘四老板作的恶呀，只不过我一个人说出来罢了！你不要得意，阎王老子会替你我算帐的！我不是人穷没有志气，我就是硬到底！"他对着人群悲痛地叫，"我是不会怕哪个的，怪只怪我这个人一生走错了路。各位，我走错了多少路，害了……"说到这里他完全哽住了，觉得自己是非常的孤另，可怕，可怜，希望着人们底同情，在一阵剧烈的颤抖里大哭起来了。

他哭着，无力地在架板上坐了下来。刘四老板又开始对他骂着，但镇长吩咐了王顺明好好地看守着他，就非常温和地把刘四老板劝开去了。

看热闹的闲人愈围愈多了,但发觉了再没有什么可看的,就渐渐地走散。但仍然有几个后来的人,显出很不甘心的样子,站在那里等待着。何姑婆已经在地上坐了起来,靠着一堆砖头,闭着眼睛呻吟着。在架子上,工人们疲乏地劝了何德祥一下,就又开始了工作了。太阳静静地、温暖地照耀着。

"何二太爷!"王顺明背着枪走到架子下面来说,"我看你又何苦哟!不是我说的话,你这不是拿鸡蛋碰石头!……何姑婆!"他迅速地走到何姑婆面前来说,"你颈子上还有血呀!你也不要生气了,你回家去歇歇吧!"

"姑婆!"忽然地何德祥从膝盖上抬起头来向下面悲痛地说:"是我不好,是我错了,你今后也不要再来看我吧!"

但何姑婆沉默着。她底脸有一点发抖,脸色非常难看。这时有一个不甘心的好奇的人,一个穿着一件破大衣,两手拢在袖子里的家伙走到她身边来对她看着。然后又绕到她底背后去看着。终于忍耐不住了,伸出一只手来推起了她底头,仔细地研究着她头上的伤痕究竟是怎样的。

"有一个大血瘤!"他向站在路边的几个人报告说,"不要紧的!"

"何姑婆,你究竟怎样呀!"王顺明难受地说。

"我不要紧的!"她回答。

"何二太爷,镇长叫你下来,我看你还是下来罢!"王顺明说。

何德祥慢慢地从架子上面爬下去了。他有些飘摇,满脸都是眼泪,向他底女人走来了。他慢慢地走到她底面前来,跪下了一只膝盖,接着又跪下了一只膝盖①,下颚颤抖着,看着她。这时架子上的几个工人都停止了工作,紧张地看着他们了。太阳静静地照耀着。

"姑婆,我把你一生害了!"何德祥说。

---

① 新文艺版删除了"跪下了一只膝盖,接着又跪下了一只膝盖"。

何姑婆睁开眼睛来,静静地看着他。

"我也没有什么话说!"他说,"我们都是可怜人,怪只怪我一生走错了路,我不该的!我也没有什么办法报答你了,不过上天是不会忘掉你的!你跟我苦了一生,没有得着我底好处,你却是为了我,姑婆。"他激动地指着天空说,"上天是会报答你的!"

何姑婆扶着砖块堆慢慢地站起来了,没有感觉地,迟钝地看着他。忽然地她记起了她怀里的那两个红苕,于是用颤抖的手取出它们来。

"这个你拿去吃了吧!"她安静地说。

"我不要吃,姑婆!"何德祥哀求地说,仍然跪在地上。"我一生只有你一个人对我好,我受恩不知报,这么多年了。……"

"你拿去吃!"她弯下腰来把红苕放在他身边;"我下回也不得来了!"她小声地,安静地说。

"你不来了也好!"何德祥说,突然地站起来了,恐惧①地看着她。这时一个兵士拿着铁链从门楼里走出来了,何德祥看了她一眼,慌忙地抓住了何姑婆。

"姑婆,告诉我,你伤的怎样了?……你真的不来了?"他可怕地睁大着眼睛,紧张地问。

"我真的不来了。"

"姑婆!"他说,那样的痛苦,又向她跪下来,但即刻又爬了起来②。"……是了,你不来了也好!……那么姑婆,我们算是分手了,可怜我们两人这一生!"他流着眼泪说,贪婪地看着她。这时那个兵士已经走了过来,用着冷淡、疲倦的神情,给他套上了铁链。于是那个背着枪站在旁边的王顺明发出了一个深长的叹息。但是何德祥是在挣扎着,仍然希望抓着他底女人跟她说话。那个兵士拖着他,终于他慌忙地拾起了地上的那两个已经被压烂了的红苕。

---

① 新文艺版"恐惧"作"惶恐"。
② 新文艺版删除了"又向她跪下来,但即刻又爬了起来"。

"这个我还是拿去吃了,姑婆!"他哭着说,同时何姑婆从痴呆的状态中惊醒,大哭了。"我进去了……你不来了也好!"他继续说,"要是你自己有办法,你自己想点办法过活下去吧!你一生辛苦,对人慈善,姑婆,我今生不能够报答你,来生会报答你的!"

他被那个冷淡的兵士牵着走进去了。铁链在他底身上发出清脆的碰击声来。很久之后都还可以听见他在院落里面的悲痛的叫声:

"我来生是会报答你的!"

一九四六年九月八日

后　记

　　这里收集的,是一九四三—四五年间的几篇小说。其中《在铁链中》是较短小的,但因为性质和写作时间的相近,便也收集在一起。

　　这些,都是在抗日战争底后期,在国民党底黑暗统治下面,在那些窒息的日子当中写出来的。解放区的新生的人民底伟大的斗争,以及在黑暗统治下的人民底自觉和崛起,人民领袖底庄严号召和我们底先辈们底英雄的火炬,一再地冲破这黑暗的窒息,给我底摸索指示道路。这些里面所写的,多半是在横暴的封建统治下的人民和加在他们身上的重压相搏斗的壮烈的状况,因此,也就留下了阴暗的朦胧的痕迹。对于在那样的境地里生活过来,经历过和苦难的人民一道求生的迫切的愿望的人们,对于因自己底负担的弱点而感觉到斗争底危急的人们,这大约是可以理解的罢,但对于光明的,在新的天地中的快乐的健壮的人们,我就要觉得非常歉疚,我所奉献出来的是我们土地上的阴暗的血迹,而在这解放了的大地上,这是已经快要成为陈旧的回忆了。这样的一些斗争状态,这样的一些题目,已经快要不存在了。

　　在解放区底辉煌的天空下,在毛泽东底旗帜下,劳苦的人民不是像我这里所写的这样无望地生活,这样壮烈地反抗,这样满身血痕,到处要直对障碍而搏击的,在解放了的这广大的土地上,人民是已经成为历史的主人和新世界的创造者了。但我也相信,这里所写的这些零星的火苗或者窒息着的浓烟原是和这燎原的大火相联的。

从这样的道路走来,我底一些原来用作对旧社会斗争的武器的东西,会慢慢地失去了它们底作为武器的性能罢。到了阳光中,我身上的创疤就明显地暴露出来了。对于过去我无所留恋,我希望在这伟大的时代中,我能够更有力气追随着毛泽东底光辉的旗帜而前进,不再像过去追随得那么痛苦。

路翎。一九四九,七,十八,北平。

平　原

《平原》,上海作家书屋1952年1月初版,据此排校。

平　原

　　胡顺昌,满脸都是乖戾的,绝望的神色,跟在他底女人后面吵叫着,他们在平原里面走着。小路上积着很厚的灰尘,连路旁的荒草都被灰尘蒙蔽了。阳光强烈得刺眼,无边无际的平原上是笼罩着火焰一般的暑热:各处都反射着强烈的光,一切都显得辛辣、有力、鲜明,在深沉的寂静中各各显示出它们底热烈得差不多就要昏迷了的生命来。平原底远处有一排红色的西式建筑,在阳光中特别地耀眼;一面旗帜在它们底中间飘扬着。很多的深绿色的茂盛的树木生长在这一排建筑物底四周。树木底后面,在极度的明亮之中,长江底水带闪耀着,一群白色的卷云就停留在那水带底上空,但这是要忍受着眼睛底刺痛才能够看得清楚的。一条小河在平原底中间弯屈地流着,通过那些被树荫遮着的寂静的人家而流到金黄色的田野中去;稍微站得远一点就看不见河身,因为河的两岸是绿色的高堤。但那些竖在人家底旁边和稻田底中间的航船的帆篷却可以给你指示出河的所在。这些帆篷好像是竖在平地上似地,在明亮的空气中看起来似乎是一动都不动,但只要你稍一疏忽,它们就奇异地变换了位置。有的已经移到稻田底深处去,有的却消失在房屋或树丛底背后了。这些帆篷似乎是在稻田底金黄的海里航行着,在强烈的光照下,它们底神奇的移动是特别的美丽:稻田一直绵延到平原底尽头,一直绵延到长江底明亮的水带那边,消失在一片明亮的晕光中。渐渐地往前走,绕过一排房屋,你就可以看见在绿色的堤岸之间的美丽的河身,以及那些张着帆的木船了;现在你可以辨明那些破烂的帆篷是属于怎样的一些木船的了:它们虽然都很老旧,却是非常灵巧的,每一条船上都晒着很多的衣服,都有女人和小孩站在船头。澄清的河水轻轻地,温柔地拍击着它们。一些精致的石桥跨在这条清澈的河上,这些桥是这样的高,所以那些船用不着卸下它们底桅杆来就可以通过。现在从平原底远处传来了一阵轰轰的震动,一列火车出现了,喷着浓烟,迅速地滑行着,扯动着,遮住了长江底明亮的水带。不久它就消失在那一排红色的建筑物底后面了,但它底嘶哑的汽笛声和轰轰的震动声仍然很久很久地留在空气中。

这时有一个年青的、精力饱满的汉子,赤着膊,戴着一顶大草帽,骑在一只满身都是疮疤的瘦小的驴子上,从胡顺昌夫妇底后面跑了过来。在这些时候人们是很难看到这种精力饱满的,即使在这样的暑热之中都还是非常活泼的角色了。他很快地就追上了胡顺昌夫妇,吹了一下口哨;驴子扬起了尘土。他转过头来,有趣地皱起了一只眼睛对胡顺昌夫妇看着。驴子底剧烈的颠簸使他显得满是得意的高兴的神情。

"喂,胡二秃子,你送胡二嫂上哪里去呀!"他挤眉弄眼地喊。"我是上火车站去接我那个姐夫!"看见胡顺昌没有回答,他快活地说,"我底姐夫这回来信说今天来的,他是在邮政局当主任,我们简直有五六年没有见面了哩!……喂,老胡!"

"是哩,郭老二。"胡顺昌说,勉强地笑了一笑。

郭老二怀疑地看了他一眼,然后就扬起手里的枝条来在驴子屁股上猛击了一下,使得那只毛驴发狂似地向前蹦跳起来了。但远远地他又回过头来,觉察了什么似地,看着胡顺昌夫妇。他这样地看着,一直到驴子跑上了那座很高的桥,扬起了一阵尘土,好像跌下去似地在明亮的天空底背景中从桥脊上消失了。

胡顺昌在郭老二看着他的这个时候停止了说话。他底脸上仍然充满了乖戾的、绝望的神情。他是一个三十岁左右的人,瘦而结实;虽然剃了光头,却并不秃。他没有戴帽子也没有拿任何遮太阳的东西,他底一件白布的衣服完全被汗水浸湿了,他拿它披在肩上,不时地用它揩着脸上的和胸前的汗水。他跟在他女人底后面走着,他女人是短小、瘦弱、然而很美丽的:菲薄的小嘴唇有点向上翘,就好像那些刁顽的小女孩。她底手里是提着一个很小的蓝布包袱。她急急地走着,左眼角上有一块青肿,脸色惨白,带着冷酷的、怨恨的神情。显然地在他们之间是发生了一件重大的事情。

"我这个人就是不会说好话!你就是把我杀死了我还是要说你不对!"胡顺昌又开始说了,憎恶地,疯狂地鼓起眼睛来看着她底背影。"你自己凭良心想想看好了!没有关系!不管怎样都没有关系!"他说,他底嘴唇痛苦地颤抖着,显然地他不知要怎样说才好。

"回去吧,桂英!"忽然地他擦着胸前的汗水哀求地说;"回去吧!你又何苦呀!"

"你自己回去好了!"他底女人冷冷地说,仍旧急急地往前走着。

于是他愤怒地看了她一眼,站下来了。

"好,你叫我回去,是你叫我的啊!"他悲痛地喊,但看见她仍然不回头,就又追了上来,猛力地抓住了她。"喂,你听我说呀!"他把她扭转了过来,对着她底脸喊:"你说天下有没有这种道理?我是你底男人,我难道不能管你?——你说!"她一挣扎,他就狂暴地吼叫了起来。

他无论怎样警告自己不要发怒都不行,他满脸都是绝望的凶横。她现在不挣扎了,然而却更为冷酷地看着他。于是他又软弱下来了,放了手。他刚一放手,她就又向前走去。她在烈日下痛苦地,艰难地走着,不时地闭起眼睛来揉着胸口,显得快要支持不住了。

"好吧!"胡顺昌凶横地大声叫,重又追了上来,"要是你真的要回你妈的娘家,老子就从今日起跟你一刀两断!我从来不说假话的,一刀两断,这都是因为你太不近人情!你架子大的很是不是?不过你要晓得你娘家也并不是了不起的呀,哼,上个月还跟街上刘和记借了账,还又还不起,人家要是拦你家底那几亩田了！——他们自己还不是没得吃的！"他冷笑着,极端轻蔑地说;他竭力地伤害着她,觉得非常快意。"你去吃他们的,我都明白,心里更无非是想丢我底脸！不过你看我在乎不在乎,反正我这个人底脸早都让你丢光了！……你听不听我底话呀！好,说好了一刀两断,我回去啦！"于是他又站下来了。但是她仍然不回头,完全和他决裂了似地,急急地向前奔走着。他焦急得差不多要发疯了,用力地捶着自己底胸膛;突然地就又向前跑去,跳到她底前面去一把抓住了她。

"你要说明白！我底话你听见了没有?"他狂暴地叫,野兽一般地蹦跳着,"你以为我今天打错了你骂错了你吗?我就是不认错！我还要打你！"于是他一拳打在她底肩上。他恐惧地觉得他错得更深了,但是同时却叫得更为凶暴起来。"哪里有这种女人！男人不在家自己做主把米粮都给别人拿去,还不许男人回来讲几句,动不动就要回娘家！我看你回娘家！我看你回……"

他举起拳头来捶在她身上,同时他绝望地觉得他已经不像一个人了。

"你打就是了！"他底女人,一点都没有躲避,用平静的小声说,"反正我底这条命是在你手里头。"

"自然……"

"我求你让我走。"

"我不准！……哎哟我这个人怎么变成这样了哟！我可怜哟！你就饶了我吧！"他拿他底衣服蒙在脸上,呻吟着。于是静默了一下;太阳毒辣无情地照射着他们。

"我求你听我说啊！"他哀求地说,拿一只手扶在她底肩上,但是被她推开了,"你想想,你还要我怎样跟你说好话呢！我不过跟你说:我不在家,你就回保长他们叫他们等一下来好了！就是征粮收米么也要等男人回来做主,你把外面桶里的两斗拿给他们还不算,连床底下的四斗也拿给他们了！你想想,这四斗米我们要度多久的命啊,一直要到收了稻子！你未必不晓得这个月征粮我早出过了,你未必不晓得你底男人一年四季在田野头辛苦,如今是一点指望都没得,还欠了十几万块钱的债?就是照你说的别人保长是带了兵来的,你一个女人家未必还怕他们,他们真的还把你吃掉不成?再不然的话,给了他们,你也该向他们取得字据呀!不然的话他们明天又来要了,你怎样办?你想想我们这些穷人家怎么受得了哟!我不过这样地说给你听,我又没有先骂你打你,你反倒骂起我来了!你还说你有理,"说到这里他又不能抑制自己底愤怒了,于是他痛苦地哼了一声。"哭!你就会哭!"他突然地暴叫了起来,"你就会撒泼,我看你回娘家吧!我看你回娘家吃屎!"

说着他又拿起衣服来狠狠地揩着汗,以抑制自己底痛苦的、绝望的情绪,接着他偷偷地看了她一眼,希望能够看到她底难受的,悔过的表情;如果真的她已经难受、悔恨,如果爱情和温柔悲伤的眼泪真的又来临,那么那几斗米就会简直算不了什么了。然而她是望着路边、整个的苍白的脸冰冷有如铁石。于是他茫然地抬起头来,看向稻田底远处。

"唉,真可怜啊,我们这些庄稼人!为了几斗米!"他想。但是想到这几斗米,他又动气了,重新憎恶地看着她。他嗅到了她衣服上的汗酸气。觉得她是肮脏、愚蠢、讨厌的,觉得她要是真的走开了,他一定反而会生活得舒适而自在。并且觉得,别的男子都能征服他们底女人,只有他一个人是太软弱了。

"你怎么说?"他用强硬的口气问。

她底眼睛里有两颗眼泪,但她底整个的脸仍然是充满着怨恨和冷酷。作为回答,她看了他一眼,从他底身边冲过去了。于是他叹息了一声,绝望地摇着手,又捶打自己底胸口。

"你走吧!你走好了,没有关系!你总要记好,我们算是要好了一场,你自己想想,这几年,有吃的总给你先吃,有穿的总给你先穿!你走好了!"他对着她悲痛地叫,希望能够感动她。"从今以后,我胡顺昌底生死存亡你也用不着管,老实说我也给你骂够了!……你以为你自己了不起,"他大声地绝望地叫,"其实你又丑又笨,你以为我胡顺昌讨不到别的女人么?笑话!"

但回答他的却是暑热下的眩晕的寂静;远处的那一排红色的建筑在深绿色的树丛中闪耀着。他底女人提着布包走到那个高而窄的石桥上,迅速地消失在桥那边了。

"唉,我这个可怜人,我怎么好哟!"胡顺昌蹲了下来,昏迷地抱着头。一阵热风吹起了地下的灰尘,同时两边的田地里发出稻子摇动的响声来,好像一阵强大的呼喊。他觉得他就要倒下了,或者快要发疯了。"她真的走了吗? 真的从此分开了吗?"他这样想,立刻就又站起来飞速地向前奔去,从桥顶上直扑下去,一直扑在她底身上,抓住了她。她身上的汗酸气,以及她底怨恨,凌乱和肮脏,现在一瞬间对于他都是非常的甜蜜了。

"唉,你何必苦你自己哟!"他激动地说,"来吧,桂英,你听我跟你说话!"

于是,不顾她底反抗,他把她拖到桥边的一棵柳树下去。但一开始说话,一提到他们之间的裂痕,一说到那四斗米,他就又不能抑制他底狂野的愤恨了。他底女人底坚定的怨恨和冷酷是很重地打击了他,叫他完全不能控制自己底情感了。为着他们底苦痛的生活,这些时来他们是不住地吵着的;每吵一次,先前的一切裂痕都要被重新地提出来,他是非要说服她,叫她屈服才能干休。但她这一次是下了决心了,无论他怎样说,她都是同样的不变的冷酷。他愈说愈痛苦,他底神色也愈来愈乖戾。他慌乱着,不知道究竟是哀求她好,还是威胁她好。他擦着汗,做着手势,并且不时地推着她,大声地说着。

"你自己想想吧!哪一个人不讲气话呢? 我又不是神仙!像这样子我怎么能够跟你过活下去哟!"他说;"你总该可怜可怜我吧,你看我急成这种样子!"

"又不是我叫你跟我来的!你让我走就是了!"她说。

"好!好!"他拍着手疯疯颠颠地叫,"你还在说这种话,你就不能怪我了啊!你自己想想你是不是忘恩负义的,我从来没有见过像你这种忘恩负义的人!"

"我当然是忘恩负义的,你让我走就是了!"

"我让你走,你自己难道没有脚么,又不是我……不准走!"他大声叫,拖住了她;"我话也说完了,有句俗话,婆婆鸟一直叫到死,我跟你说完了你再走,你一走,我们就一刀两断,"他痛苦地颠抖着说,"你看,现在我们是站在这里,这里是桥,是河,是稻田,你一走,我就不会去找你了,我就去死!反正这种日子我也过不下去,我也没有什么指望;我们也没有什么儿女!你既然没有牵挂,我未必还有牵挂么?——可怜的就是我们这几年的日子没有一天好的啊!我要是不是一个庄稼人,你今天未必会起这样的心思!我晓得你不过是嫌我穷,自己打算去另外想办法!好吧!我死了,你要是去嫁人,你去嫁人好了,我不会怨你的!总算是这两年我对不住你,委屈了你,不能让你穿绸戴玉!……"

"随你怎么说都行!"她异常平静地说,长久地看着他。

"我要说的!我自然要说……"他说,忽然地咬着牙齿停住了,注视着阳光下的明亮而清洁的河面。他叹息了一声,觉察到她仍然在静静地看着他,就更紧地咬着牙齿。他底脸上是渐渐地出现了一种可怕的神色,他忽然地跳了起来猛力地撕裂了他手里的那一件潮湿的衣服,把它们一片接着一片地丢到水里去了。她仍然在安静地看着他,他就疯人一般地开始脱鞋子,同样地一只接着一只地摔到水里去。然后他猛力地捶打自己底脸。他痛苦他自己,威胁着她,显然地是渴望着温柔的爱情底救治,但是她显得是一个冷心肠的女人,含着一个异样的冷笑静静地看着他。

他发出一阵可怕的狞笑来。

她仍然冷笑着看着他。忽然地她丢下了她手里的蓝布包袱,甩了一下头发,扑下了河岸,在仅仅来得及惊骇的那一瞬间,跳到水里去了。

他呆住了。接着他就迅速地跳下水去。那烈性的女人在水里挣扎着,哮喘着,她底头忽然地冒了上来,两只恐怖的眼睛对着他望着。他奋力地,迅速地向她游去,她却拼命地拍打着水企图逃开他。他底心完全冷了:她竟是这样的厌恶、怨恨他!他追着她游了过去。她似乎悄悄会游一点;但已经不能支持了;一直向河心溜去,眼看着就要沉没了。但他现在是有着连他自己都不知道的强大的力量,他一直游到她底前面,拦住了她底去路,然后,为了使她无力反抗,对准着她底脸打了一拳。但他刚刚拖住她,她就在他底手臂上狠狠地咬了一口。他一点都不觉得痛,更没有放开。她渐渐地无力了,他抓着了她底头发,拖着她向岸上泅来。

这个生死存亡的争斗是在完全的沉默中进行的。他把她拖上岸来她已经差不多昏迷了。她微弱地喘息着,闭着眼睛躺在草地上,而他是极其小心地跪在她底身边。他底心现在已经完全冷静了,因为他相信他已不可能得到她底任何爱情和宽恕了;他准备承担这个,他决心不再烦扰她。……但她忽然地睁开眼睛来对着他看着。

"桂英!"他小声喊,伏在烈日下面的草地上,"你要回娘家,你去好了,都是我不对,你去住些时好了。"

她无力地摇摇头。

"桂英,"他流着眼泪可怜地说,"你不要再这样了!"

她又摇摇头。她迅速地闭上了眼睛,眼泪从她底睫毛里流了出来。

"都是我不对!"胡顺昌爬在她身边说,"那几斗米有什么关系呢,拿给那批狼心狗肺的东西就算了,反正我们是穷人,多一点少一点都还是穷人!人要紧呀,俗语说,留得青山在,不怕没柴烧,我们慢慢地来好了! 还有个把月就收稻子了,算一下,把帐还了,我们还是有点点剩的,那就都拿给你,拿给我底好桂英,"他擦着眼泪,天真地笑着说,"拿给我底好桂英过重阳的时候买件把衣料,留着过冬天,……"他底女人难受地、甜蜜地哭了起来,于是他哭得更天真了,抓着了她底手,更近地靠着她跪着;"真的呢,要是有钱,要是一年的辛苦也能弄到一点点的话,就都拿给我底小桂英明年生个小娃娃……唉!"他抓紧了她底手,猛然抬头,河的两岸的美丽的景色在他底眼前一闪,阳光强烈得使他重又闭上了满是泪水的眼睛。

这时那个精力饱满的郭老二骑着驴子奔回来了,和去的时候一样的快活,在驴子上大声地怪叫着。他非常英武地跨开了两腿,鞭策着他底疲乏不堪的小毛驴上桥,简直就好像古代的英雄。但看见了河岸上的胡顺昌夫妇,他就迅速地翻下驴子来,一直跑到那棵柳树底下面。

"喂,胡二秃子,你们在这里干什么呀!"他开玩笑似地满头大汗地叫,但即刻他就有些明白了,严肃地、猜疑地看着他们。

"郭老二,"胡顺昌底女人在草地上坐了起来说,"你不是说接你姐夫去的么?"

"是哩……哪个晓得这家伙这班车又不来! 真是一点都不错,当了主任的人放放屁,我们这些人就满街戏,一个人,一当了主任科长什么的,他妈的马上就变了!"他嘲弄地大声说,同时怀疑而难受地看了胡顺昌夫妇一眼。"喂,胡顺昌,你说什么军粮不军粮的,车站上又到了兵哩! 又是机关枪,又是八五生的大炮,几百箱子弹,恐怕总有一营人,我们这街上哪里够他们吃呀!……好,你们谈心,"他又向着他们怀疑而难受地看了一眼,"我先走一步了!"

这一次他不再对着驴子怪叫,也不再试验他底英雄的姿态了。他默默地骑上了驴子,猜想着在胡顺昌夫妇之间发生的事情。终于他叹息了一声,骑着驴子过了桥,消失在那一片金黄而无际的稻田底海里了。

四六·九·二·

易学富和他底牛

江岸上很是荒凉。黄昏的时候,雾气从峡谷里伸展出来了,在阴暗中急流冲击着礁石,发出迫人的大声来。是萧条的秋天。沙滩后面不远的地方,村镇底灯火在大的寂寥和明净中闪耀着;江流底对岸则是竖立着绵延不断的黑色的,光赤的崖壁。一个年青的乡下人坐在水边上,满脸都是痛苦、冷漠的神情。一头衰老的黄牛站在他底身边,嘴巴浸在水里,在那里慢慢地喝着水,它底一对忧郁的大眼睛在阴暗中闪耀着。这年青人用着他底深沉的、痛苦的眼光一时凝望着牛,一时凝望着对面的险陡的崖壁,一时又凝望着江流奔腾而去的远方:江流投入平原,消失在一片苍茫暗澹的白光里。虽然他底瘦脸是生得很难看,他底眼睛却是很美的,明亮而热烈。那头牛很久地喝着水,喝饱了就静静地站着,摇动着它底尾巴,似乎是在等待它底主人来牵它。但它底主人是一点也没有要走开的意思,仍然坐在那里对着面前的忧郁的景色呆看着。他底脸色显得更痛苦了;他底两只手摆在腿上,一动都不动;他底眼睛渐渐地半闭了起来,他底厚大的嘴唇吃力地张开着,好像他底呼吸已经被窒息了。总之,他已经完全没有力量,痛苦已经把他压倒了。天气很凉了,阴暗的大地上充满着单调、明净、悲凉的气氛,似乎一切都经历过了热烈的生命,而在静静地等待着衰亡和休息了。衰亡和休息就要到来,衰亡和休息已经到来了——一只乌鸦在附近的砂石上寂寥地走着,另一只在江面上飞着。当飞着的一只发出了一声嘶哑而短促的啼叫,一直向着对江的黑色的崖壁投去时,砂石上的一只也就拍着翅膀跃了起来,向着阴暗的峡谷飞去了。

天色更暗了,可是这年青人仍然在水边坐着,那匹黄牛静静地、温顺地站在他底身边。水波不断地拍击着鹅卵石,发出轻微的啜吸似的声音来。这时一个老人从沙滩里面慢慢地向着这边走来了。这老人是穿着一件宽大而破旧的黑夹袍,衣襟敞开着垂在他底身边;只要他稍微走得快一点,这两片衣襟就会张了开来,在昏暗中摆动着好像一对奇怪的翅膀。他显得是精力充沛的,眼睛里面闪耀着一种嘲弄的、快活的微笑;一面走一面拿着一根很长的烟杆慢慢地吸着,显得对于无论什么都是很有把握的样子。

看见他走了过来,这年青人底脸突然地在剧烈的痛楚里抽搐了起来了,他迅速地爬了起来,错乱地跑到他底那匹老牛底身边去,拿一只手摆在它底背上抚弄着。但其实他底手是在发着抖;末后他底脸重又抽搐起来了,他底眼睛定定地看着走近来的那个老头子,充满了痛苦的神色。

"刘二伯,"他用几乎不可听见的无力的声音说,"你都回来啦!"

"你怎么跑到这里来了呀!"老头子用强旺的嘶哑的大声喊,显然地他无论在什么地方都是这么喊着的,"是不是叫牛吃水啊!反正是畜牲,易学富,明天他就跟别个吃水了,我劝你不必认真!这种时候,没得什么事好认真的,死了的人是死了……我都跟你弄妥了,是十五万块钱,别个王老板先拿了十万!啊呀,你这匹牛还是乖哩!"

说着他就有趣地笑着拿起他底烟杆来在牛背上敲着,显然地他无心伤害易学富,他希望使他快乐。天色很昏暗,易学富脸上的表情已经很难看得清楚了,但他底那一对眼睛是在昏暗中闪耀着痛苦的光辉。他紧紧地靠着他底牛,觉得很是害怕,觉得一切都是无力的、迷糊的;他底一只手放在牛头上,另一只放在牛背上,好像是要把牛拥抱起来似的。他长久地沉默着。

"究竟怎么说呢,易学富?"老头子生气地说,一面慢慢地弯下腰来拿烟杆挖着鞋底上的泥块。"我到你家里去了,你那个女儿在哭哩,她说你下河来了!我问:牛呢?她说:牛跟爸爸喝水去啦!"他模仿着女孩底啼哭的腔调说。"你这个女儿倒还乖,有八九岁了吧!可惜就是运气不好,这点大就死了妈!不过这也难说,人家还有一生下来就死了妈的哩!……易学富,究竟怎么说呀!十五万块钱!"他焦躁地大声说,"你不要把我老人家弄火了啊!告诉你,跟别个都说好了,牛呢,今天晚上牵明天早上牵都是一样的!"

"你说呀!"看见他不回答,老头子冒火地叫,"你这个人!死了婆娘有什么关系,哭了一天还不够,就像个女子家似的!她是我底姨侄女,我都不哭哩!"

易学富仍然沉默着,心里很悲痛、很软弱。他底女人是前天死去的,在这之前整整地病了两个月。今天早晨他把她埋葬了。两个月来欠的债,以及埋葬死人的各种用费,都是用这匹牛去抵押的。刘二伯老头子是经手替他担保的,现在来牵这匹牛了。但易学富觉得一切都是不明白,可怖的,他觉得有什么可怕的事就要发生了。他胡涂而软弱,完全被恐慌压倒了,不能弄清楚他目前的际遇。忽然地他又开始想到他底女人,他非常切实地觉得她仍然活着,在那里对他喊叫着,呻吟着,叫他不要卖这匹牛。她说:她宁可早点死,只是希望不要卖牛;因为这匹牛是不容易来的!于是他落下泪来,同时恐怖着,害怕她真的会死掉。他呆呆地站着,听见了江里面的强大的单调的水流声,害怕着什么可怕的事情会发生:害怕着那已经死掉的人真的会死掉!

"唉,易学富,人死了嘛就算了!"老头子静静地吸着烟说,"怎么样呢?"

"她死了?"他茫然地问,但随即他就有点清楚了,发出了一个痛楚的呻吟,从牛的身边跳开了,"随你怎样吧,你牵走就是!"

"唉,你跟我老人家发脾气有什么用啵!"老头子难受地说;"我老人家还不是一个人过了一辈子!……好,这样子吧!"他走过来牵着牛快活地说,"十万块钱都在我这里,各处的帐我先替你算一下再说!"

那头牛喷了一下鼻子,慢慢地随着老头子转过身去了,似乎对于无论怎样的遭遇它都是很温顺的。它底忧郁的,聪明的眼睛在幽暗中安静地霎动着。老头子轻轻地在它底头上抚摸着。

"还有五万呢?"易学富惶惑地问,仍然害怕着不幸,不明了究竟是发生了什么事情。

"你这个人!"老头子不高兴地说,"你是不是以为我要揩你底油?老实说,别人的油我是要揩的,不管是那个!你易学富的油我倒是不要揩,你不像个男子汉!……哼!……不过我老人家忙了一阵,跑得腰酸背胀,满脚都是泥巴,你也总要给个人情呀!照规矩是要提一成的!"

"刘二伯,你看死人底面上吧,"易学富悲痛地说,"她还是你底姨侄女呀!"

"姨侄女!"刘二伯说;"天要冷了,我老人家还是要过冬天的呀,我跟你把事情弄完了,就到小李家的馆子里去吃杯酒,要有事情你来找我好了。"

于是他牵着牛向沙滩里面走去了。易学富呆站着,看着那畜牲底庞大的身体慢慢地摆动着而在幽暗中迷胡了。他忽然明白了正在发生的是怎样的一回事。一切都随着那匹牛而去了,一切,全部的生活,所有的那一点点温暖、慰藉、希望;牛渐渐地远去,空虚的、被遗弃的感觉就渐渐地增大了起来。在那掩迫而来的无边无际的空虚里,他终于发觉他是一个人孤单单地站在荒凉中了,他凄凉而慌乱,发起抖来了。随即他就叫喊了起来而向前追去。

"刘二伯!你转来啊!"他喊,同时刺心地哭了一声,"我跟你说;这个牛我还是不卖的,你拿来还我!"

他底声音是怎样的急迫。老头子站下来了。

"我看你是疯了吧!你又不是小孩子!"

"我就是有点疯了!告诉你,就是一百万我都不卖,牛是我的!"他大叫着,"我就是做十年苦工也还得清债,未必我这个人死了女人连这一口气都不能争!刘二伯,你做做好事吧!"

"你胡说！你是让什么鬼迷住了吧！"老头子愤怒地说。但易学富已经扑了过来，夺过了牛绳，拖着牛重又向沙滩外面跑去了，他底这种错乱的样子，好像是害怕着谁会把他底牛抢去似的。但终于他又有点清醒了，想到不卖牛终归还是不行的，于是站了下来。

"我明天早上回你的信！"他喊。

"那怎么行啊，你这不是叫我倒台！"老头子说，看着他底那种热乱的、兴奋的样子，相信他是有点失常了，耽心会闹出什么事情来，于是跑了过来企图抢牛；但易学富现在是完全没有理智的，他突然地对这个老头子有了可怕的愤恨，觉得自己底一切不幸都是从他来的，猛力地推开了他，并且发狂地大叫着冲了过来向他打了一拳。老头子惊叫着逃开去了。但他自己也是十分惊骇，他觉得他是做了什么可怕的事了，牵着牛疾速地向水边逃去。

但接着他又站下来，喘息着，紧张地向黑暗里听着。

"刘二伯，你在哪里？"他喊。

没有回答。他觉得他和他底牛可以平安了，牵着牛向水边走来。他底心仍然在急剧地跳着；他浑身都在发烧。他重又在水边坐了下来。

月亮从对江的崖壁后面升起来了。除了激动的水流声外，一切都静静的。雾气已经消散了，空气冷清而明澈。江流中间的那一股激流在月光下泛着银白的浪花，在沙滩底尖端上回旋着，然后就一直冲到对江的崖壁底那一片巨大而浓厚的黑影里去了。易学富痴痴地坐在牛的旁边。而那头牛是在月光下静静地站着，两只眼睛温柔地凝视着江水，好像什么事情都不曾发生似地。

"都是你这个畜牲！"忽然地易学富愤恨地说；"这么多年，夜里睡不好，白天里吃不好，都是为了你！"

他站了起来，长久地看着牛。想到它就要属于别人，为别人而劳作了，他就抑制不住地痛恨了起来，而它底静静地站着的安适的样子，叫他觉得它完全是忘恩负义的。

"我看你还舒服!"他大声叫,"我晓得你会忘掉我的!你总归会忘掉我,就好像没得我这个人,哪个喂你吃你就跟哪个了!"他说,用力地挥起拳头来击在牛背上。"我看你好!我看你舒服!"他喊,接联地捶打了下去,使得那匹牛忍受不住地蹦跳起来跑开去了。但没有跑上几步它就又回过头来站着,静静地看着他。

"不许动!"他喊,于是向着它走去,重又站在它底面前长久地看着它。"我晓得你是会舒服的,你这畜牲!你不想想,去年镇公所把你牵去了,我化了四万块钱才把你赎回来!就是你害得我那女人病死的,你这瘟神,你这讨债鬼!看吧,看我把你打残废,没得哪个会占到我底便宜的!我看你值不值十五万块钱!"

他捡起一块巨大的鹅卵石来,对准了牛底眼睛,发狂地击了过去,同时心中腾起了一阵残酷的快乐。他恰好击中了它底左眼,使得它腾跃了起来,愤怒地鸣叫了一声,向着水边冲去,然后沿着江岸向前狂奔了。

但易学富仍然不能饶恕这个温顺的畜牲,他是在那种绝望的疯狂里抱着闯祸的、孤注一掷的念头了。他需要叫人们知道,他是一个男子汉,他是决不会乖乖地丢脸地屈服下来,卖掉他底牛的。他抓了一大把鹅卵石追了过去,跟在它底后面猛击着。他疾速地跑到它底前面去,对准着它底脸猛击着。于是它重又腾跃了起来,悲痛地鸣叫了一声,转过身体来一直冲到水里去,掀起了一大片浪花,在水里站着不动了。

"你跑!我看你跑!"易学富叫,一直追到水里,然而即刻沉默了,静静地在水里站着。这时他才感觉到这江边的风有多么冷,月光下面的一切有多么荒凉!他重又觉得软弱、害怕,他再也不能忍受了,他悲痛地、碎心地发出了一个高亢的哭声。

他哭着在水里走了过去,抱住了它底颈子。弯下腰来看了一下它底受伤的眼睛他就哭得更伤心了。……

而当那个老头子喊了一大群男女下到河岸上来的时候,易学富和他底牛是正躺在水边的鹅卵石上睡着。老头子刘二伯到街上去惊叫了一阵,告诉人们说易学富发疯了,现在正在河边寻死,于是拖来了十几个人,而在他们底后面是跟着易学富的女孩,她一面跑一面可怜的哭叫着。但无论是她底哭叫,无论是人们底叫喊,都不能使易学富从地上起来;他紧紧地抱着牛底颈子,枕在牛底肚腹上睡着。女孩哭喊着爸爸,男人们踢他,拖他,女人们淌着眼泪劝他,他总是不起来。他底痛苦的脸在月光下显得惨白而瘦削,他一句话都不说,紧紧地闭着他底眼睛。那匹牛是睁着眼睛的,然而却显得很安宁,躺在易学富底身边;人们底吵叫也不曾惊动它。当人们奋力地拉着它底鼻子的时候,它底对于易学富的显明的依恋使得大家惊动了。它被拖了起来即刻又躺了下去,轻轻地鸣叫了一声,重新躺在易学富底身边。而易学富,猛力地推开了人们,翻了一个身,又抱着他底牛了。这样,人们只好冒着他底拳头把他硬抬起来了。他咬着牙齿愤怒地挣扎着,几个强壮的男子抬着他向沙滩里面走去;而老头子拖起了那匹顽强的牛。那个女孩,是挤在人群里,拖着他底爸爸底衣裳哭着。

易学富不再挣扎了,但仍然不说一句话。快要走出沙滩的时候,他突然地挣脱了拖着他的人,向前飞奔了。但跑到坡顶上他又站了下来,对着这边望着。

"牛啊!我易学富对不住你啊!"他大声喊,响澈了整个的旷野,而后迅速地翻过堤岸消失了。

这一群人牵着牛走上了堤岸,慢慢地也消失了。女孩底哭叫声偶尔地从风里传来,满圆的月亮已经升在天顶,明澈而冷静,照耀着荒凉的江流和沙滩。

一九四六·九·四·

泥　土

　　天气很冷,吹着沉重的风。在江边的野地里,荒凉的黄土斜坡旁边,一座砖瓦窑在冒着烟。这砖瓦窑是形状难看的,前面堆着很长的一列砖坯,砖坯底周围流着黄浊的泥水。从江面上吹来的冷风,压迫着它底灰黄色的浓烟向南方飘着。江边的野地里除了这座砖瓦窑以外没有别的东西。黄土坡过去是高低起伏的乱坟和丘陵;像星星一般密布在乱坟中间的那些歪斜的墓碑在冷气中发白。再过去有一个很大的,但没有多少水的池塘,池塘后面是一条公路,然后才是竹丛、树木、田地和冒着烟的村落人家。砖瓦窑工人徐吉元很早就越过荒坟,到他底工作场上来了。他是这座砖瓦窑底唯一的工人,这江边的荒地里的这一片迟笨、孤单的劳动景象,完全是他一个人创造出来的。他是一个很矮小的忧郁的青年,很愁苦,衣服很单薄;下身穿着一件泥污的,缝补而又缝补的夹裤,上身穿着一件没有什么重量的旧的黑布棉袄,肩头上也有很大的两块蓝布补绽。这都是他自己缝补的,因为他没有父母和姊妹,又舍不得钱把它拿给村子上的缝穷的老女人。村子上的人们都高兴他,都说他好、老实、勤勉;他也就竭力地做到老实、勤勉,从来不说多话,从来不惹是非,也从来不喝酒和赌钱;一吃过晚饭,就躺到他底老板后院里的一间小房里去了。他在这些悠长的孤寂的晚上,在他底可怜的小房里究竟想些什么,是从来没有人想到过的,因为对于别人,这是丝毫不相干的,只要他老实、勤勉,就足够了。这样的工人,这样的青年在现在这种人心败坏的年头真是难得啊!他底老板,也是他底远亲长辈刘树彬,也并不是怎么富裕的,除了有一家小杂货店以外，就差不多完全依赖着这座砖瓦窑。他是一个很胆小，很怕事的惊惊慌慌的人，也是一个老实人；然而村子里的人们却觉得他有些奸诈。人们不久就开始嫉愤，说他太对不起徐吉元了。而徐吉元，除了仍旧是那样勤劳以外，却格外地愁苦了起来，似乎是这种舆论也对他发生了影响了。老板非常着急，昨天晚上找到徐吉元底小房里去，和他谈判了一阵，说是无论好歹他总是知道的，不会亏待徐吉元的；说起来，他还是徐吉元底叔叔哩。怎么有家里人不照应家里人的道理呢？后来他又鼓励徐吉元，要他不要这样沉默和忧郁。要他也快活一些，高兴一些，和别的人们一道去谈谈笑笑吃吃玩玩。"这并不是坏事情呀，吉元！我虽然不主张一个人去干坏事，但是没得事情了，喝杯把酒，说说笑笑，不是坏事情呢！用几个钱在这些地方也是值得的！高兴高兴吧，叫我脸上也光采些。"他说。

然而，不管老板怎样说，徐吉元仍然愁苦地躺在床上，两眼望着屋顶，一句也不回答他。老板问他究竟是为什么，他也只是简单地看了他一眼。这伤害了老板底主人和家长的尊严，并且更使他焦急，以致于发怒了。终于他忍不住地叫着说：

"吉元，要是你以为我亏待了你，你不干就是了！他妈的，你这几年的吃喝哪里来的！"

徐吉元仍然不回答，他就冲出去了。他颇有点懊悔自己底话，可是他又觉得，这样说也是一个办法，因为徐吉元是没有勇气离开他的，没有勇气离开这座砖瓦窑的。他底看法果然很中肯，因为今天一大早，徐吉元照旧地穿过公路，越过荒坟，到这砖瓦窑上面来了。

可是他并不立刻就工作。他走到江边去，蹲下来，拿江水泼在自己脸上洗着，冷得直抖。后来他走回到砖瓦窑面前来，对着它呆望了很久。他爱他底砖瓦窑，他爱这在大风里向南方笔直地飘去的浓烟，他爱那些砖坯和地上的泥水。这些是他底孩子。这些，是他从平地上独自地建立起来的。他不觉得这有什么了不起，可是他仍然非常地爱着。唯有他一个人知道他底孩子，这笨拙的砖瓦窑底性格，在他，这形状可笑的砖瓦窑简直就是一个亲爱的活人，这个活人也同样地爱着他和理解他的。所以，对它呆看了一阵，他底反抗工作的情绪就消失了；他就走到黄泥堆那里去，脱下了草鞋，踩起黄泥来。

太阳从江的下游偏北的地平线上升起来了。在天空中辉耀着红光的时候，寒冷的空气就显得明澈；这种变化带着一种强烈的性质。阳光最先照耀着远处的竹林和屋顶，使它们喜悦地发红，后来就落在公路上和荒坟上，并且同时照耀在砖瓦窑上。一瞬间江流里就闪耀着鲜丽的光芒了。风停止了，砖瓦窑底浓烟笔直地升了起来，在阳光中变成金色而弥漫开去。

砖瓦工人，抬着头望着这升向空中和阳光嬉戏着的浓烟，一面踩着黄泥；他已经暖热了，并且他心里开始觉得安祥、愉快，忘记了那使他愁苦的一切，像每一个这种早晨一样。这时候他和他底孩子之间的关系分外地亲切，没有别的来骚扰他，他觉得它完全是属于他的。他解开了棉袄，脸孔发红，微笑着，张大着嘴巴而看着那升向空中的浓烟，一面猛力地摇着两手，在黄泥上面跳跃着。他底这种姿态就完全像是一种独创的欢乐的舞蹈。他底每一条筋肉都感觉着安祥的幸福。

刘树彬底女儿刘二姑，提着一个篮子从黄土坡上下来了。她是来给他们家底砖瓦工人送早饭的。他家里没有另外的佣人，这是由于她那老头子底吝啬。她那老头子也把她当做一个苦工看待，虽然她差不多已经二十岁了，又长得这样的高大，却仍然要打骂她。不过她却毫不在乎这种苦痛，她是泼剌的；爱说闲话，喜欢打扮和热闹，狂热地羡慕着一切漂亮的东西。她穿着一件黄底子红花的棉袍，像城里女人一样地卷着头发，出现在这早晨的江岸上。

不幸的是，徐吉元爱上她。他讨厌她底虚荣心和花花绿绿的装扮，可是仍然爱上了她；并且正因为她底这花花绿绿的装扮而爱上了她。这就是他底愁苦的来源。不知怎样的，他虽然讨厌，觉得这不好，败坏，但仍然被她底装扮和颜色迷惑。这使他痛苦极了。她底花衣衫永远在他心里闪耀着,这是和她底壮健活泼有着同等的力量。他也渴望各种新奇的、刺戟的东西。他渴望新的、冒险的生活,到城里去,发起财来,建立自己底家业,因为对于目前的这种无望的生活他是太不能忍受了。没有人知道这沉默寡言的工人心里的这种恋爱的迷胡和激荡。他恋爱他底东家的女儿,一方面固然因为她壮健、能吃苦、豪爽,一方面却因为她是成了他所渴望的新的生活底象征。他每天都在想着这个,并且积蓄着工钱,预备去达到这个。在苦闷和单调的生活中他底感情猛烈得叫他自己也害怕。实在的,他并不如村人们所赞美的是一个安份守己的人。

他底工作的情绪消失了。刘二姑走到他面前来,放下了篮子:他假装没有看见她。

"喂!"刘二姑喊。她是非常讨厌他底这种怨恨的样子的。他仍然不看她,在踩着黄泥。他底脸有点发白。刘二姑扭着嘴唇对着他冷笑笑,就头也不回地往黄土坡那边走开去了。他这才对着她抬起头来,望着她底背影,痛苦地,愤怒地笑着。

"什么东西!不要脸的女人!"他骂着。可是他忍受不住了。他对她喊叫起来了。

"你转来,我有话对你说!"他大声说,从稀烂的泥水里跳出来,心跳着,然而愤怒者,被这愤怒所支持,向她走去。她转过身来了,偏着头,一只手抚弄着卷成很多圈圈的头发,诧异地看着他。

"有什么事?"

"什么事!我要找大叔谈话!"徐吉元激烈地说;"你告诉大叔也是行的,我不干了!我是人,不是牛马!"他愤怒地喊着,虽然他完全不是要对她说这个,但说了出来,就觉得这正是自己所要说的。

"我跟我爹说就是!"刘二姑有些难过地说:"不干也没有什么关系,你拿些什么巧呀!"

"我不是拿巧……"徐吉元辩解着,这才觉得自己说了意外的,可怕的话,呆住了。

刘二姑看了他一眼，又走开去了。

"喂！"砖瓦工人喊着，追了几步，他底苍白的脸很厉害地发着抖，"你站下，听我说呀，我倒不是说不干了，我是说，我又没有说。……"

"那你是说什么呢？"刘二姑转过身来，愤怒地问。

徐吉元在离她五尺远的地方站下了；他不觉得他是站在一滩冰冷的泥水里。他觉得非常委屈，难过，要哭出来。他觉得情形糟极了，他觉得自己已经变坏了。他只是哀求般地，燃烧般地看着她，一句话也说不出来。

"难道你不晓得么？"他可怜地小声说。

"我不懂你底外国话！"刘二姑说，她真的愤怒了。

"你想想，二姑，我这样做牛做马，老老实实，辛辛苦苦地为了什么呢？"

"这我怎么晓得！"

"你不晓得，好！"他愤怒地笑着，不觉地回过头来对他底那在冒着烟的砖瓦窑看了一眼。"我是为了你！"沉默了一阵之后他说："二姑，做我底女人好不好？我们一道到城里去！"

他重又可怜地笑着了。他什么也不能明白了。只在这猛烈的热情倾吐出来的现在，他才明白，他底这热情和幻想是多么的虚伪。因为他现在所意识到的，已经不是这热情底力量，而仅仅是他底那一身满是补绽的衣服，和那一双难看、骇人的泥脚了。

刘二姑抱着手臂，讥嘲地看着他。

"二姑，你就看不起我这个穷鬼是不是？难道我没有志气么？薛平贵也落过难的！"他大声说，他底热情和信心重又高涨了起来。

"呸！照照镜子去吧！好一个薛平贵！"二姑说。

"告诉你你要后悔的！"砖瓦工人坚决地说，"你这个女人眼光太浅，只晓得巴结有钱的！你家里有多少钱？有什么了不起？我们家里从前起码要比你要好得多！"他疯狂般地说，"就是现在穷了，志气也还是有的！告诉你，将来你要后悔就来不及了！"

青春的信心是在这样的一种方式里被表达出来了。他觉得一种疯狂的自信,觉得他一定能够脱离现在的这种穷苦卑下的景况。他觉得他全身充满了力气,足够他去克服一切困难和创造一切。他于是就带着他底破衣和泥腿,英勇地站在这个女子底面前。

但在刘二姑看来,这种样子是太凶横了。无论怎样,也总不该有这样子来谈爱情的。

"你未必就好些么?"这砖瓦工人猛烈地继续说,"你爹天天把你当牛马,跟我一样的当牛马!他给你钱做花衣服那是想把你嫁出去,去过苦日子!他就害怕你嫁不出去,你年纪也大了,他是一个守财奴;你自己也晓得,有钱人你也攀不上,你还以为你是个凤凰……你真可怜!"

"你再说我打你!"刘二姑大叫着。但突然地她觉得是受了可怕的欺凌,觉得委屈,伤心,落下泪来而且哭出声来了。

她哭着向乱坟堆里跑去。立刻徐吉元就觉得对不起她,向她喊叫着;但是她一直跑过公路去了。徐吉元叹息了一声,摇摇头,机械地向着砖瓦窑走回来。

他呆望着那些砖坯,那一堆黄泥,和那座冒着烟的砖瓦窑。他觉得憎恨它们。他觉得,是它们叫他这样痛苦,失望,并且叫他伤害了那个实在是非常好心,非常诚实的女人;她一直都是对他很好,几天前还叫他把破了的衣裳拿给她去缝补。她虽然是老板底女儿,但实在也不曾轻视过他!他自己底那些幻想害了他了。

"她叫我照照镜子,这怕倒是实在的。"他说,同时检起一块砖坯来向着窑壁上投去。砖坯破碎在窑壁上了。他又捡起一块来投过去,于是第三、第四块。他毁坏着他所制造的,他底心爱的砖坯,觉得很是快意。后来他就呆坐在泥水旁边,把他底头埋在膝盖中间。

突然地有轻柔的、怨痛的声音唤他,他抬起头来,看见是脸色苍白的刘二姑。他用着失望的人底了解一切的眼光,对着她冷静地看着。

"徐吉元,我来是跟你说,这个事情是办不到的。"刘二姑说,停住了一下,嘴唇在颤抖着。"不管怎样,"她小声说,"我爹是不准的;人家也要说闲话。我心里真难过,刚才得罪你了,你不要生气好不好?你是有志气的人,将来总有办法……还有一桩,"她说,"就是刚才这事情千万你不能向我爹提,也还是不能跟别人说,不然你想想,我今后怎样做人呢?"

徐吉元冷静地看着她,沉默着。

"我真难过,"刘二姑说,浮上了眼泪;"我晓得你对我好,我对不起……你将来总有办法的。"

"我不跟别人提就是了。"徐吉元说。"你放心。"

刘二姑看了看他,揩着眼睛走开去了。走了几步又回过头来看着。可是徐吉元不曾再看她,他呆望着江面上。

这砖瓦工人就这样呆坐着。他开始不断地抽着劣等纸烟。他底心里已经很安静,并且怀着失望的明澈的温柔感情。他坐了很久,不曾再想到工作;他底老板刘树彬一直走到他底身边来他还不曾觉得。

"吉元,你怎么不做活呀!"刘树彬吵哑地说,"你是身子不舒服罢!"

徐吉元对他抬起头来,冷淡地看着他。

"不要紧的,不忙。"刘树彬温柔地说,并且假做愉快地笑着。"你歇歇,歇歇就是了!我晓得你这两天身子不好!我是来看看窑的!火候还不差吧?"

"不差。"

于是老板向冒着烟的砖窑走去。他发现地上的碎砖坯了,皱了一下眉头。不久他走了回来,仍然用那愉快、温柔的假的声音说着话。

"吉元,你看砖坯碎了好多块,一定是那家野娃子搞的!"他说,一面检了一块石头,吹了一吹,又拿衣裳在上面掸了一掸,在徐吉元身边坐了下来。他显得亲密而且快乐。"吉元,让我们两人来谈谈——你该不是生我的气罢?"

老板的亲密的柔情不能感动徐吉元。他甚至也不想敷衍他。他冷淡地吸着他底纸烟。可是刘树彬好像对这个一点都不觉得似的。

"吉元！我昨晚上是一时的气！我这人脾气就跟您爹一样，心直口快！说过了，就没得事！我看你这些时来是心里头不大痛快，是吧？"

砖瓦工人把手里的一个烟头摔得很远的，随后又点着了一根；他底脸色沉思而愁苦。老板刘树彬小心地，带着一种媚悦的笑容，看着他。

"哎哟，你这个娃儿，怎么不答我底话呢？"刘树彬说，"你听我说，我们呢，不是外人，有什么心思，你尽管跟我谈，我总是卫护你的。"

可是这些话都没有什么效果。砖瓦工人望着远处的江面，那里正有一艘烟通漆成红色的大轮船驶过；太阳已经被什么时候聚拢来的灰白的云遮住了。老板刘树彬紧握着拳头，凶恶地对着砖瓦工人底肮脏的后颈看着，使人觉得他会立刻就扑过去而扼死这个工人。他底突出的眼睛闪着暴戾的光芒，他底脸变成铁青的了。但是当砖瓦工人偶然地回过头来看向他的时候，这恶魔一般的神色就突然重新被愉快的、媚悦的笑容代替了；人类底表情从来没有变化得这样快的。

"唉，你这个娃儿，"他甜蜜地说："人生在世，为的是什么啊！有吃有穿的，你还为什么不快活呢？你看我，还不是跟你一样，为了吃、穿——我还不是快快活活的！我这个人就是快快活活的！告诉你，要是你把我当做老板，那就该死了，你要晓得我跟你是一家人，完完全全一样！我就想不出来你为什么要不快活，说是想成个家吧，那么上半年人家跟你说何家的姑娘你又不要；要说是你心里不舒服吧，你一个人管一个人，无牵无挂，就跟皇帝老子一样舒服；要说是身子不好罢，那么你一餐三大碗还是照样地吃！我就不懂：究竟是为了什么呀！"

他滔滔不绝地说着。不时地有怒气从他底语调里冲出来，但总是立刻又被那甜蜜的调子掩盖了。他实在是非常愤恨。也非常苦痛,他要他底工人快活起来,他要占有他底工人底心。他要徐吉元感激他,对他忠诚,勤勉安份而且常常快乐;他渴望把徐吉元心里的一切非份的思想和敌视他的东西都赶出去。这是一种空前艰苦的工作,他自己也觉得这不是他底能力所能胜任的。他和他底怒气搏斗着,越来越激动,因此有一点语无伦次了。而且他用奇怪的气力快乐地喊叫起来了。

"喂,吉元,快活呀!快快活活的呀!"他大声说,"不要一个人死呆在家里头,比方说,吃过晚饭啦,上街去!他妈的老子们上街玩玩去!喝杯酒,开开心,看看人家的姑娘,老子们跟她们吊吊膀子!你不信么,一吊就上的!成功了我包跟你做媒!"

徐吉元轻轻地笑了一声。

"你笑什么呀!这有什么好笑的!"老板叫着;"你不信,先把你聚的钱拿出来做身把衣裳,像你这样的年轻人哪个姑娘都要高兴的!别人看见了也会说:看哪,徐吉元过得蛮好呢!那我做叔叔的脸上也有光彩!不然的话呢,人家就会说:看他呀,一年到头赚那些钱不晓得用到那里去了!你想想,那就连我脸上都不好看!吓!吓!"

"我赚的钱倒多哩。"徐吉元冷冷地说。

"那未必就少了么?"刘树彬说,忍不住他底怒气,声音有些颤抖了,"你这个娃儿,吉元,要有良心!你想想前年冬天你一件棉袄都没得,学手艺又学不成,一个人睡稻草,自己来求我,说:大叔,给我口饭吃罢!未必倒是我忘恩负义么!年纪轻轻的!"

"对啦,我是忘恩负义的!"徐吉元说。

"你再这样没上没下的老子打你!"刘树彬突然喊叫着,跳了起来,握着拳而颤抖着;但随即沉默,并且站住不动了。

"你不好好做活,你心里头究竟想些什么呀!"隔了好一阵,他又换了神气,用抚慰而焦急的声音说。

"我吗,"徐吉元说,冷笑着,同时回过头来向他底砖瓦窑望了一眼,"我又……不是这里的主子!"

"该死该死!"老板弯着腰叫,"你譬如是主人呀!"

"这些都是我做的!"徐吉元,仍然那样地冷笑着,对着砖瓦窑挥了一下手,"不过它们又不是我的!"

"它们譬如是你底呀!"

"我底梦没有做得这样好!"他说,笑容消失了,脸色变成了冰冷的,站了起来,看着那在喷着浓烟的砖瓦窑。然后向着它一直走了过去。

"你想做主人呀!"老板刘树彬这时才想到徐吉元底话底意义,对着他焦急地叫着,"那我就都送你好啦! 他妈的老子忙了几十年还没有做到主人!"

徐吉元走到砖瓦窑面前,弯下腰来抓起了一把黄土。刘树彬追了上来,恐惧而又厌恶地对着他底背影看着。他觉得他从来不曾看见过这种无法无天的疯狂的年青人。

"人家还说你是个老实人呢!"

"我也总算对你不错!"徐吉元,对着砖瓦窑愤怒地大声说,"我做牛马也做了不少时了。"

"主人呀,他妈的,我看你要做主人呢!"刘树彬跑到砖坯旁边来,喊叫着。

"我晓得你不会想我的!"徐吉元继续对着砖瓦窑说,"就是没有我,别人也会来照护你的。他妈的,你真难看啊! 将来你一个人蹲在这江边上,火轮船叫起来走这里过,你会哭的吧!"

他先是轻蔑地恶笑着,紧抓着手里的那一撮黄土。后来他把这黄土拿到鼻子眼前来嗅着,他哭了起来,他底眼泪滚落在黄土里面了。

他于是开始觉得无比的痛楚和欢乐:他就要和他底砖窑瓦,他底孩子,他底朋友离别了。不管怎样,好多时来重压着他的痛苦,现在都苏解了。

"喂,你听不听我说呀!"刘树彬叫着跑了过来。

他转过身来。

"我加你钱就是!"老板说,显然是被逼到最后了:"你看,我加你钱！你我都公开说,都不要见气,我这该对得起你了罢！你这该要高兴一点了罢！"

徐吉元沉默着,手里紧捏着那一撮黄土。

"真的,娃儿,你我还说钱,未免太丢脸了;你不说我心里也有数的呀！"老板说,重新变得活泼、热烈了。"那么吉元,快活快活罢,我脸上也好看些,将后来日子长呢！"

徐吉元静默地站着;从江面吹来的冷风,使得他底头发狂乱地飞舞着。

"告诉你,我不干了！"他大声说。立刻他转过身去,把手里的那一撮黄土揣进荷包,向着公路那边走去了。

刘树彬发呆地对着这奇异的景象看了一下,就喊叫着而追了上来。但是砖瓦工人走得飞快,连头都不回;他底肩膀上的那两块磨得发亮的补绽在跳动着,好像要飞开去似的。在穿过公路的时候,他底棉袄突然敞开来了,他脱下它来,把它在头上挥舞了一下,然后披在肩上。……荒凉的江岸上的黄土坡下,砖瓦窑孤独地,然而欢快地喷着浓烟。

"要开窑了呀,吉元！吉元！"刘树彬大叫着,用着细碎的、歪歪倒倒的脚步向前跑着。这瘦小的人底红顶小帽被突然的一阵大风从头上吹落到池塘边上去了,他发出了一种哀哭似的声音,跑过去捡起它来,拿一只手把它按在头上,重新向前追去。徐吉元已经走到村镇口子上。在走进街市以前,他重又举起他底棉袄在头上挥了一下,似乎这就是对于他底老板的回答。

特别因为老板刘树彬的这种态度,他现在觉得非常的新鲜,他全身都轻松,快乐地笑着了。他完全不生气了,也不悲伤;想到不必再在荒凉的江边上做苦工,就有强烈的愉快的力量在他底心里颤抖着。刘树彬追了上来,对他大骂着,说是要报告镇公所来抓他;随后又哀求地呼叫着。但是徐吉元对他高兴地笑着,活泼地打了一个旋,挣脱了他。

街上的熟人们都被这奇特的情景引动了。他们从来不曾看见过徐吉元,这愁苦、老实的年青人像这种样子,像这样快活,调皮,奚落他底老板。人们笑了,人们高兴看见他像这种样子。

刘树彬又拖住了他,对着他叫骂着。他们底周围已经围了很多的人,一个年青人莫明其妙地拍着手并且狂喊着。徐吉元做了一个鬼脸,天真地四面看看,又打了一个旋,摆脱了刘树彬。他向前走去,一直走进了一家馆子。

"喂,打酒来!"他快活地喊着。然后他向着桌子从他底棉袄底口袋里倾出那一把黄泥来,坐下去,用右手底食指在黄泥中间划着。他底脸上有着严峻的、讥刺的笑容;他在黄泥上面写着字:"徐吉元是男子汉大丈夫。"

"你这是干什么呀!你这是干什么呀!"刘树彬叫着跑了进来。

"徐吉元男子汉。"砖瓦工人在黄泥上面写着:"从今以后他不哭。"然后他抬起头来,愉快地,善良地笑着,看着挤进馆子来看热闹的熟人们。

"吉元呀,你怎么搞的呀!"刘树彬气愤地叫着,拉着砖瓦工人底手摇着它,"你听我说呀!那一点亏待了你!各位,大家评评理罢!……"

徐吉元笑出声音来了。他底苍白的脸从来不会这样的开朗。熟人们不觉地笑了,并且有人亲热地喊着他底名字。

"他叫我快活快活,我快活了他又要哭了哩!"他带着天真的得意的神情对人们说。可是立刻他就觉得痛苦。他觉得这样说话完全不能表达他心里的说不出来的庄严而重大的意思,这是太轻浮的。他看着刘树彬,他底嘴唇扭屈着了。猛然地他推开了那个缠着他的刘树彬,大叫着说:"让我喝酒!"

在人们底寂静的注视中,这砖瓦工人,这勤勉、老实的好青年颤抖着,仰起头来把一杯酒喝干了。老板刘树彬拍着桌子大骂了起来,然后骂着一直冲了出去。可是这砖瓦工人不再抬头,他只是默默地仔细地把桌上的那一撮黄泥掳了起来,重新装到他底棉袄底口袋里去。

一九四八·五·四·

歌　唱

　　点上了挂在梁柱上的马灯以后,米坊工人林福田觉得非常疲倦,并且还很痛苦：他底情绪奇怪地紧张着。他以为这是白天里劳苦得过度,以及晚饭吃得太多的缘故。这吃得太多是他底耻辱,每当他红着脸去添第四碗的时候,老板娘总是瞪大着眼睛看着他。他吃的时候总是不知道饱足,总是饿得发抖,然而一吃过了,他就常常地走都走不动了。所以老板娘常常半开玩笑地对他说："喂,你们乡下总是闹荒年罢。"他点燃了马灯,非常的疲倦,弯着腰坐在一张条凳上,慢慢地吸着一支劣等的,发臭的香烟。街上不断地有汽车底轰声。从对门的糖果店里,传来收音机底热闹的歌唱；前面的柜台上有老板底打算盘和念数目字的声音。这是很小的一家米坊,只有一个伙计和一个工人。在这窄小的工作棚子里,是塞满了东西：木桶、芦席、绳索,成堆的谷子和米粮。三年多以来林福田就在这些里面生活,他现在觉得疲倦极了,苦痛极了。

　　下午的时候老板对他说,今天晚上这半边街上停电,如果白天里能把手上的那两石米舂完,晚上就可以不开夜工。听到这话他就想到了大街上的快活的游荡,以及温甜而长久的睡眠,心里非常的兴奋。可是现在他却忘记了这个兴奋,他迷胡地觉得一种新的情况,对这种情况不能习惯和忘怀；而这种情况就是他下午的时候的那一阵兴奋的期待造成的。他觉得他必需做点什么,去寻求热闹和快乐。但他心里又很痛苦,反抗着他底这个快乐的愿望。他于是就充满了焦燥的和凄楚的情绪。简单地说,他所能想到的就是他很疲倦,然而他不知道要怎样才好了。在马灯底昏暗的照耀下,这窄小的棚子现在显得很空旷。对门的糖果铺子里的收音机底嘈杂的歌唱声好像一些锥子似地在刺痛着他,使他感到,在什么地方,一定有着热闹、快乐、安适和富足,他不能就去睡,他应该去寻求这热闹和快乐。可是他却又并不是明显地想着这个,他不过在渴望着。在生活中,有一些渴望是怎样强烈啊!人们不知道渴望什么,也丧失了理智,仅仅觉得生活,这一瞬间的生活决不能和平常一样的过去。林福田迷惘着,他要欢笑、快乐、跳跃;吃得更饱和睡得更长久,他要大叫或放声大哭起来!起始的时候,他迷迷胡胡地想着一些互相不联贯的事物,想着他底故乡的一条澄清的小河,河里的大肚子的木船;想着汽车怎样压死一个老太婆,坐在红色的警备车里警察怎样地捕捉人们并且大叫,他想那些被捕捉的人们都是犯了大罪的;立刻他又想到离家的时候的他底孤苦的母亲的眼泪,前两天他还收到乡下寄来的一封信,在信里,母亲说:儿啊,家里又打起仗来了,接你底老母出来罢。他想着各样的事情,同时他不住地听见对门的收音机底声音——它唱着京剧,后来又传出了一阵柔和的琴声——以及老板底打算盘和念数目字的声音。他哭了,可是他自己却不知道。

他是瘦小,笨拙的青年,穿着臃肿的打着补绽的棉衣,背有点驼,头发很乱地两边披着。他底一对大眼睛是麻木,呆钝的,而他底嘴角有着两条很深的,辛辣的皱纹。他是渺小的,生活把他压倒了。他底神经整天地为了人们底各样的不幸而扰乱着,他害怕这些不幸,这些失火,被捕,饿死,落水——这一切会临到他底身上。

好久,他站了起来叹息了一声。

"睡吧!可怜的,睡吧!"他微语着,不觉地又含着眼泪了;"睡了,明天早上就好了,没有人来管你,他们不管你死活,可怜的,你睡……吧,睡……"

他站在马灯的下面,他底拳头捏得很紧。他渴望那一定在什么地方存在着的热闹,快乐——以至幸福和沉醉的光明的高峰。他忽然看见了挂在墙上的一把胡琴。

他立刻奔过去取下了这胡琴。这是他早些天买来，还没有拉过几次的。他兴奋得颤栗着，同时他笑着了，他底嘴边的那两条干枯、辛辣的皱纹扭动了起来。但他在拉出了两个尖锐的声音来就停住了，因为他自己底动作和这声音使他觉得更大的苦痛和空虚。他不能理解这新的情况。

可是，歇了一下，他又拉了起来。他愤怒地摇摆着他底身体，他诅咒着，胡琴就跟着他诅咒着。突然的，前面的柜房里传来了碰击算盘的大声。老板被扰乱而发怒了。但他仍然拉着，他诅咒着。这一次就从前面传来了一个野兽一般的狂叫声。

"拉呀，祖宗！拉呀！"

林福田不明白这声音里何以会充满着这样大的仇恨——并且其中含着绝望。他悄悄地放下了他底胡琴，他拿起胡琴来对它看着，他同样地觉得仇恨而绝望。然后，他挟着胡琴走出来。在他经过柜房的时候，老板底苦痛的眼睛紧盯着他。

"对啦，出去拉！到街上卖唱去！"老板颤抖着大声说。

他走到路边，对着街对面的灯火辉煌的糖果店呆望了一阵，然后向前走去，折进了一条小街。他决定去找他底在汽车修理厂做工的同乡刘大海去，他决定去找刘大海拉琴唱戏。他要去尽情地快乐。

人家说，刘大海快要娶亲了，那么他还得要他请客喝酒。想到这个他就快活地跳了一下。他在一座破烂而肮脏的桥边站了下来，试了一下他底胡琴，接着就一只脚蹬在栏杆上，拉了颇长的一段小调。第一个甜美的声音引起了后来的这小调，这是他家乡的小调，他原来并没有想到要拉它的。

肮脏的小桥上没有人。桥尾有盏路灯，它底光辉在明朗的月色下变成了微弱的。他底胡琴凄凉地歌唱着，它已经不再诅咒，他望着桥下的干枯了的水流。这肮脏的，这充满着粪便和垃圾的河流在月光下显得这样地纯洁而柔美，以致使得他不久便停止了他底胡琴底凄凉的歌唱，而肃静地站着了。面前的寂静的景色引起深入的沉思和感动。不远的河岸上，土堆隆起的地方，有一棵湾屈着的枯树，发亮的细瘦的河水从它旁边流向前去，在它底枯枝后面，远处的一座大桥上灯光闪耀着。河的两岸，寒冷而明亮的月光照耀着密密的高低不齐的屋脊；人家底窗户里的灯光在愉快地亮着。这些窗户都是静悄悄的。左边的第四个很低的窗子里，一个人影晃动了一下又消失了。

林福田在这城里生活了三年多了，可是从来不曾想到这城市和人们和他的关系，他总觉得他并不是真的住在这里，他总觉得他不过是暂时住在这里，随便什么时候就要回到家乡去，娶起亲来——那里才是真正的生活。可是现在他明白他很难回家去，或者竟永远不能回家去了。他明白了，这里才是他底真正的生活。这城市里，这街边上的凄凉的灯光下，这里就是他底一生的路了。他望着远处的那座闪耀着灯光的大桥，想到自己昨天下午出去送米还从那桥上走过；想到他所熟悉的这城市底各样的角落和他曾经替他们送米去的那些人家——那些在河的上面亮着的窗户和在大桥后面的高处亮着的窗户。想到他将终生地抗着米在这些大街和小街上行走，用破裂而流血的手去接受人家给的力钱，在小馆子里喝醉，再不想回到他底破烂的家乡去，但在年老的时候和凄凉的日子却思念它，哀哭它，他就悲痛，感激而颤抖，猛力地抓住了桥栏把胸膛抵在上面。

后来他慢慢地，恋恋不舍地走过桥去。……刘大海不在家，人家说他吃过晚饭就跟他底女朋友看京戏去了。

"啊，他有一个'女朋友'啊！"林福田站在汽车修理厂的门前想着，觉得非常的稀奇，然而高兴。他底好朋友有一个"女朋友"，他觉得说不出来的高兴和幸福。他挟着胡琴，顺着面前的街道往前走去了。

他底朋友有一个女朋友，人们说那女朋友是裁缝底女儿，好看的姑娘。那么，他们都不能再回到他们底家乡去了。三年前他们一道出来谋生的时候，是对他们底家乡预约了一年以后的归来的，那时候他们坐在一只大肚子的船上，他底母亲和刘大海底姐姐站在岸边淌着眼泪。可是现在这一切都过去了。他也将有"女朋友",他将在这里劳苦,成家,养育儿女:苦痛和快乐。他是这城市底奴隶,他是这城市的主人。

他往前走着,挟着他底胡琴,并没有注意已经走过了几条街,也不注意两边的店家和人们,但他感觉着它们。突然地他站下了,他看见,就在他底前面,正在穿过十字路口的穿着旧的大衣的瘦长的刘大海和刘大海身边的一个短小的,穿着黑色的新大衣和高跟皮鞋的女人——这就是"女朋友"。

他差不多就要对刘大海喊起来了,可是他底心跳妨碍了他。刘大海身边的那个女人使他心跳,他没有想到她是这样的,他想她应该是穿着短的布衣,有扣子的布鞋,梳着很长的辫子的女人。他想她至少不该是这样时髦的女人,纵然不想回到家乡去了,也不该如此,因为这种时髦的女人是可怕的。

这时候刘大海和那个女人已经走过去了。他底快活的情绪消失了。他沮丧地挟着胡琴,走进了另一条街道。

"这总不对的,况且他们还勾着手走路呀,"他想,羞耻地红着脸,"像这种女人总不是好东西,怪不得刘大海近来变了,他不大理我了,慢慢地他就会变坏起来,唉,这种女人呀!"

他觉得寂寞和苦痛,他重又思念他底家乡了。他渴望哭着回去,告诉人们说,刘大海变了。刘大海底穿着大衣的瘦长而自在的影子和那个女人底矮小的影子不住地在他底眼前闪动着。他想着刘大海在汽车修理厂里工作的情形,修理厂里的电焊底强光,发着强烈气味的喷漆,油污和机器的轰声,以及刘大海底紧张的神情和敏捷的动作,这一切都是和他距离得很遥远的。刘大海曾经劝他和他一道去学这种工作,他拒绝了他。他不了解这一切。而且最近,刘大海升成了正式的技工,常常去听清唱,看电影,并且油腔滑调地对待他,显然觉得自己要比他高得多——确实他们是非常疏远了。

他觉得多么寂寞啊!他穿过一条大街,在密集的人群中挤着。突然地有人在他底肩上拍了一下。他回过头来,看见了刘大海,和那个矮小的,瘦弱的女人。他立刻脸红了。

"喂,一个人挟一把胡琴,鬼头鬼脑地那里去了?"刘大海讥嘲地,快活地说。

"走走。"林福田苦痛地回答。

"那就一道走怎样呢?"

"你到那里去?"他胆怯地问。

"我们呀,"刘大海恶意地说,举起手来画了一个圈子,"我们跟你一样:走走!"他说。"要是你不怕我们把你拐了卖掉的话,我就带你去玩去,怎样?"

林福田迟钝地对着刘大海看了一会。刘大海底脸上有显然的得意的神情——他在夸示他底女朋友。而那个矮小的女人,在刘大海说话以后,就傻笑着而撅了一下嘴。随后她拖了刘大海一下,要他快些走。

刘大海底姿态里的那种明显的自信和城市的虚荣心;以及那个女人对他的轻视——他觉得是如此——更重地伤害了他。他迷迷胡胡说了什么,转过身子去了。不久他回过头来,看见刘大海正拉着那个女人底手一同奔过大街。

他走进了灯光昏暗的小巷子了。他苦痛而激动,下意识地站下来弄了一下他底胡琴。他慢慢地向前走,又弄了一下胡琴。他觉得这胡琴,刚才在大街上被人挤坏了。他走过一片堆满了马粪的广场,就站了下来,可是又忘记了弄胡琴,只是呆想着。

冷的月光照耀着广场,和附近的正在建筑的一座楼房。广场里面的墙边上,有两匹马卧着,稍远一些,一匹灰白色的马在月光下站着——它站着在睡觉。月光下的这些安静的动物,特别是那灰白色的马匹,吸引了林福田,他向它们走去,看它们是否睡了。它们确实是睡了。

"唉,你们睡了啊!"他难受地说,同时想到,在乡下的家里,他曾经替地主家里养过的那一匹灰白色的驯良的马。

他轻轻地拉了一下他底胡琴。后来,寂静了很久,他又拉了一下。那静静地站着的灰白色的马睁开了它底眼睛来了。它底善良,信赖的大眼睛使他更亲切地想到了他在乡下的家里替地主养过的那一匹,于是他走过去在它底头上抚摸了一下。它安适地闭上了眼睛,然后又睁开来对着他看着,那样的善良、安静,并且不会诉说痛苦。——马匹底轻微的动作和周围的一切都是静静的。月光照着肮脏的广场和马粪堆。

他望着那灰白色的马。它底颈子上的鬃毛是凌乱的,大部分已经脱落了;在它底前腿和肚腹之间,有长长的一条创痕,露着血色的肌肉。它浑身是肮脏的,也许他原来是白色的,现在才变成灰白色了。在凉气中它底瘦弱的肚腹和前腿轻轻地颤动着。林福田搬开他底嘴来看了一下,它仰起了它底头,露出牙齿来,喷着气,并且摇着短秃的尾巴。从它底高大的身躯上看来,显然它从前是匹好马,像他,林福田在乡下替地主喂的那一匹一样;可是它现在因过多的劳苦和鞭打而衰老,不过是一匹拉车的马,在这个城里的人们看来它是不算什么的,即使没有这一匹拉车的马,也会有别的一匹。林福田就想,在刘大海看来,这马是完全不关紧要的,紧要的是赚钱,看电影,带女朋友去玩,赌钱、喝酒;以及怎样地爬到城市生活底高的阶梯上去。他想,他是也和这匹马一样,从前,在乡下的田野间的时候,是壮健而年青的,现在却浑身都是创痕了。

在他辛酸地发呆着的时候,那匹马仍然用它底安静、温柔,不懂得诉说痛苦的眼睛看着他。这样的眼光使他觉得悲愤:为什么它,这马,不嘶叫起来,而仰起头飞奔开去呢?如果它嘶叫而飞奔起来,这个城市就会晓得它了!它将奔上大街,直冲过去,把那些奇形怪状的男女都踏在它底脚下,它将嘶吼着而冲翻车辆,它将撞倒凶暴的警察,它将仰着头一直奔进广大的田野,而在一条澄清的河流旁边停下来,狂饮那新鲜而甜蜜的水!

在一阵颤抖里,这米坊工人拉起他底胡琴来了。他要鼓励这匹马,鼓励它向前飞奔。它还可以飞奔的,它还并不衰老的,同时,它也并不生来就是胆怯的!它不要再拉这重载的车了,它不要再为这些欺凌他的人们劳苦了,它要跳跃起来而撞碎这重载的车,这车碎了,它拉着这车底残骸向旷野飞奔。林福田流着雨水一般的眼泪,舐着他底嘴唇,拉着琴,他底琴和他底心在悲壮地哀歌着。

在这个城市底这个冷寂的广场里,微贱的米坊工人底悲壮的想像造成了他底奇特的举动。他所拉的凄凉的乡下小调已经不能满足他,因此他拉得急迫而混乱。他底哀歌是孤独的,虽然这个城市里每天晚上都充满着歌唱。每天晚上人们歌唱——他们在寻求遗忘和快乐,他们在吼叫着像野兽一般。就在这广场附近的一座房子里,一把胡琴尖锐地响起来了,一个男子在大声地吼叫着,唱着京戏,——他觉得他是在歌唱。他为快乐的人生而歌唱。在这广场上听来,他底声音清晰而粗野。但这声音却使林福田更为悲愤了。他底马在拖着车辆底残骸向前狂奔,它已经支持不住。它腾起了它底前蹄而叫嘶了一声,但随后它更为疯狂地朝前奔去了。

林福田忽然地停止了他底胡琴。他兴奋地寒战了一下,看见他底马终于摆脱了重载,四只脚轻松而壮快地腾跃着,向着明亮的美丽的河水慢慢地跑去了。他于是拉出了低的,充满感激的,甚至是悲伤的声音,而仰着头歌唱了起来。

> 兄弟呀,要是心里苦
> 请干了这一杯。
> 自古男儿不屈膝呀。
> 好马不走回头路……

一个过路的人站下来对这边看着,林福田底悲怆的嘶哑的歌声突然地停止了。他从来不曾唱过这个歌,他也不知道这歌是从哪里来的。他肃静地站着,望着那灰白色的马:它又对着他温柔地看了一下,就安适地闭上了眼睛睡熟了。

林福田就是这样度过了他底这个休息的晚上,他回来就睡下,不再听到那仍然在响着的对门的糖果铺的收音机底声音和柜台里的算盘声,立刻就睡熟了。……

一九四八·二·四·

送草的乡人

十月间的一个早晨，两匹负载着稻草的瘦小的驴子，在往城里去的路上走着。前面的一匹驴子左眼是瞎了的，因此老是往左边偏着头，在它底后面跟着一个体格强壮的，麻脸的，愉快的青年，他似乎是太高兴和太健壮了，有时禁不住地要在阳光下试试他底声音，大声地怪叫着。后面一匹驴子旁边却是走着一个矮小的，神色疲倦的老人，他底裤子后面有一块很结实很大的补钉突起着，成了一个似乎是和裤子无关的独特的东西，随着他底每一走动，这块像贴在裤子后的棉垫子一般的大补钉就跟着跳动着；而且他底走路的姿势也是特殊的，他底腿弯在动作中间弯屈得特别厉害，于是他底圆形的，窄小的肩膀就不规则地两边摇摆着。他底两手就像拙劣的游泳者在水中一样地在空气中划动。他走得很吃力，他底神情是庄严而冷淡。他底右肩膀上还挂着很大的一个白布包袱，把他压得更弯屈了。

这两担稻草和这一个白布包袱里面的东西，都是地主东家拿来送给女儿女婿的。几天以前这女儿从城里带信说，天冷起来了，需要稻草铺床；她自己底和孩子们底棉鞋也得准备了，此外她还很想家，想见见爸爸妈妈，想吃一点妈妈亲手做的乡下甜食，糯米糕，酥糖，和炒米。她尤其多么想吃乡下的，妈妈做的炒米啊，城里面买来的都是一点也不香的。于是地主东家就叫了老头子董家贵和麻子刘福山的母亲去，要他们一家准备一担稻草。这就是这两头驴子在这条路上走着的由来了。董家贵和刘福山两家都是这地主东家底佃客。尤其是老董家贵，他是每年都在给地主的在城里的女儿送东西的，三四年来，只是在前年中断过一次,因为那时候那女儿女婿恰巧到乡下来住了。麻子刘福山却还是头一次干这件差事,因为那些年他根本还是一个放牛的小孩子。董家贵对这小孩子很不满意,而他又是对这件事有着庄严的感情的,所以当小孩子要把那白布包袱放在自己底驴子上面的时候,他拒绝了。他拿过来自己背着,因为他是很爱惜牲口,害怕它会被压伤的。

小孩子刘福山看不起他底这种自轻自贱,走出村子来,就尽管自己在怪叫怪唱着了。原来是董家贵的驴子走在前面的,他却不客气地没有半里路就抢了先,因为他讨厌老头子屁股上的那一块一跳一跳的大补绽。他是穿着新的青布夹袄,他底母亲今天早晨才把这做成了有半个月的夹袄拿出来,放在他床头上,对他说:"福子,穿就穿吧!见到东家小姐千万要有礼性啊!"

平坦的黄土路的两边,水田里的黑色的、潮湿的泥土愉快地晒着秋天底太阳。这是晴朗的好天气,平原底笔直的尽头的村落和树木都可以看得很清楚。他们走了有一个钟点了,现在黄土小路已经斜了过来,经过一大片芦柴塘,穿过了铁路。那些焦黄的,柔韧的芦柴都戴着白色的羽毛一般的冠冕,在微风里轻轻地摆动着。小路穿过了一些荒坟,在阳光下,这些满生着枯草和萧条的小树的荒坟也充满了愉快的生气,显得亲切,洁净,蒸发着芳香。小路略略向上高升起来的时候,可以看见在远处的浅蓝的天气底下发亮的长江底水线,和那里面的一些很美丽的黑点子。左边的远处,一座小山底下,有一些细长的烟囱竖立着,喷着细线一般的烟。刘福山正看得出神的时候,火车狂叫着,震动着从他们刚才走过来的地方冲过去了。刘福山赶快地回过头来,并且跳到一块大石头上去,眼睛里闪着快活的光,兴奋地看着。

"哎哟!"他叫着,好像被什么东西打痛了一般,"这龟孙子走的好快哟!"

老董家贵站下了,轻蔑而愤怒地看着他,然后,像被一阵疾风卷着一般地向前冲去了。他不愿意看见这种幼稚的事情。

火车过去了好久,刘福山才带着满足的幻想的微笑——就是所谓傻笑,从石头上跳了下来。老头子已赶着驴子走在他底驴子底前面了,他底瞎眼驴在那里极其斯文地踱着慢步,向左边弯着头茫然地找寻着什么,他于是大叫了一声而在它屁股上捶了一拳。驴子受了惊骇,头一仰,跳跃了一下,向前狂奔了。看着这种情形,他就高兴地大笑了起来,跟着跑了上去。

瞎眼驴跑了没有一下就停止了,因为它背上的一担稻草毕竟是很沉重的。它正好超过了老董家贵,又走在前面了。

"这龟孙子!"刘福山喘息着快活地说,"我看你走老爷步子吧!吓,我看你还要吃肉馒头哩,这龟孙子!"

老头子瞪大着眼睛,钩屈着嘴唇,并且连下巴都发抖了,痛恨地看着他。

"跟你走路,"他忍不住大声说,"算是倒了一百代的霉!你家妈辛辛苦苦地喂的这匹牲口,也是倒了一百代的霉!"

刘福山不回答,停了一下,故意地唱起戏来了。老头子也不再说什么,只是狠狠地盯着他。现在他们走着下坡路,弯了过去,走上了一条宽阔的公路了。在左边远处的长江可以看得很清楚了,隔着一丛稀疏的树木,一条大轮船的烟囱显露了出来。刘福山恋恋不舍地看着,等待着看见轮船底全身,生怕在没有看见它的时候路就转了弯。它好久不露出来,并且连那一条烟囱都隐没了。刘福山伸长了颈子,踮起脚来看着。这样也看不见,他就跑到几十丈以外的前面去看着。然后他又跑回来,跑到后面去,像在忙着什么大事似的,这种情形是叫董家贵气得发抖了,但轮船终于从树的后面出现在广阔的水面上了,它底上面有无数的金属的东西在阳光下闪着亮光,它底头上插着几面小旗子,它冒出一阵浓烟来又尖叫了一声。

"啊!啊!"刘福山神奇地叫着。"它怕是开到上海去的吧?"他忍不住地高兴地和老头子说。

"我不晓得!"董家贵说。

刘福山做了一个鬼脸,就又呆看着,恋恋不舍地站在那里。

这之间,他底瞎眼驴停了下来,在吃着路边的枯草了。老头子叹息了一声,摇了摇头。

平原消失了,他们沿着稀有的一大片高崖走着。公路和江流中间,本来是大片的生满了杂乱的植物的旷地和泥沼的,现在却被一片平坦,整齐的田地代替了。大约因为土地特别肥沃,这田地在收割了以后又生出了很稠密,很长的稻桩来,现在是有好几十个男女散布在里面,收割着这些稻桩。刘福山很羡慕他们能有这种额外的收获,贪婪地望着一个弯着腰在劳作着的年轻的女人,后来又望着另一个。但终于他底好奇的视线被几个人家旁边的有一座小山那么大的稻草堆吸引了。

"看哇,"他禁不住地说,像发现了一个秘密似的,"这里这样多的稻草,还要叫我们走这样老远的路来送!这里这样多的稻草哟!"

他是觉得,那东家和他底女儿是有着奇特的权力,可以获得,动用任何人家的稻草的。那么为什么还要叫他们跑几十里路送来呢?对于这种幼稚的想头,老头子董家贵只是哼了一声;此外他还对那一大堆可爱的稻草极其轻蔑地看了一眼。

但,经过这一个迷惘的想头,刘福山的兴致就显著地低落下去了。同时他也感到疲倦:他们已经走了两三个钟点。他沉默着走了一大段路,低着眼睛望着道路,好像仍然在想着稻草的问题。他开始愤懑起来了,他对于在路边的田地里劳作着的人们也觉得很痛恨,好像他们总不该这么似的。

"这算什么哟!"他毒辣地说,"有这种样子割草的?简直狗屁!"

后来他又说:

"你看那个女人那种笑法呀!我看她就是吊膀子!吓,高兴得很呢。"

他又检起一根枯枝来抽打着他底瞎眼驴。他不知为什么非常的烦闷,难过,觉得一切东西,那走得快的火车和那漂亮的轮船,那美丽的芦苇丛和那寂静的坟地,以及辉煌的蓝天和宽阔的平原,一切都在骗他。它们在他底想像里并不是这样子的;到城里来旅行的快乐也不是这个样子的。他觉得他要哭出来了。

"老子们天天做苦工!"他想:"晚上一回去,娘就要问了,准是的:'到城里用了几多钱呀!'吓,老子们是不作兴用钱的!"

他走在董家贵的黑色的驴子底旁边了,顺便就抽了它一下。它虽然没有受到什么惊动,董家贵却叫骂起来了,骂他,像这种野种样子,不该到城里来的,他妈居然叫他来简直是没有眼睛。

"我是野种?"刘福山叫,站了下来,瞪着眼睛,"那我就不去好啦!不去!说不去就不去!人家城里头有的是稻草,我不去!"

他跑过去拉住了瞎眼驴,使它转过身子来,拉着它向回走了。老头子气愤地看着他。

"怎样搞的呀!"

"不去!"他用要哭了的声音回答。

老头子急得跳起脚来。末后就跑过来拦住他,对他大叫着,又哀求着他。他站住不动,对他呆看着。但忽然地他就一声不响地把驴子又拉回来,向前走去了,走得很快,眼睛里含着眼泪。

老头子觉得宽慰,并且开始同情着他。

"你想想呀,你妈守寡十几年,不过你这个儿子,不要叫她难过吧!"老头子激动地说,望着他底背脊而追在他后面。"你想想看,你妈为你吃了多少苦!那几年,你才十一二岁,她是替人家做活洗衣裳过过来的!一个铜板一个铜板地聚起来,为了一个小钱,好话总不止跟人家说千千万万,那是我亲眼见到的!日本人进南京城那一年,你妈不是为你闯祸,就不得挨日本人那一顿毒打!你拿一块石头砸人家日本人底洋马!人家马又不惹你,你砸它干什么呢?你脾气一直不改……"

"我高兴砸!"刘福山望着前面,走动着,用慢而大的声音回答。

"高兴?世界上的事情由你高兴?"老头子愤激地对着他底背脊喊,"你也是二十几岁的人了,我看你脾气不改有苦吃的呢。

就说送稻草吧,这是我们做佃客的老例,你就尽是由你底嘴巴瞎说!什么城里头有稻草有稻草的!城里是要化钱的,告诉你!人家肯化钱早就用不着你们佃家了!"

董家贵愤怒地教训着他。但是他却不再开口了,他底烦闷已经消解了,他安静地,慢慢地,大步地走着,什么也不看,好像那些下了决心而走向不可避免的命运的人们一样。老头子一说起来就很难停止,他愈是不答话,他就愈是渴望说服他。他举了很多例子告诉他说,一个人是不应该忘本的,一个人是应该对东家诚心的,即使是坏的东家——何况这是好的东家呢。这时他们已经走出那一片阴凉而满布着草藤的岩壁,看见远处的好像玩具一般的细长的城墙,以及城楼和城门了。江流已经在他们的很远的后面了。一辆重载的汽车从他们后面发着大轰响驶来,向前滚去,从它的那些巨大的轮子下面,旋转着,喷射着尘土——尘土一直扬到空中。驴子们静静地站下了,它们是不想认识这怪物,对它也无所惊异似的。虽然先前也看见过,刘福山却仍然数了一数它底轮子:轮子一共有十个。不过他也没有什么兴奋。

"十个轮子,有十个轮子呢。"他淡漠地想,走着大步,但忽然他想到什么,笑了一笑。"董家贵,我问你一桩事。"

"什么事?说吧!我,我顶喜欢年轻人谈谈心的。"

刘福山要忍住他底恶意的嘲弄的笑,他底脸奇怪地扭曲了。

"我听说你当了几天和尚,是吧!"他说,没有回过头来。

"那,啊!"老头子说,忽然地咳嗽了一阵;刘福山费了很大的努力,才把他底要爆发的大笑忍住。"那,你不要听他们瞎说!"老头子说。

"真话!"刘福山说,"听说你老婆不跟你了,你就去当和尚,当了三天……"

"没得这回事!"老头子红着脸叫。

"听说你老婆又漂亮又贪玩,跟一个裁缝跑了,你就当小和尚,当了三天……"他的话被笑声冲断了。这狂暴的,恶毒而嘲弄的大笑终于喷发出来了。他笑得按住了肚子,弯下了腰,咳呛着又流着眼泪。他疯狂地摇动着身体,好像在和什么东西挣扎似的。"你底……老婆又回来……三天小和尚……哈哈哈……"

董家贵脸色发白,直着眼睛一直往前走去了。刘福山笑过了以后,看着这蹒跚在黄土路上的矮小的老人,忽然地觉得一种严肃的压力,很有些后悔,但即刻又大笑了。后来他快跑着追上去。

"喂,不要生气啊!"

"小孩子,不作兴的!"老头子严厉地说,"我这么大的年纪你看见没有?"

刘福山看看他,果然看见了,他是很大的年纪,短硬的胡子和头发都发白了,灰黄的小脸满是皱纹,像一个萎缩了的南瓜似的,漂亮而贪玩的女人,以及其他的那些东西,似乎是完全不能和这样的老年连在一起的。

"我说的玩的啊!"他说。

老头子不理他,随着他底驴子向前走着,吃力地耸动着肩膀上的那个白布包袱。刘福山注意地看着他,觉得很难过,于是又说:

"我真的是说的玩的啊!"

董家贵仍然不作声,把包袱换了一个肩膀,做梦一般地望着前面。

"我来背包袱吧!"刘福山说。

老头子摇摇头。

"死都死了的人,"稍停,他用颤抖的、悲愤的声音说,仍然望着前面,显然是在看着一件别人所不能看见的东西,"不作兴再提她的!她也没有什么对不起我的地方!不过要是我有一个儿子,我也不得像今天了。我本不愿,本不愿像这样的!种人家田地又有什么意思啊!不过呢,我是为了我的那个妹妹,可怜三十岁就守寡,带上四五个娃儿。我一回家她娃儿们就喊,舅舅!舅舅!我心就碎了!我那个妹子又是老实人,连跟生人讲话都要红脸。她那几年吃的什么啊！整年啃山芋皮！我说，我还没有老，我是孤单单的一个，一生就算是为了娃儿吧，就好比是我底娃儿……"

现在他们快要走进城门，老头子沉默了。他们底精神都有些恍惚，不注意现实，因为他们心里都充满着苍凉的怀念。他们被一声大叫惊住了。那是一个站在城门口的铁丝网前面的戴着铜盔的兵，端着枪走过来了。

"哪里来的？"

"走李家村来的，老爷！"董家贵忽然地露出了媚悦的笑容，温柔地说，"是我们李家老太爷跟他女儿女婿送草的！"

那个兵士没有什么表情，机械地，很不愿意地走过来，在稻草上面用力地按了一下。

"是什么？"

"稻草，老爷。"

"稻草我还不晓得吗？里头是什么？"

刘福山觉得这问话很奇怪，稻草里头自然还是稻草咯！他就不以为然地对老头子笑了一笑。这却激怒了那个站得疲乏了的，寂寞的兵士了。世界上最容易被激怒的一种人物就是这些寂寞的兵士了。他变了脸色，拿起刺刀来就把董家贵的一捆稻草割开，使它立刻撒满了一地。发现并没有什么，他就又来动手割第二捆。

"老爷，稻草啊！年年来的！"

"我怕稻草都不认得？"那兵士极其悲伤似地小声说，第二捆稻草撒开了。

到了这种地步，受了惊骇的乡人只有一声不响了。他却也没有再割第三捆，只是用刺刀往里面戳了两下。

"有身份证没有？"他终于说。

"没有，老爷，"老头子温柔地说，"是规规矩矩的乡下人。"

那兵士看了他们很久，就发现了老头子肩上的那个白布包袱了。但一打开来，发现是小孩底鞋子和炒米之类，就看都不再

263

看,轻蔑地转开头去,挥了一下手。老头子和刘福山开始捆稻草,他就退回到铁丝网前面去,一动不动地寂寞地对田野里望着。

乡人们进了城。他们受了这种打击,都不开口。他们走在一条宽阔,寂静,两边生着凌乱的树木的笔直的路上。刘福山还是十二岁那年进过一次城的,他很想温习那美丽的回忆,可是实际情形却一点都不对。这一条笔直而寂静的大街使他们疲乏透了。后来,有一座小的山丘,和一些红色的房子出现了;在远处的路口闪过的漂亮的天蓝色和黄色的汽车也可以看见了,刘福山才渐渐地振作起来。

他们走过街口,弯过一条灿烂的大街,向着更热闹的一个街口走去了。这时候刘福山已经没有力量看车辆了,因为车辆是这么多,不断的轰闹的大声和各种尖锐刺耳的声音已经冲昏了他底头脑。他觉得是落在一个声音,光芒和颜色的大海里,各处都是闪光,各处都是刺耳的叫声,各处都是迷人的可怕的形象。正在他这么恍惚着的时候,他后面的董家贵发出了一个大声的警告,同时他听到一种尖锐的声音,他跳了起来:一辆汽车正好冲到他底面前停止了。

车门开了,跳出了一个狂怒的司机,对他咆哮着。他被扰乱了,觉得难过,不明白这究竟是怎样的事情,以及为什么那个胖大的,浓眉的司机要对他叫骂。董家贵对司机说了很多好话,汽车才开走,他们才继续前进。刘福山这时觉得难过极了,他觉得自己非常渺小,任何人都可以骂他,非常孤单,就对董家贵发生了凄凉的依恋的感情,觉得这老头子是比他要有力量得多的。

他想到他们应该回去了,家里面的那一切,门前凌乱的草秸和成群的鸡鸭,他自己喂的小黄狗,以及小河边上的他们底破烂的小船,这些都是多么亲切啊!他底母亲在他临走时给了他五千块钱,他自己还存着有上几个月聚下来的一万二千块钱,他是决定要买一顶帽子回去的,那种一块红一块白的瓜皮似的线帽,村子里的小黑子和吴二呆子都戴着的,是已经叫他羡慕了好久了。不管怎样失意,他还是要完成这个愿望,于是他就对街边的地摊上看着,看有没有卖这种线帽的。

这是一个非常强烈的渴望。多少时来,这庞大的城市在他是以这一顶线帽来象征的。在睡觉的时候他梦见城市,那是街边上到处都陈列着线帽的城市,那是本身也是一顶巨大而辉煌的线帽的城市。这线帽代表开通,爱情,青春的力量和勇敢;它是使姑娘们艳羡,同伴们眼红的。但现在这路边上没有这种线帽。好久之后,他看见一个在人群中高高地坐在车台上的马车伕戴着这种线帽了,他就非常了解这马车伕,对他觉得非常亲切,好像遇见了老朋友一样。不过这马车伕在人丛上面大声地吆喝着,不久就转过弯去而消失了。

受到了这鼓舞,刘福山重新振作起来了,好奇地看着两边的漂亮的橱窗,华贵的女人们和闪着光辉的各色的车辆。大体上他是受着这华贵的惊骇的,不过他却也注意到,这街上有半数以上的人,是穿着破烂的衣裳,赤着腿,在紧张地奔忙着的。他们是那些车伕,小贩和苦力。虽然他们底数目是这样多,却不大容易被注意到,他们似乎显得比那些漂亮的人们矮些,一个穿红衣裳的小姐穿过街道时候差不多所有的人都看到了,但那样多的穷人们人们却不看见,他们不仅是似乎矮些,而且他们没有颜色和光芒——因此人们才觉得这大街是美丽的和灿烂的。没有别的什么。刘福山渐渐觉得他是走在并不生疏的地方,他觉得连他和董家贵也在内的穷人们好像是水,而且那些漂亮华美的颜色是油:浮在水面上的油。他是被水底的景色吸引了。一个提着一只破篮子的十几岁的少年一边走一边哭着,眼泪在他底肮脏的脸上流出两条痕迹来。他底哭声在大喧闹里面是微弱得几乎听不见的。一个老年人坐在路边上,伸长着她底一只生疮的流血的腿,瞪着呆钝的眼睛看着前面;一个车伕坐在车板上在拿开水泡油条吃。一个妇人蜷曲着躺在一家橱窗下,好像已经死去了。再过去一点,有一个老人跪在地上,面前摆着一块写着字的白布,很多人呆站在那里看着。

警察出现了，街边上的摆摊子的人们和车伕们里面起了一阵骚乱。但是他没有来得及看见这阵骚乱的结果，老头子又对他发出警告来了。老头子叫他快些走，好趁着车辆稀少的时候通过十字路口。隔了一下，老头子就对着两匹一直在安静地慢步着的驴子喊叫了起来，像一个指挥作战的将军似的，毫不顾惜地鞭打它们，使它们向街心奔去了。但忽然地前面来了车辆，并且立刻左边和后边都来了车辆。后面的车辆一直顶到刘福山的腰上才停住，而这时候他正处在惶急的心情中，痛恨着老头子弄坏了事情，对他底样子非常讨厌。他对老头子大叫着，老头子也对他骂着，左边的车辆开过去了，老头子开始驱策驴子，右边的车辆又开过来了。他们现在是陷在四面八方开来的这样多的车辆中间了。刘福山就做出一切不管的态度来，痛恨地看着。但老头子又大叫起来，叫他快跑。他开始跑动，眼看着左边又有车辆冲过来，但终于跑过去了。

他忽然觉得刚才的窘迫是非常的有趣，轻松地大笑了起来。路边上站着的两个替他们着急并对他们发脾气的闲着的车伕也有趣地笑了起来，这就使得他莫明其妙地快乐而腾跃，笑得更高声。但岗亭上的警察却在向他们走来。

这个警察刚才是跑到路边上去驱赶人力车的，因此使得交通混乱了。他非常愤怒地瞪着这两个大叫着，狂跑着，终于又大笑着的赶着驴子的乡人。特别是刘福山那呆傻的笑声叫他生气，他走过来了。

"笑什么？"

刘福山惶恐地看着他。

"压死你个王八旦！"

就有一记耳光打在刘福山脸上。警察自己也没有料到这个，他底心情是非常恶劣。立刻就有闲人们围拢来了。警察骂着又跑去指挥车辆了，但刘福山还呆站着，好像在等待着什么似的。

"走呀！"董家贵说。

"走吧!"闲人们里面说。

"走!他打了我我还走!"刘福山大叫着。

董家贵着急地搥了他一下,推着他,他也就往前走了。他又看见了一个戴线帽的——这次是一个在走路的,穿蓝布衣底青年。他想,他总归要买一个帽子才是,可是他底眼泪流下来了,他看着他底慢慢地走着的瞎眼驴,替它觉得委屈,惨痛。

"怎么还不到呀!妈的个!"

"就要到了。"董家贵疲倦地说。

"送他妈的什么草,老子送给他垫棺材的!"

"你这又骂人干什么啊!"

"我骂……"他流着眼泪叫,"就是你这个老混蛋!"

街边上,收音机传出娇柔的歌声。刘福山难过极了,开始打他底驴子,并且高声地一面走一面叫骂着。他看见了路边上有卖那种线帽的了,可是他只是看了一眼,又叫骂起来。

"帽子,你的妈哟,帽子!"他骂着,"哪个王八旦才相信这里头有半个好人!日本人进城的时候,要是我是日本人,就一路杀光,你底妈哟!"

他想到,母亲这时候已经弄了中饭吃了吧,于是又骂着。他们已经走进小街了。弯弯曲曲的不断的小街。他们走下一座旧朽的木板桥,瞎眼驴的一支腿陷在木板缝里了。而正在这时候,桥上面一辆板车冲下来了。那年轻的车伕大叫着勒住了拉车的骡子而避让着,可是已经来不及,板车冲在一根桥柱上了。

那盛怒的车伕骂了起来,刘福山也骂了起来,并且露出了要打架的样子。周围又是围了很多的闲人。可是他们并不打架,只是骂着。董家贵也不做声,听着他们骂——也好像是什么都没有听见的样子。

"算了。"后来他说。

"今天老子饶了你!"刘福山对板车伕说,摇摇拳头。

"老子今天也饶了你!"板车伕说,也摇摇拳头。

他们就又走着,绕着弯弯曲曲的小街和巷子。忽然地刘福山叫起来了。

"他妈的老子好无聊哟！究竟到了没有呀,老子要回家了！"

老头子望望他,继续走着。他也就跟着走。好久之后,老头子在一家紧闭着的黑漆大门前停了下来。

"到了。"他这才说。

"这就是那火烧的房子啦！吓,老子还以为它真的失火烧光了呢！"刘福山恨恨地说,在台阶上坐了下来,伸开腿,开始吸烟。

老头子董家贵整理了一下衣服,把包袱背高一点,郑重地推开那有着两个大铜环的黑漆大门,进去了。但即刻又伸出头来。

"停下小姐先生出来,你千万要有礼性啊！"他说,显得是所有的疲劳都消失了,很壮严,很高大,很陶醉的样子：他是用着非常柔和的声音在说着"小姐先生"这几个字的。

刘福山却只是对他翻了一下眼睛。刘福山呆看着从对面的高高的墙头上垂下来的两条半枯的,裹着一些乱草的枝条,然后又看看街那边的一家冒着热气的开水炉子,吸吸烟,吐了一口口水,又看看身后的半开着的有着两个大铜环的黑漆大门。他充满了恶意,相信这黑漆大门简直是和棺材一样的。他咒骂着他所见到的一切。

"那根枝子,"他对墙头上的那两根枝条骂着,"你怎么不死哟！你就要断了,跌下来跌死！那个茶炉子明天早上就要遭火烧,一直烧到这边'棺材'里头来！……还有他妈的这块狗石头,躺在路当中,你看那样子好难看哟！——老子再也不买那瘟帽子了,好难看的,——还有这两匹死头死脑的驴子,一声都不响呀,你底祖宗！"

里面发出女人底愉快的声音来,接着人们跑出来了——他正沉湎在这充满着呆笨的幻想的咒骂里面,这是给了他很大的欣慰的。他赶忙地站起来,就站在那里不动了,恶意地瞅着。

欢叫着而跑出来了的是一个穿着红色的衣服,头上的头发卷成很多小卷卷的漂亮的女人——和刘福山在街上看到的那些女人一样的。她底脸快乐得发红,冲了出来,什么也没有看,就又发疯似地冲进去了。而董家贵却在这个时候走了出来,已经卸去了包袱,神圣地站在一边。

"寅琪,你来看呀!"那女人在里面叫着,"叫你出来呀,死东西,你看妈妈跟我们送了多少草来哟!丕丕,妹妹,都出来看,看外婆送了草来了呀,给丕丕妹妹睡觉的呀!吴妈!吴妈!死吴妈!"

小姐又出现了,但又跑了进去,又叫着寅琪,同时拉了两个穿着绒衣裳的神气的小孩子出来,忙乱得像一阵风似的。刘福山稀奇地想,这寅琪是谁呢,怎样躲着不出来呢?一个穿西装的,头发光洁的,戴眼镜的男子出来了,站在小姐的后面,很勉强地看着那两匹驴子。

"先生,就是这个。"董家贵神圣地说,"老太爷叫我们捡好的送来,我们就送来了。这个是刘四婶子的儿子,刘四婶子也是老太爷的老客户,忠厚人!他叫做刘福山,刘四婶子求先生小姐将来多多照应……"

他底话嫌长了一点了,因为小姐,先生,和小孩子们,还有几个邻居,已经围住了稻草在欣赏着了。董家贵住了口,呆住了,嘴唇有点发白和颤抖。刘福山就露出轻蔑的神情来看着他。

"这个是顶好的草,顶干顶干的……"董家贵说。

"那就快些搬进去吧!"先生说。

"是!"董家贵说。

刘福山很懒散,很勉强地随着老头子搬起草来。这时候先生,小姐,孩子们和邻居都在屋子里面了,小姐在那里对着鞋子,软糕,炒米等等欢叫着,两个乡下人一捆一捆地把两担稻草搬到指定的厨房里去,搬完了,里面还在那里叫闹着,董家贵就恭敬地问女仆借了一把扫帚,把院子里散落下来的草一齐扫干净。刘福山则是在台阶上坐下了,慢慢地抽着烟。

"天啊,还绣了花的,这鞋子做的好笨呀!"小姐在里面叫着,"真是老古董!我底意思是就要做两双棉鞋,哪晓得是这种玩意,哪个鬼才穿的!妹妹,你说,你穿不穿?"

"我穿,"女孩子说。

"狗屁!你穿,你明天连草鞋都穿的!丕丕,你穿不穿呀?"小姐兴奋地叫,使刘福山想像到她一定是把那双小鞋子高举在头上,而跳着脚叫着的。

"我不穿。"男孩子说。

"不穿?你倒了不起呢。"小姐说,这男孩的回答也失败了。"你算个什么?你要晓得,是外婆亲手做的呀!"

"你这个人底意见根本自相矛盾!"先生讥讽着。

"你才矛盾!不跟你们说了!"小姐说,刘福山于是想像着她把鞋子摔得远远的那种姿势。房内沉静了一下。有低的声音传出来了,好像在说着是不是要留他们吃饭的问题,刘福山于是注意了起来;董家贵也注意地听着,显出了很难过的神情。但后来发觉了刘福山也在偷听,就咳嗽起来,故意地走开去了。

小姐出来了。

"董家贵,"她说,"这两万块钱给你们吧!"

董家贵看着钱而红了脸,很可怜地,很无力地拒绝着。小姐和他叫嚷着,也红了脸。忽然地她向刘福山望过来。

"哪,拿去吧。"

刘福山站起来就接住了,一句话都不说。

这时候已经是下午两点钟了,送草的乡下人走出了狭窄的巷子,大家都不开口。刘福山觉得很饿,就提议吃一点东西,董家贵听到了这个,就站了下来,愤怒地看着他。

"吃吧?"刘福山说。

"你吃!那个狗才吃!"老头子暴叫着,显然地他是憎恶到了极点了。"把我底一万块钱给我,我先走!"

"咦,你这才怪,发我底脾气做什么呀,本来人家就不会放炮仗迎你的!哪,两万块钱,一人一万!"

老头子颤抖着,夺下了钱,牵着他底驴子向前直跑。刘福山于是也没有心思吃什么了,跟着他走着。他们来到大街上了,走了很久很久,不说一句话。刘福山这时又在想着线帽的问题了,他看见街边上摆着很多线帽,他想,总不能白进一趟城的。可是他又害怕董家贵反对他。

"你看那个帽子呀,"他笑着说,希望引起老头子的注意来。

老头子看都不看。他只好羡慕地对那些帽子呆望着。再走了一下,老头子却站下了。而且,他向一家糖食店里走去了。他看了很久,指了两样糖让店家包了,付出了东家小姐赏给他的那一万块钱——这张票子是已经被他在手心里捏成了难看的一团了。他张开他底肮脏的,枯瘦的手,这一团东西,带着温热的汗气,就落在柜台上。而当店伙计轻视地把它展开来的时候,他就用一种为老年人所特有的仇恨的,冷静的神情看着它。

这是一桩不平常的举动,他从来不曾化这么多的钱来买这些被看做奢侈品的糖食的。

"买糖?"刘福山小心地说。

"糖。"董家贵侮慢地回答。

"我倒是想——买一顶那个帽子呢。"

"你买吗,唔。"董家贵说,"你买就是了,反正这是人家赏你的钱,人家要是不赏你呢,哼!你买,你就说:买帽子!人家就拿给你了。你要多挑一下,有的高头,是涨线的,有的还有洞!"

老头子是在毫无感觉地说着,但刘福山却非常高兴,飞跑回去了。老头子侮蔑地拿着那一包糖,目送着这向线帽飞跑而去的青年底强壮的背影,终于叹息了一声。终究他是完成了这件庄严的送草的任务了。

好久好久刘福山才走了回来,跑了几步,站下来试试帽子,又跑了几步。老头子已经失去了侮慢的神情,重新变得庄严了。他温和地看着刘福山底那顶帽子,好像大人看着小孩底玩具似的。这是一顶蓝色和白色相间的瓜皮线帽,上面还印着有几个英文字。

"五千块钱。"刘福山大叫着,"他要九千,吓,我还四千,再添一千,他就卖了!"

董家贵摇摇头,好像说,只有这样得来的难过的钱,才能这样花的。他同时很怜恤过着那样的生活的东家小姐了。

"贵是不贵的——不过,不大正经。"

刘福山一面看着帽子一面走着,终于带着非常羞涩的神情偷偷地把它戴在头上了。

走到城边的时候刘福山买了两千块钱的烧饼,给了董家贵一半,董家贵默默地接住了就吃了起来。他们实在饿得太凶了。后来,他们都振作了一些。城门外面,铁丝网前面,已经换了另一个兵在站着——也许并没有换,不过他们记不清楚了。天色已经阴沉了,旷野是灰暗而弥漫着雾气的,显然很快地天就要黑了。送草的乡人们牵着驴子走进了苍茫的平原。

"这个糖,是跟我妹妹的娃儿买的。"老头子这才解释着,"本来,老实说我看不上那一万块钱!我们是捧着心来的,一句话都没有,就是钱吗?去年还不是这个样子,去年还叫我进里头坐,说:'辛苦了啊,真是对不起呢!'今年呢,想必是先生出的主意了!不过,不管怎样,我们对东家还是要尽仁义!他们尽管不合情理,我们是合情理的!"

"老实说,我倒是高兴他给两个钱呢!"

"哼!哼!小孩子!不讲情义,上对下下对上不讲规矩,还叫个世界吗?"老头子说,被什么东西感动了,浮上了眼泪,沉默了很久。"你底那个帽子呢,"他用甜蜜的,嘶哑的声音说,"不太正经。不过你买的还算好,不然的话,不是涨线就是破洞。日本人来的那年,何顺昌底儿子戴了一顶这种帽子进城,也是送草的,日本人一看,说,你是游击队!不是?不是何以戴这种帽子呢?就拍达一枪打死了。他们说江北的游击队全戴这种帽子。所以你下回进城,走那些兵面前过,千万不要戴这个帽子——他们又在检查游击队了!"

刘福山,不觉地取下他底新线帽来看了一看,愤怒地笑了一声,把它捏成一团。他在昏暗的暮色中往前走着,捏得指甲都要陷到手心里去了;而他底牙齿在动物般地痛苦地磨响着。但忽然地他又站下,想通了似地,决然地把帽子重新戴到头上,放开大步一直往前走去了。

一九四七年十一月。

重　逢

　　已经是十一点多钟的深夜里了,落着一阵阵的急雨,天气仍然十分炎热。马车伕邓家贤拉完了他底最后的一趟生意,心里有一阵兴奋,赶着马匹沿着柏油路旁的高低不平的砖块路奔跑着。一切人和一切事都似乎不在他底眼内。他随着车身而剧烈地摇幌着,挥着鞭子,不时地叱骂着他底马匹,称它为"狗日的"、"不要脸"、"杂种"。街上仍然拥挤着行人,一阵阵的急雨似乎对他们并无影响。邓家贤在走到一家咖啡厅底门口时停了下来。他高高地坐在他底车台上向里面望着,看见一个穿着奇怪的鲜艳的服装的歌女站在蓝色的霓虹灯光下唱着歌,一个穿白西装的男人则站在她底旁边拉琴。咖啡厅里很噪杂,他听不清楚那歌女究竟在唱些什么。想了一想,他就高声地喊了一声"狗日的",甩了一下鞭子,疾速的他重又向前奔去了。
　　但这时忽然有一个赤着膊的老人从一家银行底台阶上对他喊着,接着就向他跑来了。他停住了车子。
　　"干什么的!"他愤怒地喊。
　　"这是我底老黄呀——"老人喊,向那匹水湿的老马跑去,但又站住了。"你是那个呀,兄弟?"
　　"你管老子是那个?"邓家贤叫,同时希奇地看着老人。
　　"哎呀你这个人!我这个人从来和和气气的——你不晓得,我就是王福贵!"老人骄傲地说;"我行不改名坐不改姓,就是王福贵!这匹马就认得我的,我赶它赶了六七年!"
　　"那么你说老子偷了你底马是不是?"邓家贤说,挑战似地掀开他身上裹着的油布来。

"我那里说是你偷呀,这又本来不是我的!"老人说。这时又来了一阵急雨。邓家贤迅速地又钻到油布里面去了。老人却向那匹他称它做老黄的马跑了过去,有点做作似地,拖住了马匹底颈子,对它大声地说起话来。

老人王福贵先前是一个马车伕。他在这个南京城里赶马车有三十年左右的历史了。一切关于马车的事情他都熟悉。哪些车行是怎样地兴旺起来的,后来愈开愈大,哪些车行又是怎样地没落下去了;哪些道路先前是什么样子,几十年来它们又是怎样地改变了;一些老旧的人家怎样地就消灭掉了,一些光棍人家怎样地又暴发了起来,住到那些漂亮的楼房里去,女人们和男子们底悲惨的命运是怎样地发生,结束的;在动荡的几十年间,这个城市是怎样地生活过来的——这一切他都熟悉。他底心里是充满着这个城市,几百几千的人家,无数的男女底历史。但在今年春天,因为盗卖了老板家里的一个橡皮车胎,他被驱逐出来了。从那时开始,他就一直卖着烧饼油条。然而自从三天前因为触犯了一个警察而被没收了所有的烧饼油条之后,他是连做一点小生意的勇气都没有了。他觉得做什么都没有意思了。他身边还存着有两千多块钱,这两千多块钱,在他是比他底生命还要宝贵的。他是宁可挨饿都舍不得把它们花掉的。幸好在马车伕们里面他还有不少的熟人,有时候,替他们帮一点小忙,凭着他年老机灵,他是还能够得到一点吃的。

他差不多不记得他底一生是怎样过来的了:年代的印象都错乱了。有时候,是要费了很大的气力,才能记起来,他底女人和他底女儿究竟是哪一个先死的。这些年来,人们底生活是经历了这么大的变故。但他是赶着马车的。他总是赶着马车的:车辆底震动声,马蹄落在碎石路面上的碰击声,马匹底汗水和强烈的鼻息,以及沿街的声嘶力竭的叫唤,这就是他底一生!他不能忘却最后六七年来他所驾驶的那一辆旧式的马车,和那一匹他称它做"老黄"的老马。他被驱逐了以后就一直没有再看见它们。现在他是意外地又和它们重逢了。

这是一辆破旧的,样子难看的轿车。但在十几二十年前,这种轿车是决不难看的,它们和那些旧式的街道是完全的一致。在那些年,差不多南京所有的新娘都是坐着这种轿车嫁出去的。它们充满着喜爱之气,它们底样子是很气派的。它们底车身是漆得光洁而漂亮,它们底明晃晃的玻璃窗在那些热闹的小街道上辉耀着:对于穷人们和爱好幻想的孩子们,玻璃窗里面的那个小小的天地简直就是一种甜美的神秘;它们底车灯也是辉煌的。一个簇新的鸡毛帚插在车台旁的一个铁筒子里。车台底踏脚板上则是装置着一个响铃,远远的你就可以听到它底清脆而愉快的声音了。在那些年,野孩子们,是以跳到车台上去,踏一下车铃为他们底最大的快乐!但现在那些老旧的繁华的街道多半变形,这一类的车辆也一律地失去了它底华彩和装饰了!它们是一天一天地变得更为破烂,除了一个车架以外是什么都没有,但它们却仍不消逝,被那些瘦弱的马匹拖着,象征着什么一种古代的梦境似的,悄悄地停立在这些宽阔的,照耀着霓虹灯的街道上。……

　　老头子王福贵,带着他底那种夸张和做作,重又见到了他底朋友,亲人似地,向那匹老弱的马跑去。这匹马最初是在不安地抖动着,但当他底手触到了它底背脊的时候,它就安静地站住不动了。它确实是认得它底旧主人,因为,无论邓家贤怎样地吼叫,它都站着不动。老人抱住了马颈,潮湿的马身上的一阵温热,使得他哭起来了。

　　"我底老黄,我底乖乖儿,我找你好几个月都找不到,你还记不记得你底王福贵呀,你跟了他这些年!"老人夸张地摇着他底身体,哭着说;"他天天想你,他心里难过啊!"

　　"老黄"抖了一下颈子又抖了一下前腿,重又静静地在雨里站着不动。它底两只巨大的,安静的眼睛,在幽暗中发着光。这一切都好像说:"我怎么不记得呢? 王福贵! 我们两个一同老起来,我们都快死了!"——"老黄呀,可怜,我底乖乖儿,你瘦成了这个样子!"他挥舞着两手喊;"我早就说过,没得我你哪里去舒服啊！"

　　这时候,邓家贤是重又掀开了披在身上的油布,在那里好奇地看着他。王福贵不停地和"老黄"说着话,天真而夸张地做着姿态,叙述过去,重温旧情,使得这年青的车夫不觉地变得迷茫了。但忽然地他就高兴了起来。

　　"他妈的！老头,"他油滑地笑了起来,说,在座位上移动了一下;"老子听说过你,你叫王福贵对不对？你有这多的话跟它说,老子还不晓得它狗日的叫老黄哩！"于是他又有趣地笑了几声。

　　"它确实叫老黄,不会错的！"老头认真地说,相信他是已经把对方感动了:"你贵姓呀？"

　　"老子叫邓家贤！——老头,你怎么搞成这个鬼像的呀？"

　　"说不得,兄弟！"老头,显得快乐起来了,说;"我这车子赶了好些年,日本人在这里一直是我赶的！这车子是吴老四家的,住在石鼓路,对不对？"

　　"老子上个月才租下来的,十万块钱押租！"

　　"你是租下来的,你自己做一大半主你福气呀！"

　　"做他妈的鬼主！"邓家贤拍了一下腿。然后就很有派头地把两手架在膝盖上,沉思了起来。

　　"我不瞒你说,"老人在雨里仰着头愉快地说:"我是替别人家赶马车赶了三十年,前前后后赶过一二十部车子！我是王胡子大行里当徒弟出来,在李福顺行里做过,在金秀珍老板娘那里做过,如今金家是发财了呀,有十几处房子,一个月就是百把万！"

　　"你这个老头今年怕五十岁了吧！"邓家贤问。

　　"我六十岁了！"老人快活地回答。

　　"你家里没得人？"他问,斜着眼睛把老人从头到脚地看了一遍,好像这个老人是一个渺小奇怪的东西似的。

　　"什么人都没得。"

　　"你住在那里呢？"他歪着头问。

"喂！你看，就睡在那块地方！"老人，仍然快活着，指着远远的银行门前的台阶地说。

"哦，你狗日的住在那里！"邓家贤说，向那灯光下的台阶看了一下。在他底厚大的嘴唇边上是有着一个轻蔑一切的微笑。他自称为"老子"，称别的一切为"狗日的"显然他觉得很是得意。

但这时候，那匹马焦躁地踏起脚来，不安地向前走了几步。

"老黄！不动！"老人亲切地喊。一面讨好地看着邓家贤。

"老黄！"邓家贤说，开始对老人觉得有点放心了。"你要是不嫌迟，你上来坐坐，我们谈下心。"

"哪个鬼孙子才嫌迟！"老头说，于是轻捷地爬上了车台。重又爬上了这个车台，他似乎是感动得说不出话来了，发出了一串不联贯的声音。"……我底那个老婆死了二十几年了！……我们原先是住在水西门！"小心地望望邓家贤又望望马匹。邓家贤默默地牵动了马匹，车子驶出了满是水洼的砖块路，转到柏油路上去了。

"你这个老头，你要一点油布！"邓家贤说，张开他底那张破烂的油布来，披在他们两个底肩上。雨水迎面地扑在他们底膝上，但他们在油布中互相地感到身体底温热，都有点感动而且稀奇，好久都说不出话来了。显然地他们都是习于戒备的人。"喂，你说你老婆死了，怎么样？"邓家贤冷淡地问，看着远处的警察底岗位，重又把车辆拉到破路上去。"这狗日的瘟东西！"他骂，鞭了一下马匹。

"她死了。"老人机械地说，这时候他才对他底老黄真的觉得有点痛楚，觉得邓家贤并没有理由鞭打它。"她死了……"他重复地说，呆呆地望着他们迎着它而驶去的一家橱窗里的美丽的灯光。刚才的那一阵狂奋过去了。他显得疲弱，恍惚，不明白他自己底话底意义，并且似乎不明白他究竟在那里。

"狗日的！"邓家贤狠狠地说，显然地是在独自地思索着，并没有注意到老人底状况。"我底那个女人是上两个礼拜死的，他们说是脑膜炎！"

老人仍然呆呆地望着前面。雨落着,马车转了弯,沿着一段没有灯的,幽暗而宽阔的街道奔驶着。

"老子从来不向别人低头!"邓家贤说,轻蔑地笑了一声:"老子欠债自己还,十年二十年,一百年都还,老子日妈是还得起的!"

"那是当然!"老头说。

"现在一部车子一匹马你说要该几十万?日妈的!上个月我那死鬼女人出主意跟我说:'去把吴四老板那部车子租下来呀!赶上几年,加起押租来,就好自己买一部了,不是吃一辈子么?'我说:'你这话倒聪明,聪明话哪个不会说!我看我还是只有帮人的命;我哪里来十万块钱押租呀!'咦,哪晓得她有办法,神不知鬼不觉地存了十万块钱私房钱,统统拿给我了!"

"好心肠的女人家啊!"王福贵说。

"说良心话真是好心肠的女人家!"邓家贤用一种甜蜜的声音说,那一股怒气没有了,倒是愈来愈动情地充满着洋洋自得的气味;"她嫁给我才四年,老实不客气地说,我管她管的才凶!一有不对我就骂,打!嗯她狗日的是怕我的!她带着病都跟我忙,烧火弄饭洗衣,我一点都不客气,你不能对女人家客气的,不然她就欺你!那天她说有十万块钱拿给我。"

他咽了一下唾沫兴奋地说:"我心里先是很高兴,后来一想:她哪里来的钱呀,她娘家又是穷光蛋!要不是相好的给她的,就是这几年来刮我的!我愈想愈气,愈想愈下不了台,走上去给她一个耳光,抓住她底头发问:说:钱哪里来的?"这马车夫高声地叫着,好像仍然在和他底女人吵架似的。"她哭了,她说:我聚起来的呀!"于是他沉默了一阵。"说良心话她也可怜……但是你想想,要不是老子凶,管得紧,她狗日的聚的钱还会拿出来?这钱本来就是我的!"

马车在碎石路上颠簸着:厉害地吱咋着,好像就要破裂了似的,邓家贤沉默了。重新地想着他底女人。显然地他是在不断地思索着这一切,显然地这一切很是苦恼了他。

"要是没有她,老子早就发财了!"他小声地愁闷地说:"我自己不是吹的话,活动几个本钱做生意是没有问题的,现在弄了这个马车,上不上下不下,全是她出的好主意!刮了老子底钱拿出来还算是她心肠好,她真不知刮了我的多少呢,想起来我都要不知怎样说!他妈的,我时常想,要是人死了还能喊回来说话的么,老子真想把她从阎王老子那里喊回来把这笔账跟她算算!不然她死了心里还老以为我对不起她呀!"

于是他们都沉默着。

"我底那个女人,我还记得的,"老头忽然用沙哑的声音说:"那是对我真好!我二十五岁的时候害了一场大病,她是寸步不离,日夜地扒在我枕头边上!我要吃什么,就总是马上跟我弄来了,真是日夜地在我枕头边上!"

一辆小汽车疾速地迎面驶来,惊动了他们。它底强烈的灯光使得马匹惊跳了一下。雨已经止了。

"老头,"邓家贤说:"我想来想去,我底那个女人也还是对我不错!不瞒你说,"他酸着鼻子说,"死了我心里很难过,我就是哭不出来!唉,她活着不好,死了也还不好!老头,你赶了几十年马车,这行生意苦得很啊!"

"那是这样的!"老头有力地回答,觉得是已把这年轻人抓牢了;"苦嘛,苦的日子还在后头呢!来,我来赶!"他说,掀开了油布,抓过邓家贤手里的皮鞭来;"吁,老黄,你累了吧!你慢慢地走好了!你不晓得从前的那些事啊,从前这是一行好生意,"他对邓家贤说;"光是我手里就拉过十四个新娘子,有的赏有的吃还有的玩!在我手里拉过了八匹马,这几年一直是它拉的!"他鼓起嘴巴来抽了一下在碎石路上慢腾腾地奔动着的马匹,"你看,它现在老了,从前它能跑路,从下关一直跑夫子庙,一口气都不歇!日本人来的时候,到处拉马!马!马马!看见了就叫,我那回是大石桥溜马,两个鬼孙子走上来就给老子一个耳光,把老黄拉走了!我心里愈想愈伤心,当了亡国奴啊,我想。

我记挂老黄不知怎么的整哭了一夜了,从前的事都想起来了,哪晓得巧得很,第二天一早我又走大石桥过,看见场子上一个鬼孙子都没得,鬼孙子老黄跟别的马一起站在那里呢！我悄悄地走过去,老黄看着我,晓得我来了,一动都不动"。他兴奋得发着颤,说,然而天晓得他是怎样想起这些故事来的。"也是命里注定老黄不该死在日本人手里,我拉起它来就走掉了！"

　　"哎老头你少在我面前吹牛吧……！"邓家贤不满地说。"日本人的时候,我是跟我的舅舅一道做生意,我底女人……"

　　"我遇到的才多呢,"老头抢着喊,"下关杀人的时候,我底一个侄子就是给机关枪打死的！我底侄子是个好人,是在李福顺行里赶马车的。"

　　"人总是不晓得自己会怎么死的。"邓家贤生气地说,"老子那个老婆,早上还吃了两碗饭,晚上我回来她就人事不省了,早上还吃了两碗饭,你想想！我跟她说话她也听不见了。"

　　"贤慧的女人家啊！"老人兴奋地喊,显得非常的激动,但一面却偷偷地摸了一下邓家贤底荷包。"我不知见过多少贤慧的女人家！我还记得起来了,民国十七年冬天,一天夜里十二点钟,多厚的雪,我在莲花桥等生意！"他胡乱地,快活地吹着,实际上他也不能分辨真假了,因为过去的一切他都记不清了。"我想,不等了算了吧,不过又想,我要多弄几个钱,对得起我女人才行呢！于是一个军官带一个女人来叫我底车子了,那时候革命军来了,也是兵慌马乱的,到下关我要四毛钱,那军官老爷一口答应了！好不容易两个钟点才到下关,我一声喊,不见人下来,再一喊,心里就晓得不对,跳下来开开车子一看,——你猜是怎么回子[事]？那军官老爷在那女人胸口杀了一刀,自己逃掉了！那女人还没有死哩,哭着跟我说：'你可怜可怜我啊！'我骇得直叫起来,后来我还为了这事情坐了三个月的监！"他兴奋地说,简直喘不过气来了。

　　"你这个老头有点病吧！"邓家贤问,相信他完全是在吹牛了,看着他底错乱的,兴奋的脸。

"我？我才没得病！"老头更为快活地说："我身子好的很，我们走到中华门了呢，你看，就是在那块空地上民国十七年杀过共产党！"他异常亲热地说："多少年青的男男女女啊！那时候这条街黑得很，整年都闹鬼，一盏灯都没有，你不晓得那些年冬天夜里头的那个风啊！地底下又是高高低低的，有时候不晓得踩着什么，马跳起来有几尺高！你不晓得那些年心惊肉跳的那些事情啊，有一回，"他吃力地咽了一下唾沫，"有一回我底马车就被革命军的枪打了两个洞，我胆子大呢！……"

"闭嘴！"邓家贤，对于这些话是觉到忌讳的，对着他喊。

"他总该拿几个钱给我吧！"老头沉默了下来，想。于是偷偷地看看邓家贤底淡漠的，沉思的脸。

"你说我病，我从前比你行得多！"他说。"老黄啊，你往中间慢慢地走！"他突然不快活了，感伤地对老黄说了起来；"是老了啊，要是我死了，我不晓得哪个会来收我的尸！不过，没得人可怜我，老黄是会可怜我的。我底乖乖儿，老黄，你认不认得这是我啊！"

他是说得这样的感动。邓家贤开始可怜他了，但却因为不能决心是否要给他几个钱，在那里懊恼地沉思着。

"老黄啊，我们这回见到，是只有来世见了！"老头无限伤心地说，"老黄，我底乖乖儿，我真恨不得再喂你一回水，再叫你吃个饱，叫你长得胖胖的！在别人手里头，"他做着激动的姿势对"老黄"喊，"你哪里有好吃好喝啊！唉，你哪里晓得我老人家是要饿死在路边上啊了！"

"老头，"邓家贤生气地说，"你怎么这么噜嗦呀！它才不会听懂你底话的！老头，我晓得你可怜。我老实说，要是别人是不会可怜你的！你年纪不小了，我看你还是自己保重着点吧！"他说，这时才完全下了决心不给老头一个钱了。

"你怎么可怜我呢？"老人注意他问。

"我不敢说我是个好人，不过看你这样子我真难过；说老实话，要是我身上有钱，我一定给你千儿八百的！别人才不会理你呢,不是吹的话,我们这些人,要不是死了女人,就给你千儿八百的真算不了一回事!"

"这狗日的厉害!"老头想,同时下了决心,把自己底手伸到邓家贤底荷包里去了。

"你还不是可怜人,兄弟! 我心领了就是了!……我想起来了,在民国二十一年,国民政府搬到洛阳去了,日本人对城里头开炮……"于是他又生动地说了起来,但忽然邓家贤大叫了一声,发觉到自己荷包里的一卷票子已经落到老人底手里去了。

"我操你祖宗,"他叫,抓住了老人底手,它是正在往他自己底裤带中塞。

"这是我自己底钱呀!"

"老子喊警察老子揍死你!"邓家贤吼叫着,夺过了钱,同时拿起马鞭来对准老人打去。老人躲闪着,使得拉马的皮带落下去了,于是老黄暴躁地蹦跳起来了。但邓家贤仍然愤怒地,猛烈地鞭打着他。

"唉,兄弟,我下回不了呀!"老人用可怜的小声说,在皮鞭底抽打下缩在车台上;"你可怜我,我是个可怜人……"

"滚。"邓家贤拉住了车子,对他喊;"你狗日的老虎头上拍苍蝇,滚下去!"

"哎哟,你何必呢!"老人说,看了他一眼,慢慢地从车台上攀下去了。

这时又有了一阵急雨。邓家贤叫骂着而拉动了马车,但愈想愈气愤,就又举起鞭子来猛烈地打了下去。

老人在鞭打下颤抖了一下但仍然站着不动,邓家贤驾着马车转进黑暗的巷口去了。

老人站在大雨中,看着老黄慢腾腾地奔动着拖着马车在黑暗的巷口消失。他这才觉得他是真的再不能见到老黄了,他这才觉得他和老黄都已经年老,而他是怎样的孤零。他这才觉得他是真的挚爱着那一匹可怜的老马,他不能看见它底离去……

"我底老黄啊!"他突然地在雨中向黑暗的巷口跑去,高举着两臂大声喊,"我底乖乖儿老黄啊,你站下来听我说一句,我底老黄啊!"

巷子底尽头照耀着一片微弱的灯光,可以看见,在急雨之中,好像是在回答着老人底叫喊似的,那一匹老马底身影在转弯的时候慢慢地摇动着。老人又向前跑了几步,但马车已经转弯而消逝。"我底老黄啊!"老人大声喊,响澈了整个的寂静的巷子,同时栽倒在泥水里去了。

饥渴的兵士

兵士沈德根在街上走着。已经是很暖的四月天了，他仍然穿着一件油污的棉军服。他底骨架很粗壮。但脸色死白，脚步蹒跚，眼里闪灼着不平常的饥渴的光芒。他全身心都饥渴，然而又昏沉麻木而没有任何感觉。大街上充满了车辆。从那些仓皇地鸣叫着的汽车下面，灰尘飞腾着而弥漫了整个的街道，使得空气更为郁闷。没有阳光。兵士沈德根脚步不稳地在人群和车辆底洪流里走着。他觉得受不住了，就解开了他底棉军服底扣子。这棉军服里面没有衬衣，于是他底难看的、肮脏的胸膛就赤裸了出来。当他发觉走不过去，而抬起头来的时候，一个穿着毕挺的，顶有精神的，年青的宪兵站在他底面前了。

"怎么不扣好制服？哪一部分的？"这宪兵用着陶醉于权力的威严的声音问。

兵士沈德根不知道要怎样回答他，他好像什么也没有听见，预备绕过他继续向前走，可是这宪兵吼叫了。

"站住！扣好制服！再动就抓起来！"

沈德根站下了，害怕地对宪兵看看，一时显得很慌乱，红了脸，嘴唇发着抖，想说什么而没有能说出来，把衣服扣上了。

"你是那部分的？"

沈德根给了回答，于是这宪兵从头到脚地再把沈德根看了一眼，鼻子里哼了一下，走过街道去了。沈德根发觉路边上有人看着他，就更慌乱，更脸红。他往前走去，但已经失去先前的对周围漠不关心的态度了，不时他回过头来看着，看那个宪兵是不是走远了，并且看人们是否仍然在看他。他们果然仍然在看他。

终于有一次回过头来的时候,看见一个宪兵从一条巷子里走出来,似乎就是刚才的那一个,他站住了。

"他妈的老子揍你个小舅子!"他大叫着,挥了一下拳头,然后叉着腰。可是那宪兵离他太远了,根本没有注意到他;他底叫喊却惊骇了周围的一些行人。人们底眼光使他昏迷。这时恰好有一辆马车跑近来,来不及停住,马匹底肚子把他碰着了。他于是就狂暴地扑上去打了那老头子马车夫一拳。老头子马车夫不作声,看着他。

"瞎眼睛啦!"他叫。

可是他底狂暴的神情改变了。当他接触到车里的几个穿得很鲜艳的男女对他投来的那种厌恶的目光的时候,他底脸就愤怒而痛苦地颤抖着。那些眼光是在说:"看这种东西多讨厌啊!"

这时候马车已经驶去。他昏迷地站了一下,诅咒着。但是他已经丧失了自信,他觉得人们底眼光是对的;他也讨厌他自己。他讨厌自己底脏臭的躯体,混乱的、痛苦的心,和这种绝望的横暴的感情。他讨厌自己底怯懦,对于宪兵的恐惧。他流着汗,脸色比先前更惨白,眼里的饥渴的光芒更可怕,脚步更不稳,向前走着。他是到这个城里来找他底队伍的。十几天之前,他们驻在一个小县里,他病倒了人家把他丢下了。县政府的卫兵可怜他,给他东西吃;后来,当他似乎好了起来的时候,又替他在店铺里募了几个钱。他来追他底队伍了,因为,在这个世界上,他没有别的地方好去。他依恋他底队伍,虽然好些年来这个队伍所给他的只是排长班长底拳头,脚踢,和鞭挞。他是一个不中用的蠢人,无论干什么勤务都要出岔子,弟兄们称他为傻屌。他觉得这是一生的耻辱。但是现在,他又多么渴望班长底拳头,和弟兄们喊着傻屌的声音啊!他到这城里来已经两天了,这城是这样大,他到处都找不到那些喊着傻屌的,他底亲爱的弟兄们。他们丢下他的时候,他哭了,他们有的也淌眼泪了。他要找到那些为了他而流过泪的人们。可是现在,他已经不敢有着这样的希望了,他只是毫无目的地在街上乱走着。

他忽然想到,当八年前他家里的人都死光了,他一个人跑出来当兵的时候,他是相信自己会发财的。他们村上,刘富顺就是在外面当兵发了财的。对着这个思想,他呻吟了一声。他很淡漠地想到了他底死去了的父母,和他底一个妹妹被地主东家逼迫,跳河死去的事情。他确实很淡漠,他一点也不怀念他底亲人,他已经感觉不到他们了,似乎他们不曾存在过;而且他也没有了怀念的力气。可是他又觉得悲痛,想哭。他走到一条宽阔,笔直,车辆很少的街上来了;他不知道他怎样走到这里来的。他也没有想到这样走是否对。这是黄土铺成的街道,两边房屋很少;有的地方是被挖成了很多洞的黄土坡。一群空板车在路边轰轰地滚动着,车夫们吆喝着。这些车子赶上他了。他和它们中间的一辆并排走着。好久,他觉得有人看着他,于是他向身边看了过去。那个站在板车上的戴着破草帽,披着衣服的年青车夫,对着他底眼睛长久地看着。然后掉过头去了。但后来,好像被吸引着似的,又对他看着,脸上有着一种严肃的难过的神情。终于这年青人对他友爱地笑了一笑,露着一排整齐的牙齿来。

　　隔了好一会,他才也笑了一笑。然而这笑容是很难看的,嘴皮颤动着,好像被什么东西刺痛了一般。

　　"往前走是出城吧?"他问。

　　"出城。"车夫愉快地肯定着。

　　"你们是拖货的?"他说,他非常需要谈话,饥渴于这种谈话,虽然他底声音是无力的。

　　"拖砖瓦的。"车夫说:"老爷,你是赶路的吧?"

　　兵士沈德根坚决地抬起头来。他不知道他为什么要这样抬头。但是他害怕回答说他是赶路的,于是他们之间没有什么话谈了。那年青的车夫站在车上,手里拿着松弛的缰绳,随着车身底震动而摇幌着;他仍然不停地看着沈德根,带着那种隐瞒不住的严肃的难过神情。显然沈德根身上的什么吸引了他和刺戟了他。这时候前面的一辆车子上一个青年愉快地兴奋地喊叫了一声,唱了起来了。后面有人开始大骂着,开玩笑地喊叫着。板车底行列里面腾起了一阵热烈的空气。顶前面的一个穿着一件僵硬的油布衣的家伙,大声地叫着说了一长串话,好像是说到一个女人怎样,于是大半的车夫都笑起来了。

"我操你底祖宗,王二麻子!"沈德根身边的这个年青的车伕对他叫着,红了脸,但是后来自己也笑了。

沈德根也笑了。他对于这种笑声是多么的饥渴。可是他底那笑容仍然是难看的,像是一个被刺痛的人底神情。他爱那个披穿油布衣的家伙所提到的女人,他觉得她就站在他底面前,是一个好看,爽快,强壮,大手大脚的好角色。

"不好意思呀!妈的个,有什么不好意思呀!躲到老子裤裆里来吧!"那穿油布衣的角色,站在他底空车子里,高举着两手,拼命似地对着这边叫着。

"不好意思你妈的,"这戴草帽的青年着急的叫。

"乖乖儿,一对银手镯呢!一双粉红的肉丝袜呢!乖乖儿!"

"给你妈的!"

那穿油布衣的又要叫什么,高举着两手,但车子一震,使他扑倒在车子里面了。人们又笑了。然后奇特地寂静着,似乎大家都在想着那个女人。忽然地后面的车子里一个尖细的声音开始唱起来了。它慢吞吞地,用着一种走了腔的怪声唱着:"王大娘,就把缸来补。"兵士沈德根身边的那戴草帽的青年脸上又有了严肃的难过的神情。这次他看着前面。

后来他摸出两支纸烟来给了沈德根一支。并且,站在车子上弯着腰,替他点着火。

"你们当兵的,一个月挣多少钱?"他问。

"没得钱。"沈德根说。

"那你们替哪个打仗呢?"车夫着急地说:"为国家为国家,国家是干什么的呢?"他惶惑地沉默了一下。"上个月来抽壮丁,我们家弟弟去了。"

沈德根贪婪地吸着烟,机械地听着这车夫底话,心里仍然在想着那个好看,爽快,强壮的女人,觉得很痛苦。有一个时间里,他简直失去知觉了,昏迷了,但仍然走着,他害怕车夫们丢开他,他害怕一个人走路。他迷胡地觉得,车夫们中间的热闹的空气,他从前曾经在那里遇到过,完全和这一样,甚至觉得,这几个人,这几辆车子,他从前都在那里见到过。……忽然地他想到家乡了!他不也曾赶着车子,像这个青年一样地站在车子上,在黄土路上大叫着而奔跑吗?

"喂,我从前也赶车子的!"他用力地说,生怕没有力气发出声音来。

"你大地方是那里呀!"

"河南。"

"好地方啊!"青年车夫严肃地说。"我那个弟弟,听说开到徐州打共产去了。共产多不多呀,老乡?"

"多!"沈德根说。"我从前赶车子呀,赶车子呀!吓!吓!我赶车子呀!……你这骡子老了!"

"老了。你打过共产的呀?"

"打过,我们团长叫打死了。"沈德根说,"我从前赶车呀!那才……上下几百斤,三匹牲口拉,我妹妹跟着我跑,跟着我跑呀!吓!"

"那才……共产怎样子的呀?"

"好!共产好!他们分田的!"

那年青车夫小心地沉默了,伏在车沿上,紧张地看着他,沈德根脸上的神情是昏迷可怕的。

"他们怎样子分田呢?"车夫小心地问。

"分就是了,你一亩,我一亩,他又一亩!"沈德根,兴奋地张大着他底燃烧着饥渴的光芒的眼睛,但是忽然地,眼泪从这一对眼睛里涌出来而流下来了,流过他底肮脏的脸,颤动着而挂在下颚上。"我赶车子呀……我妹妹跟着我——跑……吓我,要回家去了!"

"你家里现在怎样呀?"车夫紧张地问。

"死光啦!"

车夫伏在车沿上,迷惑地看着他。忽然地叹息了一声。

"我叫金水子,我弟弟叫金二狗,老乡,你贵姓呀?将来我们怕遇得着的!"

"是啦!吓,我要回家啦!"兵士说。

"金二狗!不过当了兵他们不准叫这个名字了,又改成金夺标!老乡呀,你是病了吧?"金水子专注地,迷惑地看着他说。

兵士沈德根摇摇头。他害怕提到这个。这时候他们已经离开了那宽阔的大路,走进了一条热闹的,砖石铺成的小街了。小街的两边都是低矮的瓦房和芦席棚,到处歇着骡马,拥挤着忙碌的乡下人。这地方是靠近城门的转运的市集。走进这小街,板车夫们就热烈地大声呼唤起来,招呼着熟人,并且和熟人们互相叫骂。那最前的一个穿油布衣的家伙忽然地撒起野来,狂叫着而抽打着他底骡子,它就飞奔起来了,冲翻了路边的一担稻草,冲得两旁的骡马们焦燥地竖起了耳朵,冲得满街大叫,鸡鸭乱飞着。所有的板车都跟着它奔跑起来了,所有的板车夫们都站在车板上,弓着腰,紧张地注视着他们底路。

"老乡呀,结个朋友呀!"金水子挥着手喊着,在车子上激烈地摇幌着;他底被绳子系着的破草帽脱落了下来,挂在他底背上,显出了他底剃得很光的,发亮的头。

后面的板车发着轰声经过沈德根身边。

"老乡呀!"金水子后面的一个年青人,也转过头来,对着他挥着手叫。然后车队就奔出小街,消失在一阵黄土里面了。

回答金水子底喊叫,兵士沈德根仅仅无力地招了一下手。他底脸上充满了痛苦的,饥渴的,良善的表情。后来,他呆站在那里,望着那飞扬着的黄土,眼睛里充满了眼泪了。他觉得是做了一个甜蜜而痛楚的梦。什么时候才能驾着车子在故乡底原野里这样快,这样快地飞奔啊!

他不再往前走了。他只是随着板车底队伍不觉地走到了这里;他没有什么具体的目的,他不知道究竟要到那里去,他就像被遗弃的孩子似的,可是,这个地点,这个充满着骡马,柴草,乡人们的地点,却是使他异常亲切的。他觉得他不要再走了,他觉得他要吃一点什么。他不知道自己底这饥渴是怎样一种性质的,他不知道,他病得有多么重。

他贪婪地吸着骡马、柴草底气息,觉得昏迷,往那些乡人们里面走去。他觉得了,有几个乡人看见他过来就不安地看着他,可是,他没有力气注意这些。他也糊涂地知道,是他底姿态,他底棉袄,他底流血的脚,和他底神色惊动了乡人们。他向一个看着他的老头子亲切地笑了一笑,可是那老头子假装没有看见他地转过脸去了。他又向一个中年人笑了一笑,那个中年的乡人很快地走了开去。

"我是一个鬼吗?"他想。他仿佛又听见了金水子底喊声:"结个朋友呀!"他觉得要大哭出来。

但是那个老头子又在看他。他又笑了一笑,于是,老头子就向他窘迫地点了一下头,走开去了。

"他妈的!"兵士想,愤怒地环顾着,看见了一个歇在路边的下饺子的担子。顿时他想吃饺子。并不完全是由于肚子饿,也由于那种对于鲜美的滋味的渴望。可是他底样子已经比先前更可怕,他底脸更惨白,眼睛更红更闪灿,脚步更摇荡。在他走过来的时候,下饺子的那个缺嘴的老头子对他恐惧地看着了。这种恐惧的眼光把他激怒了。

"我下一万块钱的!"他说,拿出剩下的唯一的一张票子来,放在担子上。他尖锐地感觉到,他刚才还觉得亲切的这个街市是如何地不信任他,一个兵士。他狂怒地摔出这钱去,是为了表示,他是值得信任的。即使所有的兵都不值得信任,他也是值得信任的。他从来不曾做一件对不起乡人们的事情,他自己就是一个乡下人。好多年来,兄弟们抢到乡人的时候,他是站在一边,痛苦万分的。而就是因为这个,他牺牲了一切发财的机会了。

可是那缺嘴的老人说,饺子,是三万块钱一碗。

"我下一万块钱的!"他颤抖着说,忍不住他底痛苦的愤怒了,也想不出别的话来说。

"先生,三万呀!"

"再说我揍你,老子只有一万!又不是血钱!"他大叫着。周围的人们都在对他看着了。他们底眼光是怜恤而又隐藏不住地含着厌恶。这种眼光叫他觉得要疯狂了。他一时说不出话来,手脚冰冷,流了满脸的汗。

"你敢不下吗?"终于他叫着;"告诉你,这又不是血钱,她妈的,我们当兵的就不是人?不都一样是穷人?不都是乡下人?你们这就把我看成一个恶鬼了!"

他颤抖着,对着默默的乡人们看着。这时那缺嘴的老人已经拿了几个饺子放到锅里去了。

"我们都是种田人!"兵士沈德根带着一种哭咽的声音喊着,他觉得绝望,他渴望向着乡人们跑过去而大哭起来。他心里充满了激动的疯狂的感情,可是他觉得他一点都说不出来。但正在这时候,先前的那个老头子走出来了,对卖饺子的说,替这个老爷下四万块钱的,并且掏出钱来。

兵士沈德根更惨白了,他在抽搐着。他睁大了眼睛看着这个脸上有一大块创疤的,生着灰黄色的胡须的老人。

"你贵姓呀,老伯伯。"他用沙哑的声音说。

"吃吧,老爷。"老人说。

有十几个乡人静默地观看这个场景。兵士沈德根端着满满的一碗饺子,颤抖着,眼里闪着饥渴的光芒,走到路边的一堆茅草前面蹲下来了。他底病重的、狼狈的样子是骇人的,可是他自己不觉得。他饥渴于这美味的饺子,饥渴于那"结一个朋友呀"的呼声,饥渴于乡人们底亲切的感情,饥渴于乡土,奔驰的车,妹妹底呼叫,饥渴于爱。他吃了着。人们肃静地看着他。人们感觉到了他身上的这种饥渴,人们,乡人们,尊敬这种饥渴。

他吃完了,把碗放在一边,慢慢地解开了他底被宪兵逼迫着扣上的棉袄,坐在茅草上,闭着眼睛:他底干枯的,满是伤痕的手在轻微地颤抖着。

后来他底眼睛张开来了,贪婪地望着乡人们。乡人们寂静着。有一个人,对着一个跑过来而呼叫着的孩子,打了一巴掌。

"结个朋友吧!"兵士沈德根衰弱地,然而火热地说,脸上并且有着天真的笑容。"我们要回家啦!"

他靠到茅草上去,慢慢地垂下了他底沉重的眼皮,把他底一双手放在胸前。他底手在无意识地抽搐着。茅草底浓厚的香气浸蚀着他。他死去了,在乡人们底沉重的寂静中。

一九四八,五,十五。

屈　辱

一个怀孕的妇人走进翻砂厂来,很畏怯地对着里面的杂乱的景象望了很久,用忧愁的声音喊着:

"德银!德银!"

这声音是和她底体态同样衰弱的,翻砂厂的熔炉底吼声立刻就把它吞没了。在院落里,刺眼的强烈的阳光下,熔炉喷着火焰。赤着膊,满身汗水的煤炭工人们用着可怕的紧张在工作着。他们正在猛烈地倾倒那熔炉,使得燃烧着的铁液流注到一个槽子里去。一个学徒提着一把铲子站在旁边。在院落底台阶上,站着穿了一件汗背心的矮胖的老板,他在酷热的天气里监视着工作,因为后天就是交货的日期了。

"德银呀。"那女人走过前面的堆着模型和工具的厂房,继续喊着,她已经显出了一种昏迷的神情,显然她已经支持不住了。

"有人喊你,何德银。"一个工人大声叫着。

就有一个身材矮小而颇苦壮,脚上缠着一大块染着血的脏布的年青人,从那怒吼着的熔炉底后面蹒跚地走出来了。他一面揩着汗一面大声地叫着"那个找我",然而看见她底女人,他呆住了。随即他走到门边去,抱起水桶来喝着里面的冷水,一面粗暴地喘息着,好像他底身体就要炸裂似的。那女人可怜而又害怕地看着他。

"你等一下吧。"他说。

"爹跟妈都上来了……"

"啊!"他说,"在那里?"

"在门口哩。他们不肯进来。"

何德银往门口走去。

"你们是今天上来的?"

"今天呀,搭的头班火轮船……"

这赤着膊的工人走到门口,就有一对穿着破旧的短衣的,白发的老人走墙边的地上站起来了。他们用一个可怜的、慈爱的注视迎接着他。在那墙边的地上,放着两个包袱。何德银挥着汗,迅速地对那两个包袱看了一眼。

"爹。"他喊。

两个老人仍然沉默着,他们显然激动,不安,可是说不出一句话来。母亲底眼圈立刻发红了。父亲底两片嘴唇变得灰白,颤抖着。

"进来歇歇吧,"翻砂工人用着异样的声音说,迟疑了一下,走过来提起了那两个包袱。

"是这里头吧?"父亲说。

他没有回答。

"进里头去……没得关系吧!"

"进去吧。"

"德银,家里头人家要抓爹爹,说他通匪;家里东西全都叫那些畜牲兵给抢了呀!"女人急急忙忙地说着,喘着气;同时闪耀着可怜的眼色。

"唔。"何德银回答。

"初三那天牵走了家里头的牛,爹闹了,一时性子,跟那兵打了,那兵就把爹捉去,后来……"

"我晓得。"何德银说,虽然他什么也不晓得。

"我也没有跟他们打。"父亲惶惑地说。

"后来就要钱,"妈妈叫着加上说;"保长地方上都出来说,卖了家产,说情面,磕头,才救了命……"

何德银端了一张凳子,并且提了一把水壶来。

"你们歇歇吧。"

"是咯,是咯,你有事。"父亲连忙说。

翻砂工人走了进去，继续工作起来，同时他在苦恼地想着，怎样地来安置他底父母，和他底就要分娩的女人。首先需要一间房子，其次需要一点家俱。可是他却是一直睡在工作房底地板上的，什么也没有。也没有能积蓄一点钱。一年以来只是在去年过年的时候寄过一点钱回去，这半年来就完全没有理他们；一方面老板拖欠工钱，一方面钱又实在太少，而且，因为内心的说不出来的苦痛，喝了酒了，他原来是很老实的小城市里的工匠，因为家乡里要拉他的壮丁，投奔到这里来之后，和周围的人们不大合得来，心里觉得寂寞，就逐渐地有点孤癖。有时神经质地骚闹，说一些难听的恶毒的话，有时又沉默寡言，变得自己也不能了解自己了。常常地在下工以后喝了一点酒，就一个人在大街上低着头乱走。因为无缘无故地就会和同伴们闹气，吵嘴，所以大家都有点不高兴他。先前，晚饭的时候打了酒来，别人还和他聊聊，喝两口的，但渐渐地大家不作声了，他也不再招呼别人。他总在猜忌着别人会做什么损害他的事情。这猜忌也并不是没有原因的，因为老板对他不好，给他的工钱最低，而另外有两个工人，有一个还据说是老板底师弟，平常穿得颇为阔气，常常要去嫖妓女的，就很轻蔑他，不时地使唤他，拿他当下手看待。他心里充满了愤恨，这愤恨恶毒地咬嚼着他。但他又颇害怕老板的一群，因为他们是地方上有力的流氓，能够说一句话就把人弄进警察局去的。当他在考虑着怎样地安置他底家眷的时候，这些一齐涌到他心里来了。他底旁边就站着那个瘦长的，斜眼睛，样子凶恶的老板底师弟，自己不工作，却不住地在指挥着乱叫着。不过他终于觉得自己像这样软弱是不行的，总得向老板说一说，借一点钱，并且让自己底父母和妻子在这里借住几天。他四面张望了一下，等待着一个去说话的机会。可是这时候矮胖的老板走下台阶来了，朝着那学徒走去，这学徒不知为什么已经丢下了手里的铲子，在旁边的一个水桶里洗着手。老板走过去把水桶踢翻了。学徒刘狗子发着抖站了起来——那种发抖的可怜样子是何德银永远不会忘记的——立刻就飞来了两下耳光。

"妈的！"老板张进泰叫着，"不想干啦！"

"是要打。"那老板的师弟说。

学徒刘狗子像一块石头一般呆站着。另外的几个工人只是向这边迅速地看了一眼，于是好像什么都没有看到似地，又继续着工作了。

何德银底心在那两下耳光下面战栗着。他很有理由地觉得老板张进泰底叫骂，和那老板师弟底帮腔，都是对着他而发的。他前两天就听说过，在这一笔生意做定之后，老板要迁散工人了。他变了脸色了。

这时候，那乡下逃来的惶惑的父亲，觉察到了什么似地，在对他底媳妇问着这厂里的事情，因为她曾经来过一趟。可是那衰弱而不安的女人却什么也回答不出来。

"他有几个钱一个月呀？"

"总有好几百万的。"媳妇红着脸回答。

"瞎说……那么你该晓得，他做得好不好，人家对他好不好呢？……这家子老板姓什么呀？"

"听说是姓朱，要么……姓王。"

"啊。"老人沉思着说；"德银太老实了，我要找老板谈谈去。"

他刚刚站起来，就听见了那打耳光的声音和咆哮的声音。他发痴地站下了。他曾经是劳苦而小康的人家底正直的家长，在乡下的邻人间颇有点威望的，所以不甘于这屈辱的处境，想要和老板谈谈。从他儿子的态度里，他感觉到儿子在这里是很困苦的。他想要感动老板，改善他儿子底处境。他对于这个是非常的自信。

"爹爹，你不要去呀。"媳妇害怕地说。

老人掉过头来看看她，什么都不回答，走到那两个包袱那里去，蹲下来，打开了其中的一个。他要找一件干净的衣裳穿起来。

"喂，我底灰衫子呢？塞到那里去了？"

"就在那个有一块红布的包包里头。"妈妈恍惚地回答。

"红布！红布！"老头子冒火地叫起来了，并且把两个包袱一齐弄乱，"他妈的红布！那里有呀，死人！"

"在那块的。"媳妇说。

"你晓得屁！"

"哎哟！"妈妈叫着跑过来；"你看你这个人，一生就是这种性子，……不是在这里么？"

"那个叫你包在这里头的！真混蛋，不是人，没有见过世面，"父亲说，一面就脱下了满是泥污和汗渍的短衫，开始穿起灰布袍子来了。汗水立刻就把这浆洗得僵硬的灰布衫浸湿了。

"你干什么呀，爹爹？"妈妈不安地说。

"见德银老板去，这是规矩。"爹爹说，于是就往院子里走去。这精干的、庄严的乡下家长，以一种庄严的姿态，来到那咆哮着烈火的熔炉旁边了。他要做一番必要的斗争——自然只有他自己才觉得这是必要的。他紧张而兴奋，可是那工作场上站着那么一些人，他不能知道那个是老板；也无法断定老板究竟在不在这里。这时候他底儿子看见了他，急忙地丢下了手里的家伙向着他走过来了，同时几个工人也看见了他。

"爹爹，你干什么？"何德银焦灼地说，他是很明白他父亲底脾气的；"出去呀，你进来干什么？"

"我来拜见你们老板的。"爹爹从容地大声说。

"老板不在这里，出去。"何德银说，一面就把他往外推。但是老板走过来了。

"什么事？"

"张老板，这是我爹。"何德银红着脸说。

"哦，张老板，"爹爹说，"你看是吧？我说张老板是和气人，你还说他不在。……张老板，我家德银承你照顾，我心里头感谢得很。他是一个没有见过多大世面的娃儿，又不会说话，这些，都要请老板原谅。"他说，红着脸，流着汗；"……不过呢，我底德银是个老实人，就是拿金子来摆在他面前他都不会碰一碰的，他是一个蠢人……"

"我晓得。"老板阴沉地笑了一笑说。

"我们这些人都不会说话,请老板你原谅。"爹爹大声说,用着乡土上的笨拙的吃力的姿势。所有的人都停止了工作,在听着他了。他底儿子着急地拖着他,可是他却严厉地看了他一眼。"这一年来,承张老板你管教他,又叫他学了这些新手艺,我们,我跟他妈都是感恩的。我叫我底儿子要知恩,就是将后来做牛马也要报答这种恩人……"

"你有什么事情呢?"老板问。

"我说,他是一个笨人,你张老板就是再管教他凶些我都赞成的。"他大声说。"这回……乡下家里头遭了一点变故,所以我跟他妈都上城来看看,也是来谢谢老板。"他停住了,挥着汗四面看看,显然很满意他底一番话,他从来不曾说得这么得体过的。

妈妈和怀孕的媳妇都站到后面来了,他们害怕地对着人们看着。

"是这个样子的……"妈妈忽然开始说。

"你不要说!"爹爹叫。

"都出去!都出去!"老板挥着手叫,同时,工人们重新工作起来了。何德银推着他们出去,对他们愤怒地埋怨着。老人家颤抖着,面色发白;他底灰布衫已经完全湿透了。

"他说什么呀?他说:都出去!"他喘息着说;"我又不是来讨饭的!"

"你救救我好不好哟!"何德银对着他跳着脚,然后,呆站了一下,就又走进去了。

可是无论怎样他已经没有了再去工作的情绪,人们不时地看他一眼,使他觉得非常羞辱。发了一阵痴,他突然向老板那里走过去了。

"我那父亲是不懂事的乡下人。"他红着脸说。可是这时候,那羞辱的父亲已经又出现在门边,在那里看着。"他在家里头就是这一套,我真是恨透了……他们是……逃难来的。我想跟老板借点工钱。"

"借钱吗?"老板说,摇着扇子;"我蚀本都要关门了,我向哪个借去?"

"这是因为困难……"工人说。

"没有的。"

"别人……借都借了。"

"你强嘴吗?"

工人呆站了一下,眼里闪耀着光芒,笔直地看着他,然后就退了下来。可是父亲走过来了。他向老板鞠躬。

他还没有开始说话,就被他底儿子底一声野兽似的吼叫骇住了。这吼叫是这样的意外而狂暴,甚至,连何德银自己都一时不能明白它是从那里来的。

"出去!"他对着他底父亲叫。

"我有话要跟老板说……"

"出去!"

"爹爹呀,出来吧,"妈妈在门口叫着。

爹爹就被推了出来。他明白了他底儿子的处境,并且明白了自己底绝望了。他发着抖挨着那两个包袱在地上坐了下来。儿子再走回去工作,可是老板底师弟瞪着他,笑笑说:

"我看你还是歇歇吧。"

他低着头,在地上捡什么东西。熔炉底火焰已经消灭下去,模型已经安置好,工作已经告一段落了。工人们在院子里沉默地奔忙着。忽然一个伙伴走了过来碰碰何德银,告诉他说,他底女人在前面昏过去了。

他站起来瞪着这个伙伴,好像不明白这话底意义。

"昏过去了好!死了才顶好!"他大声叫着,"我们都不是人,都是畜牲!"

"喂,你这话是跟那个说的呀?"老板问。

"我没有跟那个说的,老板,"工人颤抖着说,显然他有些害怕,"我怎么能跟你说呢?我是说,我那女人,父母,都是畜牲!"

"你滚蛋!"老板吼着。

这时候传来了妈妈底着急的叫声,他就昏迷地跑到前面去。在他底疯狂的心境里面,他差不多什么都不想了解。他冲过去就对他那倒在地上呻吟着的女人大骂着:

"死吧,"他叫着,"死了才好!我才痛快!死吧!"

父亲坐在地上,呻吟着,愤怒地看着他。妈妈开始哭着。伙伴们提了茶水来,但这痛苦的乡下工人却非常怪异,似乎异常恶毒:他不许人家叫他女人吃一点东西。他说他要亲自饿死她。伙伴们于是沉默地站着。

"她底狗命有什么要紧呢,她死了我跟她死!"何德银说,这时他底右脚上的那块血布散了开来了,他就愤怒地扯下了它,露出了一大块血红的肌肉,这脚是几天以前被烙铁烫伤的。

"她死了我马上埋。"他说,在地板上坐了下来。

好久地静默,只有妈妈底啜泣和媳妇底微弱的呻吟继续着;父亲抬着头,可怕地瞪着眼睛看着空中,好像一座雕像似的。伙伴们互相商议了一下,就陆续地拿出一些钱来放在他底面前的凳子上。

父亲站起来了。

"谢谢各位。"他含着眼泪恭敬地说,"谢谢各位。"

大家静默着。

"谢谢。"老人哑着声音说;"我们想请问各位一件事……这个地方,有哪里好发烧饼油条卖的?"

"对街就有,不过要保人。"稍停一下,一个工人回答。

"那么就请各位保我一下好不好。"老人安静,镇定地说。"这恩是不忘的。"

"爹!"何德银狂喊了一声。

"我不老,各位,对不对?"老人恭敬而愉快地说,算做对于他底儿子的回答。"车子拉不动,不过烧饼油条总好卖的。我家德银从小就老实,受人欺,他不懂事,……"

何德银站起来奔进去了。老板和那师弟正披着衣服从工场里出来。这笨拙而痛苦的乡下工人最觉得难过的就是人家说他老实和无用,因为他是渴望着轻蔑那压迫着他的一切的。可是见到这两个人,他却又像触电似地站下来了;痛苦的笑容在他脸上战栗着。

"老板不要我了是吧?"他说。

"怎么呢?"

"我们还敢怎样,"工人说,很明显的,他本来不是要说这个的;"那么这几天的工钱你算给我好了。"

老板就摸出一些钱来,数了数,递给了他。他昏迷地接住了,这才感觉到他是走到怎样的绝境了,他忽然幻想老板也是同情着他,愿意再收留他的。

"谢谢老板。"他小声说,"老板……你可怜我,留我再做几天吧,我……"

"张老板,就做做好事吧。"一个工人说。

老板冷笑笑。人们都围在旁边,静默着。何德银觉得自己太可耻了,说不出话来。但这时候突然传来了他女人底可怕的呻吟声,大家回过头去,看见妈妈正在打开一个包袱,并且张开手来拦在她底面前遮蔽着她,好像愤怒的母鸡卫护着小鸡似的。在大家还没有来得及明了的时候,就传来了突破了那临产的母亲的呻吟的婴儿底两声嘶哑的啼哭;这新生者的啼哭一声比一声地瞭亮起来。

"哦,谢谢祖宗,祖宗保佑啊。"父亲朝着大门跪下去了,磕拜着,大声地说。

大家仍然寂静着,听着那新生的婴儿底哭声。但是矮胖的老板这时候冲开了大家,向着那两个在惨痛地挣扎着的女人奔去了。

"滚!滚!"他可怕地吼叫着;随即他奔回来抓住了何德银,叫着说:"你非马上替我挂红放鞭炮不可,你冲坏了我底运气你赔不起的!"

"我赔就是了。"惨白的工人说。

"不行的!"

"我赔……"工人说,发狂地望着那边的墙角,看见妈妈从地上抱起一团东西来,这一团东西在挣扎着,号叫着,可是他不能弄明白这究竟是什么。老板更紧地抓住他,那一张可怕的狞恶的脸一直逼到他底脸上来了。他害怕,颤抖着,可是就在这颤抖中猛力地对着那张脸打过去把它打开了。他觉得这非常痛快,就向着墙角边上他底女人和母亲那里奔去。他夺下了他母亲手里的那赤裸着的,沾着鲜血的,啼叫着的婴儿,抱着它跑向房子底另一边。大家叫喊起来跟着他跑,并且冲上去和他争夺,但他底扼着那婴儿的手是那么紧,他和他底父亲一齐滚到地下了……那赤裸裸的,沾着鲜血的婴儿落在地上,似乎还愤怒地哭啼了一声,就拳起四肢来,永远地沉默了。

何德银对着它看了一眼,然后在地上躺了下来,睁大着呆钝的眼睛,躺在它底旁边。他觉得他已经从那屈辱,劳苦,疲惫可怕的生活,那非人的痛苦的生活里挣脱了……。于是,从他底燃烧着的眼睛里,流出了两滴眼泪。

"各位,"父亲跑向那死了的婴儿,张着手哭叫着说,"对不起各位,谢谢,得罪各位了。"

一九四八年八月

码头上

落雨的夜……

  黑暗的江心里有一只渡轮在向着对岸行驶,这渡轮大约很老旧了,走得很慢,不断地发出啵啵啵的声音来。这啵啵啵的挣扎的声音在寂静中扩散而弥漫,笼罩着整个的码头。码头边上一个矮棚子里歇息着一些搬运工人,在黑暗中闪着吸烟的火光,他们底谈话声好久就沉静下来了,似乎都在倾听着这渡轮底挣扎的声音。这时候有一个年轻的妇人站在码头石级上面的一座木牌子下面,这是标示轮船班期的木牌,并不能遮蔽风雨,所以她底身上完全湿透了。但是她似乎一点都不注意这个,只是不住地用她底痛苦的眼睛注视着通向码头来的大路。她已经这样地站了很久了,有一个时候曾经有一个流氓在她底身边走来走去,并且发出怪笑声来,但是她不理会,还是那样地站着。

  "瘦公鸡呀,你猜这个女的是干什么的?猜猜看吧。"一个码头工人说。

  "我看还是卖的。"瘦公鸡恶劣地说。

  "不是的。你不要乱侮辱人啊。"

  "那么是干什么的呢,寿根大头?"

  "人家是,"寿根大头说,他是一个很瘦弱的,生着重病的年青人,"明华纱厂里头的女工。她底丈夫是乡下一个大户子弟,鸦片鬼。今天早上那鸦片鬼来了,要拖她回家,在明华门口又哭又闹。"

  "你怎么打听得这清楚的呀?"

  "那么她回不回家呢?"另一个,插进来问。

"她叫做吴珍珍，我妹妹跟她同事。上个月我妹妹病了，我在我妹妹家里碰见过她。她是多好的一个女子啊，唉，我从来没有看见过的。客客气气的，心地干净，又大方。"寿根大头说，随即就从他底胸膛里爆发了一阵咳嗽，使他说不下去了。他是斜着身子躺在一张芦席上的，这时候仰起头来，痛苦地对着吴珍珍那边望过去。大家暂时都寂静了，同时重又听见了那渡轮底啵啵啵的挣扎的声音。寿根大头，和另一个伙伴，老头子徐贵生，是住在这矮棚子里的。这些天寿根大头发病了，吐着血，发烧，不能下苦力，就全靠伙伴们帮助他。这晚上他们是来这里看他的。

　　他底咳嗽，他底痛苦的，渴望而又坦白的神色，使得大家沉默了。大家也就赞同了他底意见，含着一种严肃的尊敬，在看着那站在雨里的纱厂女工了。

　　"我是，今早上你们下力去了，上街去找我妹妹拿钱，抓药，看见她跟那鸦片鬼的。我说……这些大户人家底子弟真讨厌啊，"寿根说；"他们不要脸，又凶又狡，什么事情都做得出来的。所以我说……她为什么还要站在这里等他呢？她是不是要跟他回去呢？……唉，多好的一个女子家啊，都是做苦工吃饭的苦命人。"沉默了一下他继续说。

　　"大头，你开开心，我跟你做个媒吧。"瘦公鸡说。

　　"什么话！"寿根愤怒地说；"你这个人总是这样……无聊！"然后又是一阵咳嗽。"我是私心里拿她当我底姐妹的。"他小声说，于是又对着雨中望着。

　　吴珍珍仍然站在那里。她底丈夫刘德春约了她在这里给他最后的答复的。她自然是已经决定了不跟他回乡去，可是心里却又有点犹豫：她可怜他，并且尊敬他底做官人家的门第；尊敬那个她底父母曾经在里面做了多年的苦工的财主人家。她的和他结婚，直接地是因为她底父母欠了他家好些年的租；而那时候他底家庭败落了，没有人愿意把女儿嫁给这么一个鸦片鬼，所以他底一个姑父才看中了她，主张了这一件婚姻。大约是认为，一个能够吃苦耐劳的女子,是可以不必化什么费用;反转来倒可以养活这败家子的。事实果然是这样,她就养活了他好几年。但终于忍受不了他底苛待,由邻家的女子介绍,逃奔到这大城里来了。一年来,他一共来找过她四次,拿走了她所积蓄的所有的钱。这次的来,据他自己说,原意并不是来找她,而是预备跟镇上的一个地主打官司,来告状的;"但是实在看不过做女工这种不要脸的事了。"

一个瘦长的人影在大路边上一边走一边张望地过来了。从那摇摆而懒散的姿势,很远地她便看出来那是刘德春。他穿着一套旧的中山服,这衣服还是五年前他当乡民总代表到城里来请愿的时候做的。他光着头在雨中淋着,看样子非常的疲竭,于是她不禁地觉得可怜他。

"我在这块!在这块!"她叫着,那声音非常的温和,一面她就从木牌底下跑了出来。

"哦。"刘德春走近来说。"我到刘树明家里去了,留我吃了晚饭,所以才搞到这时候;他们夫妇倒是不怎么势利的。跑了一天,他妈的这是什么鬼地方呀,没有一个像人的!"于是注意地看着她。

吴珍珍不知道说什么;她也明白他并不真的想和她谈这些话,于是有些惶惑地问:

"你底状子递了没得?"

"递是递了,不过尽是遇到一些气人的事!先是法院里跟我说,要找一个保人,我说:你看看我姓刘的是什么人,你当我法庭里没有走过吗?军法官都是我底朋友!……这么说,后来又说,过了时间了,明天来,好,我就说,这样吧,我会你们院长!……真是鬼世界呀,明明白白是想钱,可是你不想想我是什么人!我说吗,要钱吗也要看个人的!"

这是一种奇怪的状况。因为从来刘德春都不和她谈这些的,如果她偶然地问一句,他就会大怒起来,骂她贱女人没有见识。但现在他却极愿意地和她说这些,好像她不仅懂得这些,并且还对这些很有见识似的。他显然地现在很看重她,并且想对她讨好;希望用快乐和兴奋的说话使得她也快乐和兴奋起来。

但是她沉默着。

"我临走的时候跟镇公所的人说,他朱济民家开药铺卖烂假药我不管他,当三区团管区营长也跟我没得关系;十年河东十年河西是命里注定的事情。但是说要压迫我,那办不到。我未必连一个营长也没有见过,"他激昂地说。"我说,不管怎样说,地是我家的祖产!我们这份人家,虽说现刻不行了,但是要把牛角镇翻个身还是办得到的!营长吗,吓,敝人一个堂哥当师长呢。"

"你是押给人家,拿过人家的钱的啊。"吴珍珍提醒他说。

他几乎要吼了出来:"这没得见识的贱女人!"可是他忍住了。"我还不起这几个钱么?你也未免太小看了我了,"他说,震动着愤怒的调子;"再说,就是地我不要了,那几个钱就得下台吗?你这是……要是官司拿给你打呀,一定要输在你这种妇人家见识手里!"

"我不过是说一说。"她小声回答。

"你说的是什么呀。"他愤怒地喊着,"在城里蹲了一年开了见识了么?"

这种冲突里面,是包含着那种受了伤的破落户底自尊,所以他底痛苦是尖锐而刻毒的。这一场意外的谈话就这么结束了。他凶恶地瞪着她。她底脸上也有了一种苦痛而冷淡的神情。那轮渡这时已经驶了回来了,叫着尖利的汽笛,闪着朦胧的灯火,在江心里喘息着,挣扎着。

飘着凄凉的雨。棚子里的码头工人们沉默地看着这边。

"喂,你怎样说呀?"刘德春终于说了。

"我想过了,我不回去。"吴珍珍小声说。

"你是说的玩的吧?"

她沉默着。

"不要紧,你有什么话说好啦。"

"我没得说的。"

"不要紧的呢。"他说,"老实说,我纵算是一个枉活了半辈子的人,不过没得你也还是活得下去的。现在倒好像无论哪一个都敢欺我了,"他说,冷笑了一声,"所以有什么话你说好了。"

"你回去吧。"她说。

"一句话就算数:我今生再不来见你就是了。"

吴珍珍沉默着,他底这话有效地打击了她,并且看来他真是下了决心了;于是她就落下泪来。在她底眼前出现了这样的景象。在空旷不毛的野地里,烈日的下面,一个疲竭万分的男子蹒跚地走着,后来就倒下了,在地上爬着,没有谁去给他一口水喝。这个男子就是他,刘德春。她又看到,他死去了,在他底那间破房子里;太阳照射了进来,他底脸发青,还在那里吐着最后的呻吟。市镇底人们在街上走过,像平常一样,可是没有一个人想到要进来看看。想到这里,她就很可怜地哭出了声音。

她又在哭泣中间想到了她底死去的父母,和她底到这城里来的经过。原来那时候刘德春是已经声明了不要她了的,打了她一场,——之后还写给她一个字据。可是她一走掉,他就追来哀求她,拿她刚才所想到的那种景象刺激她和威胁她;今天早晨他还在对她说着这些,说着死,并且拦在她底上工去的路上痛哭。

"那么,我们就分手了。"刘德春加上说。

但是她忽然不哭了,看着他,决心地说:

"分手吧。"

刘德春却冷笑了一声。

"你打算怎样办呢。"

"我不打算,你不管我吧。"

"我要管你的;你是我底女人!"

"我跟你回去吃什么呢?"

"有你吃的就是了。告诉你,除非你在这里轧了什么姘头,那你就可以不回去,吓!"他说,"我反正狠了心了,你要是不回去的话,我就干脆去当共产党;我早就跟牛角镇的人说过了,我说:

我难道就没有办法吗？我去当共产党，看看瞧田地将来是哪个的！我要革命，一起都拿回来！那时候看你再回不回来吧。"

"不管你怎么说，我跟你脱离！"她突然坚决地说。

"好吧脱离，"他说，走动了两步，"你就在这里干这没得仁义羞耻的事情吧，当女工，好！我要想想办法，……我要去死，跳河，不然就去革命！我要打倒这一切！我要杀光这些人，就是的！"他疯狂地说。

沉默着。突然地他又走到她底面前来，可怜地哀求着说："跟我回去吧！……我只得你一个人。"

"不。"

"你什么时候想起来的呢？脱离？你也懂脱离了啊！唉，可怜可怜我吧！你想想，我就要戒烟了，决心重新为人，找个事做；一个朋友找我去当仓库主任。你想想，那时候你就又是太太了。不然的话，你这样搞下去有什么结果呢？……走吧，跟我走吧，……"

他拖着她就往亮着灯光的票房那边走。她有些纷乱，胡涂，没有想到要反抗他。但是在经过码头工人们底棚子的时候她忽然接触到了那里面射过来的一群严肃的热情的目光。这种目光，是含着深刻的批评意向，探测到人底内部去的。这些目光使她惊动而醒悟，于是她就迅速地挣脱了刘德春，而向前走去了。那些目光极亲切地看着她，使得她不觉地昂起头来。她是年青的妇人，严肃的，做着苦工的妇人。她对那些眼光回看了一眼，心里立刻就充沛着一种含着苦味的骄傲而欢喜的感觉。这个反应和交流进行得极快；她用着城市女工底聪明而大方的样子走过去了。雨下得大了起来。她站了下来掠了一下头发，同时听到了码头工人们底矮棚里传来的一阵激烈的咳嗽声。

刘德春追上来了。

"你走得这样快干什么？"

"我要跟你脱离。"她说，勇壮地笔直地看着他；"不管怎样说，我要脱离。"

"什么？你说什么？"

"我是一个苦女子,我自己会苦的;我是人,自己做得主。你们是大户人家,不管怎样我都想透了。"

"你过来我们谈。……那么你借给我几个钱行不行呢?"

她摸出钱来,递给了他。他却同时抓住了她底手,把她往黑暗的地方拖去。他咬着牙,发出狠恶的声音来,捏住了她底胸部拼死命地拧着。显然地还是一种惯用的办法。他总是这么样地打她的,不张声,外表上看来好像他是在和她谈话似的。

"回不回?回不回?"他小声说,狠毒地拧着她,"走!不然要你的命!叫一叫就要你的命!"

她最初也并没有要叫出来的意思,因为她底天性是这么柔和,惯于牺牲,并且她也害怕让别人听见。她甚至很可怜他,因为她很明白,现在这种办法是已经没有用,他是再也不能达到目的的了。她决心到死都不屈服。而且她也渴望在这种酷烈的奋斗中死去。

"回不回?"

"不!"

他们在卖票的木房子底阴影中绞扭着。雨下得很不小。他扼着她,拧着她,她抗拒着,喘息着。他们之间现在就只有这简短的对话了。她底精神在这酷烈的奋斗和痛苦中奇异地燃烧而亢奋起来,她想起了从小的受苦,他底财主家庭给她的父母的压迫,她因了打坏了他家的碗而挨的棍子,她从牛背上跌下来昏过去的情形,以及现在,纱厂里面所受的苦痛,工头流氓底调笑和辱骂,还有怀孕的同伴的惨死,她底心激昂而悲壮。——她就渴望在这个酷烈的奋斗中了结她底苦痛的生命了。

棚子里的工人们紧张地对这边注视着。他们最初不能弄明白在这里进行着的究竟是什么事情。他们沉默着。但忽然地他们之间那恶劣的瘦公鸡提高了嗓子喊了一声,唱了起来了——用着怪叫一般的声音:

  从早到晚哟,这就是一千年,

众人呀埋下了……王三姐!

随即他站了起来,举起了手,向雨中走去。

"那边干什么?"他喊。

"回不回?"刘德春说。

"不!"吴珍珍说,然后突然惨厉地叫了起来:"不!不!我不是你底奴隶,你打死我好了!"

工人们跑过来了。不顾别人底劝阻,生着重病的寿根爬了起来跟着过来了。

"不许打人!"他哑着声音喊。

而这时刘德春就对着吴珍珍底胸部痛击了一拳,使她坐跌到泥水里去了。

"打人!"他愤怒地笑着;"你们晓得她是我什么人?她是我女人,私逃的!我今天非要把她抓起来!"

"你抢我底钱,还打我!"吴珍珍说。

"我们看见你打的!"瘦公鸡说。

"我打的怎么样?你们管得着么?连你们一起抓起来!"

"揍——揍他!"寿根挤上来,大吼着,全身都颤抖。刘德春慌乱了,四面看看,显然是没有什么可以救援他的。

"你是什么人?"

"我揍你!"寿根独叫着,冲到他面前去,使他后退着;"替我马上把钱还她,滚蛋,不然揍你。"

"有王法没有呀?警察,警察!"

刘德春叫着往外走,可是寿根奔上去,扯住了他,要他把吴珍珍的钱拿出来。刘德春跳起来和他对打,寿根生着病,没有气力,被打倒了。这就使得工人们一齐奔了上去。刘德春在恐惧中不敢还手,但是这时候吴珍珍却跑了过来,叫着,不要打。她说,那钱是她给他的,算了。然后她就对着他看着。刘德春也看着她。工人们沉默着了。

"你好……你有办法呢。"这大户人家子弟说,抽咽了一下,就毫不羞耻地哭起来了。"你说……你是要脱离是吧。"

吴珍珍点点头,含着眼泪说:"脱离。"

于是刘德春再看她,转过身去朝着码头下面走去了。他在雨中弯着背,伸长着颈子,蹒跚着。一面在咕噜着什么,但是大家听不清楚;他底样子就像一个幽灵似的。吴珍珍继续地落着泪,看着他,后来,在他走下码头石级的时候,走上前了两步,喊着:

"你自己要小心呀。"

回答是一声愤恨而惨痛的咆哮。

工人们站在雨中,默默地看着这挺直的、年轻的、全身淋得潮湿了的妇人。他们所参与的这事使他们自己有稀奇、虔敬的感觉:大家都同情着那个走下码头去的可怜的角色了。很久很久的静默,这时候那渡轮已经又向着对岸驶去了,发出了顽强的拍击波浪的声音,弥漫了整个的潮湿空间。

寿根大头坐在地上,呆望着码头那边。他刚才的狂热和他所受的打击使他很疲竭,"你太好了,吴珍珍!他下回还要来欺你的。一个人不能这样太好……"他说,但是一阵突发的咳嗽使得他举起手来蒙住了嘴。他吐出了什么来在手心里,迷晕地低着头,大家转向着他。

"周秀珍,她是我底妹妹,所以我认得你。……"寿根喘息着说,"我们呢,都是苦人;我这也不算帮你,……你挨他毒打不作声呀。"

"他也没有怎么打我哩。"吴珍珍说。

"哼,我晓得……所以他下回一定还要来……"寿根喘息着,虽然还在笑着,但已经迷晕过去了。大家扶着他往棚子里走去。吴珍珍跟着他们走到棚子前面,这才藉着灯光看清了寿根底颤栗着的苦痛的脸。

"周秀珍底哥哥!"她喊着。

寿根躺在破席子上,听着他所倾慕的女子底这焦灼的喊声,心里觉得甜蜜,但是不能回答。多时以来重压着他可怕的感觉,即觉得自己是白活了一场的这个感觉现在没有了,想到她现在是站在自己底身边,他就立刻从迷惑黑暗的深渊里浮了上来,心里充沛着欢喜的生命。他觉得自己正从大船底船舱里爬出来,荷着一个沉重的木箱,走过跳板;跳板下面的激怒的江水使他昏晕,但是这时他听见了,这样真诚的声音,喊着:

"周秀珍底哥哥!"

"我叫周寿根。"他睁开眼来笑笑说。

工人们有的坐着,有的靠在棚子底角落里打盹睡。雨已经止了很久了,轮渡底声音也没有了。码头和附近的街市上笼罩着深沉的寂静。吴珍珍这时是呆坐在棚子外面的栏杆上面。她对于和这些男人们整夜地留在一起觉得不安,可是她心里又很激动。这个世界上,有人会这样地重视她,是她从来不知道的。她不时地走到棚子边来看看那昏迷着的寿根,然后徘徊几步,又走到栏杆上去坐着。终于她信仰了这些男子们并且对他们怀着亲切的感觉了。她激动地觉得她底生命正在成熟,因为她已经不再是一个愚钝的乡下妇人了。天快亮的时候有一只大轮咆哮着进口,码头上立刻就呈显出沸腾的局面。她站起来,呼吸着江面的新鲜的风,望着那从上流的辽阔而灰白的江面上下来的,已经熄了灯火的,巨大的轮船。

工人们从棚子里出来张望着。但立刻有谁叫了一声,他们又都挤进去了,几个月前被重载压伤的寿根正在死去。

吴珍珍跑了过去,大家给她让开来。她站下了。

"周秀珍底哥哥,"她叫,并且哭了起来,"寿根!"

"我……心里欢喜,吴珍珍!"寿根含着泪说。

大家静默着。那只开始靠岸的巨大的轮船,这时候发出了一声粗野的吼鸣。

一九四八年八月

在一个冬天的早晨

多么冷的早晨啊,小孩子朱金锁快要死去了。他是昨天夜里十二点多钟走过这荒凉的旷野底边缘而倒下的,那时候他发烧得快要昏迷了,但他是从来没有什么关于痛苦的观念;他不过以为自己只要在这破墙下而歇一歇可以再往前走,回到他昨天夜里所睡的那个市内火车站底月台里面去。他没有想到他就不会再起来;从前他是多么能吃苦,一天能走好多路啊!他是昨天晚上到街上来的,那时候他已经不能支持了,不过他以为那是由于饥饿,所以他想能找一点东西吃。走了很多条街,他不过捡到了一块冻僵了的山芋皮;后来,又喝了一点水沟里的脏水。那时他想只要病好了老板就又可以再收留他,他就又可以去赶马车,而每天有三餐米饭吃了。他在这破墙边上坐下来的时候都还在想着这个,也想着漂亮的月台和铁道旁的美丽的红灯。他听见火车在不远的地方啸叫着,轰响着,他就快活得心跳起来。他知道这班火车是从那里开来,应该在几点几分进站的。他想,要是他将来不赶马车,而去开火车就好了,后来他昏迷了,但还是想着这些。一夜之间吹着狂暴的北风,他不能移动一下,只是紧贴着地面而蜷缩着。看来他是已经死去了,可是他底头脑还在活动着,一点都没有想到死,却在想着米饭、月台、美丽的红灯和雄伟的火车。这早晨是阴沉的,北风继续狂吹着,显然就要落雪了。肮脏的旷场上只有大群的乌鸦在低低地飞旋。北风从垃圾堆里吹起一些破烂的纸片来,这些纸片用着比乌鸦们更快的速度在空中飞舞着。

有三个捡破烂的小孩从破墙左边走进旷场来,他们发现了朱金锁,就站了下来对着他长久地呆看着。他们都是冻得不能支持了,其中年龄较大的一个脸色特别浮肿难看。显然地他是在病着,可是他自己不知道。他们对着朱金锁并排地呆站着,弯屈着身子而发着抖。朱金锁全身都冻僵了,只有眼睛是活着的,它对着来到他身边的孩子们苦痛地呆看着。这眼睛是很聪明,很温和的,孩子们被它吸住了。

"我们走吧!"孩子们中间的最小的阿狗凄惨地说,他实在支持不住了,并且他非常的害怕。但是他底同伴们不理他。

"你是那个呀?"何小三问。

"不要吵,小三!"最大的刘福子说,他底声音是细弱而颤抖的,"他怎么会告诉你呢?你问他有什么用呢?他快要死了,他要冻死了!小三,我有洋火,你们去找些破纸烂木头来!我们生火!一暖和起来,他说不定就会好了!"

何小三对朱金锁又看了一下,就带着阿狗向旷场对面跑去了。刘福子颤抖着,呻吟着,一面望着朱金锁底苦痛而聪明的眼睛。

"你不要怕,我们来生火了!"他对朱金锁说。"你叫什么名字呀?"

朱金锁底嘴唇似乎动了一下,可是刘福子什么也没有听见。突然地朱金锁底眼睛睁得更大了:他听见了早班火车底汽笛声。同时他底嘴唇又动了一下,发出了一个模糊的声音,并且抬了一下手。他是要告诉刘福子关于火车的事。可是刘福子不曾注意到火车,他就又望着刘福子,眼睛里充满了失望的神情。

何小三领着阿狗奔回来了,他们每个人抱着一大堆烂纸头和枯朽的木片,他们底奔跑惊起了成群的乌鸦。刘福子发着抖小心地摸出他底火柴来,点燃了木片下面的破纸,于是即刻就在大风里烧起火来了。在白昼底亮光下,这火焰是苍白的。可是孩子们都暖和了一些。他们站在火边抖缩着,跳着脚,一面默默地呆看着朱金锁。旷场上没有人,只是在很远的边缘上有着两个矮小的芦席棚;芦席棚底后面就是街市底楼房和瓦房了。从那里有各种车辆底声音传来。生活在沸腾着。但这边,破墙底外面,电线在北风里尖锐地呼叫着,一切是荒凉而寂寞。这旷场从前是兵营,现在是这城市的垃圾堆。成群的乌鸦形成了黑色的一片,在垃圾堆上面浮动着。这时候一辆垃圾车从右边被拖进旷场来了,清洁伕倾倒了他底车子,对着孩子们这边呆看了一下,然后,他就发出一声惊人的叫喊来恐吓乌鸦。他又对它们投了一块石头。又隔了一下,他才拖着他底车子走了出去。不久就传来了他底单调的铃声。孩子们仍然默默地在火边抖缩着。

"他怎么不好呀!"十岁的阿狗问。

"不许说胡话!"刘福子颤抖着说;"你晓得个屁!"

他们又沉默了。何小三又抱了很多的木片来投在火里。朱金锁的眼睛闭了,他的惨白的脸在颤栗着。

"不要作声,你们看!"刘福子小声说。"一个人要死的时候就是这样!"

孩子们恐怖地睁大着眼睛。但后来他们的眼光都落在朱金锁脚上的一双颇为完整的军队里的皮靴上。看了这皮靴,刘福子就不觉地看了一下自己的脚:他的脚上是一双破烂的、用草绳捆着的布鞋。

"这鞋子好呀!"刘福子艳羡地说,"一点都没有坏!他那里弄来的呀!"

何小三和阿狗继续地注视着朱金锁的皮鞋;一面他们觉得很恐怖。他们是要比刘福子胆小得多了。刘福子开始假装着不再注意朱金锁的皮鞋,他的心里有着一种苦痛的交战。他又厉害地发着抖,呻吟起来了。他头昏起来并且看不清眼前的景物了,但那一双漂亮的鞋子却始终在他的眼前闪耀着。他忽然想到他恐怕也就要死了,于是发haha了一下,可是他仍然在想着这鞋子。他的内心的痛苦使得他的脸变成了更惨白的。后来,他又指示何小三和阿狗去找木柴。他们走开了以后,他就对朱金锁的鞋子呆着。

"要是我有这双鞋子多好呀! 大了一点,不过带子扣得紧的! 这鞋子多好呀,走起路来就达、达的响!"他想。

朱金锁忽然又睁开眼睛来了,对他看着。

"你好些了吧?"刘福子蹲了下去亲热地说;"不要紧的,你不要怕……你叫什么名字呀？"

"我叫……朱金锁……赶马车的……"朱金锁用几乎听不见的小声说。

"你……你叫朱金锁？我是刘福子。我问你，这个鞋子你是那里来的？多好的鞋子！"刘福子红着脸说。

朱金锁脸上出现了紧张的神气。他想抬起他的脚来。显然的他非常爱惜这双鞋子。

"朱金锁，你是怎样搞的啊！"刘福子颤抖着说;"是不是人家把你赶出来的呢？你没有人，没有爹妈吗？那不要紧，朱金锁，我们都是没有爹妈的！好朋友，我跟你说……"他咽了一口口水,"要是你……你死了，你送我这双鞋子好不好？你不要……难过，我不过也是穿几天，过几天要是我死了，我就送何小三……好不好？"

朱金锁恐惧地望着他，吃力地摇了一下头。慢慢地他的苦痛的眼睛里充满了眼泪了，他不要失去他的鞋子，因为他仍然要活着，要穿这鞋子去赶马车，在漂亮的大街上跑路。

"那有什么呀！"刘福子说,"我呢，我不是不讲良心的，我不过说……我就是在想，"他突然憎恨地说,"要是我活到十八岁还不死，那时候就好了！那时候我就去做强盗！"

"我是……赶马车的。"朱金锁困难地说。

"我晓得！我呢，是一样没得爹妈的！怕什么，我不怕！要么死掉就算了，不然，一到十八岁就做强盗！……我今年十四岁，你多少？"

"十四。"

刘福子忽然地站了起来，并且不再颤抖，挺直地，愤怒地看着朱金锁。他希望他死，他要得到他的鞋子！因为他是一定要死的，因为这鞋子是一定保不住的！这样想着，他就蹲下来去脱朱金锁的皮鞋了。但是垂死的朱金锁却用奇异的大力踢了他一脚。并且这时候何小三和阿狗检了木片回来了。他就苦痛而且狂乱，一直向何小三冲去。

"小三，你要讲废话我就揍你！"他大声叫。

"我讲什么呀!"何小三惊异地说。

"我要拿他的皮鞋!哼!"

何小三沉默着。他慢慢地向朱金锁走去,看着他的皮鞋又看着他的脸,朱金锁的寂寞的、哀求的眼睛一直刺进了他底心,他忽然非常伤心,想到自己也将要像这样死去,而哭起来了。

刘福子压制了他的颤抖,对他愤恨地看着,并且向他慢慢地走来。

"福子,你拿他的皮鞋就是了,"何小三哭着,抽咽着说,"我……我不说的!"

刘福子走上去给了他一个耳光。但这时候朱金锁眼睛里却充满了眼泪,何小三为他而流的泪和为他而挨的打使他充满了感激。他愿意牺牲这双皮鞋了。

"不要……"他的嘶哑的声音说,"我……我送你皮鞋。"

刘福子对他的牵动着而哭着的脸看了一下,就苦痛地蹲了下去来脱他的皮鞋。他的手抓着了他的冰冷的,凝着血块的脚踝。他立刻放下了,呆看着手里的血迹。然后,他用这染着血的手蒙着脸,而颤抖着;不久他哭出细弱而悲切的,可怜的小孩的声音来了。他还是这样稚弱的一个孩子!

后来他站了起来,悲痛地看着垂死的,但含着微笑,眼角里有泪痕的朱金锁。这个朱金锁仍然在想着马车的奔驰、白米饭、漂亮的街道,白袖的警察、月台、红灯。这时候又传来了火车的尖叫声,这个朱金锁的眼睛又张开了,他看着刘福子们而笑了一笑。孩子们重新吹燃了那将要熄灭的火焰,并且投进更多的木片、破纸去,他们站在火边时而颤抖,时而静止,看着朱金锁。天开始落雪了。朱金锁长久地不动,后来他欠伸了一下——他死去了。雪花飘落在他的含着微笑的脸上。

孩子们的脸上有着各各不同的苦痛的、恐惧的神情。雪下得大起来。不时地传来街市的嘈杂的轰闹的声音,乌鸦们飞起又落下。没有多久,地面上和那死孩子的身上就铺上了薄薄的一层雪花。

这时有脚步声惊动了迷胡着的孩子们。一个穿着长袍,戴着狗套头帽子的肥胖的人走进旷场来小便,后来就好奇地向孩子们走来。从那狗套头帽子里面,孩子们只能看见他的闪烁着的小眼睛。他站了下来,看看孩子们,后来便注意到死孩子——他的脚上的那一双完好的皮鞋。

"你们在这里干什么?"他忽然拉起他的狗头帽子来,对孩子们说。

孩子们不作声。

"吓!他妈的他那里来这好的皮鞋呀!一定是偷来的!"这人说,当他蹲了下来的时候,孩子们看见他穿的是羊皮袍。孩子们颤抖着。这人专心的来脱死孩子的皮鞋了,但是很困难,好像皮鞋已经冻结在死孩子的脚上似的。这人就愤怒地拉着,使得死孩子好像要跳起来似地震动着。死孩子的异样苍白的、凝着紫色的血块脚显露了出来了,雪花马上就飘落在上面。这人拉下了鞋子,还走到前面来,打了死孩子两下耳光。

"呸,大清早,晦气呀!"他打着耳光说。

他愤恨地看孩子们,就拉下了他的狗套头帽子,提着那皮鞋走开去了。在孩子们发呆的时候,他已经转过破墙去而消失了。

刘福子突然地向他追去。可是在破墙边上又站下了。他想了一下,走了转来,在死孩子的身边坐下,悄悄地脱下了他的破布鞋。他拉起他的破衣服来给死孩子揩去了脚上的血,然后就把这布鞋给他穿上,并且替他同样地用草绳捆好。

他不出声地愤怒地哭着,颤抖着,拿两只破袖子轮流地揩着眼泪,赤着脚慢慢地向破墙外面走去,何小三和阿狗跟随着他。他们又回过头来对死孩子看了一下。同时何小三脱下了自己的烂胶鞋,要刘福子穿上。刘福子愤怒地打落了他的烂胶鞋而跑出了破墙。

孩子们的火堆在大雪中冒着烟慢慢地熄灭下去了。

学徒刘景顺

晚上,下着很大的雷雨。酱园里面,老头子莫二爹和学徒刘景顺面对面地坐着。莫二爹赤着膊,耸着像枯树节一般的肩膀,低着头在缝补衣服;刘景顺则是在念着一本破旧的《学徒须知》。他一个字一个字地念出声音来,并且每念一个字就要用他底右手的污黑的大指在旁边划一下:划得非常用力,有几次连纸头都让他戳破了。在方桌旁边的一根柱子上,系着一条细麻绳,麻绳上倒吊着一只老鼠。这老鼠是刘景顺下午的时候捉到的,他舍不得打死它又舍不得放掉它,就把它这么倒吊着。晚饭的时候他还弄了一点饭来喂它,但是它不肯吃;它挣扎着,胡乱地踢着腿,于是不住地在空中转动。……每念几个字刘景顺就要掉过头来看看它,但也只是看看,并没有什么表情。他仿佛在沉思着什么艰难的问题。因为市场不景气,这酱园快要倒闭了,正确些说,已经倒闭了。已经半个多月没有进货和开工制作,存货里面也只剩下了一点酱菜。老板好几天都没有露面,今天早晨却突然来了,带着一个穿西装的客人,对他指点着这房子底构造,而后,就暗底下通知了伙计莫二爹,请他另谋出路。但是学徒刘景顺却似乎没有注意到这一切;他是沉湎在年青的人们所特有的单纯的思想和情绪里面,看来是充满着对于环境和人们的信心,不愿意注意到这一切似的。

"老鼠呀!唉,老鼠呀。"对那吊着的老鼠呆着了一阵,他就这么说,"你究竟为什么要偷吃人家底东西呢?为什么你自己不努力工作呢?"他痴想着,好像要来解决这个问题似的,然后重新用他底大拇指捏住每一个字,念起那《学徒须知》来了。

"生意人务须守本份。当学生的,又务须听先生和师兄的话,切忌出言挺撞,要以和气顺从为主。俗称和气生财,学生意的人,开门第一要务就是和气。"

他看看那吊在那里乱转着的老鼠,又看看莫二爹。莫二爹底枯瘦而干瘪的身体叫他觉得难过极了,老人前胸底皮肤皱缩得好像破烂的皮鞋似的,肚腹却又松松地鼓出着好像一个肉袋子。在呼吸的时候,这肉袋子就难看地鼓动着。刘景顺忽然觉得这里面是藏着什么苦痛的东西,它要求跑出来,那粗涩的苦痛的呼吸声就是由它发出来的。老头子抬起头来看了他一下,又继续缝着破衣了。外面的雷雨声很喧嚣,学徒心里难过极了。……可是莫二爹仍然不作声。

"学生意人第二要务就是勤劳。天亮即起,扫地抹桌,开窗下门,务要抢着做。收拾停当,站在柜前照顾生意。须知勤劳二字极为重要,一生靠着吃喝不尽,将后来就是做了店东,也须勤劳。"

他在"勤劳"两个字下面用力地用指甲横着划了一下,然后叹了一口很长的气,重新注视着莫二爹,看着他底鼓动着的肚腹,觉得它在痛苦地呼叫,就要有什么东西从里面跑出来……

"二爹,你底衣裳还没有缝好呀?"

"嗯。"老头子回答。

学徒呆了一下,又往下念了,可是即刻就停止,眼睛里浮上了眼泪。

"二爹,你今天怎么不说话呀?早上老板来,他说了什么?那个穿西装的是干什么的?你说话呀。"

"我也是不晓得。"二爹冷淡似地回答。隔了一下他说:"我听你念。你念的这些个,好都是好话,不过世界上好话多哩,没有什么意思。"

"是没有什么意思。"这少年抢着说,生怕这谈话不能继续下去;"我想……"他拿一只手托着下巴,纯真地说,"去当兵。我就是还没有想清楚,还是学生意好呢还是当兵好?二爹你说!"他又对着他底肚子不觉地看了一眼。

"当兵？什么话？"老人叫着，"当兵要死的啊！"

这少年很沉醉地笑了一笑。

"死倒没有关系，我不怕。"他说，"前年我妈没有过世的时候，我们住的那院子里有一个女人。我也不晓得。她穿的还好，不过大家都不理她。后来我听说……她是当婊子的。"这少年红着脸神圣地说。"我就也跟着人家骂她，说她不要脸。其实……后来有一天她跳河死了，警察还来她房里调查过……"他不能确切地表达出他底感情，就是，像这种死，他觉得是庄严的；他觉得人生是不可侵犯的——他不能表达，就红着脸沉默了下来，看着那老鼠，还伸出手去想要碰它，可是立刻又缩了回来，托着下巴。

"你把这老鼠这样吊着干什么呀？"老头子看着他，惶惑地说。

他摇摇头。

"二爹，老板有时候骂我打我是不要紧的，他说我笨呀，心思坏呀，我都受得了。我是笨，是心思不好，我妈欠他债才拿我来抵的；做苦活我都不在乎。我难过的就是他老板自己也不晓得要怎样才好。我看看这个人看看那个人，我就想将来我要像这样像那样；不过后来我就难过，觉得这样那样都不好。"他皱着眉头说，"都说是人要有志气，不过我就没有看见过一个有志气的人。怎样才叫有志气呢？像我这样的年轻人，又没得父亲又没得学问，在这个黑暗的社会上怎样才能出头呢？所以我就想去当兵，要么死，要么就当出头来，那时候我就救人，救一切穷人苦人。我不能受欺受辱！"他激动地说，"这个社会太黑暗了，中国快要亡了，要是青年人再不起来就没有办法。一个青年人不能够看不起自己，要是他肯奋斗的话，他一定能救我们中国的。我们中国现在在世界上大家都瞧不起，连吃了败仗的日本都瞧不起，当美国人奴才，你想这是什么话？我就不懂为什么没有一个救国救民的人出来，大家都是想搞钱，损人利己！"这青年的、苍白的学徒火热地凝望着空中，充满着怒气——他看见了一片广大的景象。

老头子莫二爹瞪着他,摇摇头。

"你说些什么呀,念你底那个书吧。"

"我说,中国呀,你怎么得了呀?"这青年学徒含着愤怒的笑容说,"总是苦,这么多人,无千无万的人受苦,黑暗,没得路走!有钱有势的人骑在他们头上!有志气的青年叫折磨死了,到处都是哭哭啼啼的人,没有人管他们!他们在大街上让人家走这边赶到那边,倒在墙角落里头就死了,没有人,你,我,都不看他们一眼!啊,中国呀,你为什么这么弱,是哪个把你吃光了,老百姓多可怜呀!"

他底沉默使得这破败的酱园里的寂静突然加深了起来。充满着腐蚀的气味的空气好像颤抖着而凝缩了。雷雨在窗外的大街上咆哮着,疾速的闪电照见了一个撑着一把雨伞而急走着的行人,并且照见了一个淋满了水的人力车底顶蓬。这少年胸中充满着同样的狂暴的风雨。他回忆着他所经历的生活,他所看见的各样的人间底苦难。他看见他母亲伏在他父亲底死床面前疯狂地号哭;看见一个小老头子走进来,拿走了他父亲剩下来的一件旧的丝棉袍,这丝棉袍有几十年了,据母亲说还是父亲学绸布生意满师的时候做的,看见,在昏暗和寂静中,母亲躺在床上死去,她底灰白的脸朝着满是吊尘的破纸窗;看见荒凉的坟场;看见他从前的那个小学教师底瘦弱的脸。看见饥饿的人们抢米,女人们沿着大街号哭;一个宪兵毒打一个褴褛的车伕;武装整齐的军队沿着大街行走,卡车上绑着一个杀人犯,看见皮鞭向他抽来……他愤怒地笑了一声。他看见自己,孤另的、瘦弱的自己在这一切里面走着,忽然大街上拥出了强壮而勇敢的人群,告诉他说好的生活就要来了,并且有一个高大的慈祥的汉子跑出来抚摩他,要他跟他们一起去。

"去!我去!不管是火烧,刀杀,我去!"他说。

这破败的酱园!在这里面坐着,面前放着一本破旧的《学徒须知》,托着腮,两眼火辣地瞪着空中的,是怎样的一个青年啊!

他底脑袋这样大,两肩这样瘦窄,身材这样的羸弱,发育不全,面色苍黄——在他底心里,是照耀着怎样的苦难和辉煌的理想啊!他要击倒黑暗底暴虐的统治,为苦难的人们开辟生路!

可是他要怎样走法呢?

在寂静中那吊在那里的老鼠迅速地打转,并且叫了一声。他看着它,对它摇摇头。

"生意人又须知道谦虚二字,"他继续拿指甲在书页上划着,念起来了;声音有些颤抖。"无论大官贱民,凡来买货,都是客人,都须一律招待;又不论成交生意大小……"

那老鼠又叫了一声。

"你叫什么呢?"他忍不住地对着它悲愤地说;"不要叫吧,中国快要完了,总有一天会一起死光的,你不要叫吧。……它说无论大官贱民,"他看着书本说,"我就不信。中国人呀,看见大官就是一匹狗,看见贱人就又变成老虎了。"

"本来是这个样子的啊。"莫二爹愁苦地说,"不然的话,走哪里分个上下呢?人总是要分个上下的!"

"屁!上下!"学徒说,"这是天生的吗?……上回我到火车站去,那火车站真是阔气,有钱人的汽车在前面摆成一大排。看见大官、有钱人,或是外国人美国人这些来了,那里头的职员就恭恭敬敬的,真是像服侍干老子一样!他妈的屄,要是穷人去买一张票呢?排队呀!警察打呀!这样那样买不到!阔人在一间玻璃房子里头吃冰,吹电风,还有女招待,穷人,那些乡下人呀,就都坐在地上——哼,准你坐就是好的了!我看见一个老婆婆,总有八十几了,倒在那地上喘气,她是上城里来找她儿子没有找着的,她又没有钱买票,没得哪个理她。……她喘着气就要死了。"他噙着眼泪说。

"这也不能怪,哪个叫她没有钱的呢?"老头子难过地说。

"你有钱吗?她又不会抢,又没得印刷机印钞票,又没得儿子做官;哪里来钱吗?"刘景顺愤怒地说。

他突然转过头去望着那倒吊着的老鼠,沉默下来了。他满脸通红,显然在竭力抑制着他底愤怒,那老鼠似乎已经疲竭,不再乱动了,然而睁着两只滚圆的眼睛。

莫二爹已经把缝好了的衣服披在背上,他紧紧地看着这年青的学徒,脸上充满了不安而悲苦的思虑神气,显然这年青人底话扰乱了他。

"话倒是的……不过这世界上好人做不得。"莫二爹说,脸孔很奇怪地有些发红;"有一年,那时候我年纪轻,也还有钱,在烟店里头做事。一天一个女客来买一条烟,把皮包丢在栏台上忘记了。那时候店里又恰巧只我一个人。我打开皮包来一看,吓!你猜是什么?一大串金子!珠宝,还有洋钱!我当时真高兴,可是马上一想:我有良心,别人底钱不能拿!一定不能拿!我就等那女客来,可是她好几天都不来,我心里愈想愈替她着急,是不是她想不出来丢在我这里了呢?于是去找公安局,找到一个警察,报告他了。哈!你想想后来怎样的?我还在做梦哩,那个警察却拿了皮包打开来一看就开了小差!……那个女客倒是一直没有来找过。"他红着脸说。

"不过,有钱人底钱,就是拿了也没有关系的。"刘景顺说,带着惶惑而困恼的神情。

老头子握着拳头紧靠着桌子,他底脸色更激动了。他突然地异常需要说话,倾诉,心里充满了对这年青人的依恋的悲伤的感情。

"我这个人,就是一生颠三倒四的。"他说,"没有做过一件痛快事情。我们家从前在钱庄里头有股子,我爹倒是管教严,要我学生意,不过我那时候不上进,吃喝嫖赌样样全。不然的话,自己积几个钱,不说别的,今天至少也不愁当不成伙计就没得饭吃……"

刘景顺站了起来,走到柱子底后面去看了一看,然后转过头来,轻蔑地说:

"积钱有什么用呢?你一生又能积到几个?人家阔人不是积的,人家是抢的。钱这个东西,是败坏人心的。"他说,从刚才的那一阵对于钱财的惶惑里挣脱出来了。"我倒不是说心肠好不要钱,才不是的。我心肠坏——一点都不好!我总是巴望人家失火,巴望他们死!我说的是,"他轻蔑地说,"全中国都让钱弄坏了,要是把钱一齐都烧光,那就要好些。没有一个人见到钱心里不发抖的!所以他们就不能独立自主,只配做奴才!"

他就走过去对那倒挂着的老鼠愤怒地打了一巴掌,使得它激烈地摇晃着,挣扎而尖叫起来。他是痛苦透了!他对这一切生活是憎恶极了。

莫二爹伤心地看着他,一面听着外面的雷雨声;想到自己就要和这纯洁的青年,和这酱园里面的熟悉而亲切的一切分手了,就难过得噙住了眼泪。多少时以来刘景顺底诚恳而畏怯的神情,声音和动作,是成了他底生活里面的不可缺少的一部分。这个青年是多么纯良啊,人们竭力地要用苦难和学徒的规矩来败坏他,他却仍然是这样的坦白无私。……

"景顺啊,"莫二爹说,"你晓得不晓得?"

"什么?"

"老板要关门了,叫我一个礼拜内自己想办法……"

"我呢?"

"他说:徒弟是徒弟,由他去吧,他妈欠的钱我也不问他要了。……景顺啊。"

"我将来还他就是了。"学徒坚决地说,坐了下来,痴呆地望着前面。

雷雨仍然猖獗着。这酱园里面非常静,各个角落里有老鼠们在奔驰、鸣叫,仿佛它们是在找寻着它们底那个被吊着示众的同类。充满着悲愤的幻想的少年学徒,在听到老板要辞退他的消息之后,心里异常激昂。他其实很恐惧,因为他从来都是一个胆小而畏怯的少年;他底性格是还没有成熟的。他平常很少说话,今天这样的和莫二爹谈话也是很偶然的:这是一种抑制不住的喷发。在受到了这新的刺激之后,他心里的火焰愈发燃烧起来了。他突然想起来了,就在对街弯角的一家木行里面,保长吴兴楚老头家里,有一个志愿兵报名处。

他不要屈服在这黑暗的生活底威力面前!

他脸上有一种很可怜的搏斗的神色——这瘦弱的,在苦难和黑暗中渴望着好的、英雄的生活的青年。老头子莫二爹痴望着他。他脸上的这种可怜的搏斗的神色,叫老人家落下泪来了。

"景顺啊……"

"你哭什么啦,二爹?"刘景顺叫着,站了起来。"不念这种当奴才的书了!"他于是把那本《学徒须知》猛烈地扔了开去。它一直落在一个酱缸上面。然后他拿起桌上的一把剪刀来,走过去剪断了那系着老鼠尾巴的麻绳。那老鼠掉在地上,尖叫了一声逃跑了。

"放你自由了,朋友!"他大声说。于是摔下剪刀,一直走出门去。老莫二爹喊着他问他到哪里去,他不回答。他走进大雨中,踩着泥水,奋激地向着保长吴兴楚家里的志愿兵报名处走去了。他要献身——无论对什么献身,只要人家肯接纳他。

他浑身潮湿,推开了木行前面篱笆门,一直朝着亮着灯光的保长底屋子走来了。

人们都知道黑暗的中国底"志愿兵报名处"是什么一种东西。然而他,这悲愤地要求着献身的青年,却不去想到这些。这些地方,事实上是壮丁买卖处,从来没有一个什么志愿兵在里面出现过的,因此,这少年学徒底行为,就简直是一个奇迹。

"吴伯伯,"他推开门说,"我来报名的。"

秃头、瘦小、眼睛锐利的老头子保长吃惊地看着他。他是正在那里打着算盘算账,他底左眉毛上的一大块黑痣在颤动着。

"你报什么名啊?"

"志愿兵。"

一个年青的女人这时从内房里面伸出头来看着。

"什么?"保长重新问。

"志愿兵。"

"你是要当——壮丁?"

"呀!"那房门口的女人惊讶着。

"是的。"学徒说。他站在保长底桌子旁边,雨水从他底脸上和头发上不住地往下流。

老头子好久沉默地看着他,两个手指急速地拨弄着算盘珠。从房里面又跑出一个女人来。随后走出了一个壮年的、敞着胸的男子;他们都惊异地看着他。这男子是木行里的工人。

"那么,"老头子保长慢慢地说,"你要多少钱呢?"

"多少钱?"刘景顺问,"什么多少钱?"

"安家费照规定是三千万,"老头子扬着眉毛上的大黑痣说,"你请坐。"

"这个……我不在乎钱不钱的。"刘景顺红着脸说。"我绝对不是为了钱!"

保长沉默着,他脸上的冷淡的神情慢慢消失了。他注意地看着刘景顺。

"那么,娃儿,你是为什么呢? 不瞒你说,大家都是熟人,前天何顺记买了一个是六千万。"

"六千万还不肯呀,人家于是到处买!"那后来跑出来的那个胖大的女人说——她简直是在大叫着。

"算了吧……"刘景顺说,有些颤抖,"我决不是谈钱的……"

"那你是为什么呢?"那木行工人注意地问。

"我自愿。"

老头子保长慢慢地剔着牙齿。

"我看你是闹什么事情吧? 是不是何老板酱园要关门了? ……娃儿,不瞒你说,我是记挂你的,我们放开官话不谈,我跟你爹是平辈弟兄,从前那样要好,我不能没得良心。真的要当壮丁,马上有人出六千万。上头逼着要人打仗,我也好缴差。不过,要是是闹事情呢,趁早不要乱来,天底下活路多呢,你又是年纪轻轻的。"

"这话对啊!"那工人说;"现在当兵,不是让他们拖死,就是病死。前两天江边上还一脚踢死一个! 替哪个打仗呢,又不是打日本！"

刘景顺软弱下来了，这软弱叫他异常苦痛。支持着他的那勇猛的热情消失了，不过，想到了他底苦痛的生活，他就重新奋激了起来：他决计不要回头，死也不回头。

"你们不管吧。……吴伯伯，我不管怎样，请你替我把名字写上好不好？"

"你发疯了？"

刘景顺昏迷地支持着。

"我就是发疯！……大家都为自己，都为钱，中国还有什么办法？你们让我去好了，我就是打死了，那也是心甘情愿的！"他含着眼泪说。

老头子保长面色苍白，一声不响地从抽屉里取出了一本簿子，拿起笔来替他填写着。那个胖大的女人走到他面前来，几乎要凑到他脸上去，注意地、难过地看着他。那木行工人则是很紧张地走过来望着老头子写字。

"多少岁？是十八岁吧？"保长抬起头来问。

"十七。不……你就写二十岁！二十岁！"

那女人叹息了一声。老头子保长又看了他一眼，就替他填写了二十岁，然后带着一种狡猾的愤懑的神气说：

"哪一天入营，就再通知你。"

刘景顺对他很恭敬地鞠了一个躬，走出来了。他重新走进黑暗和风雨中，走过一个堆满了垃圾的广场，他竭力地安慰着自己，不让自己去想其他的一切。他是这样想着的：既然已经决定了，既然不久就要死去了，那么他就不必再害怕什么，既然目前的生活是这样痛苦，那么无论怎样他总算是脱离了这种生活了。他没有屈服！

"不过我究竟为了什么呢？真的会死掉吗？替哪个死呢？他们不是要在我身上赚几千万吗？……不，不想！好了，好了！不要再看这些人底脸色了，一切都不想！"

他纷乱地想着，心跳着，悲伤着自己，走回到酱园里来了。

他是希望能轻蔑这破烂的酱园的,不过一走进去,他却在一口大酱缸面前站下了,忽然地对这酱园里面的一切觉得异常的凄凉和亲切。那些酱缸和油桶底笨拙的沉重的影子,那些堆积着的瓦缸头,以及那种重浊的酸气,立刻把他淹没了——它们亲切地把他拥抱了。于是他底眼睛里就又含着眼泪,老莫二爹已经敞着干瘪的胸膛在一张破门板上仰躺下来了,好像内心里面非常痛楚,又像生着什么病似的,在那里闭着眼睛呻吟着。电灯寂寞地照耀着。他走进柜台,轻轻地来到莫二爹面前,含着眼泪看着他。

"哦,景顺!"莫二爹突然睁开眼睛,抬起头来说。但随后又躺下去闭着眼睛了。他继续呻吟着:"唉,啊。苦啊,命啊。"

刘景顺发楞地走过去捡起了刚才抛开去的那本《学徒须知》,对着灯光机械地翻了两页,眼睛里映现了一行字,而最后眼泪把它们迷胡了。那一行字是:"生意人又须守本份,所谓非我不取……"

"唉,我要是能够继续上学就好了。"他心碎地想。

"命啊。苦啊。"莫二爹呻吟着。

雷雨已经止了。散发着重浊的酸气的酱园底各个角落里,老鼠们猖獗地奔驰着。刘景顺突然地丢下了手里的书,重新走到莫二爹面前去。

"二爹!我报名当兵了!"他流着泪大声说。

莫二爹像被刺痛了一般地跳了起来。

"啊,当兵?——他们要打死你的啊!"

"死?死就死吧!死吧!人一生总得死的!"刘景顺愤怒地说。随后他痴呆地站着。他想着死。死是什么?他问。他真的会死吗?为了那些阔人和有钱人,让人家去打死和饿死?难道这是他所愿望的吗?他要求献出自己,他不怕死,可是他难道是为了这个吗?不!他要活的!他要愤怒地哭号着去生活;他还是这么年轻、无知,他还不曾经历过真正的人的生活!

他立刻奔出去了。一直跑到保长底门口,敲开了门。

"什么?"保长老头子,仍旧在那里算帐,闪耀着眼睛,问。

"吴保长,求你把我底名字涂掉……"他喘息着说。房里的那个胖大的女人又跑出来了,含着了解的、同情的微笑看着他。

"这怎么行呢? 这是公事啊,不行的,娃儿!"老头子狡猾地说。

"吴伯伯我求求你……我才十七岁呀!"刘景顺说,就爆炸一般地哭起来了。这哭声,这要求生活和献身的悲愤的年青的哭声,震动了雨后的黑暗而新鲜的夜。

"哈,哭哭吧。"吴伯伯说,笑了一笑,就翻开手边的那簿子来,把这志愿兵的名字涂掉了。

"喝茶呀,老弟。"那工人端着一杯热茶出来,亲热地笑着说。

但是刘景顺继续哭着,好久好久地哭着,感激而又悲愤,想着被他放走了的那只可爱的老鼠。

一九四八年八月七日

小兄弟

　　警察何奎文在晚上的热闹的人行道上叉着腰慢慢地走过来了。所有的摊贩见到他都张惶了起来。他走过的时候，那些卖新旧各种衣服的，卖走私的美国军用品的，以及卖巧克力糖、皮鞋等等的摊贩——那些各种样子的和生活相挣扎的愁苦而狡猾的男女们都一律地做出那种乖顺的、认罪的、马上就要走开的样子来，有的取下了挂在墙上的物件，有的包起了铺在地上的东西，好像是在秋天底树林里吹起了一阵肃杀的寒风。他叉着腰威武地，慢慢地走着，有时踢一下地上的摊子，有时掀一下挂在墙上的货品，严厉地叫骂着而下着命令，限这些摊子在十分钟以内一律滚开。那些愁苦而狡猾的男女们，总是奉承着他，因此他很是得意。但不久他就很疲劳了，没有气力再去叫骂，觉得他底努力是徒然的，灰心了起来。天气是如此的热，他满脸都流着汗，他底衣服是完全汗湿了。他觉得非常口渴。他心里充满了怨恨，觉得要抓住谁毒打一顿才痛快似地。本来警察要打人是非常容易的，但他自觉是一个心软的人：好久以来他便承认这是他底最大的缺点。他在拥挤的人群中走着，他厌恶透了，这时他发现有一个卖酸梅汤的担子摆在路边上，于是他便觉得他需要对它发一下脾气，至少先弄一杯冰酸梅汤吃吃再说。

　　然而一走过去，他却发觉了守着这酸梅汤担子的原来只是两个小孩。他们并排地坐在一条板凳上，恐怖地，几乎是绝望地，看着他底来临。

　　"这摊子为什么摆在路边上？别人不走路么？"他凶狠地问，"你们大人呢？"

两个小孩都赤着膊。他们是弟兄两个,叫做王小二和王小三,大的一个有十二三岁的样子,小的一个大约才八九岁。他们都睁大着眼睛,尤其那小的一个,恐惧得几乎要哭出来了,光赤的胸膛在那里急迫地起伏着。

"大人回家吃饭去了!"终于那大的一个说。

"哼!吃饭去了?"何奎文教训地说,"你们小孩子干什么事情的呀,看我把你们带到警察局里头去!你们大人也简直不像话,告诉他,下回我就要不客气了……好,给我来一杯酸梅汤!"犹豫了一下,他说。

王小二,听见他要酸梅汤,惊奇地看着他,好像不敢相信这会是真的似的。待到证实了他是真的要喝酸梅汤的时候,他就忽然地充满了活泼的天真的神气,从凳子上跳下来了。显然地他是因为他能够愉快地替警察办到这件事而得意,他打开锅子来掏了一大杯。

"要不要冰?"他抬起头来,快乐地问。

"小二,你真莫明其妙!"王小三忽然带着非常老成的神气插进来说,"当然要冰的!警察他们喝酸梅汤当然要冰的!"

"你晓得个屁!"王小二愤怒地向着他底弟弟叫,"有的警察喝酸梅汤才不要冰!是不是?"他抬起头来问;"你们警察有的不要冰,他们说冰太冷了,不卫生!前天有个警察,他就是看见冰就抓!不过我看你警察先生是要冰,你要冰,我有的是!"

"少废话!"何奎文说,他是被这两个小孩底甜蜜的对话弄得很苦恼了,生怕会失去了他底尊严。

"那你是要冰了,有的人喜欢吃冰,有的人不喜欢吃冰,这在各人!"王小二喜悦地说。他现在没有恐怖了,相反的他觉得他和这个警察很亲爱,觉得光荣。他打开摊子上一个布包而取出冰来,敏捷地耸动着他底瘦削的肩膀,刨起冰来了。他刨得那样地卖力,跳跃着,每跳一下就哼一声,同时不住地对警察何奎文说着话。他相信这个警察一定也是在喜爱着他,他底心里是兴奋得要发狂了。

"多刨一点!"他刚一停止,坐在凳子上的王小三就老成地指着他说,"你想想,这一点冰人家警察够吃么?人家满头大汗的!"

"没得你底话,老子自己有数!"王小二尖锐地叫,于是又刨了起来。但他底弟弟这时走过来和他抢夺了,说他刨得不好,一定要他让他刨。他自然不肯让,于是两兄弟就叫骂,揪打起来。最后王小三被他底哥哥一直推跌到地上去了。

"老子非刨!"那热情的小孩在地上哭着叫,"你不信叫他警察看看,看究竟哪个刨的好!我揍不死你,……"

"不哭啦,你个小家伙!"警察何奎文吃着冰说;"有什么好哭的,你刨他刨还不是一个样子……咦,你这个小家伙真凶!"

"他会刨个屁!他是胀饭的饭桶,天天在家里头挨打!"王小三叫,爬起来猛力地推开了他底哥哥,一面把那一块冰抓了起来,"警察你再吃一杯,你看我来刨!"

这小孩对刨冰这个工作是有着这么大的热情!他差不多还没有摊子高,他踮起脚来,高举着他底手臂,刨着。他底哥哥叉着腰站在旁边拼命地讥笑着他,他却只是默默地工作着,抱着非胜利不可的决心。但他实在是太矮了,刨了很久之后还只刨了一点点。忽然地他右手底拇指在刨子上割破了,血流了出来。

"活该!活该!警察你看,是不是活该!"王小二得意地叫。

他恐惧地看着他底流血的手指,但比恐惧更大的却是他底竞争的心,和渴望为警察而牺牲一切的英雄的感情,他把流血的手指拿到嘴里去吮吸了一下,跑过去搬了一张小凳子来,爬到小凳子上去,重又刨起来了。这一次他刨得很顺利,只是把冰弄碎了,糟蹋了很多,他狠狠地咬着嘴唇,全身都流着汗,紧张着他底瘦弱的,难看的小身体,工作着。虽然平常他是很知道父母底痛苦,很吝啬的,但现在他却一点也没有想到那块冰究竟要值多少钱,他迅速地就把它刨去了一大半了。

"够了,装不下了!"警察何奎文站在旁边说。"你这个小娃真肯卖力,倒还不错!"

"警察你看好了,"他说,警察底赞美使他满脸都是快乐的光荣,"我刨得好不好?"

"好个屁!警察等下把你抓去!"王小二,看见他居然胜利了,愤恨地说,一面跑了过来,把他挤了开去,动手替警察刨第三杯。两兄弟互相叫骂着,讥笑着,各各都怀着英雄的心愿和天真的爱情,把一整块冰都拿来献给这可怕而可爱的警察,——虽然其中被他们自己糟蹋的有一大半。警察何奎文,先是一点都不关心,现在却吃得快乐了起来,疲劳也恢复了,于是就不住地赞美着他们。

"你们两个小娃儿倒还不错!你们是弟兄吧?"他慢慢地吃着冰说,"你们不要吵,再吵我真的带你们上局子里头去了,我是公正人,你们两个都卖力,刨的都好!哎呀,看你这个样子你要把你弟弟吃下去了,"他笑了起来,"要知道弟兄是亲手足呀!世间没有再比弟兄好的,你们长大了就会晓得了,我吃不下了,好了——喂,叫你们不要吵,你们轮流一个一个地刨——唉,你们两个娃儿真要命,简直没得大人管教!……"他这样地慢吞吞地说着,但这时两兄弟叫骂着又揪打起来了,于是他想到要吓他们一下,就突然地把手枪拔了出来。

"不准打,打我就开枪了!"他叫。

两兄弟在枪口前面呆住了,恐怖地看着他。他们底瘦小的,枯瘠的胸膛急迫地起伏着。于是他高兴地,快乐地笑了起来,他底看起来很是苍老的脸打着皱,眼睛发着光,显得他是很善良的。他丢了几百块钱在摊子上,收起枪来走了开去。不知为什么他心里非常的感动,他觉得这两个小孩真是太有趣了,但这时两个小孩却又叫喊着向他追了过来。

"不要钱,哪个要钱不是人!"王小二喊,"你以为我是要钱的?不要!"

"还他!还他!一个钱都不要!"王小三狂热地叫。

他们在这种奇特的爱情上做着这种竞争,他们不顾一切地表达着他们底赤诚的心,希望得到这警察底宠爱。在他们看来,这警察是已经对他们非常宠爱了；特别是拿出手枪来开玩笑的那一个动作把他们完全陶醉了。警察何奎文站了下来。

"为什么不要钱呢？我又不是吃白食的！你们看看我这个人是不是吃白食的，"他动情地，生气地说，觉得他自己真太是软弱了。

"不要！不要！"两弟兄叫。

"算了吧！不要就活该！"他说，忽然地被纠缠得生起气来了；"不要就拿来还我！告诉你们大人，下回摊子还是不准摆在路边上！你们这两个娃儿，以为两杯酸梅汤就买得动我么？哼！我又不是不给钱，是你们不要！你们要是嫌少我明天补给你们都行！哼！"

警察何奎文，做出一副蛮横的样子来，看了两个娃儿一眼，走开去了；威武地叉起腰来，带着一阵萧杀的寒风在那些地摊中间走了过去。

两个小孩呆站着看着他，于是大的失望和空虚袭取了他们。他们走了回来，这才发觉冰已经弄光了，而这一块冰是起码要卖两千块钱的。于是他们恐慌了起来。

"这怎么办呢，小二？"王小三难受地说，差不多要哭出来了。

"我不管，全是你！全是你拍那个瘟警察的马屁，有什么稀奇，老子长大了还是会当警察的！"

但王小三没有听他，却绝望地哭起了来。他看着弟弟，觉得他非常可怜，就默默地走过去替他揩眼泪。这时他们底母亲走来了。

"哭什么呀？——怎么弄的呀，卖了多少钱？"她看着泼得满摊子的酸梅汤说。

"是！是一个瘟警察！"王小三哭着说，但王小二觉得说出这个来是丢人的——他觉得泄漏出他心里的刚才的那一阵热情来是丢人的，赶紧地堵住了他弟弟底嘴巴。

"妈，是我口渴我自己吃的！"他坚决地说，转过身来用背拦着他底弟弟，看着他底母亲。

"我揍不死你！你自己吃的！说：卖了多少钱？"

"没有卖钱。"他摊开两只手来，说。

于是那失望的，痛心的妇人举起手来猛力地打在他底脸上。他摇晃了一下，狠狠地咬着嘴唇。看见他这样的顽强，那愤怒的母亲就拿起一根木棍来对着他打去了。可是他仍然不作声。他也不怨恨那警察，他差不多仍然是在爱着那警察——他心里倒是觉得很快乐的。……

一九四六年八月二十九日

路边的谈话

酷热的下午,街道显得特别空旷。各处都照满着阳光,仅有的几个行人喘着气在街边的暗影里懒懒地走着。对面的高大的白墙底反照尖锐地逼射了过来,坐在这边的暗影里的年轻的姑娘张秀珍已经疲惫得睁不开眼睛了。她是十七岁的、秀丽的、苗条、皮肤微黑的姑娘,很庄重地穿着她底花布衣裳,守在她底地摊前面:地摊上是陈列着几面蹩脚的镜子,十几把芭蕉扇,和一些衣架。已经有三个钟点是这样的了,在暑热下面,没有一个人来向这摊子看一眼。她觉得这时间是悠长得可怕。但比较起来,老头子何永富底声音是更可怕的:这声音仍然在她底耳边响着,使她不能好好地休息一下或思索一下。恐怕老头子已经说了有两个钟头了,她苦痛着,渴望着晚上快一点到来,想着躺到竹床上去睡觉的那种幸福。她不停地在心里数着电杆、蚂蚁、或者汽车的数目,渴望何老头子底话能够停止,而让这街边为绝对的寂静所统治,那时就会有心底恬静,甜美的想像飞翔起来。

老头子何永富是坐在自己底摊子面前,他底摊子上,除了扇子一类的东西以外,还陈列着蚊香、发油、打火机,和小孩底衣服。他坐在小凳子上,披着衣服,弯着他底干瘪的胸脯,一面搧着扇子,一面闭着眼睛,不断地说着。他底干燥,无情的声音永不停息,是已经变成这暑热的街道的一部分了。他说了很多,很多,无论是别人或是他自己都不能记得他究竟说了一些什么了。他刚刚说到去年他底邻家母亲和女儿吵架的事,忽然地就说到上个月怎样地一个警察捉了他去,终于他底有面子的朋友亲自到局里去找局长,人家就把他恭敬地放了出来。

"我早先得意的时候,这些朋友都是沾过我底光的。……警察来了,说:'你怎么又在这里摆摊子?'我说:'老弟,你叫我在哪里摆呀?'他就说我骂了他!我不过说:'你叫我在哪里摆呀。'就是骂了他!他要带我走。当时呢,我心里倒有点那个,后来一见到局长,我心里就稳了,我想:'看你把我怎么样吧!哼!'果不其然,我的朋友在分局里做事,到这里来玩,一眼就看到我了,'哎呀,何老哥你怎么来了呀!'朋友总还是亲热的……"

　　老头子静静地,有条有理地说着,闭着眼睛,摇着扇子。本来,凡是和年龄经验都不相称的对手说话,人总是要感到一种兴奋的痛苦的,人是急于要说服对方;可是何老头子是非常的冷漠了,他全然不注意对方是否在听他。但张秀珍却整个地紧张着,她尊重、害怕这老人身上不可测的生活经历,并且她觉得她必须听着别人;既然别人这样热心,可见得这些话是一定有意义的,何况别人是把她和自己放在平等的地位上。她勉强地听着,勉强地露出了解的笑容来——这笑容是寂寞而苦痛的。她是疲困得昏晕,渴睡了,她模模糊糊地想着其他的很多事情;全身都酸痛,在小凳子上怎样坐都不合适,不住地扭动着身子。老头子,完全没有注意到这些,一直说下去了。

　　"你们爹早先是跟我很要好的,那时候你们爹也还得意,他又是要面子的人,可惜不长寿;我说,要不是你妈,你们也够苦了。"老头子静静地,有条有理地说。

　　姑娘在凳子上扭动着,脸上显着悲切的笑容,但显然这并非因了老头子所说到的事情。

　　"我要死……"她想着,"我不喜欢我爹跟我妈,我要睡一天,两天,睡一百年……卖不到钱我才不管,没有饭吃关我屁事!好吧!随便吧!一,二,三,四……她们说,窗子台上有一支杯子,杯子里头有蚂蚁……"

　　"我们妈是那样的。"忽然想到要回答老头子底话,她说,苦痛地笑着。

　　"我呢,我就是这个样。你晓得,我底儿子不成器,好比我是无儿无女；早先我是得意过的。人总是好要面子，一请起客来就是十几桌；天天都请客，自己院子里坐不下，还坐到你们家院子里头去呢。不过，朋友总是好的。……现在，一行东西起码要化一两万块钱，我摆这个摊子就是一个人糊糊口，就是天王老子来我都不得借钱给他了，我说：'早先我得意的时候，我借给人家多少呀！'"他静默，思索着，姑娘紧张地看着他。"其实呢……上个月我底两个朋友一个人借给我二十万过节，说是借，其实是用不着还的"，他慢慢地说，"你晓得，早先我得意的时候，这些朋友用过我的钱，所以，说是借，其实就是送我，我一定不要，他们还是要送我，说：'真是的，拿去用吧！'唉！现在的时光，你要真的借钱，大二分五你都借不到！所以我说，朋友总还是好的，这一辈子，我不欺人，人不欺我……"

张秀珍心里不知为什么有一点兴奋；借钱的故事引起了她底兴趣，感动了她，虽然她曾经听说何老头子是到处哀求好容易才借到这几个钱的，他却宁愿相信他底话，即，钱其实是好心的朋友送给他的。她觉得这才是动人的，美丽的事情，但随即她就嫉恨、不满、苦痛起来了。

"我们上个月借了十万块钱"，她不觉轻蔑地说，苦痛地笑着，"十万块钱一个月就是两万块钱的利钱！"她露出了愤怒的神情，但老头子又说起来，她底这种神情就又被渴睡的，苦闷、呆滞的面容代替了。

"我要睡觉！"她心里狂怒地叫，"我要跑掉！跑掉！不管钱不钱，不管摊子不摊子！我不！不管！不管！"她想，一面老头子的声音仍然在她底耳边响着，"我不听他吹牛！不管他怎么讲，我要跑，到上海去，永生永世不回去！"她想，愤怒地握着拳头，睁大了眼睛，和渴睡挣扎着。

"我说，人我两不欠。"老头子慢慢地说，一面摇着扇子，一面伸手理了一下面前的货色，"比方说，一瓶香水，发来就要八九千块，你卖他一万块，他说，呸！你这是假的，值一万块吗？你是骗子！……哼，现在的人就是这样，发了财，就忘本了。我们早先得意的时候……"

"这些买东西的人总是这样的。"张秀珍,从她底朦胧、悠长的梦境里醒来,忽然地说,并且笑了一笑,这笑容是奇特地温柔,仿佛她爱着那些买东西的人。

"是的,你底话不错。"老头子说,一面抬起头来,觉察了什么似地,注意地,严厉地看着这反抗了他的年轻的姑娘,这种样子,好像刚才的那些话并不是他说的,好像只在现在他才显出了他底锐利的灵魂和爪牙来似的。张秀珍,觉得错了,觉得自己内心底秘密已被发觉,害怕地看着他。

但这只是很短的时间,即刻那严厉、尖刻、责问的眼光不见了,老头子压下了无名的愤怒,仍然显出了麻木的,安静的脸,稍停了一下,重新说了起来。仍然是无穷的无情的声音。天气更闷热,空气静止,时间也好像凝固了。这是永远永远的荒凉,炎热的白昼!一个戴着大草帽的穿长衫的人慢慢地走过来,虽然是在明亮的阳光下,却好像是一个影子一般。路边的,疲惫的法国梧桐上有麻雀短促地叫了一声;一辆汽车在柏油路中央飞驶而过,它底玻璃的闪光看起来简直是烫人的。小姑娘在和那种巨大无比的苦闷挣扎着。

"我才不坐汽车——永生永世都不坐这种汽车,杀死我都不!"她狂暴地想,呆呆地看着前面;她差不多不大知道她究竟在想着些什么了。"夜里头,凉凉的——下雨了。我喜欢我自己,我多好啊,我们都说,张秀珍好——你看那颗树才怪——我喜欢早上,六点钟我就睡醒起来了,到井上去打水,穿那件绿衣服,一点声音都没有的,有麻雀叫,不过总好像有人在跟你说什么话",她想,柔甜地笑了一笑。但接着她重又听到了老头子何永富底声音,立刻她觉得头脑上而发生了一阵苦闷的轰鸣,她觉得她要睡去了,但随即她愤怒了,抬起头来她看着老头子何永富。

"有一天一个穿高跟皮鞋的女人来买蚊烟香。"老头子说,虽然仍然是静静地,无情地,却显然是在和张秀珍刚才的那个似乎是爱着买东西的人们的奇特的笑容斗争着——显然年轻的姑娘的那个偶然的反抗使他非常痛苦。"买都买了,付了钱,哪晓得听了什么一个男人的话,又走回来,说这蚊烟香不是老牌子。我笑笑,我说:'猪牌、猴牌不是老牌子,那哪个王八蛋才卖老牌子!'好呀,她脸也红了,就要哭了,骂我是骗子,她说:'你们这些人就会骗钱!'那个男的就说:'带他到警察局里头去!'我说呀,'哼,莫说警察局,就是蒋主席,我也是老牌子,我们这些人怎样?'我们这些早先得意的时候……"

"这些人是的,"张秀珍说,不觉地又笑了一笑,显着是爱着那些买东西的人——至少老头子觉得是如此。于是老头子重又用那种严厉、尖刻的目光在盯着她了。她苦痛地骚乱了起来。

"姑娘,不是我说那个的话,那是你年轻!"老头子何永富严厉地说。但沉默了一阵,他就又恢复了先前的神情和声调,静静地,有条有理地说下去了。看起来这是永远不会完结了,就像这渴睡、荒凉、炎热的白昼一样!"这真倒楣啊!我晓得他恨死我了,他是嫌我在这里摆摊子占他底生意!我晓得!"张秀珍想,"不管不管!我要睡,我一个钱也不要卖。不过人家买东西的人本来就是这样的!"她想,又梦幻似地笑了一笑,使得老头子重又严厉地盯了她好久。

"我不管!"她想,愤怒地望着前面,觉得自己要疯狂了。她竭力避开老人的眼光,忽然她拾起摊子边上的一把小刀来,割破了右手底小指。她慢慢地割着,她不知道为什么要如此,她也不觉得痛。她希望自己清醒,超脱这混乱、无望、可怕的时光,而走到那黎明的井边,那安静、清凉、充满着柔和的心底低语的境界里去,爱自己,尊重自己,并觉得自己清洁。可是,看见血流出来,她恐怖了,她觉得要死了;她昏厥着。忽然地她喊叫一声。

"我不管!"她大叫着,站起来向街心奔去。

"喂,怎样啦,姑娘!"老头子何永富惊骇地叫。

她站下了,向这边呆看着。

"你不要说!"她忽然大声说,"你自己一个人说好了,我才不管!我不要听你的!告诉你别人根本就不是坏人,我一点都听不见!"她叫,火热地吮吸着自己底流血的手指,同时哭出来了。她清醒了。她感觉到柔和的,寂静的黎明,并听见了心底低语了。

老头子呆了很久,终于渴睡地大笑了起来。

"疯子!疯子!哪个跟你说的呀!"他快活地叫,顿然地也觉得自己清醒了过来了,"你问问别人看好了,我一句话都没有跟你说!"

一九四七,七,十二。

凤仙花

对于她所做的梦,刘吉青总是非常着急的,因为这些梦总是记不清楚。有一些梦是很可怕的,有一些很甜美,另一些则模模糊糊,一点也不连贯,不知道究竟是什么意思。父亲底鼾声很是粗野,似乎仍然不断地喷着酒气,在朦胧中,那张开两腿而躺卧着的样子也非常难看,母亲是在睡梦中断续地叹息着,好像有石块重压在她底胸前;在刘吉青的小床上,则是弟弟不时在恶梦中哭出来,有时并且粗暴地抽动,盲目地踢打着她。她可怜这房间里的所有的人,因此就紧紧地抱着弟弟。

窗子上有青色的,沉静的光明,看样子快要天亮了。刘吉青抱着弟弟,想着刚才的梦,一点都记不清楚,焦灼着,但即刻就又想到了肮脏的小院子里她所栽种的凤仙花——凤仙花开放了,是粉红、柔静的,在水沟边上挺直地站着,下午的时候让当警察的吴振民折断了。但人们说,凤仙花是会在一夜之间自己复原的,现在恐怕已经复原了罢,她很想下楼去看一看,但又非常胆怯,而且疲倦,迷糊过去了。

这十五岁的姑娘,贫苦、粗野的汽车修理匠的女儿,是一个非常爱饶舌的,精瘦、难看的小家伙。人们都嫌恶而诅咒她,因为她喜欢说谎,喜欢装出大人的样子来谈论,喜欢说出她所想到,梦见的一切;在无意间常常地说出什么来,揭发了别人底隐私。因了这个,她底父亲就总是要打骂她,并且用鬼怪,地狱来威吓她。也因了这个,她显得很顽强,并不在乎打骂;而且出奇地懒惰,但实在说,她是胆怯、迷信、糊涂而心地柔软的。

人们是在贫苦而肮脏的,狼狈的环境里活着。每天一大早她底母亲就把她叫起来,让她去提水了。她出去了,于是一个钟点都不还来,水缸没有水,炉子也没有生着——她是在井边和隔壁的姑娘在讲着昨夜的梦哩!而人们是疯狂般地嘲笑着她底梦,这已经是成了人们对她所有的唯一的热情了。"阿青,喂,说呀,昨天你又做了什么梦呀!"人们大声地喊叫着。她轻蔑似地走了过去,可是在人们不注意的时候,几乎完全突如其来的,她自己说起来了:昨天梦见一只大熊。于是人们大笑了起来,瓦匠金老二就吼着说:"有趣!有趣!大熊——是你底丈夫吧!"

无论怎样,这精瘦,难看的小女子总不能沉默。

弟弟底腿压在她底肚子上,她迷糊地睡去了。她梦见——异常地,她从窗口飞出去了。天空是青色的,像是澄清的水,地面是沉静的。即是肮脏,凌乱的院落也很美,凤仙花开放着好像一颗大树。月亮照射出来了,照见一栋孤独,漂亮的木房子,听得见那里面的钟摆的滴答的声音:在那里面的休息是真正的休息,钟摆底滴答声清晰地传到宽润的月光下来,时间是安静而甜美。但忽然不是木房子,而是她父亲的汽车修理厂。有火花迸射出来,渐渐地形成一大片红光。汽车厂着火了,父亲在火焰中央不能出来了。她要救父亲,她落在火中,四面全是火焰,她恐怖地大哭求救,然而人们在周围拍手叫好。瓦匠金老二喊着说:"烧死这个小妖精呀!"她大哭了。不是为了就要被烧死,而是为了人们果然这样冷酷——她哭着醒来。

"阿青!"父亲吼叫着,"什么事呀,老子打死你!"

她看着父亲的方向,很希望马上她说出这个梦来,但又没有开口的勇气。她□呆地看着黑暗里面,又想到了凤仙花。当她再来回想这个梦的时候,她就记不清了。怎样也记不清,只是胸中有猛烈的悲凉,忽然地想起了空旷的月光下的孤独的木屋子,以及从黑暗,安静的大房间里传出来的时钟底清晰而甜美的滴答声。她凝望着这个图景,她心里的强烈的悲凉就和它奇异地混合着。她觉得,住在这屋子里,在宽阔的地板上走动,听着时钟的滴答,一面从大窗户里有幽弱的月光照进来,是很幸福,也很惨痛的。

周围很偶然地一点声音都没有了。父亲底鼾声停止了,母亲不再悲叹,弟弟也在床里边安静地睡着。这种安静,以及从这安静中发生的透明似的意识,是非常难得的,她觉得舒畅、自由、睁着眼睛,不再想睡了。她想到父亲和母亲,觉得他们整天地辛苦,并且总是战战兢兢地害怕着活不下去,一点快乐都没有,是非常可怜的。周围的所有的人,连她在内,都是这样的,一点快乐都没有。

她想,要是有一天大家都快乐地住在明亮、洁静的房间里,一点也不叹息,更不互相攻击咒骂,就好了。……外面的天色好像亮了一些,这柔和的亮光并且好像在流动,包围了她,于是她在朦胧、甜适的悲哀中入睡,梦见了乡下的田地。好像是很小的时候,爷爷还活着,牵着她在麦田中央走着。两边的麦子比她还高,她觉得极为尖锐的幸福,这种幸福使她哭起来了。她很伤心,然而一点也说不出来究竟为什么伤心。剩下她一个人在茂密的茅草中走着,茅草在她底周围竖立着好像树林,昏暗地遮住了天空。在茂草底深处,是一个复杂而奇怪的迷人的世界,充满了芳香,到处都是活泼的、美丽的昆虫。长须的牛郎飞到草梗上去了,金翅的甲虫,浑身闪着蓝色的光,围绕着这草梗而飞舞着:这使她多么高兴。但忽然地一头山羊出现在她底面前,用它底柔顺、安静、疑问的眼睛看着她,她也看着它,互相地悄悄地对立了一下,她悲伤地哭起来了。她不知道为什么会这样伤心。但忽然地不是茅草,甲虫和山羊,而是拥挤的,夏天夜晚的小街,她哭着走过,她觉得一切都熟悉,在一家白铁铺底门前她站下了。白铁铺底破烂的门上贴着黄纸,上面写着字号的名称和工作的种类,她不认识字,但它们对于她也是熟悉的。她看见门开着,白铁匠老了,死在墙角落里,那里点着一盏幽暗的灯。这老人工作了一生,死了,人们遗忘了他,不过,他终于休息了。她觉得她正是在为他而悲哭:她认得他的,他是她底外祖父。但随即她又梦见凤仙花开得好像大树,极其挺直地站立在院落里,遮盖了老白铁匠底破烂的房屋。

她醒来,心里仍然颤动着那强烈的悲伤。她出神地呆看着睡在对面的床上的母亲。她听见她在翻身而叹息了。

"妈,我梦见外公!"她大声说,被自己底声音惊骇了,屏息着。母亲没有醒来。在凝固似的寂静中,她觉得自己的声音很不真实,于是又喊:"妈,我梦见外公!"

但母亲仍然不醒来;也许是故意不听她。她恐慌起来。接着她完全清醒了,紧张地爬起来,下楼到院落里来了。

她是来看凤仙花的。她恐怖着;院落里的清凉和寂静使她稍稍镇定了一些。周围上下的密集的人家全在睡觉。她发着颤,轻轻地走到水沟边去,蹲了下来,伸手向黑暗的角落里摸索着。凤仙花仍然是折断的,并且连叶子都垂着,看来似乎已经死了。她兴奋地轻轻地摸着了一朵花而抚摩着,一片潮湿的花瓣落在她手上了。

她站了起来。

"它死了。"她想,"不过,也许天一亮它才活过来的,听说总是这样的。我去年做过一个梦,有一个道士跟我托梦,要是凤仙花死了,我就也活不长久。不过其实我也不想活!"她想,稍微有点对自己底思想吃惊,发呆地站着。

她站在小院落的微明中——确实的,天快亮起来了。从四面的人家底窗子里,呼吸声、叹息声和忽然的压抑而苦闷的喊叫声连结成一片重浊的浪潮,在昏暗和微明中起伏着,向她涌来。天逐渐地亮了,昏暗和微明交融,各处都显得温暖,透露了深刻的,丰满的颤动。她不再恐怖了。她感觉到,周围的这些辛苦的人们——她固然看不见他们底形体——现在确实都休息了,不久他们就要起来,他们是不关心她底凤仙花的,但是她不责怪他们。无论他们曾经怎样凌辱过她,现在她感觉到他们,倾听着从他们底窗口透来的声音而有庄严的感觉,她相信——她爱他们。她忽然不知道要怎样才好了,她忽然非常害怕这会是一个梦。

她不曾睡着了。无需母亲呼唤,天一发白她就再下楼来,向她底凤仙花走去。瓦匠金老二已经起来了,在屋檐下,端着一杯水,用一块布蘸着水而擦着眼睛。她走到凤仙花面前去。它仍然是折断的,可是叶子已经开展——它没有死。

她转过脸来快乐地向着瓦匠金老二笑了一笑。

"怎么样,又做了什么梦吗?"金老二大声地嘲弄地说,然而那声调却并无多大的恶意,这鼓励了她。

"你看——我梦见凤仙花活了!"她快乐地说,眼睛里闪耀着光辉。

金老二向凤仙花冷淡地看了一眼。

"我明天要把它连根拔掉——看你还做什么梦!"他威吓地说,一面用手指顶着那块湿布在嘴里刷着,走进他底黑洞一般的小房间去了。

她呆站着,想要和他辩解,但忽然笑了一笑,走到他底窗口去。

"二叔!"她柔声喊。

"怎么啦?"金老二假装冷淡地说:"二叔二叔的,又亲热起来啦!"

"本来,二叔,我也没得坏心思。"她说,流下了眼泪,"二叔,我求你不要拔我底凤仙花,不然我要死的。"

她底声音是这样的温良而清晰,含着庄严的确信的力量;在这样的黎明里,它所给予的印象是近乎神奇的。金老二抬起头来,看见她眼里的泪光,站住不动了。

他沉默地看着这精瘦,难看的小女子。

"本来呢,阿青,我们大家都是苦人,"他庄严地、教训地、好像是愤怒地,大声说:"老实说!我本来是喜欢这个凤仙花的——不过,我还是要说我不喜欢,随便你做什么梦!嗯!"他说,天真,俏皮地笑了一笑。

阿青扮了一个鬼脸,飞快地就去提水了,像一切怀着梦想而证实了自己底爱情的姑娘一样。

一九四七年七月

预 言

快要过旧历年的一个早上,算命的老头子胡顺运很凄惨地对药铺底伙计邹德昌说,他是老了,太老了,六十八岁了,他不再指望什么,恨不得马上就死去。他确实老了,门牙已经脱落,破烂的棉套裤里的两条腿不住地在颤抖着,脸上有着一种在孩子们看来是很可怕的干枯的严厉的神情。他已经在这个街口,这个药铺底门前摆了十几年的算命拆字摊,这以前他是在大街上摆摊子的,少壮的时候他还背着他底箱子在外面流浪过,他见过多少事情啊!现在他对任何东西都不再发生兴趣了。他底拉车子的儿子和他底媳妇憎恶他,他自己也觉得他是他们底累赘。儿子养不活女人和小孩们,他不忍心去吃他的,就这样在他底可怜的拆字摊面前挣持着。常常地好几天没有一笔生意,没有人来算命、拆字,或是请他代写家信,他就饿着,有生意的时候,他也只能每餐啃一块大饼。今天早上离家的时候,他关心孙儿们,告诉他底儿子说要过年了,总得想办法弄点钱来买点孩子们吃的,他底儿子就大骂了他一顿。现在他就在对药铺伙计邹德昌诉说着这个。他底声音是急切的,颤抖的,他在叹息着和呜咽着,他觉得他再不能忍受下去了。

药铺伙计不愿意听他。没有人关心这个颤抖着的老人。邻人们害怕看见他底拆字摊,害怕看见他底和命运苦斗的悲惨的景况,因为他们不但不能帮助他,而且还忍不住地要嫌恶他。他们害怕看见他坐在板凳上,在阳光下露着白发的头,两只手抱着一大块饼啃着的样子。他们害怕看见他底摊子上的一块破裂了的玻璃和玻璃下面压着的一张一块钱的钞票——这老头子在从这张废弃了的钞票上怀念着他过去的一生。这老头子是非常喜爱整洁，因为他觉得自己是读书人。他底摊子上的破烂的毛笔、砚台，以及粗劣的纸张，都是收拾得很干净的。但人们不高兴看见这些，因为这些都是不应该存在的了。他很知道这个，他很明白他已经非常地老了。

"要是有钱人家，你这大年纪还不是好享福！"药铺伙计对他说。

"享福？哼！"老人说。于是他呆了很久，望着不远的桥旁的菜市上的人群，阳光照耀着这纷忙的人群。忽然地他底嘴唇慢慢地动起来了，他茫然地说："天多冷啊！我底骨头酸痛啊！"

然后他弯着腰走到他底摊子面前去坐了下来了。一个很小的，戴着红色的尖角帽子的女孩子走过摊子，不知为什么站了下来，仰着头痴呆而甜蜜地对着他看着，他觉得这女孩很可爱，就笑了一笑，可是这枯干的脸上的笑容惊骇了她，并且使她愤怒，她大哭了起来逃开去了。

很多小孩跑过他底摊子，很多女人提着满载的菜篮谈笑着走过，她们都不停留。

"难道我是一个鬼么？"老头子愤怒地想。

但立刻他就得到了一个向一切报复的机会。围着油渍的围裙的乡下女人在他底摊子面前停下来了。她穿得很破旧，面色很惨淡，然而却生得很姣好，并且挺直而丰满。就是她底这种年青和姣好，激动了老头子底怒气了。他觉得她是罪恶——应该得到惩罚的。他严厉地看着她。

"先生！拆个字多少钱？"她小声问。

"五千块钱！"

她呆着了。他看着她，他底怒气愈发强大了，他憎恨她底这种既然想得到好运却又爱钱如命的样子。

"她倒想我是便宜的呀！——五千块钱，我还吃不到两块烧饼！"他狂暴地想。

"先生！两千好不好？"女人说。

老头子看着她,忽然地大声说:"好!"这样,他就接待了他两天以来的第一笔生意——

这女人本能地对他投了恐惧的一瞥,从他底盒子里抽出了一个"大"字。她屏息地看着他;他底嘴唇颤抖着。她底命运现在是操在他手里了。

"她年纪轻轻的,就不能嫁人么?——算她妈的鬼命!"老头子恶意地想。

她说,她是问家里头的事的。家在湖南,半年没有信了;现在要过年了,她却不晓得哥哥跟妈妈底死活。家里头没有地,种的人家的;上半年来信向她要钱,她还寄了三万块钱回去。说到这里她摸出一封揉得稀烂的信来,并且含着眼泪了。

老头子阴沉地接过这乡下的来信去,看了一下。

"唔,"他说。

"先生,怎样?"

"听我说:'大'——就是,你底这个命是不吉利的!"

女人紧张地看着他。

"不吉利!"他忽然大声说,并且愤怒地笑着,在他底玻璃上写了一个一字一个人字,又在上面划了一横,"大,一人为大,你家里只留下一个人了!"

那女人要说什么,他做手势阻止了她。

"就剩一个人!我是不说假话的,"老头子说,轻蔑地笑着,紧张而激厉,完全没有了他往常算命时的那种疲乏的,迟钝的样子了。他渴望打击这指望着好运的女人,他渴望一直打到她心里去。他,这被一切遗弃的老人,渴望试一试他对这个人间的权力,他底心境是疯狂而邪恶的。"大,上面再加一横,就是天——就是天各一方,你从此不要再跟这家里人见面就是了!你指望吧?那也没有用的!你指望积几个钱,你指望享福,你在这地方过不惯,指望回家团聚,你指望!……好!那么,你听我说,从此你断了这一根肠子罢!"他大声说,喘息着而停顿了一下,看着他面前的那惨白的女子。"人生一世,姑娘!"后来他靠到椅子上去,凄凉地说,而他底嘴边含着轻蔑的笑纹,"不必计较的,说不定隔一下,你就不想家了,说不定你回到家里头去反而要跟屋里人打闹,我看你这个性子不是好性子!你爱钱如命,可是命中注定你是大——大意的,你一个钱都积不起来!说不定马上就见灾祸!"

那女人呆看着他,她底嘴唇开始颤抖着,后来突然地哭起来了。她拉起她底围裙来蒙住了脸。

"先生……"

"不必的,"老头子胡顺运感动地说,含着辛辣的眼泪,觉得可怜这指望幸运的女人;他兴奋极了!

"姑娘,哭是不必的,"他抖着说,"要忍命要安命!你家里人,就是活着,也是过苦日子,苦日子有什么意思呢?要是他们活着,他们就要替你哭,替你难过;对于别人,苦命的人不过是叫他们哭,叫他们难过!所以你也不必替他们难过了!你管你自己底路罢,指望好运,那是下贱的!"

那女人哭得更凶了。摊子底周围围满了大人孩子,静静地,而且奇特地含着敬畏,听着老头子底话。老头子大声地说着,他分明地觉得他已经操纵了人们底命运,他要教导他们,鞭策他们,他要叫他们知道人生底空虚和天意底庄严,他们,这些下贱的,势利的,指望快乐和幸福的人们。

"姑娘,人是下贱的,"他尊严地说,"你哭,是吧,说不定马上你就变了,你哭是为你自己没得好日子过,所以其实你一点也不想你家里人,这是上天叫你哭!你心里一定有不好的心思,你心惊肉跳,心慌意乱,自己还以为真的是想家呢!……你年轻,"他忽然神秘地小声说,"你不晓得的!凡是人不能安命,心里有罪过的心事,就会有祸事临头!哪个自以为快活,哪个指望快活的,就有祸事临头,所谓乐极生悲!那是天意,姑娘!"

他极其激动地沉默了,瞪着眼睛,一只手指着天——蓝天上泛滥着明亮的阳光。年轻的悲惨的女人底哭声继续着,她不懂得她何以不能指望和平与安乐。后来她底哭声微弱了,她在喘息着,颤抖地唤着她底妈妈和她的哥哥。人们静默着。人们看着她底颇为姣好的脸和丰满的胸部,证实了她是一个有着罪恶的心思的女人。

"先生底话是不错的。"一个提着菜篮的女人说。

那女人丢下了两千块钱,站了起来,游魂一般地走了开去。人们望着她,好像望着什么可怕的东西;人们底眼光里充满着怜恤和谴责。人们长久地望着她,从她底瘦弱的身影上看见了不幸,以及对于快乐的罪恶的希望。她从房屋底暗影中走到阳光下了,她走过木料场底旁边了,她又走进阴影中了,她挺直地,慢慢地走着,一辆穿街驰过的吉普车对着她冲来,那样大的声音她都不觉得,显然她在想着她底不幸,以及对于快乐的罪恶的希望。她倒在车轮下了,车子发出可怕的大声停住,传出了她底一声惨厉的叫喊。人们呼叫起来而奔了过去。

人们把老头子胡顺运留在那里。他瞪大着眼睛而颤抖着。他长久这样颤抖着。……突然地他拿起摊子上的那封信来,看见了那封信上写着"交郭吴氏亲收"。他猛烈地打开来,念了一遍。

"郭吴氏览,我底亲女儿,自从你男人死后,你也苦够了,家中对你不起,年纪轻轻你就出外帮人,大叔他们劝你改嫁你又不肯。儿啊!为娘的心里难过。家中无人照料,今年麦子收成不好,又要打捐,你哥哥急病了,我儿如有钱,寄几个来,日后我儿可自己做点衣裳,在外无人关心,我心甚不安,我儿啊!"

"她是一个寡妇呀!"老头子胡顺运恐怖地想,"我怎么刚才没有看清楚呢?"于是他又读着,高声地念着:"我心甚不安,我儿啊!"

他望着不远的围着那吉普车而挤着的静默的人群。忽然地有一个穿长衫的青年从人群中奔了出来,大叫着:"死了!"

老头子像受了一击似地昏晕。眼泪迷糊了他底眼睛并且涂满了他底脸,可是他哭不出声音来。他紧捏着那封信长久地呆望着摊子上的那两千块钱。他失了一切的知觉,就这样呆坐着,一个钟点以后,就有十几个男女来找他算命:他们都佩服他底灵验,连药铺的伙计都来找他算命了。但他呆看着他们,说不出话来。好久好久,他对他们摇摇头。……可是忽然地他喃喃地开始说话了。

"大字,人出头,主吉利,主财喜,人字……人字两脚分叉,主平,平安……"他呆望着人们,小声说,他底鼻涕流下来涂污了他底凌乱的胡须;"吉利,平安,"他摇摇头、静默了。

下午他就悄悄地走了,连他底摊子都没有收拾——他遗忘了一切,在想着"我心甚不安,我儿啊!"那句话。当天夜里他就死去了。在他底僵硬了底手里,紧捏着那一封信和那两千块钱。

这个故事,这老人底最后的灵验和他底奇怪的死,一直到现在都是市井闲谈底资料。人们说他是在临死之前得到了天启,所以预言了那个郭吴氏底命运了;人们对于在那以后的几个钟点内他没有能替他们算命,觉得很是遗憾!

一九四八·二·五·

初　恋

　　白铁匠李金红,看见摆熟菜摊子的姑娘金秀英提着篮子来了,就兴奋地继续着他和一个穿长衫的中年的顾客底中断了好一会的谈话。这顾客是来买白铁水壶的。
　　"先生,你说我这话是不是呢?"李金红提高了声音,说,"这一次的中日战争叫大家底眼界提高了——管他什么原子弹不原子弹,今天有饱饭我就吃饱了再说!"
　　他底这话,特别是他底声音,充分地表现了他底快活。他擦了一根火柴点燃了他底烟斗。他兴奋得颤栗着,心里充满甜蜜的诗意,好像这暮春的温暖的黄昏是把他底年青而肥胖的身体完全浸透了一样。他底这话是和他刚才和这顾客所谈的那些关于物价高涨的忧愁的话不大相干的,但他却觉得这正是对于刚才的谈话的漂亮的结论。他充沛着元气,对一切都不在乎,觉得这世界是非常的适意,那穿长衫的顾客很疲倦地对着他底议论笑了一笑,显然一点都不了解他底心情,然后走开去了。这时候卖熟菜的姑娘已经像每天一样地走过来放下了她底篮子。
　　李金红满足地衔着他底烟斗。他不曾想到,在这周围,是没有一个人能够或是愿意理解他底心情的。虽然春天的黄昏是这样美,空气这样清新,小街和十字路口的灯光这样安静,天边的淡红而泛蓝的霞光这样的温柔,人们却是生活在痛苦中,自然地嫉恨着他底愚昧的幸福。他是二十三岁的青年,勤劳,能干,上进,也有一股蛮气,是这白铁铺底有力的唯一的伙计。老板是三十几岁的赌棍,老板娘是日夜都在梦想着发财的病弱的女人,所以他们都依赖李金红并且有些怕他。因为要是没有他,白铁铺显然就要关门了。邻人们都艳羡这样的好伙计,他们觉得他是未免太糊涂太老实了;衔着烟斗,像是很懂事的,其实心里头不晓得在想些什么。然而,他是爱上了每天黄昏来白铁铺门前摆熟菜摊子的金秀英了。

她是苍白而怯弱的姑娘,很少说话,大半的时间都是低垂着她底温柔的眼睛。多少时候以来他都没有看见她笑过,这种情形使他非常难过。

如果生意好,她便很早就悄悄地收拾了她底摊子走了。如果生意不好,她就要一直呆站到夜里十点多钟,在她底摊子上,燃着一盏可怜的油灯,照耀着她底苍白的、怯弱的小脸。在跟顾客切菜的时候,她底薄薄的嘴皮就随着她底手的每一动作而紧张地牵动着。多少晚上李金红站在一边偷偷地看着她底有毫毛的嘴皮的这种牵动,看着她怎样怯生地把小菜递给客人,生怕碰触到那些男子们底手。这种情形总是使年青的白铁匠底眼睛里充满了眼泪。可是他一直没有勇气跟她去说什么,也没有勇气去买她底小菜,虽然他很愿意把他底钱都奉献给她。

他才二十三岁,就长得这么胖,这是使他觉得可耻的。她给了他一种强大的激动。为了她的缘故,他更用功地念起报纸来,更热心地思索着各种问题;为了她,他做了新的工装,每天梳着光洁的头发。也为了她,他买来了他底烟斗。他觉得这烟斗使他雄伟了许多。他是一个雄伟而温良的青年,相信奋斗,相信知识和有意义的人生,特别欢喜关于世界大事的谈论,他飞越他底灰暗的生活,而与世界和人们底广大的生活联结一起,而在这广大的生活中,是照耀着那卖熟菜的姑娘底忧愁纯洁的脸相。

金秀英放下了篮子,就到白铁铺门后面来拿她底摆熟菜摊子的木架。这时候李金红已经被决心所鼓舞,要来和她说话了。

"在这地方。"他说,跑到里面,白铁皮后面去拿出木架来。这是他底小小的计谋:下午的时候他故意把这木架藏到里面去的。

"谢谢你。"卖熟菜的姑娘小声说,低着她底眼睛。

"我来替你摆。"李金红说。

"谢谢你,我自己来。"

年青的白铁匠脸红了。她底脸也红了。好像她底眼睛里有眼泪:她底低垂着的睫毛颤动着。她摆好了摊子,然后就拿一块抹布用力地在摊板上抹着:她底生着毫毛的嘴唇在随着她底动作而颤动着。摊子有一些摇晃,她把它扶了很久,仍然在摇。李金红就赶快地跟她去找砖头。他多么感谢马上就被他看见的路边上的那一块砖头啊!他替她垫平了。她没有作声。他幸福极了。

天色黑暗了下来。在那原是泛着红光的天边,一颗大而明亮的星闪耀着。金秀英点上了她底油灯,对着她底摊子默默地站着。摊板是抹得干净而发亮的,上面陈列着熏鱼、虾子、猪肉——那些堆得很整齐的虾子闪耀着鲜艳的红色。李金红坐在白铁铺底门槛上抽着他底烟斗。

他呆望着她底侧影,她底挺直的鼻子,微张着的嘴,愁苦的神情底细致的线条,稍稍凌乱的柔软的头发,以及围裙里面的细瘦的腰。这一切在摇闪着的灯光里显得更迷人。那油灯底光焰是因了春夜底静静地流动着的空气来摇闪着,他可以感觉到这温柔的空气在怎样静静地流动,怎样甜蜜地浸润着她底细瘦的腰。他不久就含着眼泪了。高雅的,英勇的感伤充满了他底心。他觉得街道非常的静,非常的朦胧而甜美,虽然这时候正有一辆空的大板车通过,一匹骡子在拖着这大板车,年老的、生胡须的车夫粗野地喝叫着。附近还有顽皮的孩子们底嚣闹,可是这一切在他都是迷迷糊糊的。十字路口右边的一堵高大的破墙壁,墙壁下面的垃圾堆和煤渣堆,茶炉子里面喷出来的热气和站在各个店铺面前的一些疲倦的人影,在他都是非常的亲切而优美。从远处传来的汽笛声,从不远的大街上传来的不绝的汽车底轰声,以及从附近的什么看不见的角落里传来的一个女人底嘹亮而兴奋的谈笑声,都使他底心飞扬起来。他觉得他底生命是在飘荡着,要去过那个高声谈笑的女人底生活,要去过茶炉子前面的那些可亲的人们底生活,要去过辉煌的大街上和远处的工厂里的沸腾而悲苦的生活,并且要去过他所不知道的城市和旷野的辛辣的生活。他特别清晰地感觉到他底生命,这生命和广大的一切相联,在悲痛地寻求着依归,然而还没有得到接纳,他在这迷糊中想到他从前的家,他底死去了的做印刷工人的父亲和总是乐天的母亲,然而他并不怎样怀念他们。

"我今年年纪也不算小了,可是我总是糊里糊涂的！唉,真可怜,我真糊涂啊！"他想,含着眼泪,为他所不能明白的什么而着急着。他所不能明白的,是人们究竟怎样在生活,以及男女们究竟怎样会结合起来的这个问题。他不能想像他会和金秀英结婚或是怎样,他想不通这个。他也想不通他自己究竟是怎样的一个人：他不能像看清楚别人似地看清楚自己。

"唉,也许我是一个坏蛋罢!"他想。然后他叹息了一声,而重新装满了他底烟斗。那个姑娘回过头来看着他了,显然是听见了他底叹息而不觉地回过头来的。可是这时来了一个买菜的女佣人,她就迅速地转过头去照料她底生意了。

对于李金红,她底这短促而意外一眼是非常的甜蜜,以至于他忘记了他底烟斗,而对着她底侧影呆看着。他注意着,在切肉的时候,她底嘴皮在怎样地牵动。现在他感觉不到人们和广大的生活了,他觉得很奇怪。他难过地重又叹息了一声,可是她不再回过头来了。从对面的面店后面的一座楼房里,传来了收音机底甜腻的歌声——他为这歌声而充满了莫明其妙的眼泪。

"一切都是因为社会不合理,可是一个人底生活是多奇怪啊。"年轻的白铁匠想："像我这样的人,"他想,合着那甜腻的歌声底节拍,"像我,究竟有什么价值呢？我不过是一个小工人！我底前途有什么希望呢？不管怎样,终有一天所有的人都会觉悟,那时候就好了！"接着他却想："真是岂有此理,她难道是神仙吗？我为什么没有勇气跟她说话呢？别人总是吊吊膀子的呀！"他底思想是很明显地不联贯的。

这时来了一个穿着绸衣服的老太太向她买菜。指了几样之后,她切起来了。可是老太太很不满意,她觉得太少了,要添一点。过后她仍然要添一点,金秀英正要说什么,她却自己动手在摊子上抓了一块,并且愤怒地叫着。

"太太,生活高啊!"卖菜的姑娘着急地说。

"高,高呀!你们这些卖东西的全是黑良心!"老太太叫着,一面走了开去。

"一万块钱,能买什么东西!"金秀英愤懑地小声说,一面轻轻地抖着那一张票子;"我们黑良心!我们又不是偷来的!"

她显然并不是要让那已经走远了的老太太听见,她是不觉地在说给她知道他在那里坐着的年青的白铁匠听。

"这些人呀!顶没得良心!"忽然地李金红爆炸一般地说,跳了起来,"愈是有钱的人愈没得良心,他们不知道生活底艰难!她哪里是买东西呀,简直是抢!"

"也怪不得,生活高呢。"金秀英凄然地说。

"你心肠太好了,我说,你心肠太好了!"年青的白铁匠叫着,他自己是并不知道从他底肥壮的胸膛里出来的声音有多么洪亮的,可是这却使得金秀英惊慌地两面看了一看而低下了她底眼睛。"你天天辛辛苦苦地站在这里,为的是什么呀!一个上轨道的社会总要叫每一个人都能生活,一个合理的社会,"激动的白铁匠说,"是不应该有这种现象的!现在穷人就简直没有法子活命!我真不晓得中国哪一天才能有一个合理的社会!"

他底这些话,对于那个姑娘,显然是过于抽象,过于知识化了,然而他却非说这些话不能表现他底激动。如果没有深刻的思想,他底这一分钟就会等于白活的;一切激动的情绪都必然地要冲破了个人生活底狭窄的范围。他用发颤的手点燃了他底烟斗。他要她看见这个烟斗:在那些工厂里,人们都这样抽着的。可是她却显然地被他惊吓了,红着脸而呆呆地看着他。他抽着烟斗又拿下来,忽然地有了眼泪。

"你真苦呀!"他说。

这个,她却是懂得的,她迅速地又低下了头。

"你底后娘凶吧？"

"还好……"她怯弱地小声说，"其实，人总是这样的！"

"这都是因为这个不合理的社会，"白铁匠用发颤的声音说，"因为，在不合理的社会里，人心是不正常的，……不过，你也太苦了呀！"

金秀英摇摇头。……又来了买菜的人，年轻的白铁匠就走开去了。他走进左边的黑暗的小巷子，抽着他底烟斗，心里非常的快乐，他醉了，这肥壮的好青年，他喝了这初恋的神奇的酒而醉了。他对小巷子里的一切说着话，对很远的一扇亮着的窗户说话，对墙壁、电杆、和石头说话。

"啊啊！……这就是，吊膀子！"他嘲弄地说，快活地跳着，"不！不！这绝对不是吊膀子！"他说，"这是神圣的恋爱！我底心里多喜，我底心里多乐呀！呀！"

他在黑暗中乱跳着而挥舞着他底手。后来，他走到一个水井边上，弯下腰来对着水井里面看着，终于他就非常地恋着井底下的微微亮的水。把他底头伸到井栏里去了。他对着井里面狂喜地大叫了一声。

"她是我底爱人呀！"

水井回答他说："爱人呀！"

他从巷子里出来，就考虑着要不要去跟她说。然而，究竟要说什么，他却一点都不知道。他忽然想到他身边还有几万块钱，于是他决定把这几万块钱一齐都送给她；如果她不要，就买她底菜——只拿一小块肉。

"一定的，拿一小块！"他说。

他走过去。可是，白铁铺门口的她底美丽的灯光却没有了。他再走过去，看见摊子已经不在了。那个角落里是黑暗而空虚。

接着他发现她连每天寄存在白铁铺里的木架子也拿走了。他失望得要哭出来。他想，难道他使她害怕了，使她从此逃去了吗？他就觉得自己是一个非常下劣的人！好久之后，他怯怯地走到对门去问面铺的伙计，那伙计对他挤挤眼睛而告诉他说，是她底后娘来把她拖走的。

变得毫无寄托了的年青的白铁匠就等待第二天。第二天的黄昏是同样的晴朗,美丽,可是她没有来;一直到很晚都没有来,白铁匠发呆地坐在他底门槛上。第三,第四天她都没有来——她不再来了。她底生着毫毛的颤动着的小嘴,她底苍白的脸,她底低垂着的眼睛……那个幸福的晚上不再来了。肥壮的白铁匠呆坐在门槛上。

他到她家底门前去走过很多次,可是在那破烂的木板门前后从来不曾看到她底影子。他显著地变得懒惰、沉默、颓唐起来。他用愤怒的眼睛看着人们,他傲慢地咬着他底烟斗,他和顾客吵架。在一个星期之内他做出了七个水桶,其中却有四个是漏水的;他开始和老板娘发生冲突,有一天他大叫着说,在这种不合理的情形下面,他决不愿意再做工了!

于是邻人们又叹息起来,说这个年青人变坏了。对于人们,那个卖熟菜的姑娘底消失是不算什么的,每天夜晚少了白铁铺门前的那一盏灯光,并不能改变这小小的十字路口底春夜的景象。孩子们仍然叫嚣,收音机仍然歌唱——李金红现在就想用一块石头砸碎这收音机。

有一天吃饭的时候,他偶然地听见老板娘说,金秀英底后娘本来是就要把她出嫁的,可是那个男家临时又不愿意了,现在谈另一家。

"她就答应吗?"李金红问。

"她凭什么不答应呀!"老板娘轻蔑地说;"她未必就靠摆熟菜摊子活一辈么? 就为这熟菜摊子,她后娘不止打过她一回,说她在外面勾引男人! 卖来的钱呢,还不是后娘一进门就搜去了! 连鞋子都脱下来搜!"

李金红常常地喝酒了。他喝醉就咒骂她,骂她是不要脸,没有勇气的女人。他说,一个女人是应该和生活奋斗的;不奋斗的人是永远得不到光明的。可是这些话仍然不能慰藉他,相反的,到是赌钱,打架能够慰藉他,一个月之内,他和周围五六个青年都打过架,上过四回警察局,人们都说这好青年腐败了,他底老板已经打算辞歇他,他不再奋斗了,他到处借债,后来就卖东西;他在深夜里发狂似地在街上浪荡,大声歌唱着。他和邻家的女人说话不规矩而使得人家打他底耳光。

天气很热的夏天的黄昏,一个女客来买水桶。他恶意地和她吵着。可是正在他面红耳赤地对那个女客叫着的时候,他看见——他看见了提着篮子拿着木架面向这边低着头慢慢地走来的金秀英。

"你这个人怎样弄的呀!"买水桶的女客愤恨地说。

"啊!对不起,实在对不起,"他忽然用颤抖,恳求的声音说。

"你拿去就是,哪,这一个水桶是担保不漏的!"

然后,他就呆看着金秀英。她走过来面向他点了一个头。他底心里重新有了温柔的颤抖和纯洁的意念。广大的生活重新和他相联并且使他悲痛。收音机底歌声重新使他落泪;那姑娘点燃了她底油灯,白铁匠重新坐在他底门槛上。

他觉得他自己太没有勇气了,太坏了;他觉得一切都要重新来过,他要拼死地做工,来使她幸福。他沉进了悲痛而甜蜜的迷糊的梦里。夏天底夜晚是甜美的,凉爽的风,鸣叫着的蚊虫,嘈杂的人声和丰满的生活,以及心里的悲痛的渴望——那个姑娘站在她底摊子后面,就像春天的那些夜晚一样。

她变得更苍白了,但还是那样的低着的眼睛,颤动着的有毫毛的嘴唇,挺直的鼻子和稍稍凌乱的头发。还是那样的细瘦的腰,那样的蓝布围裙。

"你怎么,一个月都没有来呢?"周围没有人的时候,年青的白铁匠悲怆地问。

金秀英没有回过头来,她很模糊地回答了什么,他没有听清楚。

"我……我多想你啊!"李金红紧张地哑声说,"我说我要为你拼死做工,要诚实为人,奋斗……你为什么?"

"我嫁人了。"她小声说,仍然没有回过头来。她底嘴唇在颤动着。当她有勇气回过头来的时候,白铁匠已经不在他底门槛上了。她就呆望着那空了的位置而流着泪。后来,她就用白铁匠非常心爱的动作给一个女客切肉:这世界上除了他再没有第二个人知道她底这种动作了。

　　白铁匠在夜里大哭,他想着他底女神生了孩子了,衰老了的种种情景,想着二十年以后这小小的十字路口,这白铁匠门前的情景:那时候她是不是在每天黄昏仍然要来点燃她底油灯呢?第二天天还没有亮,白铁匠李金红就卷了他底一点东西一声不响地离开了这里了。

一九四八年一月三十一日

蠢　猪

七月间的一天，船夫王树清载着一位挟着皮包的、威严的客人，迎着逆流向五里外的一个码头划去。这位客人在他们码头上的镇公所里住了好几天，受着镇长和绅粮们底欢迎，大约是一位很不小的官，所以王树清非常的小心。然而，在昨天一天一夜之间，山洪暴发，河流暴涨着而淹没了两岸的低地，行船是特别困难的。果然，没有走到一点路，这位不小的官不满起来了。

"怎么走得这样慢呀！"他说。

王树清是胆小的人，非常害怕他，不知回答什么好，慌张起来了。他努力地撑着船。但那船，却好像是开玩笑似的，不前进也不后退，停在逆流里了。他猛然地卸去了披在肩上的破烂的上衣，赤着膊，全身都流着汗，咬紧了牙齿拼命的撑着，他底全身的肌肉都紧张得发抖，他底嘴唇都发白了。但那船仍然停住在逆流里。前面和后面都是露出在水面上的形状可怕的礁石，江水冲击着这些礁石而疯狂般的咆哮着。

"鸦片鬼！鸦片鬼！又是一个鸦片鬼！"专员张汇江自言自语地说，但忽然就狠狠地踏了一下足，大声地喊叫了起来："你是怎么弄的呀！喂，你究竟吃饱了饭了没有，你这个鸦片鬼！"接着他重又焦急地摇着他底肥胖的身体，自言自语地说，"我真不懂得这种蠢猪怎么会让你来撑船，你看完全是鸦片瘾没有过足……"

他还自言自语地说了一些谁也听不清楚的话。王树清，像一切人在沉重的工作中——他自己知道这工作的意义——受到无理的责骂一样，非常愤懑了，然而不敢发作。但专员底愤怒也不是全然无理的。他也是非常胆小的人，恰如王树清之害怕阔人一样，他是非常害怕江水、风暴、烈日，以及大自然底其他一切强暴的象征。没有一个人不爱惜自己底生命，何况你是有着温暖的家、快乐、名誉、和一个光明得像太阳一般的前途！在年青的时候，谁会在乎这些呢？强暴的大自然倒十足地是一种快乐，你也曾满山遍野地跑过，说起来的话，还曾经出去旅行，在一个暴风雨的深夜里栖息在一座破庙哩！那时简直不知道发抖是什么一回事。可是现在，即使过一条带子一样的小河，也要战战兢兢；走在桥上，就害怕这桥会突然地断下去，于是愤懑着在中国什么事情都不成样子，那些工程师简直不知道是干什么的。在中国生活，一个人是要凭空地耽这么多忧，看吧，现在的情形就是这么糟！这条河，为什么没有人管，老是让他泛滥呢？即使不能搭一座结结实实的桥，也至少应该疏通一下，辟一个过渡的汽船码头呀！中国真是太落后了，尤其你到乡下来看一看就可以知道：全是没有知识的，蠢猪一样的人。一个国家应该知道怎样保护它底精华，就是这些有学问，有资历的人，像保护它底眼睛一样才对，可是实际上呢，派你出来调查什么粮食，却毫不注意地把你底生命放在这一片汪洋的大水上，尤其是遇到了这抽鸦片的可恶的船夫，就像前天遇到的滑杆夫一样！……

　　专员先生出声地、自言自语地想着这些，满脸都是忧愁的、愤懑的神情，这时王树清已经又在撑着船平稳地前进了。因此专员先生觉得，骂一骂的确是要好得多的，这些中国人！但王树清却并不如专员先生所想的是一个鸦片鬼，相反的，他是一个强壮的好青年，这个码头上没有一个人不夸奖他底善良的脾气的。他之所以忽然地变成了鸦片鬼，那是因为专员老爷根本就没有看清楚他的鼻子和眼睛究竟是什么样子，在专员的头脑里，一切这种人都是鸦片鬼而已。可是专员先生也是有一点道理的，因为王树清底精神是并不如他底肉体那么强壮，挨着骂，只是默认着，不作声；而且慌张起来了。他是什么都不怕的，无论是疾病死亡、凶暴的江流、暴风雨和深夜的怪叫，可是只是害怕着如专员一样的阔人。

"这蠢猪真是要命呀！不知要撑到什么时候才会到！说不定会出纰漏的！"专员想，"为什么不会出纰漏呢？俗语说：天有不测风云，人有旦夕祸福！今天早上起来我底左眼就跳呀跳的！呀！又在跳呀跳的了！"于是他举起手来蒙住他底左眼。

"喂，你这个鸦片鬼，你说你是搞些什么呀！你简直是跟我开玩笑！"他暴躁地喊，接着又自言自语地、不安地说："你看，又停下来不动了！这些人真没有办法，根本就是鸦片没有吃好！你想想，鸦片现在是多少钱一两，可是这些人倒阔气，宁可不穿不吃，居然抽鸦片！……唔，他哪里来这么多钱呀！"他自言自语地说，顿时就陷入沉思的状态里去了，"他那里来的这么多钱呀！"他问自己，不禁有点嫉妒，但立刻就觉得中国果然是非常糟，心里充满了悲天悯人的感情。……的确，胡适之说得不错，中国非要发展科学不可。

但仅仅这一个思想，马上就使他想入非非。人是不能禁止自己想入非非的，好像总有什么幽灵在作怪，这真是可悲的事情；但这的确也正是人生的乐趣。怎么呢，发展科学了，成立各种各样的实业机构，那时候他就要到部里去活动一下，弄一个实实在在的主管官当一当。为了实业，经费应该多；自然是多的。所有的钱都由他调度，于是这么一来。……

"哈！哈！哈！哈！"专员张汇江发出了他底兴奋的、干燥的笑声，全然忘记了他底发跳的左眼了。这使得那个吃力地撑着船的王树清茫然地看了他一眼。王树清也见过不少的阔人，但从没有见过一个阔人欢喜这样自言自说、自问自答，并且做着各种兴奋的姿势的。因此颇有一点看不起他了。

看哪，这阔人拿他底手往前面的空中打了一下，又像抓着了什么东西似的往回一拖，而把两只手都紧紧地抱在怀里。末后，他又突然地把两只手往两边张开，而抬起头来望着空中，表示什么都没有的样子，摇摇头，一面又干笑了两声。

"这是什么玩意儿啊！"王树清想，天真地笑出了声音。专员先生突然地回过头来严重地看着他。

"干什么?"

"没得什么,先生。"王树清异常善良地说。

专员先生看了他很久,心情重又恶劣起来,左眼又在发跳了。他正转过头去,船又停止不动了,两边尽是礁石,急流底咆哮声非常的可怕。忽然地王树清失却了控制的力量,这船迅速地向后退了有一丈多远。王树清赶忙撑住了的时候,专员张汇江已经骇得面色灰白了。

"你这是存心跟我捣蛋是不是!"他尖锐地叫,"我看你这样可不像一个正经人!……"

"先生,没有关系的!"王树清懊恼地说。

"没得关系?你底命不值钱我底命还值钱呢!看你这样子就不是一个正经人!"

王树清感到了大的屈辱,阴郁地沉默着。他没有想到这个人会这样地不好说话,他最不甘心的,就是人家说他不是一个正经人。

专员却在那里注意地看着他。专员底左眼跳得更厉害了。看到王树清底阴沉的样子,他觉得他果然不是一个正经人。他忽然相信王树清是一个强盗。

"真是可怕极了!"他想。他底头脑里一片昏乱。于是他开始想着,人们在这种时候是怎样对付强盗的。应该和强盗亲近,表示自己没有钱,或者应该先发制人,装做自己是有手枪的样子,等等。

他犹豫了很久,身上出着冷汗。终于他发觉王树清并不完全像一个强盗,有一点放心了。但王树清却在那里想着自己所受的辱骂。他是老实的青年;心眼很窄,不大容易想得开的。同时,这位客人底慌乱的样子也引起了他的轻蔑,他愈想愈生气,就全然不把专员底尊贵放在眼中了。空旷的江面,咆哮的水流和荒凉的全无树木的河滩,是叫他感觉到了自己底力量和高超,觉得这位客人是完全渺小的。

"先生,你看看,是发大水嘛!"他突然愤慨地大声说;整个的脸,一直到颈子,都胀红了;"我这又是镇长派来的差船,不拿钱的!不信你就自己来瞧瞧看!要么就请你先生不要作声!哼!"

"不要作声?我不要作声!"专员激动地喊:"你说些什么?你还说些什么?你是什么人?告诉你,你只配当奴隶,你还敢跟我这样说话!"

"那我还是要说的——你不要作声!"王树清固执地大声叫,心里轻蔑地想着,你是什么东西!

他底这思想就好像写在他底脸上一样地明显,因此专员张汇江气得发抖了。

"我不要作声?你敢叫我不作声!"他这样地喊叫着,一面就冲出船舱来,用着上等人对付下等人的简单办法,打了王树清两下耳光。

王树清突然沉默了。他不敢回手,像一切下等人一样,可是他底污黑的闪着光的脸色显得很可怕,它完全扭曲了。

"老子枪毙你!"专员喊,"快些撑!我加你几个钱倒不要紧的,快些撑!"

说着专员就走到船舱里去了。可是王树清是在抵着篙子,可怕地沉默着。

"撑呀!"专员说。

王树清痛苦地发着抖,仍然很是害怕,机械地服从着,重又撑起来了。但是没有撑到多远,就有两颗冤屈的、悲痛的眼泪在他底眼睛里闪着;他愈想愈过意不去,终于茫然地停下来不动了。

"喂!你还要挨打是不是!"专员大声喊;"是不是还没有打痛?你这匹猪!"

王树清茫然地、像隔着一层雾似的看着这位可怕的客人。突然他他举起一只手来遮住了眼睛,伤心地哭起来了。随即他停止了哭声,拖着篙子走到船头,猛力地在急流中间插住了船。

他走过专员底身边时,使得专员骇得站了起来。他底燃烧的、无所视的眼睛显得很可怕。专员张汇江正在惊异着,他已经在船头上坐了下来,在毒辣的太阳下面,用发抖的手,取出了他底拴在腰上的旱烟袋。

"我们这些人就是该打死的!"王树清用微弱的声音说,朝水里吐了一口口水,开始点起火来。但他是过于激动,好久都不能把烟杆送到嘴里去。

"怎么啦?"专员喘了一口气说。

"我怕是没得脸见人!"船夫继续激动地叽咕着,"打耳光?我还是人生父母养的!我一个人受饥受寒地长了这么大,还没得哪个打过我……"想到码头上的朋友们对他的温暖的感情,他就又小孩子一般地哭起来了;一只手拿着冒烟的烟杆,一只手在狠狠地擦着眼泪。

专员张汇江不觉地露出了一副同情的、古怪的脸色,茫然地看着他,好像这一切不是因他而发生的一样,王树清底这种小孩般的伤心的、动情的样子,的确是把张汇江感动了。

"怎么啦?"他诧异地说。

"怎么?你问你自己呀!"王树清愤慨地说。"告诉你:今天我不得撑了!"

专员先生底茫然的同情,是叫王树清全然地愤激起来,而下了决心了。他沉默地望着江水,开始抽烟。

专员先生看着他,脸上充满了那种为一般的养尊处优的人所有的稚弱的、担心的神色,好像担心着这个船夫会闹出什么事情来似的。在这种注视下,王树清心里也有了一点感动,甚至忽然觉得专员对他是很慈善、很亲切的。他们之间存在着这样一种奇怪的内心的关系。可是正因为如此,王树清显得更冷淡,更坚持了。这只船就停在急流和礁石中,一动都不动。

"怎么,走哇!"专员张汇江忽然地醒悟了过来,大声地喊;"你这个蠢猪!难道你真的是要我把你抓到镇公所去!"

听到这句话,王树清四面看了一看,好像是看看镇公所究竟离他有多远似的。于是他重又默默地抽着烟。

"你怎么呀！"专员暴怒地喊。"走呀，告诉你，你再不走老子就要枪毙你！"

"枪毙？"王树清说。"好吧，你先生拿枪打吧！"他说，他底声音忽然有点发抖，同时有两颗激昂的眼泪出现在他底眼睛里了。

遇到这种老实人，他把任何威吓都信以为真，并且决心以最大的顽强坚持下去，专员先生是毫无办法了。于是他相信这个乡下人是非常狡猾的。而在王树清的一面呢，他也相信这个阔人是非常狡猾的，假装着同情你，说不定一撑到码头就把你抓到镇公所去了，像上次吴秃子所遭遇的事情一样。

于是这只倒楣的船就停着不动。已经快到中午了，太阳很毒辣；专员张汇江觉得又渴又饿，实在忍受不住了，暴跳了起来而大叫着。

但是在他底暴跳之下，这只船摇晃了起来，脱开了插着的篙子，向下流去了。他赶紧地坐了下来，骇得全身都发麻。可是王树清却毫不介意；他一点也不想把船止住，仍然呆坐在那里。

"怎么办呀！快呀！快些弄呀！"专员恐怖地叫着，"我给你钱都行；快呀！"

"没得那么容易，先生！"王树清激动地说，"你来弄吧——我是蠢猪！"他加上说。

"哎哟，快呀！"专员呻吟着，"我晓得你这个人是个好人，不会开玩笑的，快呀！"他盼顾着慌张地喊，"我是跟你闹着玩的，你生这么大的气，你真是小孩子，你何必唷！"

王树清轻轻地把船插住了。专员老爷于是大大地叹息了一声，取出手帕来，揩着脸上的汗。

"今天怕是要上镇公所了，"老实的船夫想："我就一不做二不休——打我两下耳光呀！"

"怎么啦！"专员又说，"我有公事哩！我比县长都大，你晓不晓得——阿弥陀佛，刚才真把我骇死——好朋友，帮帮忙吧！"

"怕是要上镇公所了！"王树清，听到他说"比县长还大"时，想着。

"好朋友!"他慌乱着、激动地说,"两个耳光!你先生就是比县长还大,不能随便打人的!"

"算是我打错了,呵,怎么呢?都是中国人呀!"专员先生媚悦地说。

"中国人?要是这样就是中国人,我倒不是中国人!我们这些,是鸦片鬼,是蠢猪!"

"真是没得办法!"专员先生愤怒地说,"非叫你上镇公所不行!"

"是了,"王树清想。于是又坐下来,在烈日下面,抽着烟。

正在这难堪地僵持着的时候,一只小船从上流飞速地下来,经过这只船底旁边。那个船夫,认出了王树清,于是快乐地喊叫着。

"王树清——你这个活鬼——干什么呀!"

"没得!……"王树清喊,脸上闪出了快乐的光辉,迅速地站了起来,"喂,刘清河,我是在捉黄鱼!"他活泼地举着手叫。那只船迅速地就过去了,留下了一大串听不清的叫声。

"捉黄鱼?"专员恐怖地想。

"喂,怎么啦?"他说。

王树清没有回答,但拿着篙子向船尾走去,脸色十分的坚定,撑起船来了。他底忧郁、古怪、不安都没有了,他迅速地向前撑着。这种改变,是叫专员更为恐慌起来了。

"捉黄鱼?……怎么办呀!"他想。

"喂,你小心一点呀!"他说,"你要晓得我是什么人!我这个人,好起来是菩萨心肠,坏起来是不客气的!县长的饭碗都在我手里,何况是你……你要好一点,我添你钱,我们做个朋友都是行的!"

可是王树清不听他,一直往前撑着,撑出了礁石堆,撑进了一个荒凉的水湾,而一下子靠着一块光滑的青石停住了。

"对不住,先生,你自己走吧!"他跳到岸上去,冷静地说。

"呵!"专员喊,"我走,我走到哪里去?你这个蠢猪、鸦片鬼,亡国奴！呵！我哪里认得路！这里你看全是石头，一条路都没有！"

"我不撑了！"

"放屁！我打死你！……喂！……你不要走呀！我给你钱，你来撑呀！"

"我要钱？我未必不怕上镇公所！"王树清站在河岸上激动地说。

"哪个说上镇公所呀！不会的！决不上镇公所！真是蠢猪，哪里想得起来，上镇公所！我说不就不，你来呀！"专员先生满脸大汗，一直追到岸上去，红着脸大声喊；但即刻又赶快地跑到船里去拿起了他底皮包。

"来呀！大家都是中国人，好朋友！……"

那船夫在远远的烈日下站着，激动地叫了一句什么，仿佛是在咒骂他，然后走到一丛竹子底后面去了。

专员张汇江，紧紧地挟着皮包，着急得连颈子和耳朵都涨红了，站在荒凉的河岸上。

人　性

　　快乐的时候已经开始了。美满的日子来临了。幸福在很快的时间里就达到极点了。人生底峰巅就在这里了，在这个皮包的里面。这皮包里面装满了钱！

　　钱！钱！钱！如果不是外汇突然翻了这么大的一个筋斗的话，如果不是拿那一笔周转金果敢地收了美钞的话，如果不是几天以前因绝望的忧悲而突然大胆起来的话，那今天就会是最不幸的日子了。腿弯里的那个疮疤会是很痛的，手腕上的那个奇怪的活动的肉瘤会是危及生命的结核菌。咳嗽，发冷，忽然的虚弱无力，都是很可怕的。早晨起来照着镜子的时候，晚上在孤寂中独坐，想着渺茫的未来。想着失业、潦倒、死亡的时候，都会是很难忍受的。在这个社会上人底生命不如草芥，这已经是被确信不移的真理了。年龄大了起来，除了一个安静的归宿以外是什么都不必指望了，而这个归宿究竟在哪里呢？可是这早晨却突然地使一切变得完全不同。一切都是灿烂的，正如这早晨的阳光下的拥挤的街道。正如各处都闪耀着美丽的，热烈而眩目的色彩一样，在人生底长路上是也各处都充满着芳香的酬劳。奇怪之至！为什么今天早晨一点都不发冷、咳嗽、衰弱了呢？为什么腿弯里一点都不痛了，手腕上的那个奇怪的肉瘤也不见了呢？为什么一切会变得这样美丽，这样快乐？真是奇怪之至！

　　在这条拥挤的路上挟着一个皮包快活地走着的是一个三十几岁的微胖的，难看的，生着一个肉瘤一般的鼻子的中年人。额头是平削的，几乎没有，所以那鼻子就格外显得突出。但他底穿着却是极为漂亮，黑呢大衣、西装，洁白的衬衣，酱色的围巾和红色的领带。在这个社会上,人们是靠着衣着而向上爬去的,所以这并不是简简单单的蔽体和御寒的东西,而是包藏着一整个神妙的激动的精神世界的魔术般的物件。它是奇怪的兽皮,使人在社会上变成叭儿狗、狐狸、或者老虎。它是一场热恋和一个长远的梦境,在一件漂亮的衣服里面,人底虚荣心总是非常香甜地安睡着的。被抚爱的不仅是一个个人,而是整整一个社会。

这快活地走着的人是李元钊课长先生。每一个人都有他底独特的道德世界。概括起来的人生观念和道理虽然为数不多,但这些个人底世界却是带着各样的奇异的气味的。李元钊先生是一个悲观的人,——他自己相信是如此。他想得太多了,他觉得他看见过的不幸太多了。但实在并不是真的如此,而是只要一件与他底生活有关的不幸就会把他吓倒了。他是懒惰的,枯燥的角色,他底同事们都不喜欢他,因为他在什么事情里面都要叹气。而且常常要拿出道德的面孔来咒诅,谴责。实在他是没有一个朋友。大家,连他底直接的上司在内,都相信他很老实。他们之中没有一个人晓得他底在不住的激动之中的深谋远虑的。于是他拿着公款搞了一手,在四天之内赚了三百万了。他真是快乐得要发狂了,像一切神经质的,忧郁的人在快乐起来的时候一样。

一只军乐队在宽阔的道路中间一面吹奏一面前进着。它底那些铜号在阳光下闪耀着夺目的光彩。几十个人形成了一个可爱的整体,而整齐地随着音乐的拍节摇摆着。他们底不同的脸上都有着同样的严肃的感动的神情。好像是,在这些人底一生里,再没有比吹着喇叭在街上列队行走更重要的事情了,他们再不会关心别的了,他们是完全献身给这种感动了。这是警察厅底乐队。它吹奏着一支奇特的庸劣的检阅曲子,也许这曲子是被那些检阅弄成庸劣的,但乐队员脸上的感动神情却叫一切人相信这曲子是不可侵犯的:这些人们是和那些救火队员跑出去救火的时候一样,他们觉得自己可以极得意地一脚踏死别人。但因了街上的热闹的人群,因了美丽的早晨的阳光,他们是可以把人们底眼泪感动出来的,他们是天真得多么可爱的。

都啊都啊——都！大喇叭吹奏着。李元钊简直要奔过去拥抱这乐队了。

"一个国家一定要这样才像样啊！"他在心里喊着。只在今天早晨,他才是这个国家底公民,他才感觉到这个,他才发出这样衷心的爱国的热情来。他底在平常的时候的对他的国家的见解,那是任何人都可以猜到的了。"他妈的,真好！真好！他妈的真够劲！这才叫四强之一呀！"他含着眼泪说。在大学里的时候,李元钊先生底头脑里是充满了漂亮的词汇的,可是现在只剩下这么几句"他妈的"……。

他于是在人群中奔突。他是这样高兴,他觉得任何人都是亲切的,所有的美丽的女人都是在爱着他的。

"你不晓得我多爱你吗！"他在心里说,当他迎面遇着一个漂亮的姑娘的时候,这时乐队底声音依然可以听见。"小妹妹！真是的,跟我回家享福去吧！你看,我从前连想到结婚都不敢,我底朋友们都生了儿子了,可是现在呢？这回是一个鼓励,最后的决定！唉,亲爱的啊,你晓得我底灵魂是多么寂寞,永远的寂寞,我底心儿是永永远远为你底倩影而发抖！"他低声地,温柔地说起情话来了,模拟着一整篇杰出的情书,他底明亮的小眼睛,就陶醉地眯成了一条缝。

但是走着走着,他却真的感到一点寂寞了。他开始觉得烦恼,对于他底前途,他重又担心起来,这种感情是陈旧而又顽固的,在烦恼中他觉得自己底行为究竟是有罪,对不起良心的。他惆怅地,沉思地走着,渐渐地他底思想就集中到一个想头上去,就是,他底上司可能发觉到他底舞弊的。

忽然的一个衣裳破烂而形状可怕的人拦住了他底去路。这是一个要饭的老头儿,弯着腰面向他伸出一只污黑枯槁的手来。他瞪了他一眼,立刻就意识到了自己底身份,特别是,意识到了自己身上的华贵的服装,这意识是很庄严的。

"走开！"他说,向前冲过去了。

他是大学毕业生,高级的知识分子,他对于这些,因为惯于思索和深谋远虑的缘故,是有着一套完整的见解的。就是,他反对妇人之仁和虚伪的人道主义,对穷人施舍是不能拯救穷人的,甚至会发生相反的结果;这是也不能填满这个社会底不平的火坑的。这种思索是来自这样的一个大学生所能有的学问和理智。可是,所谓社会底不平的火坑,在他底心里其实只是可恶的穷人底永不满足的贪婪。他正直地厌恶他们。他主张在这个社会上各人拯救各人自己。所以他从来不给乞丐一个钱,而且,为了学问和理智的缘故,也反对别人给。

这并没有什么奇特之处和错误之处。这些理论只有傻瓜才会去认真讨论的。在这个社会上人是匆匆忙忙地抢劫着而生活的,这就足以说明一切了。

可是李元钊先生却忽然地又停下来了,转过脸来,看着这个老头儿乞丐。他是像一切乞丐一样有着一副可怕的贪馋的神情的。

"发财老爷,我们是难民呀!"

"唔,"李元钊先生,严厉地打量了他一下之后,哼了一声。"咦,他怎么晓得我发财呢?"他忽然希奇地想。而在这个瞬间,他底心里就起了一个奇妙的变化了。

他今天怎么会这么心软呢?他觉得这老头子真是非常可怜。自己底父亲不是也在田地里劳苦了一生而死掉的么?人生无常,一切人,连他自己和这个老头儿叫化子在内,都是可怜的啊!想到这里脸上就微微有点苍白了,赶快地摸出一千块钱来递了过去。

这却发生了奇妙的效果了。他立刻比先前更快乐,而且这快乐里加进了善良,软弱的,强烈的悲悯的感情,和对于自己底良心的抚爱,他再不烦恼了,他是充满了眼泪、微笑、仁慈、软弱和伤感。他胁下的皮包也就变得更轻了——或者更重了。他以前怎么没有想到这高贵的美德所能给予的满足呢?于是这为人们所习见的冷酷的上流社会底角色就充满了激动的心情,不是因了人道主义底学说，不是因了妇人之仁，也不是因了对自己底自私的烦恼和对于罪恶的害怕，总之，什么都不是也什么都是，开始了他底奇特的行程了。

怎么呢？你们看吧！他挟着皮包在人群中乱窜，不待那些乞丐开口就摸出钱来，不论大人小孩，每人一千元。然后他又转到别一条路上去找寻乞丐。乞丐是非常多的。他慌慌忙忙地在人行道上钻着，手里捧着一大叠钞票。

"做什么，先生？"当他自动地向一个坐在路边的衣服破烂的汉子递过他底施舍去的时候，这汉子惊异地问。

"你怎么？"李元钊先生同样惊异地问。

"先生，我是拉黄包车的！"这汉子冷淡地说。

"哦，那不要紧，拉黄包车也一样，你拿着吧！我给你钱还不好吗？你拿着吧！"这人物感动地，慌慌张张地说，"我也是看你可怜，一天拉到晚的！"

黄包车夫莫明其妙地看着他，以为他是疯了。他却是一定要黄包车夫拿，他底眼睛里眼泪还没有干呢。他丢下了票子就预备跑开。

"先生，你做什么啊！"黄包车夫愤怒地喊，同时站了起来。"那个要你底钱！喂，拿去！拿去！"

"我送你，喂，朋友，我送你抽烟！"李元钊先生慌忙地叫，一面回过头来摇手一面向前跑着。"这些人真是没有办法，人家底好意他都不晓得的！"

黄包车夫愤怒地叫着又追上来了。

"喂，先生！拿去！"

多少人都站下来看着这幕奇怪的表演。李元钊先生脸红了。

"简直没有良心！"他含着眼泪大声喊，"难道钱都不要吗？不要装假了吧！拿去，替我拿去滚开！"他严厉地说。

黄包车夫愤怒到了极点。但他底这种发怒，不是为了李元钊先生骂他没有良心——他简直不在乎这个——而是为了李元钊先生骂他装假。他相信这是骂得非常恶毒的。他大声喊叫起来,眼睛都发红了。

"装假!这么多人说说看,我装假!我装假就不是人!"他叫着,"拿去,哪个要你底……这个钱!晓得是哪里来的!"

"放狗屁!"李元钊先生吼叫着:"我这个钱怎么样?我叫警察把你抓起来!"

所有的看热闹的人都不得要领。黄包车夫喘着气,红着脸,说不出话来了。忽然地他就冲出了人群,喊着走在路边上的一个警察了。于是看热闹的人们都跟着他跑。警察弄不清楚,先是把这钱接住了,但李元钊先生走进来一叫,他又生气地退了出来,宣布说他是出来替小孩子买裤子的,不值班,不管这种事情。于是这黄包车夫拿着那一张倒楣的票子在人群中呆站着,气得发白,不知如何是好了。

"你就摔在他底身上不就完了。"一个穿长衫的年青人说。黄包车夫觉得这也对,赶紧回过头来,但李元钊先生已经慌慌张张地跑远去了。于是他大叫着重又向前追去;但忽然地又改变了念头,穿过了疾驶的汽车群,一直冲向十字路口的岗亭上的那个警察。七八个看热闹的人同样地穿过了疾驶的汽车群而跟了过去。

值班的警察也不能解决这件事情,他又忙着要指挥汽车,所以非常不耐烦。受屈的车夫他底重浊的江北土话大声地说着,看热闹的人们替他着急,也帮着他说着。大家问着,批评着,讨论着怎样来处置这一千块钱。一个穿军装大衣又戴小帽的人说,应该车夫收下,然而车夫对他瞪着眼睛叫起来说:这种血钱我拿得么?送你好了! 于是那个穿长衫的青年滑稽地说:买几支香烟请客好了。大家哄笑了起来。第三、第四个人说,怎么好呢,真是奇事,还是警察先生收下吧。车夫就举起钞票来向警察底鼻子下面递了过去。警察愤怒地叫了一声,撵他们走开,他们却不走,仍然继续讨论。终于大家决议让警察收钱。警察生气地看着他们,突然猛力地从车夫手里夺下了那张票子,往裤子口袋里一塞,就又张开两手来指挥汽车了。车夫大喊着,满足地走开,人们也就满足地散去了。

　　而这时那个人物,李元钊先生,已经跑得老远老远了。他是被这些人底没有良心和自己底美德感动得一直在含着快乐的眼泪。他就是这样地足足散完了三万块钱——

　　他奔回住所去,快乐得喘不过气来,也不知他究竟是为了发了财而快乐呢,还是为了今天的高尚的行为而快乐;总之,他快乐,幸福,完满,毫无缺陷。也没有任何思虑了。这种快乐是他一生里从未有过的。他叹息了一声倒在床上。

　　"唉,我现在才晓得,人性是多么美丽啊!"他赞赏着自己,激动地喊,然后,用着非常的快捷跳了起来,打开皮包开始数钞票了。

一九四七·元·十五·

高利贷

早晨已经很热了；太阳明亮得刺眼，热气在寂静中蒸腾着，王大妈坐在她底那张旧破的藤椅上摇着扇子，从窗户里望着屋檐上的明亮的蓝天；咬着嘴唇，不时地叹一口气，好像她是有着很多的委屈和气愤似的。她的房客郭温人先生坐在她对面的一张椅子里，带着尴尬的笑容看着她，显然地是在等待着她底回答。但她却尽是叹着气；并且好久地看都不看他一眼。

"怎样？"郭温人问。

"我哪里有钱呀！"王大妈冷淡地回答："你郭先生另找别人好了！"

"哎呀王大妈，你就借给我十万块钱吧！"郭温人愉快地振作了起来，说："我还是照别人的利钱给你的呀！"

"十万！"王大妈吃惊地说，一面对准着郭温人身上的那件华贵的外国衬衫看了一眼，"我有十万我自己还穿破衣服，你郭先生真是说笑话了！老实说，我是靠放债过活的，借给你借给别人还不是一样，未必我放着大二分的利都不晓得拿？不过我哪里来十万块钱啊！你看我放给那些卖烧饼油条做小生意的，顶多不过万把两万块钱！"

"唉，今天又是大热天气……王大妈，"郭温人困难地说，一面极其温柔地看着王大妈，"你就算是做做好事吧！我太太家里月底就会寄一笔款子来，不说多的，起码总会有三十万，我接到钱就一定马上还你！不到一个月也算一个月的利钱！"

"我又不是不晓得你太太家里有钱！"王大妈用一种俏皮的大声说着"你太太"这三个字，同时瞟了他一眼，"我晓得郭先生郭太太是这个门里头顶阔气的人,整天没得事,吃吃玩玩,家里一寄就是几十万,平常进进出出的哪里把这些人放在眼里!我们都是穷光蛋呀,不来问你们郭先生郭太太借都是好的了!"

这放高利贷的女人愈说愈俏了,郭温人是在那里搓着他底那双洁白的小手,含着一个尴尬的冷笑听着她。他是一个生得很漂亮,看起来很聪明的青年,但显然地他是除了耽于享乐以外什么也不知道;他还是很幼稚,不大知道在这里借债究竟是怎么一回事。因此,他除了尽量地对王大妈亲热以外就不知道还有什么别的办法了。他心里充满了感动,他相信他一定能够感动王大妈。

"王大妈!"他说,"你难道不相信我么?我不过不会说话罢了……"

王大妈摇着扇子,不回答。

"王大妈你不知道,我们是一时急需,不然我不会来找王大妈的!"

"那当然咯!"

"不是的!……你听我说!我们一个朋友结婚,请我们做傧相,我们又要送礼,又要应酬,本来我们在大华公司里有股子的,我的老丈人在上海开酒店,我也有股子,不过一时拿不出来,不瞒你说王大妈,"他忽然软弱得含着眼泪了,于是在自觉善良的感动之外,又有了一种感觉:他觉得王大妈欺侮了他;他底心,是非常娇嫩的,正如他底家庭是非常有钱一样。"不瞒你说,我自己家里也并不是没有钱。我父亲是在杭州开绸缎铺子,不过上个月我跟他闹翻了,他要我在杭州一个机关里做事,我不想做,就跟他闹翻了。他脾气大,不过他还是很爱我的,"他的声音发着颤了,"其实也并不是我不想在杭州做事,是我的太太不愿意!我上个礼拜寄了一封信给我妹妹,我想我底父亲不出几天一定要跟我寄钱来!"他说,他底感动愈强大,他的声音就愈微弱,末后几乎低得听不见了,他底脸也发白了。"所以王大妈,你借给我们十万吧!我们还你二十万都行!"

他突然站起来跑到王大妈面前去了。

"王大妈,我太太急的不得了呀!她是大学毕业的,我自己才只读过中学,所以这种生活她很不耐烦!……唉,唉,王大妈,你今年四十几了吧,不过看起来顶多才三十二三岁呢。"他学着很老成的样子,亲热地说,"王大妈,其实我太太不过会吃吃玩玩,又喜欢交朋友,不会做事,也不会管家,你王大妈就原谅点好了!"

"你太太天天告诉别人:她是大学毕业呀!其实用不着说我就晓得她是大学毕业。她哪里看得起这些人,哼!"

"哪里!"郭温人笑着说,于是又退回去坐了下来,咽着唾沫,感动地,小声地说着;把两手放在膝盖上,摇着头,尽量地贬低着自己。

"你太太又跟人家说,"王大妈说,"你们天天跳舞!其实依我看——不过我这是下等人底话——少跳两场舞就对了,年纪轻轻的什么事不好做!像你说的,弄得你们有钱人反来跟我低头,这个门里头你太太哪个看得起呀!其实,爹啊妈啊的总不是事吧,年纪轻轻的!不过话又说回来,我说这些话是多管闲事!"

"你说的对!对极了!我也这样想!"郭温人说,"你这才是不见外,你这才是对我们好,我自己也晓得天天跳舞不对!王大妈,我太太是不懂事的,她是小孩子,"他又站了起来向王大妈跑去,"你以后尽可以多教训教训她!你不晓得她简直不听我的话,简直不知道生活的艰难,——"

"再说吧!"王大妈说,她是一直在想着跳舞的事,她是不能忍受了,"你想想,一个男的抱着一个女的,"她做着拥抱的姿势,说,"这个抱过了那个又来抱,抱着跳来跳去的,跳,跳,跳,我真不晓得怎样说好了,好好人家的儿女,这算什么话呀!"她红着脸愤激地叫。

郭温人谦恭地笑着。她好像就要借钱给他;因为她是被恭维得很满足了。但她又想到了跳舞:一个男的抱着一个女的,无数的男的轮流地抱着一个女的,跳,跳,跳,……于是她愤怒得发起抖来,坚决地摇了一下头。

"我没得钱!"她说。

郭温人站在那里,尴尬地笑着,绞扭着他底那一双洁白的小手。但看看没有希望了,就摇了一下头,苦笑了一声走出去了。

王大妈,仍然被跳舞的想像所烦扰。想了很久之后,痛苦地叹了一声,她是一个寡妇,一个胖胖的,红润的妇人,穿着一身旧了的香云纱短衣;两只小眼睛深深地陷在肉里,灵活而锐利。显然地她是调养得很好的。……这时,早晨的那一点点凉爽已经消逝,房间里面充满了太阳底强烈的反光;知了或远或近地叫了起来,天气变得更热了。

忽然地门又被推开了。郭温人底太太走了进来。这的确是一个受过高等教育的女人,她底风度是非常优美的。她没有她底丈夫那么困窘,倒是显出一种镇静的,愉快的样子来,极其自然地就笑着坐下来了。她的头发高高地卷在头顶上,露出了她底洁白的娇嫩的颈子,这是最流行的夏季底样式。她穿着一件满是鲜艳而奇怪的红色花纹的绸衣。手指上涂着鲜红的蔻丹;脚指上也是涂着蔻丹,从那一双露空的白皮鞋里显露了出来。……总之,她底高贵的优雅的气概,她底在华丽之中做作出来的媚态和活泼,是叫王大妈觉得非常不舒服的。她显然地也并不希望知道她所干的究竟是怎么回事,她只是本能地拿出交际场中的那种作风来对待这个放高利贷的妇人。

"王大妈,"她动了一下眼睛和眉毛,开始说话了;她底声音是非常娇柔的;她是有着那种为一切美丽的女性所有的自信:她相信她能够征服一切人,"我们先生不会说话,我希望王大妈原谅他。"

"哪里!"王大妈客气地说,同时她想:"有多少男人抱着她跳,跳,跳呀!"

"我们平常总是说,在这些邻居里头,只有王大妈对人最客气了!"这时髦的女性说,但在这种场合里,她显然地也是幼稚的,她说得好像演员背诵台词一样,"王大妈平常照护我们,我们真是感激不尽！"

"给我吃甜的呀，哼！"王大妈想，看看她底涂得鲜红的从皮鞋尖上露出来的脚趾。

"我们家里头月底不到就会寄钱来了，我们想先跟王大妈借十万块钱……"

"郭太太，你们太抬举我了！"放高利贷的寡妇说。

郭太太，被王大妈底这突然的发言所惊，忘记了她在说话的时候高高地举起来的眉毛，惊异而娇媚地看着她。

"不瞒王大妈说，我们平常也并不是看不起王大妈……"

"那是承郭太太抬举呀！"

"王大妈，你不必这样说，你不借钱也没有什么关系！"郭太太，突然明了这并不是什么优美的交际场合，生气了；觉得她底丈夫把她推到这里来简直是不可饶恕的；她低着头，有一种痛苦的颤栗出现在她底嘴边了，好像她就要哭出来似的。

"你们郭先生平常哪里看得起我们这些下等人呀！"王大妈，趁着这时髦的女子底弱点，开始进攻了。她对她说郭先生，恰如她对郭先生说郭太太一样；"你们郭先生有了你这位太太才高兴呢，开口闭口就是：我们太太是大学毕业的！又说什么：明天叫警察来抓这个放印子钱的寡妇！三句不到又是：我市政府警察局有朋友！你郭太太怎样不叫你郭先生找市政府警察局底朋友呀！"她歪着头，拍着扇子，说："我们这些放印子钱的寡妇你们郭先生哪里看得起呀！"

"王大妈！"郭太太抬起头来严肃地说："你不借钱不要紧，你挖苦人也挖苦够了！你难道以为我还不起你底钱么？"

"哪里，凭你郭太太这一身衣服也不止十万呀，我说，你们何必来跟我借什么钱呢，少跳一场舞就在里头了！"

郭太太想站起来走掉了。但听着王大妈底语气，又觉得还是可以借到钱的。于是忽然地兴奋，活泼了起来。

"唉，王大妈，反正我不跟你计较，我晓得你是嘴直心快的人！"她娇媚地笑着说："说老实话王大妈，我真羡慕你呢！我们这些人虽然有钱,心里头总是苦恼,何况开销又大！王大妈你不晓得,比方别人家开跳舞会,你总不能不去！像你王大妈呢,"她可爱地说,吐出舌头来,轻轻地看了王大妈一眼,"你自己有几个钱够吃够活,你自己做主！……"

"我哪有钱啊！"王大妈叹息了一声,说。

"哎呀你这个人,你简直不会听话呢！"郭太太踩着脚撒娇地说,"你何必假装呀王大妈！你到底借不借嘛！"她喊。由于焦急,她一瞬间奇怪地和王大妈如此地亲爱了。这种直爽的可爱的办法是大大地出于王大妈底预料之外,使得她也只好笑起来了。

"我没有钱呀,郭太太！"王大妈笑着说:"再说,拿钱去跳舞是不是？好人家的儿女跳什么舞呀！"

"你骗人,你有钱！"郭太太站了起来,叉着腰,叫,她自己相信她已经把王大妈捉牢了。"你不管你借给我,啊！我要去跳舞反正你不用管！你不晓得跳舞多好玩！是一种高尚的娱乐！……你头脑里尽想些什么呀,我不许你,你借给我,啊！好,对了,是不是？啊！你借给我！"

"我不借。"王大妈笑着说。

"真的不借？"

"我没有钱嘛！"

于是这时髦的女性突然地大失所望,气得发抖,哼了一声就奔出去了。……没有多久,王大妈就听见了后面的房里所传来的哭泣叫骂和撞东西的声音。王大妈,含着一个胜利的微笑,躺在她底藤椅上。

但是,听着她底哭声,这放印子钱的女人渐渐地心软下来了。她觉得这年轻的时髦女子还是有一点可爱的,一点都不懂事,怪天真的。

"也是好人家的儿女呀！"她对自己说:"我呢,借给她还不是照样收利钱,我还怕她不还！"

于是她从床里面取出钱来,仔细地数好,走到后面去。

她敲了一下门。

"哪个?"郭温人愤怒地喊。

"我,王大妈。"

"哦,你?"郭温人打开了门,诧异地说。

王大妈向房内看了一眼,看见那时髦的女人正躺在床上啜泣着;满地上都是撞碎了的磁器。

"郭先生,刚才恰好有一个人还我十万块钱。"

"哦!"郭温人说,苍白而流着汗,全身都湿透了,"要不要写什么字据呢?"

"用不着!"王大妈说,"敢借就敢要,向来用不着字据!"

"那,谢谢你了。"

王大妈站在门边,和悦地笑着。

"王大妈,不进来吃杯茶吗?"那时髦的女人突然地坐了起来,说。

"谢谢了,用不着!"王大妈说,又向地板上的破碎的磁器看了一眼,走开去了。

天气愈发热起来了。王大妈很舒服地躺在椅子里。后面的房里好久没有声音了,但忽然地转出了收音机底音乐声,和踏在地板上的有节拍的脚步声。音乐声愈来愈热烈,踏着地板的脚步声愈来愈响。

"要死!"王大妈紧张地说,"他们居然在家里跳起舞来了,早晓得我是一个钱都不得借!"

这放高利贷的女人像火烧似的浑身不得安宁,坐起来又躺下去,躺下去又坐起来,音乐声愈来愈宏亮。……

爱好音乐的人们

客人们在房里坐好了以后，龙洁卿关上了电灯。是春天底柔和的晚上，月光从开着的大窗户里照射进来，使房里的一切都显得清幽而美丽；窗外的一棵嫩弱的，刚刚抽芽的桑树在微风里轻轻地摆动着，它底影子一直投落到房内的地板上。在寂静中，花园里的醇厚而醉人的香气迅速地涌进来了，从窗户里则可以看见轻薄的白云在明亮而深蓝的天空里浮动着，客人们都似乎落到一种魅惑的梦境里去了，这时龙洁卿就轻轻地说了一声"各位要不客气地批评啊！"而走到房间底中央去，对着她底乐谱架子站好，把提琴放在肩上，拉了起来。

她底半个胖胖的脸向着月光，含着一个柔媚的笑容。她拉的是流行的小夜曲。她拉得很吃力，鼻子上渐渐地泌出汗水来了，但她底脸上仍然保有着那种柔甜的，可爱的表情，这在月光下是显得很动人的，客人们平常是总欢喜和她嘻嘻哈哈开玩笑的，现在却一个个都显得很认真，很严肃，坐在各自底位置上。他们一共是四个人。首先的一个，坐在靠着房门的椅子上的，是他们报馆里的总编辑王健人，年龄最大，身体也最强壮。他深深地皱着眉，抬着头向着天花板，听着。第二个是一个编辑，一个瘦弱的人，刚刚来报馆里不久，连龙洁卿自己也还不晓得他底名字；他是用右手托着下巴，用左手玩弄着他底领带，在听着。第三个是一个穿得特别漂亮，收拾得特别整齐的事务员，叫做刘星光，他坐在月光下，侧着头听着，满脸都是甜蜜的微笑。最后一个则是记者王识初，他是坐在暗影最浓的角落里，看着窗外，满脸都是冷淡和疲倦的表情，在听着——但确实他并没有在听。

龙洁卿就是对着这些客人拉着她底提琴。总编辑抽起烟来了，对着天花板喷出了一阵阵的烟雾；事务员底光亮的头和甜蜜而洁净的脸在月光下闪耀着。但音乐和月光却造成了一个魅人的、优美的境界，龙洁卿感动得非常厉害，她所拉出的每一个声音都使她想要流泪。她学提琴已经好多年了，她自信拉得很不错，因为凡是听过她的人都赞美她。她现在是在报馆里干着事务工作，但她已经决定献身给音乐了。她拉完了那只小夜曲，就转过身来，抬着头向着月亮，轻轻地摆动着她底身体，开始拉一只旋舞曲。但拉了一半却忘记了节拍了，于是，犹豫了一下，就又开始拉小夜曲。末后她希望拉贝多芬的一只名曲，因为她今天下午曾经允许过客人们要拉贝多芬的，但拉了一节就赶快又拉小夜曲。这样贝多芬也拉过了，莫扎尔特也拉过了，爵士音乐也拉过了，总共是一支异常美丽而复杂的曲子，好在这几个客人都是不晓得什么曲子的，只要有很美丽的声音拉出来就成了。她底整个的身子向着月光而轻轻地摇摆着，她觉得这是很动人的。

"我拉得不好——各位要不客气地批评啊！"拉完了她底那一支奇特的曲子，她说，"说好了要批评的，不许骗人，不然我不拉了！"

"好！"总编辑忽然大声说，一面踏了一下脚，粉碎了这个房里的那种看来是非常优美的境界。"我说你拉得好，你自己不要谦虚，龙小姐！我近年来发觉多少年青人总是太谦虚了，这是不好的！你要有自信！我在上海听好几个外国音乐家拉过，也还不是拉得跟你一样！他们为什么会成名呢？你要知道，所以成名，第一自然是要真本领，第二却是要人捧场！真的我说你拉得好！"他说，做着拉琴的动作，亲热地看着她，"我自己知道我是一个俗人，不过不是吹的话，我有时候心里头满是灵感，我真恨我不是一个音乐家，不能写出曲子来或者拉出来。"他迅速地做着写和拉的动作；"我是非常爱好音乐的，听到音乐，我底心就会动，有时候，那怕是在街上听见播音机里唱歌，我都要站下来听好几分钟——周先生你说对不对?"他向着那位瘦弱的编辑说。后者客气地笑了一笑,想了一想之后拉着自己底领带对着龙洁卿说:"龙小姐真拉得不错!"

"我说是不错吧!我们周先生是顶懂得艺术的!"总编辑得意地说,用他底手画了几个圈子,表示艺术。

"你们太客气了!"龙洁卿,在胸前合着手掌,踏起脚来,温柔地说。

"好,我们改天再来听!"总编辑说,和那位姓周的编辑一道站了起来。

"你们真是太客气了!"龙洁卿说,显然地想不到他们会这么快地就走,有点犹豫。

"我们才不客气!都是自己人,客气干什么?"总编辑站在门边说,他底高大的身体堵住了整个的门。这时龙洁卿打开了电灯,于是他惊异地向坐在角落里的那个冷淡、沉默的记者看了一眼;"老实说,听了你龙小姐的音乐,我心里非常愉快!音乐这种东西,是陶冶人底性情的,世界上别的可以不要,却不能没有音乐!贝多芬是一个大音乐家,贝多芬就是叫人心里愉快的,所以你龙小姐绝对不要谦虚,万万不能谦虚!"他做着手势,雄辩地大声说。"我刚才说过,成功的条件第一是要本领,第二是要人捧场,你龙小姐以后开音乐会,我和周先生不敢说别的,捧场却一定办到!"他抬起两只手来,一直抬过了他底头顶,表示捧场的意思。

龙洁卿一直送他们到外面,然后变得格外地活泼和喜悦,像小孩一样地跳跃着,走进来了。她是一个将近三十岁的女子,长得很肥满,厚嘴唇、麻脸、小眼睛。但说也奇怪,这种活泼可爱的样子却是与她非常相称的。

"你们两位还没有说意见啊!"她说,走到桌前去。

"那里……除了说好以外,简直不晓得说什么东西了!"那叫做刘星光的事务员用他所特有的发颤、迟缓、娇嫩的声音说,鼻子皱了起来,满脸都是甜蜜的笑容。接着他就在地板上踏着脚,吹起口哨来了。于是记者吴识初极其轻蔑地看了他一眼,转过头去。"我倒觉得刚才王总编辑的话是很对的。我非常爱好音乐的,听呢,也听的懂,一听就晓得是怎么回事,可惜就是我不会。"他继续用他底吹笛子一般的柔嫩的声音说,皱着鼻子,甜甜地笑着看着自己底发亮的鞋尖;"一个提琴现在要卖十几万吧?"他抬起头来说,"要学几年呢?我真想你有空教我……好,你再拉给我们听。吴先生,"他转向吴识初,说,"你觉得怎样?你是懂艺术的;可惜就是我不会……"

那个记者没有回答,但睁着两只大眼睛毫无表情地看着他。他底身上的那一套漂亮的西装,是简直叫他憎恶透了。

"好,他们走了,我们好自在一点——但是你们要不客气地批评啊!"龙洁卿说,又转过头来向吴识初笑了一笑,于是重又关上了灯,在如梦的月光下拉起她底奇怪而复杂的曲子来了。

"你不要以为我是故意地说好话。"她刚一停止,刘星光就说了起来,一面从西装口袋里摸出一把漂亮的小梳子来在他底光洁的头发上梳了几下,"我从来不故意地说好话的,我是有什么就说什么。你真是拉得好极了,连我不会音乐的人都能够欣赏!"他说,不停地笑着看着吴识初,后者是固执地用他底那两只顽强而明亮的眼睛盯着他。"吴先生你觉得有什么意见呢?你底批评一定对龙小姐有益处的。"他讥刺地笑着说,"那么吴先生你多坐一下吧,我先走一步了。"

于是他也站了起来。他冷淡地对吴识初看了一眼,更甜蜜地笑着,走出去了。龙洁卿把他送到门边。房内寂静着。但忽然地吴识初拿起他底左腿来架在右腿上,冷笑了一声。

"你笑什么?"龙洁卿问。

"这批家伙——他们根本不懂得什么音乐!"记者先生愤怒地说,用力地甩了一下披到额上来的凌乱的头发。他底愤怒是如此强大,他底脸都发白了。"老实说,你不如拉给狗听,狗听见音乐都还会叫两声的!"

"你这个人,你何必生他们的气啊!他们本来就不懂的!"龙洁卿说,兴奋了起来,又把提琴架到肩上去了。

"音乐是什么？他们会懂到音乐么？"吴识初以尖锐的声音问，满脸都是凶横的神情，两只眼睛睁得更大了，"那个王八蛋只会弄钱，只会穿漂亮衣服，只会吹牛拍马！还有我们那位总编辑，"他极端轻蔑地说，"他还是一个总编辑，其实不过是靠他妹妹在上头撒娇！他居然还说什么音乐，贝多芬，灵感！你居然也请他们来听！——老实说这个小记者，我早就不想干了！"

"哎呀，小吴，你底脾气真大呀！"

"我脾气大得很！他妈的官僚报纸，姨太太报纸，婊子报纸！我唯一不懂的就是，"他跳了起来，挥着手叫，"我唯一不明白的就是你！像你这样聪明的人，也居然请他们来！早晓得他们在这里我不会来的！那匹穿漂亮衣服的事务狗近来整天跟在你后面，我看你简直好像不知道！像你这样聪明的人，你以为别人恭维你几句就够了么？……他们整天在说以报养报，不拿党部的津贴了，放他妈的屁，津贴都让他们吞了！王八旦！"

龙洁卿这时是完全被他说服了，相信只有他一个人是真的懂得音乐，也懂得她的，因此心里很兴奋，肩着提琴等待他说完。她好几次都预备为了他而再拉起来了，但他却总是刚一停止就又说了起来；他是这样地激动，好像一座爆发了的火山。

"他懂得音乐么？"当她又预备拉起来的时候，他喊，使得她只好呆呆地看着他；"他晓得贝多芬是那一国人？他晓得贝多芬底作品么？他受过一点点近代文化底薰陶没有？屁！他所知道的只是吹牛拍马！官僚报纸，强迫别人订阅，这是新闻自由底耻辱，这是整个文化底耻辱！造谣报纸，奴才！老实说那上面没有一篇文章是通的！"他痛苦地喘息着，好像是被什么强大的东西压迫着似地；他突然疯狂一般地憎恨着龙洁卿了，希望能够尽量地挖苦她底丑恶，把她一下子击倒，击成粉碎。"这些人，他们何尝知道艺术是什么？音乐是什么？"

他停止了。但龙洁卿这一次不再放过机会了，她赶紧地关了灯，又拉起琴来。她是为了这唯一的一个知音者而拉琴。这知音者靠在椅子里，不再说话了。渐渐地，音乐似乎是征服了他。他抬头向着窗外的充满着月光的天空,他底脸平静了下来,流露着一种悲哀的、深沉的感情。同时龙洁卿自己也觉得比较自在了,他底那一顿叫骂似乎也发泄了她心里的重压,她轻松地拉着,渐渐地陶醉起来,听着琴声而忘记了一切。她觉得她底心很悲痛,她觉得她悲痛地爱着什么,她觉得她已经迫近了她底所爱了,于是她更快,更激动地拉着琴,在脚下踏着节拍,一面轻轻地摇摆着身子。

一阵凉风吹了起来,窗外的那棵柔嫩的桑树在风里摇摆着。吴识初抱着膝盖而发出了一声深沉悲痛的叹息。龙洁卿相信自己已经完全把他感动了,她想到他毕竟是最能理解她,最有学问,并且在这些人里面最有前途的;她相信他是在爱着她,但十分的胆怯,没有勇气说出来。于是她非常可怜他。她拉完了琴,叹息了一声而对他看着。她自己也不理解她何以会叹息得如此的悲痛,她底心里似乎是充满了可怜的、惨痛的感情。

于是他们默默地在月光下对坐着。她觉得冷清,寂寞,心里没有一点欢乐。那种惨痛的感情似乎把她完全压倒了。他却仍然默默地仰着头看着窗外,她不知道他究竟在想些什么,因此她觉得更寂寞。

"你觉得,"终于她开口说了,说得非常的柔和、谦虚,声音里似乎是满含着悲痛和失望,"你以为我究竟能不能够学音乐?"

"当然能够学音乐,"他回答,于是看着她。"从前我底一个哥哥也是学音乐的,后来他病死了。……我们出去走走好不好?"他提议说,显然已经从他底各种忧愁的思想里振作起来了。龙洁卿,相信他一定要告白他底爱情了,挟着她底提琴跟着他走了出来。他们走在月光下的美妙的花园里。空气中充满了春天的夜晚的柔和而凄伤的气息,树丛深处的黑暗也显得是非常温柔而迷人的,白色的栀子花在月光下静静地开着。他们向前走去……一匹狗悄悄地追上了他们,跑到他们前面的一块草地上去而对着他们坐了下来,用它底那一对明亮的、怀疑的眼睛向他们凝望着。

"我和你不是一天的朋友了,"吴识初用温和的,热情的小声说,"我是脾气不好——我刚才想:我底牢骚太大了!不过我对你有一个忠告。你无论如何要认识你自己,你应该知道你自己底好处,宝贵你自己底好处,不要和那些混蛋太接近!"

"我会有什么好处呢?"龙洁卿试探地问。

"你聪明,你有理想……每一个人都有他自己底好处的,每一个人都要排除一切障碍求上进,达到自己底理想!人生是矛盾的,可是我们要善于运用这些矛盾,你看哪一个大艺术家大哲学家不是奋斗出来的?"他热情地说:嗅到她身上的香粉的气息,觉得有点迷胡了。"人家都说现在是一个混乱的时代,但是我想,混乱的时代是正好发展个人底天才的,要紧的是你自己一个人去奋斗,不要问别人意见,尤其不要理那些俗不可耐的人,一个人去奋斗!我自己就是这样,"他迷迷胡胡地,兴奋地说,同时觉得她毕竟是很可爱的女子。他所说的这些话,他自己是并不一定要晓得它们底意义的;这些话,常常是只有在女性的身边,在迷迷胡胡之中才说得出来的,因而那听着这些话的女性一瞬间也就被当做理想的人物了。记者吴识初是达到了那种为无数的人所经历过的境界了,他滔滔不绝地说了下去,差不多不想知道自己是在说着什么。"我自己是不跟别人说的,"他接着说,"我不跟任何人说!我现在正在收集材料,准备写一本关于哲学方面的书!我自己想,自己做,决不问别人底意见,决不对任何人说我底计划。你看我跟别人说过没有?可以说,绝对没有!别人只晓得我是搞新闻的:'他是一个新闻记者!'却决不晓得我主要的是在研究哲学,而待到我将来一旦成功了,他们就会另眼相看的,你不信看吧,这个社会就是这样势利!"

龙洁卿,在美妙如梦的月光下,在春夜的凄清而芳甜的空气中,等待着怎样的一种爱情的告白,预见着这种告白之后的动情,和紧接着而来的繁华,幸福的生活;这就是她底理想。也因此,吴识初底话特别地感动着她,他在她心里现在不再如先前似的是一个古怪而讨厌的男子,却变成了一个英雄的角色了。她挟着她底提琴,沉默地走在他底身边。

"我想起来我心里就非常感动!"吴识初说,一面不停地抹着自己底头发,"你想想,虽然有时候我非常矛盾、灰心,虽然我有时候觉得非常枯燥无味,可是人生仍旧多么美丽啊!你看,今夜的月光是多么美啊!我简直说不出来它有多么美丽,蓝天如水,灯光稀落……"

"是呀,多么美!"龙洁卿小声说。

于是他们沉默了,绕着几棵树在小路上慢慢地走着。白色的花在草地上散发着香气。那匹大狗重又轻快地追到他们前面去,蹲下来看着他们。……龙洁卿渐渐地重又感到悲痛了。她觉得一切是混乱,莫明其妙的。她和吴识初认识了很久了,他总是当着她底面咒骂那些和她接近的人,他显然是有着竞争的心理;但他却又总是不再前进一步,好像他只是纯粹地为了好玩,为了自己底好胜心才接近她的。现在的情形也是如此:他发泄了一阵之后,就不再说什么了;显然的他不可能再说什么了,他底脸上是有了那种冷淡的,疲倦的表情。想到这些,她就觉得是受了屈辱,觉得是受了一切人底欺骗。这时他看了一下表,好像就要走开去的样子,于是一阵热血一直冲到她底脸上。

"我问你,"她说,"你究竟是什么意思?"

"我是什么意思?"他惊异地问。

"是的,你是什么意思?"她骄傲地问,"你攻击这个攻击那个,看不起这个看不起那个,好像天下只有你一个人,我问你:你是不是在玩弄我?你以为我是可以玩弄的么?"

"我玩弄你?"吴识初说,耸了一下肩膀。

"是的!"她说,"我老实问你:你究竟是不是我的朋友?你关心我么?你天天到我底宿舍里来,别人都在造我们的谣言你难道不知道么?"她说,同时把提琴换一个手臂挟着,"我实在负担不起这些谣言,你应该晓得,我只是一个孤零零的女孩子呀!……哎哟,气死我了,我怎么说好呀!"她暴躁地跳着脚叫,然后又静静地站着,一直看进了他底眼睛。"你晓得,"她用温和的,怜爱的声音说,"我是相信你的,但是我看你并不值得相信!你说吧,你也不年轻了,你总不能欺侮一个女孩子的!老实跟你说,我只要暗示一下,起码有二十个人要跟我结婚!……哎呀,我多难受呀!"她举起手来,异常悲痛地蒙住了她底眼睛。

"你究竟是什么意思啊!"吴识初耸着肩膀说,"你难道怀疑我吗?"于是他就忽然显得非常痛苦,在草地上走了几步,呻吟着,"唉,我难道是这样的人吗?我未必这样坏吗?"他呻吟着,用假的感伤的声音说,"你不晓得我心里是多么痛苦,我近来是多么灰心啊!可是这是没有办法的!你呢?你刚才说要结婚,是的,像我这样的人!是只有祝福你了!而我是早已看清楚了我底命运了:一切幸福都与我无缘,我将要飘泊到不知什么地方去,因为我是飘泊为家的!我只希望啊!"他动情地喊,"在将来的痛苦的时间里,能够听到你底幸福。我知道我底一生会是一个悲剧。但我只要知道在无论怎样的时候你也能记得我这个人,只要有一次在你底幸福里你记得我,我就满足,满足了!而我是永远不能忘记今天这个晚上,这月光的下面……"

他没有说完,龙洁卿已经走开去了。对着她底背影看了一下,他不得有趣地笑了起来;他不解他刚才何以会说那一大串话,何以真的会有点痛苦。他笑着在草地上坐了下来,心里觉得非常快意!多么快意的事!一个女人追求他,他却不要她!于是他在草地上活泼地打了一个滚。但接着这快意忽然消失了,呆呆地望着月亮,他开始觉得失望起来。他真的不爱她么?是的,她是讨厌、难看、作态得令人恶心,但一切就这么简单么?多少年来,曾经有人爱过他么?他有权利讥笑她底爱情么?这时她底亮着的窗户又黑暗了,提琴的声音重新响了起来。这声音现在对于他是一个无情的打击,使他坠进了悔恨和失望的黑暗的感情里面了。

在月光下,在寂静中,琴声显得异常优美。它带着这样的感动的力量攫住了他底心,它唱着凄凉、甜蜜、悲伤以及苦闷的人生底彷徨以及最温柔最温柔的爱情,使得他流下泪来了。它唱着孤零,被遗弃,唱着无望的爱情和徒然的奋斗——于是他伏在草地上流着泪。他悲悔他自己底玩世和无心,他痛责他自己没有崇高的灵感。而琴声散布在空气中,整个的月光里都似乎是弥漫着那个女子底高洁的,受伤的灵魂。

他一定要向她忏悔！他站起来向着她底宿舍跑去了。他推开了门！但这是怎样的一回事呀！整个的房间里是坐满了那些自称为爱好音乐的人们:那个穿着漂亮的西装的事务员刘星光正对着房门坐在月光下,满脸都是甜蜜的笑容。发行课的两个职员则是坐在床上,在那里吸着烟。龙洁卿拉着琴;她开始拉舞曲,但马上又是小夜曲。她向着月光。她底整个的身体摇摆着,她底脚踏着拍节,一如先前一样。……

"那一个,请进来坐！"她停止了拉琴,以柔甜的声音说,但发现是他,就轻蔑地转过身去用弓弦敲了一下桌子,毫不犹豫地重又拉了起来。

女孩子和男孩子

　　某戏剧机构底三个男学生和三个女学生，在这个温柔的春天底夜晚，作着他们底如醉如痴的漫游。他们挽着手臂，结成一排，在各处的人们底嫉恨的、好奇的注视中经过街道。一切都是必需的，一切都不可缺少。如果不是这城市各处的明亮的灯光，如果不是人们底这种特别的注视，如果不是暗影中的温甜的空气，如果不是远远的水果摊子上的微弱的黄色的灯火，如果不是各处都有美丽的年青的男女们，最后，如果不是他们底头脑里充满着舞台的和人生的伟大的幻象，他们不会如此陶醉。一切都是美妙、动人的——而如果不是美丽的青春，那么，这一切只能是平板的、不调和的现实。三个女子都美丽，有一个穿着窄小的、黄色的布裙，有两个穿着红色的外衣，有一个比较高大，有两个则是十分的娇小，她们挂在她们底朋友底手臂上，轻得好像空气一样。

　　确确实实的他们，尤其是她们，是靠幻象来生活的。你可以看得出来，他们底境况都很窘迫，他们有的是没有所谓家庭了，有的则是家里很困苦，他们并没有钱。但他们仍然显得是豪华的，如果她们底衣服缺乏绸缎，她们就会用样式来代替它，这种种样式，都是适合着那些伟大的幻想的。一切幻想都必须以豪华的实践来养活，她们底豪华的样式，尤其是她们底头发底动人的盘结或披散，虽然在某些时候会突然地使人感到一种颓废的、悲凄的、落魄的印象，但大体上，是给她们显示出一种贵妇人底风度来。而且颓废、悲凄、落魄——心里面的种种秘密的伤心，也常常正是高贵的证明。她们底灵魂总是向着一个伟大的景象奔去,她们现在还是在学习、揣摩着,不久之后,她们就要在人生底舞台上显露身手了。

那三个男的,穿着不怎么好的西装,都是温良、诚实、愉快,走在她们底中间。

"我不知道!我不知道!"那个穿着红色的外衣的,娇小的女子,用柔甜的、拖长的、舞台的声音说。

"你可知道春天已经到来啦!我底生命从没有边际的黑暗中醒来,看见了光明、希望、理想,我是爱着这个世界,我是爱着你,我简直是发疯了一般!啊,我从前不曾知道什么是生活!"另一个女子说。

"子明你饶了我吧!"第三个女的说。

"我底心已经不能忍受,露露,为了祖国,为了人民,我忍受了这么大的创伤,可是今天,露露——你不是看见太阳升起来,而那百灵鸟在枝头啼叫着吗?"

"太阳经过旷野,轻轻地敲着我底心灵的窗户!"一个男的说。

"不要打岔,死东西!"第一个女的说。"露露,人生是叫我疲倦了,我要在你的身边休息,露露,这么多年!"她用美妙的声音说,他们经过一排树影。

"可是子明,你要知道,我们底生命并不是自由的,也可以说正是自由的,我不能接受某一个男子底爱情,我属于人类,我爱人民,我是他们的!啊,我听见我底受伤的祖国在呼唤我!——你听见这海涛的声音吧?"

"啊,露露!"

"要走到沙发面前去,跪下来。"一个男的解释着这个动作,说,他们沉默地走了一段路。

"啊,我憎恨你!我憎恨你!"忽然地那穿红色的外衣的娇小的女子激动地又开始说了;"你不要以为我是一个女子,我有良心,我有正义!我可以死一千次,可不能让他受丝毫的损伤!"

"哦,沙非,我底沙非,你误解我!"一个男子学着老头子底粗哑的声音滑稽地说,"你是要到香港去呢,还是要到上海去,听你的便!"

于是他们都高声地笑了起来,因为曾经有一个完全没有天才的演员把这一段戏演得非常拙劣。接着,在欢快地沉默了一阵之后,他们就用同样的声调演述他们对于周围的一切的印象了。

"你瞧,这灯光是多么美丽!啊,多么美丽!"那个穿着黄布的裙子的,娇小的女子说。

"呀,你瞧!"那个穿着红外衣的、瘦长的女子惊异地叫;于是他们一起回过头去,依着她底指点,看见一个疲倦的老人坐在他底水果摊底后面,"呀,气死人,可惜你们没有看见——这老头儿刚才把手一拿,把头一抬,多么戏剧化呀!"

"你看那个乡下女人她弯着腰,要是在舞台上多么美呀!"

"可是,小安呀,这地方烦死人啦!我们几时才能到上海去呀!"

"啊——不!死东西,你欺侮人,你偷我底手巾儿呀!"

"不许欺侮我们女孩子,啊,小杨!"

他们又走过一排树影,走进了一个黑暗的花园了。他们分成一对对地在花间穿行着,不断地发出歌声和笑声来,有时沉默,在花香中接吻。一切是幸福、美妙、不可思议的;每一个灵魂都是这样的丰满,每一秒钟都是这样的神奇,他们在花间相遇,笑着点头,然后各各走入暗影中,互相接吻。但有一对,一个特别瘦小的青年和那个穿红外衣的娇小的女子,他们忽然地好像互相生气了,不再像他们底朋友似地互相说笑,接吻,只是默默地走着。

"你心里总有一个决定吧!"瘦小的杨科说,"你究竟是爱他呢还是爱我,总有一个决定吧!"他苦恼地说。

"你把我当成你底私有财产么?"安恰瑞回答:"你以为我是那些普通的女孩子么?"

"不过,你总是决定的好,我以为。"杨科冷冷地说:"恰瑞,你——决定了,"他忽然热烈地说,"我就完全专心我底前途了!问题是这样,告诉你吧,我只是有点儿懒——我相信我是有天才的!……小安,让我看一看你底小脸……你回答我吧!"

"我不知道!"小安愤恨地说,"真的我不知道,我也许明天会爱你,也许会不爱,我没有把握!一个有名的人说过,一个真正的爱人他底爱情是每天都在创造,在变动的,只有那些旧社会的女孩子才以为自己真的爱一个人!……我不知道……哎哟!也许我会死掉!"

"小安,不要使你底心这样痛苦!"杨科说,顺手摘了一朵白色的小花,"这个花送给你,"他吻了一下那花,说。

"我不要!真的,我忽然想,人生有什么意思呢?我就是为了艺术,成功了,又有什么意思呢?我觉得我会死掉!"

他们沉默着。

"用无数无数的白色的花,造成你底坟墓!"杨科低声唱。远远地暗影里,传来了他们朋友们底笑语声。

"真的,你要决定!"杨科忽然决断地说;"也许你看不起我,以为我没有演过主角,那你就错了!我是从苦难中来,我并不希望那么快地成功,我年青,我知道人民底力量,我有将来!也许我会创作剧本,我正在想着一个剧本,我将来要在电影上献身,我知道中国需要我,人民也需要我!"他激动地、热狂地说,"我并不希望别人底赞美,我要沉默地前进,和一切困难战斗,开辟我底前途!你想我做不到么?你轻视我么?你就轻视吧!不过我要批评你太随便了,你不肯学习,你要知道,女人!女孩子演起戏来总比男孩子讨好,这并不证明她就有天才,固然在这一方面我承认你有天才!不过别人捧你,他是想占有你,你反而以为自己……"

"不用说了,我本来没有天才!"

"我并没有说你没有天才!"

"我今晚不要再听你底话!"安恰瑞愤怒地说:"我今晚需要愉快,你走开!"

"你不决定么?"杨科威胁地问。

"决定什么?"

"爱。——小安,我们两人将来都成功,会是多好呵!"

"我不爱,至少我今晚不爱!"

"这花多香啊!这是春天哪!"杨科忽然温柔地小声说,"小安,让我再看看你底小脸!"

可是小安转过脸去了。

"小安,至少你要再把你底手给我吻一次。"

"我不!"

"好!我们十年以后再见!"杨科愤怒地说。大步地冲出去,经过一片灯光,消失在树丛中了。

于是安恰瑞觉得失望,烦闷,她想哭。不知为什么,她觉得自己底前途是很空虚的。她觉得她不会成功,她觉得没有保护,她觉得很是害怕。不过当她底朋友吴洁玲亲爱地叫着向她跑来时,如一切贵妇人一样,她轻轻地整理了一下她底辫发,又变得非常安详了。

"你怎么哪?小杨呢?"瘦长的、快乐的吴洁玲问。

"把你底手臂给我!"安恰瑞没有回答她底问题,却小声地这样说,如一切高贵的受伤者一样,她底表现是华贵而温柔。

"我问你一个很小的问题,"走了一下之后她用同样的声音说,"以批评家底眼光看,你以为我有戏剧的天才吗?——不客气地说,我相信我和你一样是有天才的!"

"小朱,把你底手臂也给我!"她向那正在走过来的一个"男孩子"说。于是他们默默地走着,充满了黄金一般的梦境,消失在浓密的、黑暗的花间了。

一九四六年四月二日

客 人

　　充满着客人的生活是混乱而刺人的,没有客人的生活是孤单而寂寞的。秋天到来了,秋天到来了。王沛泉坐在椅子上看着报,他底妻子袁逸则简直就呆坐在那里。

　　"六月,七月,八月,有多少客人到我们这里来呀!从前的朋友一个又一个的出现了,想像不到地就到你房里来了,谈起多少事情来!新的朋友也不知有多少,就像是沛泉说的,每一个人都是一个音符,奏着生活底乐曲!各种社会圈子出来的:刘碧是有名的演员;张竟德,人家是经济学教授;何英死了丈夫,又在谈恋爱,问我们解决抚养小孩的问题!真有趣呀!徐永茂是革命里面过来的人,文小姐呢却是当了舞女的,你看就有这么不同!每一个人都带来他底生活,每一个人都觉得我们这里亲切,这是多有意思的事情呀!本来呢,中国就没有社交的生活,可是真的没有社交,没有扩张,是多么烦恼啊!……不过,是用了许许多多的钱,用了有好几百万吧,我们靠这一点教书的收入,下学期又还不知怎样!"

　　"沛泉——我们还有多少钱?"她问。

　　"还有三十万吧。"王沛泉说,注意地看了她一眼。

　　"我爸爸不是寄来八十万吗?用光了?"

　　"那我也记不清楚。"王沛泉漠不关心地回答。"喂,你看这真是混帐!"他忽然抖着报纸大声说:"看呀,他妈的——中国据说有六大舰队!公布这种消息,得意得很哩,不要脸,接收了日本了八条破船,就是舰队!伏波号让海闽轮一撞就沉,这是舰队!还要洋洋得意,真是破落户死不要脸!"

他愤怒起来了，想到这个国家的事情，总是要愤怒的：就是在这种国家生活着。他底额上爆着青筋，嘴唇扭了起来，不断地发着轻蔑的笑声。他底妻子接过报纸来看了一下。
　　"真是死不要脸！"她笑着说，可是并没有发怒。
　　他瞪着她，然后就拿过报来，又去看着。
　　"我说沛泉，"袁逸说："我们一夏天用钱太浪费了，总得……"
　　"那就俭省点吧！"他说："他妈的舰队！"
　　"哈哈！沛泉，你哪里来这么大的气呀！"
　　"你就是温顺的羔羊！"
　　"发气有什么用呀，舰队，舰队好了，又不开到我们家洗脸盆里来！"她意外地说得滑稽地大笑了。
　　王沛泉瞪了她一眼，沉默了。她也沉默着。一种痴呆的，忘我的沉默，感觉着凄凉的情境，害怕着痛苦，朦胧地看见了空虚。半个月没有客人来，也没有地方玩，就这样坐着，孤单地坐着，或者两个人呆坐着，要么他就生气。客人来得多的时候，总是希望他们快快走掉，可是总又有些恋恋不舍！走了，就空虚、凄凉——他们是热情的男女。钱用光了，就会互相埋怨，吵架，可是客来了，就会异常欢喜，跑出去借债——不管是怎样的客人，甚至有几个是跟着熟人来，连名字都叫不清的。有一个好像是来追求他底爱人的，另一个是来谋事的，第三个则是看亲戚什么的，没有地方住，经熟人介绍一下就住下来了。每天就为这些人操劳、忙碌，真是没有什么道理，可是忙着是多么好呀！厨房里老是乱哄哄的，跑进跑出，房里充满了香烟气味，到处是人声，什么都不想，也没有烦恼了。客人走了，清静果然到来，可是第二天这清静就变成了凄凉——又是这样的落着雨的秋天！而且，客人走了不久，他底脾气就恶劣了，老是骂着什么，又叫着要做事，苦痛地躺着！在客人在着的时候却完全两样的！那时候他就快乐地走来走去，大声地议论，挖苦，大笑，喝酒，不时地走到厨房里来对她笑笑，那是多么温存的！在刺人的热烈的兴奋中，也丝毫不顾到金钱，"明天把那个戒指换掉罢！""去买只鸡子来！""雇一个人来做杂事罢！"都是非常爽快；居然也没有什么困苦地过来了。和这样的人在这种情形里生活是快乐的，做一个被人赞美着、感激着的主妇是那么快乐的，所有的客人都喊着说："忙坏了你啦！你怎么不来吃呀！"就会使你底生活里充满了力量！偶然地走进房来，听着大家的议论而插一句嘴，就一定会使大家哄笑，这是多么高兴的事！

寂寞下来了，寂静，使人看见了不愿意看见的那个什么。这个什么，这几个月来就一直闪闪地要探出头来，可是总是被热闹吓跑了。

"这样的，"这热情的女子想着，"这样生活下去，是什么道理呢；这种生活有什么意思呢？"

"海闽轮撞沉伏波号——就是舰队！"王沛泉忽然地说。她看看他，他也看看她，就又看报。

"我听说何英的恋爱成功了呢，"她说，"就还是小孩子没有办法解决！上个月她在我们这里的时候，我跟她说，放托儿所吧，她又没有勇气！"

"哼！"王沛泉说，"就是这种女子！"

"本来是这种女子呀，人家受着双重的苦痛！"

"那不结婚不就完了！"

"有你说的那么简单！像你对别人一点同情心都没有！"她说，眼圈都发红了。"真是，不结婚倒好。"

王沛泉沉默着了，没有看报，却看着落雨的窗外，忽然地说："他妈的，海闽撞伏波，舰队！"

"这伤了你底心？"

"中国是世界上最无耻的——除非那些温顺的羔羊！"

"你不要骂人呀！"

"你说的，结婚什么的，可是你底头脑在哪里呀——你从来不管家事！"

她悲愤地沉默着，害怕着自己要爆发出来。

"老子要喝酒！"王沛泉说。

"是的,有人来陪你喝酒就行!告诉你——我再也不招待那些粗野的客人了,还自以为是知识份子!"她说,眼泪汪汪地,到床上去躺下来了。此后就不再做声,蒙着头,而悲痛地躺着。王沛泉看着她,冷笑笑,又看报。

"要有一个客人来才好。"他下意识地想。"他妈的,这叫舰队!"他又愤怒地说。

窗外的雨声清晰起来。王沛泉在房里来回地走着,起先很寂静,后来就不住地吹着口哨;不时地望外面,屋檐上面的一角四方的天空是灰暗而沉重的,破烂的铁管在淋着水。雨点打在院子右边的厨房底白铁顶上,发出烦闷、寒冷的声音来,周围是静悄悄的。很有做点什么的欲望了,可是又觉得心里还有别的重大的问题没有解决,愤怒地向床上躺着的袁逸看了一眼,就又吹起口哨来。

"破灭掉了算了吧!这种布尔乔亚女人!"他想。他徘徊着,又坐下来翻翻书。"他妈的无耻!"他骂,"他妈的狗屁!"停了一下又骂。然后就堕入深深的寂静中去了,扶着头,盹睡似地望着前面,用着朦胧的感觉,凝视着这个叫做生活的苦痛的、奇怪而平凡的东西。

寂静更深了,远处的街市的声音,叫卖的声音和小孩的哭声从雨中透来,投落在这个无感觉的平面上。雨声更清晰,空气更凝重,那个人们不愿意看见的什么东西,那个几个月来一直被热闹打退了的东西,现在是站在这屋子里面。寂静得深深的,感觉得深深的,意志的热情被重压着,忽然的一切全清楚,明白,可以行动了,忽然地一切又凄楚朦胧如梦。

院子里有了脚步声,王沛泉抬起头来注意着。

"希望有一封信吧!"他想。

脚步声停在门前了。

"在家吗?"一个熟识的、热情的声音问。

"谁,哦——竟德,大教授!"王沛泉兴奋地跑到门口喊着。

"好久没有来啦——今天下雨——有酒吗。"

"有,有好酒!"主人说,一种兴奋的喜悦从四肢每一根筋肉向他的内心流注着。他正在笑着,担心地回看躺在床上的袁逸,她已经跳起来了。同样的兴奋的喜悦向她的心里流注。

"大教授! 了不起!"热情的女人说,"来呀,喝酒就要喝个痛快是不是——我来买菜去!"

她拖着雨衣就跑出去了。

"他妈的——你看中国有六大舰队!"主人抖着那张报纸说,但这次并不愤怒,却是充满着喜悦的,房里的一切都闪耀着亲切的光明了。

一九四七·八·

张刘氏敬香记

这是南京底一座有名的庙宇。

还只是早晨,到山上来敬香的人已经很多了。法事也已经开场了,年老的和尚在乱哄哄的一团中用他底疲倦、淡漠、苍老的声音歌唱着。香火弥漫了整个的大殿,各个菩萨底面前都跪满着磕头的男女;在求签的急剧的响声中间杂着不规则的、有时有力,有时微弱的敲磬的声音——这是一个穿着破烂而奇怪的红衣服的年青的秃子所敲出来的,声音底大小,大半视磕头的人们底身份而定。磕头的人们是各种样子的,有那种打扮得很俏的、戴着白兰花的妇人,满脸都是客气的、和悦的、虔诚的表情,叫人觉得她们和菩萨是很有交情的;也有那种挟着时髦的皮包的、烫着头发的年轻的女子,她们底表情则多半是寂寞而愁苦,因为这里似乎本来不是她们底世界。有穿着长袖的白绸衫和青布鞋的男子,也有穿着制服或西装的年青人。这些人们,在杂乱一团之中用各样的姿态争取着神灵底护佑。在一切人之中最活跃的,是一个肥胖的、穿着一件黑色的绸衣的女人。她带着一个八九岁的男孩,迅速地绕着大殿走着,磕着头。她底梳得非常光洁的头发上是插着两朵红色的绒花;她底眼睛有一点斜,半开半闭地瞟着周围的一切,老是带着一个特别和悦的,得意的微笑,无论在磕头的时候或是敬香的时候她都是在笑着,有两颗金牙在她底嘴里闪烁着。她磕头作揖都很随便,老是要笑着环顾四周;她刚刚向这个菩萨跪下来就向另一个菩萨微笑着了。她刚刚跪下就爬起来,点点头,歪着身子迅速地作了两个揖,马上就拉着她底绸衣向第二个菩萨跑去了。如是地第三、第四个菩萨——无论是慈善的菩萨或是凶恶的菩萨,她都一律地用她底微笑征服了它们。她底那个穿着一件白绸衫,颈子上挂着一把金锁的孩子捧着一把香烛跟着她跑着。

和尚们敲着家伙开始绕着大殿转圈子的时候,一大群女人和小孩合着手掌跟在他们底后面,每走过一个菩萨就作一个揖,她是跑在头一个。她迅速地用她底肥胖的小手作着揖,不停地微笑着盼顾着。但没有跑上一圈她就忽然地从人群中跑了出来了,跑到一张桌子前面,从她底怀里取出了一大捆钞票。

"大师父,你来!"她坐了下来,笑着向旁边的柜台里的一个年青的管事的和尚说。

那年青的和尚,尖鼻子,嘴里有一颗金牙,衔着一根牙骨的烟嘴;穿着一身白布的短衣,钮扣上还拴着一根镀金的表链,两手插在口袋里,慢吞吞地似笑非笑地走过来了。走到她底面前,他就从嘴上取下了他底烟嘴,喷了一口烟。样子完全像一个小老板。

"大师父,"那女人说,一面斜着眼睛从头到脚地观察着他,"你底法号是?"

"我叫圆通!"和尚有点冷淡地说,用着那种不在乎的神气,一手抄在口袋里,一手拿着烟嘴。

"我是刘淑媛!"胖女人说,突然睁开她底斜睐着的眼睛来向着他锐利地看了一眼,"我底婆家姓张!你要是写簿子,就写张刘氏好了!张刘氏,晓得么?"她托着下巴大声说。"你坐下来听我说:我婆家是在南门外开酱园的,娘家是太平门外开油号的!我这个人不会多噜哆,这里是七万块钱,你请老和尚替我放一台焰口!"

她底一只肥胖的戴着金镯的手压着钱。和尚用金牙齿咬着下唇看着钱,她也就用金牙齿咬起下唇来,看着和尚。她对这个和尚是一点都不客气。

"你听我说!"她又生动地大声说,"你不要说钱的事!我们这些人是老主顾,不会少你的,我都是有数的,街上放一台焰口不过六万块钱,我是个爽快人,拿七万,就是七万!"

年青的和尚冷淡地笑着,一面犹豫着,不知道要怎样称呼她。

"太太,"终于他和悦地笑了起来,说,"我们这里规定是七万五!"

"五?"刘淑媛,就是张刘氏,皱着眉头说,"什么五不五的?我就是没得五!你未必不认得我?不过看这样子你恐怕真的也不认得我!我们到重庆去了六七年,上个月才回来,日本人来以前我们是年年在这里放焰口的,你问问你们老和尚就晓得了!你真是会兴花样,五呀五的!"她哼着鼻子,轻蔑地说。

年青的和尚突然地张开嘴笑起来了,好像他觉得这女人底话是不值一驳的。他底笑声是空洞而干燥。末后他又紧闭着嘴唇用下唇抵着上唇,从鼻孔里笑着。一面摩弄着他底胸前的镀金的表链,这是使得刘淑媛,就是张刘氏,非常生气了。

"你大师父是出家人呀!"她说,看着他。"听好了没有,没得什么五的!"她教训地说;"你这个和尚真是阴阳怪气,告诉你:放一台平安焰口,就是说,一家大小托菩萨保佑都回南京来了,忍饥挨饿,受尽千千万万的苦,在那个不是人的四川过了六七年,心里想起来呢,要不是菩萨保佑也不会有今天的!不过你这个人你听我说好,你不要装佯:小和尚我不管,老和尚我却是非要这一个,"她指着那做法事的瘦弱不堪的老和尚说,"我是要晚上九点钟和尚上台,锡箔香烛祖宗牌位都由我来供,说好了我马上就坐公共汽车回家去喊人!"

"太太,"年青的和尚嘲弄地笑着说,"七万恐怕是不成的呢!"

"你这个和尚真是,什么五不五的!"她喊。"喂,老和尚!"看见老和尚下台了,她站起来喊,"老和尚你来!我跟你这位小师父谈不通!喂,老和尚,你好啊,你还认不认得我?"她喊,她底声音是如此嘹亮,使得周围的人们都静下来看着她了。

"认不得咯!"衰弱的老和尚走了过来,皱着眉头看着她,疲倦地、安静地说。

"我是张二太太,我叫刘淑媛,你要写簿子你就叫你这小师父写张刘氏好了!"她大声说,那"小师父"是在狡獪地笑着,"我底婆家是在南门外开和生酱园!日本人来以前,我们年年在你这里放焰口的!这六七年我们是到四川去了啊!"她用元气充沛的大声叫,然后就斜睨着眼睛殷勤地笑着,好像是在等待着老和尚会因她底叙述而快乐地惊跳起来。

"那是的!"老和尚,仔细地看了她一下之后,疲弱地笑了一笑,"还记得一点!"

"我说是的吧!"刘淑媛,就是张刘氏,胜利地叫,同时环顾着周围的人们。好多人都在好奇地、发呆地看着她了,这种女人,在任何地方都有这种力量,都能使别人发呆地看着她。"哎哟,得罪了,老和尚你请坐……你今年六十几了吧!真是功德无量!你听我说!"她说,重新用她底肥胖的手压着钞票。那老和尚坐了下来,然而只是坐在板凳边上,好像马上就要走掉似的;拿两只干枯而瘦长的手放在桌上,异常安静,异常疲弱地笑着,两只眼睛沉思地闪烁着。"你听我说,老和尚!我是在日本人来以前年年在这里放焰口的!今天晚上我要借重你老和尚在菩萨面前做一台法事!价钱呢,我这个人爽爽快快,说一就是一,我给七万!七万该不少了吧!不过你们这位小师父——我还认不得他——"说着她向那咬着烟嘴的年青的和尚看了一眼,"他非说要七万五!你想想老和尚,我们这些老南京人,从来不说二话的!菩萨面前的事情,哪有什么五不五的!"

"阿弥陀佛!七万就七万好了!"老和尚小声说,两只手仍然摆在桌上,没有改变他底安静的、疲倦的神情。

"对啦!还是你老和尚爽快!哪,这里是钱,我一次缴清!我刚才说了,晚上九点钟我来放焰口,上台转殿,这都借重你老和尚了!平安焰口,保佑家宅平安!老和尚呀!"她忽然感叹地喊,取出她底手巾来在眼睛上狠狠地擦着,"你是德高望重的出家人,像你这样看破红尘真是好哟! 我们是些造孽的人,我们受尽了千千万万的苦呀!"她擦着那甜蜜的悲伤的眼泪,用呜咽的声音说。"我们这些可怜人,儿女是累,父母是一副担子,总是罪过的呀! 唉! 唉!"

她底这突然的悲痛的忏悔,使得周围的好几个女人都叹息了起来,并且在揩着眼泪了。老和尚仍然静静地,疲倦地笑着,一动都不动。那个年青的和尚,则是在那里数着钱,用力地用他底下唇抵着上唇。

"这些年可怜我们是受了多少苦哟! 老和尚,我是看破了啊! 我是指望年岁大了,也找这么一个庙,带发修行也好,剃头出家也好! ……"说到这里她用手巾蒙住了整个的脸,差不多呜咽得不能成声了。

"阿弥陀佛!"老和尚静静地说。

"唉,老和尚! 阿弥陀佛,你不晓得我们这些南京人这些年在四川受的那种欺哟!"她拿开了手巾,醒着鼻涕说,"那简直不是人过的日子! 那些四川人,不怕在菩萨面前罪过,简直不是人,想起来我都恶心!"

"阿弥陀佛!"老和尚说。

"阿弥陀佛!"张刘氏说,"还有这一路上坐船回来,整整坐了一个多月,险一点都把命送掉了! 要不是菩萨保佑,我心里头就想还不是早就死在那个四川了。"

"阿弥陀佛!"她身边的一个老女人叹息着说。

"是呀!"张刘氏转过脸来笑着说,重又快活起来了,"你这位老太太贵姓呀! 你也是走四川回来的啊! 说句笑话,不是替我们南京人要面子,"她提高了嗓子用特别嘹亮的声音说,"你在四川就看不见这样大的菩萨! 这样做得金晃晃的,肥头大耳的菩萨!"她笑眯眯地指着菩萨说,虽然她底眼圈还在发红,"你在四川也看不到这些有德行的和尚! 真是,我六七年没有听见南京底和尚念经了,打个比配,听到了心里头就像喝了鸡汤一样!"

她拿鸡汤来比和尚,旁边的几个男人都笑起来了。那个拿着钱的年青的和尚也忍不住地笑起来了;但立刻就又显得很是庄严。于是她觉得有点不好意思,笑着而红了脸——不过心里却是特别的快乐。但那个老和尚却仍然是安静、疲弱、淡漠,好像一点都没有听到她底话似地,微笑着坐在那里。

这时她底那个戴着一把金锁的小孩,原来是被她底悲痛骇住了的,看见她高兴了,就狂喜了起来,想起了一个主意,一直走到蒲团跟前去了。

"妈,我跟菩萨磕头啦!"他尖锐地喊。

"你个死不了的!磕头么磕头就是了!"她生气地喊。

那小孩被浇了冷水,非常失望,但仍然扑下去。他还不十分会磕头,在蒲团上爬了两下,扭了一下身子就赶快地爬了起来;预备跑回来了,但又想起来了似地跑回去作了两个揖。

"妈,我磕好啦!"

"好啦就好啦!"他底母亲烦厌地叫。

小孩嗅着鼻子,好像就要哭出来了。

"妈,"忽然地他又说,"我跟那个小菩萨磕头去啦!"但他底母亲这一次忙着和那年青的和尚谈话,没有理他,他就没有去向小菩萨磕头了,走回来发呆地又站在她身边。

办完了事情之后,已经接近中午,天气很热,大殿里人少了些了;刘淑媛就叫了两碗素面来坐在那里和她底孩子吃着。这时来了一个穿着一条破军裤和一件破衬衣的军人,这军人脸色惨白,身体非常衰弱,显然地刚从山下跑来,浑身都是汗水。他跑了上来就跪在正殿上磕着头。他磕得非常慢,非常恭敬,每磕一下都要笔直地跪着向菩萨注视很久。然后他站起来,立正,又注视很久,才再跪了下去。他是没有香烛的,只是磕着头,但他底身体已经显得支持不住了,走路的时候随时都好像要倒下来。他轮流地一个菩萨一个菩萨地磕拜着,对每一个都是同样地恭敬,虽然显然地他不知道那些菩萨叫什么名字。当他磕了一半的时候,刘淑媛非常地同情他了,跑过去送给他一大把香烛。他接住了,无力地说了一声谢谢,烧了香继续地磕拜着。他底脸更惨白了,他底发黑的嘴唇在颤动着。好容易他才又回到正殿上来,恭恭敬敬地跪了下去,拿起签筒来开始求签。他低着头摇了足足有十分钟,那根签刚刚跳出来,他就不能支持地倒在地上了。

刘淑媛惊怪地叫了一声,跑了过去,但她不是去救人,却是去抢签的。那不幸的军人倒在地上呻吟着,极力地抬起他底头来,贪婪地注视着这个肥胖的女人,希望知道这究竟是怎样的一根签。这时他底周围已经围满了人了。

"我底眼睛发黑,看不见啊!"他呻吟着说;"是什么签呀!"

"恭喜你,是上上签!"刘淑媛紧张地从柜台那边跑了过来,挤进了围着的人们,大声说。"可怜我心里头就指望这是一根好签,果然是上上!……你听我念给你听啊:深夜蒙心问自己,莫听闲言与非语,千里行船万里梦,到头方识是天机!又说:家宅平安,行人即归,求财得财,无病无灾!你看好不好!恭喜你你这个人有诚心!"

很多人围着这张签听着她念着。当她念到"家宅平安"的时候,那个坐在地上的军人已经满脸都是感恩的眼泪了。

"谢谢你啊!谢谢你啊!"他喃喃地说。

"这是菩萨看你这个人有诚心!我问你:你究竟是求什么呀?"

"说不得啊,太太!我到南京两个月了,上个月去了差事,我本是在司令部里头当文书下士。不瞒各位说,现在是没得办法了,出来了几年,不晓得是家里头人是死是活!"

"你是哪里人呀?"

"敝处是山西,"那军人说,颤颤地站了起来,抓着那张签看着,随后又走到菩萨面前去磕起头来了,在他底神情里面是有着那种绝望、痛苦的紧张。

"看你这个山西人也是可怜,"刘淑媛一面对菩萨作着揖一面对他说;"我底心就是太软了,看不得别人家一点点难过的样子;你求签的五百块钱,我替你出了!你这下子该安心了吧,求的是上上!"

那军人慢慢地磕好了头,对着她凄惨地笑了一笑,用几乎不可听见的声音说了一声谢谢,拖着他底破鞋子慢慢地向台阶下面走去了。在酷烈的太阳下面,他非常吃力地,一步一歇地下着台阶,并且不时地看看手里的那张签。

"你这下子该安心了吧,签上说,"刘淑媛在他底后面喊,"家宅平安,求财得财,无病无灾!"看见他走下去了,她就以尖锐的声音长叹了一声,转过身来对着大家;在她底脸上,是有着一个难受的,讥刺的笑容,使得大家都惊异了起来。

"这可怜人还以为他要发财呢!"她难受地说;"你们看,他底签在这里!叫我怎么说好呢?是下下!"

她走到桌子边上去坐了下来,展开了她手里的那一片纸头。于是好几个男人向着她围拢来了,其中有一个一面摇着扇子一面高声地念着签上的字句说:"家宅不安,求财得凶!诸事小心!——哎呀!"

"那张上上,是我自己求的,看他也是可怜,我就跟他调了!"刘淑媛非常伤心地说,一面拿手巾擦着眼睛,"我看他求菩萨也是真心,不过菩萨底意思又有什么办法呢?我心里一动,我想,不如骗他一下吧,反而救了他一命!真是,现在这种可怜人也是多得很呢!"

"你这个女人家是心肠好呀!"一个瘪嘴的老太婆扶住桌子角说,"将来你福气好呢!"

"多谢你老人家!什么福气啊!"她突然用感慨的大声说;"现在这种可怜人多得很,你要做好事都做不完!那张上上签是我替我家小儿子求的,"她指着她底小孩,"我心里一想,不如骗他一下吧,俗语说救人一命胜造七层浮屠,反正菩萨也不会怪我的!"她说,歪着身子向菩萨作了一个揖;"我呢,我自己晓得是一个作孽人,总算是蒙菩萨不见弃!"

周围七八个男女都默默地看着她,似乎是陶醉在她所流露的感情里面了。那几个老太婆又在揩眼睛;那几个男人则是在轮流地看着那张下下签。在香烟弥漫之间大家都在沉思着人生底幸福和悲苦,沉思着那个被"善心"所欺骗了的可怜的军人。

"妈!"忽然那小孩子尖锐地叫了起来,"我又磕头啦!"

"好,乖儿子,你磕头!"刘淑媛斜睐着眼睛笑着说。看着她底儿子爬在蒲团上,又流出了眼泪,赶快地爬起来对着菩萨作了两个揖。

于是她一面擦着眼泪一面领着她底孩子走下台阶去了。但忽然她又想起来了似地转过身来,对站在台阶上的人们微笑着点点头。

"多谢你们了啊,"她说,"喂,管事的和尚!"她向柜台里的那个咬着烟嘴的年青的家伙喊,一面撑开了她底一把黑布的遮阳伞;"九点钟放焰口啊,我坐公共汽车回家去叫人晚上来!"

大家看着她走了下去,接着大家就听见了她在庙门口对乞丐们叫着的快乐的、生动的声音,大家都静默着落在一阵迷茫里面。但忽然地那个年青的秃子在神座旁用力地敲了一下磬:老和尚重新登台了,毫无慈悲地,迅速地唱出了他底冷淡、疲倦、苍老的声音。

一九四六,八,三十。

闲荡的小学生

市立小学学生邓子敬跑过桥上的时候，破烂的桥板都震动了；有一块并且跳动了一下，使得卖桃子的麻脸女人底摊子受到了摇幌。麻脸女人狠恶地咒骂了一句，小学生就站下来回骂，双方都用着那种和这座桥同样古老的丑恶的言词。在很多地方，小学生甚至是要比卖桃子的妇人还要锐利、刻毒的，他们互相地骂着祖先，男女的事情，以及失火、落水、上吊之类的话。立刻这桥上就挤了很多的人了。多数是那样的人们，他们是出来歇凉，在街上闲荡的，所以这争吵使他们觉得很有趣。吵骂继续下去，卖桃子的妇人几次扑过来要打击市立小学底学生，小学生却非常敏捷，反而拾起一块烂泥来砸在她底身上。卖桃子的妇人忽然明白了这斗争底不值得，觉得是受了非常的委屈，痛苦而又焦急，竟至于哭出来了。但小学生邓子敬仍然站在桥边尖声地讥嘲，叫骂着，他觉得快乐而且光荣。看热闹的闲散的人们则是在漠不关心地窃笑着。

在南京有很多这样的小学生，正如有很多这样的破烂，旧朽的木桥一样。这些桥，是架设在恶臭的有名的秦淮河上，多少年来就是这样的了；两端的街道是狭窄、热闹、肮脏；那些密集着的杂货铺和糖食店，显然地还是从过去的繁华底阴影里残留下来的。夏天的夜晚，是充满着杂乱的声音；赤着膊的歇凉的男人们和敞着衣服拖着鞋子沿街尖叫的妇女们，闪烁的闷闷不乐的灯火，拉着胡琴而唱着的疲倦，苍凉的歌声，以及一两个戴着白色袖套的无聊的警察，和偶然地咆哮着冲撞过来的傲慢的吉普车；这是总要引起孩子们底呼叫，和歇凉的人们底咒骂的；这咒骂自然没有什么目的,但凡是咒骂,是总是愈刻毒愈好。

桥上也没有什么凉风,但人们总是集在这里,谈论着谁家的丈夫杀女人,谁家外甥强奸舅母,以及谁家的表哥奸杀表妹之类的事情。因此,凡是争斗,总很有趣。市立小学或国民小学底学生们,就是在这些地方得到磨练,准备着走上他们底人生之路。如人们所看见的,市立小学的十四岁的学生,已经能够使一个卖桃子的妇人失败在他手里了。

他很满足地走到暗影里去了。不久之后,他又从桥上飞奔而过,希望博取人们底注意。他消失了,混杂在人丛中了,但不久又出现,在桥边的暗影里呆站着。

他这次是挟着一部书,一部叫做《英雄》的连环图画。他在犹豫,张望着,终于他咬了一下嘴唇,朝着离桥不远的一家香烟店一直走去了。这家香烟店,是也出租连环图画的。

"老板,这本书要吧!"市立小学学生说,一面揩着头上的汗,喘息着,一面把那本叫做《英雄》的图画书掷在柜台上:在整个的动作中,企图表现出那种漠不关心的样子来。

老板是一个镶着金牙的精瘦的人,正在和一个赤膊的,愚笨而肥胖的青年谈着话。他不做声地走了过来,淡淡地把那部书翻了一翻,然后看着小学生——仍然不做声,只是淡淡地,嘲弄地微笑着。他才真的是漠不关心的,他一眼就看穿了这个小家伙:市立小学底学生,总归是还在人生底开头,他底心是太紧张了。

"怎样,要吧?"小学生说,迫切地看着老板,一面不住地揩着额上的汗。

"唔。"老板慢吞吞地说。

"五千块钱。"小学生说。

"唔,……一千块钱。"老板说,一面微笑着挤挤眼睛,把那本书轻轻地往外一推。

小学生惶惑了,苦痛地站着。这时又从房间里面传来了老板娘底愤怒的叫声。

"他妈的,不买!"她叫着,"一百块钱我都不买,哪个晓得他是哪里偷来的! 不买,叫他走远些!"

"你不要骂人呀!"小学生痛苦地喊。

"怎样——我出一千!"老板笑着小声说。

"四千,四千吧!"小学生揩着汗恳求地说,"这本书好呢,新出版的,里头画的一个军官,又有女间谍,你一天就不止租四千,不信我一个钱都不要,你看好了。"他说,急迫地笑了一笑,觉得自己是爱着这个好心肠、好说话,而且生得很漂亮、也很有钱的老板了。

他妩媚地笑着看着老板。

"一千。"老板,挤了一下眼睛,笑着说。

"不买! 不买! 放你妈的屁,哪个叫你出一千的!"老板娘在里面叫。

"啊嗬!"那站在柜台边上的肥胖的青年忽然叫起来了,"走吧! 我看你到别家去卖,他要是买了你的了,哪怕一百块钱吧,他等下夜里头要活受罪的! 啊哈哈哈哈!"他指着内房,爆炸似地大笑了起来。但忽然地就又沉默,咀嚼着空嘴巴,发呆地、思索地对小学生看着。

小学生痛恨地看了他一眼。

"真的,三千吧!"他诚恳地说,他仍然希望能爱着老板,觉得他和善而漂亮,所以他笑得更妩媚。事实上,在这种复杂的处境里,他已经苦痛得发昏了。"不是说的话,"他说:"这本书比什么书都好看! 包你要赚钱的,明天我就介绍人到你这里来租,说不定我自己高兴再看一遍,还来租呢? 你看,三千块钱吧,你一天赚好几万的!"他说,笑了一笑。

"不买!"老板娘叫。

"一千五。"老板微笑着说。

他实在不再能爱这老板了,可是他仍然希望能够爱他。他发着呆,而那个赤膊的肥胖青年底突然的大叫惊骇了他。

"啊嗬! 你叫他受罪啊!"那胖子叫,于是觉得非常有趣,大笑起来了。

"操你妈!"小学生对着他喊。

"啊嗬!你真是……叫他夜里头受罪啊!"胖子继续叫着,快乐得全身发抖。

"怎样,三千吧!啊!"小学生对老板说,重又妩媚地笑着。

"一千五。"

小学生拿起书来就走了出去。可是他不很甘心,走到门外就站住,苦痛地呆想着,于是又走了回来。

"二千五,干脆!"他叫。

"一千。"老板回答,现在是连一千五都不给了。

"亏你开这样大的一个店!"小学生发怒地叫,走了出来,一直向前奔去,在杂乱的人群中挤着。在一股盲目的气力下一直走了很远。终于就站了下来,回头看着;走两步,站下来呆想,又回头看着。他已经不再注意周围的一切了。他非常的混乱、苦痛。那个出租图画书的香烟店,是好像什么一种巨大的力量,把他吸住了。

他忽然跑了回去。

"两千!"他喘着气大声叫。

老板正在和那个肥胖的青年说笑,小学生底喊声使他吃了一惊,但随即笑了。

"一千。"他含着和先前同样的笑容,说。

"你刚才还说一千五的,"市立小学底学生说,兴奋得发着颤,恨透了这个老板了,但一面仍然希望爱他,希望能够觉得他漂亮而好心肠,于是在忽然之中,重又妩媚地笑了一笑。"一千五就一千五吧!我看你买,那就一千五!君子一言驷马难追,哼,你不要笑,你不买……今天我们就不得下台!"他底声音里明显地含着眼泪了;他觉得,他善心地爱着别人,然而却被欺凌了。

老板笑着看了他一眼,就毫不在意地拿出一千五百块钱来,然后一声不响地把放在柜台上的那本书拿了进去。小学生拿了钱,呆站了一下,茫然地向桥上走去了。他觉得浑身都软弱,没有力气,就在一片暗影中站了下来。他蹲在地上,呆呆地朝前面看着,觉得孤单、空虚和凄凉,眼泪在喉头里打转,要哭出来了。

"我来买桃子吃——我买冰淇淋。"他麻木地想,一面摇着头,"买酒酿饼——鸡蛋糕……"他觉得一切都不想吃;感到非常的孤独,好像在世界上只有自己一个人了。眼泪终于涌出来了。他蹲着,拿手指慢慢地划着地面。

他哭着,想像着自己已经死了;无家可归,变成了乞丐;母亲突然地病重,拉着他底手和他说着告别的话,他从此在这个世界上就变成一个人了,他在黑夜里在荒野中跑着;忽然地荒野中出现了大江,一条巨大的、亮着灯火的轮船疾速地驶了过去,这轮船使他哭了。但这些想像很快地就过去,他底头脑空洞而发晕,他站起来去买饼子吃了。

三块饼子,是选择、挑剔了很久,几乎要和伙计吵起来。这之后,他走到桥上,在昏暗中靠着栏杆,机械地、慢慢地吞吃着,虽然他是刚刚吃过晚饭出来的。在黑暗中没有人注意他,他也觉得很落漠,吃完了,就呆看着远处河沿上的人家底灯火。虽然看不清楚,但他觉得那窗户里是一定站着一个美丽的女人。这也觉得很无聊,他就转过身来看着周围的人们。人们都不注意他,这使他恨透了。他讨厌这些难看的,下流的人们!忽然地他冲了出来,复仇似地在桥上狂奔而过——然后又奔回来。但人们仍然不注意他,他仍然很无聊,先前的快乐和光荣的感觉不知为什么一点都没有了。他又呆站在暗影中。

他终于把那个出租图画书的香烟店老板记起来了。他明白他所以会这么苦痛的原因了。他于是拾起了一块石子,跑到那香烟店对面,猛力地对准柜台砸了过去——正好打翻了柜台上的煤油灯。他欢腾起来,发出了胜利的尖叫,奔过腐朽的木桥而逃去了。

于是这一晚上他都很快乐。回到家里,是被父亲扭了耳朵罚着跪在地上,但即使跪着,哭着和哼着,他也忍不住地要笑起来,笑那个老板和老板娘底失败,觉得满足、光荣、快乐。

一九四七,七,一五。

这个家伙

事务股股员李公达坐在司机台上,用下唇抵着上唇,轮着眼睛,紧紧地盯着那新来的司机。新来的司机是一个瘦弱的年青人,有着孩子般的稚弱的眼睛和鲜嫩的嘴唇。他小心地驾驶着。天气晴朗,温暖,令人困倦,大风扬起灰尘,车子在拥挤的大路上慢慢地前进着。

"老张告诉我,这家伙是老实人,老实人,听说家里头倒有一个漂亮的老婆呢。"李公达想着,一面紧盯着司机底脸;"听说闲了半年连吃的都没有了,谋了这份差事!这家伙!你看他眼睛里好像要说话,脸上却是冷冰冰的,见了人一句话也没有!他还有一个漂亮的老婆呀!"李公达嫉妒地想,"我李公达四十几岁了吧?光棍一条!我四十几岁了吧?四十五,还是四十六?不对,四十五!不过恐怕还是四十六!"他懊恼着,一面颇为舒适地靠在皮椅子上随着车身而摇幌着。他是愉快、狠辣、粗野的人,就同认不得几个字就混到所谓中上流社会里来的一切人们一样。他很不高兴这新来的司机底那种单纯的严肃的神情,天气这样好,街道上这样拥挤而热闹,他心里渺渺茫茫地,好像是喝醉了。一时是忽然的强烈而尖锐的快乐,或是渴望快乐的情绪,一时又是不着边际的懊恼:因为对于他,人生是已经确定,鲜明,再无任何严重的问题了。他闭上了眼睛。

"喂!"他忽然又睁开眼睛来说,"你是叫吴邦贤吧?"

司机点了一下头。

李公达看着他,觉得受了屈辱了,重新靠在皮椅上面闭上了眼睛。但这时车子强烈地震动了一下,李公达迅速地抬起头来,看见一个乡下人从车头前面跑过去了,差一点就要被压在车轮下面。

李公达出了冷汗:他也是很虚弱的。

"喂,小心哪!要吃官司呢?"他说,然后就看着路边上的漂亮的女人们。

两个穿红上衣的女人在那里走着,快乐地谈笑着,一点都不理会跟在她们后面的一个乞丐。

"真是一点同情心都没有!"李公达愤慨地说。他很希望发现美丽的女人们底弱点,以便轻视她们。"吓,老吴,你看,一点同情心都没有呀!"他大声说,和马达底声音愉快地斗争着,"就连我这个老鬼,看见讨饭的也要给几个钱的!"

司机羞怯似地笑了一笑。李公达很希望说话了。他心里有了一股激荡,要把使他受苦,或叫他光荣,快活的这人世上的一些事都说出来!

"你还没听说过我吧!你是新来的!"他说,"告诉你,我在这警察局里干了八年,日本人的时候我就干起,胜利了,我还是照样干!告诉你我就是个鬼,我是个老鬼,哪个都不怕,哪样事情都见过!我从前的朋友,同学今天做党国要人的多的很,我还是这个样子,平常无事两杯酒,×××将军跟我是同班的同学,这样了不起,还不是死了!我是个老鬼!"他激动地大声叫,"我这个老鬼天不怕地不怕,人家说我赚钱,他妈的你要赚你来干就是了,老子落得清闲喝二两酒!我是,我就是一个老鬼,嗳!"

他也不能说得更清楚。激动起来,只是"老鬼","老鬼"地喊着自己,仿佛被亲爱的人呼唤着,仿佛在心灵甜蜜的瞬间突然地被娇柔的声音所喊出来的亲爱的浑名所打动,无力地、苍白地靠到皮垫子上去了,而眼睛里闪出潮湿的光波来。

"我是一个老鬼。"他还在叽咕着。可是,新来的司机吴邦贤,只是羞怯似地笑了一笑;他是以为听见了极严肃重大的话,所以显得更慎重了。李公达沉思了起来,重又讨厌这个冷冰冰的司机了。车子弯进了小路。他们是要到江边的米栈里去运米的。

"喂,你怎么不开快一点呀!"李公达喊,"汽油又不要你化钱的,怎么样呀!"他怀疑地看着司机,"我看你恐怕是头一回开车子吧?"

司机吴邦贤脸红了。于是他开快起来。但立刻就差一点撞倒了人;碰着了一辆板车,板车面前的马匹狂跳了起来。

李公达又出了冷汗。他生气了。

"老实告诉你,老兄,我算到你今天总要出纰漏的!你这样开车子不出纰漏砍我底头!"

吴邦贤仍然沉默着。只是他底泛着血潮的脸,恼怒、苦痛的目光和急促的动作表明着他内心底激动。他愈是害怕李公达,就愈是慌乱,这个行程就整整走了半个钟头。到了米栈门前,李公达大声地叹息着:他底所有的因晴朗的早晨而有的愉快,统统被糟塌掉了。又发生了事故:街道太窄,而且泥坑过多,车子陷住了,不能进到米栈里面去。司机吴邦贤紧张地动作着,变得苍白起来,而且流出了汗水。李公达屏息着,憎恶而愤怒地瞪着他,那眼光是在说:"好吧!我看你怎样办?"

"喂,你吃饱了没有呀?"终于李公达狂吼了起来,而且跳了起来了。司机哀求而又愤恨地看了他一眼,重又发动了马达。车子猛力地冲出了泥坑,但又紧擦在米栈底木门上,把木门底柱子压坏了。站在周围的人们大声地喊叫了起来,大家叫着倒车,车子就又猛力地后退,重又陷在泥坑中了。

这是人们常常要遭遇到的那种琐碎、平常,然而苦痛、可怕的境遇。最痛苦的就是在自己用以谋生、立足的职业上表现了低能,虽然这全然不是由于自己底过错。他新来的司机,第一次执行他底任务,于是李公达底暴烈、愤恨的叫骂对于他就显得特别的可怕了。而周围又拥挤了这样多的米栈里的人们,分担着他底焦急,企图帮助他;实在说,他憎恶这些帮助的叫喊。他真的完全慌乱了。他觉得所有的人全在反对他,看破了他底无能,认为他是在骗饭吃。在偶然的间歇中,他握着驾驶盘而倒在椅背上,凝视着空中,忘记了目前的一切,而想到了他底女人底忧愁、阴沉的容貌。

"要是光是我一个人,我就要马上摔下这烂车子,多好啊!"他想。这样短促地休息了之后,他就又来发动了机器,用全身的力气和那机器一同挣扎着。

"叫你倒车!倒车,你偏要往前开!你看!你看!"李公达跳下车来,站在人群前面大叫着,"他妈的,老子不管你了,看你开到明天早上吧!"于是他挤开人群向米栈里面冲去了,但立刻又冲了回来,爆炸般地吼叫了起来;"你妈的当过司机没有呀!没有当过司机吗就不要来害人!我贡献你一个意见,我看你还是回家抱老婆睡觉去好啦!喂,死人,呆了吗?发火呀!用力呀!向左呀!向右呀!用力!他妈的你怕用汽油吗?你就是用一万加仑我回去都替你报销——喂,你们听听看!"他发火地向围着的人们叫着;"这个家伙,路上三次几乎撞死人,要不是我,他今天早撞死人了!你们看,一个乡下人跌在地下了。你们看他这个家伙老实吗,他妈的一肚子鬼,不晓得想些什么心思。他还有个老婆。有老婆还来当司机,不撞死人才怪。喂,死了吗?再发火呀!"他又转过身来对着司机叫。

"我是有一个老婆呀!"司机吴邦贤悲痛地想,一面机械地服从着又发动了机器。可是车子仍然跳不出泥坑。

"这个司机呀!"米栈里的职员摇着头说。

"这个司机吗?告诉你们,新来的,不中用!我这个人就是个老鬼!什么事情一眼就看出来了,一上车我就看出来这个司机不行!我是什么人?我是个老鬼!在行政机关里顶个把名拿一份干薪哪个都管不着,当司机吗?那是要真本领的!"他说;人群对着他静默无声,他得意地倾吐着他心里的所有,变得很快活。那焦急和愤怒消逝了,他差不多已经很满意这车子和这司机底狼狈的情形了。大家都被他吸引了之后,他就觉得这车子底狼狈状态,以及差一点压死人等等,都是他底光荣了。他所说的话是那么空洞而不相干的,但他底强旺的大声却吸引了人们:

人们以为这大声里面一定有着奇特的什么。和人们大讲了一阵之后,他忽然地又转向司机,而且忽然地非常同情他了:他真是简直没有料到这个。"老兄你这个人呀!"他叹息着、温存、感伤地说:"人生在世,为的是什么呢?还不是几个钱!你可怜也是受罪啊!老兄,唉,你今天是遇到了我这个老鬼。"他忽然从头上拿下他底那一顶满是灰尘的礼帽来,露出了光秃的头顶;皱起了多肉的眼睛,迎着阳光而显露了"老鬼"底全部的感伤相。"我是一个老鬼。"他咽了一口水说:"×××将军都是我底同学,他死了,今天他们跟他大出殡……我不去,我还是这样,赚几个钱,见天喝一两酒。兄弟,人生在世,什么荣华富贵没有意思得很,你是新来的,你还不晓得我这个老鬼,混久了你就晓得了。你有老婆,哪个叫你有老婆吗?当司机不是好玩的啊!……唉,我说了这么多。"他忽然含着眼泪说:"开吧!你开吧!老天保佑你,兄弟!"于是他戴上了礼帽,静静地站着,好像迷惘,又好像陶醉,望着空中。

"是车子太旧了呀!"司机吴邦贤辩白着说,好容易得到了这个辩白的机会,同时被李公达底话弄得迷茫而激动,同样含着眼泪了。

他又发动了机器,但李公达又说了起来。

"唉,兄弟,你这话不对。"他感伤地大声说,半边脸向着人群,"你说:'车子太旧了'我要问是车子是活的还是人是活的?你这话跟我讲没得关系,我是个老鬼。要是叫我那老同学×××听见了呀,他马上就会收拾你底脑袋!什么,军事教育!革命精神!死车子也要开成活的!这不讲理吗?各位,"他向大家说,"我这个老鬼也要说这不讲理!这就逼着底下人出坏主意,上头只要事情办得通,他不管你是抢来的还是偷来的,老实说:这就是中国所以一塌糊涂!"

司机更为迷惘了。在阳光下,静静地站着等候上米的工人们和其他的人们同样地迷迷胡胡了。大家觉得受了感动,得到了某种奇特的启示,好像在梦境中。竟然一律地忘记了那车子仍然陷在泥坑中的这回事了。

"喂！开车啦！怎么啦！"李公达突然大声叫了起来,惊醒了大家底昏沉的梦。

人群重又帮着司机而叫喊着,出着主意,指示着进退,司机吴邦贤大汗淋漓了。车子仍然开不出泥坑。

"跟你讲了这么多话都不行！我看你简直不要当司机啦！"李公达骄傲地喊着;"不听我底话！告诉你我下午还有事情,我要跟我底老同学×××将军去送葬！你不要怪我打官腔,告诉你,老兄,回去请长假吧！"

马达底声音由微弱而停止了。车子重又退回泥坑深处。司机恐惧而憎恶地看着李公达。工人们静默了。

大家忽然地爱着这个司机了,这有着稚弱的眼睛的,沉默地认真地挣扎着的年青人。

"慢一点！"一个工人喊,"喂,大家跟他找木杆子来撬！"

工人们一齐动作,立刻找来了四根大木杆,有的找来了铲子,准备跟着车轮而填平那大坑的。车子发动,十几个工人一齐忙着,大家狂吼一声,车子跳出了大坑,一直冲到米栈里去了。吴邦贤停住了车子,靠在椅子上愉快而羞怯地揩着满脸的汗。看着工人们抗着木杆从他身边跑过,他觉得要哭出来。他这才注意到了这早晨是如何的晴朗,阳光是如何的明亮,照耀着广场上的工人们底瘦削,强劲的脸和女人们底安静的脸。他叹息了一声。

"我看你这个司机哇！"李公达吃着一支烟慢慢地走过来说,"我看是学了几个月开车子吧！喂,你们晓得,"他向人们说,但这时周围已经只有几个女人,小孩和闲人了,"这些司机学还没有学成,就化十五万块钱买一张执照,又不要考又不要验,来开汽车了！乖乖,这碗饭比我的还好吃！"

吴邦贤没有再听他,快乐而悲痛地呆看着前面。他不知道何以这种感情会这样强烈。刚才那个喊着大家撬车子的工人向车子走来,敲了一下窗子,惊醒了他。

那工人笑了一笑,递进一只烟来。

吴邦贤慌忙地谦让着,红着脸笑着,可是那工人已经替他擦燃了火柴。他羞耻而感动,不知说什么好,抽着烟。工人望着他点了一下头就走开去了。传来了码头伕们从河边起米的强大、整齐、兴奋的喊叫声,吴邦贤觉得更悲痛而快乐,潮湿的眼睛看着阳光下的河岸,沉思了起来。

"怎么啦!"李公达向他走来,轻蔑地笑着说,"告诉你你用五加仑汽油我都替你报!"接着他从窗子里伸进头来小声说:"老弟,我分给你半加仑。"

一九四七年四月

契　约

　　传达张和生刚刚理发回来；理发师傅给他上了很多的油，又在他底颈子上擦了很厚的一层粉。这使他显得很是拘束；平常他是很随便的，现在他却连衬衫底领扣都扣起来了。这领扣紧紧地扼着他底颈子，使得他每走一步都要扬一下头。他挺着肚子，慢慢地走着，小心地摇摆着他底两手。心里充满了高尚的，爱美的，庄严的意识。但他刚一走进汽车间底铁门，那个正在提着一桶脏水的邵桂英就停了下来，放下了水桶，对着他爆发了一串快乐的，讥嘲的大笑。

　　"你们看这个狗日的呀！"邵桂英拍着手，跳喊着，"简直也像个人样，摇得像他妈一个乌龟呀！"

　　女工邵桂英一直是对他非常恶毒的。他很难过，他总是骂不过她，但对于她底叫骂却又总是莫名其妙地觉得欢喜。他底脸胀红了。

　　"我操你祖宗！"他说。

　　"洗澡堂子失火，你个小杂种，"邵桂英叫。"你有钱剃头，你不还老娘的钱是不是？"

　　"老子不还……除非你跟老子睡一觉！"张和生低声地叽咕着，一面静静地，高兴地笑着。

　　"我骂不死你打不死你个小杂种！你撒泡尿照照你自己像不像个人呀！"邵桂英叫。虽然原是充满着恶毒的嘲弄的，现在却不知为什么忽然觉得非常痛苦；觉得周围的一切都是灰黯而可厌的，一点兴致都没有了。她沉默了下来，站在那里，开始觉得是受了欺侮；紧闭着她底嘴唇，两只眼睛颤动着，好像就要哭出来了。于是她就非常地,非常地憎恶起这个爱漂亮的,软弱的张和生来。"那不行,老子不是好玩的,你今天非还老子钱不可!"她愤怒地叫。

张和生是一点也不懂得她为什么会这样认真,有点害怕了,呆呆地站在那里。但是突然地记起了他底新剪的头,摸了一下颈子,一面把头轻轻地扬了一下。

"你个瘟神……"他畏怯地笑着说。

"你个狗日的还钱来!你他妈的你不晓得老子恨透了你!"邵桂英大声叫:张和生那样地爱漂亮,把她完全激怒了。于是她移动着她底那两只粗短而健壮的腿向他跑来,抓住了他底衣领,并且在他底新剪的头上抓了一下,把他底头发完全弄乱了。

"何必呢,你!"张和生着急地说,推着她。

"还老子两万块钱,"邵桂英对着他底脸喊,使得他畏怯地笑着,动都不敢动一下。"你未必以为老子总是说着玩的,老子底话未必就是放屁!我看你有钱剃头才漂亮!"她叫,她愈发嫉恨他底这种爱漂亮了,于是从地上抓起一把泥土来揉在他底满涂着凡士林的头发上。

像往常一样,反抗了一下,张和生就顺从地,默默地听凭她摆布了。不知为什么他很是害怕她,常常因她底凌辱而心里充满了奇怪的感动;也不知为什么,虽然她对别人也是很凶恶,却总没有这么嫉恨,这么任意凌辱的。她似乎是愈来愈气愤了,抓着他底衣领摇着,一面凶恶地叫骂着。他则是随着她底力量而摇摆着,脸上有着一个悲苦的,温顺的,苍白的笑容。这时他们底同事们都跑出看热闹了,邵桂英又抓了一手泥土揉在他底头发上,使得大家都快乐地笑了起来。但他仍然不反抗;他现在是一点也不爱惜他底新剪的头了,他反而充满了那种牺牲的,殉道似的感动。

"你弄好了!"他用充满感情的小声说,"你弄好了,不要紧的!……你就是弄死我都不要紧的!"他说,他底眼睛里有着陶醉似的,热情的光辉,他底嘴唇颤动着。邵桂英底丰满的肉体不时地碰击着他,使他感动得几乎昏迷了。

"张和生,咦,漂亮呀!"厨子头老郭歪着头喊,于是大家又笑了起来。

"没有关系,老郭,"张和生说,异常的苍白,燃烧似地注视着那个作恶的女人。这女人突然地接触到了他底这种眼光,松了手了。

但她仍然不能甘心。想了一想,她就又抓住了他,狠恶地拧住了他底耳朵。人们都钦佩地看着她,使她觉得非常的满足。

"你还不还钱!你还不还钱!你爱不爱漂亮!我操你底祖宗!"

她用力地一推,使他倒到台阶上去了。强壮的厨子头老郭叫着好,歪着头大笑了起来。……

"你弄嘛,没有关系!"张和生爬了来说。忽然他用憎恶的眼光看着得意的厨子头;然后就同样地看着邵桂英,并且浮上了一个轻蔑的微笑。

"老子还你底钱不要紧!"他向她愤怒地叫,迅速地向里面跑去了。他觉得有多么绝望,悲伤!这奇怪而凶恶的女人一点都不知道他底心!他倒在床上就流下眼泪来了。于是他想着自己底孤零。他想到他底父母在他小时候就把他遗弃了,他已经忘记了他们是什么样子了;他没有什么亲戚朋友;他从前在皮匠铺里当学徒,老是挨着打;他完全靠着自己底努力,他今年是二十七岁……一切都是伤心的,可怕的。人们说邵桂英有很多的积蓄,在街上放着几十万块钱的债。这些钱一大半是她从她先前的丈夫那里弄来的,据说他是做生意的,据说她去年和他打架脱离了。但厨子头老郭是在那里追着她,人们说他们下个月就要结婚了。

想着这些的时候,邵桂英底满足的,充满权威的样子老是在他底面前闪耀着。她是那么健壮的,有生气的女人!你看看她底那一对粗短而强健的腿和她底那种毫无顾忌的样子吧!她每天不停地忙着,到处说笑,她差不多支配了这里所有的工人。只要她一走到院子里去，一切便会非常的生动了。即使对职员先生们她都是充满权威而毫无顾忌的！有一次她提着一把开水壶和会计科科长吵着什么，那样子真气派，连科长都只得附和她了。她是生活得多么得意，她是多么伟大！

他忽然听见了厨子头老郭说着什么的声音和她底大笑声。于是他妒嫉得发着抖了。今天是星期日，大家都没有事情，在那儿玩着，只有他一个人是孤单的！"什么东西，简直不成话，不要脸的婊子！"他骂，一面痛苦地呻吟着。

阳光从小窗洞里照进来，直射在他底脸上。他很久地躺着，觉得非常寂寞；末后他伸出手来想把讨厌的阳光切成两断。切了几次都没有切断，他就从枕头下面取出了一面破镜子在阳光里摇动了起来。镜子底反光一时投射在满是灰尘的屋梁上，一时投射在晾在门边的他底破衣服上，这样地就安慰了他底寂寞了。于是他爬起来洗脸，重新地在头上擦油。他在他底那一片破镜子里照了很久，觉得他的确是生得很漂亮的。鼻子很挺，眉毛很有财气，嘴巴也很适合。这时外面传来了邵桂英底谈话声，她说：前天有个很漂亮的男的在街上挨了一个摩登女人底打，那个男的居然笑起来了。于是他又赶紧照镜子。

他决定把那两万块钱还她算了。他好多次都是这样地下了决心的，然而却一直没有还，这次他又打开了箱子，取出他存了一个多月的那两万多块钱来。他决心还了钱就和她绝交；在他心里，绝交，就是不讲话的意思。

这个决定，使他有点高兴，他揣着钱走了出来。他流着汗，显得很清瘦，在院子里迅速地悄悄地走来走去，假装着在寻找什么东西，一面不时地斜着眼睛偷看着和别人坐在一起的邵桂英。他是很像那些希望得到别人底宠爱的小孩：这些小孩相信别人一定会被他们底苦恼所惊骇，然而邵桂英看都没有向他看一眼，在那里高兴地做着事，和别人谈笑着。……

"你这个鬼孙子也像个人样！"吃了晚饭以后，在过道里他们遇着了，邵桂英对着他叫，显然地对他底畏怯的，矜持的样子有着非常的嫌恶。"一天到晚鬼鬼祟祟的心里头不晓得在想些什么!……你看你个贼头贼脑的样子,怎样,还钱来呀!"

张和生站在台阶上,含着痛苦的笑容看着她。像先前多次一样,他现在又不想把钱还她了。首先他觉得这是会太便宜了她了,其次他耽心着,如果他真的还了钱,以后他们便会再没有什么纠葛,他们之间也就会没有什么可以叫骂的了;而他是需要着她底叫骂的,这种叫骂是使他感觉到了很大的兴奋和满足。

"老子没得钱!"他嗅着鼻子,笑着说,"等老子有钱再还你!"

"我操你十八代祖宗!"她喊,仿佛是很躁急地,叉起腰来跳着脚,"你这个瘟神,老娘送你两万块钱没关系,只要你跟老娘磕三个响头!"

"你要是跟我睡一觉,我就跟你磕三个响头……"他满足地,静静地笑着说,"喂,说正经话,怎样?"他大胆地挑拨地看着她说。

"老子打不死你这个小杂种呀!"邵桂英,忽然地又觉得奇怪的空虚和痛苦,跳着脚叫骂起来了。她是骂得这样的泼辣。她是充满了火焰一般恶毒的渴望,不为什么缘故,要侮辱这个软弱的家伙,觉得他可憎,可恶,要把他拿来整个地踩在脚下。显然地这种叫骂也正是她底兴奋和满足。她愈是竭力地要憎恨他,就愈是离不开他了。好久以来,不对他叫骂一顿,不听到他底一两声柔弱的讥刺,她就会整天地不舒服的。在这种辛苦的生活里面,受着人们底包围和监视,她是有着多少烦躁、失望和痛苦,这些她都一齐拿来发泄在张和生底身上了。她竭力地打击,凌辱他,心里感到暴风雨一般的饥渴和甜畅:没有一个人能忍受她底这种凌辱的;没有一个人能发给她以这么大的奇特的快乐!

"你他妈的也以为你自己生得像个人样!"她对着他凶恶地叫,在憎恨的战斗的热情中间快乐而陶醉,"你他妈的也以为你生得漂亮!你居然还晓得去剃头,擦油,现世活报,还擦粉!你他妈的还不拿镜子照照看去;一天到晚酸不酸苦不苦的;你他妈要是有一天像个人样了,老娘就乖乖地跪下来替你磕三个响头,连两万块钱都不要！……你还笑，我看你还有脸笑，告诉你老娘是恨透了，你！"她热情地叫，"你他妈的生着这一付鬼像还敢见人，呸！呸！操你十八代祖宗！"

"你骂好了，没得关系！"张和生生气地说，好像他是已经变得很严肃了；然而忽然地就轻轻地忍不住笑起来了。

"老娘打不死你！"邵桂英喊，同样地也忍不住地笑起来了。但立刻就又生起气来。她，邵桂英，是恨透了他了！你看他笑的时候的那种得意的，讨厌的样子吧——天啊，她但愿能够再恨他一点！但愿这个世界上也能有这种最奇特最热烈最恶毒的痛恨！于是她叉着腰，咬着牙齿，哼着，冷笑着看着他。忽然地她向他奔去，在他底身上用力地捶两拳。这两拳捶得非常实在，她心里觉得甜畅了。

张和生又有点发白了，咬着嘴唇，站在那里。"你他妈的！看你像不像个人！"邵桂英喊。然后就满足地走了开去。

这种经常的奇怪的叫骂，凌辱就是如此地继续下去了。不知道实际情形的人，看到这种情形，总会以为他们是一对夫妇：一个握着权力的女子和一个无能的男子，受着那种神圣的契约底束缚。但实际上他们之间仅仅有着两万块钱的债务。这两万块钱张和生是终于没有还，他反而拿它来买了一件灰色的西装上衣，不论天热或天冷都把它穿在身上。他是愈发爱漂亮了，这件西装是也给了他以那种高尚的，爱美的，庄严的意识。他是孤独而古怪的，除了挨着这女人底辱骂以外，老是悄悄地走来走去；好像他心里是有着一种难熬的情热似的。

一天下午厨子头老郭喝醉了酒为了几个钱的事情和邵桂英打起架来了。厨子头大发脾气，拿着菜刀追着她跑，喊着要杀死她。于是这泼剌的女人大哭大叫了一下午。看见她和厨子头破裂了，张和生是觉得非常高兴的，跑去安慰她了。但她同样地不理他；拿起一只破鞋子来就砸在他底脸上。

而且此后一两天她一直不理他，简直好像是和他吵架了似的。无论他怎样挑逗她，都不再对他叫骂了。她悄悄地做着她底事情,满脸都是不可亲近的,严冷的神色。她也显得是孤独的。她底寂寞的样子,先前是被热闹的气氛掩盖着的。现在是显露了出来了。她好像很疲劳,好像是被她底繁重的工作压倒了。这机关里一共有八个女职员,却只有她一个女工。常常地她坐在洗衣盆底旁边,好久地不动一动,在膝盖上搁着她底那一只潮湿的手,呆呆地望着前面。于是张和生暗暗地替她觉得悲伤;一面也因为好久地没有挨到她底骂而觉得空虚。终于他慢吞吞地笑着,穿着他底那一件灰西装,走到她身边去了。

"咦,老子要还你底钱呢。"他装出那种油滑的样子来,笑着说。

但邵桂英愤怒地挥一挥手叫他走开,重又洗起衣服了。

"咦,你他妈生气了呢。"吃了晚饭以后他又走到她面前去了;同样地装出那种油滑的样子来。

"放你妈的狗臭屁!"邵桂英忽然地站起来对着他叫,使他安心了,"告诉你识相点,老娘这两天脾气不好了!"

"咦,脾气不好呢。"他说。

"你他妈的也像个人样!"邵桂英说——这句话对于张和生无疑的是一个绝大的鼓励——接着她就站在夏天底落日底强烈的光辉里,沉思了起来。她底两只明亮的眼睛望着前面,在她底多肉的脸上是出现了一种忧伤的,动人的东西,末后,她皱起眉头来,无限忧虑似地向四周围看了一眼。

"你来!"她说,然后向前走去了。

张和生紧张地,好奇地跟着她,不停地注视着她底健壮的背和腿,跟着她一直走到一堵篱笆底后面。这里是一块荒地,杂乱地丛生着狗尾草和刺槐;但有一棵孤零的白杨树在一个土堆的后面站立着。落日底金黄的热烈的光辉,通过一座楼房底平台而直射在细瘦的白杨树顶上。在深沉的寂静里面,植物,泥土和粪便的混合的气息浓烈地凝结在空气中。张和生感动得说不出话来了。周围的景色里面,他身边的这个女人底里面,以及他自己底心里,是充满着一种不平常的,奇异而动人的东西。这种陶醉而美丽的境遇是他从未曾经历过的。

他们在两块石头上坐下来了。

"我操你底妈!"那女人低声地骂着,开始说话了;显然地她是并不觉得有什么感动的。张和生赶紧地脱下他底西装来,拿在手上,小心地听着她。

"你底意思我都晓得了!"那女人说,不看他。

"什么意思?"他诧异地问:他确实是一点都弄不清楚。这时发红的落日的光照从杨树顶上消逝了。天空里仍然照耀着强烈的光辉;荒草丛中则是有一种阴凉,在扩张着。从附近的那座楼房里,一只奇怪的琴开始拉响了起来。张和生整个地迷惑了。他想到他底生活是这样地值得悲伤,他觉得他只要一说话就会哭出来。

"你狗日的装孙子,你不晓得?"那女人说,似乎周围的景色对她绝无影响;"告诉你老娘晓得了,你瞒得过一千个人,瞒不过老娘的!"

"什么呢?"

"放你妈的屁!"邵桂英骂,"我老实问你!你是不是想老娘的心思?"

张和生有点慌乱,想说什么,又沉默了;望着草丛底深处,一面听着附近的楼房里的那一只洋琴所拉出的奇怪的忧郁的声音。

"就是想又怎样呢?"他说,显得非常伤心,"像我这样的人,我自己知道,你邵桂英心里哪里会有我呀!"于是他忽然地流出了眼泪;他听见了那洋琴所拉出的一串尖锐的声音。

"你狗日的就会鬼鬼祟祟地说话!"邵桂英说,干燥地笑了一声,显然地也有点激动了,"你就说清楚吧!是,还是不是?——你听那狗日的拉洋琴哩!"

"是。"张和生难受似地说。

"嗯!"邵桂英说,"那么你听好:老娘答应你了!"

于是他们都沉默了。听着用这种语气说出来的这种话,张和生反而觉得莫名其妙了；他觉得他什么也不明白。洋琴底声音在他们底耳边讨厌地响着。

"老娘答应你了,听见了没有？"邵桂英生气地问,并且在他底肩上推了一下。张和生点了一下头,默默地望着前面。

"不瞒你说这些时我对你这个小杂种也有点意思！……"邵桂英说,忽然地非常激动,两只手在不住地乱动着,嘴唇也变白了。"我看你人老实,肯做事,又还肯上进！你未必相信他们造的谣说我跟老郭的事么？那才不相干,不说别的,单看他那付样子,天天喝酒,脾气又大！不是吹的,老娘才看不上他个狗日的,老娘要爱就爱老实人！"她说,又能够骂人,表示她已经镇定了；她用力地把脚下的一簇草踏弯,又用手去把它们扶起来。"你呢,你个小杂种不要见怪的话,我都打听过了！我晓得你家里头没得什么人,你有手艺,当过皮匠！我老实说吧,这个工老娘不想做了,又受气又累人！老娘不瞒你说是有几个钱,要是你不拆烂污——这一点我倒信得过你——老娘就拿出钱来,我们到背街巷去开一个小皮匠铺子,你不是也做了老板了吗？喂,你听懂了我底话没有？"

"我懂！"张和生说,仍然低着头。他这才感觉到面前的一切底意义。他觉得他是过于幸福,因此他什么也说不出来了；邵桂英继续地说下去,他就感激得哭起来了。奇怪的洋琴底声音已经听不到了。

"没有出息的东西！哭什么呢！"邵桂英说,笑了一笑。"话还没有说完呀,你以为老娘就这么爽快么？告诉你:老娘是有条件的！"

"什么条件我都答应！"张和生抬起头来坚决地听,然后又继续哭着。

"条件就是！老娘脾气大,三句两句就要骂人,不高兴就要打人！要是你跟老娘要强的话老娘马上就拆伙！天天要服侍老娘,老娘要舒舒服服地过些清闲日子。"

"这些条件……呜呜呜……我都答应！"张和生说,愈发明白了他底幸福,哭得抬不起头来了。

"你个狗日的不中用的东西,老娘一千个人不要居然选中了你,你不高兴,反而要哭,你个狗日的你真不要脸！老实说老娘选你就是因为你挨得住骂：你他妈的这件破西装拿在手里像个鬼样,我操你十八代祖宗！……"邵桂英骂着,好像是在实践他们所订的契约似的；但终于她突然地停住,同样地伤心而甜蜜地哭起来了。天色完全昏暗了,附近的楼房里的那一只洋琴,在那里高声歌唱着。

一九四六,八,十五。

天堂地狱之间

　　县政府底录事王静能，带着他底快五十岁的，守寡的母亲过着贫苦的生活。他在烦闷中每天都喜欢读报纸。在所有的消息里最使他注意最吸引他的，不是别的什么重要的消息，也不是无聊的桃色新闻，而是那些关于贪污的记载。这种记载在这些年的中国底报纸上，是多得无穷的。面对着这些记载耽溺于热烈的无穷的幻想中，时间一久，他底精神就有点变态了。他是生得丑陋，瘦小，经常地沉默寡言的人；他底同事们总是恶意地讥笑他，称他为贪财奴。

　　"这怎么得了呀，这么多的贪污案子，中国真是非亡不可了！"他常常这样地抓着一份报纸而自言自语着，"结果中国就会变成这样：贪污发财的人有吃有玩，亡了国照样地有吃有玩，唯独我们这些穷人没有人过问，由你自生自灭！"

　　"他怎么不逃得远一点呀，偏偏让抓住了，要是我的话，手上有了几千万，还不远走高飞，比方说，到外国去，不然就躲到云南贵州去！"看到报上说贪污的人被抓住了，他就会这样惋惜地叹息着。但如果贪污者真的逃掉了，他就会愤怒起去。"这还成什么国家，居然让他逃掉了！他一个人弄几千万良心真也是太黑——不过，如果能分一千万，就是两三百万也好，给我的话，我真会不知怎样感激他呢；说句笑话，做他的干儿子都可以，反正中国人现在是美国人底干儿子！"

　　在这些思想底下面，是有着一种痛苦的，酷烈的情热的。他底关于贪污者的幻想无限地丰富了起来。他剪下了报上所有的关于贪污的记载，分了类，把它们贴在一本笔记簿上。高秉坊和李泰初底贪污是一类,粮食舞弊又是一类,银行小职员卷款潜逃之类则是第三类。他深为这个世界底堕落所扰,但又被这个所俘掳,整天地研究着这一类人的动机,心理,形态和结果,并揣摩着,如果他自己是这些人,在各种复杂的情况下他将如何。他统计着每一类贪污底数目,在幻想中计算着这些钱可以供他用多少年;可以供乡下的简朴的生活用多少年,以及可以供都市里的豪华的生活过多少年。他又深思了贪污的行为底道德方面和社会方面的影响,于是他相信了,一个人,如果贫困得无以为生,贪污则是拯救了自己底和一家人底性命。这时候,贪污是道德的;有了钱之后,可以做慈善的事情,救济多少穷人,这时候贪污也是道德的。他每一面都研究到了,时常在幻想中和法官激辩着。于是,在这种热烈的幻想上,他建立了他底空中楼阁,以与现实的贫困和痛苦相抗衡。

他是在这种沉思和研究上花费了极多的时间,差不多一有时间他就想着这个。他底剪报,本来是由于对这个社会底嫉恨的,现在却奇怪地变成了他底慰籍了。他底母亲底一点积蓄渐渐地用光了。在这一个月里面,他们是已经买不起任何一点小菜了。母亲常常哭着,他底心情于是非常烦躁。常常地一直到深夜里他都在外面徘徊着。他是孤独的,被欺凌的,他总是一个人。在这个城市里,是有着不少的酒楼,公馆,和其他的豪华的场所的,这是一个商业的城市,抗战胜利以后又成为交通的孔道,变得更为繁荣了。在这些夜晚,王静能在高低不平的街上走着,吸着他底粗劣的纸烟,时而在一家酒楼底前面站下,看着里面的灿烂的灯光,漂亮的女人和酒宴之间的狂热的气氛。时而在一家公馆前面站下,望着深深的院落里的那些人影,那些饰着窗帘的神密的窗户。时而又远远地眺望着一栋美丽的西式楼房,偷看着从里面进进出出的各样的人们。这个浮华的世界,这个天堂是这样地展开在他底面前,他充满着痛苦的热情研究,揣测着它,他相信所有的衣裳漂亮,态度神气的男人都是贪污者,而所有的美丽的女人都是荡妇,她们是在找寻着有钱的男子底怀抱。他时常忽然地激昂起来,决心将来一定要加入到这个天堂里去,但有时却又痛感到它底堕落和无耻,于是他往往异常感伤地在深夜里经过那些贫苦而破落的棚户人家,经过那些地狱,从一道桥上看着脏臭的河流两岸的,被稀落的灯火所照出的,褴褛的景色,怜悯着那些比他更为卑贱的人们,觉着他们和他自己都是这个浮华的世界的可怜的牺牲者。"你们这些和我一样可怜的人哪!你们和我一样地白白地辛苦,你们像牛马一样地整天拖车子,捶石头,有什么用呢?你们根本吃不饱,从来不知道什么是幸福,何必留恋这个世界呀!我们究竟为什么还要留恋这个世界呀!"他想,常常因此而流下泪来。这地面上的天堂和地狱交替地刺激着他,他底情热是愈来愈带着一种痛苦的怪诞的性质了。

一天晚上,他底同事们在一家馆子里欢送他们底最近得到了县长位置的教育科科长,很多人都吃醉了。于是大家拿这位贪财奴开起玩笑来。有的问他究竟什么时候可以发财;有的讥刺地告诉他说,最近又发生了一件贪污案子,比去年重庆的高秉坊的案子还要严重;有的就简直问他是不是也想搞一点。这种恶意的讥讽,他好像已经习惯了,只是红着脸不做声。实在说,他有时还是非常高兴听这一类的话的。

"喂,你看见过新出的一千块钱一张的票子没有?"一个同事对他喊,同时取出一张票子来在他底眼前幌了一幌。大家知道,王静能是喜欢收集各种票子的。

王静能恼怒地看着他,但同时迅速地向那张钞票瞥了一眼。

"这有什么稀奇!"他红着脸说。

"我们底县长弄了几千万呀!"这同事狡猾地咬着他耳朵说,"他跟别人说过,他喜欢你老实,所以,你去找他,我包你弄一个县长干!还有,他女儿跟人说她爱你哩!"

"有……有什么稀奇!"王静能听得反而有些欢喜了,笨拙地回答:"只有你才这样想!"

"那么你就去找朱科长,要他收你做干儿子!"一个科员静静地笑着说,这科员穿着一身漂亮的西装,使他觉得畏惧。

"自然!"他回答,"老实说……大家都是同事,你为什么对我这样说呢?"他感动地,兴奋地说:"我平常又没有跟你说过什么,我是不跟大家开玩笑的呀!"他说得很是急切,他底声音里又充满着鼻音,因此大家都似乎并没有听清楚,好奇地看着他。

"哎呀,你们来看,又是贪污几千万的呢?"那第一个同事模仿着他底夹杂着鼻音的声音喊,于是大家都笑起来了。

王静能心里很纷乱。他独自地喝了很多酒。他这一桌坐的都是他那一科的同事,但他们都显得比他有钱得多了。他是看见别人身上的漂亮的衣服就要害怕的,即或那只是一件漂亮的衬衫。西装、领带、礼帽、发亮的黄皮鞋,以及灿烂的钢笔和手表,这一切,对于他都是伟大的,如果有谁穿上体面的衣服来和他吵架,他是一定会慌乱得不知所措的。他自己知道他身上的那一件老布衬衣是如何难看。他底家庭从出世的时候起就是很穷的,一直到今天他底母亲都还负着他底死去的父亲留下来的债务。他是在乡下长大,小时候替别人放过牛,又当过学徒,后来才进了小学。他没有读过什么书,也没有在大城市里生活过,因此,在这些场合里,他非常难受,觉得自己非常渺小。他又自己知道他是生得很难看的。有一只难看的大鼻子和一对发肿的小眼睛,他底相貌,是早已成了同事们开玩笑的目标。但他底心却常常那样的激昂,那种对于财富的情热是在孤独中燃烧着。现在他是喝醉了,周围的一切都在他底面前发光而幌动。他突然狠狠地下了决心:他将来一定要发财,无论怎样,无论用什么方法都要发财,那时他就要毫不留情地报复,打击今天侮辱他的这些人!

"老实说,你们不要看不起人!"忽然地他对大家说,"多少皇帝都还是讨过饭的,你们就何以见得我将来不会发财呢?那时候看吧,哼!"他奋激得发着抖,说。

"哪个说你不会发财呀!你不发财还有哪个会发财呢?"一个同事说。

"我是会看相的,我看你就有点朱洪武的相,当然要发财!"那个穿西装的体面的科员,带着极端的刻毒,笑着说。

"不过先要把贪污学会了!"另一个说。

王静能,不知道是究竟先回答哪一个好,沉默了一下,他虽然明知道那位科员的话是刻毒的,却高兴地相信了它。就是:他底相貌生得很好。

"笑话,我王静能贪污!"他说,发觉到自己已经能说得很清楚,很流利了,觉得快乐,于是喝干了杯里的酒又迅速地拿起酒壶来酌满。"不瞒你们各位说,"他说,"发财的方法还不多,只要一个人有志向!摆香烟摊子也会发财的,何必要贪污呢?我又不是没有经手过银钱,可是我从来不揩一个铜板的油!我早就说过,中国要亡,一定是亡在贪污的手里面!我是爱国的,我总在想,假如我有权的话,我用什么办法来根绝贪污!用什么办法呢?"他偏偏头问,"第一是提高公务员的薪水,尤其是我们县级公务员,每个月才五万多块钱呀!一个人的伙食就要给两三万!第二是:贪污者杀无赦!"他热情地喊,而这时,他敢于正视那科员身上的那一套可敬的西装了,他迅速地瞥了它一眼,又向隔壁桌上的那些西装瞥了一眼,"我还想,用什么方法就可以查出来一个人是不是贪污,我是只要一看他底脸色就晓得了,我底办法多得很,我将来如果做了大官,我一定要——"

"贪污!"那位科员回答。大家都哈哈大笑了起来。

"胡说,我是要根绝贪污!"他说,这时大家已经明显地把他看做一个神经病了。"至于我,我要发财的话,我可以刻苦的!那时候,不是吹的话,大家都是同事,大家都有份!"

"那我们就等着你:不要忘记我们呀!"

"当然!不会的!"他热烈地,自信地回答。

"说真话,王静能是一副发财相呢。"科员说。"我今天特别敬你三杯!"

"不敢当!"他回答,马上就一杯接着一杯地喝干了。

这是一种奇异的热狂的梦境,他对于他将要发财这件事简直是确信不移了。他不知有多么兴奋,挺起胸来在街上大步地走着回到家里去。他简直从来不曾这样过的。这是吹着柔软的凉风的,有着光明的月色的夜。蓝天上飞行着轻快的洁白的云,地上闪耀着千万的灯光,一切都是自然而又美丽的。各处的豪华的场所里的那些灯光和人影。先前是被他嫉妒着而憎恨着的现在他却对它们觉得无比的亲切!他就要走进这个豪华的世界里面去,他就要进去,不!他简直已经走进了这个世界了。他看着高楼上的那些明亮的窗户而发出喜悦的微笑来,因为,如果没有像他王静能这样的有钱的人,这个城市该会如何地黑暗呀!金钱使一切美丽,使一切发光,一切都是金钱建设起来的!战争是金钱打赢的,高楼大厦是金钱建筑的,道路是金钱铺的!汽车为金钱而奔驰,电灯为金钱而发光!美丽的女人为金钱而生,英雄为金钱而流血!他,王静能,走在金钱上!"这些人的生活多么没有意义啊!"走过那一道小桥,看见那些贫苦的人家的时候,他想。

这狂热者是唱着金钱的赞美诗而回到家里去的。他不能睡觉了。他拿出他所收集的各样的钞票和硬币来抚弄着。这一块银洋,是雕着一只美丽的帆船的,它是民国二十四年发行的;这一块,有着孙中山的像,是民国十六年的。这是一张一毛小洋的民国十年的钱庄纸币,这是一张民国三十三年的一千元重庆版纸币,这间是民国十九年的关金券。等等,等等。他一共收集了四十二种,合起来值现价两万元。这是很可怜的数目,但对于他这样的一个搜集家,它们的价值是无比的。

"金锡贵刚才拿给我看的一千元是什么样子呀?我没有看清楚!"他喃喃地说,关起了收藏这些标本的那个白铁盒子,开始在房里来回地走着。"但是这有什么稀奇,我这里还有乾隆皇帝的钱,恐怕在这个世界上只有这一块了!"他说,又打开了铁盒子,把那块发黄的钱币抓到手心里来,凑近灯光去摩弄着;他底眼睛里,闪耀着快乐的光辉。

夜是很深了。他底母亲从梦中惊醒,看着他。他仍然坐在灯下摩弄着金钱,并且自言自语着。

"静能呀!"她喊,"你怎么还不睡!你不晓得你夜里咳嗽,你身子坏了!"

"我发财了!"王静能,在他底持续不断的狂热中不假思索地回答。

他底母亲坐了起来。

"还不是这些钱!……你发了什么财呀!"

"何以见得?你不懂的,你想想,人只要刻苦,简省,自然会发财,比方说,我一个月存两千块钱,拿几万块钱去放大二分利,现在都是这样的,你不知道!利上加利,几年之后就是几十万了!再比方,我拿这几十万做点生意,要不然再放大利,十万得两万,四十万得八万,四十八万得多少?"他得意地看着他底母亲;"况且我此外还有别的办法!"

"儿啊,你是比你参要成器多。"

"你不懂!"王静能焦躁地说,很不高兴他底母亲搅乱他底梦境,愤怒地关上了铁盒子,"你睡你的!我是说,我隔几年就会发财!也许,明年就会发财!"

"何以见得呢?"母亲问,慈爱地看着他。"简省,刻苦自然好的,不过,我们现在自己还不够用呀!一个月买米就是两三万,你底薪水只有五万几呀!你自己又要抽烟喝酒,还要应酬,你看,我是连一件衣服都做不起,这两个月典当了你参底东西来还债,你又不是不知道呀!我们自己又没有房子,租的人家的,天天都吵涨价!我简直想就不如到乡下了,要是你舅舅能把乡下的几亩田替我们赎回来的话!"她流着泪,看着她底儿子说;"你总晓得,我们家,在你爷爷手里还是有一点房子跟几十亩田的,都让你参跟你叔叔们败光了!我是指望你,我们是乡下人家,将来有一天把祖坟赎回来,那我就死也闭眼睛了!"

王静能抬着头,痴痴地看着他底苍老,憔悴的母亲;他心里充满了悲伤和爱情,随着他母亲底话而想起了他们家底卖出去了的家园,和他底儿时的那一段苦痛的,绝望的生活。他总是赤着脚在山坡上跑的,有时候为放牛的事而挨着父亲底毒打,在一棵树下哭着就睡去了。那一棵他所不知名的大树,以及草坡下面的在酷烈的暑热中闪着光的池塘,是他底儿时的凄凉和痛苦的生活底热烈的象征,现在是重又清晰地出现在他底眼前。……他底母亲底慈祥的脸照耀着他,他充份地懂得了,只有她是这个世界上唯一爱他的人,于是含着眼泪了,但忽然地他眨了一下眼睛重新看着涂着满脸的眼泪的母亲,开始觉得可怕。开始觉得,她是累赘着他,用她底年老病痛,不幸加在他底一切不幸上面,使他底不幸成为一个更大的不幸,而无情地拖着他向一个黑暗的深渊里走去。于是他焦躁了起来,接着就愤怒起来了。

"好了,你去睡!"他皱着眉头说:"我听你说这些话早已经听够了!"

这个晚上以后,他就没有再提发财的事情了。相反的,他变得更阴郁,更乖戾,也更软弱了。夜里他不住地说着梦话,并且常常大哭大叫着醒来。

他底发财的想像和意识,是一齐潜入到他底夜梦里去了。有时他梦见他在一条小巷子里拾到了一箱子的钞票,有时他梦见他当了粮食部的大官,只要下一个条子就有人送几百万来,有时他梦见他卷款逃亡,逃到一个荒野里,在这个荒野里过着阔绰的生活……但有时却是手枪对准着他底胸口,法官在堂上对他吼叫,他大哭着醒来。

"你老兄究竟什么时候发财呀!"他底同事们见着他的时候都是这样喊,这是他们对他的一种招呼,一种讥刺,一种致命的打击。他沉默着,怯懦地在他们底前面走过。

他们联合在一起,好像很有办法似地,每天晚上都到街上去玩或者到什么人底家里去打牌,他们穿得都很整齐,走起路来也十分神气,唯独他一个人是生活在另外一个世界里,显得孤单,怯弱,猥琐。……月底的时候,他底科长发起给县长太太做生日,每人送礼金一万元,为了讨好起见,他最先签了名了,虽然他心里痛苦得要死,然而他底同事们讥笑他说:"有什么关系呀!他明天就会发财的!"

黄昏的时候,同事们都下了班走掉了,他一个人留在办公室里呆坐着。他不能忘记那一万块钱,这是比割去他身上的肉还要使他痛苦的。他抱着头想着;这一万块钱,别的不说,至少是可以买到一件像样的衬衫,那么他这一夏天就可以有脸见人了。他想,同事们显得有钱,他们一定有另外的办法,一定在贪污,唯独瞒着他一个人。他又想,白天里曾经有一个商人来找他底科长,这一定是来帮科长做生意的;早晨他曾经经手誊写一篇呈文,附的有十几张报销乡公所建筑费的发票,一共是三百多万元,这些发票一定是假的。接着他就更精细地研究了起来,他想,当一个科长都在贪污。财政科科长有营业税,屠宰税,筵席捐和娱乐捐等等可吃,其中光是筵席捐一项就可以每个月作弊二三十万,其他的,教育科长有教育经费好吃,他们底建设科科长则可以用建筑经费大做生意。那几个科员,以及其他的同事们,手段豪爽,善于逢迎,当然可以分得一点。唯有他一个人是被抛在外面,抛在黑暗的世界中。……他继续幻想,计算,研究下去,他底头脑里是充满着昏狂了。天色逐渐地昏暗了下来,他抱着头而凝望着窗外的有着几株槐树的小院落,以及院落外面的一堵高大的砖墙。这砖墙是属于一家大旅馆的,人们传说这旅馆是一个师长开的……有留声机底尖利的歌唱声从那堵高墙后面传来,这尖利的,野兽一般的音乐声充满在夏季的黄昏底闷窒而阴暗的空气中。

"都是有钱人,都有好的吃好的穿!金钱!金钱!金钱呀!"他抱着头说:"未必我真的将来会饿死吗?我没有谋生的本领,我底身体又坏呀!我今年是二十八岁,快三十岁的人了。日本人来了我是这样地过活,中国人来了我也是这样地过活;这种生活要到那一天为止?……天黑下来了,人们都开始过快乐的生活了!……可惜我今天这一万块钱呀!……好,我一定要写一封信给县长,自己把证据拿稳,告发吴科长他们,那几张发票可以做证据的！……不,我直接写一封信给吴科长,表示我并不是呆子,表示我都晓得了,看他怎样办？也许他会喊我去,帮我说:'王先生,大家都是自己人,我晓得你钱不够用,这里是二十万！'于是我就接住了！哼！"

他站了起来,焦躁地在办公室里徘徊着。后来他就开始翻着同事们底抽屉,想从这些抽屉里发现一点什么。他的这种行为是很本能很无意的。但他忽然摸出自己的钥匙来去开科长底抽屉了。他紧张得发着抖,他想,他一定要搜到证据！他打开了抽屉,没有发现别的,却发现了好几叠钞票,大约有四五万块钱。他盼顾了一下,又望着这些钞票。于是他迅速地拿起一叠钞票来塞在自己底口袋里。

"那一万块我要拿回来……同时别人在贪污……"他恐怖地呻吟着,对自己说。他刚刚锁上了抽屉,一个年老的,显得总是对他不怀好意的工役进来扫地了。他迅速地徘徊了几步,然后跑到自己底桌子上假装去清理东西。

"好,你扫地吧,我走了！"他说,提起发抖而无力的腿来,走了出去。

但第二天科长发现不见了两万块钱。当天下午,那位穿漂亮西装的科员发现不见了手表,黄昏的时候,另一个人,一个会唱戏的同事又不见了钱和钢笔。大家吵闹起来了,大家一致相信这一切都是贪财奴王静能偷的,但其实他只偷了昨天晚上的那一万块钱。

"是什么人这样不要脸,偷别人东西！"王静能,在大家吵闹的时候,讷讷地说。

"是呀！什么人这样不要脸！"一个同事徐徐地说。

晚上的时候,奉了科长底指示,那位体面的姓罗的科员和那个肥胖的,会唱京戏的同事到王静能家里来搜查了。王静能正在和他底母亲吃晚饭,看见了他们,就慌张地站了起来,赶忙地给他们端凳子、倒茶。他底头是在昏痛着,他底手是在发着抖,他倒一杯茶泼得满桌都是开水,从这种慌张的样子,他底同事们就证实了他底犯罪了。他底母亲站在旁边,看见他这样的错乱,非常的痛心。她痛苦地微笑着,恭维着客人们。王静能在倒了茶之后坐了下来,他底两腿依然在发抖。他这样错乱,一半是因为今天底事情,一半却是因为从来没有什么客人到他家里来过,他害怕自己做错,不知道如何应付。

"谢谢,我们不喝茶。"科员说;"老实说吧,大家都是同事,本来不好意思的,不过这是科长底意思,叫我们每一个人都查一查。我想这也不错,不是吗?可以避免嫌疑!"

"那么你们就查吧!"王静能忽然地生气了,大声说,"妈,把箱子抽屉都打开,科里不见了东西,让他们查!"他狂暴地对他母亲喊。

"我们儿子从来不做这种事情的呀!"母亲慌乱地喊,然后走过去拉出床下的唯一的一口破皮箱来,把它打开了。

"你们看!"王静能叉着腰凶恶地叫;"你们查!一起查!查不出来要赔偿我底名誉!"

"你让他们查就是了!"母亲愤怒地说。

在这种反抗之下,那位胖胖的同事不大好意思地站到一边去,那位体面的科员冷冷地开始搜查了。他翻了箱子里的每一件东西,连一条新的毛巾都要仔细地看好久,因为他去年曾经在宿舍里不见过一条毛巾。然后他就查抽屉,查橱柜,查床铺,查马桶间。他查得那样仔细,显然地他相信一定会查到什么。而在他这么搜查着的时候,王静能是叉着腰站在那里,不断地凶恶地喊叫着。

"这不但是侮辱我,也是侮辱你自己的人格!来来来!这里你还没有搜!这里,地板底下要不要看一看?"他冷笑着,带着疯狂的神情,"来呀,还有这里呀!还有我底身上呀!罗科员,你查出来我送你二十万块钱,老实说,你以为我就没有钱吗?告诉你我们家里有田有地,有的是钱,哼,你以为你那一套西装就了不起吗!你查呀!我送你三十万都可以!你罗科员当一个科员就了不起了吗?哪个看得起你那个手表!你以为了不起,你查呀!"

可是罗科员是不动声色的。他对王静能是极端轻视,极端痛恨的。这一年来,他不断地挖苦王静能,王静能总以为他只是开开玩笑,有时甚至因他也居然肯和自己开玩笑而感到一点温暖,但现在他是露出了全部的冷酷的面目了;他憎恶王静能这个穷光蛋。在他底眼光里,凡是没有偷来的嫌疑的东西,比如王静能自己底衣服之类,都是不屑一看的;他轻轻地用两个指头翻着这些衣服,好像它们是什么肮脏的东西一样。

"你查呀!还有我底身上呀!"王静能带着疯狂的可怕的神情声嘶力竭地叫,"再不然你查呀,我是不在乎的,查出来我赔你一百万!"他转向那个站在窗边抱着手的会唱戏的同事说。

"你究竟查到了没有你?究竟查到了没有呀,要是没有查到,告诉你们,你们就要赔偿我底名誉的损失!我告诉你们,喂!"当他们走出去了以后,他昏乱地追着喊。但这时他们已经走得很远了。他呆呆地站了一下,昏乱地冲了回来,倒在床上了。他底母亲,是坐在桌子旁边悲痛地哭着。

"你们查不出要赔偿我底名誉呀!"第二天一早,王静能就到办公室里去这么叫了起来。但即刻科长就把他喊去了。

到了科长面前,他就不敢作声了。科长没有说什么,但给他看了县长所下的免职的条子,于是他恐怖地,畏怯地呆站着。

"科长,你以为我偷别人东西么?"他用微弱无力的小声问。

"我不知道县长底意思。"科长说。

"科长,我底名誉要紧呀!"他绝望地喊,这时他才感觉到这事情有多么可怕,忍不住地失声哭出来了。然而他无论怎样哀求都没有用,科长叫工人把他从办公室里驱逐了出来。

他是非常留恋这间办公室的,这里面是有着他底一切感情,一切生趣和梦想:他仍然觉得他所遭遇的事是不可能的。于是他回到家里来就病倒了。第二天,他底母亲到办公室里来大闹了一场,拿去了他剩下来的一点东西,连一只笔也拿走了。他底病很快地沉重了起来,好些天都迷糊不醒,说着胡话。他是在做着那些梦,不断地梦见贪污、逃亡、追捕、枪决。一天早晨他梦见他挟着一批款子向山上逃走,后面追着一群兵士对他开枪。他梦见他逃进了一个崖洞,无可再逃了,转过身来贴在崖壁上看着追了进来的一个兵士,这个兵士粗短而野蛮,举起枪来对准了他底胸口……忽然他底母亲奔出来跪在这个兵士底面前,兵士开枪了,他母亲底血一直溅到他底脸上,同时崖石迸裂,他向一个无底的可怕的深渊里跌下去了……"我只拿回来我自己底一万块钱呀!"他大声叫,跌到床下去,醒来了。

但后来有一天他略略清醒了。他向他底母亲要他底那个铁盒子,但那个铁盒子是空了,他底母亲已经拿这个钱给他请医生看了病。他捧着这空盒子看了很久,痴痴地凝想着,后来又向他母亲要那个剪报的本子。他重又开始研究那些贪污案,看着那些记载,想像着,羡慕着,同情着一些人,愤恨着,谴责着另一些人。下午的时候,他忽然觉得他应该到办公室里上班去。他异常怀念那间办公室,他觉得,蹲在那里面是那么安宁,窗外有两棵树,一切是那么幸福。于是他底遭遇更重地打击了他,他重又昏厥过去了。

第二天下午,他底母亲出去看他底舅舅借钱去了,他爬起来穿上了衣服,往县政府去了。他很辛酸,他从前在这条路上一天走四次的,现在人们剥夺了他走这条路的权利了,一阵猛烈的头晕使他迅速地扶住了一根电杆。然后他慢慢地在烈日下面向前走去。一个年老的,烂腿的乞丐迎着他跪了下来向他讨钱,他让了过去,但即刻又回头看了一下,觉得这个老人是和他一样的可怜,不幸,被这个人世所遗弃。他一面走一面为这个老人而悲伤地流着泪。忽然地他心里腾起了勇壮的气概了,他迅速地走着冲进了县政府。他不知道为什么这个不幸的老人会给他带来这么大的勇气。

"我也许要死了!死了也好!"他想,全身都浸在汗水里,推开了办公室底门。在好几对他所熟悉的眼睛底惊异的注视下,一直向科长那边走去。

"科长！"他说，兴奋得颤抖着，鞠了一个躬。"我来跟科长说，我自己活不活没有什么关系，不过我底母亲实在可怜，科长，我不过是一个乡下人，一个老实人。"不等科长回答，他接着说，"我求科长开恩，让我再到科里来，不但我一生一世感激你老人家，就是我死了的祖宗也要感激你老人家的！"他震颤地环顾了一下，说，"我并没有拿别人东西，我对天赌咒好了，我不过拿了你抽屉里一万块钱，是我自己本来送县长太太的，我家里没有钱用，我想不送拿回去算了，不过这样……科长……"他亲热地，恳求地喊，相信科长已经同情着他，原谅了他了。

但科长咬着下唇，不理他。于是他绝望地，苦痛地喘息了起来，并且在喘息之间夹着几声悲痛的呻吟，一阵昏晕使他赶紧地扶住了桌子。

"科长！"他呻吟着，痛苦地握紧了拳头，"科长，你同情我，你看我病成这个样子，我还是一个青年！"他歪了一下，几乎跌到地下去，接着他就更可怕地喘息了起来，眼睛直向上翻，脸上是充满着那种极端痛苦的疯狂的神情。他搔着胸口，然后又用力地抓着身上的衣服。"吴科长，一个人连讨饭的也还要给几个钱的，你可怜我，我晓得……"

"你承认你开我底抽屉拿钱的，是吧？"科长说。

"那是，是我自己送的礼呀，我不送了不是一样……"

"你同我噜嗦有什么用！我这个科长泥菩萨过河自己还保不住呢！"科长说，干燥地哈哈地笑了几声。那个罗科员，和另外的几个人，也笑起来了。

"可是我没有偷别人东西啊！"王静能猛烈地叫。"老实说，所有的人都在贪污，都在搞钱，我不过是拿回了自己的钱，……科长，是不是？"（科长不以为然地摇摇头）"哈，其实我不是呆子，有些人拿公款做生意，假造发票，大家分赃！"他重又猛烈地叫，他是和他底敌人做着最后的，殊死的搏斗了，他已经看明白了他底绝望了，但他又觉得他已经击中了他底敌人，他已经胜利了，"告诉你们，所有的事情我都晓得，中国要亡，中国有像我这样的人一定要亡！中国有这些贪污一定要亡！我不忍看中国亡,我宁可牺牲自己底生命,宁可我死！"他喊,他从未想到他底爱国的情绪有这么猛烈而沉痛,一道强烈的闪光给他照明了一切丑恶和堕落的形状,他现在突然完全地感觉到他底国家底崩溃了;他觉得勇壮,他觉得他底仇敌们在他底喊叫之下倒下了;"只要是一个稍微有良心的人,想想看,自己底国家已经到了这步田地,他应该躲起来抱头大哭！到处都是贪污,到处都是行凶作恶,穷人没有饭吃,而有钱有势的人天天过享受的生活,宁可做外国人的奴隶！我底国家啊！我真不知道怎样说好,我不忍看见中国亡,我底国家啊！"他狂暴地喘息着,抓住了桌子,抬着头喊,这时候,所有的职员都走了过来围在他底旁边在那里有趣地观看着他了。

"你请走开吧！"科长冷冷地望着他,说。

"亡国奴！亡国奴！你们跟我一样,都是亡国奴！"他叫,"好,我走！我到县长那边去说！"

他冲了出去。他疯狂地奔过了干净的大院落,奔上了台阶,一直冲进了县长底办公室。

"县长！"他喊,但立刻他底激昂的,疯狂的神情收敛了。县长室里的威严的气象使他清醒了。他呆呆地站着不动了。

"你干什么?"县长,穿着一套庄严的灰色西装,靠在圈手椅里,冷冷地看着他,问。

"我是王静能……"

"嗯！出去！"县长说,同时按了一下铃;"带他出去！"他向走进来的工人说。

"我出去就出去……"王静能说,于是恍惚地走了出来。但突然地他又冲了进去。"县长,中国要亡了啊！"他一直奔到县长底面前去,喊,"中国是亡在哪些人的手里,你自己清楚啊,可怜你是一个县长啊！"他喊,伸出手来好像要抓住县长似地,使得县长站了起来;同时那个工人走过来抓住了他。于是他痛哭失声了。

他被工人推到县政府外面来,他继续地哭着,错乱地喊叫着,一大群过路的人围住了他。他冲开人群向前走去。他底凌乱的、肮脏的头发被汗水胶在他底脸上,他底那一件破旧的衬衣是完全地湿了。他歪歪倒倒地向前走去。这时太阳已经被大片的黑云遮住了,空气非常的窒闷;但不久,风吹了起来,一阵急雨开始下降了。雷声响着,暴雨冲击着地面,低洼的街道迅速地变成了汹涌的河流。街上已经没有了行人,仅有一些汽车在泥水里疾驶着。街道的两边,不整齐的杨树在狂啸的风里摇摆着。天色更乌暗,雨更大,王静能在没膝的泥水中向前跑去,他心里重又非常激昂。他奔过那些豪华的建筑,看见了站在一家酒楼门口的两个妖冶的女招待;末后他奔过了那一道桥,看见了急雨下的肮脏的河面,看见了河上的破烂的船只,看见了挤在棚屋里的那些穷苦的人们。他想狂叫出来;他渴望为这种地狱、这些不幸的穷人们而狂叫。他渴望叫出来:人生是丑恶的,一切都要灭亡了。他听着那在天空和地面,屋顶和河流上奔腾的暴雨,觉得这暴雨恰好叫出了这个。他忽然看见一个淋得水湿、穿着黑布短衣的老女人撑着一把破伞向着这边跑来,他站下了,他认出了她是他底母亲。

"儿啊!"他母亲在雨里喊,搬动着小脚向这边跑着,好像要一下子就扑在他底身上!

"妈!妈!"他站在雨里,发出了一声痛彻心肺的绝叫,"你快来!你快来!我是要死了啊!妈呀!我们是穷人呀!"

他底母亲恐怖地跑近来了,但他突然地闪开了她。

"妈,我不配做你底儿子,你让我死掉算了!"他喊,指了一下急雨下的河面。他底母亲捉住了他了。他们一齐倒在泥水里。

"妈呀!我这一生不发财我是不想活的,穷人是活不了的呀!"他和他底母亲挣扎着,喊。他底母亲恐怖得喊起救命来。这时棚户里的那些穷苦的男女在雨里向这边奔来了。这一群人立刻围住了他们。王静能狂暴地叫着对他们说:他是穷人,所以他要死,他希望他们,也是穷人的,那能够原谅他。

"你这算什么呀!"那些穷人们叫,开始把他拖到他们底棚子里去。一个拉黄包车的强壮的汉子,赤着膊,雨水就像小河一样在他底紧张的肌肉上淋着,向王静能粗暴地叫了起来,愤恨地骂他没有出息,把王静能推到他底家里去了。"上天都有好生之德,你要死!"这黄包车夫对他愤怒地喊,激动得满脸通红,"告诉你:我就不得看着你死!你要是有出息的,老弟,带你妈回家去!你不听我的话,我今天就是要骂你!"他愤怒地喊。

王静能呆看着他。好久之后,他叫了一声就大哭起来,接着又大笑起来。王静能疯狂了。……

在这个穷苦的角落的这些寂静的深夜里,一个衰老的女人痛哭她底垂亡的儿子的声音是常常一直飘到街道底尽头去。肮脏的水在屋后的水沟里流响着,有时候,大风在黑暗的空中震荡着:这悲哭的声音是一时高亢一时低沉。而那个快要死去的疯人,是躺在床上紧紧地抱着他底那一本用红线装钉着的剪报,不时地发出一声深沉的叹息来,狞笑着而喃喃地说:"都来发财啊!中国是不会亡的呢!"

一九四六·七·三十·

爱民大会

在某县城里，发生过一件事情。这县城里，乡野间大半的居民都快要饿死了，但是官们，绅士地主们，以及其他的自称为上等人物的人们却很安适，并且一天一天地更肥胖。不过他们有一种烦恼，就是他们发觉他们脚下的那些贱民们渐渐地更沉默起来，神情更冷酷，态度也一天天地更激烈。反抗的事情更多了，并且更频繁地发生着追租和抓丁的兵士忽然地就被打死的事情。这县城里有一家自称为民营的报纸，报道着一些骇人的消息，看来是带着一种对官们的威胁，于是官们就把它封闭了；并且抓了更多的乡人投到监牢里来。但这并不能对贱民们底激烈的态度发生什么作用；他们仍然是那样，凡是有追租拉丁的去，大半都冷笑笑。他们已经坦然，无论什么都不在乎了似的。更加深了对官们，绅士地主们的刺戟的是，一个月以前来了几个美国人，对于乡野间的赤身露体的男女们，以及饿昏了而躺在地上的小孩们异常地发生兴趣，照了一些照片去了。官们和绅士们看了慌，就有一个参议员，在美国留过学，先前曾经提倡过自由主义的，建议说：应该想法赶紧收拾民心。这原则大家都赞同，可是对于怎样做法这一点，大家底意见却很不一致。有的一些主张捐钱来发赈济品，可是另一些，那些地主们却激烈地反对着，他们说他们出不起这笔钱；已经都很穷，都被贱民们累垮了。冲突扩大了起来，以县长为首的官们就决心对某几个素来反对他的地主施用压力，于是原来被封闭的那家报纸又出版了，换了一副面孔，对着几个地主发射着猛烈的炮火，号召着大家起来对土豪劣绅进行革命。革命——这可怕的字眼一出现，地主们那里就传出了屈服的消息，愿意捐几个钱了。结果自然地就是加紧地重新到乡间到贱民们那里去搜刮。可是，这一笔钱一到了官们底手里，就没有了消息：在帐簿和收条之间以奇怪的速度减少着。地主们激怒，反攻了，大街小巷贴满了"打倒贪官污吏"的标语。于是官们也软了下来，答应和地主们合组一个委员会。……最后的结果就是，在那家换了面孔的报纸上，以特大的标题刊出了官们和地主们底互相赞扬的言论，和一个召开"爱民大会"，欢宴"民族之母"，以振奋人心的决议。

在县城南面的乡间，在无数的破烂的茅棚中间的一个破烂的茅棚里，住着一个八十几岁的老妇人，叫做朱四娘。她底五个儿子都陆续地被拉去当了壮丁，而且都死掉了。有两个是没有走出县城就病死的，有一个是逃亡抗拒，而被打死的。在她底卑湿的黑暗茅棚里，一共供着三块"荣誉之家"的牌子，这些牌子两三年以来曾经使她领到了两斗米，一条手巾，和一块肥皂。这些牌子不是被挂着，而是被她供奉着的，似乎她有着一种别人很难了解的奇特的心理——在其中一块牌子的上面，她贴了她底大儿子和小儿子的照片，有三个没有照片的，她就央人家用红纸写了名字，贴在上面。她所领来的那一条手巾和一块肥皂，她也供奉在那里，好像它们也变成了神圣的事物。那两张照得实在太不成话的小照片显示着，她底儿子们都是很迟钝，很萎缩，极其忠厚，老实的；都是剃着光头，弯着背，发呆地张着嘴。愁苦之极的忠厚的像貌。都是田地上的苦力，乡野间的牛马，安份守己的贱民。有两个儿子娶过媳妇。大媳妇在听说丈夫死了之后上吊死了，二媳妇则是没有等到男人底任何消息而病死了。没有留下小孩来。八十几岁的老农妇在这许多痛苦之后仍然活着，像是一个奇迹。最初两个儿子死后她还哭过，后来她就连哭都不哭了。她变成了麻木的；她底行为渐渐地有些奇异。但她仍然能工作，纺线，捡破布，割柴草，养活自己。几年来她都不曾和人们谈过什么，因为她听不清楚人家的话，而她所说的一些，人家也听不懂。她深藏在她底洞穴里面，这伟大的老野兽。有一次，邻家的李二嫂惊奇地发现了,她完好地保存着她五个儿子留下来的可怜的物件,他们底破草帽、衣服、烟杆,以及其他的东西,依着次序排列在一张破床上。她原来是确信他们都仍然活着。李二嫂听见她对着那些物件大声说:"二娃子总是这种牛脾气,出门去连衣裳都不带,哈,我看你冻了怎样办就是!"接着李二嫂还发现,她不仅以为她底儿子们就要回来,而且有时候还以为他们已经回来,上街去了;或者上田里做活去了;或者简直就在她身边。有一次李二嫂分明地听见她在房里大声说着:"牛娃,看吧!你再要出门,不听我底话就是!你看他们会不会把你抓去,那时候你就晓得了。"

她究竟怎样地会有这种幻觉的没有人能明白。不过这是没有疑问的。她是靠着这种幻觉的支持才活到今天的。因此,当人们被好奇心驱使着来探望她的时候,都不敢惊动她。只是有一次,一个无赖的年青人,正面地对她提到了她底儿子们,问她他们究竟几时可以回来。她却平淡地回答说:"带了信来,在路上了。"——"他们这些年回来过没有呀?"那无赖青年继续问。——"去年子回来过的,开春他们舅舅家请他们去帮忙了。"那无赖的青年就伸了一下舌头,因为,那被提到的她底儿子的舅舅,也是早就死了的。

当官们、绅士们想不出办法来收拾民心的时候——那笔钱简直剩的太少了——先前的那个出主意的参议员就想起了他曾经听说过的这朱四娘,这个和死去的亲人们共同生活着的悲惨的老人。他提议说,朱四娘是这一带地方大家都知道,都尊敬的,她年纪这么大了,为了国家献出了五个儿子,应该得到一点照顾,优待她一下,是一定可以收拾民心的。这建议立刻被采纳了。当参议员们想到这穷而老的女人居然有五个儿子都为了他们底国家战死了的时候,就甚至都动了情。有一个并且在发表他底意见的时候几乎哭了,他说:如果像这样的母亲——这样的母亲据他们说是今之孟母——还不能受到他们底国家的优待的话,不仅老百姓要造反,他本人也都要起来革命了。他底话得到了一阵热烈的鼓掌，参议会表现了前所未有的热烈，于是大家在讨论之后拟了对他们底最高当局的呈文，请求褒奖朱四娘，发了对全国各报纸各社团的通电，确定了召开"爱民大会"的日期，并且排好了大会底各种节目。

从这些事情里面，大家也就可以理解，这城底官们，绅士地主即参议员们，是怎样的一些人，他们底喜爱是什么，以及他们在过着怎样的一种生活。这种生活，有时也的确是非常烦恼的。这城的县长是一个虽然当过武官但却很文雅，爱好古玩，走路很轻，喜欢清洁的秃头的人，有一个比他小二十岁的娇媚的太太。过着这种生活，是已经厌恶了暴力和斗争了，所以心里时不时地充满着和十八岁的姑娘所有的柔情。他觉得情形的确很坏，将来大约更要糟糕，因此他很希望他所领导的这爱民大会能引起全国广泛的注意，——尤其是他底上司的注意。考虑了很久之后，他就决定想办法请省主席来观礼。开会的前一天，省主席底复电到了。

"那电报怎样说的？"

"喂！它怎么说？"参议员们，就是绅士地主们，陆续地跑到秘书室来，这样地问。

"它说：来。"很年轻的秘书，在吐了一口烟之后，回答说："主席说一切以民心为重。"

"这就是说：来。"参议员们互相告诉着。这消息一下子就传遍了街市。下午的时候，人们看见县政府门前在搭松柏牌楼了。又传出了消息，说是在春明轩订了八桌酒席。人们看见秃头的，文雅、整洁的县长从衙门里走出来，在街边上徘徊，脚步非常的轻，并且在拿一条大的手帕不住地揩着鼻子。县长是从来不曾在街边上这样徘徊过的，这就证明，省主席明天是一定要来的了。

第二天一早，县长，参议长即商会主席，和一大群绅士地主参议员们，走出了南门，慢慢地沿着田野间的小路向着叫做干草坡的穷苦的乡民区走去。这些上流的人们，白夏布长衫和鹅毛扇,马褂和小帽,以及上等的西装,在清晨的阳光下闪耀着,在田野里形成了很好看的一长条。这种队伍是极难得出现在田野间的,因此招惹了各处的乡人们。田野间顿时热闹起来了,他们走上了干草坡了。保甲长们,早已等待在破烂的茅棚外面的路口上的,这时候,燃放了一长串的鞭炮。

县长很和悦的点着头,就跟着朱四娘底保长,一个精干,瘦长,恭谨的人,走进了密集的破茅棚,向着朱四娘底茅屋走去。

"四娘,朱四娘!县长!参议长!各位老爷到了!"保长用着颤抖的大声喊着。附近是已经挤满了发着呆的褴褛的乡民们,可是朱四娘却不出来。保长跑了进去喊着,还是不见出来,后来就传出了一种不大愉快的声音,好像是焦急的保长对着她吼叫起来了。

"我来进去吧!"县长望着破烂的棚子说。

"这不大好,我来。"白胡子的年高参议长说。

"不,我去。"

结果就两个人一齐往茅棚走去;但刚刚走到门口,却又互相鞠躬,举手,谦让了起来。而这时候,面红耳赤的保长已经把朱四娘俘虏出来了。

"你看这是不是县长老爷!"保长大叫着。

"朱四娘,请你!"一个参议员叫了起来。他曾经是朱四娘底东家,她底三儿子曾经在他家里帮过工,并且挨过他底毒打的。他以为朱四娘应该首先认得他,并且有些感动地觉得,朱四娘听见了他底叫声,一定会非常感激。

"我不去的,说过了。"朱四娘什么都不看,说。实在是,她已经这样老、眼睛和耳朵都不大行了。

"请你开会去呀! 四娘!"大声的吼叫。

"我不晓得开会,我们这些人没得会开的! 没得人又没得钱,要就是我这条老命!"朱四娘狂暴的叫着。"我这条老命拿去就是了! 我晓得的,早迟都要……害不死人的,操死他底活祖宗!"她跳着而叫骂起来了。感觉到威胁,她全身都颤抖了。保长对着她大声狂叫,可是没有用,她什么都不怕。

群众沉默着,这就是的了:那种可怕的沉默。

"喂!你弄错了!是跟你发肥皂——还要发米的呀!给你钱,还请你吃酒席呀。"那曾经是她底东家的地主,奔了上来叫着。

"没得那个希奇你们什么的!我们家里没得人去站队!"

"哪,你看。没有那个要你站队的,你放心:我担保。"县长自己说,拍着胸膛,"拿轿子来抬你,请你去吃。"

"我吃的怕不得瘟病!我家里没得人做活!"

"我马上派两个人来替你做活,如何呢?"

"你骗不倒我!"四娘大叫着。

"老昏蛋!"参议长愤怒地叫了,"从今以后有你享福的,用不着你做活了。这都不晓得!"

"你是咒我呀。你咒我我跟你拼了。"

一点办法也没有,官们叫着又劝着;人群里面也发出了意义不明的啧啧的声音。最后是大家用蛮力把她弄上了轿子。

"这老婆子,穿了这种破烂衣服,叫省主席看了,恐怕不大好。"一个参议员说。

"不,这样才真。"县长说。

于是官们,绅士地主们,叫人抬着朱四娘进城来了。在他们后面,跟随着成百的褴褛的妇女和老人,还有赤裸的生疮小孩。官们、绅士地主们不久就觉得情形有点麻烦。他们不知道究竟要不要把这可怕的人群驱逐掉。有的主张驱逐,但有的觉得,这样做未免和收拾民心的本意相违了。加以朱四娘底态度这样不好,疯疯癫癫地,就使得官们、绅士地主们非常颓唐了起来。不过,抬着她走进县政府的时候,仍然依照预定的计划放了一串鞭炮。

被抬进了县政府礼堂,朱四娘重又大声号叫起来了。她叫着要拼命,并且乱跳着。可是官们底情绪都很坏,没有谁再来劝慰她;终于她也就安静了下来。

传来了女人们底尖锐的笑声和说话声,花团锦簇的太太们,其中有戴着一大朵红花的年轻的县长太太,跑了出来了。她们像看什么奇异的玩意似地看着朱四娘。朱四娘就——凶暴地对她们瞪着。

"这个老太婆好凶呀。"县长太太说。觉得也没有什么新奇,就一起拥到一间办公室里去了。

这时候官们在考虑着,究竟要怎样处置那些拥在县政府大门口的饥饿褴褛的人群。如果不能放他们进来,是不是得把他们驱散。因为让省主席看到了这种情形未免太不好了,而且省主席,虽然是一个将军,却是一个精细的人。终于还是县长叹了一口气说:"这个样子吧。等下主席来的时候,我们就说是自动来参加大会的;实在必要的话,就每个人发他们几个钱。不过为了限制起见,要凭身份证发。"

在这些麻烦里,官们就忘记了坐在那里的朱四娘,也忘了到西城门口去欢迎主席了。一直到一个传达兵满头大汗地飞跑进来的时候,官们底情绪才振奋了起来。这年青的传达兵极其热情,沿着大街飞跑的时候就不断地喊叫着:"来了呀!来了呀!"——这样的冲开了县政府大门口的群众,一直狂奔了进来。"一辆小汽车——来了呀!"

官们蜂拥而出。并且开始叫喊、狂奔。汽车响着喇叭,沿着满挂国旗,因彻夜打扫而洁净的街道疾速的驶来,突然停下了。一个武装着的副官立刻从前面跳下来打开了车门。

"主席,你到啦。"县长流着汗喘息着说。

"主席……"参议员们说,鞠着躬。

"还好,差一点有事情不能来。"主席在车子里面说,他是一个面色红润的将军,声音很响朗。"你们底意思是不错的,好极,所以我来看看。"

"唉!主席。"县长说。

主席走下车来了。他愉快,直爽,在笑着,使得官们、绅士地主们都稍稍放了心。主席似乎没有怎么注意满街的褴褛的群众。走进县政府,四个站得挺直的卫兵,在一声狂叫中行了敬礼。紧接着,就是乐队吹奏了起来。吹奏着"军人军人要雪耻,我们中国被人欺"的歌。这是雇来的这城里唯一的专替人家办红白喜事的乐队,连一个瞎了一只眼睛的老头和一个不满十六岁的小孩在内,一共有七个人,但已经一律地换上了兵士底制服,从壮丁补训处里临时借来的。本来他们只会吹吹《小放牛》和《正月里来百花香》之类,幸而他们里面有一个秃子是当过兵的,自告奋勇地出来,化了两天的时间,教会了大家两只歌,一只就是现在吹的这个,还有一只,预备等一下吹的,是著名的《打倒列强》。

但却是吹奏得很热闹。一种战斗的精神从秃子号兵那里吹出来,把这"红白喜事"乐队膨胀起来了。将军似乎很满意他点了一下头,就走上了台阶。

"跟我介绍一下那老太太罢。"他愉快地搓着手说。

县长和参议长互相望望。他们刚才居然忘记了对朱四娘做一番必要的工作,教给她怎样地和将军谈话,这是他们不能饶恕自己的。但现在反正已经没有办法,就只好领着将军朝朱四娘走去;她坐在那里,破烂的衣裳下面露出了肩头,凶恶地瞪着眼睛。

"四娘,主席来和你说话了。"

但幸而主席没有特别注意什么,只是笑着弯下腰来,很客气地说:

"老太太你好!"

"主席,她有点聋。"县长揩着汗说。

"哦……老太太你好!"主席高声叫着,仿佛觉得很有趣似的。

"我好!"老太太愤怒地叫,随后还喃喃地动着嘴唇,但谁也没有听清楚她,就是老太太,在说些什么。这时候主席已经走开去了。

主席底精神似乎很愉快;很明显地他觉得很有趣。他大步走着,而且哈哈大笑起来了。

"你看,我们底老百姓真朴素啊!"他说。

"都是这个样子的。"县长小声说:"请主席这边走,休息一下。"

"你看这真是大人物作风。"参议员们互相说着。其中忽然有一个,在主席跨过门槛的时候大声说:"唉,主席底人格真伟大。"

县长又出来,抖抖地走到礼堂底台子上,宣布说开会了。

于是官们,绅士地主们和原来悄悄地站在院子里的县政府的中下级职员们,都走进来坐下了,主席被年高的参议长伴着走后面出来了,全体肃静,只听见主席底皮鞋踏着地面的清晰声音,和跟在后面的老参议长身上所发出的恭谨的窸窣的声音。"红白喜事"乐队吹起了《打倒列强》。经历到一种突发的灵感似地,发狂般地吹着。县长抖擞精神,用着人们从来没有从他听到过的,鸡鸣似的高声喊了:"立正!"主席走上台去,对着大家看了一下,然后就掏出一块手巾来,揩了揩鼻子。所有的人都笔直地站着。

然而朱四娘是坐着,她横蛮地坐在台的左侧的一张椅子里,在想着这究竟是怎样的一回事情。她早就确定人家是在欺弄她——这是根据她一生的经验确定的——不过好久不能明白这究竟是怎样的一种欺弄,因此显得有些迷惘,失措。终于她醒悟过来了。她忽然明白,原来人家把她骗到这里来,是为了好派兵到舅舅家去抓她的儿子;或者儿子们今天要回到家里了,这些人预先得了信,就把她骗了开来。

当她这样想着,逐渐想通的时候,将军已经开始说话了,用很低的声音说了一段之后,才抬了一下手,要大家坐下。又静默了一下,他就提高了声音。他大约是受着很深的感动,这是从他脸上的严重的神色就可以看出来的。

他说:各位,我们得坦白地承认,现在局势严重了。

"很严重。"将军说:"我不想瞒住各位,说不定那一天,共匪就会打到这里来了。共匪是决不会对我们客气的。现在前方战事很严重,经济情形又坏透了,但是最根本,最严重的,就是这个民心的问题。我们已经丧失了民心了。"

大家静默着。朱四娘坐在那里,含着轻蔑的恶毒神色,注意地听着他,好像说:"我早晓得了;看你说些什么!"从将军所站的台子上,可以很清楚地看见大门口的密集的褴褛群众,卫兵正在驱赶着他们。然而虽然县长不断地在看着,将军却似乎没有注意到。

"这是我们的生死存亡的关头了。"将军说:"我们再不能为我们个人的利害打算了。我们……再不能自私自利,再没有心肝了呀。"

这时候,大家很感动地看见,站在将军后面的,矮半个头的县长在揩着眼泪。

将军讲完了,县长走了上来。他先对将军鞠躬,后对朱四娘鞠躬。但是他刚刚说了一句什么,鼻子和喉咙就统统被堵塞住——他紧握着两拳,搥着胸口,哭起来了。

"我太对不住他们了,我们太对不住我们善良的百姓了啊。"他哭喊着。然后他搥着胸吼叫着说:"我忏悔!我首先忏悔!我没有别的话说,我只想告诉大家一个事实,就是朱四娘她老人家为国家贡献了五个儿子,五个儿子都为国家打死了,死了!可是如今她穿破衣裳,吃树叶草根,我们对得起她吗?我们请朱四娘跟我们说好了。"

他就异常激动地走过去扶四娘,可是她挣脱了他,站起来了。

"我五个儿子跟你有什么相干呀!"她可怕地叫着;"告诉你,你们骗不到我的,要我底人我就跟你们拼了。"

县长和地主们脸色苍白了。

"四娘!四娘!"有谁喊着。

"我未必是聋子,你们就当我没听见吗?"朱四娘疯疯癫癫地叫着,"你们打的好算盘,想把我骗倒,到路上去拦我底儿子是不是？告诉你哪个敢我就跟他拼了,你就是在门口摆上十架大炮我都不怕!要不是我,"她对大家喊着,"我家娃儿们早就死了,是我求菩萨才保得住他们的,他们都叫你们拉过,打的打,骂的骂,抽的抽皮鞭,要不是那年子观音老母对我显了圣!我底牛娃跟我哭过,我说过了;我说:好吧,哪个来我就跟他拼!——这是不管哪个都知道的。"她指着大门口的人群说。而那纷乱的人群,现在是寂静着,竭力地想要听见她底话。

官们沉寂无声。

"主席,"朱四娘儿子先前的东家这时说。他笑着,然而有些颤抖。"你看这笑话不笑话,这个女人是有神经病的,她还以为她底儿子都没有死呢。"

"什么笑话不笑话!"将军皱着眉恼怒地说。

"是,是。"

"你咒我底儿子死哇,我听见的!"朱四娘又叫了起来。"刘少英姓刘的,我今天就跟你把这个帐算了,你害的我家娃儿好苦哟!"

她就要往那穿马褂的地主东家冲过去。好几个人把她拦住了。她尖锐地大叫着,又往县长冲去。几个参议员拼死地拖着她,终于把她拖到后面去了。

"她是……有点神经病。"县长可怜地说。

"哼,神经病。"将军说,一面揩着汗。

这情形就异常的僵。县长走过去小声吩咐一个参议员说,赶快拿钱给朱四娘,她要什么就给什么,使她再出来。可是等了好一会仍然没有什么消息,和参议员们商量了一下,县长只得鼓起勇气来,继续进行下面的节目。情形似乎又好转了一点,因为这时候坐在椅子里的将军已经露出了并没有特别注意这件事的神情,仿佛只是以为这大会不过是偶然地中断了似的。

这就给了县长不小的鼓舞;他立刻变得聪明多了。他喊了朱四娘那一保的保长来,这时鞭炮放了起来,并且重新奏乐了。由保长代表,接受了赠送给朱四娘的一面绣着"民族之母"四个字的大红的锦旗。县长并且简短地致词说,正因为朱四娘因献出了五个儿子而致神经失常,她才特别值得敬重。她是崇高的。于是,将军被迎进了休息室,一面外面就开始摆酒席。情形显然缓和得多了。

这时候,参议员底太太们,和县长太太,正在那里努力地劝说着朱四娘。她们告诉她说,她底儿子们其实早都死光了,人死是不能复生的;并且因为这是对国家的贡献,所以很光荣,大家就是这样地才来庆祝她底光荣的。年轻的,稚气的县长太太站在一边,觉得话都让别的太太说去了,有损自己底地位,就跑过来拦住大家,说:"你们不管,让我来!"然后对着朱四娘底耳朵大叫着说:"朱四娘,你听好,你底五个儿子都为国家打仗死了……我们给你钱!"

她多么直爽,真是天使一般的可爱啊。她塞了一大卷钞票到朱四娘手里去,朱四娘接住了,可是抬起头来,像是听到了什么遥远的声音,专注地,呆定地看着前面。

这时候门开了,县长冲了进来。

"他妈的蠢东西,死老太婆,怎么啦!"他叫。

"怎么啦?"参议员们挤进来问着。

"没有问题。"县长太太高兴地红着脸说;"我已经跟她说清楚了:我一说,她就明白过来了。"

朱四娘飞快地、警觉地看了她一眼,然后还看着前面,迷惘地笑着,发出了一声很轻的,可是令人战栗的叹息。于是就有两颗眼泪颤动在她底昏花的眼睛里。

"主席找朱四娘谈话!"参议长走进来说。

大家底脸色又有一点发白,这一次朱四娘一点都没有反抗,站起来跟着走了;手里仍然拿着那一卷票子,显然地她是已经处在一种无意识的状态里面。她底心已经飞到一个迷糊的、遥远的境界里去了。她张大着眼睛。她看见有一个年轻的男子头上流着血倒在地上,但是她认不出来,或是不敢认出来他是谁。她听见惨厉的号哭声,而后看见一个年轻的女人套着颈子而悬挂在门柱上,她迷惘地竭力地辨认着,她是谁,以及为什么要这样。她听见黑夜中野地里的枪声和小孩底愤怒的哭叫,她跟随着参议长往前走着。

发楞的县长这时才想起了什么,追来了。

"喂,喂,你,你把钱放在口袋里呀!不能拿在手上呀。"

朱四娘看着他仿佛并没有听见什么,但终于还是把那一卷票子放起来了。她做这一切都没有什么感觉,她出现在严厉的将军底面前。

"你坐。"将军说。

她坐下了。

"我问你,你照直说,朱四娘。"将军说,"真的你不晓得你底儿子都死了吗?他们是怎么死的,你说好了,你有什么冤我替你伸。"

她不回答,好像什么都不明白。

"那么你说说看。"将军忽然笑着问,他觉得他底问话是极雄辩的,"要是你以为你底儿子没有死,他们人在哪里呢?"

"我不晓得。"朱四娘茫然地说。

参议长紧贴着房门偷听着,这时就举了一下手,给站在远处的县长做了一个记号。这记号是说:情况顺利。于是县长急忙奔出去,对外面同样的举起手来做了一个记号。鞭炮响了起来,并且乐队重新吹奏起来了。县长是想用这些声音来打断那房间里的将军和朱四娘的谈话,这个目的他是达到了。

但是这时候县政府门前已经拥挤着成千的褴褛的群众;他们有的是听说发赈款而从几十里以外的四乡赶来的。他们已经等得不耐烦,喧嚣着,并且逐渐地掀起波浪来,往县政府大门里面冲击着,卫兵没有办法阻拦了,群众发出咒骂声和轰轰声来,拥了进来了。县长,因为在将军那一面的情况顺利,就相信自己一定能克服这些群众,大叫着跑了过去。

"不要闹,出去!"他叫着。

群众沸腾着。

"这样子的,要是大家守秩序,等一下可以发点钱给大家。"他说,因了在将军那一面的顺利,变得慷慨起来了。

可是他这话并没有得到他所预期的结果。

"要发就快点!"人群里面喊。

"快点,拿来!"

"朱四娘拿钱又坐酒席,我们家人也还是当壮丁死的,我们就该!"一个女人尖声狂叫着!并且举起手来。

"我们家!"人们喊,并且重新往前冲击了。

县长失色了。

"叛徒!造反!"他可怕地喊。

在这喊声下人们静了一下,可是立刻,那斑斓、火辣、可怕的一团又重新轰轰地震动起来了。这时候鞭炮已经放完,但"红白喜事"的乐队仍然在吹奏着——已经是用着颓衰的调子,精疲力竭地吹着。参议员们和官员们都跑了过来,有的威胁,说将军要发脾气了,有的劝慰,说有话好说,一定发钱,有的卖面子,说我来担保。可是结果都不行。人群轰动着。

将军出来了。官们,绅士地主们纷乱地跑回去就席。将军底脸色很不好看,显然地他觉得人家太不尊重他了:整个的事情也太不如意。为了改变将军底心情,并且为了遮掩院落和大门中间的纷乱的人群,县长立刻站起来说话。可是将军已经在注意地望着那轰轰的人群。

"那是干什么的?"

"报告主席,他们是听说这回事,来参加大会的。都是乡里的穷人。"参议长回答。

可是人群底喊声传到将军底耳朵里来了。人们喊着:"发钱!拿来!"将军这回是忍受不住了。站了起来。

"那是干什么的?"他严厉地问。

"报告主席。"县长立正,说,"本来是纯洁的老百姓来参加大会的,可是现在据报,他们里面有叛乱份子。"

"叛乱份子吗?"发白的将军说,于是好一会张着嘴。然后他吼叫了起来:"他们知不知道我在这里? 你们干的什么事情?"

"报告……已经标备了必要的措施。"

"跟我告诉他们,对于叛乱份子,我是格杀勿论!"将军说,死白而且流汗,坐了下来,拿两只手不住地敲着桌子,仿佛敲鼓似的。直到十几个荷枪的兵士从后面出来,发出沉重的声音跑步到院落里,将军底神色才稍稍安定。人群死寂了,没有再前进,但是也不后退。

正在这个紧张的时候,朱四娘冲出来了。本来是一群太太们劝慰着她,她木然地坐着——在那种虚脱的状况里坐着不动的。可是忽然地她听见了群众底激怒的声音,她底心受到了一击,同时她清楚地想起了县长太太底话,顿然明白,她的五个儿子,确实是都已经死去了。她就还瞥见了她底因逃亡而被打死的四儿子底流血的尸体,和挂在门柱上的她底大媳妇。……人群底怒吼唤醒了她,她站了起来而奔了出来,高举着两手,她底心冲动着,撕裂着,她就开始了绝望的哭嚷。她底用着奇异的伟力冻结到今天的衰老的生命燃烧起来了。

"报仇呀,大家仇报呀!"她向着院落里的人群喊着;"我底儿呀,死的好苦哟! 还我底儿来呀,还我哟! ……"她一直扑了过来,无论谁都阻拦不住。她本能地觉得在这里将军是最重要的,是主宰了她底儿子们底命运,使他死掉的,于是向着他扑去。

"儿呀,牛娃呀,虎头呀,小三……老娘替你们报仇哟!"

她扑过来,她底手指勾屈着好像野兽的利爪。很快地将军底脸上就出现了几条血痕。将军底副官坐在斜对面,在来不及的时候,就抓起桌上的一个碗来对着这"民族之母"击去,打中了她底脸,使得她狂喊了一声倒下了。

外面的,院落和大门之间的死寂着的群众里面暴发了雷鸣般的怒吼,并且一直冲击到台阶前面来了。

"打死了呀,他们打死四娘了呀!"

"四娘呀,四娘呀,"一个女人大叫着,在群众的狂流底冲击中奔上了台阶。

这时候,就从将军底嘴里发出了一声狂叫:
"开枪!"
……

一九四八年八月二日

后　记

　　本来，曾约了作者自己写一篇后记，但他因为工作耽搁了时间，印厂又急于在春节前印成，不能等了，就只好代写几句。

　　这二十几个短篇，都是作者在一九四六——四八所写的。四八年底，集成了交给书店付印，但拖延又拖延，一直拖到了现在才排完了字。一本小书拖了三年以上，不能不算一个小小的纪录了。

　　但是，虽然过了三年以上的时间，但这里面的人物，对于我们还是亲切的。那个时期，是在一种重压之下，而作品，如果不避免各种忌讳，就没有法子发表出来，但作者却摆脱了一切观念性的表现，直接向生活肉搏，抓出来了现实底矛盾内容，因而真切地透出了人民底苦恼和追求，这就使我们感到了那后面的或底层的、非化成洪流不止的潜在的力量。前人有过即小见大的说法，历史底前进的要求，总是要通过一切的毛细管放散出来的；我们知道微弱的呼吸也还是生命之所以成为生命的节奏。那最后一篇《爱民大会》，因为是在游击性的小刊物上发表，才能够写得如此；从这里，可以看到作者底压之又压、终于还是爆发出来了的悲愤罢。因而，这个象征式的短篇，就好像是这一集底结语，甚至是作者解放以前的全部作品底结语了。因为，那时候，历史已经走到了转换点的边缘，反动政权临近崩溃，压迫和摧残人民的统治已经达到了疯狂性的高度，任何发表非谎话的文字的空隙也不给留下，到解放为止，作者再也没有发表什么了。

今天,我们伟大的新生的祖国,正在急步地推进着改造历史的行程,那么,让我们真诚地认识过去,创造未来罢。

校对者①

一九五二年一月十六日

---

① 即胡风。

图书在版编目(CIP)数据

路翎全集. 第二卷, 中短篇小说. 1944—1948/路翎著;张业松主编. --上海：复旦大学出版社, 2025.
2. -- ISBN 978-7-309-17724-4

Ⅰ. I217.2
中国国家版本馆 CIP 数据核字第 2024KP3406 号

路翎全集. 第二卷, 中短篇小说. 1944—1948
路　翎　著
张业松　主编
责任编辑/方尚芩

复旦大学出版社有限公司出版发行
上海市国权路 579 号　邮编：200433
网址：fupnet@fudanpress.com　　http://www.fudanpress.com
门市零售：86-21-65102580　　团体订购：86-21-65104505
出版部电话：86-21-65642845
上海盛通时代印刷有限公司

开本 890 毫米×1240 毫米　1/32　印张 14.875　字数 386 千字
2025 年 2 月第 1 版
2025 年 2 月第 1 版第 1 次印刷

ISBN 978-7-309-17724-4/I·1427
定价：80.00 元

如有印装质量问题，请向复旦大学出版社有限公司出版部调换。
版权所有　　侵权必究